U0683024

2016 中国中篇小说年选

谢有顺 编选

南方出版传媒
花城出版社
中国·广州

图书在版编目（ＣＩＰ）数据

2016中国中篇小说年选 / 谢有顺编选. -- 广州：
花城出版社，2017.1（2021.4重印）
　（花城年选系列）
　ISBN 978-7-5360-8176-5

　Ⅰ. ①2… Ⅱ. ①谢… Ⅲ. ①中篇小说－小说集－中
国－当代 Ⅳ. ①I247.5

中国版本图书馆CIP数据核字(2016)第296138号

丛书篆刻：朱　涛
封 面 图：丹凤呦鹿图

出 版 人：肖延兵
责任编辑：欧阳霞　蔡　安　李珊珊
技术编辑：薛伟民　凌春梅
封面设计：庄海萌

书　　名　2016中国中篇小说年选
　　　　　2016 ZHONGGUO ZHONGPIAN XIAOSHUO NIANXUAN
出版发行　花城出版社
　　　　　（广州市环市东路水荫路11号）
经　　销　全国新华书店
印　　刷　北京一鑫印务有限责任公司
　　　　　（北京市顺义区北务镇政府西200米）
开　　本　787毫米×1092毫米　16开
印　　张　22.5　1插页
字　　数　370,000字
版　　次　2017年1月第1版　2021年4月第3次印刷
定　　价　42.00元

如发现印装质量问题，请直接与印刷厂联系调换。
购书热线：020－37604658　37602954
花城出版社网站：http://www.fcph.com.cn

目录 contents

乡土资源的叙事前景

（代序）

谢有顺

　　如何认识乡土资源的价值，这关涉到一个作家的写作根基。尽管现在的新作家，很多都出自都市，但在血缘上，多半还是植根乡土；离开了乡土，就无从认识一个真实的中国。费孝通说，传统的中国社会其实就是一个超大型的乡土社会。确实，无论城镇化的进程如何迅猛，从本质上说，中国的国族精神还是乡土的：社会规则的建立，多和乡土的伦理有关；每年清明、春节大塞车，大家多是往乡下去；最动人的文学描写，也多是作家关于乡土的记忆。哲学家牟宗三在《周易哲学演讲录》中说"真正的人才从乡间出"，这个观察饶有意味——今日的中国，无论文学、艺术界，还是政治、商业界，拔尖的人才，几乎都出自乡间，或者都有乡村的生活记忆和家族背景。

　　乡村是熟人社会，城市是陌生人社会；城市经验高度相似，乡村经验却极富差异性。没有经验的差异，就没有个性的写作，也没有独特的想象。这令我想起一个80后作家对我说的话。她说：我们已经无法再进行《红楼梦》这种百科全书式的写作了，更不可能像古代作家那样，细致地去描绘一种器物，一张桌子，或者去描写一个人的穿着，一次茶聚，一场戏。古代作家由于地域和交流的限制，他所看到、遭遇的经验各自不同，他写这种有差异的个体经验，谁读了都会有新鲜感。但是，现代社会不同，现在的孩子，从小到大吃相似的食物，穿相似品牌的衣服，甚至戴的眼镜、用的文具盒都可能是同一个品牌的，大家的成长经验几乎没有什么差异。假若有哪个作家在小说里花很多笔墨去描绘一个LV包，或者讲述自己吃麦当劳、法国大餐的滋味，岂非既无聊又可笑？城市化进程，抹平了作家经验的差异，以建筑为例，以前有北京四合院、江南园林、福建民居等地域差别，现在，从南到北，从新疆到海南，房子都建得几乎一样，衣服、饮食亦是如此。大家说一样的话，住一样的房子，穿差不多的衣服，接受几乎相同的教育，这样的公共经验已经不足以成为一种写作资源。

乡土经验则全然不同，它是个别的，偏僻的，是贴着感觉的末梢生长的；它之于文学的重要意义，就在于既能训练作家的感官，也能解放作家的感官。

写作如果只靠阅读经验或书斋里的想象，就容易变得苍白、无力。我经常说，好的写作，既要用心写作，还要用耳朵、眼睛、鼻子甚至舌头写作，要有丰盈的感觉，作品的气息才会显得活泛。这方面，莫言是一个很好的典范。我们可在他的小说中读到很多声音、色彩、味道，以及各种幻化的感觉，充满生机，有趣、喧嚣、斑斓，就感官的丰富性而言，其他作家很难与莫言相比，这得益于乡土经验对莫言的塑造。他曾经说：

> 每天在山里，我与牛羊讲话、与鸟儿对歌、仔细观察植物生长，可以说，以后我小说中大量天、地、植物、动物，如神的描写，都是我童年记忆的沉淀。我作品中对大自然细致入微的描绘、乡土气息的浓郁也许是我在中国文坛上有一席之地的原因。①

这种感觉训练、记忆储备，对于写作而言，是一笔巨大的财富。躺在青草地上，看白云飘动、花朵开放，看各种小动物觅食、打架，了解事物与事物之间的差异，感受世态的冷暖，这样的经验，未必是每个人都有的，但对于作家而言，又是至关重要的。莫言回忆，自己小时候经常孤独地坐在炕头或树下，看院子里蛤蟆怎么捉苍蝇。他将啃完的玉米棒子扔在地上，苍蝇立刻飞来，"碧绿的苍蝇，绿头的苍蝇，像玉米粒那样的、有的比玉米粒还要大，全身碧绿，就像玉石一样，眼睛是红的"。这是形体、色彩的描绘。"看到那苍蝇不断地翘起一条腿来擦眼睛、抹翅膀，世界上没有一种动物能像苍蝇的腿那样灵巧，用腿来擦自己的眼睛。然后看到一只大蛤蟆爬过去，悄悄地爬，为了不出声，本来是一蹦一蹦地跳，慢慢地、慢慢地，一点声音不发出地爬，腿慢慢地拉长、收缩，向苍蝇靠拢，苍蝇也感觉不到。"这是动作的分解，源于他细致的观察。"到离苍蝇还很远的地方，它停住了，'啪'，嘴里的舌头像梭镖一样弹出来了，它的舌头好像能伸出很远很远，而后苍蝇就没有了。"② 真是有声有色。莫言说，他小时候就观察这些东西，蚊子、壁虎、蜘蛛、向日葵上的幼虫、锅炉上沸腾的热气……这些都被莫言写进了小说。在《透明的红萝卜》里，他写"当她的情人吃了小铁匠的铁拳时，她就低声呻唤着，眼睛像一朵盛开的墨菊"；写菊子姑娘的右眼里插着一块白色的石片时，又说"好像眼里长出一朵银耳"；他写自己小时候掉到茅坑里，大哥把他捞上来按到河里冲洗，他说自己"闻到了肥皂

---

① 转引自隋峻：《千言万语 何若莫言》，载《青岛日报》2011 年 11 月 17 日。
② 引自《莫言王尧对话录》，第 31—33 页，苏州大学出版社，2003 年。

味儿、鱼汤味儿、臭大粪味儿"，① 色、香、味俱全，想象力超人。生活、大地与自然，成了莫言最重要的写作导师。

贾平凹也对乡土经验极为熟悉，他的小说，也充满了乡土的实感，很多场面、细节和人物，读之如在眼前。以《高老庄》为例，主人公子路父亲祭日的宴席上，各色人物都登场了，但贾平凹能掌握场面，在你一言我一语的对话中，写出了各人不同的性格。

> 庆来娘说："刚才烧纸的时候，你们听着西夏哭吗，她哭的是勤劳俭朴的爹哪，只哭了一声，旁边站着看热闹的几个嘎小子都捂了嘴笑，笑他娘的脚哩，城里人不会咱乡下的哭法么！"大家就又是笑。这一笑，子路就得意了，高了嗓子喊："西夏，西夏！——"西夏进门说："人这么多的，你喊什么？"见炕上全坐了老人，立即笑了说："你们全在这里呀，我给你们添热茶的！"骡林娘就拍着炕席，让西夏坐在她身边，说："你让婶好好看看，平日都吃了些啥东西，脸这么白？"庆来娘说："子路，你去给你媳妇盛碗茶去。"子路没有去，却说："西夏，你刚才给爹哭了？"西夏说："咋没哭？"子路说："咋哭的？"西夏偏岔了话题，说："子路你不对哩，菊娃姐来了，你也不介绍介绍，使我们碰了面还不知道谁是谁。"子路说："那现在不是认识了？这阵婶婶娘娘都在表扬你哩！我倒问你，是你给菊娃先说话还是菊娃先给你说话？"双鱼娘说："这子路！西夏毕竟是小，菊娃是大么！"西夏说："这是说，菊娃姐是妻，我是妾，妾要先问候妻的？"一句话说得老太太们噎住了。②

这样的写实，透露出了作家固有的乡村生活的底子，他对这些人物有感觉，才能捕捉到他们的个性、特点，并运用他们独有的语言。因此，强调乡土经验与乡土资源，其实就是强调写作要有一种脚踏实地的感觉，不能过度虚构想象无边，而是要在一种经验和生活里扎根。没有根，不接地气，作家的感觉是飘浮的，无法沉下来，更谈不上贴近生活本身，经验也会越来越贫乏。譬如，在城市里住久了，很多人都注意到了一个事实：自己可能多年都没有见过真正的黄昏或凌晨了。在城市，早晨起得迟，见不到万物在晨曦中苏醒的样子；黄昏呢，天未暗下来，路灯就亮了，也见不到万物被黑暗所吞噬的过程。我们几乎生活在白昼和黑夜区别不大的世界里，黄昏和凌晨，都只是一个概念而已，不再是现实的一种。同样，很多人的写作，也是在使用二手经验，要么看报纸新

---

① 莫言：《故乡往事》，见《莫言散文》，第 19 页，浙江文艺出版社，2000 年。
② 贾平凹：《高老庄》，第 87 页，太白文艺出版社，1998 年。

闻，要么看好莱坞影碟，从中寻找写作素材，没有自己的体验和观察，更不能复原一种记忆，这样的写作，必然是空泛的。小说是活着的历史，也是对生活世界的还原，它不仅要写人物的命运，还要呈现人物生活的场景，小说的世界里，应该有人，有物，有情。然而，当一个作家的感觉迟钝、经验贫乏，他如何才能进行一种既有实感、又有想象力的写作？

因此，乡土经验对作家感觉的训练和解放，具有阅读和想象所不能替代的作用。

另一方面，如何理解乡土资源，背后也隐含着一个作家是如何理解中国人的情感和现实的。不了解乡土中国，就谈不上理解了文化中国；不到中国的乡村去走一走，我们也不会知道中国的矛盾在哪里，她的希望又是在哪里。譬如，这几年来，关于拆迁所引发的冲突，见诸媒体的很多，有的还酿成了流血事件。有些人自焚，有些人跳楼，但都不能阻止推土机的步伐，这确实是一个悲剧。很多的冲突，未必是赔偿合不合理的问题，它的背后，也潜藏着情感问题、精神问题，一个作家要写好这一类题材，就得对这个题材的深层矛盾进行探究。

中国是一个特殊的民族，中国人对历史和土地，有着神圣的情结。照钱穆的研究，中国文化是一种向后看的文化，中国人对历史和记忆，洋溢着一种难言的深情。把一个人或一个家族的祖屋、祠堂拆了，把人家的祖坟挖了，那他们在祖屋、祠堂和祖坟上所寄托的情感，今后将安放在哪里？中国人没有自己恒定的宗教信仰，没有教堂，一直以来，祖屋、祠堂、祖坟、文庙就成了中国人的教堂，成了中国人的信仰。拆迁动的就不仅是房子，而是中国人的信仰，这必然会引发顽强的对抗。没有了祖屋和祖坟，很多中国人就会觉得自己成了孤魂野鬼，有处安身，无处立命了，被连根拔起了，这无异于是一次灵魂的死亡。

中国人对土地的情感是很深沉的，对故乡的情感也是。对于那个生我养我的地方，埋葬了自己祖先的地方，很多都存有神圣的情感。莫言曾把自己的故乡形容为"血地"，这是一个很重的词，是母亲为我流过血的地方——除非你忘却自己的来处，否则你永远不能放下这份情感。

这种对土地、祖屋的情感，成了维系中国人伦理的精神纽带；没有了祖屋和祠堂，儿子上大学了，无处告诉，生孙子了，也无处告诉，无处欢喜也无处悲伤了，这个伤害，对中国人来说是巨大的。所以，看起来是拆毁一些旧屋和祠堂，破坏和摧毁的却是中国人的精神结构。中国文化的核心是家庭，家庭的核心是血缘，血缘断了，中国人就一片茫然了。中国人眼中的生与死是相连的，"未知生，焉知死"，也可反过来读，未知死，又焉知生呢？没有了对死者的尊重，也就不会善待生者，二者是密不可分的。何以历朝历代都信守一个原则，不挖前朝皇帝的坟墓？民间为何也不挖别人家的祖坟？这不是一句封建主义就可解释过去的，它暗含了中国人的精神信仰，中国人必须在看得见的现实世界里，找到归宿，看到未来，唯有如此，中国人才能安息。西方有宗教信仰，他们可以安息在神的怀抱里，中国人没有这样的神，他们死后，希望和自己的亲人在一起，这是完全不同的民族文化。今日的社会进程，无视这一文化的意义，强力、野蛮地摧毁一切，这样的文化暴力，当然也值得作家们来反思。

很多人都在为中国现代化建设的进程而欢呼，确实，这些年，中国到处楼房林立，新城、新区不断涌现。可是，迄今为止，世界上没有一个国家是可以通过建房子把自己建成世界强国的。文化根系如果彻底破坏了，维系中国人和历史、传统之间联系的精神纽带断裂了，中国的现实将会变得令人无法理解——事实上，今日中国的种种乱象，已经够触目惊心了。比起经济的落后，文化的贫穷是更可怕的事，文化的断绝，才是一个民族最致命的灾祸。顾炎武说，"天下兴亡，匹夫有责"，这个"天下"就是指着文化说的。顾炎武担心清兵入关之后，汉文化会灭绝，所以才有这个感叹。朝代更替不可怕，可怕的是文化不能承传下去。今天不必再有这种担忧，但我们也必须承认，经过这么多年对传统的践踏，再加上各种粗鄙文化对中国人的重塑，今日中国人的种种表现，包括他们的精神姿态，已经和我们在古代典籍里所读到的中国人，完全两样了。

很多中国人是靠血缘的流传来维系自己的精神信仰的，你把这个摧毁了，中国人的灵魂就没有着落了。我再说一件真实的事情。某个中国省会城市要建新城，并对新城进行了详细的规划，当这个城市的市长把一幅宏伟的新城规划图给一个来访的西方著名建筑师看时，那个建筑师问的第一个问题是：教堂在哪里？市长哑然。市长在主导设计这个新城的时候，根本没想到居住于此的百十万人是有精神的，而精神是需要有栖居地的。所以，他可能为博物馆、美术馆、大剧院、行政中心都预留了足够的空间，却唯独没有给这个新城留一个教堂的位置。没有了教堂，那中国人的精神该安放在哪里？这个问题，在古代中国是不成问题的，因为中国的文庙、祠堂，就是中国人的教堂。现代社会的精神表达或许多样化了，但关于精神归宿何方的问题，依然在折磨着中国人。可见的精神栖息地是文庙、祠堂、祖屋、祖坟，不可见的精神栖息地是中国的诗歌、中国的文学。中国历代以来以文立国，就在于文既诠释中国人的精神，也能为中国人提供精神居所。所以钱穆才说："不懂文学，不通文学，那总是一大缺憾。这一缺憾，似乎比不懂历史、不懂哲学还更大。"① 这可谓是独特的中国

① 钱穆：《中国文学论丛》，第126页，生活·读书·新知三联书店，2002年。

现实，它对文学抱以极高的期待，而中国的文学又必然要解释一个乡土中国，因为乡土里隐藏着中国最基本的伦理、情感和精神。

乡土是中国人的精神基座，也是中国文学不动的根基。现在讲写作，都在讲变道，但也不可忘记，文学除了变道，还有常道，在变的下面，还要找到一个不变的核心。何以中国人身上有那么难以释怀的历史情结和土地情结？就在于关于历史的讲述，可以满足中国人对时间的想象；而关于土地的讲述，可以满足中国人关于空间的想象。这个时间和空间感的确立，就为中国人的精神找到了一个坐标，他就觉得自己有来处，也有归途，就安心了。心安则精神昂扬，反之则精神萎靡。

中国文学中，最好的作品，都是关于乡土叙事的，这种乡土资源里，隐藏着一整套关于中国人生存的解释方法。这是极为重要的认识尺度，离开这个尺度，对中国人的描述就可能是残缺的、表浅的。

重新认识乡土资源的叙事意义，就是要打开这个视界，使之滋润当下的写作，提升当下的写作。乡土昭示写作的根源，也解放作家的感官，它的差异性、感受性经验，对一种有活力的写作而言是极为重要的。感觉的枯竭，感受力的麻木，有时不在于才华，也在于作家的经历里缺少一种来自自然、大地的滋养，不生动，没有质感，更无法通过丰富的物象描写和情理逻辑来建构一个文学世界。文学的苍白，是因为失去了那种生机勃勃的品质，失去了具有独特经验的个人讲述。而有了乡土资源这一根基，文学能更好地描绘出什么是人类世界不可摧毁的信念，什么是人类世界无法磨灭的声音。

福克纳在他的诺贝尔文学奖获奖演说中说："人是不朽的，他的延续是永远不断的——即使当那末日的丧钟敲响，并从那最后的夕阳将坠的岩石上逐渐消失之时，世界上还会留下一种声音，即人类那种微弱的却永不衰竭的声音，在绵绵不绝。""人的不朽，不只是因为他在万物中是唯一具有永不衰竭的声音，更因为他有灵魂——有使人类能够同情、能够牺牲、能够忍耐的灵魂。诗人和作家的责任，就在于写出这能同情、牺牲、忍耐的灵魂。诗人和作家的荣耀，就在于振奋人心，鼓舞人的勇气、荣誉、希望、尊严、同情、怜悯和牺牲精神，这正是人类往昔的荣耀，也是使人类永垂不朽的根源。诗人的声音不应仅仅是人为的记录，更应该成为帮助人类永垂不朽的支柱和栋梁。"[1] 福克纳也是一个乡土作家，他怀着对土地的深情，揭示了人类社会不可摧毁、得以一直延续下来的可贵品质，他站在大地的立场上，见证了人类灵魂的伟大。

中国的作家缺的正是这种精神。我们这块土地有如此深重的苦难，也有如

---

① 见毛信德主编：《诺贝尔文学奖颁奖演说集》，第374页，百花洲文艺出版社，1991年。

此灿烂的荣耀，这么多人在此生生不息，活着，死去，留下了太多的故事，也留下了太多的叹息，可在现有的书写者中，还远没有写出真正震撼人心的故事，也还没有挖掘、塑造出这块土地上真正得以存续的精神。二十世纪以来，中国的文学多是揭露、批判，写法上也多是心狠手辣的，它对黑暗和局限的描写，达到了一个深度，但文学终究不仅是揭露的，不仅是对黑暗的认识，它也需要有怜悯和希望的声音，也需要探求"人类永垂不朽的根源"。这种写作追求告诉我们，离开了大地，离开了中国人的精神基座，作家就无法分享永恒，无法辨识出自己是谁，他者又是谁。我何以存活在这世上？我从哪里来，我往哪里去？我灵魂的声音发自何方，又朝向何处？这些问题，在中国，只有大地能回答，只有故乡能回答。①

---

① 本文是作者的课堂讲课实录节选，根据录音整理、修改而成。整理者为陈颖，特此感谢。

风 中 事

张 楚

风 来 了

关鹏在超市里买蜡烛、矿泉水、酸奶和面包。新闻里说台风"小仙妮亚"即将登陆。对于这座滨海城市而言，台风意味着全城停水断电、万分之零点零三的死亡率、短暂的道路堵塞和名正言顺的休班。对关鹏来讲，停电造成的黑暗停水造成的暂时性饥渴都不是问题，昏天黑地的睡眠也不会让他得阿兹海默病。他的担忧说起来颇为可笑：美少女战士王美琳会不会手持断钢剑穿越暴风雨来等他？

他以前不怕王美琳，他以前最怕在楼梯口听到老男人响亮的咳嗽声。那肯定是父亲和母亲大驾光临了。去年，他们动辄克格勃般现身，既不事先打电话，也拒绝配钥匙。对于他们的来访，关鹏开始抱着无所谓的态度。如果没猜错，他们不是给他介绍女友，就是突击检验他的私人生活。不过，女友一概离壶，托的全是八竿子打不着的三亲六故。有次叔伯姑奶给他介绍了东港渔村搞水产养殖的姑娘（姑娘边和他聊天边抓起池子里的海鳗装箱。当她闪电般攫攥住窄扁的鳗鱼头时，他冷不丁打个寒战，下体莫名疼起来）。还有回，远房姨姥的姑爷给他介绍了名擅长顶碗的杂技演员，头次见面她就忍不住表演了柔术，头从胯间猛然探出，倒立的金鱼眼紧瞪着他……

后来对他们安排的相亲渐生腻烦，却又不便捅破。父亲肺叶里埋藏着无数吨金属氢炸药，这个曾经的炮兵营长最窃喜别人将导火索点着，然后将他人和自己炸得粉身碎骨。他怀疑父亲骨子里有浓烈的英雄主义情结，只有牺牲才是最浪漫庄重的誓言。母亲就更不能得罪。这位在特殊教育学校教了半辈子聋哑儿童、弱智儿童和脑瘫儿童的迟暮美人天生一颗琉璃心，五十多岁了还动辄哀暮春伤晚秋。也许，看过太多肉体上的残垣，总让她习惯看别人的戏，流自己的泪。

还好，他们最近极少来访。兴许是母亲的琉璃心反射到了他稍显冷漠的眼神，兴许是父亲担心自己的火药桶被儿子走火擦燃，说到底，他仍是他们最嫩的那块心头肉，襁褓里喝奶的屎尿娇婴。有段时日母亲婉命他每晚与她视频，汇报饮食起居吃喝拉撒，他就频繁跟同事换班夜夜巡逻，裹着大衣在昏黄路灯下压嗓跟她聊两句，不是跟踪连环杀人疑犯就是追踪盗窃犯。母亲泪水涟涟下线，估计是去吃速效救心丸了。儿女与父母鏖战时总有种冷酷的本能，套路无论新或旧，手段无论刚或柔，终归是旗开得胜一方。

　　王美琳就没那么好对付。关鹏觉得遇到王美琳，既脱离了经验主义，也脱离了对称逻辑。

　　这女孩是在夜店认识的。喝了几杯加冰的假芝华士后，两人开车去了海边。虽是初夏，人已密如蝌蚪。她的手指摸上去如单腿蛏般细小软滑。这是关鹏憧憬了许久的时刻：跟女孩光脚在沙滩上漫步，风吹着他的白衬衣和她的碎花短裙，而海面上由远及近的豪华游轮上，正举办着维塔斯的插电演唱会。在阉伶般空妙绝伦的歌声中他缓缓揽她入怀……那晚没有豪华游轮也没有维塔斯的演唱会，却有架闪着尾灯的庞大客机从海上由东向西急速飞过。他低头吻她，女孩的舌尖冰激凌般凉甜，他感觉自己的整个肉身都被那小小舌尖吮吸着一寸寸融掉，最后单剩下随海风消逝的灵魂。是的，他想到了"灵魂"这个古老的词语。他们在海边的旅馆开了房。事毕，当他瞥到白色床单上的血迹时，禁不住愣住。

　　说实话他有些许慌乱。这样的邂逅，或许只能是邂逅而已，他素来不抱什么奢望。可那抹血迹让他隐隐厌恶起自己。后来他们躺在阳台上的藤椅上，吹着咸风，凝望着黑暗中咆哮的野兽。女孩轻声细语地说，她读大学二年级，学的中文，不过最爱的是唱歌。她大部分业余时间都用来参加各种声乐培训，如果哪天去参加"中国好声音"，她肯定得冠军。"你什么职业？"女孩狸猫般蹲坐到他腿上，掐着他脸颊傻笑，"贼眉鼠眼，不会是毒贩吧？"他告诉她，他不是毒贩，是人贩，天亮了就把她拐卖给深山茂林里的老光棍。女孩咯咯笑，顺手将他内裤扒扯下，稳稳坐了上去。这样，波涛声中他们忍不住又做了。当他手扶阳台上的银白栏杆抽烟时，霞光已由绵黑叠云层峦爆射而出，海面上游动着一群又一群黄金铸造的鱼。这让他有种错觉，他的好时光恐怕要来临了。

　　这个叫王美琳的女孩犹如肥美腥嫩的牡蛎，委实让他贪恋……王美琳是白羊座，天生冒傻气，喜欢零食甜点，不过也吃不胖。她老黏着他去各大夜店喝鲜啤。还从未遇到过如此喜欢喝酒的女孩，似乎她瘦弱的身躯就是看不见的下水道，可以无限量排放各种酒精度各种麦芽糖度的液体。她还烟不离手。他曾忧心忡忡地盘算，由酒精和尼古丁供养的身体，会生育出如何品种的婴孩？

　　当然这些都是小事。他受不了的是她的脾气。正侦夜研，王美琳打电话，吩咐他去哈根达斯买冰激凌。每年夏季单位最是忙碌，上面的官员都来这里度假，如果级别高些，他和同事们得整宿整宿在大街上巡逻。那天王美琳说，如果他买不到冰激凌，以后就别去找她。他只得跟领导撒谎说，犯了结肠炎，要去医院打点滴……两个人去看电影，王美琳想吃爆米花。他说爆米花是垃圾食品，除了香精就是色素。王美琳噘着嘴让服务员拎了六桶，尽数倒在脚边，边倒边踩，边踩边扯着细嗓喊："愣着干吗！付款！"他久久盯着王美琳，恍然明白件事：王美琳大概是将自己当作了她的父亲。

明白了此事，一切豁然：这绝对不是未来孩子的母亲。他需要一个跟他睡觉生孩子、跟他打游戏会亲朋、跟他泡酒吧去西藏旅行的女人，但绝不需要一个将来内裤袜子要他洗、孩子要他喂、饭要他煮、屁股要他擦，稍不留神还可能给他戴顶绿帽子的女人。

想通了，心就散了，电话也懒得打，王美琳打电话也不接。一来二去王美琳也察觉到他有些异样，便常跑宿舍腻歪，找也就找了，见也就见了，睡也就睡了，可曾让他融化的舌尖再不是甜凉的舌尖，那个被海风卷走的灵魂重又栖居进他的肉身。他想嘎嘣截脆结束这段关系，可始终找不到恰宜的借口。他这才猛然发觉，若想摆平一件事，无论好事还是坏事，都需要冠冕堂皇的理由。当这理由还未灵光闪现，只能蟾蜍般被温水继续熬煮。

那日从超市出来，乌云盖顶。他想打出租，等了半晌也未等到，只得快快步行。雨点很快噼里啪啦拍到身上，狂风中他如稻草人般被鞭打撕扯，身体险被拉扯进闪电。好歹踉踉跄跄跑回单位宿舍，浑身已精湿。他掸掸头发慢慢悠悠往楼上走。当意识到门前缩着团黑影时，心咯噔下沉下去。看来王美琳还是来了。

"你终于回来了！"那团半蹲的黑影陡然站起，"你他妈终于回来了！兔崽子！"

不是王美琳，是个男人。这男人声音如此熟稔。他揉揉眼眶，这才发现顾长风正三步并作两步地朝自己走来。

"我操！你咋来了？"关鹏吐了吐舌头，"你……"

"是小仙妮亚把我吹来的，"顾长风嘿嘿笑着拽了拽身后，昏暗光线下还站着个小女孩，"快叫叔叔！"顾长风摸摸孩子的头顶说，"你关叔是老爸最好的哥们儿！"那个长着双虾米眼的小女孩怯怯地说："叔叔好。"

关鹏皱着眉头问："怎么不提前打电话？"

顾长风搔搔头说："电话欠费了。"

关鹏边开门边说："欠费了就交啊。"

顾长风半晌才磕磕巴巴地说："我最后的……积蓄，都用来……买……买火车票了。"

好基友的碎碎念

顾长风跟他有段时日未曾联络，或者说，顾长风二婚后，就从关鹏的生活中彻底消失了。这是意料中的事。顾长风第一次结婚时也如此。他那个在小学当语文老师的妻子其实还算明事理，可顾长风就是那种人：一旦沾上女人，哥们儿就犹如洗澡时掉下的毛发，全被冲进下水道。关鹏回老家时招他喝酒，他不出来；招他唱歌，他不出来；招他足疗，他不出来；招他打篮球，他不出来；招他打麻将，他不出来。这个叫顾长风的人总会有理由搪塞，譬如在给老婆炖草鸡汤，譬如要给怀孕的老婆洗澡，譬如要给丈人家抢购盘锦大米……有次他甚至信誓旦旦地说，吃海鲜喝啤酒过度，得了痛风，尿酸高骨头肿，走路一瘸一拐，出门甚是不便。然后在超市，关鹏碰到了挽着孕妇胳膊买凤梨酥的顾长风。这鸟人不是尿酸高，而是脑子里灌了硫酸。对这个见了女人骨头就酥软的发小，关鹏只能跟哥们儿喝酒时恨恨损上两句，最末总要咬着牙根说，早晚一天他死女人手里。"死了我也不送葬！你们给我记着！"

其实顾长风跟第一任老婆离婚没多久，就闪婚了。二任妻子是县药监局的临时工，没有编制，工资比顾长风高不了多少。论起长相，也只是个女人而已。关鹏一直不明白顾长风看上了她哪点。按照关鹏的想法，顾长风该从第一次短暂的婚姻中吸取教训，而不是急着再婚。婚姻不是儿戏，哪儿能这厢旧人尚在檐下泣，那厢新人就在洞房笑？后来听同学说，这老姑娘家世不错，父亲是建筑商，身价千万。思忖一番，顾长风想得也没错，娶个浑身镶嵌着金边儿的老姑娘，也算良缘。可他实在想不明白，顾长风为何来找他，不光自己来了，还带着跟前妻的孩子豆豆。

"我实在受不了她，"顾长风啃着面包嚷道，"我要跟她离婚！"

"疯了吧你？"关鹏觑他一眼，"孩子才一周岁，哺乳期，法院不会受理的。"

"不同意我也离！"顾长风把面包掰碎了塞豆豆嘴里，"如果再跟她过，生不如死。"

"你第一次离婚时，也这么说。"

"是吗？"顾长风伸出食指蘸起餐桌上的面包渣，"我的命怎么这么苦？"

"苦过朝鲜人民？"

顾长风说："你还有心情笑？有没有点人性？"

关鹏说："我的人性早被你泯灭了。"

顾长风哼了声说："我没吃饱。"

关鹏说："豆豆吃饱就行了。"

顾长风说："你他妈一点儿都不关心我。"

关鹏说："我又不是你爸爸。"

顾长风不说话，趴餐桌上默默流泪。女儿豆豆用小手帮他擦眼眶。

关鹏说："这么没出息！做不成小鲜肉，就做老腊肉。"

顾长风哭声更大。关鹏说："说吧，到底怎么了？我最喜欢给别人伤口上撒盐了。"

窗外飚风降临，枝丫脆响。顾长风断断续续地讲，关鹏有一搭没一搭地听。在他看来，顾长风是个对自己极为不负责的人，或者说，是个完全没有看清自己本质的人。男人到这年岁，对自己还缺乏唯物主义的判断，生活偏离轨道也正常。顾长风说，他没想到第二个老婆是个好吃懒做的女人。婚后没多久就看清了他的家底，积蓄不过四五万块钱，若不是公婆撑撑日子也难将息，就怂恿他将那辆帕萨特卖了。这车是他头婚时父亲送的礼物，只卖了十万，转卖给了谁？她舅舅。不满一载，卖车的钱就全花光了。怎么花的？说不清，反正想买啥就买啥，想吃啥就吃啥，想去哪里就去哪里。本来还幻想着岳父岳母可能会周济布施——有钱人手指尖稀稀拉拉流下的金粉也能抵普通人家一辈子的家底，可事情完全不是这样，岳父痛惜地说，他的家当全压在开发区的娱乐城上了，娱乐城一日不竣工营业，他就一日不能翻身做主。

孩子两个月时闹肺炎住院，顾长风身无分文，又不好意思朝爹妈开口，只得伸手跟老婆讨要。老婆泪眼婆娑地说，你去跟我爸借吧。岳丈借给他两千块钱，孩子住院花一千，剩下那一千，他还给岳父，岳父推辞一番就揣裤兜里了。孩子周岁生日时，他母亲给了孩子两千块钱，老婆回家后耍闹一番，说哪里有这么抠的奶奶？孙子过生日只给这俩子儿！平时可只拉扯豆豆，没抱过几次孙子！家里准备好了饭菜，老婆也没吃，抱孩子回了娘家，临关门前撇着嘴说：我妈知道外甥过生日，买了百十块钱的上好野猪排呢！如此这般奇葩种种，真是三日三夜道不尽。

不久两人又生龃龉，老婆指着他说：你呀你，就是个绣花枕头！就是个驴粪蛋！顾长风最听不得人喊他绣花枕头，最听不得别人喊他驴粪蛋。就说，我们干脆离婚吧，你找你的高富帅，我找我的黑木耳。老婆冷笑三声，开始协议离婚，孩子归她，不过顾长风每月要给孩子九百块抚养费。顾长风硬咬着槽牙应了。要知道，他是电力局的临时工，月薪不过两千。不承想日后老婆又反悔，抚养费又涨到一千五。他总不能去喝西北风吧？离婚之事就僵到此。母亲素来心律不齐，往前被第一任儿媳折磨得披头散发，如今又被第二任儿媳折磨得眼泡肿胀，干脆搬进医院。顾长风意乱心烦，想到关鹏，于是跟单位请了长假，带豆豆来散心。

关鹏问："你是不是真铁了心？别他妈住两宿拍屁股走人，回头破镜重圆，搂着你老婆往我身上泼脏水。"

顾长风说："我再不离婚，早晚被她吸得骨髓都不剩。再说，我是出卖哥们儿的人吗？"

关鹏只得说："那先住我这儿吧。不敢保证你喝香喝辣，可也不至于吃糠咽菜。"

落　水　狗

"小仙妮亚"并未在此久留，翌日就撤了。关鹏带顾长风和豆豆吃了早餐，又塞给顾长风三百块钱，让他带孩子四处逛逛。这季节，此城最美艳。一座城若吸附了海，犹如美人眉心又点了颗朱砂痣，绿海金沙，白鸥快帆，虽比不得马尔代夫巴厘岛，也被诗人们谓之"太平洋的最后一滴眼泪"。当初关鹏没回廊坊而是报考此处的公务员，跟这海也不无干系。他自小生在平原，十八岁之前没见过山没见过海也没坐过绿皮火车。在他印象中，世界就是浑圆寡静的地平线，线上缀着灰色城郭与枯寡杨柳。头次看到大海时他扒个精光在海水中一路狗刨，几乎游到警戒线。他恍惚是重回到母亲的子宫，在温热漆黑的羊水中游弋。世界那么静，上帝尚未赐予他双耳。

等正式工作，对海的情感则斑驳起来。六七月，大量游客拥入，这座城一改往日肃穆，变成了童话里的城堡。游客脸上俱戴着"笑面人"面具，贩卖海螺草帽泳衣花伞的本地渔民，眼角深匿的狡黠也褪去商人本色，变得如初诞的匹诺曹般天真。盯着京津冀黑吉辽俄罗斯白俄罗斯哈萨克斯坦甚至车臣的美女们箍泳装在沙滩上散步日浴，还真养眼惬适。不过，若是来了"领导"，无论重要的还是不重要的、正的还是副的、退休的还是没退休的，只要是"上面"的，他们这些小警察日子就不好过。各种繁文缛节姑且不论，单是连他这种办公室文职人员也要深夜巡逻就让人委实吃不消。而这个夏天，除了如癞皮狗般生冷不忌棍棒不惧，他还要接待来自远方的落魄故人，若只是如此也罢，偏偏还要时刻担忧那个叫王美琳的女孩。

王美琳即便再没有心肺，也肯定明了关鹏如今的心思。所谓不冷不热，无非是分手的前奏。要是换了旁的女孩，分也就分了，反正关鹏这般的男人一抓一大把。关键在于，王美琳似乎真对关鹏动了心，这是关鹏最头疼的问题。以往处对象都是好聚好散，成年人嘛，做不成情人做朋友，做不成朋友，无非老死不相往来，此城虽小，可要想无故邂逅，还真是沙漠里寻粒做了标记的沙。但王美琳身上有股子凌蛮之气，似乎她若不想分手，关鹏就永远是她掌心里的痣，是她耳垂上的瘤。关鹏不想做那颗痣，不想做那个瘤，他只想找个合意的姑娘，早日把婚结了。

以前倒不急，反正刚毕业，涩果一枚，无论领导还是家人，都劝他以业务为重。如此几年，单位介绍对象的骤然多起来，红娘大多是同事，就不忍拂人脸面，靠谱儿不靠谱儿的一概会会，大不了找个借口撤了，人家也不会介怀。碰到有眼缘的，吃吃美食逛逛大街，看看电影泡泡酒吧，合意的日子上上床，处上段时日，脾气秉性要是不合，一拍两散。掐指算算，关鹏见过面的大抵也有三十多位女孩。

其实最急的，还数老炮兵营长和老林黛玉。县城里跟关鹏同龄的，孩子都会打酱油了，即便关鹏待在三线城市，二十七八也是个坎儿。关鹏也有些急。晚结不如早结，孩子早拉扯早省心。可这些年过去，碰来碰去，还真没碰到命中注定的那位结朱陈之美。他素来是个经验主义者，对"谈恋爱"曾做过细致分析，除了自己的择偶标准，他认为至今未婚的关键性因素还是外在的，用列宁同志的话来说，就是事物的性质主要地是由取得支配地位的矛盾的主要方面所规定的。

这座城市的坐地户，都想找坐地户，理由也简单，你个外来人，根不深叶不茂，如何能有好前程？若说这城是张网，那么关鹏连只花腿蛛幼卵都算不得；女儿家有点姿色的，首选是私企外企国企的年轻高管，关鹏这样的小公务员，如今连灰色收入也被掐根断茎，日后如何过安逸日子？即便是坐地户愿意找关鹏这样的，不是没正经工作就是长相差强人意，关鹏也瞧不上眼。而那些外地来的女人，长得好家境也好的，首选也是当地男人。关鹏倒不在乎对方仙居何处，只想找个有点文艺气质的姑娘。他想，一定要找个结了婚就再也不会离婚的女人，然后像老炮兵营长和老林黛玉那样过烟熏火燎的日子。而王美琳呢，年小未定性，等她毕业，谁晓得哪里落脚？谁晓得到时会否另栖高枝？她是西安人，极有可能毕业后回十六朝古都。他总不能把工作辞了去做倒插门女婿吧？如此细思，关鹏心气更凉。

这天突击检查工作的是省厅，作为办公室负责采购的人员，关鹏要订招待水果，还要去酒店订餐。正在这里筹谋，手机急躁地爆响起来。

"我想跟你好好聊聊，"王美琳说，"我下午没课。""忙着呢，没空。""你什么意思？""我的意思是，我现在不想跟你说话。""我想你……"

"我们分手吧……"他淡淡地说，"分了吧。"

这句话终于说出来了，毫无征兆地说出来了。先是莫名的静，而后传来王美琳急促的喘息声，两个人都没有再吭声。关鹏默默挂掉手机。

一上午他都惴惴不安，老觉得一抬头王美琳就站在眼前。如果她真站在对面，能有如何说辞？不知道。那天中午他在饭店里跑前跑后，每每听到铃声都不禁浑身哆嗦。还好，王美琳再无声息。说实话，他倒希望她在电话里咒骂他一番，那样的话他会好受些。而现在，王美琳的沉默让他犹如深陷黑暗甬道，不晓得何时光亮才会漫进。

王美琳的疯狂是从午后开始的。她打他的手机，他没接。她再打，他还是没接。在半个小时里她打了六十多个电话。如果不是单位有规定必须二十四小时开机，他早把手机扔进冲水马桶了。刚开始只是内疚，当刺耳的铃声如复读机般萦绕耳畔时，他渐而麻木起来，将手机调到静音状态，有条不紊地结账、签字、护送领导到高速口、向主任汇报下月预算、复印文件、购买办公用品、到财务报账……手机一直在手包里嗡嗡响动，犹如怪兽在魔瓶中绝望呜咽。下了班，他直接开车回宿舍。推开门，发现王美琳正坐在里面跟顾长风聊天。顾长风嬉笑着站起来说，美琳来半天了，你怎么才回？王美琳没有吭声，只是低头喝咖啡。他一把拉扯起王美琳："你不是想谈谈吗？我们走。"

他们其实也没谈什么。王美琳只是抱着他哭，哭阵儿停阵儿，停阵儿哭阵儿，后来干脆坐马路边抱头嘤咛。关鹏捋了捋她的长发："回去吧。你现在还是个孩子，等你长大了，我们再谈恋爱。"

王美琳真就打了出租车回校，且几日音讯渺然。这倒让他颇感意外。按她的脾性，总要弄个鱼死网破。就想，也许她终于想通了，这世上没有谁离不开谁，谁都不是谁的恒星，谁也不是谁的行星。

顾长风呢，仍带豆豆乱逛，去了海豚馆和极地海洋世界，去了游乐场。更多时候，是在梅地亚广场看大妈们跳舞。关鹏想问他何时回廊坊，话到嘴边又咽了回去。他又跟关鹏要了五百块钱。关鹏想起上高中时，顾长风已经去职业技校念美术专业。他人漂亮，画又好，揽了不少私活儿。回县城头件事，就是带关鹏下馆子，生平第一顿自助涮羊肉，第一顿肯德基，第一顿必胜客牛排，第一顿日本料理……都是顾长风开着他父亲那辆破皮卡带他吃的。那时的顾长风，是腰缠万贯的老大哥，是世界连通器。他曾想，以后也要成为顾长风那样的人……而现在，看着顾长风略显佝偻的背影，心里有说不出的怅然。

那天关鹏突然接到陌生男人的电话。男人的声音听起来闷声闷气又异常洪亮，似乎随身携带着低音炮。他自报家门，说是王美琳父亲，想和他当面聊聊。关鹏想也没想就应了。等见了面，才发觉不光有王美琳的父亲，还有王美琳的母亲和王美琳。看来一场审判要开始了。关鹏还没见过如此阵仗，额头难免冒虚汗。王美琳父亲是个胖子，穿身板正白西服，系条猩红领带。母亲则黑瘦干瘪，满脸罩着杀气。王父也没兜圈子，说王美琳跟他分手后得了抑郁症和厌食症，如果病情继续恶化，后果不堪设想。你说怎么办吧？

关鹏很怕跟成年男性私下打交道，他缺乏经验。印象中，父亲与他虽血肉相连却冒着金属冷冰之气。小时父亲在黑龙江当兵，回家探亲时带不少榛子、松果、奶糖、果丹皮和棒棒糖。上大学后，父亲如果去了超市，仍会买大堆果丹皮，回家默默塞给关鹏。关鹏每次将糖纸剥下，都会发现自己瞬间变成了七八岁的男孩。他们没一起喝过酒，没一起打过篮球，没一起下过象棋——他晓得曾经的老炮兵营长在部队时是主力后卫，也是象棋高手。上班后他给父亲买过萨克斯，回家时也没见他吹过，只是擦得雪亮，摆在电视柜上，像平日的父亲般寡言。

如今面对王美琳的父亲，关鹏一时无语。他继续说："关鹏啊，你们是自由恋爱，可自由恋爱也有底线，不能新鲜劲过了就分手。你去买水果，咬了口就能随便扔吗？你比她大，凡事要让着她，想着她，由着她。"

关鹏沉吟片刻才嗫嚅道："我们分手了，她以后怎样，跟我没什么关系。不过，我倒真心希望她过得好。"

王美琳母亲就是这时发飙的。她从椅子上跳起，指着关鹏大声骂道："你什么东西！玩弄完我女儿的感情就想撒手！没门儿！她又不是过期产品说扔就扔！你给我听好了，我女儿的病治不好，你要养活她一辈子！"

关鹏更不晓得如何应答，只是磕磕巴巴问道："那你们……你们想怎么样？"

王美琳父亲朝老婆做了个手势，示意她息怒。他说："问题很好解决，给你两个方案，你自行选择：一是继续跟美琳谈恋爱，解铃还须系铃人，你留在她身边，她自然会康复；二是你走你的阳关道，她走她的独木桥，不过，你要给她十万元的精神损失费。"

关鹏起身就想走。王美琳父亲清清嗓子说："年轻人不要太拿自己当回事儿。如果你不配合我们，我们就去你们单位掰扯掰扯。你肯定不希望自己的大好前程毁了吧？一个在职警察，玩弄无知少女，话好说不好听啊。"

关鹏的衬衫都湿了，说："你让我好好想想，让我好好想想……过段时间我们再联系。"

王美琳父亲哼了声："你最好明天就给我回话。我在北京开了十二家羊肉泡馍店，手下员工百十号人，可比你个小屁警忙多了。"

关鹏满脑糨糊。他感觉自己就是条落水狗，正挣扎着爬向岸边。还好，他相信自己游泳技术还不错，姿势也不会太难看。

有美一人兮

老炮兵营长和老林黛玉火速赶来了。关鹏听着门外焦灼的敲门声，忍不住去瞅顾长风。顾长风咧嘴道："是我打的电话。信我的没错，酒是陈的香，姜是老的辣。"

老两口儿水都没喝，先问询起事情原委。老炮兵营长还从褪色的军用书包里掏出笔记本记录。遇到关键性问题，譬如关鹏是否和王美琳发生过性关系，发生过几次性关系，是否采取了避孕措施，有没有堕过胎，老炮兵营长都会皱着眉头用红水笔做标记。当关鹏支支吾吾地将事情说完，老炮兵营长的本子上也密密麻麻写满了字。为了清晰可见，他还利用老林黛玉去厕所的空隙画了张形势分析图。他说，形势有点紧迫，但还不至于到警戒状态。王美琳父母知道开弓已无回头箭，唯一的目标，无非是想从你身上诈些钱财。这时站位要高，目光要远，态度要积极，行事要低调。如果他们真闹到局里，名声肯定受损。这种事，掰扯不清，千万不能让领导和同事认为你是个玩弄女性的男人。虽然现在开放了，但还没开放到美国的程度。不过十万块也确实离谱儿，我会帮你处理好的。最后，老炮兵营长拍了拍儿子肩膀，铿锵有力地说："战斗开始了，不过我们肯定是胜利一方，美国哪里干得过中国？纸老虎而已。把那老家伙的手机号给我，我和你妈去谈判。"

他们下午四点钟去，晚上七点钟回。回来后老炮兵营长清了清嗓子说："去外面吃火锅吧。"关鹏就知道问题解决了。老林黛玉无疑流过些许泪，眼布血丝，声音也有些喑哑。当老炮兵营长点菜时，她朝关鹏竖起三根手指轻轻晃了晃，于是关鹏知道，赔了王家三万块。那是顿沉默的晚餐，只有豆豆举着爆米花在他们中间跑来跑去。等吃完饭已九点，老炮兵营长执意开车回廊坊。关鹏晓得他认定的事，别人休想劝阻，只得叮嘱他们上了高速要注意安全。老炮兵营长重重"嗯"了声，扫他一眼，说："狼行千里吃肉，狗行千里吃屎。我们是本分人，既不能做狼，也不能做狗，我们要做狼狗，谁欺负咱了，该咬谁就咬谁。记住没？"

这么些年来，关鹏还是头次听到老炮兵营长的肺腑之言，不禁拼命点头，同时将老林黛玉的泪水慌乱着揩去，以为就没事了。

本来他劝顾长风随老炮兵营长一起回老家，可顾长风说，他老婆又改了主意，不想离婚了，跑到单位撒泼耍赖，弄得领导很是火大，此时要回无异飞蛾投火，还是先在这里休养生息。他前几天看广告，发现有家私立幼儿园招校车司机，他就去应聘了，人家也录用了他，还说豆豆如果入托，会减半收费。关鹏就没话可说了。

过不几天局里要举办消夏晚会。每年盛夏，局里都举办这样的演出。有点文艺细胞的男警女警集体出动，会唱歌的唱歌，会跳舞的跳舞，会说相声的说相声，会演小品的演小品，主题无非是"警爱民民拥警、警民携手一家亲"。作为工会兼职干事，关鹏必须像只皮猴儿不停旋转，挑选节目、购买服装、写主持词、联系场地、事先排演，如此如此，堪比迎春。往年，还要从市歌舞团邀请舞蹈演员领舞配舞。今年领导说了，要开源节流，坚持两个"务必"，伴舞的就挑些腿脚伶俐的女同志跳吧。没经验？那就请有经验的老师带一带嘛。我们女同志抓坏人都手到擒来，还会被扭扭胳膊撩撩大腿这样的屁事难倒？既然领导如此安排，主管副局长和主任也不便多言，吩咐关鹏想办法聘请艺术指导。关鹏有个高中同学在本市艺术学院教书，便给他推荐了舞蹈系的一名教师。

这女人叫段锦。素面，长发，穿条宝石蓝长裙。她跟关鹏在办公室聊了个把小时。声音清脆，时不时夹杂些手势，手势也柔和，并不显得夸张或傲慢，关鹏就多瞅了几眼。事情谈拢，关鹏说："段老师，天都黑了，您忙活半天真不落忍。不如这样，我请您吃晚饭吧？"

段锦笑笑说："我晚上有约了，改天吧。你要是还有什么想法，尽管和我直说。"

女人的长发腰间荡漾，关鹏倚着门框愣了片刻。随后，麻烦事就来了。

是王美琳。关鹏本以为再也听不到她的声音了，她嘶哑着说："你看看我的微博吧。"

一看真吓一跳，王美琳正在微博上进行自杀直播。有张图片是条细柔的胳膊，胳膊上那条醒目红线无疑是刀片割的。还配了句话："原想选一人到老，择一城白头。不承想终究镜花水月。再见了，我爱的你。"关鹏再联系她时已经关机。除了恐惧，关鹏更感觉到一种深深的厌弃。他不喜欢拿性命开玩笑的人，更不喜欢拿性命威胁别人的人。作为训练有素的警察，他很快得出结论：王美琳只是在恐吓他。这个时间正是吃晚饭的点，她们宿舍的同学肯定都去了食堂，她心血来潮搞了这么张图片来吓唬他。钱她已拿到手，还想怎样？思来想去他给顾长风打了个电话，然后两人去了美大。如关鹏猜度的那样，王美琳穿着睡衣披头散发地开了门，见到关鹏先拱入他怀里，鼻涕一把泪一把。关鹏二话没说，拽起她旋出宿舍。

这间咖啡厅他们以前常来。关鹏给她点了比萨和果汁，看她小口小口地吃，边吃边嘟嘟囔囔，说她把父母赶走了，她会把那三万块钱还给他，她不缺他的钱，只是缺他的怀抱。抬头看着关鹏傻笑，笑得关鹏心里很不是滋味，犹豫半晌才道："你知道我为什么要和你分手吗？"

王美琳说知道，怪她不懂事。

关鹏说："其实那都是谎言。"王美琳说知道，你肯定爱上别人了。

关鹏说："知道我爱上谁了吗？"王美琳摇摇头，关鹏指着身边的顾长风说，"如果我说是他，你觉得惊讶吗？没错，我是'同志'。今天跟你'出柜'也是迫不得已。我不想你嫁个一辈子戴面具的男人，也不忍心将你的幸福毁在我手里。"说完将顾长风搂过，定定地看着王美琳。

王美琳嘴里的比萨掉在桌上。关鹏说："我知道你是个好女孩。我的选择你也肯定理解，你会祝福我们俩的，是不是？"王美琳盯了顾长风良久才说："谢谢你的信任关鹏，我会为你守口如瓶的。"关鹏长叹一声："我知道你是世界上最善解人意的女孩。"王美琳神情恍惚地乜斜他们俩一眼说："为什么帅哥都是同志呢？给我讲讲你们的故事吧。"

把王美琳送走，顾长风再也忍耐不住狂笑起来。关鹏很严肃地问道："我演技怎么样?"顾长风重重揣他一拳说:"我才是最佳男主好不好?"关鹏说:"好个屁。额头的汗差点儿滴我手背上。哎,只能用荒唐来对付荒唐。"顾长风托起关鹏下颌说:"亲,不会真爱上我了吧?"关鹏掸掉他的手:"滚!即便地球上只剩下凤姐和你,我也会选择凤姐。"顾长风"喊"了声说:"你该怎么感谢我啊?"关鹏说:"去梦吧好了。不醉不归!"

关鹏将豆豆托付给小弟炳文,然后带顾长风去了酒吧。未承想酒吧里碰到帮老友,酒就喝得喧闹。大鸟在市城管工作,父亲是国税局局长,但人低调实诚,身边总是那个小鸟依人的女友。胡烈和女友正在玩骰子。胡烈是家商务公司的老总,即便在酒吧,白衬衣的袖口也扣得格外紧绷。他女友是港务局的会计,长得特像《复仇者联盟》里的黑寡妇。一帮人猜拳掷骰子玩真心话大冒险,不亦乐乎。顾长风啤酒一杯接一杯,后来又换了伏特加。关鹏晓得他是难得的轻松,压抑这些时日,换成他早疯了。去洗手间时眼风扫到个背影,依稀熟悉却偏念不起是谁,不禁跟着走几步,待看到侧脸才惊喜地喊道:"段老师!您也来玩了?"

不是段锦是谁呢。只是换了条黑色短裙,化了烟熏妆。段锦笑道:"还真有缘分,这里又碰上了。"关鹏搔搔头:"是啊,您自己来的吗?"段锦说:"别老您呀您的,我可能比你还小。直接叫我名字好了。"关鹏说:"好啊好啊。您在哪儿桌?不如过来喝两杯?"段锦说:"跟同事们来的,不方便吧?"关鹏说:"您是我们的艺术指导,有什么不方便的?那是蓬荜生辉啊。"

于是并桌,不管相熟不相熟,先是一通乱喝。关鹏喝得少,动辄就去偷瞄段锦。这姑娘无论何时,脸上都挂着抹仿佛随时要消逝的笑容。后来在别人脸上,他再也没有发现过类似的表情:那笑容是剂镇静剂,能让你即刻心安,可是因为短暂,又会让你心生怅惘。酒也不乱喝,从不主动敬酒,当别人向她举杯,她含笑盯着对方,象征性地抿上一小口。那口酒洇留在唇齿间,随时都要从红嘟嘟的唇里渍出。关鹏的心有些慌,跟她碰了几杯后,邀她去舞池里蹦迪。段锦摇摇头,说她不会跳舞。

关鹏说:"我教你啊。"

段锦歪着头问:"你经常教女孩子跳舞吗?"

关鹏说:"我只教喜欢的女孩子跳舞。"

段锦说:"我只和我男朋友跳舞。"

关鹏有些失望。段锦又说:"不过,我和男友分手了。"

关鹏眼睛亮了亮。刚想说点别的,就接到了老炮兵营长的电话。老炮兵营长说话素来言简意赅,口吻犹如长官对士兵训话。他说:"我和你老妈商量了几天,决定给你买辆新车。什么牌子?奥迪Q7?为啥买这么贵的车?我们想透了,这世道,人靠衣装佛靠金装,尤其你们大城市,更是狗眼看人低。说白了,买新车就是为了给你提高身价，能更快捷、更省事地找个好老婆。哪儿来的钱？你忘了吗？咱家旧城改造时，老房子换了三处新楼，我不过卖了一处而已。"

关鹏愣住，不晓得说什么。老炮兵营长说："这个礼拜天你跟我去北京提车，然后直接开回你们单位。让你们单位的人也知道，咱家不是白给的，让那些拜金姑娘也看看，你不是白给的。"

接完电话回到酒吧，段锦已经走了。关鹏有些失落。他不晓得为何失落，此时应该感觉到兴奋才对。还好，不久收到了段锦的短信。她的短信很短，只有五个字："晚安，小警察。"关鹏盯着那五个字，隐隐觉得有戏。如她对他无意，何必发短信？即便礼节周全，"晚安"两字足够，如果是业务关系，加上"警察"两字也无可厚非，可是前面那个"小"字，就有了些调侃有了些亲昵的意味。关鹏忍不住跟大鸟和胡烈他们又狂喝了几瓶啤酒，内心里始终燃团微微了了的火焰。到散场找到顾长风时，顾长风正搂着位"公主"互留手机号，拽他起来，才发觉路也走不稳。等出租车时，脑子里还想着段锦的背影。他有种预感，如果明天约她共进晚餐，她肯定不会拒绝的。

钢 铁 侠

每日清晨关鹏的行程大致如此：六点半起床，七点开那辆老桑塔纳拉顾长风和豆豆吃早点，七点半把父女俩送到幼儿园，顾长风要开着那辆造型夸张的校车接孩子们。八点到单位。单位没有保洁，需要同志们自己打扫楼梯厕所。刚上班时，关鹏早早跑到单位，拖地板倒厕纸，顺便将同事们的杯中沏满普洱茶。这是老炮兵营长一再叮嘱的，说新人就要眼尖手勤腿快嘴甜。过段时日，关鹏听有人背后议论，说这新来的后生心眼儿真不少，看着傻，其实比谁都精明，如此急功近利想干吗？听着生气，关鹏就故意到得晚，别说墩地板，桌上直积了半尺灰尘。过段时日又听人说，哎，这孩子原来比谁都懒，新鲜劲儿过了，就露真相啰。

关鹏是个经验主义者，上大学时哲学老师讲，经验主义是形而下的哲学，被毛泽东、邓小平批判过，但关鹏觉得经验主义至少要比理性主义靠谱儿。他发现，大家基本上都是擦着点来。八点半上班，八点二十五分到，到了象征性地抹抹桌子扫扫地，开始各忙各。关鹏也照猫画虎，不过分热忱，也不过分冷淡，反正大家都这德行，谁也挑不出谁的理，倒也真的没人说三道四。

这几天去得早，纯粹是因为演出事宜。马上要文艺会演，先是西岗区那个从小学五年级就指挥少先队员合唱团的老刑警得了阑尾炎，接着两个女警在跳拉丁舞时崴了脚，肿成大象腿，再没办法训练；另外就是从网上购买的裙子号码普遍小一码，本来都是臃肿的大妈了，勒身上仿佛一群面相愁苦的巴西女奴……关鹏知道考验自己的时刻到了，如果这些小事不能嘎嘣截脆处理好，不定遭多少人背后耻笑。

段锦听说后倒帮了不少忙。她说她有个学生指挥是把好手，获过全省的什么"金指挥棒"奖，至于跳舞的就更好说，简直比蚁窝里的工蚁还多。关鹏支支吾吾地问，那费用怎么办。确实，上面给的经费不够塞牙缝，用起来真是英雄气短。段锦说，她那个学生，父亲是老公安，自小崇拜警察，要是指挥这么一帮叔叔阿姨合唱，高兴还来不及，谈什么钱不钱？至于伴舞，备好服装就行。关鹏嘻嘻笑着说，真是警民鱼水一家亲。段锦说，那是，不过，会演结束后，你要请我们吃麻辣小龙虾哦。关鹏赶紧说："等那么久干吗？不如今晚就请。"段锦想了想说："改天再说吧，你忙成这样了，我们怎么好意思打扰？"

她说得比较犹豫，关鹏说："也好，过几天再请他们不迟。不过我前几天团购了'盛世海鲜'的券，不如今晚我单独请你？听说那里的海鲜煲请的可是韩国料理师。"段锦沉默良久，方才盯着关鹏说："我今晚约了朋友，去看俄罗斯皇家芭蕾舞团的《睡美人》，真是抱歉。"

看来她说了谎，那晚刚提及和男友分手，今晚就约人看《睡美人》？瞥眼段锦，却没再问别的。

不过，晚饭还是在饭店吃的。顾长风发工资了。这货向来是有一分花两分，非要请关鹏吃大餐。关鹏说："那就去吃大排档，老王家的擀面老汤味道杠杠的。"顾长风急了："说那怎么成？我还请了同事呢。我可不想让人家以为我抠门儿。"关鹏懒洋洋地问："什么同事啊？男的女的？"顾长风说："女的，我们单位的财务会计，人老好了。"关鹏问道："结婚了没？"顾长风若有所思地答道："应该没有吧？"

等见了面，才明白顾长风那句"应该没有吧"是有所指。这是个比豆豆高不了多少的女人，用学术用语讲，这是位成年女性侏儒。身材如孩童，面相却是老姑娘面相。关鹏不禁皱了皱眉。还好，豆豆跟这个叫盈盈的侏儒很合。盈盈脾性也好，声音柔柔的，一辈子都不会着急的样子。他们四人坐在一起，仿佛是两位父亲带着两个女儿共进晚餐。顾长风说，去了幼儿园，人生地不熟，是盈盈关照有加，才让他觉得心里挺暖和。盈盈说："谁都有初来乍到的时候，这么做是应该的。"顾长风就倒了满满一大杯啤酒敬盈盈，盈盈也不推辞，一饮而尽。顾长风瞄了瞄关鹏，关鹏也接圣旨般赶紧敬酒。敬第二杯酒时，手机响个不停，看了看，是段锦。心差点儿跳进酒杯，慌里慌张跑到屋外。

"你到星海剧院接我来吧，"段锦说，"我在停车场等你。"

肯定是段锦遇到意外情况，不然不会这个点给他打电话，也不会用这种口吻跟他讲话。关鹏也没跟顾长风打招呼，开车直奔剧院。到了停车场，空空荡荡，只剩辆宾利停在那里。段锦端着胳膊靠在车门上，她对面是个穿西装的男人。关鹏瞅了瞅那男人说："段锦，我们走了！"男人愣了几秒，一把抓住段锦，又瞥了瞥关鹏，问道："这就是你说的新男友？"

段锦说："没错。"

男人问："警察？"

段锦说："没错。"

男人笑着说："样子不像个警察，倒像个吃软饭的小白脸。"

段锦说："好坏跟你都没关系。"

关鹏想了想，走过去拉住段锦的手，转身对男人说："别再骚扰段锦了，她以后不想再看到你。"

男人仔细打量关鹏一番："这样毛手毛脚的男孩，过两天就腻了。"

两人上了车。段锦用纸巾擦了脸，又掏出化妆盒小心地涂口红。反光镜里关鹏看到她的脸在忽明忽暗的光线中显得那么陌生。"送我回家吧，"段锦说，"我累了。"

途中两个人谁都没吭声。本来关鹏以为段锦会跟他说点什么，比如，关于这个看起来颇为神秘的男人；比如，他们之间曾经发生过的故事；比如，今晚他们一起看的芭蕾舞剧《睡美人》。可段锦的唇线封得死死，目光游离地看着窗外，关鹏也就没好意思开口。不过，男人肯定是个有钱的男人，没钱能开宾利慕尚？男人也是个有来历的男人，当了这么些年警察，还是一眼能看出对方成色。不过男人还是有些特别，不像这个地区的有钱人，脖子上挂着黄金链、手腕上拴着赛鸽蛋的象牙。他看起来很清洁，眼神里满是迷离和……疲惫，仿佛一个随时会睡着的孩子。

段锦在小区门口下了车，朝关鹏摆摆手。关鹏说："要我送你上楼吗？"

段锦说："改天……再请你上来喝茶吧。"

关鹏说："明天上午预演，局长审节目，不要迟到啊。"

段锦只是笑了笑。

回到家里，一个人没有，看来顾长风和盈盈他们聊得很投机。想到段锦说，改天请他到家里喝茶，难免欢喜。又想到今晚她的举动，心里满是疼惜。她骗那个男人说，他是新交的男友。如果对他尚无好感，怎会拿他当挡箭牌？又让他救驾，明显拿他当了贴心人。她还把他的身份告诉了男人，无非想让男人少找麻烦。再有钱的人也不会主动招惹警察。这女人看起来云淡风轻，其实心思缜密得很。关鹏推开窗户，小声咳嗽。他看到顾长风回来了。豆豆走在中间，左首是顾长风，右首是盈盈。他们有说有笑，仿佛是顾长风带着幼儿园的小朋友在郊游。

翌日段锦来得很早，穿了身咖啡色套装，娴静庄凝，看到关鹏先就笑。只是一笑，关鹏就酥软了。那天虽有局长坐镇观摩，他仍气定神闲地调度，半丝燥气也无，连那个老嗡嗡乱响的音箱也傻大黑粗地站在那里，没有中间变调或失声。演员们也争气，合唱气势冲天，眉毛都快从脸颊上飞弹出；扎着马尾辫的小指挥别看纤细，指挥棒一动，先把自己拧成芙蓉姐姐的 S 形，顷刻调动起千军万马；女人们的裙子全换成了加肥版，她们张着赤红大嘴歌唱、摇摆，深情如天主教堂唱诗班的女童……局长当场表扬了大家，当然也表扬了办公室，说办公室措施得力，安排巧妙。关鹏忍不住得意地瞄了段锦一眼，不承想段锦也正拿眼风笼他。两人相视而笑，段锦还趁机眨了眨眼。她这个小动作不禁让关鹏浑身燥热起来。他抽空给她发了条短信，说："为了庆祝预演成功，我们去吃海鲜吧。"不久便收到段锦的回话："好的，小警察。"

那日的晚餐既喧闹又宁静。喧闹是别人的，觥筹交错，划拳行令；宁静是他们的，只是默然吃饭，间或关鹏抬头看着段锦"嘿嘿"傻笑两声。段锦也不搭理他。关鹏有些恍惚，身边蓦地万籁俱静，这个叫段锦的女人，仿佛已陪伴他在此坐了数十载。

"你老傻笑什么？"段锦终于忍不住问，"没见过女人吃饭吗？"

关鹏说："没见过女人连吃饭都这么美。"

段锦说："油腔滑调，哪像人民警察？"

关鹏说："人民警察也得学会赞美姑娘啊。"

段锦正色道："记得正式演出了，千万让那个男主持别再忘了拉裤链。"

关鹏笑着说："他有前列腺炎。"

段锦"哦"了声："不早了，我要回家了。"

关鹏说："回家有鸟意思？我带你看些好玩儿的。"

段锦狐疑地盯着他，慢慢擦掉唇边的海鲜汁。

他带她去了宿舍。她没反对，安静地在他身后跟着。顾长风带着豆豆去海边了，打开窗户，濡湿的风不时袭来。段锦说："宿舍够乱的。"关鹏吐了吐舌头："我有个哥们儿带着孩子也住这儿。"段锦说："开收容所啊？"关鹏将顾长风的事简说一遍，边说边踩着板凳将一个硕大纸箱从衣柜顶部搬下，擦拭掉灰尘，瞥眼段锦，慢慢腾腾地打开。

那是箱超级模型，全是大小不等、造型各异的钢铁侠。他们站在箱子里，仿佛一支整装待命的部队。"这个最威武的，三十五公斤呢，是一比一的钢铁侠，3ironMan3MK43 手办模型，FRP 纤维增强复合材料的，啧啧，战甲是金黄色相间，眼睛和胸口能发白光。是不是跟我一样帅？"关鹏把这个跟他差不多高的模型搬开，"这个是二比一钢铁侠，材质是 PVCABS 的。喏，再瞧这款。本来是漫威的限量版，但战损版是我亲手做的。牛逼吧？我一帧一帧看电影，然后买了电钻、焊枪、喷枪、金属油漆、头灯和放大镜，用了半年的休息日做出来。后来用单反拍了照片发到论坛，有人出价三万块钱我都没卖。我怎么舍得卖呢？

哎，等我搬新家了，我要专门做个玩具柜，格子纳库要按照电影专门定制，把一至七代全放在水晶弧形格子里。这个想法牛逼吧？"

段锦坐地板上托腮仰望着关鹏唾沫星子乱飞，脸上是那种惯常的微笑。她什么都没说。

关鹏有些失望，满以为她会很喜欢，即便不喜欢，最起码也要装出喜欢的样子。他点上支香烟说："这些都是我的宝贝。下班没事干，就一个个摆出来。站在他们面前，我觉得自己成了将军。小时候，爸爸给我买了套塑料圣斗士星矢，整个暑假我都没出门。"

段锦说："说实话，你把那个最大的钢铁侠搬出来的时候，吓了我一跳。让我猜猜你的心理吧，你梦想着成为超级英雄，可是呢，内心还是个小孩。"

关鹏犹豫着拉过她的胳膊："我哪里都不小了，不信的话你摸摸。"

段锦打掉他的手："谁稀罕啊。"

关鹏说："真的不喜欢啊？"边说边把她拽进自己怀里。段锦拱了几拱，他喘息着说："别动，别动，我可是钢铁侠。"段锦"扑哧"声笑了，气力就绵软了些。关鹏顺势熄了灯，一把将段锦按捺住。

深　海

关鹏没料到和段锦进展得这般顺利。段锦不是矜持的女人，该做的两个人也都做了。关于床事关鹏对自己甚是满意，多年的魔鬼体能训练让他比肯尼亚草原上的猎豹还勇猛。那晚他送段锦回家，分别时吻了她。她的舌头是茉莉花。他闭着眼憧憬，蜂蜜般甜美的日子怕是真来了吧？

才知道什么是热恋的滋味。以前和女人们的种种，跟段锦的种种相较，全是温吞的白开水。上班时会忽地想她，想她的桃花眼，想她嘴角不明显的细碎纹理；午餐时会忽地想起她，想她在床上凌乱的长发，想她腋窝牛奶的香气，此时那地方就不由竖起杆旗；下班时会想起她，想她走路的姿势，想她说话时的语调……冷不丁清醒过来，难免自嘲，也算久战情场，何故如情窦初开？怕影响她上课，只有不停给她发短信。短信也清洁，无非是忙不忙、吃了没有、注意午休啊诸如此类的日常性问候。段锦回话一般都要迟些。她更难受，单枪匹马在城里闯荡打拼的姑娘，哪怕有怪物史莱克疼她也好。

关于段锦家世，关鹏还是在乎的。他觉得，择偶歹要进行一次科学化、程式化的考察，与王美琳的荒唐事更从反面佐证了此点。这是父母传授给他的经验主义：首先对方有无家族性遗传病史，比如白癜风、癫痫症、红斑狼疮、精神病、抑郁症、舞蹈症、侏儒病、糖尿病，底线是色盲和左撇子——只要不驾驶车辆，色盲和左撇子还是无关紧要的。其次对方父母是否近亲结婚，这东西最有可能隔代遗传，底线是五代以外直系血亲，他相信医学，到了第六代染色体估计就不会交叉影响。三是对方是否单亲家庭。这点也要命，是老林黛玉一再强调的。她认为，凡是家庭不完整的姑娘大都有心理暗疾，比如轻微自闭症、间歇性暴躁症和隐蔽性孤独症，日后必会影响夫妻关系和婆媳交流，底线呢，是父亲或母亲因病早逝，毕竟是天意，对孩子的伤害有限，不会影响心理发育。水务局那个长得像高圆圆的姑娘，虽貌美性温，和关鹏也情投，但因八岁时父母离异，还是被老林黛玉和老炮兵营长一票否决。四是对方有无身体残疾的兄弟姐妹。要是配偶有个脑瘫弟弟或低智商妹妹，岳父岳母病故后如何抉择？百分之五十的可能性是由他们抚养，一旦如此，问题也多米诺骨牌般纷沓而来，家庭负担加重，夫妻矛盾剧增，离婚率骤涨。当初，他颇为心重的那位幼儿园老师，就是因为有个脑瘫弟弟，相处了三个月后，忍痛分手两相忘。

虽深陷情网，关鹏仍保持了充足的警惕性，把段锦背景摸个底透，结果让他颇为得意。她老家是内蒙古呼伦贝尔草原的，父母都是县城公务员，体健貌端，弟弟正上大学，是学校篮球队的队长，还参加过全国大学生篮球联赛。她在上海念的艺术学院，毕业后一直在本市大学教书，去年入的党，曾连续三年被评为全校优秀教师。可说算得上标准的小康发旺之家。唯一让他疙里疙瘩的，是她的前任男友。那个开宾利的男人，时不时会忽然蹦出，斜眼打量他，让他心里陡然一凛。他本想跟段锦问问那男人的情况，话到嘴边又生憋回去。即便真问了，段锦也未必说，没准儿还会勾连起伤心事；即便真说了，难免觉得他小肚鸡肠。两人都不再是打汁机刚打出的纯天然新鲜果汁，没必要计较果汁底部是否有沉淀物。何况，有些事过去，最好的选择就是让它埋葬在马里亚纳海沟。

然而那天心里还是硌硬了下。本来说好跟段锦去张北草原音乐节。据说罗大佑、朴树和伍佰要来。奥迪也从北京提来了，正好跑高速磨合磨合。顾长风和豆豆呢，要参加幼儿园组织的夏令营，也不会打扰他俩。查了查天气，不冷不热，最适宜租住帐篷。早早将杂物备好接上段锦，快上高速时，他收到条短信："你会后悔的，关。"

你会后悔的。关鹏皱皱眉，盯着号码。是陌生号，也许发错了。转念一想，如果发错了，怎知他姓关？那么，谁给他发这样一条没头没尾的短信？这话什么意思？忍不住偏头看了眼段锦。段锦正塞着耳机听歌，吐着舌头问："怎么了，小警察？是不是忘了带身份证？"关鹏强笑道："也不看看我是吃哪碗饭的。"

那天天气委实不错，关鹏心里却蒙了层霾。他掰着手指数了数最近自己干的活儿，数来数去好像并无漏洞，更没得罪什么人。就是跟王美琳分手而已……对，就是王美琳，关鹏恨恨地想，这不知好歹的，难道还在打他的主意？

转念一想又不像。王美琳是个没心没肺的人，什么话都炮仗般直接飞天炸裂，断然不会如此委婉晦涩。心里就有点乱，给小弟炳文偷偷发了微信，让他帮忙查下号码。炳文很快回了，说这是黑号，查不到机主是谁。关鹏闷头闷脑地开了阵车，时不时地斜段锦两眼。段锦那天吊了条马尾辫，她发质硬，可能刚洗的头，有几根随风胡乱飘拂。她的侧脸没有正脸耐看，下巴过于圆润，可飞驰的阳光打在上面，有种瓷釉方有的光泽。

然而还是挺开心。乱糟糟的音乐节，客栈全满，帐篷租光，伍佰晃着几根油腻的长发唱了《挪威的森林》，罗大佑颤抖着破锣嗓唱了《恋曲1990》，朴树压根儿没来，然后是些莫名其妙的乐队，新裤子旧裤子、盲肠玫瑰异度空间之类。关鹏从身后搂紧段锦。霓虹灯和射灯将黑魆魆的天空射穿了几个洞。当他抬头仰望天空时，恰有流星驰过，不禁闭眼许愿，无非是跟段锦百年好合之类。许完愿忍不住自嘲，都什么年岁的人了，还跟个孩子似的幼稚。即便如此，心里仍是脂蜜流淌。只是当他小狗般舔舐着段锦散发着茉莉香气的发梢时，车上收到的那条短信忽又跳脱出来，一字一字在瞳孔里放大，随着歌声左飘右摇。关鹏猛然间醍醐灌顶：这短信，八成是那男人发的吧？他怎么舍得段锦这样的女人？穷追猛打不成，才发了短信让他生疑猜忌。如此手段，也真够下三烂。想明白了，将段锦搂得更紧。段锦用手指敲敲他脑门儿说："又发情了？"

从张北回来，忙得是脚尖朝后。先是文艺晚会在梅地亚广场隆重上演。让关鹏欣慰的是，主持人裤链没忘拉好，小指挥的 S 形堪比逻辑回归模型，小品演员没有卡壳冷场，总之一切都顺当流畅。刚忙完会演，上面的暗访组又来暗访，少不得接待应酬。接着是部里的老干部们来疗养，他们要挨个慰问。除了这些，还有让他担忧的事。有传闻说，纪委收到了举报大局长的匿名信。他呢，虽没做过什么违法乱纪作奸犯科之事，可毕竟是大局长这条线上的人，如果大局长出什么意外，主任他们难免受牵连。不过看样子传闻也只是传闻，大局长照样开他的会、吃他的饭，瞧不出什么风吹草动。他这才稍稍心安，跟段锦商量，是否跟他回趟老家。

他的意思很明了，想让段锦拜会下父母。无论如何，老炮兵营长和老林黛玉这关肯定是要过的。按照他的预测，这关不是问题。见面无非是给他们提个醒：他有了女友，老林黛玉莫再为他的婚事失眠。段锦那边也无异议，只是说，她要把课调换下，又问去那里的话，需购买哪些礼物。关鹏想了想说，买些土特产就好，爸最喜欢吃虾皮，妈最喜欢吃螃蟹。段锦说，给爷爷奶奶买什么？关鹏心里一暖，她想得真周全，不过是无意间提过，他跟爷奶感情深厚。就说，他们牙齿都掉没了，买些"富贵轩"的糕点好了。本想替段锦打点这些礼品，不料单位有事，等联系段锦，她说已购备齐全。他也就没说什么。

老炮兵营长他们无疑做足了准备。他们住六楼，还有电梯，仍将一至六楼的紧急通道细细打扫。屋内更不消说，百十平方米的屋，老两口儿昼夜未歇地拾掇两天，就差门上插彩旗墙上贴横幅了。见了段锦这叫个亲，老林黛玉左看右看、前看后看，老也看不够。老炮兵营长假装用纱布擦那管瓦亮的萨克斯管，一双老花眼瞪得溜圆溜圆，怎么都忙不过来。到了做饭的点，段锦一直陪老林黛玉守在厨房。老林黛玉赶了她三次都没能赶出来。菜看无非是老三样，海蟹大虾炖排骨、鲍鱼鲜蛏烧大鹅。满满一桌子菜，就差白酒了。老林黛玉说，地下室还有两瓶陈年茅台，这么欢喜的日子就喝了吧。段锦就陪老林黛玉去了趟地下室。老炮兵营长朝关鹏"嘿嘿嘿"地傻笑，犹如下岗职工中了五百万彩票。关鹏心下暗自得意，酒就喝得有点高。段锦也小酌了两杯，不时偷偷掐下关鹏的大腿。关鹏就迷离着眼死盯着她看。段锦说，少喝点，待会儿陪我去街上逛逛。老林黛玉忙接话道，去吧去吧，我们县城虽小，也是千年古镇。关鹏说，县城有什么好看的？还是带你去市里转转吧。

两人打车去市里。女人嘛，世界上大抵有三个地方最值得她们留恋：厨房、化妆间和商场。段锦似乎也不例外。在专卖店她看上双红皮鞋。处了这么些时日，倒很少见她这般兴浓。试穿后她又把那双鞋在手里掂来掂去，间或瞥关鹏一眼，半晌才说："真是不错。很早就想买双这种款式的，不想在这里遇到。"

关鹏不是傻子，焉能不明白她的意思？他此时最该做的，就是屁颠屁颠地去开票付款。按理说这是他的职责，即便是热恋中的阿根廷雄火烈鸟，也晓得把最肥美的蛤蜊献给雌火烈鸟。但是，关鹏愣没开口。那双鞋标价 2500 元。2500 是什么概念？他半个月的工资。打小起，关鹏便是个不随便花钱的孩子。这可能和老林黛玉的教育有关系。老林黛玉时常念叨："由俭入奢易，由奢入俭难。""一粥一饭，当思来之不易；半丝半缕，恒念物力维艰。""常将有时思无时，莫把无时当有时。"甚至还让他把《蔷薇园》里萨迪的那句名言抄到日记本上："谁在平日节衣缩食，在穷困时就容易过难关；谁在富足时豪华奢侈，在穷困时就会死于饥寒。"关鹏出生没几年，邓小平就南巡讲话了，可从小到大，关鹏极少买零食，玩具也都是表哥们玩剩下的。他极渴望得到那套塑料圣斗士模型，又不敢跟父母讲，恰逢老师留了篇作文，叫《我的爸爸》。他就在文章里赞美老炮兵营长，说他喜欢圣斗士玩具，过生日时老炮兵营长毫不犹豫地给他买了全套。老炮兵营长偷偷读了他的作文，彻夜未眠，翌日关鹏床头便多了那套梦寐以求的玩具。由此他晓得，不能轻易开口讨要礼物，而是要等对方主动馈赠——即便对方是父母。别看平日里他衣冠楚楚，拉风得要死，其实穿的都不是名牌，全是淘宝淘来的，不是优衣库就是 H&M，款式新颖便宜，穿一季扔掉也不心疼，即便跟狐朋狗友去泡酒吧，也都是网上团购酒水门票。当然，他唯一的奢侈品就是那些成箱成箱的钢铁侠。

当那双鞋子在段锦手里像团火焰来回晃动时，他其实做了无数次争斗：买，还是不买？买了，段锦肯定认为理所当然，热恋中的男人即便为女人掏心掏肺也理所当然，可以后呢？有一就有二，有二就有三，他开着奥迪 Q7，可并不是他妈的富二代。千万不能给段锦造成种错觉：他有钱，他喜欢花钱，他喜欢为女人花钱。不然的话日后矛盾定会迭出，女人的欲望是器官上的息肉，割掉虽还会长，但不至于长得太过臃肿肥大，如果一直不割，很可能发生癌变。不买呢，段锦肯定会好好思忖一番。是舍不得，还是别的缘由？她冰雪聪明，定会明晓他的心思，也会体谅他的难处。果然，段锦见他没有动静，就对服务员说，还要去别家看看，先放起来吧。

就去看她的脸，没有丝毫沮丧的样子。她甚至朝他笑了笑，说："还是有点小贵。我们走吧。"关鹏说："你要是真喜欢，我们就买了。"段锦说："一双鞋子嘛，有什么真喜欢假喜欢的。"关鹏说："也好，也好，不如我们去看电影吧，听说《云图》最近挺火。"段锦说："我们还是随便逛逛吧。你们这里不是有地震遗址吗？应该是免费开放的吧？"关鹏偷偷掐了把她的细腰说："有什么好看的？要去的话也晚上去，还能干点别的。"段锦拍了拍他的头："你呀，满脑子黄色思想，要好好践行党的群众教育路线啊。"关鹏从后面揽住她说："领导一针见血，领导高屋建瓴，领导总是在最关键的时刻挽救同志。"

两人就回了县城。老炮兵营长和老林黛玉早备好了晚饭，依然是饕餮大餐。老林黛玉真是使出了浑身解数，烹炒煎炸，新蔬时鲜，只恨买不得龙肝凤胆，老炮兵营长也贡献了道据说在部队练就、关鹏只在口头听说过的驴肉焖洋芋，吃得关鹏直打饱嗝儿。段锦不停给老两口儿夹菜，老两口儿又夹给她，她又夹给关鹏。待酒足饭饱，老林黛玉去收拾寝室，犹如老宫女侍奉皇后般，一水的新褥子新被，据她说是 1985 年结婚时的嫁妆，多年来一直压箱底，怕有樟脑丸的气味，已然在阳台暴晒三日。段锦说："阿姨，我跟你睡的。"老林黛玉去瞅关鹏。关鹏说："我妈晚上打呼噜，堪比八级地震。"段锦瞪他一眼，他赶紧说："妈，还是让段锦陪你睡，你们娘儿俩亲热亲热，好好说说话。"段锦说："是啊。"老林黛玉就不敢再说别的，忙去铺床温被。

听着身边老炮兵营长均匀的呼吸，关鹏睡不着了。看样子，段锦对父母印象不错。她是面上窥不出心思的人，不过从她言谈中尚能窥知她对自己的家庭甚是满意。这在意料之中。他掏出手机，仔细打量着上面那条新收到的短信："你会后悔的，关。"这些日子，每天他都会收到这条内容相同的短信，有时是清晨，有时是午后，有时是日暮。他已然认定是她前男友所发。对这位神秘的现任女友的前男友，他一直保持着沉默。说实话他完全有办法查到男人的相关信息，男人的车牌号他当时只扫了一眼，却早牢牢记下。可查出来又有何用？只是条骚扰性短信，连威胁都谈不上。每次看完短信他都想删除，可想了想又保留下来。他也不晓得这是何故。有时看看短信，再去看段锦，就觉得这个女人身上蕴藏着无穷无尽的旧事。他渴望知道她身上发生过什么，但又极力克制自己的好奇心。好奇害死猫这句话他是信的。

父亲来回翻身，想必是酒喝得高了。他悄悄爬起踱到窗前。已立秋，夜色凉润。楼身后是田地，农人种了苞米、高粱和大豆，清甜之气随风卷漫。这晚无月无星辰，分不清哪里是田野哪里是夜空，黑魆魆苍茫虚空，偶有枝叶被风吹得窸窣响动，疾而忧伤，犹如夜海上传来的细碎疲惫的涛声。他点上支香烟，默然凝望着凝望着他的黑暗。

烟　火

回单位的高速路上，关鹏接到主任来电。主任说："你方便吗？方便的话你听我说，大局长被双规了。据说是他们写了匿名信。这几天可能会有纪委的人找咱们，当然，咱们向来公事公办，做了的事就承认，没做过的千万不能乱说。记住没？"就挂了。

关鹏蒙了，没想到这天真来了。主任口中的"他们"，他当然知道是谁，无非是那两位向来与大局长面不和心也不和的副局长。本以为之前的传闻纯属空穴来风，不承想坐了实。他心里倒也安生，他和主任虽是大局长的人，但丝瓜藤是丝瓜藤，肉豆须是肉豆须，即便有纠缠，还是分得清，平日里办事全照着规章，没玩过幺蛾子。只不过如若大局长真被拿掉，他们这些一条绳子上的蚂蚱，断胳膊断腿也是难免的。

段锦问道："出什么事了吗？"

关鹏笑笑说："没有。办公室的都是奴才命，这不主任又让我安排午饭。"

到了单位一派兵荒马乱。本想找主任私谈，问问细情，可主任没在。其他处室的人见了他，匆匆忙忙点下头，半句话都没有。他甚是无趣，只得坐在电脑前发呆。及至晌午接到顾长风电话，说他在外面租了房子，想下午搬家。关鹏问他为何搬家，顾长风说："我们爷儿俩不能老鸠占鹊巢啊，快让段锦搬过去住吧。"关鹏也没心思挽留，只说下午帮他拾掇东西。

其实也没什么东西，一个行李箱就把顾长风和豆豆的衣物全装下。顾长风说他租的房子在附近，有什么事也好照应。关鹏寨着脸将他送上出租车，顾长风说："真舍不得我们爷儿俩？"关鹏挥挥手："滚吧，快滚吧。"顾长风说："我可不是翻脸无情的人。晚上一起吃饭吧？"关鹏神情恍惚地点点头。顾长风又叮嘱道："别忘了带上你老婆。"

那顿饭吃得还算热闹。顾长风带了豆豆和盈盈。盈盈烫了卷发，看上去像个衰老的洋娃娃。段锦和盈盈都围着豆豆转。顾长风附在关鹏耳朵边问："你拉着个臭脸给谁看？"关鹏道："有吗？"顾长风说："怎么没有？是不是掉茅坑里了?"关鹏挤出丝微笑。顾长风说:"女人嘛,绰号叫麻烦;漂亮女人嘛,就是麻烦他娘。你是爷们儿,让着她点儿。"关鹏忍不住瞅了眼段锦,段锦正喂豆豆吃虾,就说:"我们能有屁事!"顾长风快快道:"那就好,那就好。"

顾长风搬走后段锦偶尔住关鹏这里。关鹏住的是单位宿舍,低头抬头全是同事,也顾忌段锦老被他们看到,不定传什么闲言碎语,更多时候是他去段锦那儿。是学校的宿舍,不过气氛要闲适些。那天两人完事后,段锦摸着他小腹说:"我姑父他们来旅游了,我明天上午有课,你去机场接他们吧。"关鹏皱着眉说:"单位这几天乱得很,我怕万一——"段锦打断他说:"没有万一。"关鹏不吭声,段锦又说,"人多,记得开你那辆 Q7 去。除了我姑父姑妈,还有表姐表姐夫。"关鹏问:"接到后送哪儿?"段锦弹弹他脑门儿:"把他们扔大街上算了。"

于是晓得段锦是让他给亲戚们安排住宿。这倒简单,单位跟宾馆素有往来,安排几间房不成问题。不过这几天单位很多人被找去谈话,按说也该轮到他了,难免心里绷了根弦。据说问得特详细,连购卫生纸的账目也要核查。

越怕什么就越来什么。翌日刚想去机场,纪委调查组的人就来了,指名要跟他谈话。他在办公室当了几年采购,心里还是有谱儿的,账务的来龙去脉也清楚,人家问什么,他就老老实实答什么,虽心无赘事,手心也是捏了把腥汗。待到谈完话已上午 10 点多,姑父他们在机场都等半个多小时了,他这才开着那辆老桑塔纳疯了般开奔机场。中间段锦打过一次电话,一个自称"你姑父"的男人也打过电话。到了机场,呼啦啦围上一帮人,倒把关鹏吓了一跳。原来除了姑父姑妈、表姐表姐夫,还有两个双胞胎男孩。关鹏连忙道歉。姑父艮声艮气地说:我知道你是警察,忙,就别客气了,一家人不许说两家话。瞅了瞅姑父,典型蒙古人,宽颊细眼,体态如熊,一看就是摔跤高手。

只得又打辆出租,将贵客载至宾馆。段锦早在宾馆等得不耐烦,见关鹏从那辆老桑塔纳车上下来,脸色就有些不对。关鹏忙说单位有急事,段锦也没搭理他,只是满脸堆笑跟亲戚们又搂又抱。饭是关鹏定的四百元套餐,除了猪肉炖粉条就是小鱼贴饼子,段锦抽空问道:"怎么没有海鲜?"关鹏一愣,旋即红着脸说:"哦……怕他们吃不惯。"段锦笑着说:"你觉得我们呼伦贝尔人没吃过猪肉吗?没吃过鲫鱼吗?"没等关鹏插话就扯着嗓子喊服务员,"来两斤基围虾!再来八只阳澄湖大闸蟹!"

姑父他们热情得让关鹏有点手足无措。给关鹏带了箱"绊马索"白酒、两箱牛肉干和奶酪,还给老炮兵营长带了件羊皮袄,给老林黛玉带了件鄂尔多斯羊绒衫,礼节周全得让关鹏后悔没定只澳洲龙虾。吃完了就嚷嚷着去海边洗澡。关鹏说:"现在水凉了,洗海澡容易感冒。"姑父说:"不怕不怕,我们酒喝多了,冬天也敢骑马背上睡觉。"关鹏不好再劝阻,将炳文唤来,两人开车将一大家子运至海边。段锦问："怎么没开你那辆奥迪？"关鹏支支吾吾道："雨刷器坏了。"

其实那辆奥迪关鹏倒极少开。平素都停在宿舍后院，上班下班依旧开那辆老桑塔纳。原因是有的，这么年轻，开着辆百八十万的车，同事不定在背后唠叨什么闲话。可老炮兵营长既然买了，又不能不要，只有跟段锦出去兜风购物，才悄悄开上。发动车时也探头探脑，怕被哪个同事撞到。

段锦说："记得六点钟接我们。"

关鹏忙说："尽量，尽量。"

段锦扬了扬眉，想说什么又没说，转身带着姑父他们去买泳衣泳裤。

结果下午5点多主任来找他。主任虽比他只大四五岁，却是个沉稳干练的老江湖。在关鹏印象中，如若天漏了窟窿，主任会悠闲地迈着八字步去超市买胶带纸，断然不会有丝毫慌张。可这次不同，主任脸色阴沉，坐他对面只是抽烟，屋子里满是烟雾。好歹他抬起头，盯着关鹏说："兄弟，哥对不起你，白跟我混这么些年。下午局党组找我谈话了，说给我换个岗，去党办管理资料，待遇还保留着，只是没实职。我倒没什么，不过连累了你，心里难过得很。我担心没准儿哪天，他们也要拿你开刀。"关鹏沉默良久方道："主任，这么多年了，我最了解你。无论你去了哪儿，或者我去了哪儿，我们还是穿一条开裆裤的铁哥们儿。"主任的眼眶有些湿润，哽咽着说："我明白。这样吧，晚上我们去喝酒。何以解忧？唯有杜康。古人的话总是没错。"

关鹏也不好意思拒绝，心里想着段锦那头，却也不能扔下老主任。忙给段锦打电话，说单位加班，让他们打出租回市里，晚餐也不能陪他们了。段锦说："晚上我就不去你那边了。"关鹏说："好的好的。把姑父他们陪好，别忘了替我敬杯酒！"

那晚主任喝了瓶衡水老白干。关鹏知道主任能喝，据说有次主任陪上面的人吃饭，喝了两瓶茅台，照样陪客人打牌打到天亮，一句酒话没讲，一件酒事没办。那天两人没如何言语，都心知肚明，此时说什么话都是废话。喝完酒都九点了，主任打了车回家。关鹏赶紧联系段锦。段锦说，姑父他们累了，已睡下，她也没什么精神，正躺床上读书。"我就不过去了，"关鹏舌头都短了，"明天我有急事，你陪他们去极地海洋馆吧。孩子们最喜欢海豚。"段锦沉默了会儿，问道："你是不是有心事？"关鹏说："没什么，单位最近有点忙。"段锦又沉默了会儿，说："要真有什么事，尽管跟我说，没准儿我能帮你的忙。"关鹏嬉笑道："你能帮什么忙？别替我瞎操心，好好教你的书。"

第二天醒来头疼欲裂。关鹏急忙赶到单位，单位也没什么事，平静如风暴眼。难得清闲，关鹏找了本落了尘土的小说，有一搭无一搭地看起来，看着看着想起内蒙古来的客人，忍不住给段锦打电话。段锦说："我们玩得好着呢，你忙你的。"关鹏说："你们要是去森林动物园就跟我说,那里的园长我认识。"段锦说："那个动物园除了绵羊就是黄牛,呼伦贝尔有的是。"

白天清闲,晚上偏又来拨客人,尽管主任已调离,可后勤的事还是关鹏负责,依旧忙如龟孙,回宿舍倒头就坠梦里。醒来时发现段锦坐在床边凝望着他,关鹏拉住她的手问："什么时候来的?"段锦抽出手拍拍他的脸:"姑父他们明天下午就走了,你陪我送送。"关鹏问道:"才来屁会儿的工夫就走?"段锦说:"他们要带孩子去天安门广场看升旗仪式,下午四点的火车。"关鹏将她搂过来猛亲,段锦推开他,整了整裙子说:"明天记得到学校接我。"

翌日去火车站的路上,段锦突然说:"糟了,忘了给姑父他们买点吃的。附近好像有家乐福吧?"关鹏说:"你等我。"很快就回来。段锦瞅了瞅,塑料袋里有六根双汇火腿肠、六个乡巴佬茶叶蛋、六瓶北纬48度矿泉水,问道:"只买了这些?"关鹏说:"是啊。不够吃吗?七点钟他们就能到北京。"段锦喃喃道:"哦,你想得真周全。"本来关鹏还想买几桶方便面,想想吃不了也会扔掉,何必浪费呢,就说:"那当然。"段锦乜斜他一眼:"我记得旁边超市里土特产也不少,鱿鱼片黄鱼干乌贼肉啥的。"关鹏问道:"你没给姑父他们买吗?"段锦说:"买了。"说完定定地看着关鹏。关鹏说:"咋啦?"段锦想了想说:"没什么。"

亲戚们走后那几天,段锦没怎么联系关鹏。关鹏也没有往心里去,他这头虽风声松懈,心里那根弦绷得倒比之前更紧。局里已陆陆续续清理大局长的旧部,人事处的处长去了食堂管伙食,监察处的处长下派到分局当副局长,总之都是明降。像关鹏这样没职位的,最担心的就是下派到某个兔子不拉屎的派出所当巡警。他联系了几次主任,主任只是叮嘱他,做最坏的打算,不过年轻人吃点苦总是好的,要记得星云大师那句话,吃苦是福。关鹏还能说什么?坐办公室如坐针毡,接到段锦电话也没个精气神。那天段锦说,好久没去酒吧了,晚上去玩吧。关鹏倒有些意外,她极少主动张罗去如此喧腾的地方,就说,好啊,我把顾长风也叫上。段锦说,那我把师姐带上,好久没见她。关鹏问,什么师姐?段锦说,大学的闺密,以前都在上海读书,现在做酒店呢。关鹏说,怎么没听你念叨过?段锦淡淡地说,她呀,比国家第一夫人都忙,不是想见就见到的。

关鹏跟顾长风到得早,碰到了大鸟胡烈他们。大鸟似乎有什么心事,死劲喝酒,偷偷问胡烈,这才知晓,大鸟跟女友分了,本打算十一月底结婚,问题就出在买车上。大鸟想买辆荣威 W5,女友不干,说一辈子结这么次婚,要买辆好车,起码要捷豹 XE 吧。大鸟说车就是代步工具,有辆凑合着用就行。女友说,如果买荣威,那婚也就不必结。本是两人私话,怎么被大鸟父亲知晓?父亲说,那就让她嫁给买捷豹的男人吧,咱们家买不起。大鸟又犯了个错误,把话传给了女友,女友告诉了家里,家里又不干了,说:"大鸟家有的是钱,买辆破车还要推三阻四，明明是瞧不起我们闺女，这婚不结就不结，再说了，我们家闺女找什么样的找不到？"如此如此，再加上亲戚添油加醋煽风点火，大鸟干脆和女友分了。

关鹏说："至于吗？她以后到哪里找大鸟这么好的富二代？有钱不乱花，颜值高不乱搞，真是傻逼一个。"胡烈似乎颇为感慨，说："现在的姑娘，老觉得全世界都对不起她，老觉得全世界都是她的，"瞅了瞅"黑寡妇"嘿嘿笑着说，"像我女朋友这样视金钱为粪土的，真还是快绝迹了。"关鹏就去看港务局的女会计，看着看着难免羡慕起胡烈来。

关鹏喝得有点晕乎，见到段锦进来时忙晃晃悠悠站起来迎接。段锦说："快来拜见我师姐。"关鹏就去看那女人，一看不打紧，头先炸开去。那女人见了关鹏也是愣住，盯看着关鹏。段锦说："大眼瞪小眼的，怎么，你们认识啊？"关鹏忙摇了摇头，师姐笑了笑，说："你男朋友长得可真像那个明星，叫什么来着？跑男里的，对，郑凯。"段锦："他可比郑凯帅多了。"

师姐入座，时不时瞥眼关鹏，关鹏忙低头倒酒。她怎会是段锦师姐？他跟她早就相识，有段时间单位来了贵客，都住富丽华酒店。女人就是富丽华酒店的前台经理。关鹏那时到办公室不久，常办漏兜的事，女人帮他打过几次圆场。关鹏难免对她微生好感。她是那种男人看过一眼就永远忘不了的女人，说美艳呢，端庄起来堪比马利亚圣母；说端庄呢，眼风扫过尽是春水微澜。有次结账后，关鹏笑着说请她吃饭，她也没拒绝。在海边的山庄，他们喝了三瓶波尔多红酒。与电视剧里老套的情节无异，他们睡了，关鹏一直认为那次是睡女人睡得最爽的。后来两人也交往过，她很喜欢关鹏。不过关鹏做了些调查，发现她情史杂乱，又约了几次后对她说，还是做朋友吧，友情远比恋情长久。他记得说这话时是在家火锅店，羊蝎子冒着浓烈的膻味，水汽像雾霭般将两人笼罩，根本看不清彼此眉眼。从坐下到离开她一直没说话。关鹏这才知道，世界上最有力气的动物不是大象，不是雄狮，也不是抹香鲸，而是沉默不语的女人。

没想到如今在此相遇，更没想到，她竟是段锦师姐。酒意骤醒，话也不敢多说，坐段锦与师姐对面，眼风却笼着胡烈大鸟那桌。段锦说："你呀，心不在焉。要想喝酒，就去找那帮狐朋狗友吧。"关鹏如获大赦，嘴上却道："我怎么舍得？丢下两个美女，简直是犯罪。"段锦说："随你便吧。"关鹏立马正襟危坐，脸上堆笑目视着段锦。冷不丁扫到师姐貌似哀怨的目光，只得低头小酌。段锦和师姐在嘈杂的音乐声中窃窃私语，时不时同时抬头扫关鹏一眼，扫得关鹏心如鹿撞。还好，过不多时师姐起身辞别，她说，相聚时难别亦难，酒店里还有点要紧事，要先行告退。段锦嗔怪道："你啊你，总是这样，这心刚热乎，就幽灵般飘走了。"师姐说："哪里有女人老恬不知耻当灯泡的呢？等哪天大家都空闲，到我们酒店里喝。我好多年没醉过，倒真想好好醉一场。"段锦说："也好。"

　　师姐走了，段锦默然跟关鹏喝了几杯血腥玛丽，说："我这师姐，大学跟我一个宿舍，最是贴心。人长得美，又挑剔，一晃到现在也没嫁出去。"

　　关鹏皮笑肉不笑。

　　段锦说："你们单位要是有合适的，不妨给她介绍介绍。"

　　关鹏说："我们这清水衙门，全是糙爷儿们，有品有位的师姐，哪里瞧得上眼？"

　　段锦说："你倒是很了解师姐呢。"

　　关鹏说："天下美女的心思，全都差不多。"

　　两人边说边走出酒吧，在关鹏那辆车旁停住。段锦摸着车门说："这辆车是贷款买的啊？"

　　关鹏说："谁讲的？我老爸卖了处拆迁房呢。"

　　段锦笑吟吟地望着他，半晌才说："上次跟你回老家，阿姨说，车款只是交了首付，叔叔每个月要还贷的。"

　　关鹏不禁皱了皱眉，一时无语。转念一想，段锦说得也不无道理。县城里一处拆迁房，也就四五十万的价钱，还真只够付个首付。自己倒从没想过这个问题，就说："管他呢，老爷子的心意我也不能辜负。日后有了钱，我也给他买辆好车。"又说，"你闭上眼睛，我有礼物送你。"段锦眯眼看他，关鹏说，"小狐狸，听话。"段锦闭了眼，关鹏从包里掏出件物什攥她手心。等她睁开眼，却是枚黄金十字架，在微光浸润下尤为闪亮扎眼，不禁"啊"了声说道："你怎么——"关鹏将她揽入怀中，吻得她半个字也哼不出。她搡开他，将十字架在手里翻来覆去地瞅："你真是有心，后面还刻了我的名字。"关鹏说："姑父来时，说你小时在教堂受过洗，那天路过金店，就特意订制了这枚十字架。也不知道你是否喜欢。"段锦又将十字架把玩一番，犹豫着戴到脖子上，喃喃道："其实……"关鹏嘿嘿笑着说："其实我们该回家了。"

　　回到宿舍，难免巫山云雨。关鹏兴致高涨，段锦却颇意兴阑珊。关鹏打她身上翻落，她也没如往常那般帮他擦拭，只在黑暗中看他抽烟。"以后少抽烟，老了，肺就成了破蛛网。"她将灯打开，俯身凝望着关鹏，关鹏将烟雾喷吹到她嘴里，她也没有往常般拧他耳垂，只是说，"我倒是想看看你收藏的那些钢铁侠呢。"关鹏说："黑灯瞎火，有什么好看？不如好好看我。"说罢曲臂展示肱二头肌。段锦嫣然，从床上跳下，搬了凳子去够。或是太沉，怎么也没搬动，干脆从凳子上下来，手里抓着把烟花。关鹏已然忘记何时买的，段锦呆呆地说："我们去放烟火吧，很多年没放过了。"边说边用抹布将上面的灰尘撸掉。关鹏说："半夜三更去放烟火？"段锦说："是啊，也不用走太远，附近不是明德广场吗？"关鹏叼着烟屁假装恨恨地瞪她一眼，说："唉，良辰美景本应颠鸾倒凤，却要无故去受风寒。"段锦说："就这一次，以后也不会有了。"关鹏说："那不行。以后我们有了孩子，逢年过节，都要一起放烟火。"段锦笑了笑，没说别的，只用手轻柔地蹭着烟花细杆。

是小跑着去的。广场除了他俩再无旁人。关鹏用火柴将芯子引着，段锦一手抓杆，一手捂住自己左耳。关鹏说："别怕，只是烟花，又不是鞭炮。"段锦不听，依然那般姿势。广场上灯光灰昏，耳畔有咸风号走，关鹏看着银白色烟花柔曼地喷涌，于风中摇曳盛开，随即消散开去，星星点点伴着"刺啦"细响。段锦笑得清澈，后来忍不住跳跃挥舞起来，宛若婴孩，烟花也随之雀跃流离，将夜风划开一道又一道口子。放完了一支，关鹏说："我们不如去角落里，那样烟花才更美。"段锦咬着下唇说："算了吧，我还是喜欢在明亮的地方放烟火。颜色单调是单调，心里却安稳。"关鹏说："傻丫头，总是跟别人想的两路。"段锦也不搭理他，径自又引一支，将手臂高高擎起，关鹏仰头，看那烟火被风吹得一路飘摇，竟有些痴了。很快烟花燃尽，关鹏将段锦裹进自己夹克衫里。段锦一直不停哆嗦，不晓得是寒风侵袭，还是兴奋难平。不禁将脸贴至她耳畔，却听她念诵道："桃花落尽满阶红，后夜再翻花上锦，不愁零乱向东风。"就问："你说什么呢？"

段锦淡淡地说："没什么，几句酸词腐句而已。"

关鹏如幼犬嗅骨般闻着她发香，说："甭给我转词儿，要记得跟粗人说粗话。"

段锦未应，关鹏却察觉到她在轻推自己。当她转过身仰望着关鹏时，关鹏见她瞳孔中似有泪光，不禁埋怨道："操，没想到你这么多愁善感呢。"

段锦的嘴唇翕合数次，这才缓缓说道："关鹏……我们分手吧。"

关鹏将耳朵侧过，问道："你说什么？"

段锦说："我们分手吧。"

关鹏傻盯着她。她从脖颈上摘下十字架，想了想塞给关鹏，说："送给别的好姑娘吧。"

关鹏一句话都说不出，近乎粗野地将十字架套勒进她脖颈。她没有反抗，任关鹏将十字架塞进内衣。等他大口喘息着横眼瞥她，她只是随手捋了捋被夜风吹乱的头发。发梢上全是烟火的碎屑。

麋　鹿

关鹏一直后悔那晚眼睁睁地看着段锦离开。夜那么深，出租车也少，他为何没开车将她送回学校？他坐在明德广场的台阶上闷头抽烟，呛得自己咳嗽不已。有那么片刻，他凝视着段锦愈发黑小的身影，眼前除了朱玉碎片，再无旁物。当段锦拐弯时，他猛然站起狂奔过去，风割双耳却万籁俱寂，仿若他在深海区游泳一般。他看着段锦离自己越来越近，恰在此时，走过来一干人马，不是别人，正是此区的巡警。他们一般都在下半夜巡逻。他不由自主将脚步缓下，等这干人走远，再去寻段锦踪迹，已如黑鸟入夜。不禁坐到马路牙子上，又猛抽了几支烟，想那段锦为何突然提出分手。就这么白牙露红唇启，将过去抹得干干净净，一走了之。思来想去仍然莫名，打段锦的电话，通是通了，没人应答而已。如此反复数次，心就越发荒凉。回住处取了车，直开到段锦楼下。敲门半天，悄无声息。就想，像段锦这么聪明的，怎会猜度不到他如此这般，肯定是去别处借宿了。心扭成麻绳，怏怏回了宿舍。躺在床上如被旺火烹炸之鱼，满肚子的怒气无奈。翻过来翻过去，天似乎快亮了。他开上车，又跑了趟段锦的宿舍，猛擂房门，不一会儿对面探出头颅，骂道，神经病吗？半点公德心都没有！关鹏怒气冲冲地瞪那人一眼，那人轻手轻脚关了门，门缝里遂又传出嘀咕声：警察有什么牛逼的！

警察能有什么牛逼的呢？连个女人都搞不定。关鹏只得又回住所，站窗前看那光亮膨胀蔓延，旭日诞生，霞光凛冽。匆忙洗脸赶往单位。单位又要开会，布置最末季度任务事宜。其间他溜到厕所，战战兢兢拨弄那号码，遗憾的是又传来熟悉的铃声。他想，说不定段锦也在纠结懊悔中，没准儿中午会主动联系自己。待到中午，倒真是接到了电话，不过不是段锦，而是顾长风。顾长风说晚上要请他和段锦吃饭。他最近炒股，小赚一笔，因而将饭店定在了最豪华的金鼎轩。关鹏有气无力地应付着他，脑子里满是段锦。

下午跟领导请了假，去了趟大学。他知道今天下午阶梯教室有段锦的课，结果却是位白发老先生。老先生说，段锦跟学校请了长假，说家里有事，回了内蒙古。关鹏道了声谢，蔫头耷脑踅回车里，痴眼望着银杏树的叶子。自己哪里犯了大错，让段锦如此绝决？她那么聪慧宽厚，如果是小错，断不会这样果断。两人相处数月，脾性都摸得透，自己也没有过什么难堪可隐瞒。想到这里突然念及师姐。段锦带师姐跟自己见面，是什么用意？难道她知道了自己和师姐的关系，这才让两人相见以辨虚实？可忆起昨晚场景，除了略显尴尬，也没说什么错话。即便她知晓了，那又如何？谁的旧爱不是他人新欢？越想越乱，越乱越想，然后猛地察觉，那弱小的、不安的、如彗星般扫过的阴影似乎曾在他脑海中迂回游动。从接到那条莫名其妙的短信开始，一种不祥的预感就如夜之鸱鸮萦绕不散。他翻出手机，扫了眼中午收到的短信：

“你会后悔的，关。”

即便如今，他也没有后悔过。如果说，此前几年的单身生活是雾霾之都偶然的几次放晴，那么认识段锦之后，几乎日日都是海南岛绵延的晴空。她毫无缘由地离开自己，又玩起失踪，难道有难言之隐？到了晚上，昏昏沉沉去赴约。

除了顾长风，当然少不了盈盈，这次顾长风还叫上了炳文。也难怪，他早把炳文当成自家的男保姆了。盈盈似有心事，菜没吃，酒也未喝，不时拿眼风扫关鹏，欲语还休，关鹏也没心思去度量。见到顾长风倒是愣住。这家伙一身名牌，手腕上还戴着块价值不菲的名表。顾长风见他那副嘴脸，忙讪讪地说，偶然认识一哥们儿，是股市操盘手，透露不少内部消息，今年股市行情大好，于是挣了些零花钱。关鹏低头饮酒，也懒得听他絮叨，喝着喝着晕乎起来，撑着双臂想站立，不承想腿脚绵软跌坐椅上。他恍惚着想，妈的，自己一定是生病了。

果真就在医院躺了数天。也不晓得是否那晚受了风寒，发烧咳嗽拉肚子，冥顽不退。顾长风看守两天，又是验血验尿，又是心电图胸透，忙得四脚朝天，只得暗地里通报给老林黛玉。老林黛玉和老炮兵营长连夜赶来，见关鹏脸颊苍瘪，难免黯然。关鹏自小皮实，还真没患过灾病，大不了感冒，药也不吃，打几场篮球出几身臭汗，小恙即安。那天顾长风探病，关鹏将老林黛玉和老炮兵营长支走，断断续续跟顾长风说了段锦的事。顾长风大惊，说："你们郎才女貌、神仙眷侣的，咋会变成这样？你是不是做了亏心事？"关鹏苦笑一声说："我堂堂正正，能做什么亏心事？"又瞥顾长风一眼，"做亏心事的是你吧？你那块浪琴手表，从哪儿偷来的？"顾长风嬉笑着说："朋友送的。"关鹏说："你又说你炒股赚了钱，可你哪里来的本钱？巧妇还难为无米之炊呢。"顾长风沉默了会儿，仍嬉笑着说："我们从小光屁股长大，你不是不知道，我向来胆小怕事，违法的事从来不沾。"不待关鹏再追问又匆忙道，"我又该做脑电图了，先不陪你了。老话说得好，天涯何处不芳草？分就分吧，总有好麦穗在后头。"

关鹏问："什么脑电图？"

顾长风笑笑说："没什么。"

关鹏没跟父母谈段锦的事，可住院这几天，段锦一次没来，老林黛玉和老炮兵营长再迟钝，也难免心生疑窦。那天输完液，老林黛玉边给他按摩手腕边漫不经心地问："段锦出差了吗？"关鹏湿巴着眼不吭声。这时老炮兵营长问："儿子你说实话，是不是你们出了问题？"关鹏挣扎着起身，说："我们分了。"

老林黛玉和老炮兵营长对视一眼，未再盘问。待到下午，老林黛玉说："妈是过来人。你要真放不下，就豁出脸皮死缠滥打，软磨硬泡。女人家，最大的缺点就是心软。"又说，"要是放得下，就别再想陈芝麻烂谷子，你条件好，就是天上的仙女，都恨不得嫁给你。我刚和你姑姥姥通了话，她说有个高速公路上的收费员，漂亮又贤惠，要不先见上一面？"关鹏将头摇得如龙睛鱼尾，老林黛玉说，"唉，不过段锦这孩子，倒真是懂事。"关鹏心一阵绞痛，老炮兵营长使个眼色，老林黛玉忙借口买水果出去。老炮兵营长说："儿子，你把段锦电话给我，我想跟她当面谈谈。"关鹏说："我的事我来处理，放心吧。"老炮兵营长站立一旁，搓着手似有心事，半晌才磕磕巴巴地说："儿子，哪天我带你去把包皮割了吧。"

关鹏一时无语。他小时候确实是包皮。那时老炮兵营长从部队回来，最喜欢给他洗澡。"没事的，"关鹏低头嗫嚅道，"不影响，真的不影响的。"

老炮兵营长讪笑着将一把棒棒糖塞他枕下转身走了。关鹏偷偷剥了支含嘴里，明明是最喜欢的荔枝味道，尝起来却是苦的。

其实这些天他一直给段锦打电话，可每每俱是失落。看来段锦已然铁了心。有时他盯着房顶想着与她的点滴过往，总想号啕一场。可这把年岁，又怕被医生护士听到，更怕惹老林黛玉和老炮兵营长神伤。好歹出了院，老林黛玉和老炮兵营长元神归位，他也到单位上班。这些时日，单位仍是惊魂未定，老局长未肃清的旧部仍如惊弓之鸟。他懒洋洋地处理着日常事务，不慌不忙，心也渐渐澄明。那天他接到老主任电话，老主任说："有两件事想告诉你，一件好，一件坏，你想先听哪个？"关鹏笑着说："我都这个操行了，还能有什么好事？"老主任说："那我就先说好事。我表妹有个同事，在街道办事处工作，淑女一枚，要不要见见？"关鹏说："坏事呢？"老主任沉吟片刻说："我听到私下里消息说，这次又有一批人被下放。你呢，被分配到官营派出所了。"

官营派出所是最偏僻的所，开车到市里尚要四十分钟。关鹏说："我还是先考虑考虑工作吧。"老主任说："也好也好。越偏远的所越锻炼人，你还年轻，有的是机会。"

虽被贬到派出所当巡警，介绍对象的却没少，闲极无聊也联系了几位。有个某区宣传部的干事，在电话里问了他的学历专业，又问了他身高体重、戴不戴眼镜之类，还要了他的照片。后来说，觉得两人气质不符。关鹏有点生气，说："那好歹也让我看看你模样吧？"那姑娘倒也大方，迅速将照片传来。关鹏一见不禁哑然失笑，照片上的人，从面相上根本看不出是男人还是女人，好像还是兜齿。还有某小学教师，在电话里问了他幼儿园的毕业成绩，小学、中学、大学的毕业成绩，工作后有没有立过三等功，还问了问他最喜欢什么动画片，最后也不了了之。关鹏自嘲，如果不说是《圣斗士星矢》，而是说《熊出没》，会不会就成了？如是几番便彻底没了兴致。那天去超市购物，忽然一位女孩远远跑过来搭讪，却是王美琳。王美琳倒没什么变化，只是睫毛膏比以前打得更重，看上去成熟些许。王美琳用一种怜悯的神色打量关鹏一番，支支吾吾道："有件事我……我不知道该说不该说。"

关鹏说："怎么，三万块钱花完了吗？"

王美琳白着眼说："你怎么变得这么刻薄？我们虽然分了手，可还是拿你当朋友。你们的事，我可半个字都没跟别人说过。"

关鹏就笑。笑是一种没有副作用的镇静剂。

王美琳说："那天我在商场见到了顾长风……就是你那个男朋友。"

关鹏咦了声道："他怎么了？"

王美琳说："哎，我没想到男人和男人在一起，也喜欢跑偏。那天他挽着个珠光宝气的女人买衣服，那女人啊，没五十岁也有四十岁了。"

关鹏说："这有什么稀奇的？陪朋友逛街呗。"

王美琳说："你知道一起买什么吗？乳罩啊。他怎么能这样对你呢？"

关鹏想了想说："我跟他分手了。"

难免有些担忧顾长风，不知道这家伙玩什么幺蛾子，想哪天定要跟他好好聊聊。东西还未买全，就接到老主任电话，老主任说，上次提到的那个姑娘，人家催了，问要不要碰碰面，也是好几户人家排队呢。关鹏说，主任你就做主吧。

第一次见面他去晚了。刚接了件棘手的事，几个女大学生援交，在辖区的小旅馆被抓。到达茶馆时，他远远看到老主任正背对他跟位中年妇女聊天。那个面目模糊的女人有头蓬松乌黑的头发，这让关鹏有种错觉，仿佛女人的身体跟空气没了界限，随时都会被吸入到一个黑洞里，而他在行走的过程中，女人的轮廓却越来越亮，从看清她黑沉沉的眼袋到看清她眼角被脂粉涂盖的皱纹，心情才豁然起来。他跟老主任打了招呼，又跟女人握手。眼光游离时才发现，中年妇女身边坐着个女孩。他很惊讶刚才进来时没瞅到她。也许，是恰巧她头上的灯光太暗，抑或是，她母亲庞大的身躯将本就羸弱的她挤成张可有可无的影子。

"你好，我是米露。"她欠起身，朝关鹏点了点头。她有些羞怯，仿佛躲在树桩后的麋鹿。他不禁朝她咧嘴笑了笑。

那顿下午茶，基本上是例行公事的下午茶。米露母亲肯定带女儿相亲无数，问题演习多了，难免延伸出某种略显疲惫的惯性。比如她问了关鹏的家庭情况，父母的职业啊，年龄啊，家庭成员啊，他是哪里毕业的啊……关鹏盯着中年妇女一一作答。后来他干脆不等问询就主动说下去，他觉得这样会让这个女人歇息会儿。说实话，她干燥、浓重的鼻音让他有种被审讯的感觉。他说，他上班时间不长，只有五年；他说，他在北区买了处楼房，还没装修，不过面积不大，只有九十平方米；他说，他工资不高，如果不算奖金，只有五千来块……在他平静地介绍自己时，留意到女人的眼神越来越冷淡。她甚至有些走神，望着黄色桌布上的一块铜钱大的油渍。她那头蓬松的头发上栖了只苍蝇，关鹏看到那只苍蝇安静地舔着毛茸茸的纤腿。

"时间不早，我们先回去了。"女人白了女儿一眼，"你晚上瑜伽馆不是还有课吗？"

关鹏刚知道米露除了白天在东区的街道办事处上班，晚上还在一家瑜伽馆当教练。

老主任瞥了关鹏一眼，关鹏犹豫着说："阿姨，我送送你们吧。"

"不用了，"女人仰着下颌说，"我们自己开车来的。"

女人的语气有些意料中的生硬。关鹏扭头去看缩在女人身后的米露，米露只是垂着头。

在胡同口倒车时，一辆红色轿车从他那辆 Q7 旁缓缓蹭了过去，无疑是米露母女。又瞅到老主任正开着车窗抽烟，就摇下玻璃按了按喇叭。老主任见到他很是吃惊，摆了摆手大声喊道："操，啥时候买的新车？中彩票了？"

十五分钟后，他接到老主任的电话。他说，米露的母亲对他挺满意，希望他跟米露先处段时间，待会儿就把米露的手机号发过来。"好好把握机会啊！"老主任叮嘱道，"别忘过年了，给我买条猪背腿！"

吃　货

然而也只是见了一面而已，再无联系。说实话没什么心气，脑子里想的净是段锦。那天他开车偷偷去教工宿舍，正碰到段锦在楼下晾衣。天那么凉，段锦穿着件宽松的白衬衣，下身裹条咖啡色长裙，脚上是双拖鞋。难道她不冷？关鹏真想将她冰凉的脚趾捂上自己胸口暖一暖。他闷头抽了支烟，再抬头时段锦已端着洗衣盆往楼道里走。他打开车门追了过去，可追了几步就停住了，仿佛谁在背后猛力拽扯住他。他想，看样子她过得很好，晾衣服时嘴唇翕动，无疑是哼着歌谣。她过得好，说明她早已经不在乎自己，即便如老林黛玉所言，一味死缠滥打，又有什么意思？他开始还怀疑段锦是否与那个看芭蕾舞剧的男人重修旧好，可这几天仍收到那条骚扰短信，看来男人也未曾知道他跟段锦分手。回头将自己和段锦往来的短信和通话记录全部删除，又将段锦遗留在自己房间的长筒丝袜和化妆品扔进垃圾箱。暗自思忖，段锦会不会也将那枚金十字架扔了吧？站了片刻，恍惚着将丝袜和化妆品弯腰捡出，扔进盛钢铁侠的箱子。想到那天晚上段锦站在凳子上搬箱子，又疼了下。再看看那些神色形态各异的钢铁侠，已经很久没留意过它们了。虽短短几个月，却仿若星辰移转，已多少年头儿。

那天局里开大会，让全体干警参加。开完会已是下午，没回所里，在街上转了转。想起来手机摔坏了，就跑到电子城。电子城门口长年累月躺着个乞丐，刚将车停好，便看到有个姑娘正往罐子里扔钱，转身离开时可能绊到了石头，一个趔趄跌在路边。关鹏大踏步走过去，忙将她搀扶起来。姑娘刚说了声谢谢，倏尔又道："关鹏？"

关鹏定睛一看，面熟得很，一时又有些恍惚。那姑娘又说道："我们喝过下午茶啊。"

关鹏说："你是米露？"

米露笑了笑。关鹏说："好久未见啊。"

米露又是笑了笑。

说实话关鹏有些愧疚。自己当时对段锦耿耿于怀，米露虽留了手机号码，却从来没有联络，委实失礼。就说："有空没？一起喝杯咖啡？相请不如偶遇啊。"

米露垂头，后点点头。这样在初冬的下午，这两个相过亲的人重新面对面地坐到桌子的这头和那头。这座城，一到了冬天，就像是美人患病掉光了头发，萧瑟愁苦。咖啡馆里也没几个顾客。他们靠窗坐了，各自点了杯拿铁。音乐放的是李志，先是《春末的南方城市》，后是《和你在一起》，再是《你离开了南京，从此没有人和我说话》，恰逢都是他喜欢的，越听越喑哑。米露也不说话。一杯拿铁喝完，关鹏看了眼米露。米露穿了件米黄色高领衫，梳的马尾辫，整个人缩在灯光照不到的暗处。即便如此，她的额头仍然光洁如蛋清。她一直盯着那块素色的桌布，不时伸手摸摸上面凸起的花朵。似乎花朵时不时变成火焰，手指被火烫着般缩到唇边，轻轻吹上一吹。

是她孩童般的动作还是民谣忧伤的旋律打动了他，关鹏已经说不清楚了。他素来最厌恶伤感主义，他喜欢的是干练实用的经验主义。可那天下午，那个与米露面对面喝咖啡的下午，他突然滔滔不绝地讲起话来。他讲到小时候父亲当兵，每次回家都会给他买果丹皮；他讲到喜欢圣斗士星矢玩具，曾经偷过伙伴的阿布罗狄；他讲到初中时曾经跟顾长风反目成仇，因为顾长风找了个名声不好的女孩；他讲到高中被母亲强行拆散的女朋友，她有两颗尖尖的吸血鬼般的虎牙；他讲到大学时军训，被教官罚了三个小时的军姿，他咬着牙愣没倒下；他谈到工作后总被一个老同志为难，后来闹清楚是有次吃饭，他从桌上拿走了唯一的一盒中华烟；他谈到到了官营派出所后，同志们都对他事事提防，似乎他是个携带病菌的感染者……

在他说话的时候，米露也是低着头的，间或抬起头，迅速瞥他一眼，然后静静转动着手里的咖啡杯。她乖巧恬静的样子似乎更加激发了他说话的欲望。当他偶尔看到窗外暮色已起灯火阑珊时，这才问了句："不如我们一起吃晚餐吧？"

米露说："出来这么久了。"

关鹏说："是啊，没想到碰上我这个话痨吧？你喜欢吃海鲜吗？我们去海边吧。"

米露站起来，靠着窗台看着关鹏。关鹏极少看到如此宁静的瞳孔。

他们先开车到海边走了走。海边散步是正餐最好的开胃酒。风很大，两个人沿着海岸线走。海岸线那么长，黑暗一步一步被抛在身后，松软潮湿的沙粒不时灌进鞋子。米露只穿了件毛衣，关鹏将自己的警服披到她身上。她没有拒绝，紧了紧领子。耳畔唯有波涛的呻吟。他们也谁都没吭声。有那么片刻，关鹏觉得是在跟自己的那件警服散步，风吹得满面细沙，他时不时回头张望米露一眼。远处灯塔的光芒隐隐地晕在米露脸上，让她的目光笼了层动人的羞涩。关鹏又想到和王美琳的那个初夏夜晚，他们也如此漫步，只不过王美琳是只喧闹的鸟罢了，而段锦从来没有跟他来过海边，他为何从来没有约段锦来过海边呢？他皱了皱眉，回头疑惑地看米露。米露说："有点冷。"

关鹏本来点了红酒，米露说："知法犯法。"红酒就没启。待开车送米露到家，已月上柳梢。关鹏问："你平时忙不忙？"米露摇摇头，关鹏说，"我们以后没事了，就出去溜达溜达吧，闲着也是闲着。"米露点点头，关鹏问，"你妈知道你跟我出来吗？"米露笑了，关鹏搔搔头说，"这个礼拜六你要有空，我们到'盛世'吃极品海鲜煲吧，韩国的料理师呢。"米露说："好。"

果真去吃了海鲜煲。米露不怎么说话，吃起东西来倒还尽兴。这样他们很快就将这座城市的美食吃了个遍。米露话少，面目极少有表情，只有吃饭了，五官才生动活泼起来，眉眼盯着热气腾腾的食物，嘴唇抿得紧紧，在食物入口的刹那，她的瞳孔会瞬息肿胀，仿佛久未饕餮的美食家终于吃到了传说中的佳肴，而实际上入口的，无非是块铁板豆腐而已。关鹏想，找个话少、爱吃、能吃的女人当老婆也是个不错的选择。这次他放弃了经验主义，在他看来，经验主义已经在很大程度上妨碍了恋爱的进程，更多时候，它会将一个人带到理性主义的泥淖：能做什么，或不能做什么，甚或是做到一半发觉不能做什么，其实都是僵化的、一成不变的思维定式。他没有如往常般去查米露的背景，米露是真实的、动态的、形而下的。她的眼睛一分钟眨十二次，比标准值少三次；她的脖子大概有十一厘米，比标准值长两厘米；她左手的小拇指还比右手的小拇指短十毫米……至于她的父母做什么职业，她谈过多少次恋爱、有无隔代遗传疾病，都是无所谓的、虚无的问题。只要看着她甜美、庄重地吃东西，看着她少女般单薄的身躯下意识地隐藏到暗影中去，关鹏的荷尔蒙就会骤涨。

那个周末他们在关鹏宿舍做蛤蜊丝瓜牛奶汤，两人正在商量要不要加蚝油，关鹏接到了一个电话。电话是区公安局打过来的，那个语速缓慢的警察问，是关鹏同志吗？有空的话来我们这里一趟。关鹏很是好奇，不禁问道，你是哪位？对方说，我们开会见过的，你在办公室的时候，还来我们这里做过调研。关鹏问，今天正忙，过两天去行吗？对方沉吟片刻说，咱们都是自家人，我也就不说暗话，段锦是你前女友吧？她失踪二十多天了，学校报了警。前几天在月亮湾发现了具尸体，经过法医鉴定和亲属认定，我们已经确认是她。你要是不忙，我们想咨询些事情，顺便做下笔录。

手里的蚝油瓶就掉在灶台上，碎了，厨房里满是腥气。

其实只是象征性地做笔录而已，比如何时分的手、分手后有无联络、最近一次见到段锦是在何时何地、有无其他线索和怀疑人等等。关鹏只是呆呆地坐在椅子上，别人问什么，他就回答什么。后来那位同志说，关鹏啊，我看你也挺伤心的，快回去吧，你也别介意，我们这是法定手续，你是明白的。关鹏站起来，盯着对方说，如果还有什么要问询的，尽管找我，如果你们找到了凶手，也一定要告诉我。

回到宿舍，蛤蜊丝瓜牛奶汤已盛好上桌，米露正在用高压锅炖肉。见关鹏进来也没说话，只是盛了碗汤摆到他面前。汤有点凉，白色乳汁漂着星油花。米露站在他背后问：热一热吗？关鹏忽而转身抱住她。她那么单薄，宛若十六岁少女。"没事吧？"米露细声细语地问道，"乌贼炖肉马上要出锅了，洗手吃饭吧。"关鹏仍死死地钳箍住她，后来米露说：累了，就先睡会儿。关鹏这才踉踉跄跄回了房间，躺在床上动也未动。不久米露蹑手蹑脚地过来，替他脱了鞋袜，又探手摸了摸他的额头，喃喃道：有点热呢，我给你冲杯板蓝根。关鹏一把拽住她的小手，将她拉到自己胸膛上。米露说：大白天的……他迷迷瞪瞪扒掉她的外套和裤子，甩到床头，猛地就进入了她。她嘴里还嚼着粒牡蛎，满嘴的腥凉之气，关鹏也不管不顾。他小心地起伏着，米露说：我在那本《美食大全》上，又看到一道好菜，叫貉子乌鸡炖当归。貉子肉味儿土腥，乌鸡正好能解，如果配上定西的当归、章丘的大葱、西宁枸杞和铜陵的紫姜，既滋阴壮阳又安神益眠……关鹏狠狠噆住了她的嘴唇。

安　眠

段锦的事，区局再也没找过关鹏。关鹏本来想私底下找几个铁哥们儿问问案情进展如何，可思来想去也就罢了。有时深夜巡逻，便想起分手的那个夜晚，段锦在明德广场放烟花。那晚风大，白色烟火很快被夜风吹得四处飘逸。他还记得她的发梢上，全是烟火碎屑。

这桩案件在本市很是轰动，多家小报都曾经做过专题报道。毕竟是座小城，一位貌美大学女教师离奇失踪死亡，倒真是不错的饭后谈资。他听人家说，宿舍楼的人最后一次见到段锦时，她是穿着睡衣跑下去的，匆匆忙忙上了辆红色出租车，之后就再也没回来。坊间有传言说是情杀，也有传言说是劫色，无论哪种说法，段锦都被塑造成一个无辜的受害者，这让关鹏多少有些心安。他曾经查过骚扰短信，十天之前还能收到，那时段锦早就遇害，说明发短信的人不是凶手，也就是说，那个颇为神秘的段锦前男友，应该不是嫌疑人了。在他的意识里，那条傻逼短信就是她前男友发过来的。关鹏还记得他的车牌号，也曾经考虑过是否将号码告诉给专案组，或者自己私下里去查查，想了想，此时多一事不如少一事。如果显得过分关注此案，反倒有可能引火烧身。自己本来已是虎落平阳，何苦还要防备别人从身后捅上一刀？

倒是将老林黛玉和老炮兵营长请来，跟米露见了面。老林黛玉盛装出席，穿了件枣红对襟描金唐装，绾了高高发髻，还打了腮红，看上去倒比米露艳光四射。老炮兵营长套了身青色中山装，在关鹏印象里，只在表哥婚礼时穿过一次。无疑他们对米露甚是满意，当场送了米露一枚白金戒指，说是老家风俗，算是头次见面的薄礼。关鹏焉能不明白他们的心思？无非又是把满腔热情全押宝般押在了米露身上。米露也未推辞，大大方方接过去，道了声谢，就直接戴在了无名指上。老林黛玉就笑得更为灿然，眼角的皱纹几乎都要从脸上挤下。老炮兵营长也很是开怀，自斟自饮了两盅白酒，临休息时还郑重地拍了拍关鹏肩膀说："你这孩子眼光不错。真是虎父无犬子，强将手下无弱兵。"

仍是带着米露四处吃吃喝喝，有时也陪米露去瑜伽馆。所谓瑜伽馆，只是租了某处学校的几间废弃仓库，学员全是半老徐娘。有回关鹏先去执行任务，再去接米露，他从窗户外偷着瞅了几眼。米露穿着芭蕾舞演员才穿的练功服做示范动作，她双手撑住地板，两条纤弱的腿盘在胳膊上，仿若观音坐莲。关鹏想，这个喜欢吃也喜欢瑜伽的姑娘，兴许就是那个他等了这些年的人。此时便又念起段锦，念起她的种种，鼻子难免发酸，只得逼迫自己将目光死死盯在米露身上。

然而还是忍不住想段锦的事。那天他在内部网上，不知怎么就莫名其妙搜索起段锦的个人信息。这个系统是个巨大的搜索引擎，全国联网，只需输入个人身份证号，此人所有信息就会一览无遗，比如何年何月何日刷过信用卡、何年何月何日住过酒店、何年何月何日购过房屋。关于段锦的信息极少，除了在商场购买过家电，几乎没有别的信息。他托着腮帮，百无聊赖又随手输入一个身份证号，等他意识到那是米露时，不禁摇头笑了笑。不过还是顺手点了下鼠标。他本来正在喝茶，当网页上一条条记录滚动起来时，他不得不放下了手中的杯子。

米露竟然在两年里住过 36 次酒店。

她为何如此频繁出入酒店？只是街道办事处的普通职员而已，平时又极少外出参会。酒店基本上是同一家酒店，钟点房。关鹏百思不得其解，蓦然想起头次相亲的情景，当她母亲听说他只是个收入不高的普通警员时，眼里满是冷淡之色，也没有留联系号码，只是当见到自己开的那辆轿车时，才将电话号码发过来……内心又是狐疑又是郁闷，便给米露打电话问个究竟。米露说："有事吗？"她的声音轻柔，又仿佛能渗出蜜糖。关鹏心就软了，说："晚上有空没？我们去酒吧。"米露说："好。"

那晚在酒吧，关鹏遇到了大鸟，大鸟对他一通埋怨，问他为何好久不来耍。

关鹏说，我们这些苦逼警察，天天为人民服务，哪里像你们这帮闲人，活着就是吃喝玩乐、纸醉金迷？大鸟说，眼瞅着年根了，你们也不歇歇吗？关鹏说，到了年根，贼忙，我们更忙。逡巡一番不见胡烈，就问，胡烈呢？大鸟惊讶地说道，你真不晓得？胡烈把公司的高管职位辞掉，在婺源买了处民居，带女朋友隐居了。听说在那里开了家客栈，又是种田又是养花的。关鹏有些讶异，艳羡道："黑寡妇"也辞职了？大鸟说，什么"黑寡妇""白寡妇"？快把这杯"大都会"喝了！

酒是喝了不少，想问米露的问题却始终没问。米露酒量好，不过也不乱喝。后来跟大鸟他们玩起掷骰子。关鹏迷迷糊糊地看着米露想，她开过三十六次房又如何？即便她真的曾跟男人胡搞，也只是过去的事。她如今对我好，我也对她好，就够了。这狗屁日子，能有个暖被窝的人就不错。眼眶有些潮，凑到大鸟他们那边，见他们玩得正嗨，也不便打扰，便走到吧台前又买了杯朗姆酒。一口还未咽下，手机便响起来，一看是顾长风。不待他说话便骂道："你个臭小子，哪里鬼混去了？多少天了，也不向党汇报你的思想动态？"

那边沉默半晌，才说："关鹏，我在东区派出所，你快过来趟。"

关鹏说："咋啦？找小姐被抓了？"

顾长风支支吾吾说："差不多吧……"

也没跟米露打招呼就呼哧带喘去了东区派出所。到了之后才明白"差不多吧"是什么意思。年前省里来了命令，又是一轮新的"扫黄打非"，顾长风跟某女人在警察宾馆查房时被抓。开始顾长风狡辩说对方是他老婆，可是竟连他老婆的名字都不知道。如此这般，如此这般，又不想让派出所通知单位，只得找关鹏来缴罚款。

出来后关鹏使劲踢了他一脚："你妈的！老也管不好自己那个东西！"顾长风不言语。关鹏又踢了他两脚，不承想顾长风蹲路边抽泣起来。关鹏笑也不是，恼也不是，只得递给他支烟："不是我瞧不起你，找一夜情还找个四十九岁的，你他妈什么品位？"

顾长风站起来，猛地搂住关鹏放声大哭，哭得关鹏眼角发酸，忍不住摸了摸他脸庞说："你呀，还不知道吗？无论你变成什么鸟样，我都是你死党。我们从九岁就是死党了。"

顾长风更是哭得歇斯底里。关鹏说："想开点，有什么啊？活着，就是让别人笑笑，顺便笑笑别人。"

顾长风抽噎着说："我跟你说实话，你可别生气。"

关鹏说："我要总生你的气，早他妈被气死了。"

顾长风说，他跟那女人根本不是普通约炮，女人是要付他钱的。他做这行也才三个多月，不然哪里有钱请他们大吃大喝？关鹏听傻了，瞪眼盯他，良久才反应过来，结结巴巴地说："你、你、你……"

顾长风说："她们要么是有钱人，要么是有钱人老婆。到了这岁数，除了吸毒和找我这号人，活着也没什么意思了吧？"

关鹏问道："你没接过男客吧？"

顾长风说："没有。"

关鹏转身就走。顾长风一把扭住他说："还有件事我没告诉你，我脑子里长瘤了。"

关鹏骂道："你脑子里没长瘤会做这样的蠢事吗?!"

顾长风说："真的，秋天查出来的，我从你那里搬走，就是不想让你知道，怕你担心。瘤子已经有核桃那么大，一直在吃药。医生说，最晚年底做手术，不然压迫神经，就会变成傻子。破裂的话……"

关鹏瞅他半天，才问道："为啥不早跟我说？"

顾长风嗫嚅道："从小就是我照顾你……不想快而立之年了，反倒让你操心。"

关鹏将车门打开，说："先上车，明天带你到协和医院检查检查。"

顾长风说："再说吧。"

关鹏说："你是想让我替你收尸吗？甭想得太美！"

顾长风将脸转向窗外。关鹏说："米露催了，我们去酒吧接她吧。"顾长风没吭声，一直盯着窗外。关鹏瞅了瞅倒车镜，却是下雪了。今年冬天来得早，雪却从没飘过一场。雪花很小，缓缓落在车上，落在路上，落在深夜里安眠的房屋上。关鹏将暖风打开，瞥了眼顾长风。顾长风似乎睡着了，也只有没心没肺的男人入睡才这般快。他叹息了声，打开雨刷器，将细雪刮掉。

路过海滨浴场时，他接到了主任的电话。主任的声音有些游移，他说："你在哪儿？讲话方便不？"关鹏说，方便。主任停顿了片刻说，有件事我不知道当不当说。关鹏道，跟我还有什么藏着掖着的？放心，过年了我肯定给你买条猪背腿。主任没笑，又是沉默。关鹏就觉得有些不对劲。主任说，我有个哥们儿在重案组，正好负责段锦的案子。关鹏的心抽搐了下，问道，抓到凶手了？主任说，你别急，现在只是有了些线索。关鹏将耳朵紧紧贴在手机上。主任说，你知道有种行业叫代孕？关鹏说知道，前年不是还抓了几个非法代孕的吗？主任咳嗽了两声说，段锦以前……也干过这行，替某个公司高管生过一个男孩，人家给了她一百二十万。你知道，有钱人就喜欢这种高学历的……

主任还在唠叨什么，关鹏已经听不清楚。他挂掉手机，愣愣地看着方向盘。雪虐风餐，白茫茫遮了公路，遮了别墅，遮了海与天，也遮了这漫漫长夜。他摇下车窗，海风疾卷，迫着雪花刮进脖颈，他不禁打了个寒噤，去瞅顾长风。顾长风发出细碎的鼾声。他打开双闪下了车，站在公路上。公路旁就是大海。

夜里的海什么都看不到，即便雪花在夜里，也是黑色的。他掏出手机，看了眼早晨收到的那条短信："你会后悔的，关。"随手关了机。

后来，他点了支香烟，不声不响地抽起来。

（原载《十月》2016 年第 4 期）

作者简介：

张楚，1974 年生。在《收获》《人民文学》《十月》等杂志发表过小说，出版小说集《樱桃记》《七根孔雀羽毛》《夜是怎样黑下来的》《野象小姐》《在云落》《凡·高的火柴》、随笔集《秘密呼喊自己的名字》。曾获鲁迅文学奖、《人民文学》短篇小说奖、《中国作家》"大红鹰文学奖"、"林斤澜短篇小说奖"、《北京文学》奖、《十月》青年作家奖、《小说月报》百花奖、孙犁文学奖、《作家》金短篇奖、《小说选刊》奖。被《人民文学》和《南方文坛》评为"年度青年作家"。

小 包 袱

葛水平

一

单冬花一天里几乎要两次穿过一个叫煤灰坡的菜市场，嘈杂、闹腾，人声鼎沸，特别能抓住她的孤独。

这样的时刻，大多是黄昏，夕阳的余晖斜斜地照着，暝色弥漫，恰似彼时的心境，落寞、寡合，把一天心意阑珊的情绪送到菜市场，看人讨价还价，看人闲侃，两个来回，这一天就算过踏实了。

一直以来，单冬花觉得北京生活既幸福又快活，住了一个冬天，闲时坐在床前细思量，也都是有限的。老天不见太阳，烟云尽过眼底，举目远眺，楼挨着楼，影影绰绰，看一会儿头就沉了。人不见太阳是很容易生长恩怨是非的。老家的那些光照、星星、山林、白云，人看着看着，难过就化开了。城市里楼道里见了相互陌生着，一副脸，什么内容都没有，只是身体躲让一下。小区里有健身设备，有时候单冬花下楼去绕着小区遛一圈，看人家健身，人家做人家的，走在小区连一句话都碰不见，人都显得很匆忙的样子。小区外是个巷子，叫煤灰坡菜市场，有两行菜摊，摊主是几个脏兮兮的农民兄弟，单冬花喜欢去和他们拉拉话，方言不一，有些话也听不大懂，可她就喜欢那大声大气的打问声儿。

儿媳金平见了很不高兴，拉下脸说："我最讨厌他们，乡下人和城里人的脏都混合在他们身上了。"

单冬花喜欢，也只有从他们身上闻得见一点泥土香。

没有人买菜的时候他们就坐在三轮车上打盹儿，打盹儿多好，忙忙碌碌的世界里打盹儿，单冬花就想到了乡下，靠在墙根下，纯净细碎的阳光照过来，几个老人排排坐在一起打盹儿，阳光都舍不得吵醒。一个冬天住下来让单冬花很失望，说是来过冬，其实是来坐监。儿子张孝德像传达指示似的要求单冬花尽量待在屋子里，并对着媳妇举着指头和单冬花讲日常的约法几章，比如：菜市场那地方不可去，买菜什么的要去超市；不和陌生人交谈，一是方言不一叫人笑话，二是太近乎了叫人小看乡下人，没见过的人不能和人家套面熟。再比如不能给任何人开门，就怕坏人趁着家里没人欺骗老太太。儿媳金平是医生，绝不允许单冬花随地坐和随便跟乡下人聊天。

单冬花想逛逛菜市场，简直是偷偷摸摸，就像贼见不得光似的。

人一老就被子女绑架了，不能按自己意愿生事，老矛盾，拗不过儿子，血亲着、筋连着，都是为了好。好什么呀？一进入冬天日子就分外难熬。有的时候因为思想开小差想起了乡下的什么人事转移了目光，有时候回到屋子当下的空里，便觉得屋子是一个笼子，心坠得难受。村子里的那些人事老是在眼前晃着，当下，一个冬天里的单冬花却只能抓住一些乡村的回忆。

张孝德在机关上班，儿媳在医院，孙子上大学不回家，只有夜晚儿子和儿媳才会回家，听他们唠叨一天发生的事情，两人都显得怨气十足。通常，张孝德总是一边玩手机一边听金平讲一天医院里发生的事情，对着单冬花张孝德没有声音，甚至话都少说。单冬花感觉儿子是一个内向、乖巧、听话又十分依恋儿媳的人。曾经的儿子不是这个脾气，世事颠倒了，女人占了上风。单冬花在厨房里做晚饭，有些忧伤，一辈子她都没有活在男人的管制下，清心寡欲的日子过惯了，年老时被儿子管住了，儿子管自己也算是福气吧，可儿媳指挥着儿子团团转，她有些看不惯，可也只能装进肚子里。偶尔晃一眼客厅，看到儿媳，儿媳坐在一张高脚凳上，一只手拿着手机，一只手捧着玻璃杯子，喝着一杯果茶，晃荡着两只脚，那双活泛的脚，不时地抬脚指着儿子叫他拿一块点心过来，单冬花睁眼看着儿子果然就给人家拿了，尿脬打人，臊气难忍，略显尴尬，单冬花故意装着眼瞎了，可心里的气胀得和气球似的。单冬花硬忍住难过，想着乡下，快回老屋里一个人时好好哭上两嗓子，哭他个痛快。

七九河开，八九雁来。

乡下强大的吸引力，从这个时候敞开了。再不回家，城市是个胃，就要把单冬花消化了。

二

单冬花开始整理她随身携带的小包袱，包袱有枕头那么大，针头线脑都装在里面，包袱皮是一个格子旧方头巾，包袱的外边用一根布带子扎扎实实地捆绑着，像一个小型炸药包。儿子张孝德常笑话她的小包袱，说里头儿不一定都装着针头线脑，一定还有什么秘密宝贝，不然无论是到弟弟家住，还是到北京住，神秘的小包袱一直不离她身，就像美国总统身后的保镖随身携带的那个小黑匣子一样，显得是那样神秘、重要，好像只要轻轻一按，地球就要爆炸一样。单冬花笑一笑，不言语，不错眼看那小包袱，半晌，又钩下头凑近去看，把包袱拿起来转到别处，东拉西扯说一大堆吃呀喝呀穿呀的话。张孝德发现这个小包袱跟随单冬花五个年头儿了，来京过冬也五个年头儿了，母亲每次都抱着它，如母亲的晚生子，生怕有人抢了去。

女儿张小梅从乡下来接母亲回家，瞅着一个傍晚单冬花去和菜市场卖菜的乡下人告别，张小梅悄悄打开了包袱。包袱里包着包裹，打开发现里面是一个一个信封，都是当年儿子在外当兵和工作时的信封，信封上缠着红红绿绿的线，缠绕得严实。信封里装了内容，内容有厚有薄。张小梅猜是放了钱。这么多年来，两个儿子在外工作没少过年过节给母亲钱，那些钱她几次提议说存进信用社，可母亲说没几个钱，放信用社不安全。看包裹里的信封不少，如果都是，就按早年的小面值，她估摸着上万了。张小梅小心翼翼按照原样包好包裹，压在枕头下，觉得看不出什么破绽了，便拿起电话给张孝德说母亲包袱里的钱。

张小梅神秘地说：妈的包裹里放了钱，有多少不知道，早年没有大面值票子，看捆着的信封有四五十个。

张孝德说：姐，你没事闲着，妈每天看她的包裹，你动了她准知道。

张小梅说：知道就知道。年前你小外甥娶媳妇，姐有个存折不到期不想动，知道妈有存钱，问她借，她说没有，哪来的钱？你两个弟弟不容易，给两个零花钱都叫吃药了。都是一个娘的肚子里出来，她就偏你和二弟。重男轻女！

天快麻黑的时候单冬花回来了，进了屋门，发现屋子里黑着灯，沙发上张小梅坐着似一个轮廓。电视没开，单冬花瞅了闺女一眼，心无端恍惚了一下，接着直奔自己的卧室，拉开灯，她发现枕头动过了。掀起枕头发现包袱动过了，打开包裹发现信封没动。她明白是闺女张小梅动了。单冬花不喜欢闺女，再孝顺的闺女也是人家屋里的媳妇。何况二流子女婿她就不喜欢，不是正经人家的人，劳动人不像劳动样，长年做些偷鸡摸狗的事，不下力，跑毛蛋。庄户人家的腿插进土里知道自己是泥腿子，他不是，整天和行脚僧一样，一会儿河东，一会儿河西，一会儿又跑到了北京，一会儿又移驾河南，一直闲不住，张口南腔北调，说是做买卖，不见钱往来，俩外甥的工作还是张孝德给找下的。单冬花一时还不想揭穿闺女的把戏。她知道闺女是心焦包袱里的钱，可包袱里的钱不心焦她。

单冬花无事样走进卫生间抹把脸，照着镜子用水捋了捋头上几根稀疏的头发，佯装洗了尘，一身轻松样走进了厨房。

张小梅隔着厨房墙说：他们不回来吃饭，就咱俩。

单冬花在厨房里答：咱俩也长了嘴，也得吃。

张小梅想顶撞两句，难掩激动，也隐隐担忧怕张孝德回来骂自己。隔着一堵墙，脸上绽露出怨恨，想着那钱都该给了自己。两个弟弟都有工作，唯独自己在乡下，抓钱不容易，母亲没有花钱的地方，日常生活又能花几个钱？钱在包裹里发霉了。

单冬花做饭中间，张小梅也不想进厨房帮手。单冬花忍着那口气做好饭要闺女来吃。坐到餐桌上看着冒着热气的饭，张小梅突然就来气。人在吃上是最自私的，生怕自己少吃一口。单冬花突然觉得闺女的吃相很难看，吃相亮了自己的护身符，挑挑拣拣一盘菜，下作样。

单冬花忍不住了说：这不是在乡下的屋子里，人要有个吃相。

一只飞蛾舞扰在饭桌上空，旋来旋去，还挑衅般朝手上落，张小梅扔下筷子，双手一拍，蛾子不见。但是并没有打死。也真是奇怪，你不动弹，蛾子就在眼前头，你要打它，它又连踪影都找不见。这样，张小梅对蛾子的仇恨更强悍了，站起来追着打，粗笨的身子在逼仄的餐厅歪来倒去。单冬花难过得手没处放，起身端了碗，离开，走进了客厅。一个女人在家庭的地位，什么叫举重若轻？什么叫行方思圆？先要懂得一个"镇"字。不说话就是镇。单冬花咽不下饭，做母亲也有偏袒儿女的时候，她不想偏袒张小梅，偏偏压不住心口的跳动，几次想张嘴，却似言又无，端碗又放下，头脑出乎意料地清醒了，不能挑明，闺女算计包袱里那点钱呢，越在我眼前晃越视她无。这当口儿张小梅斜睨了母亲一眼，母亲的脸蜡黄蜡黄，像黄杨木心，像色调深重的秋天。

那只飞蛾到底没有打着。张小梅说："妈，你咋躲客厅里了？一碗饭还是一碗饭，咋不动筷子？"

单冬花不接茬儿。看着是个便宜捡起来就上当，闺女满脑子都是那小包袱，不答话，就想把闺女动包袱的事丢开，怕一说话点捻子，引到包袱上。

单冬花不吭声，张小梅反倒真不知该说什么、该做什么。她端了碗也过来坐在了沙发上。单冬花的心一直往下沉，头重如山，不由得往坏处想——有一天闺女会偷拿她包袱里的信封。这时张小梅似乎又看见了那只蛾子在飞，又着急似的起身。单冬花又想说，真要是力气没处放，下楼把单杠去。还是不能说，有问无答，母女俩的饭一下就吃闷了。

单冬花不是不疼闺女，自己身上掉下来的肉，是不喜欢闺女那算计样。每次见面都是一堆杂七杂八的事，全都离不开钱。趁着单冬花转身的工夫都要翻一下枕头，床铺下，有三块五块的顺手牵羊入了自己的口袋。张小梅说，手头倒不开，妈，借俩儿，倒开了就还。每次拿了钱都不见还，不光是钱啦，家中的牙膏、洗衣粉、香皂、罐头饼干什么的，手软软伸过去，紧一下，拿上就往包包里放。每次见闺女连叹息的机会都没有，每一次见面心里都酸酸的，又没有合适的话发作，由着她拿。这是北京不是乡下，这儿子的屋子里还住着儿媳，儿媳是城里人，张小梅乡下人做派叫人家笑话乡下人不懂礼貌、不守规矩，这样的事情结果是叫儿子张孝德受气，在城里人面前端得正正的，乡下人不能没有威信。倒好，趁着我不好说你就要惦记我包袱里的东西了。

光阴过得真叫快，单冬花开始整理乡下的往事时，乡下的日子是刀子刻下来的，疼也罢，甜也罢，都在骨头上留下了记号。她开始想着乡下那些还活着一起下苦的人，岁月苦熬，年年都有早走的人，遗在这世上的人都是亲人哪。想着见了他们该说啥？说啥都得有件礼物，大东西带不带，小礼物也该有件。张孝德知道母亲的心事，其实也是回乡前必做的一件事。这件事通常都由金平陪单冬花逛超市，也算是给母亲的一份安慰。

小包袱放在床上没来得及往枕头下压，单冬花关上房门的刹那想返回去的念头就打消了。一是怕儿媳妇埋怨自己事多；二呢，觉得张孝德在家，一早她打开包袱数了，一共四十五个信封，这个数字早已烂熟在心。两日后返乡的车票钱她要出，超市买下回乡的礼物她要出。要花的钱已经备好了一个信封，走之前给了儿媳，剩下的应该是整数，好记。儿子给的钱就要花在正途上，叫子女知道自己不是一个没用人，也有钱花呢，钱对她这把年纪的人来说没用。

张小梅看着她们关上门时，迫不及待冲进母亲住的房间，把小包袱取出来三下五除二就打开了。这个包袱对于张小梅来说是一个心事，老在她的腔子里长着，像是长着石头长着铁。她喊了声："弟啊，你过来看妈的包袱。"

张孝德看到打开的包袱觉得姐姐有点过分了。张小梅不管不顾继续说："妈这么大年纪了，她不说，但不能咱不知，我当着你的面看这个包袱，知道是啥有啥，也有个数，免得乡下那些四下里的邻居眼里长了心。妈是文盲，不保证不叫人家顺走她的包袱。"

张小梅扯着脖子说话的样子让张孝德想起来从前的日子。小时候遇事叫人欺负，都是姐姐横在中间。姐姐横着脖子骂对方的样子就像现在的样子一样。这么多年来，母亲和姐姐之间其实存在着某种隔膜，不厚却很有韧性。张孝德不知道该如何消除它，并且觉得有能力消除它的是姐姐而不是母亲。事实也确是如此，比如当下这件事，姐姐就不该动母亲的小包袱。

念头一闪而已，他也就原谅了姐姐乡下人的小心眼儿。

人一旦离开乡村，就有可能成了另外一个人，原本乡村的壳虽然一直背着，可壳下的自己却是努力想甩掉背上的壳，实现一种表层化生存，小心翼翼地浮在生活上面，决意不去管生活下面是什么。忘情于生活的细枝末节，研究如何营养自己更有利于健康，如何修剪指甲使手指看起来修长；经常性地出去吃饭，耗费许多时间和各种各样的人交往。饭桌上讲讲当下社会的政治格局，讲讲那些要提拔了的背后故事，一个人的职务比这个人的名字还重要，其实也都是偶然停留，没有以后，交情仅够加个微信，点个赞。可这些东西很上瘾，大把的时间被浪费了，每一次都觉得认识了一两个有用的人很重要，饭局安排得值，扯风扯雨后回家看见孤独的母亲，又开始内疚，一个冬天里连陪母亲说话的机会都找不出，一个冬天就过去了。

看着姐姐的样子，很快张孝德就释然了，至少他从现实的世界里明白了，人生并不是一件很严重的事，用不着摆出时刻准备安慰什么人的样子。许多原以为泾渭分明的事，其实界限原来不甚分明，走着走着就混淆一起了，就成了一种习惯。许多原以为必然如此、不容置疑的东西，其实只是一念之差或一时兴起。他开始原谅姐姐的一时兴起如同原谅自己一样。看着姐姐打开母亲的小包袱，看见包袱里边有用小毛巾、旧布块、塑料纸，里三层外三层地包着的一个小包包，打开小包包里又有四十多个信封。信封都是自己早年当兵后给家里写信用过的牛皮纸信封，封面的字迹还清清楚楚，邮票也完好如初。张孝德也稀罕地捏捏那些信封里装着的厚薄不一的东西。至于里边是什么，姐姐猜是钱，张孝德认为不一定都是，母亲没有这么多钱。还应该有自己和弟弟工作后往家里写的信。张小梅想拆一个看看里面然后照原样缠好。张孝德也同意，真要拆时，发现信封上密密麻麻地捆绑着的丝线就像一件手工活儿，不仅拆起来困难，而且照原样恢复会更困难，显然母亲是用心做过记号的。

张孝德说："姐姐，不拆了。真要拆开了，等于是知道了妈的秘密，妈会不高兴。"

张小梅数着那信封突然就说："孝德，你说我拿走一个妈会不会不知道？"

张孝德瞪大了眼睛说："妈是文盲可她识数。"

不看那小包袱了，没意思，张孝德开始玩微信，一条一条看，有认为可亲近一下的人就送个赞，转发几条只看标题好玩儿的微信，又觉得母亲的小包袱该拍个照，点击相机开关拍沙发上摊开的包袱和包袱里的信封，然后开始秀图。姐姐是怎么收拾起母亲的小包袱的他忘了，母亲是怎么回来的他也忘了。他把拍下的图发到群里并写下了一段话：深刻的亲情是不能被浅薄的快乐填满的，一想到城市生活那些背后空洞无物，我就惶恐不安，看看母亲的小包袱，让我想起了童年和成长、对母亲的感情，我好痛恨自己不能用语言表达对母亲的爱意。

微信发出去了。很快就有人点赞，接着有人跟："母爱是伟大的。""那信封里装着的是什么？钱吗，还是信？""你肯定不会在母亲节给母亲送花，母亲是天下儿子的攒钱机器。钱是什么东西？哪个儿子会在母亲需要你的鲜血时，毫不犹豫伸出胳膊？"他回这条微信："如果要我血，我一定会犹豫，犹豫的结果肯定是伸出胳膊，但我就是做不到毫不犹豫。"又有人跟帖："明明已经注定了，还要装模作样犹豫一番，似乎经过了深思熟虑，其实什么也没想，选的还是一开始就认定了的事。"这下有意思了。微信群里一个人问："假如出现二难选择，你是先救母亲还是先救老婆？"有人替他回答："肯定是母亲，母亲只有一个，媳妇有若干丈母娘养着。"他回答说:"选择其实是很可笑的,永远只能选择其中的一种,永远无法知道选择另一种情况会是如何,无法重来就无法比较,所以,我不选择。"因为这个群里也有他的媳妇金平,这时候金平发过来一个愤怒的表情。群里的人开始互相将军了。

微信就是这样,在一些无关紧要可有可无的问题上,尽可以口若悬河,绘声绘色。一旦真正企图表达什么时就肯定找不着合适话,完全是不用动脑子的快乐。金平发来图片,张孝德看到拍下的图片中有十几双线袜子。金平说:"陪婆婆逛超市,婆婆与单纯的农民又不一样,她买的东西叫人奇怪无比。"张孝德跟帖:"谢谢老婆!咱们的妈妈像土疙瘩那般质朴,她惦记她的乡邻就像我惦记老婆一样质朴。"这样的聊天会延续很久,这样的聊天让当下的张小梅以为弟弟很忙很忙。

张小梅收拾包袱,似乎在想包袱没有解开时的样子,张小梅思忖事情时有母亲的神态。张孝德说:姐,抬一下头。小梅抬起头的瞬间,一张照片摄入了手机,他同时不忘放进微信群,并写下了一段话:姐姐一张布满沧桑的脸和脸前妈妈的小包袱,照片太有感觉了,两代女人,一个是母亲,一个是姐姐。犹记当年母亲凭着她瘦小的身躯,挑着水桶,每天天不亮就出发下河挑水,她为这个家,一刻也不停顿地操劳着,消耗着她的心血。

姐姐也不容易啊,说到母亲重男轻女这方面,仔细想,母亲真有。姐姐长,自己和弟弟广续哪里下过地?一门心思读书,记得有一年姐姐领着自己和弟弟去供销社买作业本,姐姐盯着柜台上摆放着的漂亮花布,红底绿花,十分耀眼。以往供销社只卖蓝的白的红的和宝蓝布,很少卖这种花布。姐姐抚摸着沉迷得很,就像刚才盯着包袱看的神态一样。

卖货的妇女说:"叫你妈来给你扯点吧,做个袄罩子多好看?这布进得不多,是我走后门托了关系才弄到的。"

姐姐拉着自己和弟弟几乎是一路跑回家的。平常姐姐从来跑不过我们,可那天跑得飞快。一进门姐姐就哭了,边哭边央求母亲替她扯那花布。那一年父亲刚刚去世,家里的日子要往前走,都得算计着过,两个儿子要读书,哪有多余的钱给姐姐扯花布?母亲无奈说:"你咋这么不懂事呢?叫你去给弟弟们买作业本,你倒看上了花布,那是你穿的?等明年夏天上山采下药材好给你扯褂子。"姐姐说:"不让我读书,还不叫我穿一件花布袄罩子,你看人家闺女们都穿戴得红花柳绿,我穿得黑不溜秋。"

母亲瞪着眼说:"这天下营生是男人家的,是女人家的?你读书,你有那出息将来养家糊口?穿什么也成不了仙女,穿不露肉就行了。"

记忆中从来就没有见姐姐穿过花布衣裳。

想到这里张孝德掏出 500 元钱递给姐姐:"拿着,去买一件春天的外罩,穿戴像个样子，现在的社会吃穿都不愁，瞅你，还是穿得黑不溜秋。"

张小梅说："你接济我太多了，不拿，有多少都填补不满日子里的需要。"

张孝德说："叫你拿着你就拿着，金平和妈就要回来了。"

张小梅眼里噙着泪接过来装进口袋。

真正认识自己的子女，也是需要眼睛和头脑的。单冬花看着床上同一位置不同方格子布的包袱，知道闺女又动了。

明天就要离开儿子家了，不能把气留在这里，她忍着装作没事的样子解开包袱，让她大吃一惊的是一个信封居然被拆了。她装着不知，取出一个丝线捆绑着的信封，一定要给金平，一要付超市里的钱，二要付回家的路费。这也是每年临走前的必修课，不要她就急。金平推让了两下就把那信封扔到了茶几上，算是收下了。

黄昏降临的瞬间里，金平开亮了客厅的灯。

金平突然说："我看到微信群里姐姐打开的妈的包袱里，那一小捆一小捆的都是信封，是不是信封里都是钱啊？"

单冬花不知道什么是微信群，但是闺女打开自己的包袱了她听得一清二楚。张孝德摆手不叫金平再往下说。

单冬花说："我一辈子没出息，一分钱也没挣过，能有什么钱啊！"

一句话不置可否地绕开了话题。

三

当天晚饭，单冬花基本上是在半兴奋中度过的，明天就要起程坐火车回乡下了，一切的不快都要远去。单冬花和张小梅各自收拾好自己的东西，有绳子捆的，有细线缠着的，整整齐齐地摆在地上。自己走后，儿子这一家除了白天上班，在家的生活就是在电视机和手机伴奏下无聊度过，她有些可怜儿子。每夜躺在被窝里想象村里发生的那些事，想象迷迷蒙蒙的夜晚虫草之间来回走动的情景，想象泥地上那些植被和庄稼挣脱束缚成长的样子，心潮一阵阵涌起，总是一件很温暖很有美感的事。同时，伴随着明天离开儿子家，更多的是牵挂和担心，又要从乡下开始了。

晚饭后，单冬花进厨房和闺女合作一起包明天一早的饺子，母女俩无话，单冬花把注意力从厨房转移到了窗外。夜浓了，感觉天空比正月天高很多，看不见星星，能看见对面高楼上的格子窗户亮着灯。风扑打着玻璃，春天不能不起风，风不来天气就不暖。北京春天的风不少刮，和乡下的风相比，乡下的风是自生的，离人很近，就在自己家门前那棵老枣树下，起风的时候，树皮发青，风在枣树叶子长出处发出号叫，枣树的叶子就被叫醒了，风越过院墙，渐已成势，沿河的杨柳树最早开始变得烟蒙蒙一片鹅黄色，风叫醒了冻土。城里的风无根，乱刮，似乎永远也停留不到地面，尘土被扬在半空，什么东西也想去敲击。过年才擦干净的玻璃，隔着一层细麻麻的土，风没有回落的意思。

玻璃上停留的风让单冬花有点不安，像是要发生什么事情，头发都干蓬着，她看了看案板上的面，约莫馅儿和面的最后比例。围裙带起了静电，张小梅佯装看不见，擀完最后的皮儿，单冬花站着看夜色里的那些灯光发呆。单冬花就想哭了，住哪儿都不如住乡下好，就怕乡下也不是自己的家了。人老了，做不了主了，老真不好。儿子叫你来住，住够了女儿来叫你回，合理合情，只有单冬花知道，养大的儿女不是真疼你，是尽义务，合谋世上的道理来摆布一个老人剩下的日子。

张孝德探进头来说："妈，还没有包好吗？"

看着案板上摆成行的饺子，说着就举起手机拍照。张孝德说："有妈的孩子是个宝。"

这一下单冬花忍着的泪来了。抬一抬袖子抹了一下眼角，一张灿然的脸露给儿子。张孝德说："妈，哭啥，包完饺子你早睡。"

天黑着，客厅里的闹钟响了，凌晨3点整。其实单冬花躺下时眯了一小会儿就醒了，睡不着，自从来城里过年，走时都睡不着。单冬花起身先下厨房煮饺子，闺女小梅也起了，洗漱，收拾地上的大包小包。

一家吃过饺子后，开始提着大包小包下楼，准备坐54路公共汽车到火车西站。单冬花紧紧地抱着她的小包袱，小梅和金平搀扶着她下了楼，向小区西侧的公共汽车站台走去。到达站台后，离第一趟车到达时间还有十几分钟，为了化零为整，减少行李的数量，张孝德建议把小梅的一个小提包和母亲那个小包袱捆绑到一起。捆绑之间，第一趟公交车徐徐走近了，迷蒙的夜色、朦胧的路灯，张孝德先架着单冬花上了车，小梅和金平提着大小包包也随后上到车上。

上车后售票员说："老人家请坐好。"

单冬花说："闺女，坐稳当了坐稳当了。"

单冬花还想说什么，车上的人都耷拉着脑袋睡，售票员也把脸别往别处，车身抖动着，夜色苍茫，一路滑过的街灯亮着，显得回答的声音很大。

张孝德小声说："妈，都睡觉呢。"

金平说："人家就是客气一下嘛，你还当真了。"

公交车行驶了40分钟后到达火车西站。车门打开，一股湿气挤进来，天下着纷纷细雨，昨晚的风，原来是携着雨来。下车后开始清点行李，有些该安顿的客气话此时要说。

单冬花说："回吧，到了火车站，你姐就知道路线了，那边有你姐夫接站，不怕。春天的风沙大，上班记着关窗户。夏天放了暑假叫孙孙回去住几天，你们如果有时间也回住几天，就当是你们城里人旅游，乡下的山水到了夏天可是好看呢。"

她的话被晾在一边，大家似乎在焦急地找什么。

单冬花说："把我的小包袱给我，拿惯了，手里空空的，总觉少了什么。"

包袱不在了。

张小梅以为是单冬花拿着，单冬花以为是张小梅取着，全家人急得团团转。

张孝德说，我叫姐把包袱捆在一起，姐的提包呢？

张小梅的提包在。

单冬花说，出门时我拿着，坐公交车时孝德说要和小梅提包系在一起，我明明知道小梅从我手里接走了包袱。

张小梅说，妈的包袱啥时候舍得叫旁人拿？我还有福气拿？我是真没有见。

金平指着孝德的手机调侃说，你没有拍下来吗？

张孝德说，你不要无是生非。

单冬花腿软得由不得要往地上坐，地上湿漉漉的，金平说，地上到处是全国各地的龌龊。张孝德和张小梅急忙架着单冬花。

张孝德说，我们冷静地回忆一下。一家人开始重复当时的细节。短暂的回忆后，孝德认为忘记把那个包袱带下车了。孝德立即在路边拦了一辆出租车，向54路公共汽车的下一站追去。

车站上的行人多了，赶往各地的人匆匆从她们身边走过。单冬花抱着一线希望张望着往来的行人。

半个小时后，张孝德气喘吁吁地回来说，车上根本没有那个包袱，司机说，从火车西站向岳家楼行驶中车没有停，若包袱放在车上是不会丢失的。全家人又开始回忆，摸索着开始理清一早出发到车站的每一个细节。最后张孝德做出了比较客观的判断：应该是我们急着上车时，没有将那包袱带上车，丢在了站台上。

张孝德急忙打电话向马家堡派出所报案。电话响后接警的警察说，因为是自然丢失，没有当时线索，这事不好确定你是否是真在马家堡的地界上丢失。你们留一个电话号码，如有人捡到后寻找失主，我们立即与你们联系。也就是说，这件事情得等寻找失主的人出现。单冬花脸色煞白，嘴里喃喃着，菩萨保佑，有好人，有好人，这世上总归是好人多。

这时，小梅开始埋怨包袱的存在：包袱是眼睁睁着丢了，它可从来没有离开过妈的身子，怎么偏偏在离开的一段路上丢了？跟上鬼了？包袱里有啥不能放我屋里？我替你保存，费心思走哪儿带哪儿，一辈子好强，临老了还好强，就怕我算计你的包袱，我才不稀罕呢，就算有万两黄金我也不稀罕。

单冬花不说话，话在喉咙里哽着。从未见发过脾气的张孝德，听完这句话开始训斥小梅：你少说一句少啥了？你每天都惦记着妈的包袱，还说不惦记。叫你拿一会儿你就丢了，你咋没丢了自己的提包？论年龄我该叫你姐，可你就是不成熟！

50多岁的小梅，患有严重的脊椎侧弯病，行走极为困难，面对弟弟的训斥，既自责又难过，一时说不出一句话来。

金平一边安慰着大家，一边问单冬花，包袱里有多少值钱的东西？那信封里是信还是钱？

单冬花说，是钱。不少，不少。

张小梅忍不住又饧了一句：直接说有多少钱。

单冬花只说不少，就是不愿意说出大概数字。

张孝德说，妈，你说个实数，都这时候了。

单冬花嗫嚅着说，有一万多元，还有你弟媳妇给我买的金耳环。单冬花看了一眼金平，怯怯的眼神怕伤害了什么。

张孝德说，包袱都丢了，还不说有多少钱，究竟是多少，一万多，多是多少？你说的数字不对，人家拾上也不会还给你。

单冬花哭了。这是她这一辈子唯一一次对着子女的面哭。她哽咽着说，有两万多。

张小梅接话，零头有多少？

单冬花说，两万零八千六百多。

一家人不说话了，谁也没想到单冬花的包袱里有这么多钱。小梅见过那信封，可没有多想信封里都是钱。

张孝德显得有些生气，同时又不相信母亲有那么多钱，又问母亲说，您包里到底有多少啊？您哪有那么多钱啊！

单冬花浑身颤抖嘴唇哆嗦着说，儿啊，我20多年积攒的钱都在里边，一分一厘省下的。多的一个信封里有5000元，少的有300元，大大小小几十个信封，我也说不出个准确数目，只能说个某约（大概）。

金平瞪了一眼张孝德。这么多年丈夫背着自己给了他妈这么多钱，也许不止这些呢。

单冬花读懂了金平眼神里的内容，忙说：也不全是孝德的钱，还有广续，还有我能爬得动山时，采摘连翘卖后攒下的钱。我不舍得花，攒着，身后有个底气，一辈子，我怎么好临老变得赤手空拳？有几个钱搂着，邻居不敢小看，子女不用嗔怪。

单冬花非常满意自己大清早能够举重若轻地吐出这些话，这些本来不到说的时候。事情来了，不得不说。

围观的人多起来，广场路灯下所有人的脸都发着青白光，所有看见的人都张着嘴说话。嗡嗡的声音中似乎有希望冒出来。"赶紧去调那个站台附近的监控录像，或许能看清捡到包袱的人。""把你们的联系电话告诉附近的派出所、居委会，以便捡到包袱的人与你们联系。""老太太也是，这么老了自己还存钱，有钱不放银行，你说这年龄要钱有什么用啊？"金平突然和孝德说："发微信，快发微信，或许微信可以帮助我们。"

众口议论声此起彼伏。小梅突然想了起来，说，我的手机还放在那个包袱里边。整理包袱时想着妈的小包袱最重要，手机也最重要，顺手就塞进去了。孝德问，是否开着机？小梅说，开着呢。孝德急忙拨号，结果是关机。

微信群开始转发孝德关于母亲小包袱走失的微信。其实张孝德清楚，能遇到雷锋式的好人太走运了，几乎是不可能。只要捡到母亲包袱的人关掉包里的手机，就预示着他不可能把东西送还失主。

金平想尽快逃离。她已经好多年没有到过火车站了，蓬头垢面的人群中嘴巴淡兮兮说一些幸灾乐祸的话，真是受不了，这些乡下人像热沥青似的粘着城市的犄角旮旯，这是她最不喜欢的场面。不管婆婆包袱里放了多少钱，对于金平来说她从来都不去多看一眼，不喜欢那包袱的样子，什么年代了，老脑子，不认知社会。人要长高，要成熟，但并非成熟就一定是明白。有时肉体扩展了，年轮添加了，反而变得糊涂了，越活越老土。婆婆就是这样一个典型，这把年纪了，住在城里居然还牵肠着水灾旱情，同情城市里彷徨的农民，更可笑的是，不舍得花钱，一辈子挽着藏钱的包袱东奔西颠，说出来真是可笑。

金平说："出了这事只能怪自己没有操心拿好，丢肯定是丢了，我去报案，能否找到是个未知，这是个教训，以后也反思一下。"

单冬花半天没有言语了：还有以后？

张孝德说："去哪里报案？"

金平说："54路嘉园三里站，事发在那里。"

单冬花觉得自己变成了一个倾家荡产、一穷二白的人了，心恍惚着，就要到开车时间，包袱像是长了脚似的离开了自己。几十年都拿着，朝朝暮暮看着说不见就不见了。单冬花叫小梅打开自己的提包，看是不是顺手装提包里了。

小梅仿佛受到了莫大的侮辱。

"妈，你的包袱从来都不叫人动，丢了就是丢了，我的提包里没有你的包袱。"

人流拥挤着开始进站。虽然故作镇定，但单冬花知道腿上是一点儿力气都没有了，单薄的身子越发单薄得拉不动日子了。张孝德仿佛感受到了母亲此时此刻的痛苦程度，挽扶着在一旁反复安慰母亲，说破财免灾，只要您健康长寿，比任何财产都值钱，更何况，如今的社会还是好人多，人们的日子也不像过去那样艰难，大都不在乎您这点钱，人家捡到后，一定会给咱送回来的，你们放心回家，不等火车到家就会有好消息，城里的派出所办案和乡下的不一样，他们神速着呢，就等好消息吧。安顿她们坐好后给那边接站的姐夫打了电话，孝德又安顿了母亲，这才走下即将开动的火车。

火车放了三次气后开始徐徐使出车站。玻璃窗户上闪着母亲和姐姐的脸，笑容勉强挂在脸上。走出火车站，张孝德突然清醒地明白母亲老了，她一生的脾气在子女和生活面前彻底垮了。这样的事情发生，该有一顿从天而下，反倒是姐姐顶撞了母亲，日子颠倒了，母亲下火车时怕是迈不动步了。

张孝德给金平打电话想知道报案的结果。

电话那边金平问："走了？"

孝德说："走了。你报案了没有？"

金平说："又不是贼偷了、抢劫了，自己丢了，丢在哪儿都不知道，去报案？你以为我真去呀！"

孝德说："你很有腔调啊。"

金平做事有点出格了。不是自己的母亲，人情世故少了不说居然撒谎。对自己的妻子孝德是无奈的，其实，金平不屑和凡俗打交道的时候有她的气场，气场中心的孝德常常显得很猥琐，不具备反抗的力量。

张孝德走着遇见了一家快餐店，他亟须要坐进去。要了一份早餐、一碗皮蛋瘦肉粥、两根油条。他忘记了一早吃过母亲包好的饺子，粥和油条像刷锅水一样难吃，但他仍旧锲而不舍地尝试。脑子里一直幻出一个火车走远的声音，吃下去的味道似乎也非常机械。他不自觉给弟弟孝勤打了电话，弟弟在新疆工作，此时或许还赖在床上。

"这么早，哥，出啥事了？"

"妈今天一早回老家了。往火车站的路上丢了她自己的小包袱，包袱里有钱。"

"妈自己拿着丢了？"

"不是。姐拿着，怕上下车不利索，叫姐拿着，不经意丢了。"

"包袱是妈的心肝。妈说有多少？"

"有将近三万。"

半天，电话里传来一声闷音："妈有可能害下大病。"

这句话让张孝德有着战栗的恐惧。

四

单冬花在软卧车厢躺下的那一瞬间，她觉得自己已经看不清楚周围的颜色了，最为重要的是她不记得刚才的事，张口说第一句话就把五十年前的事情说成了昨天。

"你怎么没有把你两个弟弟抱到床上来？"

单冬花小心地看着进入软卧车厢的人，先是个子不高、身子很敦实、长方脸红扑扑的男人，只见他细长眼睛眯缝着，进车厢就笑，说话嗓门儿洪亮，透着实在。看着单冬花大声说："老人家，我坐你脚头儿。"单冬花也笑，笑得难看，伸开的一双脚缩了回去。接着又进来一个学生娃，不打招呼，直接爬到了上铺。

男人指着小梅问："老人家，这是闺女还是媳妇？"

单冬花勉强答应了一声："闺女。"

男人说："闺女好，贴心。"

张小梅笑。单冬花突然很讨厌闺女的笑，转了一下身子脸朝着了墙。闺女和男人在她的身后说话，她不想听，尽量让自己进入一种沉思。闺女蚊子一样的笑声毫无节制，单冬花被这笑声击倒了，好像自己做了什么十恶不赦的事一样。其实她一直在躲避周围，从一开始进入卧铺车厢，她努力不去想不去看，就因为躺着可以让眼睛朝上看，躺下的那一瞬间，她甚至惶惑回忆起了此前，意识很快就回到了当下。她开始压迫自己去冷静回忆刚才发生的事情，儿子坚持要她帮我拎着小包袱，碍于儿子的面子，自己假装很不在意递给了她，一路上眼睛从没有离开那个包袱，只有一次，上车，儿子搀扶着她，她不能够拒绝搀扶，这是儿子表达他自己对母亲的疼爱，大约有五六分钟，视线断了。上车后和售票员说话，问答只有一个来回，包袱应该不在闺女手里，她看得清楚，虽然闺女坐在车尾，她想，上车前闺女合并提包，包袱一定是并在了闺女的提包里，没有多想。她没有想到的是，包袱不见的那一瞬间，包袱真的长了脚了。这中间一定在某一个环节有人起了念了。乡下的日子里，她常常坐车去另一个村庄看戏，小包袱不离身，谁照顾过她的上下车？她手脚利索得很呢。在儿子面前她不能像从前那样对儿子说："讨厌，丢开手！"她是儿子的老娘，人一老，距离来了，隔膜来了，客气来了。五六分钟时间，包袱就不见了。长大了的儿女离心离肺，彼此知道计较，知道假模假样了。一下按捺不住情绪，单冬花坐了起来。

小梅的笑没能保持住，她看到母亲的脸拉着很长，不语不言，盯着地上的旅行箱看。她想母亲要说什么，但母亲没有话。

单冬花转过身盯着闺女的脸看，冷不丁冒出一句话："得了。"说完躺下了，像一个中年人一样利索。

张小梅高昂了一下头，这时，有人喊男人去打牌，男人站起来走出了车厢，疑惑什么又回头张望了一下。张小梅干脆提起旅行箱放到了自己脚头，没多话，也躺到了铺上。母亲刚才说什么她没有听清，但她明显感觉到了母亲在怀疑什么。她懊恼地开始回忆一早的事，可想到那个包袱的时候，上车前等车过程突然没有了记忆。想不透彻，哀哀地难过，心疼母亲，想和母亲多说说话，坐了起来，站到母亲跟前。单冬花凝视着虚空的眼睛突然合上了。张小梅坐到小桌前扭头望窗外，竟看到了满天的毛毛雨，火车哐当哐当的声音在脚下推动，一些风口的树，在秋天里凋零得早，在春天里新生得也早。天空的云团呼呼四散，一线阳光，扒着云缝射到远处的山头上。张小梅的心酸了一下，她一下明白了母亲对她的敌意，从来没有离过身的包袱被自己拿着时丢了。可那个包袱对自己来说有多么生疏？

单冬花闭着眼，小梅知道母亲睡不着，包袱丢了，天塌了。她喊了一声："妈。"

单冬花纹丝不动。

张小梅说："妈，包袱丢了，都怪我。我从来都不敢动，你常说，人一天有仨迷糊，我手里不常拿的东西我手生啊。"

"妈，你一直盯着我，可你咋就没有盯住我呢？一转眼的工夫好过了旁人。"

"妈，我早和你说，存信用社，你不听。丢了，也不知哪个没屁眼儿的人捡了。"

单冬花睁开眼恶恶地说："你怎么也敢说短话？"

张小梅说："我说短话，我是咒捡到包袱的人，我咋不敢说短话？"

单冬花咧了一下嘴说："你啥不敢！"

张小梅瞪着眼睛看着单冬花："妈，你啥意思？就算我把你包袱弄丢了，就算！知道你心疼包袱里的钱，是你两个儿子过年过节孝敬你的，他们疼你，拿钱叫你花，拿钱买你对他们的牵挂，明知道你不花钱，你是攒给他们的，你最终是攒给他们的，你抱着你的包袱，抱着他们的疼，可你怎么就不想想，这么多年，我几乎是两天看你一次，洗洗涮涮，那点口粮地，春种秋收，哪一件事缺我了？伤风感冒、头疼脑热，是你闺女守着你啊，你不信任我，就算我丢了你的包袱，我一辈子做你闺女的好买不来你一个包袱？"

单冬花抖抖索索坐起来盯着张小梅说："你是往我心口上插刀！"

张小梅怎么能知道单冬花的难过？

单冬花31岁上守寡，拉扯着三个孩子成长，一个女人的一辈子，那是在人眼皮底下活人的难熬啊。她还记得去年秋天张孝德回乡陪着她住了一个月，单冬花在院子里扫院，起伏之间张孝德说："妈，六岁那年我记得你的辫子落在腿弯上，槐树那年有胳膊粗。"

单冬花怔了一下，掩饰什么地说："妈再不能活回你六岁那年了。都要经过老，你是笑话妈老了。"

张孝德咧着嘴笑。满头白发的单冬花，太阳照过来，照出了单冬花粉红的头皮，曾经，头发盖着头皮，两条粗黑辫子匍匐在单冬花的脊背上。

记忆来得越发深了。

秋天庄稼黄熟了，六岁的张孝德坐在驴背的驮架上，他爸赶着驴，驴脊上的张孝德不安生，两条腿来回敲打着驴肚，把驴惹毛了挣脱了缰绳，张孝德被摔下来，驮架砸在了张孝德头上，他爸抱回张孝德，坐在院子里槐树下，那时候有个井辘轳闲置在那里，血把张孝德的布衫洇红了，单冬花站在槐树下，看见血的那一瞬间，眼一黑，天上的云彩旋起来，单冬花就不会说话了。那年单冬花31岁，张小梅10岁，张孝德6岁，张孝勤4岁。他爸看着单冬花的样子吼着：我死了你咋办？瞅你的样子，除了生娃你啥述不成！

秋天，他爸在煤矿下窑，瓦斯爆炸被炸死了。

人被抬到村口那一刻，单冬花出奇得镇静。她身后三个娃，三个娃也都不哭。单冬花告诉孩子们："那棺材里躺着你爸，你爸是张家的男人，他管自己去享清闲去了。张家得出一个有本事的人，天下有本事的人是男人，在卵崖底村只有家里出了有本事的人才不叫人下看。我和你们的姐姐供你们弟兄俩念书，只要走出去一个人，前路就看得到光明。"

单冬花破天荒冷静地在跑过来看热闹的人前说下此话。单冬花的头昂着，面孔扬着，脸上留着怨恨，保持着乡下人认可灾难的冷静，里面有一种不可理喻的坚强和难过，她忍着不哭。她丢开孩子们拢住眼，趴在棺材上掀起单子看，她的汉子，一身的对襟青色涤卡布衫，一顶劳动呢八角帽，帽子和身上的衣裳都不是很合套，都是崭新的。只能愿他命不好，死了赚了一身新。单冬花挪不开步，没有力气挪开，身后的家族议论着后事的全部细节，该怎么做有矿上人张罗。身后村庄里的女人们小心地看着单冬花，不敢大声唏嘘，却也不断地追忆着棺材里的生前种种生活细节。感染之处，爱哭的老人禁不住流泪了。单冬花期待什么？哪怕有一句那样的话出现——"剩下的孤儿寡母怎么过日子哟"，没有。矿上答应给张家一个顶替下矿的指标，单冬花听见公公在身后交涉，娃都小够不着年龄，叫小叔子去。

单冬花的屋子里除了少了汉子，什么也没有少，多的是三个子女三张嘴。老天连叹息的工夫都没有给单冬花留够，一场秋天的连阴雨院墙塌了，单冬花站在院子里护住三个娃，自己却闭上了双眼。村里人看见难过，一升米一碗面帮衬帮衬，总归不是长久的事。槐树就在院子里粗壮着往高里长，子女也往高里长，槐树喝水，子女吃粮。自己好养，养活子女难，一年到头屋里屋外，每天往身上沾的有两样东西：尘土和猪食。尘土拍拍就掉了，猪食洗了又溅上，衣裳哪敢多沈？布衣裳不耐磨啊。单冬花知道，这是命，命是什么？老天早安排好了的，谁都不能改变的。既然认命，单冬花就少在人前叹息，也不埋怨，她在老天给她画的框框里闹腾。三个孩子除了吃，还得穿衣，还得学习，学习和穿衣就得花钱，钱在腰里支撑着，硬气，才不会在人跟前低头。

单冬花找石匠在屋子里打了石磨，她学着磨豆腐，用豆渣养猪，卖了猪可供养子女上学。天亮起床架驴磨豆腐，一头驴戴着捂眼转磨道，磨慢慢悠悠转，磨眼里插着三两根筷子，豆子要三颗两颗均均匀匀下，灌豆子时勺子里几颗豆子加几多水，更是马虎不得。性急时，常使磨子打空，心粗的，豆子下得不均匀，这样磨出的浆粗，点出的豆腐不能炸素丸子，一落油锅就起沫。单冬花从来不放心别人掌勺，喜欢张孝德搭边儿手推。一是磨重，需要张孝德知道赚钱不易；二是驴从五更天开始劳作也累了；三是想叫世人看看寡妇老婆是怎么带大了一个有出息的儿。

那年月，学校不重视教育，张孝德学习也不好，单冬花觉得日子没有啥希望了。傍晚时分，明月要升上来，单冬花坐在屋前的台阶下，人乏得骨头都碎了，就是不见瞌睡来。有时自己在院子里慢腾腾走，想一些事情，好好的，心酸得就想哭。背着人哭是她恢复体力的过程。三个孩子从外边跑进来，不知日子的深浅争抢一个果子，孩子不知道大人的苦楚，在院子里追逐打斗，那么欢实，吵闹着耍。一个女人带三个娃，一辈子的好日子叫娃们捎带了，千难万难大人能克服，娃过不去，娃的路长着呢，有人疼有人爱娃才能长好，人一辈子不就是为了娃吗！看着眼前的景，心里腾开了地方，累着也不觉得难过了。风吹日晒的光景，让年轻的单冬花面如重枣，四十不到，头发白了一半，皮肤跟榆树皮一样。她坐在月影里，压着声音，哭一会儿笑一会儿，人说，有苗不愁长，可到底能长出啥结果啊？

17岁的张孝德当兵走了，是公社照顾她。单冬花看着长大的儿子，突然发现那个死去的人又活了。瘦条个子，小眼睛，身子精瘦如柴，新发放的军装架不住，两条腿晃荡着，眼睛却带着电看人，看得单冬花心里是七上八下的。儿子要当兵了，部队教育人，是好事呢，也许将来要随着儿子的出走能过上好日子。单冬花的额头便也舒展了，流露出酸楚的幸福。熬到头了，心里想着要安顿张孝德啥话，又没有适合的话安顿，从包袱里取出卖豆腐的钱递给儿子，叫他装好了。张孝德不要，说部队都管。单冬花握钱的手颤抖着说：还是国家好啊！便安顿了一些成长的话。

单冬花说："当兵的人，抛头露脸，牵连人情，你见人了，首要的是嘴甜。人活在世上靠了嘴活，嘴是人的软刀子，千难万难，多张嘴问，难事就都化解了。你出门在外接受教育，要关心一起生活的人，当兵人吃公家饭，公家才是稳当的靠山，遇着不容易，吃苦受罪了，心里头都要欢欢喜喜的，不去埋汰他人。你不可和你爸一样，不管嘴，由着嘴伤人。在部队要学得腿勤快，皮实的人都喜爱。家里你不用操心了，有妈，有你姐，等你姐嫁个好人家，得了彩礼钱，你弟就能上高中了，这日子啊已经看见好苗头了。"

单冬花脸上难得有了笑容，虽然隐约着一丝苦涩，笑容能来到脸上，那是咽了太多的苦水换来的。

21岁的张小梅看着母亲的笑容，她不能够确定自己能嫁个好人家，她心里有人了。说出那个人来母亲一定不会同意。自己迟早是别人的，乡下女子土里刨食吃，女子顶不下劳力，工分都是赚半个，还要梳头打扮，多一份花销，虽然亲骨头亲皮肉都是妈生的，可女子嫁人，那是要一次性把娘家的成本和利润算清，自己中意的那个二流子哪里有钱出这彩礼？有一次张小梅和二流子说没有进过城，二流子说跟他进城逛逛，管叫她世面大开。两个人避开村里人在公路上扯风扯雨站了半个钟头，拦下一辆拖拉机，爬上后拖挂算是进了一回城。走在高低错落的楼房中间，肚子饿得哇哇叫，二流子没有一点儿买饭的意思，张小梅不好意思说。进了一家小旅店，二流子上下瞅瞅，示意张小梅进去。二流子指着空着的上铺叫张小梅上去，二流子也爬了上去，抱住张小梅又搂又亲。听见外面有动静，二流子用被子盖住张小梅，他压在被子上。一个女孩进来了，看着上铺说："你登记了没有？"二流子不说话，呼噜声骤起。女孩问了几遍，见人睡得实骂了一句："死猪。"反身甩上了门走了。二流子掀开被子匆匆破了张小梅的身子，饥饿没了，羞耻像一疙瘩热牛粪一样粘上了她。就一次她就怀孕了。

张孝德走的那年，张小梅年底嫁了二流子。提亲的日子是秋天，二流子不知在哪儿喝醉了，穿一身咔叽布缝的深蓝色中山装，有些显小不合身，兜兜里别着一支钢笔，还戴了一顶里头垫了一圈报纸的蓝帽子，一条灰裤子看不出原先是什么颜色，脚上一双解放球鞋，手里提着两瓶汾酒两条大光烟，红着脸讪讪来到了张家。进门不打招呼名正言顺坐在了张家的床沿上。他先是看羞红脸低头掰弄手指头的张小梅，接着看站在地上拣黄豆的单冬花，又朝着清汤寡水的屋子看，酒和烟顺手放了床上。还没有来得及说话，外面的热闹就来了，两个后生因为什么事情吵闹着走到了单冬花门前。一个抓着一个的领口喊："你借钱不还，你今儿不还钱，今儿就是你的忌日。"一个说："你弄死我，我早就不想活啦。你弄死我，只要你能活成人，我服你！"

村里人不知道发生了啥事，跟了声音都跑来看热闹，聚在门前指指点点，让单冬花无地自容。

二流子走出门，兜兜里掏出一包烟，二指一弹，弹出三支烟，自己抽一支，伸出烟盒要对方松手一人一支。打火机"啪"一声伸过去问："借了多俩钱，值得要一个人的命？"一个说："十块。"一个说："听听哥，我的命就值十块钱。"二流子掏出十块钱递过去说："拿走。少他妈在我丈母娘家门前闹事，今天是我定亲的日子，饶了你们，否则你俩的命都得喂猪。"

两个人不吵了。一个说："知道哥是能人，能把地方粮票换全国粮票。几天前我还见派出所长往你嘴上按烟哩，公社书记的门你是一抬脚就进去了。"

一个说："哥，你叫我咋报答你？我这贱命给你了！"

二流子二指夹着烟不耐烦地指着二位说："走走走，我今天是心情好，放我不乐意时早撇下你们不管了，你们这点事坏了我的好日子，惊吓我丈母娘以后对我的看法，惹得众乡亲看笑话！还在这里张着乌鸦嘴叫啥？还不快滚！"

二人抬脚就跑。单冬花莫名其妙看着，但也知道是闺女惹下的事。没念过书的人真是好人坏人都分不清了。她瞪着眼看张小梅，张小梅的脸煞白，没有半点儿主意，无助地看二流子。张小梅原以为会有媒人来，哪知二流子自己来了。看着的村民都知道张家的闺女在外恋爱了，恋了个"能人"。

单冬花说："你招来的人，你愿意，你就自己做主，我不同意。嫁出去的闺女泼出门的水，人活脸树活皮，你就这样丢人现眼，把你弟弟保家卫国的脸都丢尽了！"

二流子掏出纸烟发给四下里看热闹的人，看见有抱小孩的妇女，变戏法掏出糖递给孩子，捎带捏一下孩子的脸。一群大一些的孩子也跑了过来要糖，二流子说："一人一粒糖，好事要成双。"

抽烟的吃糖的也算是分享了张家闺女的好事。有人知道二流子是隔山那边东屿上公社的人，谁家的娃一时想不起来。单冬花觉得自己没脸在这世上见人了，反身快速走进家门"哐当"上了门闩。

二流子反倒不在意，正中下怀。一手拉着六神无主的张小梅，一手放在裤兜上说："卵崖底的乡亲们，你们见证，小梅今天是我的妻了，我本来今天是拿了彩礼来定日子的，没想到两个泼皮搅了我的好事，我的丈母娘不想听我的解释就把我妻张小梅关在了门外，我无所谓，男人家脸皮厚，叫一个女人的脸往哪里放？你们都见证了啊？"突然的从裤兜里掏出一沓钱晃着，乡下人哪里见过这么多的钱？觉得单冬花小家子气，有人就想上前劝说，单冬花不开门。二流子也不听劝，拉着张小梅的手往大路上走，一边走一边说："总有一天我抱着外孙回卵崖底来看你们。"等远离了人群，张小梅突然跪在了路当央开始哭，哭得站不起来，那个人也跪下重重磕了仨头，拽起张小梅扬长而去。

单冬花攒钱是出了名的，一分一厘抠，零钱换整钱，两个儿，修房盖屋娶妻，谁都帮不上忙，只有钱能帮上忙。嫁闺女反倒一分钱没有收，就这样叫一个泼皮活生生拉走了。单冬花不怨二流子，怨自己的闺女，缺心眼儿，没脑子！

<h2 style="text-align:center">五</h2>

当兵走的那年老屋的墙上糊着 1983 年的报纸，报纸的外面贴着"保家卫

国"白底红字奖状，奖状的旁边是杨柳青的年画。窗台上放着一面圆镜子，镜子是 1963 年单冬花结婚时的嫁妆，上面有毛主席的军装肖像，下面是对称着的六朵向日葵。靠门的墙边有一个老柜，上面放着手掌大一个相框，是张孝德当兵时戴着红花的照片。儿子的照片成了单冬花的精神寄托，每年往来的信件，看后保存到小包袱里，信件成了单冬花克服困难的力量。

儿子在外，家里没有亲戚人脉，出社会之后更要靠自己，没法靠关系，所以在外的人加倍比家里的人难。从儿子的信中，单冬花知道儿子一开始在部队上喂猪，把部队的猪当了自己的亲人，后来不喂猪了进了后勤上，因为是乡下走出的兵，一旦受了部队上的教育，人就变得讲究忠贞，认定了自己的工作，从头到尾不生二心。部队中人情味特别浓，不分你我，新兵蛋子，互相帮助，勤勤恳恳的老实人总是会受到重视，这样，三年后张孝德又调动往军区给领导当了生活秘书。张孝德后来复员到北京某房管所工作，通过关系把孝勤安排成援疆工人，又把姐姐家的哑巴闺女安排在省城一家福利院，并让她成了家，这一系列的改变让卵崖底人很是刮目相看寡妇单冬花。

单冬花还记得当兵五年后的秋天，张孝德回乡探亲，到家时已是黄昏时分。卵崖底的人知道张孝德回乡了，都聚在张家的院子里，人们的兴奋程度就像是过年，毕竟是走了五年的人，单冬花看到儿子个子高了，人壮实了也白了，再看那张相片，觉得不一样。卵崖底的水土不养人，个个儿养得黑干细瘦，还是外头的水土养人啊，看人家孝德根本就看不出是卵崖底人。一轮皓月当空，人们发现单冬花粗糙的脸上有了水分，被月亮的光笼罩了一层神秘的笑容，笑容生动着过日子的不易和忧伤，卵崖底的人被什么东西感染了，大伙儿都齐齐开始同情单冬花的不易，31 岁守寡到 40 多岁，寡妇门前居然没有任何是非。培养出这么好一个有出息的儿子，也算是命好之人啊。单冬花烧了热茶，村庄里的男人才发现这么多年来是第一次进张家。屋子还是早先那样没有添一件新家具，日子过得简朴。他们并不推辞，端碗时却轻手轻脚，喝茶只是站着，更不随便说什么，只是听张孝德说。心里有一份敬。单冬花说，你们坐呀，怎么都不坐？所有人都不坐。喝完一碗又喝一碗，张孝德看到了母亲在卵崖底人心里有一种地位。

张孝德忍不住问起了姐姐，单冬花不语，张小梅是单冬花的一个痛点。有人应答，你姐嫁人了，过几天叫她回来看你。也该走动走动了，这么多年哪有闺女不上门认娘的道理？再不认就忤逆不孝了。张孝德想知道姐姐嫁了什么人，到底发生了什么事。一股野风吹过来，呼啦一下吹乱了单冬花的头发，单冬花的习惯还是早先，用手往后掠了掠，这使张孝德猛然看到母亲头发的颜色已十分相似于斑驳的老墙，灰白而没有光泽。单冬花不说话，倔强着，背转身。母亲的样子让张孝德心中打鼓，但同时又有点儿意外的高兴。

谁知单冬花出其不意地说："嫁了个二流子，没脸回来。"

家丑不外扬，喝茶的人就都开始放下碗找借口告辞，单冬花也不留，女儿触痛了她的心疼。张孝德看留不住就一一和大家告辞。这时候张孝勤去乡里送豆腐回来了，人搭了黑，一进门一身风尘，看见张孝德，有几分不好意思。单冬花说："你弟弟也不念书了，不是供不起他念书，是他自己死活不想念，就在家和我一起磨豆腐。不是人才的命就安心做个受才！"

单冬花一心想供出一个读书人，能走出一个读书人是一个家族的脸面，可她没想到两个儿子都不好好念书。她这一辈子都是赌气在活着，家中能走出一个读书人构成了她生命和理想的明天，这是她心底藏着的一个夙愿。眼下她只能感叹自己命不好，生活磨砺使得她的悲凉已不放在脸上，说此事时单冬花平静中有几分刚强。

张孝德在家住的几天里听孝勤讲了姐姐的事，孝勤告诉张孝德：都说带走姐姐那天，二流子掏出的钱不是真钱，是一沓鬼洋，他就欺我们家没有男人，咱俩找他去，我就想打他一顿出下这几年的气。张孝德想不出姐夫的样子和做派。决定要回部队的前一天，张孝德借口和孝勤去送豆腐背着母亲去看姐姐。

兄弟俩打听着走进姐姐院子时被一个流里流气的人挡住了。三间石板房，参差不齐的院墙豁牙缺口，灰白的颜色是曾经刷过的石灰，一地的枯枝败叶。和周边砖土结构的四合院相比更远处立起了几幢全砖楼房，对比告诉了张孝德这户人家的穷困潦倒。屋子里姐姐在喊叫，不一会儿，一个孩子降临了。哇的一声啼哭，惊世骇俗，接生婆说，你曹家有后了，是个小子。这句话使得院子里那个流里流气的人也如同床上的姐姐一样，幸福得微微战栗。张小梅在屋里知道弟弟回来了，无声的泪流下来。张孝德听见屋子里的姐姐说："外甥像舅舅，我的儿将来会有大出息。"院子里流里流气的人握住张孝德的手，扭头吐了一口唾沫说："双喜临门，今儿我请我两个小舅子喝酒。"他哪里有钱买酒？不过是一句谎话。

见到姐夫，张孝德就有了某种直观认识，姐夫那一惊一乍的虚样，他明白了当初姐夫演的那出戏，这样的家庭娶妻是很困难的，他用一种卑鄙龌龊的手段把姐姐弄回家，生米做成熟饭了，说什么似乎都已经是多余。张小梅把屋外的人支走和弟弟在屋子里说一些心里话，她知道母亲还怨恨她，就想有一天母亲能够原谅她，否则，和旁人一说起娘家人来，就有被妈抛弃的滋味，人前人后都挺不好受的。张小梅突然停下了哭看着孝德说："你的话妈听，她一辈子重男轻女。"

张孝勤说："他是拿着鬼洋羞辱妈，你和他离婚，只有离婚妈才接纳你。"

张小梅说："人嘴里没好话，他那天拿着的上下是两张真钱，中间是纸。"

这句话叫孝德心里很难过。张孝德安慰姐姐不哭，月子里忌讳哭，容易伤身子。张小梅控制不住自己，一座山的背面是娘家，她已经五年没有回家了。看着弟弟她不能说自己看走眼了找了这样的男人，男人好坏是自己跟了人家的，娃也生了，只能放大他的好。还想着填补娘家呢，看来以后的日子全靠眼前的这两个弟弟了。说话间一个四岁的小女孩走进来，看见有陌生人在，怯怯地站在门口不言语。张孝德蹲下问："你叫什么名字？告诉舅舅。我是你舅舅，想要什么舅舅给你买。"

张小梅说："叫芬芬。大弟，她听不见，是个哑巴。"

时间对于张孝德有点残酷，这个家，让他一下成熟了许多。他恼恨那个人，也不想知道他叫什么名字。姐姐一生的幸福就在他手里毁了，是姐姐心甘情愿被毁了。张孝德放下一些钱，又放下两身普通军装，明知道那个人穿了军装又要在世人面前吹牛，但是，因为姐姐他什么都不去想了。

张孝勤出门站在那个二流子面前捏紧拳头说："你敢欺负我姐姐，小心卸掉你一条胳膊！"

二流子"扑通"就跪下了，指咒发誓说："让你姐说，我要是欺负过他我就不是人！我是能力有限，穷家过不了富日子，你们只要给了我能力，金銮殿大，只有你姐一人坐的份儿。我要是待她不好，我自己解决半截去见你们行不行？"

一个人都这样了，你想打他举不起手来，还能怎样？一只猫滚着地上的搪瓷碗咣啷啷响，村里看热闹的人都来了，芬芬倚着门，咬着手指，一脸惊恐的样子。张孝德不忍心再看，拉着孝勤就走，失落、无奈，无法抗拒地落荒而逃。

张孝德看姐姐是瞒着母亲的，其实走了一天的人瞒是瞒不住事的。单冬花对女儿当初的行为她发过誓一辈子都不见，看着张孝德低沉的情绪，她明白闺女的日子比她想象的还要糟糕。单冬花说，知道你去看你姐姐了，她日子过得可好？

时间已经化解了单冬花的怨愤，跟前站着的两个儿子已经成人，生活教会了她松紧适度，快慢自如，艰难困苦都走过了，看开看不开，都已经无法找回当初。

张孝德便不捂什么，一五一十讲述了姐姐的现状。单冬花一句话不插坐在床上听，张孝德告诉母亲：姐姐这一辈子命该过好，可惜因为爸爸早逝，她是舍下自己照顾这个家，如今的结果也不能完全怨她。姐姐找不到好的结婚对象，多半受限于环境，她没有读过书，在看人上难免走极端，尽管如此，姐姐对人性也不曾失望，老说那个人的好，怕我对那个人产生成见。姐姐用不带成见的心来面对生活，她说那个人虽然满嘴跑牙，但也是一个有意思的好人，他是掏心挖肺想对姐姐好，可惜穷日子限制了他。

单冬花回答："屁！"

张孝德看着母亲说。"妈，你可能不知道，姐姐的大闺女是个哑巴。"

单冬花咬了咬牙说："外头人不摸底，我是经见过了。我怎么不知道他是什么东西，睁眼说瞎话，偷鸡摸狗，人想不到的事他都做得出来。骗吃骗喝叫人打过好几回了，每次打了都完好无损，人说小梅的女婿经打，恢复快，这也叫好名声？没个人样，谁都瞧不起他，你不要叫他姐夫，小心污了你的嘴。那闺女哑到什么程度？可听得见人说话？"

张孝德说："听不见。长得好看，和洋娃娃似的。姐姐说他脾气好，骂他几句也不恼，也不还嘴。喜欢露头抛脸，虽然不下力气，要是家境好有背景，说不定也算是乡里的一个人才呢。姐姐有一天领着娃回家了，妈千万要认下她，姐姐心里一直牵挂着妈呢。"

单冬花的泪一下就溢满了眼眶。她可怜那哑巴闺女，上天为啥不叫那个二流子变成哑巴？怎么偏偏就降到了还没来得及活人的娃娃身上？

娘儿俩不说话，看着窗外的槐树和枣树，秋风起了，成熟的枣儿被刮下来，有鸟啄食。娘儿俩共同回忆起了那些年孩子们在枣树下玩耍，刚放学回来的张孝德扔下书包跑出门，张小梅一下揪住了他："你不做作业往哪儿跑？妈磨豆腐，我来管你，不做完作业不能耍！"

张孝德说："去你的，你管我算老几？"

张小梅说："你不做作业，我就是老大！"

"啊呀，"单冬花叫了一声，"小梅，浆开了，忘记了退柴。"

恍惚又觉得不是从前了，下意识地说了一句从前日子里的话。眼前哪有女儿。

此时窗外老槐树上飞走的麻雀又飞了回来，舍不得眼皮下的那一树枣子。张孝德走出院子扬手撵树上的麻雀。

单冬花也起身走出去说："不撵了呀，叫它们吃，能吃几个枣子？肠胃加一起没有一颗豆粒大。"

张孝德看着单冬花走进西厢房，似乎对姐姐以往的恨已经消解一大半，这就是他善良勤劳的农民娘。

西厢房里，如今已经是用电磨豆腐了。豆香飘出来，顽固持久地弥漫在张孝德身体周围，是一股湿润感觉的香味，那香味催开了记忆的花，记忆被时间的铁锤夯实过多少遍，有生命从幼稚到成熟过程的痕迹。

"退柴！"

柴从灶火拽出来扔到了屋外，一股青烟。姐姐先用锅盛一盆豆浆，点一勺浆水于其中，再用这带了浆水的豆浆一勺一勺点大锅里的，如此数回，豆浆一点一点清了，豆腐花一层一层地起了，待豆花凝成块，轻轻捞起集于一个大大的竹筛子，用勺子挤压成形。这时候屋外早已经站满了人等着起豆腐。张孝德记账，豆腐一块一块被取走了。眨眼工夫，过去的景象已经模糊在大脑里，那些可都曾经接应过张孝德的呼吸呀，姐姐不在这个家了，这个家里还有姐姐曾经的记忆存在。

单冬花喊："孝德啊，在外吃呢还是回屋里吃？"

儿子归队，娘亲的最后一餐饭似在从事一项艺术活动，那一声喊洋溢着一股爱意喜气。

张孝德说："妈，咱在院里枣树下吃。"

单冬花颠着小脚端着碗送出门，张孝德迎上去要接过来，单冬花不让，屋里只要是男人，饭菜就得女人来端。张孝德便坐回到枣树下的石桌上。四样小菜青绿红白，一碟儿凉拌黄瓜、一碟儿红萝卜丝、一碟儿葱油豆腐、一碟儿春天的腌香椿芽儿。饭是小米稠粥，粥里煮着红薯、黄豆。吸溜一口稠粥下咽，有如往返于红尘净土，闹市幽谷，便觉得两腋下有清气浸润，鼻息之间、胸腹之间，腻烦全消了。单冬花看着张孝德的吃相，活人的精儿魂儿梦儿根儿全来了，她想她该原谅那个不孝的女儿。

六

回到家里时金平不在，空空的家中到处是母亲的影子和她的小包袱。张孝德的心极度惶惑，想起了去年农历十月初一，他回家给父亲烧五十年纸，准备提前把母亲接到北京过冬。临走时，姐姐欲把母亲扶上汽车，但母亲迟迟不出门，一定要姐姐到门外等。张孝德从窗户玻璃上斜睨着看到母亲在炕头的那口从来没有上过锁的木箱里翻来覆去找东西，好像一下没有找到，一脸的紧张。姐姐在院子里催促她，她也不急着出门。单冬花站在床边想什么，想着想着拍了一下头走到墙角的矮柜子前打开取出了什么才往外走。

卵崖底的人们看到单冬花怀里揣着一个小包袱出来了。张孝德知道那是母亲的宝贝啊，走哪儿都不离身，她已经准备好，恐怕是一时忘记放哪里了。单冬花在大家的搀扶下坐到了小车上，像抱着一个出生不久的婴儿一般，抱着她的小包袱不放。当天下午到达晋城，3天后，又坐火车来到北京。一路上，单冬花与那小包袱是形影不离，就是上厕所，也要带在身旁。坐困了，张孝德想替母亲拿一会儿包袱，单冬花都不让，说男人家粗心，给她弄丢了怎么办？一路上张孝德老是开玩笑想知道包袱里装了什么，单冬花就是不说。

到家后的第二天遇见母亲在整理她那小包袱时，看到张孝德过来，她就停了下来，用包袱皮盖住里边的东西，不想让张孝德看到。时间一长，只要母亲翻动她那小包袱，张孝德就自觉地回避开，并且要儿子和金平也一样回避，生怕母亲多心。一段时间后闲聊，张孝德问母亲攒了多少钱，单冬花笑着说，就你和弟弟逢年过节给寄的那点钱。就是那点钱，我还要补贴你姐，还要用于看病、打针、吃药。你说说能有几个钱？你不是算计你给的那几个钱吧？

张孝德逗她说："就是算计你那钱啊，你把钱花了我还算计个啥？"

单冬花一辈子算计着给子女花钱，轮到自己反倒花一分钱都心疼。

自从张小梅拖儿带女上门，被单冬花认下后，张小梅的女儿芬芬就跟着单冬花过日子。每一次二流子怂恿张小梅来看女儿总是两手空空，单冬花边数落边收拾一些家里多余的吃喝叫她带走，张小梅回去后就和二流子吵架，张小梅的大儿子虎子就在这样的吵架声中长大。有一次张孝德和张小梅长大的儿子虎子聊天，虎子说，小的时候，我害怕父母吵架，除了吵架他们平常不多说话。等我长大后，他们吵架成为我了解生活的一种途径。从他们的对话中，我听到了以前很多不知道的事情。虎子说，有一次爸爸没有钱花了，周边的村子里已经不好下手去借钱，结果鬼使神差跑到了卵崖底。他先是糊弄村里的人他认识大领导，买农药买化肥小意思，他说认识商店里的采购，结果姥姥村里的人就筹钱要他买便宜货。村里的人满心欢喜等着，他拿着钱没影了。秋天，卵崖底有人家说书，妈妈去看姥姥，结果被卵崖底人堵在了村口，不得法姥姥从家里取了钱还了欠债。爸爸再去卵崖底，好像这些事都没有发生过，见了人家还家长里短套近乎，人家冲着姥姥的面子不好说什么，他还说：放别村的事情我早不管了，因为这是我丈母娘村里的事情，就跟我家的事情一样样的，就是为了你村走后门的事情我把人家外村的人惹下了，人家去告我状，你们知道我有多费神费力，搭进去工夫不说，有时候事不由人，天王老子也只能干瞪眼。钱我是给他们了，你们不摸底，我敢在丈母娘的地盘上耍脾气？迟早要给你们弄，我不行还有我小舅子呢，我小舅子是北京人，二小舅子也当兵，那是谁的能耐？我小舅子的能耐。不缺你们那俩钱，你们不要下看我。卵崖底人觉得我爸爸好有意思说这些，但也似乎构不成坏人，也没有人计较和纠缠他，可姥姥知道了就不依。爸爸居然回到姥姥屋子里顺手牵羊拿姥姥的东西出去顶账，姥姥一直防着爸爸，后来就防着妈妈了。

过年时全家在饭店吃饭，张孝德特意给母亲点了燕窝，母亲很喜欢吃，说好吃。金平说，一碗要五百块呢，当然好吃。张孝德看见母亲拿勺子的手哆嗦，看着张孝德说，你们真敢花钱，早知道我就不吃了。

单冬花说，人狂没好事，狗狂挨砖头。人哪敢作践钱？钱是长了腿脚的，你这样作践它就要往人家门上走了。

单冬花告诫张孝德，以后要节省，慢慢岁数大了，要有些积蓄应急。社会不是四平八稳，有捣乱人作怪，想兴风作浪时，受难的常是小老百姓，手头没有积蓄，乱来了，日子难时国家大了，帮不上普通人只能靠咱自己。单冬花这一辈子最羡慕的人是村里的小学老师，不仅因为人家有知识还因为人家有国家给的工资，除了赞许之外，还有尊重在里面。记得第一次坐车到京城，单冬花把自己打扮得整整齐齐，仿佛要去参加一个重要的聚会，张孝德说，城里也是你的家，不必要从心里就想着这是儿子的家，随随便便就好。单冬花不这样认为，她不想叫城里人笑话：这是谁家的老婆子，瞅瞅那窝囊样，那不是给我丢脸，是给儿子丢脸啊。何况家里还有儿媳妇金平，人家怎么看？人家是城里人，穿衣吃饭都有讲究，不能因为是乡下人就叫人家原谅自己。单冬花疼钱爱钱可也不吝啬钱。亲戚邻居有个红白大事，只要告知，不管 30 元、50 元的，单冬花都要表示一个心意。每年春节，单冬花还要给孙辈们每人 50 元压岁钱。外甥、外甥女，以及外孙女对她非常好，张孝德逗她让她多给一点，她笑着说：我一个没用的老人，他们不给我就行了，我还给他们？我这点钱还是你们给的，我不能拿你们的钱去充大方、做人情，给 50 元就蛮不错了。

每年的清明节前，单冬花总要给在外工作的两个儿打电话：我昨晚又做梦了，梦见你们的死鬼爸，他不说话，泪在眼窝里转，是不是该给他烧纸钱了？可不能叫他缺吃少花啊。农历十月一鬼节前，单冬花就提醒张小梅：该告诉你弟弟们了，天凉了，别人要笑话老张家没有后人了。单冬花早早把要烧的鬼洋准备好。因为两个在外工作的儿子根本就是纯粹的唯物主义者，而且是无神论者。他们不相信人死了以后，还会有这样的物质需求。单冬花认为，人死了是有灵魂的，存在另一个世界，在那里，她可以和自己的丈夫重逢，继续他们中断了五十年的生活，另一个世界更需要她的孩子们的关怀和照顾。多烧一些纸钱，才好有更多的积蓄，那些不愁吃不愁花的人是因为有钱，有钱好啊，钱多了人少生是非，人世间谁愿意过没钱的日子呀？从另一个角度说单冬花也是从子女们对待他们陌生的父亲的态度，来猜测百年后自己可能遇到的情形。

张孝德想起姐姐小梅说起的一件借钱事。有一次，张小梅家急需用钱，自己借不出就委托哑巴芬芬去借，单冬花对外甥女芬芬的疼爱家族中没人能比，但是，单冬花从不表达自己的情感，不说过多的温情话，她常说的一句话是"宁给个好心，别给个好脸"。由于从小就过早承担了家庭负担，单冬花几乎没有读过书，仅仅在当时农村的扫盲班学会识数，认识的狭隘使得单冬花不可能用复杂的语言和她的孩子们做情感上的交流，但，这些并不妨碍孩子们感受母亲内心的感情。张小梅正是抓住了这一点。哑巴女儿比画着要借 200 元。单冬花问做啥用，芬芬比画着买书。只要是读书的事单冬花常常不多去想。张小梅借了母亲 200 元，一年后，张小梅还了单冬花两张新版 100 元。单冬花扔在地上说那不是她的 200 元，她的那 200 元是蓝色的，票面大，纸质好，割耳朵。而张小梅还她的软不拉塌的，还不起可以缓些日子，没必要拿假来充真。

这中间涉及村上一个故事。

秋天，留守在家的老人们收完玉菱，就有大卡车来收购。卵崖底后村有一个叫王清建的老人，秋天卖玉茭得了 2000 元，王清建豁牙露口沾着唾沫数钱的样子大伙儿还记得，那是劳动得来的钱啊，也是人老了能给孩子们填补家用不是废人的自信。过年孩子们都回来了，王清建拿出钱来讨好儿子，结果发现钱是假钱。报案两年了，抓捕不下人。乡下收购玉茭的往来车多，谁都没有记住车牌号。哑巴吃黄连，这事情生生叫王清建种下病了。这件事的最后，卵崖底村的人见了大票都认为假的多。张小梅只好换 20 张 10 元小票，才算得到单冬花的认可。

去年单冬花八十大寿，之前张孝德问单冬花想要啥礼物。单冬花说，啥都不要，一家人聚在一起就好。可私下里她和芬芬比画着说想要一个金手镯。芬芬迅速把这个想法传递给了张孝德。生日聚餐时，张孝德要金平给单冬花把金手镯戴到手上。单冬花笑着问大家：我是不是老财迷？还管你们要东西，手老成这样戴啥都难看，其实我就是满足一下你们孝顺我的心理。

生日过后单冬花把金镯子送给了金平，金平不解。单冬花说：你是有功劳的人，你为张家生了后代，计划生育政策把人口降下来了，可也把咱的传统降没了。这金镯子不是要给你，是要给我未来张家的孙儿媳妇，我就怕我哪天来不及交代闭眼一走，心事未了，我见了你死鬼爸，第一句话是要报喜，你爸也好知道我给了他张家孙孙礼物啊。金平认为婆婆传统，这事要传出去会惹弟媳不高兴，弟媳养了两个女孩，女孩也是后代。单冬花说，长子长孙，皇帝家都偏心，我是小老百姓，我就认继承主业的人。

张孝德越想越不自在了，母亲一辈子的钱都在里面，母亲不说真话是因为她老了啊，人一老就变得和孩子似的，会任性，跟这个世道争理，会觉得自己辛苦一辈子，老了没有用了，但是我还有钱，还能过年过节给孙辈发压岁钱，还能理直气壮说话。她常说的一句口头禅是：我连累不了你们，我能够养活我自己，我够花了。那是因为她不用为钱的事情犯愁，她藏着钱就是藏着自己的老年尊严呢。

多少年贫苦生活煎熬，钱对于这个家来说简直太重要了。单冬花对生活没有多少要求，就怕没衣穿没饭吃。而要做到这一点就必须有钱。记得弟弟不上学又不想在农村待着，想要外出打工，想跟着村里的人一起出去，年底回家时，领队算账少算了二十块钱，母亲要弟弟去要，弟弟不去，说丢人。母亲自己要去，弟弟又拦着不让。母亲就一遍一遍自言自语，神经质地唠叨，她的表情凄苦，情态悲凉。后来领队人送来多算的钱，弟弟还埋怨母亲心眼儿小。母亲在电话里和张孝德据理力争说，二十块钱是你们小时候半年的学费，我要起早搭黑磨两个月豆腐才能赚得来。

回想母亲这些事情，张孝德就明白了为什么母亲不把那小包袱寄存在家里，或让姐姐为她保管。她不放心啊，若放在自己家里，一旦小偷入室行窃，那还了得？放姐姐家更不是上策，那二流子姐夫越老越不学好。放信用社也不好，包袱里是救急钱，一旦有个头痛脑热，急用钱时还得去信用社取，乡下的信用社存钱老是叫人存几年期，说利息高。你急用时他说期限不到。求人不如求己，实在搁不住和他们费嘴，还是随身带着，方便、放心、踏实。

去年，大年初一早晨，单冬花郑重其事地拿出一个信封，从信封里取出一沓钱对张孝德说：你买了房子，金平又做美容，花了不少钱，在北京花费太大，离开钱一天都没法活，这是3000块，给你补贴家用，另外500块是给我孙孙的压岁钱。不是我偏心，孙孙的压岁钱就该比孙女的多十倍，这世界是男人的天下，我要是不力主把你送出山，你哪能有工作赚钱？哪能把你弟弟和姐姐的孩子们带出去？你们说我偏心，说我对你姐不好，多少好能满足那二流子的胃口？女人的眼窝浅，但妈的眼窝不浅。

张孝德和金平当时坚决不要。单冬花说：这钱都是你们平常给我寄的，我平素也舍不得花，况且现在国家政策好，我每年还有1000多块低保，1000多块养老钱，足够平日开销了。你们寄给我的钱，我也是为你们暂时保管一下，等我不行了，再交给你们。倒是孙孙高兴得喜滋滋的，把那500元压岁钱接了过来。孙孙说：我虽然已25岁，毕竟还在上学，所以奶奶给的压岁钱还是要拿的，那是奶奶对一个未来延续张家香火人的祝福啊！

包袱丢了，任何多余的情感交流对单冬花都是陌生的。包袱里装着单冬花低下头走进去的岁月，那岁月里有她过日子的欢愉和秘密。张孝德在屋子里待不住了，他要去做一件事，或许对母亲来说是最好的结果。

七

天蒙蒙亮时，就有人起床了。车窗外闪过的田野上，寻不到早春的绿。远处除了一小片一小片的积雪，一概是枯草的黄色，有一种漫漶的苦涩。单冬花贴着玻璃看窗外，行驶中的火车被山地上的荒凉忽略了，无法感觉到真实速度，车停在高平站，卧铺车厢里只剩下了单冬花和张小梅母女俩。走道里的人开始洗漱吃东西，大家似乎因为起得过早以及一路颠簸，就快到终点了而兴奋，尽都灵醒着享受这一刻的热闹。

张小梅问母亲是否要喝水。单冬花不语。

突然单冬花转过身子说："就咱母女俩了，你说我的小包袱是不是你手迷糊了放进你的旅行箱里了？"

单冬花脸上一副沮丧的模样，话语中虽然带着求助但是有不信任包含在里面。这样的表情和问话触痛了张小梅，内心有一股火气开始突突冒，母亲这句话意味着打开旅行箱时撕破了亲情的脸。

张小梅提起箱子放到距离单冬花最近的地方："你打，你是妈，啥事都由你先做！"

真要打开了未免残忍。闷闷的一阵子过后，单冬花说："我不碰你的东西。"

强烈的自尊取代了彼此动手的欲望。单冬花想让闺女说真话，但张小梅就是不说。

母女俩相对而坐，张小梅突然就觉得包袱丢了好，丢了省心。她之所以隐约地忌恨母亲，是忌恨母亲那没有节制没有理性的爱，谋杀了自己的前程。母亲对儿子的溺爱，造成了她对学业的懈怠，从而使她的前途一片暗淡。

张小梅突然醒悟了，母亲从来就没有想到那包袱是真丢了，而是一直怀疑是自己装到旅行箱里了，母亲的这种想法多么可笑！尖厉的声音已经顶在了喉咙处，就在要发作的当下里，张小梅看到母亲那张苍白的脸在灯光下，呈现出一种病态的模样：疲惫、憔悴、枯皱、蜡黄。张小梅的心一下软了，母亲眼睛里枝蔓一般的怀疑和不信任，她不能去阻挡，丢了的包袱已经丢了，由她去怀疑吧。

对峙过程中单冬花别过脸不看张小梅，果然在她的预料之中，闺女不敢打开箱子。单冬花多么想这个女儿跟上那个二流子不要学坏，管了小管不了大，到底是吃谁家像谁家的人啊。

张小梅猛然倒下，用被子将全身蒙起来，单冬花看到埋在被子里的身体在微微地起伏。她在哭。单冬花心中一阵震动，哀哀地想，好过了那二流子，不用再说了，丢了的东西就让它永远丢了吧。当泪水顺着单冬花的脸颊滑下来时，她立刻有了一种勇气，她要见了那个二流子时腰身挺得直直的。

火车在音乐声中缓慢停下来，到站了。

单冬花自己穿好鞋，站起时有一阵晕眩，是一宿没合眼的结果。张小梅掀开被子提起地上的旅行包让单冬花先走，母女俩不说话用身体示意，一前一后随着人流走往出站口。

从远处单冬花就看见了那个二流子，他吆喝着："便宜了，便宜了！大优惠，经济又实惠，过了这一时，就没了这好货，买了是享受，不买是后悔！"张小梅怯怯地看了一眼单冬花，单冬花装作没听见。一个保安走过去要撵他离开，他嚷着："接人哩，接我丈母娘和媳妇，我这是捎带咧。"他细着脖子冲着这边张望，蛇一样拧着脑袋。这才是丢包袱的罪魁祸首啊。

单冬花无法想象自己的闺女是如何和这样一个人共处的。二流子在笑，递给保安一支烟，人家挡了回去，他捏着烟嘴嘴和驱赶自己的保安搭讪，脑袋往这边张望，看见了，跳高了往这边招手。张家怎么会出现这么一个男人呢！小梅啊小梅，你看那卵崖底的女娃，刚刚长成了桃红，水格灵灵的时候，便于村口上，在那唢呐声中，被好人家接了去；那卵崖底的男娃，懂得地里的活路了，肩上知道担了生活的苦重了，便立在村上，盼望着吹着唢呐娶回一个好女娃。一年四季里，卵崖底要送走和娶回来多少新人？自己养大的闺女扯着没皮没脸地哭就那样叫那个二流子拽走了。闭眼睁眼、醒着梦着，什么时候我还敢去村口看人家娶亲？你把你妈吊在卵崖底人的嘴上，你可知跟上你，妈的头上落下多少笑话？你活得扎眼啊小梅！

二流子跑过来一边喊"找见了，找见了"一边要挽扶单冬花。单冬花甩开他伸过来的胳膊。

二流子说："北京的警察就是有能耐，妈啊，你出门时丢了包袱，到家时就找见了。"

单冬花停下很认真地看着说："包袱呢？"

二流子说："包袱肯定回不来，包袱又没有长脚。不过，妈呀，钱回来了。"

单冬花说："我不信，你是哄鬼呢？"

张小梅说："你快把经过说说。"

二流子说："经过是你们经过的，我哪里知道经过？我只能告诉你们钱回来了。现在就在我口袋里，我准备和妈商量一下，看看能不能转借一年半载，我好买辆电动三轮车跑路。"

单冬花说："你把嘴张得大大的再说一遍？"

二流子缩了缩脑袋："不说了还不行？说错了还不行。"

单冬花要过二流子的电话要给张孝德打。二流子取出电话来说："我来拨。"电话响了一下，他就放了。

张小梅说："怎么打着就放了？"

二流子是怕浪费电话费，等孝德打过来。

　　张孝德为了让母亲不再因丢包袱的事而难过，他和弟弟商量立即打到家在晋城跑三轮的外甥虎子银行卡上 1.5 万元，并让外甥虎子告诉姥姥，他们通过警察，当天上午就找到了捡到包袱的人，要回了 1.5 万元，剩余的钱作为感谢费用送给了那个捡到包袱的好心人。张孝德再三叮嘱虎子，千万不要说漏嘴。哪知当时正好虎子的爹二流子在，一定要自己去做这件事。虎子不放心，从银行取出现金，本来说是要和二流子爹一起来车站接姥姥，因有货要送怕耽误接站就叫自己的二流子爹来接。虎子安顿二流子，把他姥姥接下火车后，第一时间告诉姥姥这个失而复得的"特大喜讯"。二流子取了钱心花怒放，放嘴上"噗噗噗"亲了几口，他需要演一出戏把这钱想法子弄到手，他太需要钱了。面对钱他没有别的出路，睁眼闭眼，脑子里老有幻觉，这钱该是他的。

　　电话里，张孝德用另一个版本告诉母亲：都是我们自己不小心把包袱丢到了车上，被一个好心人捡上，他通过派出所找到了我们，包袱里的东西都完好着呢。单冬花不信，说，包袱里的东西你都清点了？

张孝德说，清点了，零票都换成整钱了。

单冬花说，我那些信封里还有东西呀，千万不敢丢了，你可收拾好了？

是什么东西呢？张孝德一时语塞了。假装手机信号不好，问，妈，听不清你说话呀，你说啥呢？我听见你的声音断断续续。你到底是想说啥呢？

单冬花说，那信封里一多半不是钱，是你的信啊，是你当兵时寄来的信，我百年后是要带给你爸的，也好叫你爸知道我是怎么养大他的两个儿呀。

张孝德拿着手机无声流着泪应答，都在，妈，钱在信也在。

单冬花开始是半信半疑。张孝德突然想起来自己拍过一张姐姐打开包袱后的照片，急忙把姐姐剪掉，发一张彩信到二流子的手机上。单冬花看着这张照片，照片里包袱打开，信封散落在包袱皮上。半天后单冬花感叹道：世上还是好人多啊！

<h1 style="text-align:center">八</h1>

四月，田野已经泛青了，那些稚嫩的春草和草花破土而出，一场雨后，就算是风来，只要不那么鲁莽，被洗过的草花在田野上蓬勃得越发妖艳多姿。单冬花坐在自己的菜地里，空气里有清香袭人，地畔上的桃花杏花开了，山水便要柔软起来、明丽起来了。儿子张孝德电话里说，秋天过后，要把她接到北京长期住。单冬花不知道自己在这世上还有多少日子，离开就意味着再也看不见生活过一辈子的乡下了。不舍得，不能做主的恍惚感，从现在就已经开始了。和城市里比较，卵崖底矮矮的，山谷里有顺势而下的溪流，整齐的庄稼地有粪堆稀稀拉拉撒开的印子，满山遍野铺着直戳戳的阳光。坐在土坎儿上，单冬花的回忆被引发又被切断，所能够想到的，很害怕秋天离开家后自己一去不返。从前是儿子常回家，现在日子好过了，老人要跟着儿子走，一辈子从来没有认真看过这田野，季节一到，今生她注定是不属于这里了。她的眼神穿过山山脉脉，丈夫就埋在对面的凹里，要离开世界的那一天，她一定要挽着自己的小包袱去，包袱里有她碌碌一生的不满和无奈。

山坡上数百只羊朝着一个方向缓缓移动，乍看过去一切都是静止的，像紧紧贴在地面上的图案，就好像看不见的四季微妙的变化，其实，时光都从身边溜走了。儿女大了，各自有所着落，过日子总让人伸不直腰，习惯了一种动作，再想改变有多么难，可谁能知道单冬花多么不想改变啊。她不想离开家，哪怕那个二流子再不争气，可那都是乡下的滋味。

远处有三轮车开过来，在辨认不清的田野和路中间朝着自己开过来。单冬花的心突然急速跳了起来，那是二流子开着啊，他哪里来的钱呢？车开到缓缓站起来的单冬花跟前，二流子从车上跳下来说："妈，我扶你上车，拉着你咱回卵崖底村绕一圈，我虽然不能和小舅子张孝德的两头平卧车比，可和村里那些没用人比，我也握着方向盘呢。"

单冬花说："你哪里来的钱买它？"

二流子笑着，想到单冬花往日对自己不屑一顾的态度，就想和这个丈母娘开个玩笑。

"妈，人生无非是吃吃苦，受受罪，讲讲排场，丢丢人。我是丢人丢尽，可排场还没有讲过啊。你只管上车，不管买车的事，我就想在卵崖底扳回我的名声来。"

单冬花脸上没有任何表情地说："人家的脖子上都长着脑袋，都知道有个脸面，就你横着脖子，不怕卵崖底人笑话。你告诉我车钱从哪里来的。"

二流子说："你有儿女孝敬，难道我就没有儿女孝敬！"

听完话单冬花扭身就走。

二流子突然觉得钱就是一个人的底气，花钱讲排场，自己现在是开着蹦蹦车，还穿着西装哩。哪有丈母娘瞧不起女婿三十年的事？怎么说也不能在她面前丢了一跺脚四面掉土的威风。单冬花在前面走，二流子在后面开着车慢慢跟着。二流子突然想到了丢包袱的事，丈母娘怀疑自己的闺女，闺女在丈母娘家得到啥了？既然怀疑我就直接告诉她。

二流子冲着单冬花的背影说："我能买下这车，我还得感谢妈，没有妈，我买啥车？生米做成熟饭啦。"

单冬花站在了路当央，一下就转过身来："你也算人？你只能算一个活物！你把那信给我，就知道你们合谋来哄我。狼怎么不吃了你，吃了你舔干你的血泊泊。"

二流子见单冬花真生气了："妈，你小农意识太重，你真相信啦？"

单冬花弯腰捡起地上去冬留下的干牛粪照着二流子的脸扔了过去。二流子一边倒车掉头一边喊："我怎么就不能和你开个玩笑呢？你怎么就老是看不起我呢？我就想孝敬你一下，明知道在你张家连个脸熟都混不上，我偏偏屎壳郎变知了，自讨没趣。"

车跑远了话传过来："我也有十年河东十年河西哩！"

单冬花回家后第一件事就是给张孝德打电话，电话那头接起来时心反倒哆嗦了一下："孝德呀，妈没事，就想告诉你，二流子是个不知饥饱的饿死鬼，越吃越饿，越饿越吃。都是他教坏了你姐，咱张家水不深，你可不敢叫石头露出头顶啊。"

张孝德说："妈，发生啥事情了，没头没尾的一段话？他欺负你了？"

单冬花紧着说："他哪敢欺负我？妈没事，就想给你打个电话。"

放下电话，单冬花望着屋外，看得景物朦胧了，一个佝偻着身躯的老人站在她的屋门口，身后的暮色同样朦胧了他，他看着单冬花说："秋口上你一走哇，能说话的人就又少了一个。"

老人闪过后说："那些果树上的熟果子，秋天连个糟害它们的娃娃都找不见了。"

天空下着雨，雨不大，雾霾很重，更没有电闪雷鸣，张孝德讨厌这不大不小的雨，它不利不爽，最挫伤人的锐意。翻阅微信时看到了打开的小包袱照片，想着这件事情，觉得那个捡到包袱的人，哪怕光归还母亲保存了20多年的信也好。想到这里，心头一热，就再次拨打大姐的手机号。让张孝德没有料到的是，电话竟然打通了，但没人接。

张孝德一阵狂喜，再打，电话那头传来的是在建筑工地当小工的二外甥虎英的声音，他说刚才他在扛水泥，没听到电话。

张孝德说：你妈把电话给了你？

虎英说：我妈说，这电话她这辈子都不用了。叫我换个号，我办号时发现卡上还有钱，等钱打完就不用了。大舅，我回头告诉你我的新号。你有事吗？

张孝德说：没事。嗯，你不要和你妈说我打电话了。

迟疑了一下张孝德又说：以后多孝敬你妈，她这一生不容易。

张孝德看到窗玻璃上映着自己的面孔，想哭，这张脸已经回不到童年。

他翻阅书柜找出一沓旧稿纸，坐在书桌前，他在想，二十多年前给母亲写过的信里都是什么内容呢？那些内容他是彻底忘记了。

张孝德提笔写下一行字：妈，我在部队想家了。

接下来呢？文字还能在一个人的疼痛中生长吗？

（原载《长江文艺》2016 年第 2 期）

作者简介：

葛水平，山西沁水县人，青少年时学戏，写诗；后写小说，一生追求：多学一门手艺，少求一次人。有小说作品集《喊山》《裸地》《守望》《地气》《甩鞭》等，散文集《我走我在》《走过时间》《河水带走两岸》等，小说、散文是谋事，其他作品是谋生。谋事上对人的把握一直浮光掠影，浅尝辄止。谋生上常摆脱一个骗局，进入另一个骗局，随欣慰并懂得都是谎言的世界过于庞大之故。《喊山》获第四届"鲁迅文学"奖，带给我从来没有梦想过的生存荣誉。

眩　晕

祁　媛

一

　　如果这个女人不是熟睡着，他是无法如此近距离地看到她的白发的。她头发上端染的栗色里透着灰调子的橘红，有种蓄意的人工风韵，而根部却在静静地泛白。天空泛起了鱼肚白，渐渐照亮了屋里的白墙，被子床罩也都是白的。他一时想不起来昨晚那场乱糟糟的做爱持续了多久，她还在继续睡，发出了轻微的鼾声，于是他斜过脸来，仔细地看着她。他还从没这样毫无顾忌地看过她。

　　那些白发是新生的，与染过的发色形成鲜明对比，显得更白了。他想到某种硬壳虫被踩烂后溅出来的白浆，黏稠得恶心。那些白发生长得很旺盛，色泽纯粹，一味雪白，他想起去年老家的大雪，那是他记忆里最大的一场雪，整整下了两天两夜，好像要把整个世界都埋掉。一星期后，雪才渐渐融化，但背阴里的积雪，很久后才慢慢消失。如此的慢，以致院子里的桃花吐蕊的时候，雪还在那儿待着，变成了冻雪，冻雪是睡着的雪，是死了的雪。他又看了看她发根的白发，觉得那种白不是睡着的，它们在醒着，在生长。

　　他觉得白应该是新生的颜色，里面没有苍老衰败，梨花、辛夷、蜡梅，是新嫩的，可是一显露出来之后，好像就开始变老了。头发根部的白发也是白，但无论如何扯不上是新的，想到这，他有点发呆。他忽然想到自己，聚精会神地体会着自己的头发，尤其是头发根部的动静和色泽，想到自己的头发会不会也一点一点地在由黑变白，但很快便发现自己的可笑。

　　眼前老女人的睡相实在丑。一脸的松肉耷拉着，眼睛半翻，好在没朝这边看，否则会以为她根本就没睡，或者死了。人死了，眼睛大多半睁，好像怕人虐尸，或者担心别的什么，鬼知道！他想到"海棠春睡""睡美人"，这位可不是什么"睡美人"，而是"睡老人"，他不由邪僻地笑了一下。他想到在哪里看到过"睡美人"的英语，于是努力在记忆里"百度"，结果徒劳，心里暗自骂了一下。

　　很静，他有足够的闲暇胡思乱想、天马行空，这也算是一种休息，一种都市人奢侈的休息。可他实在天马不起来，转来转去，脑袋里都是眼前的这个翻眼呼睡的老女人。他想到上小学时去同学家做作业，进门，撞见地上横着同学的爸妈在午睡，他看到同学的妈妈裤衩私处部位被什么东西顶起，分明是个小鸡鸡，女人也长鸡鸡？他顿感惊恐，接下去的作业也弄得错处连篇，一塌糊涂。他想到不久前的一个异象，就是家里唯一的鸡，一只老母鸡，忽然半夜打鸣了，他被吵醒，细细品味着那一阵阵的叫声。后来那只母鸡也就不再下蛋，结果被母亲宰杀了。他侧过脸去再次打量着那个老女人。收回目光，他有些疲倦地望着乱乱地盖在身上的白被褥，发现被子大半被她裹了去，但女人的肩膀尚露在外面，肤质灰暗，有个形状模糊的暗紫色胎记，像半个蝴蝶的翅膀，又有点像一张面具。此时，忽然他发现她在看着他，不知何时她已经醒了。她在打量着他，抬身凑了过来，抚摸着他，不一会儿，他们又做爱了。

　　她有节奏地蠕动着，眼睛微合，唇缝微张，无疑是在享受着此时的快感。他早已习惯了这种"给人提供快感"的角色了，但还是忍不住把视线从发根的白浆色移开，后来干脆闭上眼睛，可是那白浆色已经牢牢地渗透了他，就算不看，脑袋里也全是她的白发。他渐生一种幻觉，感觉她整个头发瞬间变成了白的，并随着那个"蠕动"而轻微地颤动着、飘动着，散发着死亡般的苍老，他感到自己在和一个百岁老女人做爱，他有点害怕了。身下的那"白发女"这时张开了微醉的眼睛，并注意到他的心不在焉，因此眼神慢慢变得硬了些。当他的目光和她碰上的时候，他迅速可怜地顺下了自己的眼睛，不得不继续埋头苦干，这样又过了一刻钟，他终于听见身下传来古老的满意的呻吟，心里一松，想这下差不多了吧，于是小心翻身下来，径直躲进厕所。

　　早晨的微光环绕在白色的马桶圈上，朦朦胧胧的像一道白光环。他看着自己的尿液喷溅在马桶里被窗外灰色的光映照得一层一层荡开，他想起了小时候爱唱的歌曲："让我们荡起双桨，小船儿推开波浪……"这时她也冲进了洗手间，屁股还没有坐在马桶圈上，哗哗的尿声就响起了，他还没听过如此明亮的尿声，有点像乡下的牛羊，这时他感到有一些尿珠子溅到他的腿上，低头看，那尿珠子已在瓷砖地上形成涓涓细流。她抬起头看着他说：你刚刚怎么回事？心不在焉的，想什么呢？他不知道怎么回答，觉得一阵尴尬，好在她并未逼供，心思也好像转移到另外一些事了。尿完以后，她蹑手蹑脚地绕开地上的尿流，走出了洗手间。

二

　　他第一次在学校听她以制片人的身份在学校讲座的时候，没想到两人会因为一张名片发展到上床这步。说实话，第一次和她做爱的时候，和这个比他身份地位都要高许多的老女人做爱的时候，感觉怪怪的，毕竟她比他大二十多岁。看着她浑身不菲的衣饰、精致的妆容，还有嘴里时不时蹦出来的他听不懂的英文和法文的单词，他的自卑感就溜了出来。但是，当他把光溜溜的她压在身下时，便发现她和以前上过的女人，老家村里的那些女人，甚至和妓女相比，也没有什么不同，唯一的区别就是她老、皮糙、人丑。他感到了自己的优势，年轻的优势、性的优势，可以让他在短时间内战胜自己的贫穷卑微的心理，战胜自己的屌丝身份，他看着身下俨然已经被他征服的属于另一阶层的女人，感到自己不是在搞她，而是在搞这个高于他的阶层，甚至在搞近来总是和自己作对的世界。

他已经记不清楚和她总共做过多少次了，十二次？十五次？这样想时，他发现"次数"并没有什么意义，数字而已，他也不想用"机器"感来形容，但除此之外，他找不到更确切的字眼来形容了。除了这个女人的资深制片人和影评家的身份，他对她身体上的一切都充满厌恶，她的平板肥脚、稠密粗硬的阴毛，还有有时会显露出来的微微的胡须，这些都让他难以忍受。

她定期给他打电话，一来就上床。虽然他也处在荷尔蒙贲张的青春时期，但面对一个老女人，他其实更想和她谈电影，但是，怎么说呢？什么话题呢？"探讨"些什么呢？她人中部位的稀落的硬汗毛表明她性欲尚未衰退，她的动物般的眼神，唉，别提她的眼神了。记得第一次单独见她时，倒是真的想求教于她的，当时在她的旅馆房间，沙发、台灯的温暖的光，她在吸烟，一根坤烟，这本是可以谈电影的氛围，他提了几个法国新浪潮、意大利新现实主义，以及别的他所心仪的导演，比如，他很想谈谈法国的让·吕克·格达尔执导的《狂人皮埃罗》和卡缪的《陌生人》的关系，还有意大利马里奥·莫尼切利的《警察与小偷》的小说原型，但每次刚开口时，他感到她并没有兴趣，听得心不在焉，而且分明是一个资深影评家在听一个小毛头在胡扯，嘴角也不时露出有点鄙夷的冷笑。有时她开口了，可多半是顾左右而言他，比如抱怨酒店里茶叶的劣质、空调的噪音、屋外建筑工地的大声喧哗，然后，她的望过来的目光就变得晕晕而火辣了。电影的谈话即刻演变成浪潮般的床上运动，重复而又重复，具体的肉欲、肌肤的接触，怎么也无法和刚才的话题相联系了。而且在交媾中，他毫无快感，常做到一半，他就蔫了，而她依旧兴致勃勃。

有段时间在北京，他完全陷入了困境，那是一种无法描述的逃不出的困境，深夜醒来失眠，开始掉头发。他大概想要在黑暗中伸开手抓住些什么，仿佛抓住了光，又仿佛什么也没抓住。要是什么事都不做，他就不会有这么多烦恼。他好像被一股力量牵引着。他不知道这力量究竟是什么，来自哪儿，又将带他去向何方。每次照镜子，他都感觉身上在发生着一些什么，又像一切都没有变。

他的房间整整一面墙，贴满了他崇敬的导演和作家的照片。无数次他在黑暗里凝视这面墙的时候，他想到了灯塔。这面墙是他的灯塔。曾经有一个女孩问他"为什么来北京"时，他没有道出他的野心，只说喜欢北京宽大的马路和人来人往，确实，在很多时候，他会在大马路上走着走着就停下来，或者在天桥上停下来，看着那些无数的和他擦肩而过的人。他喜欢人群，另一方面，又讨厌人群。

三

有一个女人倒是总和他谈电影，每次都谈得眉飞色舞、满脸通红的，但他却完全不想和她谈。这是因为他有点瞧不上她。

他是通过微信摇一摇认识这个女人的，至于什么时候、在什么地方，却记不太清了，能记住的是那天晚上他不知怎么了，也许是无聊，更多的是不安，其实就是想搞女人。从微信上的头像看，她有点像张馨予，又有点像李小璐，反正就是一张网红的脸。他加了她为好友，然后就聊了起来，没聊上几句就约见，对方竟然也立刻答应了。当晚见面时，他发现她和微信上的头像差距巨大，不仅脸大，而且相貌平凡，皮肤也不嫩，但这并不妨碍他和她开了房。

她是商场卖女性内衣的，她问他是干什么的，他答是电影编辑。她不懂电影编辑是什么，但"电影"是懂的，在她的眼里，凡是和电影沾边的职业，就和导演差不多，因而认定"电影编辑"这个工作是极其牛逼的高尚职业，她会把自己概念里的所有当红的电影、电视剧，以及影星和所有相关的八卦，全部与"搞电影的"联系在一起，而且认为所有电影界的从业人士在社会阶层上也高人一头，因而，她很自然地把他视为非凡人物了。

想来，他倒是很愿意有女人把他当成电影导演那样供着的，他需要这种虚荣，可他知道这种虚荣一捅就破，比如，女人们很快就发现这位电影导演没什么钱，除去日常开销，偶尔累了才去喝两杯，在大部分情况下，他显得吝啬。他总是有危机意识，不止一两个女朋友抱怨过他的小气，但他觉得无所谓。

近来他的电影导演野心似乎不如最初那么强烈了，另一种相反的东西，正悄悄地咬噬着他对电影最初的那种崇高感，这让他担心，怕自己忽然有一天会对自己宣布：电影是狗屎，我不干了。他寻思着这个心理变化是从何日开始的，其中缘由颇为繁杂，一时也理不太清，但他需要弄清楚。于是他不得不把自己对电影的兴趣和热爱的来由，像过电影一样地过了一遍。

高中的时候，他觉得电影真是一个神秘牛逼的世界，那里面的人总是格外鲜亮时尚，电影里面的事哪怕是个屁，也比现实要精彩得多。他常逃课，躲到录像厅里去看电影，看得昏天黑地，同班同学有个胖子，出于富裕家庭，有

DVD，他总是以去他家做作业为名去看碟片。只要他稍有零钱，就去镇里那家光盘店里买碟片，他已经数不清看过多少部电影了，总有几千部吧。他觉得自己离不开电影，甚至觉得电影电视剧里的生活，才是真正的生活，而现实生活，比如他自己的生活的目的、睡觉、吃喝、上学读书识字，都是为了能观赏电影而已。终于有一天，大概是高二的时候，他忽然认为，只要他再继续看下去，总是可以成为导演的。他不知道这个自信从哪来，但很明确，似乎是个"启示录"，就是他必定会成为导演的，一个牛逼导演。

高三的时候，他决意报考电影导演专业。从高校的简介里，他发现电影导演专业比较冷僻，也就是说一般省立的大学是没有这个专业的，只有大城市里的名牌大学，比如北京电影学院、北京传媒大学、上海戏剧学院，才设立这个专业。他毅然报了北京电影学院导演系，可惜，两次考试，两次落榜，而且是在初试的时候就被刷下来了。但这并没有打击他的梦想和信心，他想到那些励志的电影，觉得考试的失利，不过小菜一碟，根本没有什么，于是在信心满满的状态中又考了一次，终于被北京一所师范学院艺术系的导演专业录取。

他并不太满意，因为到了北京后，他发现"师范学院艺术系"毕竟是三流院系，业内人士并不太认可，可离他的导演梦，无疑还是大大近了一步。但事情并没那么顺利，原因是学费太贵了，到第三学期的时候，家里就负担不起了，可让他放弃又是不可能的，于是休学一年，去赚钱交学费，好在他年轻，经得起这样的折腾，而且呢，这时他又想到了某些励志的电影，心里变得平静了。

算起来他打过好几种工，跑过外卖、发过传单、做过促销，有一次居然还跑到一家桑拿浴里做服务员，这使他开了眼界，认为这一切经历迟早会成为他导演梦的本钱，他模糊地记起不知在哪里读到的一句话："我所经历的一切，都是我的上帝。"

后来经老师介绍，他接了一份电影编辑的工作。工作的环境很糟糕，整天躲在那个幽暗封闭的小房间，像一个单人监狱。即使是白天，阳光照进来，也是那么闷，不透气，有时，他坐在那个房间里对着电脑屏幕，觉得那个荧幕宛如怪物的大方形的嘴，深邃幽暗，仿佛要把他的头吸进去。但他认为懂编辑是导演的必要素质，导演应该懂编剧，要懂作曲，最好也要懂表演，像卓别林一样。他原以为，到目前为止，自己所做的一切，都是在通向做导演的路上一步一个脚印扎实地运行着。但始料未及的是，就是这个编辑，使他对电影，包括电影导演的意义的原来的看法，发生了根本的转变。

对于这个"根本转变"，他至今仍然没有彻底弄明白，只有一点是清楚的，就是自从他懂得了编辑后，编辑的任何一点细微的变化，比如一帧视频的长度的缩短，与另一帧视频对接方式的设定，像"融合""叠加"和"消散"，一段配音的选择，都会使原来故事的意义遽然变异，原有的"总体感"会迅速崩溃。

换句话说，所谓完美的作品，全是由编辑许许多多的细节的偶然选择凑成的，其中的各种可能性，稍有变化，意味大变。后来他不大爱看电影了，他感到很难再回到没有学电影导演，尤其是没有学电影编辑时的状态了。他很难专心，容易走神涣散，极易被枝节和非常次要的细节分神，更重要的是他不再相信电影的"魅力"了，他觉得所有的电影魅力的后面，全是脆弱的编辑，是一系列勉强的随意的东西支撑着，是一寸一寸一厘一厘的人造的东西，它们会毁于一旦，这是他无法接受又不能不接受的。一句话，他对电影的信仰，在编辑的无限可能性中，彻底动摇了。

这个信仰的快速崩塌，其实源于他的信仰本身的脆弱或天真，如同一个情窦初开的少年人，当他刚开始着迷于女性的时候，却不适时宜地上了一堂有关少女的人体解剖课。这是一系列课程，大肠小肠、肝、脾、肾——消化系统，包括分泌系统——排便利尿，呼吸系统——肺叶、肺泡，还有神经系统——神经元、神经末梢，生殖系统——阴道、子宫、子宫壁、阴道壁的奇怪而粗糙的肌理，等等。那些在显微镜下呈现的另一种奇怪的微观世界，不仅没有丝毫美感，反而令他毛骨悚然，而且问题在于，这个生态系统里的任何一个环节的变化，比如排泄系统或神经系统出了问题，都会直接影响到这位少女的状态和容貌。虽然这是个常识，但他很难将这两者联系在一起。也许是他不愿意，或是他真的没有这样想过。比如那次他追一个女孩的时候所发生的一件事，至今使他迷惑和失落。那是同班的一位秀美的女生，他瞅准了时机递给她一个纸条，经过漫长的几天后，那女孩来了，也递给他一个纸条，可就在那时，他听到那女孩放了个屁。女孩表情顿时变得尴尬和紧张，因为她知道自己的屁放了就收不回来了，有意思的是，对他而言，臭味飘出之后，他好像比那个女生还觉得尴尬难堪，使他很久都不愿意或不太想再给女孩递纸条了。

四

他在完全不懂性的年纪，就已经邂逅了避孕套。那是他上小学的时候，有一天早晨上学前，他看了一眼窗外，他发现一些背书包也要准备上学的同学正在乐呵呵地玩白气球，有的正在吹着气球，有的把已经吹好的气球往天上赶，但那些气球好像并不轻盈，总是飘不起来。难道今天是什么节日吗？他想了想，不是的，什么节都不是的，而且节日的气球是五颜六色的，红啊黄啊蓝啊，没有白色的。他出门去看个究竟，发现那些飘不起来的白气球零落在各处，随风在地上滚动着。他上前想去抓两个，结果很容易就抓到了。这时他发现地上还散落着很多没有被吹起的白气球。从白气球那扁扁的形状看，它们更像"奶油冰棍"，而不像"电灯泡"。气球嘴也大得不寻常。他心想这些气球是哪来的呢，它们飞不到天上，难道是从天上掉下来的吗？他不懂。这时一个抱着棉被路过的妇女，见状眉头一皱，说道："这些傻孩子，玩这些干吗？多脏！"然后头也不回就走开了。后来他发现其他路过的成年人也都视而不见。他当时根本不知道这是避孕套，也没人跟他去说，直到有一天，他在家里地上也看到了这种白气球，他当时想捡，父亲见了，呵斥道："别动，脏。"他搞不懂，为什么这些白白的东西老是被斥责为脏。

在后来的日子里，他懵懵懂懂地知道了这是避孕套。现在回想起那个情景，在那玩具匮乏的年代，他宁肯认为它们都是气球，而不是避孕套。清晨，那飘不起来升不到天空的白气球轻轻地在地上滚动着，散落在路边、树丛中、垃圾堆，散落在四面八方……

此刻他们在酒店，房间的地上也三三两两地散落着避孕套，他是故意这样乱扔的，不知怎么，他今天就是想这样做，他想到电影里的"场景重现"，心中寻思着，想从中品出一种味道来。这时响起了白发女的声音："我饿了。"说着，她从床上爬起来，穿上衣服，然后把有点胖的脚使劲往尖头皮鞋里塞，终于塞进去了。

在饭桌上，他对白发女谈起了小时候的"白气球"，白发女听得专注，浑浊的眼神里居然露出一种童真来，她说，好啊，好啊，有意思，以后你拍成电影短片嘛，就叫《白气球》，直逼法国的新浪潮，我来写评论，我来写。说完用那样的眼神看着他，然后叫了一瓶白酒，二锅头，她原本是绝不喝这种屌丝酒的。几口下肚，兴致更好起来，喝了两杯后说出去走走吧。

他俩从来没有一起散过步。他不喜欢和一个老女人走在街上，可她则显得很自在潇洒。她说我带你去一个你熟悉的地方吧，于是她叫了个出租，穿过密集喧闹的市区，便在一个不知什么地方的地方下了车。路灯早已亮起，马路上不时有成群结队的摩的呼啸而过，是民工收工的时间了。从白发女的那种自在来看，她对这里是熟悉的。她带他走进了一片高架桥下的类似贫民窟的地方，一条黑暗窄小的烂泥路。没想到的是这条小巷正在拆迁，到处是砖堆烂墙和乱成一团的电线。这时一道强烈的车灯直照得两人的眼睛睁不开，并可以看到灯光中飞扬的浮尘。是一辆装满垃圾的卡车，被狭窄的路上的一棵树卡住不能动了。有几个人下车嚷嚷着什么，他们长长的身影投在了路面上。他和她在垃圾堆上一脚深一脚浅地绕过这辆卡车，但感到被黑暗中的什么电线拦截了一下，挣脱之后，一辆载着破烂儿的三轮又贴身而过。他感到自己的手指被一根可能是三轮车上面的什么细铁丝勒住了，接着一扯，指甲根的肉差点儿被翻开。他暗自叫苦，心里埋怨白发女怎么把他带到这个鬼地方来了。这样想着，又走了一段路，算是回到了稍微平坦些的路上了。

她也抱怨地说真倒霉，碰上拆迁运垃圾，本来这里挺好看的："唉，我们不能走这条路了。"说着，她站在一堆烂砖前看了看，似乎有点感叹，之后便离开了这条路，拐到一条黑暗中看不清的不是路的路。不一会儿，这条路把两人引到高架桥下。他发现周围除了一片已经成熟的高粱之外，桥墩上还被一种不知名字的绿色植物爬满了。不是爬墙虎，爬墙虎的叶子狭窄而密集，而这种植物的叶子肥厚而阔大，绿油油，在黑夜里也油绿得仿佛要滴出汁来。

白发女依旧兴致勃勃，一路上不停地在说些短片，他三心二意，也没有仔细听。这时白发女忽然快走一步到他面前，停下，盯着他说：你知道吗？短片最好的结构、最好的叙事效果是什么？是什么？就是在好的时候，在观众最想往下看的时候，电影戛然而止，就像性交中断！他听了有点不舒服，性交中断？他觉得一个老女人满口这些东西并不合适，但她认真，而且好像说得也有点道理，所以也就哼哈地附和着。

高架桥下有些人工搭建的烂棚子，有些妇女蹲在门口烤火，乌黑的炭在铜盆里被烧得通红，小的时候他在村里常见到烤炭，他没想到时隔这么多年，在北京的近郊，又看见了，那些盆里的炭像一只只红眼睛盯着他。他移开了目光，抬头看了看那生炭火的女人，是个南方女人。他问为什么跑到外面烤火啊，热气都跑掉了，她说无聊，看人哪。他心想这左右有什么人啊，这样想着他跟着白发女走近了桥墩。那里堆放了很多东西，是一些长长的方形物体，这些东西被落满尘土的塑料布罩着，在黑暗中，他有些看不清。

一个男人蹲在那些东西前面刷牙，另一个人在煤油炉上下面条，他在空中闻到的更多的是煤油味而不是菜味。等到他的眼睛逐渐适应这里面的光线时，他发现了那些东西全是棺材。他看到了有些薄膜中露出的棺材的雕龙画凤的头部，上面有金色的寿字，它们直直地一排排躺在那里。估计棺材都是空的，不然会有尸臭的。他心血来潮，问旁边正在煤油炉上下面条的人这些棺材的来路，那人皱起眉头打量了他一会儿，没理他，继续专心下面条。他接着问，那人看着锅里滚动的开水，还是没理他。

刷牙的人把口腔里的水咕噜咕噜漱了几下子之后，哗啦吐到地上，然后抬头看了看，说现在拆迁户都搬到大楼里去了，棺材搬不进去，就扔了，而且现在都火葬了，谁还要棺材？说完又仔细打量了他们这一对男女，欲言又止，有点疑惑地进棚了。他看到棚里面横穿左右的一根绳上挂了不少衣服，墙上有几张色彩鲜艳的性感的影视明星大照片。他转身盯着那些棺材再细看了看，心想难怪刚才走进桥下，没发现这些棺材时，好像也感到什么异样，一种心里的寒气。他想到人死前备好棺木，这事老家农村里就有，不少人早早就把棺材打好，放在屋里，就像家具一样。可眼前这些棺材看上去几乎全是旧的，莫非是用过的？

白发女不知何时已经走到桥墩外面，仰脸看着天空，突然说道："好，我知道了，我知道《白气球》短片的结束了，就是城镇被拆掉的楼房的瓦砾上，排列整齐的棺材的盖子豁然打开，一大片白气球从棺材里密集飘出，冉冉升起，在风中斜斜地飘向天空。对，就这样，像是棺材里孵出来的，生生不息，操他奶奶的！"

五

立春之后的城市里仍然没什么春天的迹象，风却不一样了，好像在一夜间，风就变得湿润了，习习吹来，还蕴含着远方的气息。他在窗口感受到春风，有点想哭，钻回被窝想再睡会儿。他刚才似乎做了个好梦，于是想做个梦的续集，遇到点好事儿，或者想象自己要么变成无忧无虑的人，要么变成灰尘。不知怎的，在梦里，他感到自己的名字不是原来的那个，而是别的，别的什么名字，一时也无法意识到，他看到密密麻麻的人名在空中浮游飘荡，不知所属，飘啊飘的，落在何人身上，就属于那个人了。

在那些名字中，他蓦然发现了一个眼熟的，定神一瞧，是沈珏，看到这个名字，便想到高中时那段难忘的恋情了。算起来，这个和他好了快四年的女人，是到目前为止唯一真正爱过他的女人。她爱他，依恋他，甚至连买什么颜色的胸罩和内裤都要征询他意见。她每次来北京都是把自己两个月的工资带上，进屋后就像女主人似的替他收拾屋子，给他采买日用品，给他买衣服，可怜的是她并不知道他的心已变了。他是花了近半年的时间才把她甩掉的。她的伤心和女人失恋后的短期内的各种危险，比如女人的报复和自虐，甚至自杀，他都精心考量过了，也暗自做了些准备，比如分手后每次她来电话，他是肯定接的。他懂得这时候的电话必须接，接了，无论对方如何骂他、诅咒他、威胁他，他都静静地听着，给对方一个"接受诅咒谩骂"的印象，这样对方的怨恨之气就会及时得到释放，而大大降低了极端事情发生的概率。半年后，如自己所料，她被他安然地甩掉了。

可近来不知怎么他时不时地会想到她，他内心对这种想念很抵触，不愿承认自己可能也有点爱她，因为如果一旦承认，那就等于同时证明自己的失算甚至愚蠢，这点会让自己沮丧的，他不会承认。

但在朋友圈里，他看到了她的结婚照片，他从来没想到她穿婚纱会是如此漂亮、如此艳美，完全是自己的一个理想的梦寐以求的妻子的相貌，怎么当时就没意识到呢！奇怪啊！可是，如今她再美，也是别人的女人了！那几天他没休息好，加上这个刺激，他竟昏了过去。

醒来后觉得地上很凉，马上坐了起来，可头还是有点痛。他看到掉落在地上的手机，拾起来，翻到那张照片，唉，她还在那儿，温柔漂亮，美艳卓绝，而且此时他发现她是对着他微笑的，并且好像知道了刚才自己的晕厥，所以那微笑意味深长，好像还有讥讽之意。

那几天他反复做一个梦，梦见自己很吃力走在一条斜坡上，大雨横风，衣履湿透，他呼喊她的名字一路找过去。忽然，看到她站在他面前，但就在此时，她的面容随即变化了，更准确地说是融变了，变成了陌生人……

他接着想象着她结婚后过的日子，她和她的新婚丈夫一起置办新的家具，买了咖啡色的巨大的沙发，她用的护肤品整套地摆放在新家的床头柜上，她穿的鞋都是平底鞋，因为她要准备怀孕。新买的房子里有一间是专门为将来的孩子预备的，那屋子的墙上涂上粉红色，天花板上则涂的蓝色，表明是天空，天空的一边有一个月亮，另一边有一个太阳。

其实最让他耿耿于怀的是那个从没见过面、不知是何方神仙的她的"丈夫"，日日夜夜和她纠缠厮混在一起，随意抚摸把玩她的乳房，满脸阴险猥琐地将自己那副恶心的脸贴上他心爱的她，而她呢，居然懵里懵懂地被感动、被融化，然后两人合成了一人，大汗淋漓地做爱，如胶似漆的架势，还发出呻吟，多么造作，多么可悲，多么可恶！他很痛苦，但那些念头无休止地缠绕着他，有点越缠越紧的感觉。后来他终于想明白，这一切，都是因为他自己当初的放弃，也就是说由于自己当初的愚蠢。他不得不承认自己有点愚蠢了。

那天他喝醉了，其实也就喝了两瓶不到八度的燕京啤酒。他已经不记得是怎么从餐馆走回去的，他把自己关在厕所里，他知道现在暂时不能躺下，否则将天旋地转，难说不会引起喷射性的呕吐，那将会非常难受。他坚持站着，并趴在窗户上向外望。他清楚地发现对面灰色房子的房檐上缺了一个角，露出了粗糙坚硬的水泥，一只黑色的鸟斜斜地从房檐那边飞过来，在他的窗前打了个圈，又飞走了。

走到镜子前面，他发现镜子里面的那个人很陌生，特别陌生，他迷惑于自己的陌生，那是一张苍白的、五官有点扭曲的脸。看着自己的脸，他想吐，又吐不出来，于是就用手抠嗓子眼儿，这招儿通常都很灵，只要吐出来，醉晕即刻就会得到大幅度减缓。可是当他把手指伸到嗓子眼儿很深的地方，虽引起了呕动，却吐不出什么来，这样又抠了几次，呕了几次，仍无效果。在这过程中，当他的指尖无效地在自己的嗓眼儿里伸缩时，他觉得手指头像只粗大的蚯蚓在空旷黑暗的嗓子里探头蠕动，却又四面不着天不着地。他能左右指头，但无法左右那空旷黑暗的空间，哪怕让它稍微变小一点儿也行，小到指尖正好能挠到的地方，然后引起细微而尖锐的奇痒，胃里的那些乱七八糟的东西，就可以一涌而出了。可是什么也没发生，他的胳膊也酸累了，只好收起指头。他再次抬起头来看着镜子里的自己，感觉镜子里面的那个人脸色惨灰，就要死了。

他迅速将自己的脸从镜子前移开，并深信这样打量下去的话，死亡就会现形了。他离开了那面镜子，也就是避免了死亡的最后确认。"我这时死在屋里，肯定是没人知道的。"他想着想着，就感到心虚了。头晕心虚，头就更晕了。但他并不认为自己是一个弱者，于是他想自己这样的醉，多半是喝了假酒，不然怎么会这样！他想喊，喊家人来帮他，可他忽然缓过神来，意识到这不是在家里。那么他在哪儿呢？他环顾了一下洗手间，感觉极其陌生，过了很久，他才想起来他在出租房里的共用洗手间里，他在北京。

外面是大太阳，他感到浑身有火气，口渴得很，想去买橙子吃，于是往平日里常去的一个地方走去。那是离这里不远的一条街，街两边各色商铺应有尽有，因为街上来回晃荡的人都是屌丝，所以他把这条街取名为"屌丝大道"。屌丝大道上物价比较便宜，是这个城市里少有的几个屌丝可以存活的地方。

可是，当他走到那条大道时，眼前豁然出现了一片废墟，他不得不努力集中思绪，想到最后来此地的时候不过是三四天前，怎么成了这样?！挖掘机像一只巨大的恶鸟起劲地伸缩着脑袋，在那里不停地啄着那些石头，并挑选出大块点的砖坯来，将它们一一掰碎，尘土漫漫地扬起来了。他站在路边呆望着，想到那些屌丝会搬到哪儿去呢？这座城市里哪个地方还能让这些人存活下去？他不由得想到自己，自己难道不也差不多是个屌丝吗?！他忽而微笑了，想到了什么，又一时想不起来想到的是什么，只是感到自己脑袋此时很活跃，也很敏锐，如同那些深夜里的失眠状态。这时有些画面浮现了出来，开始那些画面多少还与电影编辑时的胶片上的图像有关，后来就离开了那些而展翅飞翔了。

他看到那些由小到大积攒起来的梦想就像红石榴，里面那些亮晶晶的石榴子，一个一个都在尖牙利齿中破灭了，它们飞到天空，又散散地落了下来，红艳艳的如同"血雨"，血雨春风中，柔美的海棠花绽放了……他听到充满回声的走廊里面隆隆的谎言、绿色的呻吟声，浮尘中时隐时现的绚丽而辽阔的海市蜃楼，空气中飘动的成双结对的粉色的蓝色的淡紫色的枕头，交通事故中被截断了的子宫血管树根神经似的细细地喷洒着鲜血，发霉的墙斑里的古老的爱情又在青苔中舒缓地醒来，水缸里的人工流产流出了风姿绰约的小小蝌蚪，疯了的桃花被黑蜘蛛缠住不放又被桃花吃掉了，太阳的胴体洋溢着迷人的狐臭，影子终于不再敲门了而藏入了那把铜锁里面，云彩在柴门中一拥而入，剪刀中绵绵的倩影、枯井中的山盟海誓、潺潺不息的泉水里的阴谋和童话，那么跟我来吧，跟我来吧，我这里有清水、有清水，清水里只有你我才知道的紫色秘密……

走着走着，发现有人注意起他来，于是他走得快了些。窗户已被卸掉的破楼里传出了流行歌曲，阳台上挂着的咸鱼和腊肉粘着绿头苍蝇，散发着咸腥的味道。咸鱼的旁边紧挨着挂的就是内裤和胸罩，上面粘着红头苍蝇，小路上破卡车晃晃荡荡开过来，到处都是垃圾堆、烂水果、啤酒瓶、塑料裸女，野猫叼着一个什么窜来窜去，有的狗就平躺在路中间闭目瞌睡。废弃的马桶里怒放着野花，几双鞋并排整齐地待在路中央，他向那双鞋走去，走近时，发现是双黑色的女式高跟鞋，还是全新的，他拿起来闻了闻，37 码吧？谁的？然后把鞋放回原处，想象着曾穿过这双鞋的女人和她的脚。

一步踏空，他在瓦砾上摔了一跤，手掌蹭破了皮，渗出了鲜血，浓郁黏稠，他用舌头舔了舔伤口，体味着血的淡腥的咸味。不知怎么，这种血味不仅没有驱走原来的醉意，反使醉意更浓了。他来到了一个街边置放着变压器的水泥电线杆旁边，认出这里曾是自己来买过香烟和伊力特曲的小店，价格比别处便宜几块钱，卖东西的是个老头儿，一只眼睛瞎了，没瞎的那只眼睛总是充血，红红的好像很热很烦躁。旁边那个修车补胎的铺子老板短粗壮实，他那双手粗硬得像石头，还有老是坐在小凳子上趴在靠背椅面上做作业的女孩，模样很俊，像小学里的一个什么同学，可怎么也想不起来到底是谁了。他本想把这些拍摄下来，作为以后的资料，但现在突然都拆了，剩下的全是瓦砾。

仰脸躺在那些坚硬的断裂的水泥和碎砖上面，炽热的阳光、断裂的钢筋水泥块、成坨成块的红砖、破裂而生锈的铁管，他忽然感到某种性欲，下部发热膨胀，于是他打算找一个无人的地方自行解决。他转进一个满是瓦砾的小道，小道通向一个类似工厂厂房的建筑，有一个通向二层楼的铁梯子，铁梯子通向一条走廊，满地垃圾狼藉，包括几张像门一样大小的完整的玻璃。他走到玻璃板旁边，看到映在里面的走廊上的天花板和他自己，觉得好玩儿又可笑，他继续溜达，挨个儿看走廊侧的每个房间。当他走进一个门被砸烂的房间时，蓦然看到一地的白色药片，觉得异样，没有药瓶，只有药，他对着那白药片呆望了一会儿，从颜色和场面上，他想起一幅不知在哪儿看到的图片：一大堆白糖上一男一女在做爱，也是白色。眼前的白是药片，而且也不知道是什么药，这时他感到原本鼓胀贲张的性欲忽然消失了，取而代之的是被那些白色药片淹没或者是吞噬的感觉，还有药的苦味和药盒子的新鲜的"印刷味"。眼前自己的身体从脚下的药片开始，白色往上弥漫着，血液变白了，神经、神经元、末梢，细胞微观世界里的"山谷""溶洞""荒原""热带雨林"等等，都白化了，他感到自己是一个瓦砾中的"雪人"……

六

同屋的佟蝈蝈也是北漂，已漂了七八年了。他是山西汶水人，说话发音是江浙的唇齿音和甘肃的喉音的奇怪混搭，所以常被人怀疑他真实的原籍。他号称自己是资深行为艺术家，可这些年下来，既没捞到什么名气，更没挣到钱，那天他没喝几杯，又胡言乱语了起来：

"……都他妈的骂行为艺术，我真高兴，骂得好，我的艺术的短期目标就是招人骂，不骂我就不亢奋，我都硬不起来，笑我？我自虐？其实就是这么回事。妈的，唉，连印象派这么个小资玩意儿当时都是被骂红的，搁在现在就是个笑话……笑话也是一种行为艺术，你有点木，不懂，就知道在那里瞎拍，搞什么鸟编辑？那是给人家打下手的，没出息，你看我穷吧，但我不打下手，我是老板、董事长、CEO、销售、宣传、财务，集于一身，我保持独立的高度，你还不懂这些，说也白说……"

佟蝈蝈往橘子汁里兑了点二锅头，摇一摇酒杯，盯着瓶子看了一会儿，若有所思。然后又说了：

"现在的东西都是四处偷人家的创意，当然别人的创意也许也是偷来的。你看美国的斯班瑟·彤尼克的人体行为，人家早就搞了，全世界各大城市里弄人体行为艺术，结果国内也开始搞人体行为，两年前得个大奖的珍妮·安东尼的得奖作品《睡眠》网上一传，咱们这儿立马就有人搞和猪一块儿睡觉的行为，唉，能不能不跟屁啊……我不能说出那些人的名字，你懂的。"说着抬头满眼红血丝地看着他，咧嘴笑了。

室友言犹未尽，继续说：

"那个叫什么名字的电影导演，对了，是帕索里尼吧，拍了《猪圈》。其中讲食人，日本的一个病态家伙吃了自己的同学，于是国内就学起来了，也学食人，而且吃的是自己的孩子，不光吃，而且还给狗吃了点，而且将吃的过程拍成录像。这个人看没看过《猪圈》不重要，重要的是他不是偶然为之，而是做了一系列类似的'行为艺术'，说明在天性上，他与《猪圈》的食人是相通的，你看可怕不可怕？在信息时代，难说是生活模仿信息，还是信息模仿生活，但事件之间必然是互动的。"

他一点也不懂行为艺术，但本能地觉得电影本身就含有行为艺术的内在元素，他对此感兴趣，觉得了解它们，可以重燃自己对电影的某些热情。所以，每当室友大谈行为艺术的时候，他是有兴趣的，当然不时地要挨嘲讽，但从中也能学到一点东西，所以他在整个这样的谈话中，能够保持和蔼的笑容。

"……那小子把自己身上的皮割下来，缝到猪身上去，倒是有点意思的，妈的，被他抢先一步。不过呢，我在想着一个衍生产品，我在一个文章里读到这样的心脏移植案例，说一个接受别人心脏的人原来是击剑运动员，反应很快，但手术后情况就变了。有一天他走在街上，有个朋友在后面看到他了，上前拍了拍他的肩膀，那人的头慢慢地转过来，没立刻认出这位朋友，反应很慢。后来他怀疑装到他胸腔里的那个心脏是老人的，去医院问，医院拒绝提供捐献心脏的人的信息。除了反应慢，还有别的，就是他在接受这个心脏后，脑袋里居然出现了一些他根本不认识的字，也就是另一种语言，有意思吧……"

佟蝈蝈接着说："我在想，在想，哎，你可不能和别人说，我想如果把猪的心脏移植到人身上，或者反过来，把人的心脏移植到猪身上，会怎么样，会出现什么新的意识，双方的意识交叉，行为互动……"

他听得入神，因为这时他在想着自己以后拍电影时的事，创意啊，蒙太奇啊，甚至想到用哪些演员，漂亮的女人、肉体的亮光、细密树枝似的蔓延开的淡青色的血管为什么不能作为一部短片的开始的特写镜头呢？然后，然后是血红的日出……

室友发觉他的走神，推了他一下，说：哎哎，想什么呢？我看你最近脸色发灰，不会是那个什么过度支出吧？说完那样地笑了一下后，继续说道：

"你不是在琢磨着盗窃我的灵感吧？哈，没用的，我这只是冰山一角，你跟不上的，零敲碎打没用的，但你弄电影也要有创意，别光是盯着人民币。刚才说了'骂'是最好的评价，那是说观众的反应，但是作品本身呢，牛逼作品本身应该是什么样的呢？是电击，轻微的或重重的电击，让人发晕，最好发疯，就像基佛尔的通上了电的飞机一样。"

"什么飞机？

"基佛尔出道时的一个作品，是二次大战德国的拦截机（Bachem Ba 349 Natter）的仿制品，展览的时候，将飞机通上少量瓦特的电流，允许观众触摸，有意思的是，那个轻微的电击感让人麻酥酥的，不是仅仅视觉的，还作用于植物神经，进而影响人的心理……你知道克罗地亚的那个女行为艺术家吗？就是那年在威尼斯双年展得了金狮奖的娘儿们，她是行为艺术的大咖，她的东西我一直喜欢的，纽约的现代美术馆为她做了个展览，她的作品就是在展厅中央摆一张桌子，她坐在一端，另一端的椅子是为观众设置的，观众里谁都可以走过去，坐在那里，然后和她目光对视，对视三分钟。三分钟，很长啊，你试试看，你盯着我看三分钟，还不把人看毛了！这种对视其实就是两个不认识的人之间最纯粹的灵魂交流，没有语言，没有任何附加的因素，就是'对视'，听说有的观众在这对视中哭了……"

佟蝈蝈越说越兴奋，脸上的红晕鲜嫩泛光，他想到这小子酒量大，今晚喝的不过是橘子汁兑点二锅头，不会这么 High 的，可能嗑药了。佟蝈蝈原来是画油画的，中央美术学院毕业后，回到山西老家待了几个月，实在待不下去，然后又回到北京。也是到处打工，但很快就决定专心搞行为艺术了。他曾对"杂交"感兴趣，开始的时候，他和一个医院的制药厂实验室的老乡合作，把猴子的一只手指头移植到一只小白鼠的背上，失败几次，终获成功，虽然那只手指和白鼠活了不到六个小时，却着实使他兴奋了很久。那天佟蝈蝈对他说："你知道这个实验成功的意义吗？意义太大了。""没想到这个实验和他现在的想法相关，这个人挺有货的。"他这么想着，继续听。

"我来北京前在当地做了个行为，被当地公安局刑拘过，什么作品？哈，你终于问了问题，你要养成问问题的习惯，这样对你拍电影有好处。真的，我那作品是把猪的眼睛抠出来，粘到我自己的眼睛上，然后拍了个视频和一系列照片，题目是《我看着你》……"

说着，室友的眼睛直直地向他看来，让他一时发怵，愣了片刻，想到自己课堂里看电影资料片时，看到其中的一部片子，也是意大利新现实电影，叫《我出卖自己的眼睛》，联想到室友的这个作品，心里暗暗被触动了一下。他想，如果"心脏"有记忆的话，那么"眼睛"呢？眼睛也可能有记忆，小偷的眼睛如果卖给了法官，莫奈的眼睛卖给了屠夫，毕加索的眼睛卖给了教育部长，强奸犯的眼睛卖给了幼儿园阿姨，坏蛋的眼睛卖给了如花似玉的少女，傻瓜的眼睛卖给了评论家，会怎么样？一头猪的眼睛携带的记忆如果被人意识到之后，会有什么后果？透过猪的眼睛，我们的现实会是什么样子的？老虎、狮子、浣熊、松鼠等等的眼睛呢？它们要是写小说，哈哈，怎么办啊？会不会出现更多"新现实主义"和"新浪潮"？想着想着，他觉得在眼前出现了很多的可能性。

他忽然想到白发女的眼睛，每次做爱那盯过来的眼神，就使他想到自己是个什么猎物，心里沉了一下。

佟蝈蝈看到他又在发呆，说："我知道你在想什么，你在想自己的处女作是什么吧？应该的，嗯，现在的运动摄影的微型摄像机很好玩儿的，有人把它绑到一只老鼠身上，然后放了它，让它四处瞎跑，几天下来再捉住，拍的东西的视角就是新鲜。要是把摄影机绑到苍蝇蚊子身上呢，一定更新鲜。"

他说现在还没有这样的摄影机。室友说：会有的，因为早就有可以粘在苍蝇身上的微型录音机，等着，会有的，到时候我们要先下手。

说着说着，天就亮了。两人各自回到自己的屋里蒙头大睡了。

七

这些天，他的性欲又变得很强，"自行解决"的次数也多了。"自行解决"，这个词是谁说的？他终于想起来了，那是初中时的初恋女生对他说的。

她皮肤很白，不像班上其他的农村姑娘，眉眼虽然还没有长开，但已经开始有了清秀美丽的雏形，他因此对那个女孩格外留意，他发现每次偷看她的时候，她也在偷看他。有一次，他还偷偷跟过她回家，他发现两人彼此的家离得很近，这也让他心里有一种无法言说的快乐，不知道为什么，他觉得他们仿佛已经很亲近了。

一天下午，她到他家串门。他刚睡完午觉，迷迷糊糊的，父母也不在家，他看她站在那里，疑心自己还在做梦，他一把就把她拉到了床上，也不知道自己哪来的力气和胆子。他感到体内有股不可抑制的冲动，他死死压在她身上，像发情期的一个凶残的小动物，疯狂撕扯她的衣服。这个时候，他听见身下传来她平静的轻语："你去厕所自行解决一下吧。"他听了有点蒙，不知道什么是"解决"，该怎么解决。后来还是她把他带到厕所，在那里用手帮他完成了。那是他人生中第一次性高潮，第一次射精，可是射精的对象竟是马桶。她呢，只是站在一边，纯然是个旁观者。后来，当他再次想到这个情景时，对他的那个"人之初"的性经验，找到了更加准确的比喻，就是他像个"捐精者"，十三岁的女友是个见多识广的医生，精子库呢则是个黑洞洞的四通八达的广袤的下水管道。

那次她用手帮他做完后，两人就没再有这种事了，虽然他有好几次跃跃欲试，但她总是不肯，对他说：你现在还太小了，正在长身体，如果老做，会影响你身体发育的。他在听这个规劝时，感到在这个十三岁的她面前，自己倒像个小孩子：唉，她比我还小两岁，怎么这么老到？

快上高中的时候，母亲得了肝癌去世了。过了不到一年，他有了继母，一个三十来岁的初中教音乐的老师，从此，"母亲"的概念变了。他意识到自己永远失去了那种母亲的目光，取而代之的是另一种说不上来的眼神，似乎什么都有，就是没有母亲的感觉。这也是正常的。继母心肠不坏，最重要的是她能把他当作"成年人"，而不是一个孩子或者一个高中生，所以他很快就适应了。她是外地人，在镇上初中教音乐。她挂在嘴边的某些流行歌曲，常常也是他喜欢的，因此好像没什么"代沟"，所以很快，他就接受了继母在家中的地位，应该说，他是喜欢她的。他模模糊糊地感到喜欢一个不是母亲的"母亲"，其中的某种东西好似有些不对，但是也说不清哪里不对，他觉得她长得比自己的生母好看，脸不苦，说话不凶，身材好，穿着打扮也远在母亲之上，她身上常穿的那件驼灰的毛衣质地多么柔软啊。她搬进这个家之后，原来的那种忧郁灰暗的氛围很快就消失了。她爱打扫卫生，常给他换洗衣服和被单，晚上在被窝里，他闻到了干净的味道，但对洗床单这事，却使他略有不安。他时而遗精，在床单上"画地图"。母亲还在的时候，他总是抢在母亲的前头偷偷地先洗掉它们，这样一来，整个床单就那一小片是湿的，他常用什么东西，比如课本、衣服盖在上面。好在母亲不常洗换床单，所以他可以从容地、不被发觉地去自行处理。既然不被发觉，他的"画地图"的次数也就多了起来，他觉得有种自由的快感，但这个情景近来发生了变化。

有一天放学回家，刚走到自己的房门时，他看到继母盯着自己床上的什么看着，若有所思。开始他自己也有些纳闷，想到自己的床上的乱，上面什么东西都有，所以当时他以为继母在检查他的作业什么的，这是母亲以前常干的事，但他发现不是这么回事。继母当时已经撤下了她的被罩，正准备撤下他的床单时看到上面的什么了，他想她看到了他的遗精"地图"，心里一下就紧了起来，脸也热了，忐忑不安地想怎么应付。这时继母发现他出现在面前，也不大自然起来，有点慌乱，并没撤下那个床单，只捧着被单出去了。这时，他赶忙走到床前用书包遮住了那片已经干了，但还能看出来的"地图"。

他开始了乱想，越想越不自在，心里出现了一些非分之念，他感到了某种"罪恶感"，但又很难摆脱它们。而且发现，越是这样的念头，越是那些让自己抬不起头的念头，越难摆脱，它们在夜深人静的时候，出来恣意溜达。

所以在一段时间里，他总是有意无意回避她的目光，同时又想看到她。有一天，他看见继母坐在家中院子里晒太阳，刚洗过的头发湿漉漉地搭在肩膀上，背上围了一块浅黄色的毛巾，碎花的连衣裙能显出她年轻的肢体，一只赤脚搭在另一只穿着花袜子的脚上。他发现那阳光下的脚纤细白嫩，和生母的不同，他忽然觉得自己已经记不清自己母亲的脚是什么样子了，但肯定不像眼前的这双脚那样秀美，他就这么盯着继母的脚发呆。"这样的一只小脚握在手里会是什么样子呢？"他不由自主想走过去，但马上转念停下了，然后悄悄来到屋里继母的床下。他看到她的五六双鞋子，有皮鞋、长筒皮靴、旅游鞋、布鞋，鞋型好看，颜色也很好看，他伸开手指量着，发现也就是比自己的手掌长一点而已，说明继母的脚不大。他闻到那些鞋有些淡淡的汗味儿，而且感到他碰的不是鞋，而是脚，继而好像听到继母忽然咯咯地笑起来了，说"痒啊"，他迅速缩回了自己那只手，他感到自己脸热了。

其实父亲也是个外地人，阴错阳差，来到平阳镇上一待就近二十年。几年前官至镇政府宣传部主任，喜欢音乐，喜欢吹箫，这也是他唯一会摆弄的乐器。可他不大喜欢父亲吹的那些曲子，过于阴郁了，他弄不大明白，父亲原本不是轻易显露心思的人，成天一副家长的架势，可一吹起箫来，满屋子悲伤，父亲自己也非常投入，吹的时候鼻息很重，呜呜啦啦的，有时鼻涕竟然也弄湿了那支悲惨的箫。母亲也讨厌父亲吹的调子，他一吹，母亲脸就更苦了，嘟嘟囔囔地囔着要出去买菜。

继母原是走村串户的演出团里的主唱。近些年来，在乡下演出越来越难了。正经唱歌没人要听，演出服必须要露肉，歌词要下流挑逗，演员要年轻漂亮，至少要懂风情，不然没人会发出演出邀请，剧团工资就发不出来了。那年，她随团来到平阳镇上演出，父亲也去看了，听了继母唱的《北国之春》后，就找到继母，说："留下来吧，镇上的初中没有音乐老师，你去那里吧，一个女人省得跑来跑去，饥一顿饱一顿的不说，还要大冬天穿得袒胸露背的。"继母犹豫了一会儿，也就听从了。他后来猜测，母亲的脸苦，或许和父亲把继母安置到初中有关。这也就解释了母亲把父亲的那支箫烧掉的原因。

可后来父亲也去世了。父亲去世后不久，也就是一个礼拜后吧，继母就离开了家。临时有个亲戚来给他做饭，每天吃完晚饭后，屋里就剩下他自己了。

他第一次觉得并不宽敞的家，显得很大，空空荡荡的，他忽然感到独自一人在屋里的心悸，在这种时候他强迫自己超量地做数学、科学等作业，渐渐地就不怕了。他的成绩并没有掉下来，不仅如此，还有所进步，他把这些归功于晚上屋里的空旷和黑暗。突然有一天下午，继母回来了，那天他们一起吃了饭，是继母做的饭菜，都是他喜欢吃的，比如酱爆螺丝、韭黄炒肉丝和小鸡炖蘑菇。这些菜平日不常吃。继母那天总是对着他微笑。

他觉得那天夜晚的黑暗变得不同了，不再那么空洞了，他想到继母一个人睡在隔壁的房间里，心里有些异样，他静静地注意着那边的动静，一点儿声音也没有，很安静，他忽然想到继母会不会自己悄悄离开了，于是假装起夜，眼睛不由得总是瞟着继母的房门。他觉得房门没有关严，好像还留着一丝缝，他在那门边屏住呼吸，呆立在那儿，感到屋里似乎有轻微的呼吸声，还有耳边没有停顿过的嗞嗞嗡嗡的"寂静声"。他想象着继母温暖的体温和被窝，他觉得自己的脚有种走进去的欲望，但又有另外的一种意志在阻止它，这让他的心有点乱，时间就这样悄悄地滑过去了，他终于没敢推开那道门。

次日清晨，天色明亮，窗帘上的树影在轻轻地摇曳着，时而传来窗外路人的脚步声和自行车的声音。直觉提示着他，屋里只剩下他一个人了。他起床看见桌上摆着继母给他做的早饭，蛋炒饭和红米甜粥，勺子筷子整齐地搁在碗边，甚至还有餐巾纸，这是他在家里从来不用的。此外还有个便条，果然是继母留下的，说她要去走走亲戚、有些事要处理之类，落款是她的名字。走亲戚？他模糊的印象里知道她是外地人，那么此次离开，就是要去很远的地方了，他心里感到从此很难再见到她了。

八

对他而言，在对新的类型电影的热情还没有重新燃起的时候，剪辑师的工作，尤其是毫无价值的商业性的电影编辑，就是世上最苦逼的行业了。那些被隔开的工作室，越发像一间间牢房。

休息的时候，大家像鬼一样从各自的小房间里溜出来，倚靠着墙壁吸烟，好像是出来放风。人人面如土色，人人懒得说话，就那样，一支接着一支不停地抽烟。他偶尔和同事们去喝酒，而酒吧的昏暗就像工作室昏暗的延续。他想着自己会不会一辈子和黑暗打交道，有时觉得自己其实是个拿工资的老鼠。更无聊的时候，他会去翻阅旧历和公历的细微差别，以找出自己本该属鼠的确凿证据。但这近乎偏执，使他觉得更无聊了。他的酒量大了起来，晕乎乎地喝了几杯之后，他多半就倒在吧女的怀里了。

有一次他和一个吧女去开房，进门他就把那个女人摁在墙上狠狠地干了起来。那个女人表情似乎有点痛苦，但一直沉默不出声，他突然有点怜悯，忍不住问她的名字，他以前从不问这些从酒吧带来的女人的名字。他一边干一边问，你叫什么，那个女人说，我叫××，他说好的，××，我记住你了，然后把那名字默默念了两遍。做完爱后，他抱着她，甚至像男女朋友一样吻了她一下，那个女人也紧紧抱着他，可次日醒来，女人已经不在了，他努力回想了一下她的名字，却怎么也记不起来了。

虽然忘记了那个女人的名字，但却记得那个夜晚，他也不知道为什么，大概是留恋那一刻的温馨。这个城市太冰冷了，太大了，大到好像每一个角落都在漏风。他想起他来北京这个城市已经好几年了，但这个城市似乎依然在无形地拒绝他。他来到北京的第一天就把原来的手机号码给换了，换成了北京的号码，他对自己说：我要在这个城市待下去，混出来。可现在的他也不过和大多数北漂一样离成功很远，以至于他开始感到自己所一直追寻的"成功"，其实可能正在时时刻刻玩弄着他，就像他玩弄吧女一样。可每当这时，他会油然想到自己是个"吧男"，几秒钟前的身份优势顿时丧失，就像一个妓女在马路上责怪一个裙子太短的陌生少女时，恰巧碰到了自己的老嫖客。

那几天，在与室友深夜痛聊行为艺术时，他发现自己对导演的内涵有了新的认识，于是也就有了新的做导演的欲望。可眼下整天打工，使他的计划总是得不到任何进展，他着急，又毫无办法，他需要钱，需要首先活着，但是时间也在一点点溜走。室友的一个作品在两个礼拜之前获得了一个小小的国际展览的奖，更是刺激了他，他想人家也是穷酸酸的，却敢于孤注一掷，放手一搏，而自己总是犹犹豫豫，结果就变成眼前这样：离成功遥遥无期，钱呢，也没挣多少，又没有任何转机的出现。他开始泛泛地感到某种宿命，并对"编辑"的内涵有了新的认识：在工作室里面，自己是个电影编辑，而在现实中，是被别的什么在"编辑"着，那个冥冥之中的"编辑师"更高明、更邪恶，因而也就更隐身。

上个礼拜接了一个关于新开发的墓地的广告片，甲方要求内容要特别，不仅不能有任何的悲伤，而且要有幽默感加上适量的娱乐感。当时记得自己在心里骂道："妈的，什么玩意儿，还要娱乐感，你妈死了，你还娱乐不娱乐！"这两天他的心情不同了，他觉得甲方的要求没有错，甚至是非常有"正能量"的，他忽然想到了那个隐身的"大编辑"，心里一暗，继而一亮，想到，好吧，让我的编辑工作真正开始吧。

他想到原来看过一个日本的叫《死亡森林》的纪录片，那片富士山脚下的郁郁葱葱的浩瀚恢宏的大森林竟吸引了全国各地想死的人，那些人络绎不绝地自驾或乘火车、大巴前来此地，带着帐篷，走进那片森林。帐篷是他们在人世间最后的一块栖息地，一块生与死的交接处，当他们经过长考后选择了死，于是走出帐篷，把自己吊死在树上。如想通了，便走出来，收起帐篷，回到大巴、火车站，开始新生活。根据数据统计，大多数走进那片森林的人没再走出来。

灵感降临时人并不知晓，只是不知怎么被什么煽动了起来，而且简直停不下来，像着了魔。那天，当得到了什么类似"启示"的时候，他花了半天的时间，动用了所有的影像资源，三下五除二，就完成了那个视频的创作和剪辑。他知道这种东西甲方是不大可能接受的，但这并不妨碍他以一种胜利者的心态，坐在自己的屏幕前，重放着并欣赏着自己的杰作：

……远山（远景由远逐渐摇近，慢速），伴有三两声鸟鸣，同时镜头慢慢摇下，漫天遍野的橘色帐篷（形状介于墓冢和帐篷之间），做爱声由轻转重，由缓慢转急促，然后是帐篷里一对对做爱伴侣的近景，有雄武的背和丰腴的腰肢、丰满的臀部和遒劲的臂膀、娇喘的丹唇、浸汗的额头等等，图像叠影而梦幻，然后，镜头逐渐推远，做爱声随之淡出，远山山影重现，此时《墓山》片名淡出……

九

夜里差不多十二点的时候，有人敲门，很响，有点肆无忌惮，一定又是佟蝈蝈忘了带钥匙，他很不情愿地从床上爬起来去开门，可这时门外的那个人已经开始用钥匙开门了。门开了，是个不认识的女人，他问哪来的钥匙，女人回答说是佟蝈蝈给她的，说完把钥匙往客厅的茶几上一扔，然后自顾自地坐在了沙发上，同时还白了他一眼。他问佟蝈蝈呢，女人说就在后面，接着说有喝的吗，他也白了她一眼。

那女人有点胖，二十来岁，人没走近，香水味已飘过来，蛮漂亮的，至少是能吸引男人的那种长相。但说不上哪里透着一种疲惫感，应该是从眼神里来的。她进屋后好像就没有正眼瞧过他，但其实早已把他看了个透，就那么一瞥，尽收眼底，他是察觉到了的。他断定她是妓女，这类女人是他熟悉的。此时，佟蝈蝈进来了。他捧着一个纸箱，可以听到里面玻璃瓶轻微相碰时发出的声音，一箱啤酒之类。他把纸箱往茶几上轰隆一放，玻璃声更热闹了一下。这时佟蝈蝈头也没抬地对他说道，这是妓女，别人介绍的，怎么样，人还说得过去吧？你今晚可以用。他不由又看了那妓女一眼，她也正看着他，但好像根本没听到佟蝈蝈刚才的话，而是在寻思别的。果然，她问他：你是拍电影的？他说是啊，妓女说那你拍我吧。他说你有什么可拍的，不就是一个妓女吗？这时佟蝈蝈打开了几瓶啤酒，对他说喝喝喝，拍个卵！

酒不错，德国黑啤，佟蝈蝈说是妓女买的，这时那女的说：别老说妓女妓女的，人家没有名字吗？我叫莉莉，有时也叫莎莎，不过我喜欢莉莉。佟蝈蝈看了一眼莉莉说，别啰唆，谈正事，然后把莉莉粉色毛衣往下一拉，豁然露出大半乳房，转脸对他说：怎么样，货色还行吧？他不太明白佟蝈蝈是什么意思，没答话。莉莉闪了一下身子，随之整了整自己的毛衣，站了起来，原地转了一圈，展示着自己的身材。佟蝈蝈像打量一台冰箱似的看了看莉莉，对他说：我和她签了个合同，准备弄个表演。记得那个行为艺术女王玛丽娜-阿布拉莫维奇吧，她不是弄过一个××行为吗，我准备做个××中国版的，我自己没法做，所以找个替身，就是莉莉。展览时，莉莉脱光，站在画廊展室里，旁边放一个桌子，上面放二十六个物件，观众可以用其中任何一个物件，对莉莉实施"攻击"，那些物件包括一把剪刀、一支带刺的玫瑰、一个打火机、一根鞋带、一支圆珠笔、一张纸等等。在展示期间，观众使用那二十六件物件对她进行的行为，不负法律责任，我要看看这里的观众，在合法契约下，会对我们可爱的莉莉做些什么，哈哈，拭目以待吧！说完喝了一大口黑啤。

他说脱光不好吧，太那个了吧！怎么也得穿个比基尼吧！这时莉莉说：我都不在乎，你怕什么，你不会喜欢上我了吧！佟蝈蝈听了说：必须脱光，肉体的彻底裸露，才能刺激观众，才能诱发想象，激励本能，选择"攻击"的方式，穿个衣裳就完了，我这也不是弄比基尼展览。而且，肉体多伟大啊，尤其是青春肉体，懂不懂啊？你别装了，好不好！这时莉莉也吃吃地笑了，脸泛红光，那是黑啤的原因。

"你读过《论攻击》吗？是德国犹太人洛伦兹（Konrad Lorenz）写的，这个人二战时充军纳粹，被苏军俘虏，后来释放，之后他就做研究，1976年获了诺贝尔医学奖，苏军傻了吧，放回了这么个人才！这书我没读过，听说是根据一连串的动物实验而写的书，观点很有意思啊，我们古人说，人，食色性也，人家的实验又加上了一个，就是人的本能的攻击性，所以是：人，食色性和攻击。想想呢，一点不假，可惜没有翻译本，我又不懂外语，但无所谓，听听也够了。我觉得所谓的攻击本性，实际上也就是丛林法则的根本，我就喜欢丛林，没准儿我原来是个金丝猴或是花豹，不过花豹体形有点像家庭妇女，不如黑豹，但黑豹又有点像恐怖分子……"佟蝈蝈已喝了第五瓶黑啤了，说话声有点高。

这时莉莉打了个哈欠：说我年轻时也写过诗，我绝对有才，可是诗是不能作为职业的。他听了，冷笑了一下，心想那你现在终于选了一份有前途的职业了，于是问："莉莉那你已选好了职业了吧？"莉莉听了，也不生气，说：别闹别闹，我给你背诵一首我的处女作吧：

天黑以后
终于天黑了
我打开了一盒黑色的巧克力

那个黑色

连带着巧克力上的玫瑰

黑到了我的梦里

我不愿醒来

走廊里的回音

终于死在走廊里

没有出过门的我

犹豫着

应该变成玫瑰

还是变成

那伤感而绝望的回音

当我醒来的时候

我看到了一片

苗条的

亭亭玉立的骷髅

刚咏完，莉莉忽然叹了口气，正色地对他说：其实我最喜欢马雅可夫斯基的诗了，那首《穿裤子的云》太牛逼了！他听了说：你就是一片不穿裤子的云吧！

莉莉一听，说嫉妒了吧，你这人好嫉妒吧，哎，每当别人嫉妒我时，我都会在本子上记下来，一年结算一次次数，像记录我的大姨妈一样。

他有点不高兴，说：就你这狗屎烂诗，饶了我们吧，你还是聪明，终于及时放弃幼时理想，选择了更适合你的职业。莉莉听了说，我还有一首代表作呢，可是不好轻易道出，怕你们这帮人自卑，也难说你们听了动剽窃之心，你们这帮鸟艺术家，我见多了，面上人五人六的，一上床，哈喇子直流。佟蝈蝈大笑了，说，我刚才淌哈喇子了吗？莉莉说，别得了便宜就卖乖，你给钱了吗！

这时他的手机响了，是白发女，于是他走到自己屋里接了电话。白发女上来就问你在哪？和谁在一起？他说在自己屋里，和自己在一起。她说真的假的你自己知道，我也知道，就不说了。然后说我给你租了间大点的也好点的公寓，在三环内，这样也方便多了。你下礼拜就搬吧，我本来想联系搬家公司，一想，你也没什么东西，自己打几趟车就搞定了，是吧？搬吧，我想你，下礼拜搬。就这么定了。他很厌烦她的不容置疑的老板口吻，单凭这一点，他就婉言拒绝了她。白发女没说什么，只是直接挂断了电话。

回到客厅，莉莉打量着他，微笑着，轻声而温柔地对他说：我今晚到你的屋里睡，好吧？他说：不，别，不要，我自己睡，我就想自己一个人待着。说完回到他自己屋里，砰地关上了门。

十

白发女又来电话了，约好老地方见。

一进门，撞入眼帘的就是她的一头晶莹润滑的白发，乍一看他吓了一跳，继而发现那是个假发。这时她板着脸把那假发慢慢地取下来，露出她原来的栗色头发来，然后，她又把假发戴上了。他正在狐疑时，她微笑了，问好不好看？他一时语噎，不置可否，他本想说这种时尚的闪亮的锦缎质地的白发，更适合年轻人，而她的年纪大了，不合适了。但这种话怎能直说，只好答道："嗯，挺潮的。"她听了狡黠地一笑，说你看来还不会说假话啊！

她脱下灰色的大衣，露出湖绿色的"佩斯莉"花纹的内衣，显得富丽起来。他在别的女人身上也见过这种图案，基本图案元素就是大大小小的"泪珠子"。这图案源自印度，据说是孔雀毛端部的那个"眼睛"的形状，演变成"泪珠子"，之后的发展，就是围绕这个元素越变越花哨，越变越与"泪珠子"、与"眼睛"无关了。这件佩斯莉内衣穿在她的身上，倒是非常合适，但总有种"妖"气，使她与他原本不多，或者根本就没有的亲近感，洗得干干净净。他觉得与她的距离更大了。

她今天的妆很浓，看着她掉漆的红指甲、眼角的细纹，他突然觉得她像盛在含水的塑料袋里的一条金鱼，看去金光灿烂华美无比，但同时又接近死亡的眩晕，如果不是她打电话来说，她老公要开机的新电影缺一个助理，他也许不会再来同她见面，因为他早已不想搞她了，或者说不想被她搞了。

他越来越感到自己就是她的一个招之即来、挥之即去的"鸭"。但他知道像自己这样一个除了年轻什么也没有的屌丝，如果将来要在北京立足，要在电影圈混，没准儿还要有求于她，所以他不敢得罪她，也不能得罪她。她快五十了，三十如狼，四十如虎，五十像老狼，一条老狼，母狼。他感到对她的忍受正在一天天、一次次地接近极限。

他连续抽了几根烟，又喝了几杯酒，好不容易才爬上了床，可他今天的状态失常得很，两人忙了半天，还是草草了事。事后，两人都没有话说，各自点了根烟抽着，最后还是她先开的口：

"是不是我的白假发的原因啊？"她的语气像是在质询。

"没有啊！"他说。

"得了，你瞒不过我的，上次你就三心二意，以为我不知道。你盯着我的白头发看，当我不知道？"

他没说话。

之后两人又都没说话，屋里安静极了。忽然，电视机被打开了，是她用遥控器打开的。电视屏幕上出现了一个深海的画面，是个BBC的科普片，解说词说到海洋的水的来源，一半的海水来自地球气候形成之初时的十年不断的瓢泼大雨，另一半来自坠向地球、携带着巨量海水的彗星，如此形成了我们的海洋……这时插播了一个丝袜的广告：一个穿了黑丝袜的女人的腿在高速公路上从一辆红色跑车上走了下来，此时音乐再次扬起……

忽然她关掉电视，转身伏在他的胸上哭了起来。

他愣住了，看着她裸露的背在抽泣中剧烈地起伏，他不由得把自己的手轻轻地放在她的背上，放得很轻很轻，好像怕惊醒了那"剧烈起伏"的裸背。

出乎意料的是，对伏在自己胸上抽泣的这个女人——他能清晰感到她心脏的悸动和声声抽泣的女人，他没有什么同情。她曾总是强势，高高在上，那时他忍了，也认了，眼下她忽然直率地袒露自己的情感时，反倒引起了他的反感和厌恶。

他不知说什么，一句话都说不出来，就这样呆躺在床上。过了一会儿，她的抽泣逐渐平息了，忽然她抬起身来，又转过去，伸手找到自己的胸罩戴上，扣上一个个小烫金钩子，然后再把内衣、毛衣等，一件件穿上，完了，走了。他终于松了口气，开始感到有些疲倦了。他掏出烟盒，空了，于是出门买烟。他来到酒店大门外转弯处的一个小铺子，那儿的烟要比酒店里的便宜几块钱。铺子门口有架赌博机，一元玩一次，他从没玩过，但当他将一个五角、五个一角的硬币换成一个一元的硬币后，兴趣已经没了。

几个小时后，白发女又约他在一家咖啡馆见面。她坐在对面，一手扶在沙发上，一手捏着烟，嘴里缓缓吐着烟雾的时候，氛围已和下午的时候完全不一样了。她变得沉默无语，而他其实有点喜欢这种沉默，因为他并不想听她说什么。他没有这种需要。

周围的几个沙发上都坐满了人，各说各的，很吵闹，其中的方言完全听不懂，只能感到情绪的起落。因为听不懂，所以不打扰他。她仍然没说话，她不说，他是不会说的，一贯如此。时间就这么一点点地过去。

这边的她，终于开口了：

"我刚来北京的时候比你还小，那时我根本不想结婚，也从来没想过傍大款，我自信，也很努力，我认为自己可以搞定自己的事。那时真年轻啊。后来碰到了我现在的丈夫，当时他也不是大导演，不过就是个挂名的导演助理，蓬头垢面的刚刚翻身的小屌丝，但他野心大，我喜欢，而且他也是外地人，所以我们互相取暖，和他约了几次，也没什么特别的感觉，我发现自己其实是个很软弱的女人，而且发现他其实也是个软弱的男人。奇怪的是，这个发现不仅没有使我们两人分开，反倒亲近了，我们结了婚，好了一段时间。现在我想，我不知道结婚是有利我呢，还是我人生中最大的错误。我还不知道。

"……他和许多女人搞，所以我也搞。我们彼此都知道。谁说的那句话，岁月不饶人，我也没饶过岁月。平衡、控制，和那个弘一法师的书法差不多，大家都说弘一看透什么世事，我就不信，你看过弘一写给自己妻子的信吗？无情无义，他出家前应该有不少无情无义的事，你不信吧？我从你的眼神看出来的，你还小呢，你知道弘一法师是谁吗？"

她接着说道："其实就是虚伪，一个人要是和自己的七情六欲都拧着干的话，那不是虚伪是什么？弘一书法的安静是在装假，在装逼，装得蛮吓人的，他知道他要是失掉了平衡，自己身上那些丑恶的东西就会跑出来，像一枚子弹一样地射出去，而出家当和尚了，就可以断绝继续做无情无义的事情的机遇而已，就像一个罪犯自己把自己锁进牢房一样。你看他的书法，没有人气，没有动静，多可怕？这种人，一旦活络起来就像定时炸弹。我怕这种人，做朋友也不要。"

说着，她要了一杯威士忌，呷了一口，沉默了会儿，渐渐变得伤感起来：

"我老公现在也是什么书法家了，其实他为什么写书法，我是知道的，他是想养气，美其名曰'守中'。他那幅拍卖得最贵的草书，就是一边写，一边和那些女人跳舞，写出来的。可那些评家说他的书法弘扬了传统中国文化的道家精髓，临风赋墨，会通履远，真是……"

说完这些时，她的神情竟然是平静的，然后开始评价起杯中的威士忌了，说这里的威士忌没有什么好的，低价进货高价出，以为大家都是傻子。然后，她打量了一下酒杯，说酒杯不错，蛮好看的，大小适中，形好，手感好。

"我曾经一下攥碎了一只酒杯，满手都是血，现在还有几个细细的玻璃碴子在手心里呢，不知道什么时候就会忽然疼一下，钻心地疼，也是一个纪念……唉，不说了，今天你怎么不喝酒啊，有什么心事？你能有什么心事呢，一个小伙子，年轻蛋子？"她在说"蛋子"的"蛋"的时候，略微拖了小长音，说罢，她一边亲和地看着他，一边又呷了一口。

他见状，赶忙喝了一口，也不由得装着叹了一声。

"……唉，你这么年轻，怎么也不行了？太早了点吧。你原来很猛的啊！你的身材真好，这是你的本钱。唉，年轻呀，什么都好，一有全有。老了，一垮全垮，这个你还不懂，但人都会老的，年轻会过去的，没办法，就是这样，再养，再练，也白搭，不是吗？更别说跳那些裸体舞了，造孽啊。"

她又要了杯不同的威士忌，呷了一下，露出难受的表情，然后把这杯酒递给了他，说你喝吧，没准儿你能受得了。他只好接过酒杯。

她接着说："听说你们男人一生里面搞的次数是有限的，也就两千多次吧？年轻的时候搞得多，老了就不行；年轻时不瞎搞，老了还能干得很。你不会搞太多了吧？我们女人可不是这样，我们靠性生活调养自己的。他啊，现在成天假装修身养性，其实早就不行了，他在作死。

"你怎么一句话都没有呢？这一晚上，一句话都没有！我有这么乏味吗？"说完，她从包里又取出了那个白假发，戴上了，然后对着他娇媚地鬼笑了一下。

十一

事隔五年，他没有想到是以这种方式见到他的继母的。当时，他正和一个认识不到四个小时的女友来到一家音乐餐馆，坐下翻看菜单时，服务员端来了茶壶。"四小时女友"翻了翻菜单又翻了翻歌单，露出轻盈的鄙夷，说什么烂歌啊，还塞到歌单里，当我们是乡巴佬啊。他听了，便凑上瞄了一眼，都是不常见的歌，年代不详，歌词也自然不明。他倒是没在意，因为此时饥肠辘辘的他对菜单更感兴趣。

他注意到菜单上的菜是些近似"农家乐"里的，比如栗子炖蹄膀、毛家红烧肉、蒜苗腊肉、毛豆鸡蛋。他没问身边这个女人就选定了几样，然后点上一支烟，这时，他才留意到前面厨房出菜门口边一个女的在那里唱歌。

这歌声在他进门时就听到了，微茫地感到似曾听过，但没留意，这时他深吸一支烟，慢慢吐出来，这个瞬间是一天中难得的安定沉静的好时候，正是在这种时刻，人的感官变得敏感了。

他听到四小时女友对那歌声嘲笑不止，眼光还不时向他投来，分明觉得他会赞同她的嘲讽。围着旁边桌子的人里有个小男孩正在问身旁的一个妇女，说这是什么歌啊，这么难听。那女的听了对这男孩明媚地莞尔一笑，不仅表示赞赏男孩非凡的鉴赏力，而且对男孩此时的神态也疼爱有加。这时"四小时女友"开始嘲笑那唱歌女人的穿着，所有这些，都使他的专注力转移到那个唱歌的女人身上，他发现她竟然是继母。

她胖了不少，也老了不少，记忆里的秀气几乎荡然无存了，整个人灰了一层，但眼影浓重，双颊的胭脂也太红，这些使他不能一下认出她来。她衣服很花哨，是那种绿底红花的印花布，他不记得从前继母穿过这么乡下气的服装，大约是为呼应餐厅乡村风的格调，或是这种花被面在时尚圈也开始流行了？此刻继母穿着它显得不伦不类，像是一个演滑稽戏的小丑。她已经唱完一首，而几乎所有喝酒吃菜的人都没有认真听她的歌声，他们都在说各自的事情，嘈杂的声音早已把她的歌声盖住，而她唱歌时的神态也有点心不在焉。

他呆在那里，不知如何是好，他感到自己两条腿有明显的站起来走过去的冲动，可是上半身，他的意识，却将他沉重地定在原处。他万万没想到在这样的时候，自己像个冷血的废物，或者更像个傻子，一种前所未有的自责和自卑感在自己身体里搅拌着、翻滚着，他感到忽然出现的不适。这时继母唱完了，转身去收拾那些桌子上的碗筷杯碟了。她用筷子把盘子里的残羹剩饭拨到一个大盆里，然后抹桌子、摆椅子，看上去还是生手，有些慢。她小心翼翼地端着那些盘子，可还是打碎了一个，继母慌忙将那些碎片捡起来，然后急忙走到服务台那边取了扫帚和簸箕，赶回去继续清扫。她有些手忙脚乱，旁边一个当班模样的人，一声不吭地冷冷地望着她。此刻，他不由得站了起来想着要不要去帮她，或者做点别的什么，但又慢慢地坐下来，继而又要站起。那四小时女友见状，嘴角露出嘲讽的微笑，说："她是谁啊，这么上心？不会是从前心上人吧?!"话音未落，他望着继母，嘴里却对四小时女友说：你走吧。

四小时女友走了。他决定原地不动，把帽子又往下压了压，开始吃了起来，心里盘算着这样见面的地点和方式，也许不是继母所习惯的。他想马上溜走，但还是坐着没动，眼睛开始湿了。

旁边的那个桌子来了一拨新顾客，他们开始叫服务员点餐。那个资深领班的服务员叫继母过去照应，继母便赶快走过去了。她拿出纸和笔，开始记他们点的菜。

他的心思早已不在吃饭上，头更低了。他看到了她穿的有些油污的布鞋，这双鞋现在四处匆忙地走动，一会儿消失在桌椅丛中，一会儿又出现了，这样的劳动强度，一天要干几个小时，这是不言而喻的。他打过很多工，知道这些，他当然记得有时累得像狗一样的日子。这些年她在哪里？什么时候到北京来的？来干什么？为什么？四十多岁了，投奔亲戚？为什么不联系我呢？难道我不是她的亲人、她的继子吗？这时他想到她好像没有手机，他也从来没有想到她是否有手机，她本应待在家，可父亲死后，她就早早离开了，他想到五年前她三十多岁的年龄和他对她某种特别的亲情。

她是因为自己而离开平阳镇的吗？她为何要离开她的继子？他尚不知其中的原因，但模糊地意识到里面的某种内在的原委，这个原委有点奇怪，却摆脱不了。现在他就在咫尺之间，见到我，她会是什么反应？继续像原来那样，像那天早晨那样，给他准备好早饭后，就悄悄地离开呢，还是别的什么反应？他实在想不出来。但有一点是明确的，见到她，他很高兴，甚至是喜出望外。

"怎么回事啊，这是我要的菜吗！我要的是红烧猪蹄，你怎么拿来这个炒土豆丝啊？识字吗？不识字总识货吧！整个一文盲傻大妈！"

他转头望去，继母正在慌乱地拿着那盘土豆丝退下，口中连连道歉，那些顾客嘴里还在抱怨。

他走了出去，但没离开，走到了外面的停车场。他点燃了支烟，一边等着一边向餐馆那边张望。北京的冬天虽然不比从前的寒冷，但晚上七八点以后，寒气漫来，顺着地面沁入鞋中脚里，站在那里就感觉冻脚了。他原地不时地跺着脚、搓着手，望着自己嘴中哈出的白雾气消失在夜晚寒飕飕的空中，天空里的星星很亮。等到了八点，等到了九点，等到了九点半、十点，餐馆里顾客稀少了，最后一桌子的顾客也终于开始买单，然后起身，三三两两地往门口走来。又等了不知多久，他终于看到继母出现了。她换了衣服，平常的暗色的羽绒衣，边和同事打招呼边向门口走来。

他等着，等到她走过自己身边的时候，他走上前去，忽然搂住了她，哭了。

她大惊，喊了起来，他赶忙说是他，是他，但并没有效果。她还在喊，他不得不捂住她的嘴，重复着刚才说的话。渐渐地，她才安静下来，当确认是他的时候，她也哭了。

很久之后，不知说了多少话、问了多少话，当两人静下来的时候，又感到什么也没有问、什么也没有答，白忙乎了一气，于是两人都笑了。

两人不知不觉地走着、说着，这样经过了一家小旅馆，他走过去，她跟着他，没说什么，不一会儿，两人就坐在一间暂时属于两人世界的房间了。这时继母的话，他才听了进去。

自从那天早上给继子做好早饭后，她就离开家，离开了那个镇。可她并没有亲人去投靠，但她感到必须离开继子。她对自己刚死去的丈夫还是很爱的，丈夫刚死去，她有什么可说呢？只有尽力照顾好继子。继子多像父亲啊，她感到，如果自己继续待在家里的话，又好像不行，她也说不出来怎么个不行，直觉吧。她当时三十六岁，之后没再婚，但她感到孤独，生活陡然变得无望了。她原本也谈不上有什么音乐梦，只是喜欢唱歌而已，但是，当她从电视上看到和自己相似的人都一辈子坚持着自己的爱好，便感动了，她想自己的爱唱歌不是音乐梦是什么呢？是的，而且这个梦还没有彻底死掉。在邻近的几个小学教了两年音乐课后，她离开了。她总是不甘心，在反复思量之后，终于决定来北京。

她去了很多酒吧应聘歌手，但没有一家要她，对方觉得她这把年纪居然敢在北京找歌手的工作，简直是神经病，虽然有一家名叫"故乡风"的酒吧勉强给了她试唱的机会，但还是嫌她土气，会唱的歌曲也太过时了。后来她还去KTV找过工作，干的也只能是服务员的工作了，每天听着那些五音不全的人嘶吼乱叫不说，还不时有些醉醺醺色眯眯的顾客巡视着周围的女人，虽然那些可能被猎取的女人中，并不包括她在内，但她依旧觉得很不舒服。她觉得她所喜爱的音乐在这个肮脏的地方被玷污了，她怀疑自己到这里打工的任何必要。终于有一天，她自己在那家KTV开了一间最豪华的包厢，整整唱了三个小时，把她所有会唱的歌都唱了一遍，自己是自己唯一的听众，唱得筋疲力尽，嗓子也沙哑冒火。次日，她辞掉了工作。当她领了那份可怜的薪水时，她认为她的音乐梦正式死掉了，她在路上不出声地痛哭了一场，注意到她的路人还以为谁欺负了她。为了谋生，她又四处找工，找到了这家音乐餐馆。老板问她以前干过什么，她如实说了，于是老板让她留下来，忙时端盘子，闲时给顾客唱歌。

她也想起过他。但没有任何消息，也没有任何渠道得到任何消息了。她也不再回那个被称为"家"的地方。她觉得丈夫死后，那个村镇暗暗地发生了变化，她不再有原来的爱人和保护人，因此她在人们的眼中也变了，有人冷眼斜视着他，有人意味深长地对她淫笑，有的熟人在路上见面了，就像不认识似的。她打听过原来所在的那个演出团，结果是早就烟消云散，老老少少的团员们都不知哪儿去了。丈夫给她留了点钱，使她不至于完全落魄，但那个地方、那个镇，因丈夫的死而变了。她曾沿着那条镇上唯一的水泥路走，那是一条她丈夫曾经常走的路，在他可能停下来买东西的地方也停下来，比如卖烟叶和卖酒的小店铺，她走了进去，打量着那些烟酒和售货员，然后又走了出去。她也想到了那支箫和《北国之春》，她知道自己在寻觅某种极其缥缈的东西，而这些东西似乎在空气中消失了。

"你知道吗，你长得多么像你父亲呀！"说完，她把他搂到自己的怀里，抚摸着他的头发，"我给你洗个头吧。"说完，就把他领到洗手间里，打开了热水龙头。热水哗哗流出来，不一会儿空中飘散着洗发膏的清香和水雾气，那雾气模糊了镜子，也模糊了房间里两人的模样。

"不过你肯定会比我有出息，也比你父亲有出息的。"

他感到她柔软纤细的手指在自己的头发尖轻轻揉着挠着，心里充满了温暖，这是他来到北京后所从来没有的感受，他任由她的抚摸和轻揉，享受着这个珍贵的时光，同时又想让这样的时光能够延长，能够停留，最好能够静止不动。可是，是不可能的。他已经不是小孩。这些年来，他承受了太多的艰辛和冷漠、太多的辱没和挫败，他从没有得到过任何人的真挚友谊和援手，他自己一人度过了不知多少伤心的不眠之夜，而且这样的日子茫茫没有尽头。有时他担心自己会垮掉，烂在一个没人知道的街角垃圾堆里、一个散发着腐臭的下水道里、一个长满荒草的郊外，没有任何人会注意到，他可能被狗吃掉，或者烂掉，就是这样，就是的。想到这里，他感到她的身体的温柔和芳香，她的指尖处处挠在他的心里，使他难以自制，他转身搂住了她，亲她，亲她的眼睛，亲她的脸颊、鼻子、头发，然后他开始把她抱到屋里，像将一个怕打碎的什么轻轻放在床上，这一切都发生得自然而然，没有遇到任何阻碍。当他看到床上她白亮灿烂的肉体的时候，他也看到了她那望过来的温柔伤感的眼神，他转过身来，昏昏沉沉地走出房间。

他来到外面的马路上。早晨的太阳不知何时已经升起了，街边有些人在排队买早点，早点摊儿冒着热气，热气袅袅化入蓝天。街上人来车往，匆匆忙忙，正值上班的早高峰。阳光刺目，他还是忍不住抬起了头，望着那湛蓝的天空和正在那里消失的淡月，他感到了一阵阵的眩晕。

（原载《收获》2016 年第 5 期）

作者简介：

祁媛，1986 年生人，2014 年毕业于中国美术学院，同年开始小说创作，小说散见于《人民文学》《收获》《当代》《十月》等刊物，并获第三届"紫金·人民文学之星"短篇小说奖，第五届西湖。中国新锐文学奖。

义乌之囚

陈 河

一

　　杰生是昨天夜里一点半钟到达义乌城的。他一天前坐加拿大航空公司班机从多伦多出发，下午四点到上海浦东机场之后，即坐机场五线到火车站，用护照买到一张卧铺票，晚上八点才坐上去义乌的火车。当走进卧铺房间时，看到下铺坐着一个非洲黑人女子。他和她打了招呼，随即爬到了自己的上铺位。从上面看下来，这个非洲女子的手臂像乌檀木一样光滑发亮。杰生和她交谈了起来，她会说简单的英语。她说自己是非洲中部一个叫纳布尼亚的部落的人，现在要去义乌。杰生说自己也是去义乌，问她去义乌做什么，她说自己是信使（messenger），说自己的部落被军阀包围了，十分危急，部落派她找人解救。杰生听着，以为她在讲梦话，看她的样子也像在梦游一样。没多久，杰生听到她发出轻微的打呼噜声音，这样他自己也迷迷糊糊睡着了。在到达义乌之前，乘务员把到达的旅客叫醒。杰生和她又说了几句话，问她要住什么地方，要不要和他一起坐车进城。她说不要了，她自己会安排，要去住一个名字叫"巧心"的宾馆。这样，杰生下火车后就坐出租车到了"花来香"宾馆，时间已是两点多钟。他在飞机上一点儿也没睡着，喝了酒也没用，人已疲倦到了极点，所以一进房间倒头便睡。

　　他醒来时，发现窗帘外面一片白亮，响着混杂的人声。这让他明白市场早已经开门了。他一看时钟，还不到七点钟，这里还保持着农民早起赶集的习惯，像农贸市场，只是没有牲口的叫喊，只有人们在大声说话。他才睡了三个多小时，脑子昏沉沉的。但他还是决定马上起床，因为他心里堵得慌，在床上躺不住了。

　　杰生是个动作利索的人，不到十分钟，他就穿戴好了走出宾馆，只觉得外面阴冷潮湿，寒风刺骨。这个时候是2004年，义乌市场一大部分都还在稠州路一带，福田大市场尚在建设之中。杰生住的宾馆靠着江边，挨着宾馆的是几家卖皮鞋的商铺，夹杂着一家卖菜刀剪刀之类的五金店。其间还有一家早餐店，很多家长带着穿校服的孩子到里面吃东西，可见附近有一所小学，能听到学校广播放的升旗歌曲。杰生进去买了稀饭和小笼包，他熟悉这里，以前来吃过，认得做馒头的还是那个老板，店里还是和以前一样脏。在吃早餐的时候，他心里还没想出接下来先去哪个地方。他只是觉得十分烦闷，每回到义乌的第一天，他都会对接下来要做的事情心烦意乱。但他知道这是无法回避的，他必须鼓起精神来对付。

"好吧，就让我先去找那个做围巾生意的小青吧，看来她是知道很多事情的。"杰生对自己这么说，决定先去位于商场三楼的围巾帽子市场。

虽然好几年没来义乌，杰生还是没费力就找到了老市场的巨大建筑。这个看起来很简易的建筑十分庞大，它是个四方形的房子，每条边长有一公里，有四层高，外墙是简易的石灰墙，粉刷成发紫的蓝色，而屋顶上铺着的是钢架横梁加上玻璃纤维瓦。一、二层是开放式的，店铺挨着店铺。但是三楼、四楼的内部很复杂，像是一个迷宫。这里就是围巾帽子类市场，里面布满多个井字形的组合，一个套一个，有穿堂风在回旋，很冷，店铺里稍微聚集了一点热气，马上被冷风带走了。杰生在通道里打着圈子，在一个个挂满围巾的店铺中间张望着。他看的不是那些围巾，而是在寻找一个人。

杰生现在要找的是那个卖围巾的小青。他还记得她的摊位号是H5068，但他发现这里的编号已经采用了一种新的系统，他已经无法按编号找到原来的那个店面，只得凭着记忆在楼道里寻找。在冷冽的穿堂风中，他努力唤起记忆里小青的形象，她齐额的刘海、明亮的眼睛、修长的身材。他只见过她数次，而且已经过了三年，记忆有些模糊，无法准确地在心里画出她的样子。时间还早，这里的商铺卷闸门刚打开，店主们有的在洒扫，有的凑在一起讲八卦新闻，还有的凑在一起打牌。几个擦鞋的妇女坐在楼梯边等着客人，有小孩在打一种会发光的陀螺，还有些卖青菜豆腐的挑着胆子在叫卖。杰生在一个店门口稍一停留，在隔壁店里聊天的店主飞快地跑回来，问要不要。这里的店主第一句话几乎都是这三个字"要不要"，杰生以前觉得好笑，客人还没进门看货，怎么会知道要不要呢？

杰生对义乌的历史是熟悉的，他知道这里的店主在几年之前都还是在地里干活的农民，而且很多是小学都没读过的农村妇女。她们迎接客人说的"要不要"这句话其实和以前赶集时卖鸡蛋卖芋头时说的话一个样。但也有例外的，这里的一个店主让他难以忘怀。三年前那一次他从楼下大堂里的日用杂货商区转到了楼上的围巾帽子商区之后，在拐角看到一个店铺的外面陈列着一批色彩醒目设计新颖的围巾。他只觉得眼睛一亮，走近一看，那些围巾看起来质地还不错，像是羊毛的，底下有个商标"CASHMERE"，就是开司米的意思。杰生走进了摊位里面，看见里面的样品更多些，有条纹的、方格的，连仿造名牌的都有。他还发现这个摊位精心布置过，灯光和色彩都有点讲究。他正在看着，却听得后面有人问："要不要？"还是那句可笑的话，他心里想。但是他回转头来，却发现说话的是个相貌秀丽气质青春打扮入时的青年女子。他心里一惊，觉得这个姑娘不大可能是刚刚从农田里出来的，听她的话音也是比较标准的普通话。那个女青年从一排围巾中显露出来。尽管第一句也是"要不要"那样的话，她后来介绍产品却十分得体和内行。她就是杰生现在要找的小青。

在这个冬日的早上，杰生这么远从多伦多来到了义乌商品城的顶楼，什么也没做就一直在找这个叫小青的姑娘是有原因的。这个叫小青的女子当时让他觉得惊艳，后来一起吃过两次饭，在 KTV 唱过一次歌。在最后一次见面的那个晚上，他们一起喝了酒，情欲在心里升起，只差一点儿他们就有身体关系了，但最终杰生选择了退缩。这一退缩，让他们之间的温情荡然无存了。后来，他们就没有再见过面。杰生现在后悔的是弟弟到义乌为他进货时，他不该介绍弟弟去找她。弟弟是个不会自制的人。从他后来收到的货来看，弟弟一定被她吸引住了，采购了大量她的围巾，质量大不如以前，价格又不便宜。弟弟在义乌出事之后，他父亲在讲述事件经过时一直提到弟弟和一个做围巾的女人关系密切，似乎他们有同居的关系。杰生相信父亲讲的这个做围巾的女人就是小青。

弟弟是一个月前被杀的，他死在一场酒吧里的斗殴。那场斗殴后隔天早晨，一个扫大街的人在街角一排冬青树丛下面发现了弟弟的尸体。他是因腿部动脉被刺断，流血过多致死。看得出来，他是挣扎求生时，钻进了树丛。警察的调查报告称弟弟和几个人在酒吧里时，一群黑人袭击了他们，其他人逃走，弟弟却被刺中了。义乌的警察很重视这个案子，很快就破案，把杀人者抓到了。行刺者是个在中国签证过期的非洲黑人，身无分文，现在据说已经被关押在广东的外事监狱。弟弟出事的时候，杰生正因为那一批假冒名牌的双肩包吃官司，处于担保假释状态。如果这个时候他回国去料理弟弟的事情，法院会认为他弃保逃跑。所以父亲没让杰生回国，他自己去义乌处理了后事。

杰生想起小时候的事。弟弟比他小 3 岁，小时候一直和他争东西吃，两个人经常会斗斗。杰生 16 岁到了纽约，寄居在舅舅家里。那是极其难受的几年。但是弟弟并不知道外面的苦难，一直觉得父亲偏向杰生让他出国，整天和父亲吵着也要出国。弟弟中学毕业就不读书了，成了问题少年，在东门一带打打杀杀，老是惹麻烦。杰生父亲是卖烧烤鹅的，每天起早摸黑在菜市场上。杰生那个时候一直在纽约打工，根本没有能力把弟弟带出来。好多年后他到了加拿大，结婚、生了孩子，开始自己做进口生意。起先是他自己回国到义乌进货。后来，父亲的意思是让弟弟帮他在国内进货，免得他飞来飞去花钱花时间，而且可以把弟弟带起来，等生意好了可以合伙，下一步也可以带他到国外去。父亲这个决定犯下了致命的错误。弟弟在义乌的两年多时间里，开销很大，几乎占到采购成本的10%，而且货物很多不对路，到了国外卖不出。弟弟以为杰生是华侨外商，钱挣得很多。其实杰生一直在投钱，把自己以前打工挣的钱全投进去了，还使用老婆娘家的钱。丈母娘用住房抵押了一笔贷款，把钱给杰生做生意本钱。弟弟被人杀了，不管情况怎么样，弟弟都是为他的生意送命的，所有的亲戚都会这么认为，连杰生的父母亲也是这样想的。因此，杰生在心里为弟弟的死背起了一个十字架。不过唯一让他稍觉安慰的是：弟弟还没有成家，没有妻室，这样至少没有连累他人。

杰生转了几圈，市场里的人慢慢多了起来。那些店铺开始忙着做生意。杰生想着一个月之前，弟弟还在这些摊位之间跑来跑去，现在却已经人间蒸发，没有人会记得他，不禁悲从中来。就在这个时候，他转到了一个通道的尽头，看到了那里挂着几条看起来熟悉的开司米围巾。他认出这是小青的围巾店。他还记得一个标志，小青围巾店外面有个窗口可以看见中国银行大楼尖塔顶。他转头一看，果然看到了中国银行楼顶。于是他振作起精神，走进了店里面。

"要不要？"

杰生听到声音。那是一个男的中年人，从铺子里的办公桌后面站起来。

"这里是小青围巾店吗？"杰生问道。

"不是的。你要不要？"那人生硬地回答。

"我知道这里以前是小青的围巾店，她现在在哪里？"杰生坚持着问。他急着要找到她，因为只有从她那里他才会了解到弟弟的事情。

"我不知道她在哪里。你到底要不要？我给你便宜一点，东西都是一样的。"

"你得告诉我她在哪里，我找她有事。"杰生坚持着说。

"我说过我不知道。你这人真是很烦。"那人说着，不再理会杰生，坐到桌前开始摆扑克牌算命。

杰生感觉到这个人一定是知道小青下落的，只是不愿说，几乎所有的义乌人都把信息看作是神秘的财产，不肯和别人共享。于是杰生决定使点手段。他说：

"我是来找她赔偿的，我收到一批她发的货全部霉烂了。如果你不告诉我，那我就认你这个店铺。我马上去找工商管理局去，让他们来找你赔偿。"

他这句话似乎发生了作用。那人在一张纸上写下几个字，塞给了杰生。"你快走吧，到这个地方看看，也许她在那里。"他没好气地说。杰生看看纸条，上面写了个地址是：庐山街45弄6号。

杰生知道庐山街在市场斜对面，处于稠州路和篁园路之间的南侧。庐山街口有一个牌坊，上面写着"文胸内衣专业市场"，紧挨着的是卖袜子的街。他以前并不知道文胸是什么，以为是人工增大乳房之类的东西，在走进这条街之后才知道所谓文胸其实就是胸罩。这个市场除了庐山街外，还包括了桂林街、漓江街和保联一街，里面的店面都是卖胸罩内衣的。杰生第一次进入庐山街时是加快脚步走过的，因为他觉得这里的店面如同女洗手间女浴室一样有着性别倾向，男人在这里走不合适。但是后来他在这里进过几批女内裤内衣，很好卖，之后脸皮也就越来越厚，自如地在这些店铺间走动了。

他仔细看着门牌，发现45弄6号不是在街上，而是在一条小弄堂里面。弄堂内停着一辆桑塔纳车。他推开这个门牌的大门，发现里面是一个古式的院子，里面有天井、中堂，中堂上堆满了装满货物的纸箱，还挂着各式各样的围巾样品。原来她还卖围巾，并不是改成了卖胸罩内衣内裤了。院子有几个人在干活，有几个本地工人，还有两个包着香葱一样头巾的印度人在用胶带枪打纸箱包。所有人都转头惊讶地看着杰生。

杰生说要找小青，他们都说小青现在不在。问他们她什么时候回来，都说不知道。再问她的手机号码，也说不知道。杰生知道他们一定有小青的号码，只是不肯说。他说那他就在中堂等她回来。他感觉到其中一个本地人偷偷在后面打电话，说的是义乌本地话。杰生感觉到他是在和小青说话。果然，那人出来问他是什么人。杰生说自己是加拿大来的杰生。那人又跑到后面去，说了一通话。一忽儿他出来让杰生等着，小青还在很远的东阳，要两个小时后才能回来。他带杰生进入一个房间去休息，这里有一张沙发和电视，看来是专门给客人休息的。杰生打开了电视，靠在沙发上看起来。

兴许是路途太累了，加上时差的关系，杰生一阵困意袭上来，沉入很深的梦境。他做的是一个童年的梦，里面有蜻蜓、蝴蝶和很多羽毛。他后来被一些声音吵醒了，醒来时还不知自己身在何处，只是脸上挂满了睡觉时流出的口水。他赶紧擦干了口水，听到外边有人说话，是一个女的声音，然后看到了一个女的走进来。一开始他还没反应过来她是谁，但很快认出是小青。她以前是长头发，现在剪短了。她冷冷看着他，问他有什么事情。

"你不认识我啦？我是杰生，是杰林的哥哥。"杰生说，心里不是滋味。

"这个我知道，你以前买过我的围巾。你还来买围巾吧？"小青还是那样冷淡。

"不是为了围巾，我是想找你打听一下我弟弟的事。"杰生说。

"这个事你不要找我，应该找公安局去了解。"

"是的，我会去那边了解的。我只是听说你是我弟弟的好朋友，所以会来找你。我爸爸说弟弟死之前和他打电话时经常说起你。"杰生说。他看到这句话发生了作用，小青的眼圈一下红了。

"那你怎么过了一个多月才来？你是他亲哥哥吗？"小青说。

"是，我来迟了。弟弟出事的时候，我正吃官司，被关在警察局里。后来被保释出来，但那段时间失去了出入境的自由。直到上个星期那边的警察局才取消了对我的限制。"

"先吃饭吧，我这里还有客人，吃完饭再说话。"小青说，然后她到别的房间，招呼客人。

接下来，杰生被叫到了饭堂吃饭。这是老房子后面的一间厅堂，摆着一张大圆桌。他奇怪的是，饭桌前坐着一个年纪很大的老奶奶。她的眼睛有白内障，在喝着一杯酒，吃相凶猛，像是一个年轻人戴着老人面具。桌上摆着一个大火锅，烟雾水汽弥漫，对面看不到人，像过去的澡堂一样。同桌吃饭的有一个伊朗人、一个印度人，他们都会使用筷子。杰生坐下之后，小青也来了。她的身后跟着一个穿武警制服的人，自我介绍是当地消防队 5 号分站队长。吃饭过程大家都很安静，好像是在一场宗教仪式中。

二

吃过了饭，天已经大黑了。杰生又等了一会儿，小青终于把事情做好了。她告诉了那个老奶奶要出门。小青是这老奶奶养大的，老奶奶的眼睛一直瞪着杰生。小青背起了包，带着一只小狗和杰生一起走出来。她打开车门，小狗熟练地跳进去，坐到后排。当开出一段路，车子暖和了一点，车厢内就散发着小青身上的气息。杰生感到这种气息和弟弟的死亡事实混合在一起。

"真不好意思，给你添麻烦了。"杰生说，他这样说其实是想打破车内的沉默。

"不客气，应该的。我知道你心里很难过，我心里也一样。"小青说。

"我们现在去哪里？"杰生问，他看到车子已经开出了城外，过了一条河。

"去你弟弟租下的房子。他的房子已经付了半年的房租，还没到期。我有房子钥匙，他留下的东西都在那边。"小青说。

这个时候车子转弯，进了一条小路。这路水泥路面已经铺好，可路灯和交通标志都还没做。车子在一座房子前的路边停下，借着这座三层高的楼房一些窗户透出的亮光，能看到路基下面还是一片农田。小狗跳下了车，摇着尾巴兴奋地跟着小青。小青拿钥匙打开了楼下的门，小狗一头跑进去，往楼上跑，然后站在二楼一个门边叫了几下。小青把房门打开后，小狗钻了进去，没有叫，只是在每个房间找来找去。

"它在找你弟弟。"小青说。

杰生打量着这个房子。这是一个一室一厅的小单元，是弟弟工作和居住的地方。墙角还散乱着一些样品，桌子上有一部电话机，杰生在加拿大和弟弟通话就是通过这部电话机。杰生因为他进货东西不对路或者花费太大等事情经常在电话里和弟弟大声吵架。有一次他明显地听到了狗叫声，大概就是现在这条狗。杰生看到了床上还有被子，厨房里有碗筷，他心里像灌了铅一样沉重。弟弟已经没有了，要不是因为他的生意弟弟不会来这里的。现在弟弟死了，而他的生意也糟糕得像是陷入一个泥潭。杰生坐在桌子前，看着桌上的那部电话，突然控制不住痛哭起来。他埋头哭了一阵，想起小青还在房间里，转头去看她，看到她也在那里流泪。

"他出事的那天，我刚好出差到广州了。"小青说着，"那天晚上我和广州的客户吃饭应酬，很吵，听不到手机响。吃完饭看手机时看到一个小时前杰林给我来过电话，我打回去的时候没人接。后来知道他给我打电话时已经被刺中了，正在树丛里。要是我接到了电话，也许马上可以找人去救他。他要是马上打110的话，救护车也会来救他。可是他只想到了我，可能已经太虚弱了，失血过多了，只能想起我一个人。现在想起来真悲伤。"

"这事说起来还得怪我。我现在很后悔让他到义乌来。他不是一个适合做生意的人。"杰生说。

"这个我同意。你弟弟是个可爱的小伙子，但不是一个适合做生意的人，他太意气用事。"小青说。

"这个我知道。他死得太年轻了，才28岁，人生还没真正开始。你能告诉我吗，他死前这段时间过得怎么样？"

"他并不喜欢眼前做的事，他一直说以后要到欧美国家去。他好像对指望你带他出去失去了信心，有段时间他跟我说起过准备找偷渡的蛇头带他出去。后来他还跟我说准备去非洲。"

"其实他对国外的情况一点儿不了解，以为国外的生活像电影里一样精彩，地上都铺着黄金。他要是真到了国外会吃尽苦头的。我父亲因为让我出了国，觉得亏待了弟弟，所以就什么事都向着他。我父亲给他钱做了几桩生意，办托运部、开小酒馆、开网吧，结果都亏得干干净净。我一直觉得欠着他的情，虽然知道国外很辛苦，还是惦记着想办法要带他出来。我从美国到了加拿大后开始做生意，开始的时候生意还蛮顺手的。我父亲为了让弟弟有事情做，说服我让他到义乌帮我进货，实际上那个时候开始我的生意已出现麻烦。我前些日子还在想早点把弟弟弄到美国算了，就算让蛇头带他偷渡也行，可是没想到他突然就出事了。"

杰生和小青说了一阵子话。小青说自己还有些事情，要先回去。她把房子的钥匙交给他，让他在这里慢慢整理他弟弟的东西。这里要回城里很方便，一出马路就有出租车。说完，她就先走了。

现在杰生独自待在这个屋子里，弟弟的气息充满了这个屋子。父亲在电话里交代他要把弟弟使用过的碗和筷子带一副回来，这样他在阴间才有饭吃。还有弟弟穿过的衣裤也带一套回来，和碗筷一起放在他的墓穴里。杰生把父亲交代他收拾的东西都收进一个提包里，还收了弟弟穿过的一双运动鞋，他觉得弟弟在那个世界里需要穿鞋子走路。杰生还发现弟弟杂乱的抽屉里有一些非洲地图、黑木面具、硬币、几本关于黄金的书、一些印刷粗糙的图片和小册子。他没仔细看，但有点感到奇怪。他想起小青说的话，弟弟干吗对她要去非洲？是准备绕道非洲去西方国家吗？弟弟为何和黑人打架而死呢？他抽屉里怎么有这些关于非洲的东西呢？这些事情之间是否有某种联系？

从弟弟的住处回到城里，天已经很黑了。街上所有的铺面都已关闭，只有马路上的垃圾和破报纸被风刮得在打着滚。风在加剧，把铺面的广告牌和塑料雨棚吹得嘎嘎作响。杰生想起了印度人拉米，上回拉米在多伦多遇见他时告诉过自己在义乌的电话号码。他试着给拉米打了电话，没想到马上接通了。拉米说了自己所在的位置，让他过去见见面。杰生看看时间还不是很晚，就在稠州路上拦下了一辆出租车，前往拉米所在的印度人聚居区一个叫"小小孟买"的酒吧。

从宾王路那里拐到福田路，马路宽了，看起来像是到了另一个城市。街两边冷冷清清，明亮的路灯下不见行人。这条路的两边原来都是农田，几年前，政府在这里征下几万亩的地，要建造一个世界上最大的小商品批发市场——福田商品城。第一期的工程已经完工，一部分的圣诞礼品、首饰、画框工艺等市场已经迁入新市场。杰生在出租车里能看到路边那些高高的吊塔、还搭着脚手架的庞大的建筑体。福田市场前方的汽配街附近有一个小街区，因为租金便宜，在义乌的印度人、巴基斯坦人和其他一些阿拉伯国家的人都聚居在这里。这里有了他们自己的宗教场所、出租屋、旅馆、酒吧饭店甚至学校。"小小孟买"酒吧外面画着大象，有一个寺庙一样的屋顶，亮着几盏不很讲究的霓虹灯。杰生走进来后，屋内浓烈的咖喱气味扑面而来，里面坐着一桌桌暗色皮肤的人，有几个穿印度衣裙的女人在做招待。杰生远远看见拉米坐在里面的桌子上。非常奇怪，虽然是在自己的国家里，看到了拉米却好像是在天涯异乡看到老朋友一样亲切。

"嗨！你看起来不错。"杰生对他说。他的确感到拉米比起一年前精神了许多。

"这地方比多伦多好，我可以喝到天亮。"拉米说。他说得没错，在多伦多酒吧过了12点就要关门，而且喝酒的客人还不能把酒带出店门继续喝。

杰生想起"9·11"那天，他正送货到拉米的货仓，在他的办公室看到电视里纽约世贸双子塔倒了下去。那次他看到拉米的脸上有真正的恐惧，而他当时心里多少还有点幸灾乐祸。那以后，生意就开始变得难做了，后来他才明白拉米的恐惧是有理由的。

杰生知道拉米早年在香港生活经商，挣了不少钱。20 世纪 80 年代之前，中国大陆出口物资大多是通过香港转口出去的。拉米那个时候做的是中国纺织品出口代理，他卖得最多的国家是利比亚，还见过卡扎菲。到了 20 世纪 90 年代，中国大陆开始有了自己进出口的渠道，加上香港主权要回归，拉米的生意开始式微，便带着细软移民到了加拿大。杰生是在街头推销时在爱格灵顿街一个小杂货店里认识拉米的，拉米当时说自己很快就要进入批发行业，他的一个兄弟要把生意让给他。果然，不久之后他接手了一个 900 多平方米的大货仓。在后来的几年时间里，杰生卖了大量的货物给拉米。拉米的销售渠道掌握在一个叫帕米的推销员手里，拉米脾气不好，最后和帕米闹翻了，生意也亏得一塌糊涂。拉米后来没有了货仓，只靠自己开着车推销点货物。这个时候他已经 60 多岁了，受不了在街上推销货物的辛苦，人开始垮下去。杰生有很久没有他消息，但想不到这个家伙还是有办法的，到义乌做起了出口代理。他在香港生活过，对中国的事情略知一二，很快适应了义乌的环境。他传话给杰生说自己在义乌很快活很自由，这里有很多的印度朋友，还有很多女人可以搞。他说每天要喝一瓶威士忌才会去睡觉，看他今天喝酒的模样，这话不会有假。

"我为你感到难过。我听说过你弟弟的事情了。你弟弟是个很酷的家伙，在义乌有很多朋友。没想到他会被人刺死。"拉米说，他的眼睛里有真心的悲哀，印度人的眼睛看起来特别真诚。

"我非常自责，不应该让他到义乌来。要是他不来义乌，就不会出这样的事情。有时候我会想到是我害死了他。我对他了解和关心都不够。"杰生说，他的心情败坏，喝了一大口威士忌。

"你去过警察局吗？他们跟你说些什么呢？那些人是怎么打死他的？"

"我还没去警察局，我刚刚到这里，我会去了解一些情况。事情是有点蹊跷，我弟弟不是爱打架的人，怎么会和人动刀子呢？而且对方是非洲的黑人。"杰生说。

"你有没有见过查理？也许他知道些什么。"拉米说。

"谁？哪个查理？"杰生问，他像被什么蜇了一下，精神马上集中了起来。

"查理·杜，以前多伦多红龙公司的那个家伙。"拉米说。

"没有，我没有见过他。他不是早就不在多伦多了吗？我很多年没见到过他了。你怎么突然提起了他的名字，让我很吃惊。"杰生说。

"他到义乌来了。你看，好多在多伦多做生意失败的人都跑到义乌来了。"拉米说。

"查理并不是因为生意失败离开多伦多的。他好像是故意把生意搞糟了，把家庭和生活都搞糟了，然后就离奇地失踪了。没想到他也会到义乌来。"杰生说。

"你弟弟死前有一段时间，和查理经常在一起，有的时候还到这个酒吧里来喝酒。我远远看着他们，你弟弟对他好像是一个弟子对待大师一样尊敬。"

"有这等事情？我和弟弟经常通电话，他从来没提起过和查理在一起。而且警察在调查和侦破我弟弟被害案件中，也从来没提起过有查理这样一个人存在。"杰生说。

"我也没说他和你弟弟被杀有关系，只是觉得他也许知道些什么情况。反正那段时间他常和你弟弟在一起。"拉米说。

"我要见见他，他在什么地方？你有他的联系电话吗，或者地址？"

"我什么也没有。查理也不是固定出现在什么地方，也没有固定的生意。有时会很长时间都不在义乌，你找他不容易。不过，很多人知道查理的，你多问问店家，不少店家和他有来往的。"

"他在义乌干什么呢？"

"听说是给人家做代理，帮助人家组货。他在非洲打开了市场，在义乌很有势力，非洲这块市场大半都是他的了。也听说他在这里办工厂了。"拉米说。

"他开工厂？在什么地方？生产什么东西？"

"不知道做什么东西，听说工厂是在海边的什么地方。"拉米说。

杰生听到这句话的时候，突然心里有一股海鱼的腥臭味升了起来。这种气味在最近几个货柜里都有出现，他找出原因是一种迷彩的双肩背包上散发出的。他为了去除这种气味花了很大的工夫，也为这种带气味的双肩包吃了官司。在拉米说起查理在海边开工厂的时候，他不知为何心里会出现这种海鱼的腥臭味。他发现自己的梦魇中一直有查理的影子。查理的影子经过了拉米的叙述，和非洲大陆黑人产生了关系。而杰生意识中弟弟出租屋里那些非洲地图、面具、炼金术书籍等东西，都在那海鱼的气味里飘浮起来。

三

这个晚上杰生回到了花来香宾馆。脑子里一直在想拉米说的查理在义乌和弟弟很接近一事。

拉米称他为查理。大家都这么叫他，但杰生知道查理真名叫杜子岩。他相信拉米所说的弟弟经常和查理在一起的话是真的，因为他说到弟弟和查理在一起时像对待大师那样恭敬，正是这句话，杰生觉得拉米没骗他，因为他自己最初见到查理的时候，也像一个学生对待大师一样战战兢兢。拉米的描述非常准确。

杰生还清楚记得第一次见到查理时的情景，那个时候他还在多伦多皇后区金先生的批发货仓里做工人。有一天，他看见一男一女两个华人在货仓里面的货样中间看来看去，不动声色，还避开了金先生不快的目光。金先生是个上海人，在加拿大三十多年了，原先做小生意一直不挣钱，就这几年中国出口廉价商品之后，他的批发生意才好了起来。他很怕生意被人家学走，所以只接待有零售执照的买家，不让做批发的同行参观，对于华人面孔的生人更是防贼一样警惕。当金先生看到这一男一女两个陌生华人在货仓里转悠时心里便是一股怒气，脸也拉得很长。只是此时货仓里有几个犹太客人来批发东西，金先生得陪着客人说话，才没有去盘问这两人。

这两人一直在货仓转悠是有原因的，他们在等着时机。当那几个犹太人带着货物走出门口，还没等金先生去理会他们，他们自己便向着金先生走过来了，向他说明他们是做进口的，想让金先生看看他们的样品。在获得金先生同意之后，那男的便到外边的车上取来样品箱子。

那一天，金先生一直是拉着脸对着他们，看着他们一件件从样品箱里拿出样品摆到桌上，一直摆出不感兴趣的臭脸。而这个时候，杰生就站在不远的地方，看见了这两个人的模样。那个女的四十来岁，衣服穿得很简单，头发也很朴素，说话比较多，但听不出是哪里的口音。那个男的年纪略大一点，头发有点卷曲，头大，下巴部分却是尖的。他的眼睛有点奇怪，有点像庙里的四大金刚，带着一点点的斗鸡眼。他们和金先生说了很久，最后金先生买了他们一些东西。金先生后来有了笑容，和他们说起话来。杰生这个时候听到他们说这些货物是从中国义乌采购过来的。

这些话并不是偶然钻进了杰生耳朵，而是他有意去仔细倾听的。为了听到这些话，他故意装出是在整理离金先生不远的一个货架上的东西，而实际是为了听他们说话。杰生在这里做工的主要目的是暗地里学生意。他留心搜集金先生的供货商和客户的信息，准备不久自己做进口生意。因此，当他看见这两个做进口生意的中国人时，想到自己很快也要走这一条路，心头怦怦跳动。

这一对男女就是查理夫妇。一个月之后，杰生对查理略有所知，知道了他是美国一个大学的酒店管理业博士，一年前来到加拿大。他现在住在一个出租公寓里，开一辆有20年车龄的老丰田厢式车。一个初夏的上午，杰生看到查理带着一个样品又来见金先生，那是一种竹子编的汽车坐垫凉席。查理满头大汗，很激动，唾沫乱飞，对金先生说这个产品如何如何好。金先生左看右看，没把握能否卖这个产品，就让他拿两箱子过来试试。第二天查理来了。他抱着一个巨大的纸箱子，用肩膀顶开门就进来了，而通常这样的重货都会用推车的。他的脸涨得通红，咬着牙齿，看起来异常有力，很难想象他是个有博士学位的人。他把箱子放在金先生指定的地方，用开箱刀割开纸箱，把里面的竹制坐垫展示出来，那竹片看起来有点象牙的光泽。

　　不知为何，杰生对这两箱竹垫特别在意，一直留心有没有人买它。两天过去了，一张竹垫都没有卖出去。第三天的时候，杭州人戴利维来了。每次戴利维到来的时候，金先生都会很欢迎，干活的伙计也会很开心，因为他总是会带来很多八卦消息。要是说起来，戴利维本身就是个八卦的话题。他原来是杭州一家工艺品进出口公司的，出国之前听一个老资格的科长说在加拿大中文报纸报缝里有个叫刘贵章的人的电话号码，只要给他打个电话就可以把你接走。这个老科长说话无心，戴利维却牢记在心里了。五年前他随公司来多伦多做展览时，在唐人街买了一份《星岛日报》，在报缝里果然找到一个叫刘贵章的人的联系电话和地址。那时他没办法打电话，只给那个地址写了个信，说自己要脱逃。他把旅馆房间号留下，但用了化名赵联。第二天白天他在展馆，晚上回来时，旅馆前台告诉今天有个叫刘贵章的人打电话到他住的房间，要和一个叫赵联的人说话。戴利维知道联系上了，但又极度害怕。带队的领导嗅出了味道，知道有人要脱逃，当天晚上开会宣布明天要全体住到领事馆去。戴利维一听骨头都冷了，他知道一到领事馆，就等于进入了中国领土。在那里国安人员可以审讯他，甚至可以直接带他上回国的飞机，等待他的将是监狱生活。戴利维觉得现在只能赌一把了。他不动声色，装作没事一样。到了夜里，他离开房间，说去大厅里倒杯咖啡。他一离开房间，领队马上跟了过去。此时他已接近旅馆的门厅。他一个箭步窜出门厅，领队一把没拉住他的衣袖。他像兔子一样狂奔，一逃到街上，知道就没事了。这里有警察，领队不敢动粗了。领队只能改成笑脸，隔着空喊他名字：小戴，你回来，快回来！小戴只管大步前行，此时他已熟悉了唐人街的情况，知道用25分加元硬币可以打公用电话。他打通了刘贵章的电话，劈头就骂：我操你妈，你差点儿毁了我性命。这刘贵章连连道歉，说自己给他打电话太鲁莽，很快开车过来把他接走了。刘贵章本来想拉他做些政治的勾当，可戴利维是个明白人，死活不干。他开始在央街登打士街一带倒卖手表，5块钱批发来，50块钱卖给游客，很快有了点钱。如今他干的是盘购积压货的生意。把倒闭公司的积压货低价买来，再分类高价卖出去。

　　就是这个一身八卦的戴利维，知道多伦多杂货批发业的大量消息，每次来都会让人乐一阵子。今天他来了以后，在货仓里转了一圈，看到了竹垫子，就说这是查理放这里的吧，金先生说没错，你怎么知道的？

　　"他这货几乎铺遍了所有的批发商，你隔壁的几家都有。都不好卖。"

　　金先生一听，脸色都挂不住了，因为当时查理说这一带只放他一家的。戴利维还说这竹垫有的发霉。金先生让杰生把上面几张拿出来，果然看到下面的几张有发霉点。金先生问杰生卖出多少了，杰生说都没卖出。金先生就告诉杰生，打电话给查理要他把东西拿回去。

戴利维接着说，你们知道查理一家在多伦多的故事吗？大家都说不知道。戴利维说那我来讲讲。一听戴利维讲故事，大家就知道有八卦了，金先生转怒为喜，大家都有一种兴奋感。

戴利维说的是查理家族的故事：

"不知你们去过没有，在东区唐人街杰拉德街和卫斯理街的交界处，有一座双层的屋子。楼上是住家，楼下是铺面。听说这座房子有一百多年历史了，有大半时间都是空的，因为屋里老是闹鬼，是有名的鬼屋，美国一档专门介绍鬼屋的电视频道都来拍过节目。但十多年前，有个大陆来的年长妇人租下了这个屋子，开起了杂货店。"

戴利维渲染气氛开始了故事，一下子把大家的胃口吊了起来。

他说老妇人开杂货店的时候身边还住着一个儿子。这个儿子从美国过来的，在当地一个医院当外科手术医生，名字叫杜东盛。说起这名字大家都有点熟悉，那时大陆新移民社团活动新闻中经常能听到这个名字。戴利维说自己见过他，他喜欢穿一套白西装，确是仪表堂堂，风流潇洒。杜东盛当时快四十了，可还是未婚。但是他有一个非常漂亮的女友朱朱，是多伦多皇后音乐学院一名在读的硕士生，小提琴拉得非常出色。杜东盛因为要和她同居，搬出了杰拉德街的杂货店，住到了湖滨一个高级出租公寓。前年夏天，人们发现朱朱突然失踪了，警察后来在湖滨的几个垃圾场发现了几个装着尸块的袋子，是朱朱的尸体。肢解的刀法非常高明，完全是一个熟悉人体肌肉骨骼结构的医生所为。警察推断杜东盛作案可能性最大，但是却找不到一点可以给他定罪的证据。戴利维说要是在国内，警察只要给嫌疑犯吃点苦头，就能招供。但杜东盛确是个行事严密的人，不仅没留证据，和警察的谈话也滴水不漏，让警察无机可乘。但是这边的警察一点不着急，慢慢等着，用高科技的方法监视了他的所有行动。而杜东盛也知道这一点，一直没有上当。这样过了两年，今年春天化雪之后，有一天杜东盛接到一个医学会议的邀请，让他到尼亚加拉瀑布附近的一个小镇开一个学术会议。杜东盛这天出发了，这是他两年多来第一次去尼亚加拉镇。这一条路上布满了小湖泊，风景优美。他显得轻松，不时观察后视镜了解后面的车流情况。在过了圣卡瑟琳娜镇不久，他在一段僻静的路边停下了车。他走到湖边，这里一片林地，非常寂静，不见人迹。他不慌不忙掏出一个白色布包，里面似乎是些金属重器物。他一挥手把布包扔进了湖里面，看它沉下去。在他准备转身离开时，看到了对面原来空无一人的地方，怎么突然出现一个钓鱼的人？这让他有点惊慌，赶紧离开了。这一天接下来的时间里，他都有点心神不宁。

果然，杜东盛这回中了警察的圈套。警察得知他要去尼亚加拉开医学会议之后，觉得他两年没出门，这回有可能会把作案工具顺路丢弃，所以派人在沿途几个有可能成为丢弃地点的小湖泊边潜伏监视。杜东盛丢了布包之后看到突然出现的钓鱼人，正是皇家警察的一个密探。在杜东盛走了之后，立即有直升机盘旋在那个小湖上空，接着几十辆警察车辆开过来，潜水员下到湖底，把那个布包捞出来，里面是一整套锋利无比的手术刀具。经过刑事专家比对鉴定，朱朱尸块的切痕和这套手术刀具完全吻合。这样，警察有了指控他一级谋杀的证据，马上把他关了起来，现在已经被判终身监禁。

戴利维说故事其间听的人心都提到嗓子眼儿了，这时才松了一口气。金先生问道：你说了这么多，可和查理有什么关系呢？

当然有关系啦！这个杜东盛是查理的亲哥哥。杜东盛判刑后，查理才从美国过来，现在他就在东唐人街的杰拉德街那个店里做生意，一边零售，一边进口。原来是这样！金先生倒吸一口冷气。毫无疑问，戴利维说的八卦故事给查理的形象蒙上了一层不祥的色彩。

第二天查理接到了金先生的电话，过来把竹垫拿了回去。这一回，杰生帮了他一把，用推车把纸箱子运到门口，还帮他装到了车上去。之前，查理只看着老板金先生，没有注意到杰生，这回好像才发现他似的。

"兄弟，你刚来的吗？"查理问杰生。

"哪里啊？我一直在这里。你第一天来见金先生的时候我就看到你了。"杰生回答。

"干吗为这个小气鬼打工？你不想自己干进口吗？"查理说。

"是有这个想法，可是没有门路，不知怎么做。"杰生说。

"这个不难。你什么时候有空到我店里坐坐，我教你几招。"查理把自己在东区唐人街的地点告诉了他。杰生之前在戴利维的八卦中已经知道了这个店铺位置。

杰生一直记得第一次去唐人街见查理的情景。他从戴利维嘴里听来的八卦让他对这个店铺有一种先入为主的恐慌感。尽管店铺里都点着灯，他还是觉得这屋里黑沉沉的。他看到查理坐在店铺里面，像一个泥胎的菩萨，看到有人进来也没反应。杰生自己转了一圈。在商店前面部分，放着不少生活用品。还有一部分是礼品区，放着一些东方的工艺制品。但是在后面部分，放着的却是灯笼、佛像，还有香烛、纸钱，这说明以前查理老母亲卖的一部分货物是冥器。他在货架中间转着，突然看见查理就站在一个关公像边上，吓他一跳。

这个时候店里没顾客，查理和杰生说起话来。

"听说你是美国毕业的酒店管理学博士，怎么会对义乌这种做小生意的地方感兴趣？"

"这话说起来会很长。我是个老三届生，还没成年就遇上了'文化大革命'，到处串连。那个时候就是想闹革命，想到可以战斗的地方。我15岁和几个同学去了云南，加入了金三角的知青军队。我的青年时期就是在金三角丛林里度过的。我参加过很多次游击战，打死过人，也负过重伤，生过很严重的疟疾。我认识不少金三角的毒枭，他们其实都是些老军人，一辈子在丛林里打仗。我就是在这样的环境下生活了八年，到'文革'结束才离开了那里，回城考上了大学，后来又来到了美国。你知道，我的心里面有一些很奇怪很黑暗的念头，它们像种子一样，遇到了合适的条件就会膨胀发芽。多少年来，我一直觉得自己像是在烈日下行走，内心焦灼不安，像是一个没有贝壳的寄居蟹，裸着身体。我在美国得了严重的焦虑症，差点儿进了精神病院。"

查理一说起这些事就显得精神亢奋，眼神发直。杰生觉得他说得没错，他看起来的确有点精神病的症状。

"后来为了写博士论文，我来到了中国考察酒店业。我最初只是去广州、上海这些大城市，那些地方并没有让我觉得有意思。可我第一次踏上了义乌的土地，我就发现自己内心起了变化，好像沙漠上行走的人进入了绿洲，感到清凉和舒适。你知道，以前我们读书时都说抗战时期革命青年都向往着延安，不管那是不是真的，反正我到了义乌之后就像当年那些青年到了延安一样兴奋。多么美好的地方，你看那些商城和摊位都是从泥土里长出来的，那些原来种地的农民都变成了企业家，一个小小的县城突然成了世界的中心，全世界的人们都往这里跑，不管是美国英国，还是最穷的非洲，做小生意的人都往义乌跑。当我站在了义乌的街头，就觉得这里是世界的中心，一条条纽带从这里伸展而去。只有义乌这样一个和土地紧密联系的地方，才可以和世界上那些有真正生命活动的地方产生联系。到了义乌之后，我发现了自己的方向，我内心那块黑暗开始融化了。这里才是我心灵的故乡，是我精神的圣地。"

"你的意思是觉得义乌是做进口生意的好地方吗？"

"目前我想到的只是这样。自从我发现了自己内心和义乌这种神秘的联系之后，我就离开了美国酒店管理业，开始从义乌进货到多伦多销售。我母亲的这个店铺正好可以让我用来起步。我现在还刚刚开始做，事情不是那么容易，我遇到了很多困难。最近我内心那种焦躁的感觉又来了，好像随时会爆炸一样。"查理说，他的脸上再次出现了一种疯狂的神色，但很快就消失，恢复到了正常。

有一阵子，杰生听他说话，已经忘了戴利维说的他兄弟分尸朱朱的事情。但这回查理脸上露出的这一种神情，让他又联系了那件事。他们都是兄弟。

"看你说的样子，好像义乌对你来说重要的还不是做生意挣钱，而是别的方面一些事情。"

"我现在还说不出来，我只是觉得在义乌有一条通向我梦境的路径。我前些日子看过一本书，里面写到了对一个失落梦境的描述。一个失落的梦境可能在秘密的山峰上原封不动，被稻田埋没或者被淹在水下。它广阔无边，不仅是一些八角凉亭和通幽曲径，萤火虫、随风飘落的树叶，而是由河流山川、部落、省份和王国组成，这样一个梦境是错综复杂的，包括了过去和未来，在某种意义上还关系到了银河之外的星云。"查理说着这些，完全沉浸在虚幻的想象中。

"你说的这些事情我无法理解，你是不是把义乌当成你过去的金三角了？"杰生说。

"某种意义上说，义乌的确包含了我的过去、现在和将来。"

就在这个时候，店里面进来了两个姑娘，是那种当地高中学生模样的白人。她们在店里面东张西望转了一圈，眼睛不时瞅着查理。查理觉得她们有什么事，就转头问她们："May I help you？"（我可以帮你吗？）

"是的，我们想要买一种彩色铅笔，是迪士尼品牌的，米老鼠那种。"两个白人姑娘说。

"没有，我们这里不卖这些。谁告诉你们这里有这些的？"查理突然生起气来，脸色涨红地说。

"大叔别生气。是我们的一个好朋友告诉我们的，她以前在这里买过这种彩色铅笔，特别喜欢。过几天是她的生日，我们很想给她一个惊喜，在生日派对上给她送12打这样的彩色铅笔，让她当礼物发给大家。"

面对这两个可爱又性感的女孩，查理的怒气消退了下去。他看起来有点犹豫，狐疑地看着她们。但最后他还是改了主意，对她们说：

"你们等着，我去找找。"

查理进到后面的库房，一忽儿出来，拿着一个内包装纸盒。他当着女孩的面把纸盒打开，里面的彩色铅笔真的印着迪士尼米老鼠的图案。

那女孩子在打开纸盒之后，两个人都发出快乐的惊叹。然后她们付了钱，拿到了收据，一个拿出了照相机对着纸盒连续拍了几张，另一个的脸色变了下来，对查理说："对不起，我们是多伦多迪士尼公司律师事务所的代表。你所贩卖的迪士尼彩色铅笔是冒牌的，已经侵犯了商标权益。这是我们律师事务所给你的信件，请你在指定的时间缴纳罚金3万加元。否则我们将提告法庭，控你犯罪。"

查理一听，脸上的怒气上升。他后来说自己的怒气是对着自己来的，怎么会这样笨？中了小孩子的圈套。他当时就大骂起来："Fuck you of bitch，Get out here！"（操你的母狗，滚出去！）

那两个女孩见状赶紧掉头跑了，要是晚跑一步，弄不好查理真的要对她们动粗。

查理坐在那里气得脸色发白。杰生得知了这件事的来由。大概一个月之前，有几个警察过来堵住他的店门，搜查了店铺，搜出几个冒牌的香奈儿、古奇的女包，他们要查理缴纳一大笔罚金给品牌公司的代理人。查理了解到那几个警察是在休班的时间被品牌公司雇用来搜查他的店铺的，并没有正式的搜查令。

一个华人大律师得知详情后，愿意免费帮他打官司，控告品牌公司违法搜查他的店铺。眼看着他的官司就要赢了，没想到对方施了一技，用几个女孩子引他入套。这下对方有了新的证据，帮他的律师也没办法了。

那以后，杰生没有再去他的店里，也不知这个官司是如何结束的（后来听说他还是被罚了一大笔钱，坐了一个星期监狱）。就在杰生即将淡忘查理的时候，查理突然变成了多伦多进口业的 BIG GUY（大人物）。他成立了一个叫大红龙的进出口公司，在一个展览上，杰生看到了查理身穿高级西装，开着奔驰车，戴着墨镜，很是风光。那时据说他在海上走的货柜有几十个，每天都有三四个货柜到达。他租了市中心地段 4500 多平方米的货仓，雇用了几十个印巴人当推销员。那时只要是他进口的货物都非常好卖，他进的产品成了市场风向标。查理在生意最兴盛的时期，多伦多的同行都叫他疯子查理（Crazy Charlie）。杰生就是在这个形势下开始进口的，他完全是在查理的阴影之下的，生意起步非常艰难。有一天他经过东区唐人街的时候，看见了查理原来的店还开着。他进去一看，看到了店里坐着一个白发的老妇人。起先他以为是查理的母亲，仔细看想不到是查理的妻子。比起第一次在金先生货仓见到她时，她的样子变化很大，头发全白了，神情落寞。杰生和她交谈，得知她的儿子回中国老家东北读中学了。杰生好生奇怪，国内的人都千方百计把孩子送到多伦多读书，而查理的孩子为何居然独自回东北老家读中学？还有他老婆怎么会一头白发独自在看一个卖冥器的小店？这和他风光的样子反差太大了，这可不是正常的现象。

果然，不到两年的时间，查理的大红龙公司就灰飞烟灭了。最初的那种繁荣很快过去，他的生意一落千丈变得很萧条，行业间还传出消息说查理的老婆疯了。有一天查理突然消失了，家里的人也跟着消失了。人们发现那 4500 多平方米的货仓里剩下的都是卖不出的垃圾货，推销员的工资拿不到，都来哄抢积压的货物。查理欠了很多个月的货仓房租、银行贷款、信用卡的透支、员工薪水，他留下的一份遗产就是他的几十个印巴人推销员都学会了做生意，在接下来的时间里成了多伦多市场的主角。他们知道通往义乌的路线，从义乌进货继续供应给多伦多市场。而查理从此没有再在多伦多露面。一个疯狂的茧子孵化了，飞出一条恶龙，翻云覆雨了一阵，然后不见了踪影。

四

不知为何，查理在他的记忆里总有一种不愉快的感觉。在查理消失之后，杰生以为再也不会见到他了。但现在查理出现了，而且和他弟弟的死连在了一起，和那噩梦一样的双肩包腥臭气息连在一起。为了查清弟弟死前的活动情况，他觉得应该找到查理和他谈谈。在这之前，他要先去一下公安局。

第二天一早，杰生前往公安局刑警队。他向一个负责接待的女警员说明了自己是不久前的命案死者杰林的哥哥，想来了解一下弟弟的案情经过。那个女警员翻了翻卷宗，说这个案子已经结案了，没有什么东西可了解了。杰生说自己刚从外国赶过来，还给那女警员看了自己的加拿大护照。外籍华人的身份还是有点作用，女警员让他等等，拿着护照进里面和领导说话。她出来后，让他到隔壁的接待室等待，他弟弟案件的经办人员会过来和他见面。

一忽儿，一个看起来很干练的警官带着一个助手过来见杰生。警官自我介绍姓杨，他问杰生有什么疑问需要解答。杰生说想看看弟弟命案的现场，想知道他最后是怎么死的。杨警官说这个可以做到，他现在就带杰生到案发现场看看。说着，他就让助手去开车。

警车一开到街上，就鸣起警笛闪起警灯，好像是去执行一个紧急任务一样，遇见红灯也不需停车。没多久，车子在一条小街边停下来。那个街角是一个酒吧，但是现在还贴着封条，处于停业状态。杨警官带着杰生走到酒吧背着街道的一面，这里有一排齐胸高的冬青树丛。杨警官指着冬青树丛，他弟弟最后就死在这里。杰生盯着看，发现了地上还隐约可见一个人形的白色喷漆印记。杨警官说这就是当时的尸体位置。

杨警官接着带他进入处于停业状态的酒吧里。酒吧屋内很凌乱，到处是破碎的酒杯和玻璃瓶，桌子椅子都被掀翻，杨警官说这就是那天打架的现场。他说这个酒吧是他的心头之患，自从去年这里开始成为黑人聚集的酒吧，这里就不断会闹事，还成为贩卖毒品的点。义乌黑人治安管理是个新课题，难度很大。公安部对待黑人有专门外事纪律，警员又不懂黑人说的复杂的五花八门的语言。杨警官说义乌这一点警力很难管理和控制频发的黑人治安案件，而黑人的数量每年都在成倍增长着。他对杰生说你弟弟真不应该到这样的地方来。

杰生看着凌乱的酒吧。他以前在纽约见过黑人社区的酒吧，所以能想象得出这个酒吧夜间营业时的情况。但是他无法想象弟弟会坐在这个酒吧里和黑人在一起，他根本不懂英语或任何外语，他干吗会在这里？

"案发的时候，我弟弟是坐在什么位置的？"杰生问。

"据我们所知，应该是在中间的那个地方。你弟弟和七八个黑人在一起喝酒。"

"我弟弟不会说英语，更不会其他外语，怎么和黑人交谈呢？是不是还有别的中国人和他一起？"杰生问。

"是的，当时的确还有两个中国人和你弟弟在一起的。后来，有另外一群黑人冲进了酒吧，和你弟弟这一群发生了冲突，开始打架。先是在酒吧里面打，后来打到了外面。你弟弟那帮人打不过，撤退了。但是你弟弟被刺伤，逃到了树丛里，结果失血过多，死在里面。他的伤口其实不大，主要是刺到了腿动脉。"

"他要是早点有人救援，把伤口包扎起来止血，是不是可以活下去呢？"

"也许是的。可是你弟弟那帮人被打散了，也许是你弟弟被刺后钻到了树丛里他们找不到他。你弟弟的运气不怎么好。"

"和我弟弟一起的那两个中国人后来你们找到他们了吗？"

"是的，找到了。经过调查之后，我们找不到他们有犯罪的证据，他们坚称自己只是在酒吧里喝酒而已。因此他们最后都和案件洗清了关系。"

"那你们是怎么抓到刺死我弟弟的凶手的呢？"

"酒吧周围我们早已装设了几个监视的摄像机，可以调摄像资料找案犯。可是这个难度实在很大，因为在摄像的资料里，酒吧里进出的黑人长相几乎全都一个模样，很难分辨。不过我们最后还是破了案，查出了那个刺死你弟弟的人。这种案件我们这里还是第一次发生，我们不知道怎样去审判一个外国人，所以这个犯人转到了广东的监狱。那里有好多的外国罪犯。"

"你能告诉我那两个和我弟弟在一起的中国人是谁，还有他们的联系方式吗？"

"恐怕不行。他们没有被起诉，他们的信息就有隐私保护权。我们不可以把他们的信息透露给第三方。"

"那我自己去找他们吧。我知道里面的一个人是谁，是查理，在加拿大人们这样叫他。他的真名叫杜子岩。"杰生说。

"既然你知道他，那就好，义乌不大，你应该会找到的。"杨警官说，"我在调查中知道了他的一些事情，他会说流利的英语，黑人都叫他 Doctor 查理。他在义乌行踪不定，大部分时间是和黑人在一起。不过我得提醒你，你得小心一点，这个人身边的黑人脾气不大好。"

"谢谢你的提醒，不过我还不知他在哪里呢。"杰生说。

这天中午，他离开了公安局。接下来的时间，他来到了老市场日用品区。他现在心里空空的，但有一条他是明白的，弟弟死了，他还活着，得把生意做下去，这一次来义乌不只是为了调查弟弟的事情，还要把供货的关系重新建立起来。

现在，他来到了老市场西侧楼梯口厕所附近，那浓重的气味自然让他联想起了张国珍，她的摊位是挨着厕所的。果然，他眼睛扫了一下，就看到了张国珍的摊位，她就坐在摊子后面。张国珍看见他，马上从摊位后跑出来问候，虽然几年没见，她还是清楚地叫出了他的名字。杰生有一种亲切感，如果义乌他算还有个可以信赖的人的话，张国珍大概是唯一的一个。张国珍问候他近来可好，甚至还问候他的父亲身体如何。多年前杰生自己到义乌进货时，怕自己忙不过来，带了父亲来帮忙，这事张国珍都还记得。杰生看看张国珍摊位上的货物，大部分和以前的差不多，都是竹子的制品。这些竹子制品杰生一直在卖，最初卖得最好的是一种放在桌子上搁热锅的竹垫子。杰生想起最初大批要这些竹制品的有朝鲜人 Jhon，还有意大利老家伙杰克、S&G 的保罗，他们后来一直要这些货呢。现在想起来，张国珍的竹子制品大概是他的生意能立足下去的一个不起眼儿的重要部分。

"你弟弟出事情之后，我一直觉得难过。他真是个帅哥，也很聪明。不过他和你很不一样。"国珍说，杰生听得出她的话里还是有点别的意思在里面。

"你经常能见到他吗？我一直交代他到你这里拿竹子制品，你的竹垫子一直好卖。"

"是啊，他来市场的时候，都会来这边看看，开一部分单子。只是他和你不一样，你以前每次都结算清楚，他的账要拖很长时间结账。你看，这回他出事了，账都还没结。不过我倒不担心，知道你会来结的。"

"是吗？他还有货款还没和你结？"杰生一惊，这情况他之前都没想到。他以为是最后一批的货款，数目不会太大。

"是啊。开始的时候还好，可后来越欠越多，还不停要货。我是怕不给他货了，前面的货款也拿不回来，结果就越欠越多。我总觉得你还会回来的，只是没办法联系到你。"张国珍把一个本子翻开来，里面有一大叠子的货单，都他弟弟的签字。明细上写了半年前就开始欠了，共欠了 15 万多元。

"奇怪啊，我可是每次货柜一出，就把货款汇给他的，还交代他要及时和摊位结清账目，怎么会欠这么多钱呢？"

"老板啊，我知道你弟弟不幸去世了，还向你要他欠下的钱有点不好意思。只是我们是小本生意，赚的是蝇头小利。这么一笔钱对我们可是大数目。"

"国珍，我不是赖账的意思，也不是不相信你。只是我没想到事情是这样，我一下子还不知道怎么办。你给我一点时间，让我想一想。"

"不着急，我不会给你压力，你慢慢来就是。你是个好客人，我们都是老朋友了。"

从张国珍摊位离开，杰生感到脸红，因为他觉得自己骗了人家一样。他从来不习惯拖欠人家的钱。他有点担心了，既然欠了张国珍的钱，那么一定也会欠其他摊位的钱。张国珍的产品是比较少的，不是主要的供应商，那么那些主要的摊位会不会欠更多呢？因为这样想，他在市场里往前走时，就有点心神不宁的感觉。

现在他漫无目标地走入了工艺品市场摊位，这部分摊位面积较大，每个摊位是独立的隔间。他看到了橱窗里一些橙子大小的密封玻璃球，里面有三条彩色的小鱼在游动。他马上想起了以前来过这里，因为第一次看见这个玻璃球时，他以为里面的鱼是假的塑料鱼，但仔细看发现是真的鱼。店家告诉他这个玻璃球密封之前灌进了高压氧气，水里还有营养食物，可以供里面的鱼生活六个月。他问那六个月后呢，店家笑笑，意思那就管不了那么多了。这个情景让他想起了人类登火星之后如果回不来，大概就是和这些鱼一样的下场。他当时觉得这个产品新奇，但太残忍，就打消了进货的念头。他接着看到货架上的流沙画，在一个方形的玻璃密封框里面，装有彩色的沙子和一种油，沙子沉积在油的下面，像山脉一样好看。当把玻璃框倒过方向时，沙子压到了油液的上面，重力作用沙子会慢慢穿过油层下沉，这个过程中彩色沙子会显出很奇妙的状态，最后沉到底下形成新的图形。杰生当时喜欢这产品，进过 20 箱货，但并不是很好卖。他在货架上还看到了熟悉的八音盒，上面有会跳舞的人；还有包在玻璃球内的雪花飞舞的圣诞夜房子。他在这个展示厅里转着，突然看到了一个员工和里面一个老板模样的人交头接耳。之后他便感到那老板的眼睛余光在跟着他走，让他不自在。他准备悄悄离开，转身时却见那老板模样的男人挡住他的去路，他的脸上带着微笑。

"先生你好。你那些流沙画还好卖吗？"

"老板真是好记性，我是三年前来过的，就这么一次，没想到你会记住。"杰生说。

"说真的，我没有记住你的人，只是记住了你的鞋子，你的鞋子很特别。"那人微笑着说。

杰生也笑了。他的鞋子是有点特别，是在国外的 Footlocker 店买的，是一种印第安人古老式样的鞋，鞋背中央有一条缝。杰生突然有点紧张，没想到义乌人的记性会这么好，会记住他几年之前穿过的鞋子。这样的话，如果弟弟欠了人家的钱，那么人家肯定都会认出他来的。好在这个老板什么也没说，只是寒暄了几句，请他在店里好好看看，也许会找到感兴趣的东西。

杰生本来已经准备离开这个店铺，看那老板这么热情，就不好意思马上离开，在店里多看了几眼。就这个时候，他发现了一样熟悉的产品，是一种带着宗教图像的玻璃镜面时钟。一个系列是基督教的，有好多种耶稣和马利亚的图像，还有一个系列是穆斯林的寺庙和经文的图片。这两个系列产品正是杰生上半年卖得最好的货物，卖了好几个货柜，原来弟弟是在这个店里采购的。本来，他应该和店老板谈谈这个产品，但是他的心里有一种恐慌，生怕弟弟欠人家的钱，所以他就不敢说了。正在这心神恍惚之时，他在交错的镜面中看到了火车卧铺里遇见的那个非洲女人，她像黑檀木一样黑，一脸庄严的神色。杰生搞不清她在哪个位置，因为她虚晃的影子在环绕店铺的玻璃镜中形成了无数个影像。杰生想起她说过自己是带有紧急使命的信使，她怎么会在这里转悠呢？

杰生离开这个工艺品店铺。现在他走在连接商场左右两翼的那一条长长的通道里，这里还是那样灯光昏暗空气潮湿，有很多孩子穿着会闪亮的冰鞋在滑行，让这通道里变得好看起来。从这里走出，正好就是手套市场了，前面几排都是卖白色纱线手套的。杰生没想到一走进这里，马上就看见了熟悉的摊位主人陈玉兰。做白手套的陈玉兰不知从哪里突然闪出，一见到他马上给他迎头痛击，问他要欠款。杰生还没明白她说的货款是怎么回事，她就开始发飙了，开始用最大的声音嘶喊起来：你还我钱，你还我钱！陈玉兰的嘶喊引来了周围人的观看，人们都用一种仇视的眼光看着杰生。杰生这个时候感觉到就像在噩梦里一样。的确，他在前些日子的噩梦里常见到这样一个用力嘶喊的女人。他知道这个时候无法说话，赶紧转头离开了。还好做白手套的陈玉兰没有追赶过来。

从这个时候开始，杰生内心的不安开始浮现出来。这种不安随着一个具体的人物形象而浮上心际。那是几年前的一天，在宾王市场一个卖沙发坐垫的店铺里面，他的对面有一个看起身体虚弱上了年纪的人，他也在挑选着沙发垫子的样品。杰生已经忘了那人是怎么开始说自己被囚禁的经历的。他还能想起那人的脸消瘦苍白，头发稀疏，声音软软的，他是个出生在美国的第三代广东华人。那人非常平静地说着自己的故事，他说自己已经在义乌做了十几年的生意，从义乌开埠他就来了。他的生意做得很大，义乌的厂家都争先给他发货，延期付款。他说自己的生意大了，都没仔细算账，但是有一天，他的麻烦来了，在美国的生意突然大亏，付不出义乌的货款。他当时还不知道后果，还到义乌来找老供货方商量。结果，他被囚禁了起来。他说自己被关在一个迷宫一样的屋子里，有人看守，在屋里行动自由，但是他是无法逃脱的。他每天都能听到市场里喧哗的声音。一年半时间，他就在屋子里兜着圈子，直到半年前，他在美国的家人还清了他的欠款，他才获得了自由。那一天，杰生在这个摊位待了大概半个小时，一直在听他讲被囚禁的事情。从那之后，这个被囚禁的人的形象就进入了杰生的意识深处。现在，这个人的脸形从内心深处浮现出来，变成了一个面具一样的东西，一个象征囚禁的符号。

下午三点多，他转到了福田箱包新市场。这里是一个巨大的建筑，有气派的滚动式电梯、大理石的地面、暖和的中央空调。但是铺面实在太多，且每一个店的陈列都相似，他走了一大圈还是提不起兴趣进店面里面看看。突然，他感觉到了一种熟悉的气味，一种变了味的海鱼腥臭。气味很淡，几乎难以捕捉，市场里那么多的人大概没人会去注意这轻微的气味。如果他没有特殊的记忆和恐惧，一定是捕捉不到这气味的。它像是从内心的意识里浮现出来似的，在他被杨警官带到弟弟死去的现场时，他内心里曾浮现过这种感觉。但是现在，他知道这气味不是心理的，而是空气里面真实飘荡着这一种气味的分子。这是他的噩梦的气味，一连串的厄运就是从这里开始的。

三个月前那个货柜到达多伦多之后，柜门一开，立即有一种浓重的腥臭味跑出来，弥漫在货仓里。当时隔壁的绣花厂就有人过来抱怨受不了这气味。待货物全卸下来，还是搞不清这气味是从哪里来的。直到把一批双肩包的纸箱打开时，才发现气味的源头在这里。这些双肩包都有内塑料袋包装，颜色很鲜艳，打着一个巨大的钩形耐克商标。这样的包怎么会有气味呢？看看里外都是全新的，干干净净的，不像被污染的样子。杰生后来明白货柜在海轮上漂过太平洋时，是在烈日的暴晒之下，柜内的温度很高。这些包的材质有问题，是再生的人造革，所以在高温之下原材料的气味跑了出来。杰生的厄运就从这气味中开始了。为了把这些带着气味的双肩包卖出去，他想尽办法，从沃尔玛买来了许多瓶纺织品清香剂，喷洒在包上，结果使得气味更加恶心。但这种双肩包设计新颖而且是耐克品牌，卖起来没问题，很快都卖光了。这批货连续来了几次，引来了一个更大的麻烦。警察包围了杰生的货仓，全面搜查，查走了所有冒牌的货物，而且还控告他卖假名牌货。他被关了半个月，最后是交了 10 万加元才被担保出来。就这个时候，他得到了弟弟被杀死的消息。好不容易等官司了结了，他才脱身来到义乌。

杰生在箱包区转了几圈，终于看到了有一个店铺墙上挂着几个双肩包，样子和颜色和他那一批货很像，但是没有耐克的商标。在义乌，现在也在反假冒，商店里不能展示冒牌的商品。但是杰生知道，一些店家私底下冒牌的产品还是有做的。这时候一个胖胖的店主凑了过来，问："要不要？"

杰生说他要这种双肩包，但是要有耐克的商标的。店主把头摇得拨浪鼓一样，说：不行不行，我们店不做冒牌货。但是当杰克假装说要离开，说自己去其他店里问问的时候，店主叫住了他。不知怎么的，杰生突然想起了那一回在查理的店里面那两个卧底的女孩引诱查理上钩的事情。而且，他有一种感觉，觉得眼前这个中年男人是戴了假面具的，拿掉面具背后的脸就是查理。

"客人别走，你好像以前进过这种双肩包的？"这个人低声说，他掏出了一包中华烟，递给了杰生一支。杰生已经戒烟五年了，但还是会想抽的。他接过了烟，点上了。

"的确是这样，就在不久前我还进过这种包。这批货每五个一小捆，黑色两个、蓝色两个、灰色一个。耐克的标志是在拉链的上方。"杰生准确地描绘了那一批包的包装特征。那个人盯着杰生的眼睛看了一忽儿，然后突然头一歪，使了个眼色，说："跟我来。"

他转身往店铺里间走，进去后把门关上了。他按了一下开关，墙面上有个活门开了，原来这里是有一个夹墙的。里面点着灯，但是还显得黑暗，空气很闷，有汗味霉味混在一起。杰生突然看见了在屋子一个角上坐着两个黑人，光着头，油黑的身体和昏暗的背景融在了一起，只有那特别白的眼白闪着亮光。店主人对着他们做个不要作声的手势，他们便低头了。杰生看到他们在一个女包上装着一个金属的商标，大概是香奈儿的。

店主打开了一个射灯，一面墙上的样品都照亮了。现在杰生看到了有几个绣着耐克商标的双肩包和他收到的那批货一模一样。

"是的，就是它们。"

"是谁帮你订的这批货？"

"是我的弟弟，他代表我长驻在义乌。他叫杰林。"

"不认识，没听过这个名字。也许看到人会认识。"那人说。

"那奇怪了，他怎么会有你这些包呢？这里还有别的店在经销这个厂家的包吗？"

"没有了，只有我一家。除非他从那个厂家里直接进的货。"

"你听说过一个月之前有个年轻人，在酒吧里打斗被人杀死的事吗？那个被打死的人就是我弟弟。你看看，这是他的照片，他是不是来过这里？"杰生把照片交给了那人。

"不认识，真的不认识，我从来没见过他。"那人有点老花了，把照片放得远远的看着。从他的动作和表情来看，他说的是真话。但是杰生发现那两个黑人好像知道他在说什么，低声咬着耳朵。他便问他们："你们认识他吗？"杰生把照片给他们看，用英语问道。

黑人接过照片，稍稍一看就说："Yes，Yes，I seen him before."（是啊，我以前见过他。）黑人说。

杰生还想和黑人说话，可店主人示意黑人闭嘴。之后，他就带着杰生走到了前面的店铺。他看杰生不是来订货的样子，就对他很冷淡，而且有一种防备态度。杰生知道再待下去也了解不到什么东西，就离开了这里。

五

下午，杰生拖着疲惫的步子回到了旅馆，时差开始发作，他困得要命，加上心情低落黯淡。他躺在床上，昏睡过去。即使在睡眠里，他还是感到心里非常难受。不知过了多久，他被手机的铃声吵醒，是小青打来的。

"嘿，你怎么样？前天晚上之后就没了你的消息。"小青说，她的声音里透着一丝关切。

"情况有点不好。我没有搞明白弟弟的事情，反而觉得自己正陷入一个大麻烦了。"

"什么大麻烦？"小青说。

"我也说不清。反正我觉得好像是在一个黑暗的树林里一样，身后正尾随着一些野兽，我有点害怕了。"杰生没有说明自己的害怕是因为弟弟欠了大笔的货款，只是笼统地说。

"没那么严重，没什么好害怕的。你等我，我来接你出来喝杯咖啡吧。十五分钟后你到旅馆门口等我。"

杰生赶紧从床上起来。他只觉得身上一股臭气，满脸油腻，嘴里发苦牙齿发臭。他赶紧去洗了个澡刷了牙，然后穿上干净的衣服，跑到了旅馆门口。他觉得风很冷冽清新。一忽儿，一辆红色的跑车开过来，在杰生的身边停住。杰生发现小青白天的车很普通，夜里开的车则是高级的好车。他打开门，坐了进去，车里有一股好闻的法国香水气味，能看见小青化过妆的脸在街灯变化的光线中时而明亮时而带着阴影。车子开得很快，杰生虽然大致熟悉义乌城的路，但很快就分不清方向，不知车往哪里开了。不久后车停了下来，进入了一个庞大的建筑里面，杰生明白，这里大概是一个夜总会之类的地方。

小青带着他走到一个相对幽静的角落坐下。桌子上一个玻璃杯里点着一个小蜡烛，那柔和的烛光照出了小青脸部的轮廓，显得说不出来的漂亮。夜总会大厅中央地带有两组钢管，穿着比基尼的女郎正在扶着钢管表演。侍者端着盘子送来了两杯香槟酒。杰生隔着香槟的泡沫看着小青无比美丽的脸庞。尽管他正身处麻烦之中，这一刹那间他还是感到了一阵阵幸福。但他的这种幸福感很快就荡然无存了，因为他看到在不远处的桌子上坐着一个穿橄榄色军装的人，细细一看，他就是前天在小青家厅堂里围着圆桌一起吃饭的那个消防队军官。他好像一直在注视着这边，用眼睛的余光观察着。和他一起的是几个穿西装的人。

"你的脸色很不好，看起来在发愁。说说你这两天的事情吧。"小青说。

"我发现了一个很奇怪的事情，弟弟好像欠了很多账，他好像有个巨大的资金黑洞。我每个货柜的钱都已经付给他，他却没有付给摊位厂家。我现在所知道的还很少，也不知这个资金黑洞到底有多大。"

"在义乌，做货物代理的人有时欠摊位厂家个把月的货款是有的，但是超过这个时间就不正常了。我和你弟弟虽然经常在一起，但是对于他的财务情况却不了解，只是经常听他说资金很紧。"

"我很奇怪，弟弟这些钱都到哪里去了。听我父亲说，他来处理我弟弟后事的时候，发现他只有几千块现金，银行里也只有一万多存款。这个很不正常，别说我已付清的货款钱，就是平时我在他这里也有二十几万的周转金，现在都没有了。"

"你大概不会怀疑他的钱被我拿走了吧？"小青说。

"不会，我不会这样想。"杰生说。他说的是实话，他能感觉到小青很有钱，而且小青身上有一种非常诚实的气质。看她那富足的样子是不会用弟弟的钱的。

"我弟弟他赌博吗？吸毒吗？"杰生问。

"这个我可以保证，他没有赌博，没有吸毒。"小青说。

"我这几天发现，我弟弟和一个叫查理的人来往密切。这个叫查理的人以前也在加拿大，我认识，是个想法和行为都很奇怪的人，对义乌有特别的狂热。他后来在多伦多破产，人也失踪了。可我现在知道他就在义乌活动，到处有他活动的痕迹，而我的弟弟正是紧紧地跟随着他。就在我弟弟被杀的那个晚上，弟弟是和他一起在酒吧喝酒的。我现在想，弟弟的资金问题是不是和查理有关系。"

"你说的是不是那个做非洲生意的人？"小青说。

"正是他，他的身边有很多非洲黑人。但是我却无法知道他在哪里，也不知道他的行踪。你知道他的情况吗？"

"我听你弟弟说起过他，也知道他很崇拜这个人，但是我并不知道他在什么地方。你是想找到他吗？"小青说。

"我也说不清。从内心来说，我对查理这个人有一种恐惧，如果在路上远远看见他的话，我的第一反应大概会是躲开来不愿和他照面。但现在我想从他那里了解弟弟死前的情况，还有，我得搞清我弟弟的资金去向问题。我觉得应该找到他。"

"也许我可以打听一下他的情况。这个夜总会里有各个码头的人，有放高利贷的，有做私人侦探公司的，还有地下公安。我过去问问吧。"小青对杰生说，让他独自先坐一会儿。她起身往通道深处走去，杰生目送着她，看到那个消防警官也站了起来，陪着她往里走。

一忽儿，一个戴着墨镜脸色发灰的人走了过来。看得出这人是吸白粉的。他坐下来，把眼镜一摘，他的眼神是温和友善的。

"你找的这个人我知道得很少。他的路线和我们是不交叉的，他做的事情也和我们做的很不一样。他是一个奇怪的人，我们不喜欢这样的人，所以他进不了这个夜总会。而事实上，他根本不愿意到这边来。"

"你能说具体一点吗？我不大明白你的意思。"杰生说，他往前挪了挪身子。

"我们义乌人做事情无论做什么，有一件事都是一样的，都是为了赚钱。我想全世界做生意的人也都一样，赚了钱再投资赚更多的钱，有了钱可以过体面的生活。而他不是这样的，听说他在义乌也赚了很多钱，做代理、开工厂，还有洗钱什么的勾当。但是他一直没有在义乌花钱，听说他到义乌时住的是五十多块钱一夜的宾馆。他搞到的钱全部都投到了非洲一个鸟不拉屎的丛林里，那里一定有很多猩猩，也许他讨了头母猩猩当老婆。"

"是吗？听起来像是个电影故事里的怪人。"杰生说。

"他在这里听说做很多大胆的事情，我们都知道他是做冒牌的大王。他就是靠这个挣了大钱。什么耐克啦，阿迪达斯啦，香奈儿、古奇包他都做，而且他都能搞定海关运出去。还不止这些事，我最近听到消息，说他正在偷运一批军火到非洲某个地方去，那里正是他的地盘，是从缅甸那边起运的，有没有经过义乌我不知道。反正这个人是非常厉害的，义乌的黑人都叫他查理博士。我听说在国外的黑道上，那些被人叫作博士的人是特别厉害的。他和广州那边的帮派有关，能摆平很多事情。他的势力在非洲，义乌的黑人都聚集在他的门下。我们对他的世界不了解，不知道他的幕后背景，只知道他是一个国际性的人，很危险、很神秘，所以也都远离他。"

"你知道他平时在什么地方吗？"杰生问。

"这个不是很明白。他没有一个准确的地方，人家说他住五十块一夜的宾馆也只是传说而已。但是有一个地方应该是真的，他有一个生产基地，一个生产冒牌箱包的工厂，大概是在海边什么地方。但是没有人知道确切的地方。"

"那你见过他本人吗？"

"没有，我没有见过他。我们这里没有人见过他。也许有人见过，只是不会知道是他。因为这个人极其低调，见了他你也不会觉得他和别人有什么区别。"

这个人说完了话，戴上墨镜就起身沿着刚才过来的通道往里面走去。之后，小青走了回来。她刚才和别的人说了话，带了一些消息过来。

"我听到了一些不大好的事情，说你弟弟的确欠了摊位和厂家很多钱。这些钱零零星星的，加起来数字很大。"

"是啊，我也感觉是这样。我今天去了几个熟悉的摊位，好像都欠着钱，真不知道欠了多少。"

"你得小心，现在的摊位会委托讨债公司去追回欠款。讨债公司如果发现某个债主欠了很多摊位的钱，他们会下功夫去追讨的，甚至会用特殊的手段。所以你现在还是小心为好，不要公开在市场上露面，不要让熟悉你的人知道你在义乌，也不要让人知道你是死去的杰林的哥哥。"小青说。

六

来义乌四天了。

如果说杰生最初像是进入一个黑暗的丛林什么也看不清的话，那么现在他的瞳孔应该已经张开了些，看清了环境，看见身边的一些路径。他虽然感到欠债的危险在等着他，但是想继续调查的念头越来越强了。

他不再去熟人很多的商场看货，而是走到了春江路上。这里是一条街，店铺在路边，大部分是做皮带、帽子的店铺。他记得做棒球帽的黄历明的店开在这里。他好几年前进过黄历明的棒球帽子，上面绣着加拿大枫叶的图案。但是这几年，他没有讲棒球帽了，因此觉得不会欠他的钱，可以去他店里看看。

当他离那店还有几十米的时候，就看到小白脸黄历明坐在店里面。他这会儿大概闲着没事，看着马路，远远就认出了杰生，起身迎接。

"你有很多年没有来义乌了吧？我一直都觉得纳闷，以为你不做生意了。"

"做倒是还在做，只是我一直没来，是我的弟弟在这里给我代理组货了，所以我都没来义乌了。"

"有一次你们加拿大的查理到我店里来，我问过他认不认识你，他说认识的。"黄历明说。

"这是什么时候的事情？"杰生说，他的神经一下子绷紧了。他终于触摸到了查理在义乌的行踪，好像他发现了一个蜗牛在菜园里留下的一条丝带状发亮的踪迹。

"好几年以前了，那时他常来我这里。现在他不来了，但和我有联系。"

"查理现在怎么样？"

"查理现在在这里生意做得很大，有专门的仓库，每天要出好几个货柜。他在我这里也经常有订单，你看，今天我就要给他发 100 箱棒球帽，一个小时后我就要过去给他送货。"

"他在做哪里的生意？加拿大他已经没戏了。"

"非洲国家。他现在是有名的非洲王，几乎所有非洲黑人出的货柜都是他代理的。我见过他几回，只见他身边总是有一群群黑人。"

"我很奇怪，查理在加拿大的生意曾经做得很大很好，不知为什么突然败坏了下去，而他的家庭也毁坏了，他却跑到这里做非洲黑人的生意。"杰生说。

"这件事有点复杂，不过我大概知道其中的一些原因。早些年他还在加拿大的时候，有一回他拿来了一个图案，是格瓦拉的头像，要绣到一批棒球帽子上去。现在我知道这个头像叫格瓦拉，可那时我不知道的，义乌人都叫这个头像是雷锋，因为和雷锋的一张标准像很像。查理告诉这是一个了不起的古巴英雄，是在玻利维亚打游击时被打死的，之前还去非洲的刚果打过仗。查理说他最大的愿望不是做大生意，而是有一天要像格瓦拉那样去干一件大事情。"

杰生想起以前在查理的店里面的确看到有很多切·格瓦拉的画像。

黄历明说大概在四年之前，查理有一天来到他的店里，带着几个行李箱。他说自己在加拿大的生意彻底破产了，说自己欠了很多债，再也回不去。看他的样子很狼狈，衣冠不整，胡子拉碴儿，头发凌乱，但是神气里却不见那种破产落魄人的沮丧。他说自己现在无路可走，老家在东北，回去也无事可做，所以就准备先在义乌待下去。当时他还住在旅馆里。过了一些日子，他又来了，说自己要到非洲看看，他还把几个暂时用不到的箱子寄存在店里面。

"一年之后，查理再次来到我的店里，来取那几个箱子。我差点儿把这些箱子扔掉了，因为他那么久没回来，我以为他不要了，后来在一个角落里找到了它们，里面已经住进了老鼠。我问他这一年去哪里了，他说自己一直在非洲。我虽然没出过国，但对非洲还是了解的，以前咱们国家不是帮助他们建设过坦赞铁路吗？我的一个姑父就是去建坦赞铁路的，最后得传染病死了，所以知道那是个可怕的地方。查理告诉我坦桑尼亚那些地方算是开发过的，他去的地方是非洲的黑暗之心，在最内陆的地方，那里的人们至今都不穿衣服的，部落之间还相互猎头。他说自己在那个地方的部落里都开设了贸易点，深入到了村庄。他和部落酋长结盟，最后还成了酋长们家里的常客。看这个家伙的样子，他在加拿大的破产是假的，他是把钱都卷来了，现在用到了非洲。他的样子变化很大，身上有被火烧过的疤痕，脸上被刀砍过，据说肩膀上有被子弹穿过的洞洞。

"你知道，以前义乌很少有非洲黑人来的，和非洲做生意的是一些已经在那边的中国人，也有些印度人。但在查理从非洲回来之后，带来了一批非洲人，他们直接来到商铺进货。最初他们只会一句话：最低最低。意思要你报最低最低的价格。黑人越来越多，非洲的市场也越来越大，黑帮的势力都加入了，争地盘打打杀杀的事情越来越多。查理这些年成了黑人的教父，很多事情都要他介入。他说除了用钱摆平事情，有时还得靠打架。听说上个月有一帮从广州过来的黑人和他的一帮人打起来了，结果打死他手下一个小兄弟。"

杰生没有说这个被打死的小兄弟正是自己的弟弟，只是在心里叹了一口气。他又一次听到了弟弟是在一场和查理有关的打斗中丧命的。接下来，黄历明说要去给查理送一批货，那边已经开始装货柜。杰生说也跟过去看看。

那个仓库在靠江边的江滨北路。黄历明说这个仓库前年发生过一次大爆炸，仓库被封了。后来是查理打通关系，把废弃的建筑改装成为出口非洲的专用仓库。当车子进门时，外面有保安检查核对。进来之后，仓库里面气味很浓，虽然是冬天，里面还是闷热。这里有不少的黑人，但他们不是干活的，干活的都是中国人，在扛着箱子往货柜里面堆。在昏暗的光线中，这里像是中世纪贸易商船的码头。从这里，有一条纽带直接通到了非洲的最心脏的地方。杰生看见有一个黑人收到货之后往单子上画了一下，算是签字；还有一个黑人在一张张数钱给人家，他数钱的方法太笨太慢，收钱的人有点不耐烦；还有一个黑人熟练地用筷子在吃方便面。一个头上缠着布的黑人妇女带着几个黑人小孩住在仓库的一角，她正在给一个婴儿喂奶。如果周围有几棵香蕉树芒果树的话，这里就成了赤道几内亚某个部落的一角了。这里是黑人的地盘，一切都是黑人在做主。但是杰生知道，他们背后有个人是查理，虽然查理自己并不在这里。杰生从黑暗的库房里看着外面阳光明亮的街路，再次看到火车上同一个卧铺房间的黑非洲女子正在走过，她的影子像蝴蝶一样飘动。

这天晚上，他独自在春江路口的温州饭店吃了他家乡的饭菜。吃完饭，他走着回旅馆，要经过商场门口的那一片空地。这里白天是停车点，是装卸散货的地点，也是人行道。还有的店家会把大件货物摆到这里卖。杰生吃饭前经过这里时，这里还很热闹，正在举行流行的家家乐节目，商场摆摊儿的一些家庭自娱自乐陆续上台表演。可这会儿台子还在，灯光全黑了，人也散光了，地上都是纸片，被冷风卷着在空中打转。这一切都让人觉得内心空虚，想尽快地离开这黑影幢幢的区域。杰生往前走，突然见前面昏暗的路灯下有个女子站在一边，对他说：大哥帮个忙好吗？杰生一惊，问什么事。她说自己到义乌找一个朋友却没有找到，现在身上的钱都没有了，还没吃饭，问他能不能给她一点钱吃个晚饭。

杰生是个怕惹是生非的人，他知道路上这些要钱的人都是骗子，通常都是不搭理的。但是他看到眼前这个女子衣着整洁，梳着整齐的头发，脸孔也秀气，身上还背个双肩包，像个学生范儿。虽然他知道她的话是编的，但觉得她这样要钱也辛苦，而且要求很低，只要一顿饭。于是他掏口袋，可口袋里只有五元零钱，其他都是一百元的。他掏了几下，都没找到更多零钱。他只得把五元钱给了那女子，那女子说了声谢谢就走开了。

杰生往前走了几步，总觉得自己给那女子的钱太少了，五块钱怎么也不够吃一顿饭啊！可是他又原谅了自己，因为口袋没有零钱，总不能给她一百元吧？要不我就给她一百元吧？他突然想。要是她看到我给她一百元一定会高兴。也许，我应该叫她一起去吃饭，虽然我已经吃过了，可是陪她一起吃饭也是应该啊，也许她还会讲讲她自己的身世。是啊，应该给她一百元才对，给她五元真是太少了，一定很伤人家自尊心。

杰生转过了身，决定去找那个女子，这个时候他已经走出了半条街。他加快了步子，沿着原路回来，一路张望。他觉得这个女子也许还在原来的地段继续向人家要钱。可是当他回到原来昏黑的路灯下，却不见一个人影，那女孩不知去哪里了。她也许是去火车站了？也许是去一个快餐店？也许去睡觉了？她有地方住吗？天这么冷，她会住在桥洞吗？她会不会只是要到五块钱？要是她真的只有五块钱，今晚她可得饿肚子了。

杰生在黑暗中继续走着，转着头颈张望，内心里满是后悔。他潜意识里的东西现在都浮上了心头。要是刚才给了她一百元钱，可以和她一起去吃饭，其实还可以多给她一些。也许可以带她回旅馆，让她有个温暖的地方住，可以让她洗个热水澡。他要帮她脱衣服，然后，她一定会愿意和他做爱。

在黑暗中的冷风里，杰生像那个卖火柴的女孩一样做着美梦，卖火柴的女孩梦想着圣诞老人，杰生则渴望着那个路边骗钱的女子，只恨自己给她骗去的钱太少。在这样一个黑暗的街角里，他的性幻想如一面风帆被吹起来了，让他今晚要驶向那闪着月光的神奇海洋。

杰生回到了房间之后，心情突然非常低落，什么也不想做，不脱衣服就仰躺在床上睡着了。他睡得很沉，但是被一阵电话声吵醒了。他知道这些电话是旅馆内的小姐打来的。他一直不接这些电话，本来都会把电话搁起来，免得吵。但今晚他不知怎的没搁起来，而且听到电话声就去接了。是一个细细的女孩声音，问他要不要按摩。他略微犹豫了一下，让她过半个小时后过来。

杰生迅速整理了一下凌乱的房间，把一些重要的东西放好了，然后去浴室里洗澡。他这次到义乌之后，因为弟弟的事情麻烦缠身，所以都没有碰过小姐。如果没有晚饭后在马路上遇见那个女子要钱的事，他一定是不会让电话里的小姐过来的。但现在他需要小姐，要不今晚会过不去。他冲好了澡，然后穿着浴衣等着。

他看着手表，半个小时快要到了，他的心怦怦跳了起来。他提前到了门边，从猫眼里看着门外的动静。他很小心，听说国内的社会治安很差，害怕这个小姐会带着劫匪过来。他几年没来义乌，对这边的情况可不了解了。没多久，他看到走道里有个小姐从电梯出口处过来了，只有单独一人。然后，听到门铃叮了一声。他没有立即开门，要不人家会知道他躲在门后。他数了十下数字，这样大概会是三秒钟，然后把门打开，让小姐进来，立即关上了门。他看到了小姐，心里不禁失望。这哪里是小姐？分明还是个小孩子。

他坐到了沙发上，看着她。她在距他约两米的地方站着，也看着他。她很瘦，皮肤发黑，脸上的轮廓线条很深。她的头发以一种奇怪的样子高缩着，插着一朵令人注目的绢制大丽花，手上还挽着个小提包。她的神情倒不胆怯，固执而冷漠地看着杰生，问他：

"你要我留下来还是要我走？"

"留下来吧，没叫你走啊。"杰生说。虽然他犹豫过想让她回去，但她这么一说，他倒不忍心了，这么个半夜，不可以叫这么个小姑娘来了，又让她走回去。女孩子听他这么一说，脸上绷紧的神情松了下来，露出了笑容。

"你刚才躲在门后，从猫眼里看我，是不是要搞阴谋？"女孩子说。

"我是害怕有坏人骗我，所以我要看清楚是什么人。"杰生说，奇怪她怎么会知道他躲在门后。

"你怎么还没有睡觉？是不是睡不着啊？"女孩子打量着房间四周。把小提包放在桌子上。

"我本来已经睡觉了，是你打电话吵醒我，还问我为什么睡不着。"

"那你为什么要让我等半个小时，你是不是在搞阴谋啊？"

"我刚才睡得昏头昏脑，起来洗个澡，我不想让你见到一个脏脏的人。"杰生觉得这个女孩子嘴里会说出阴谋这样的字有点好玩儿。现在她就坐在他的边上，等待着他的动作。杰生感到她大概只有六七十斤重，那手像是鸡爪一样，胳膊像树枝，大腿不如他的胳膊粗。她的脸型和神情都有点远方外族的味道。

她的眼神很动人，一点儿不胆怯，兴致勃勃。还有虽然她瘦，但是她的胸却不是平的，在紧身内衣上方露着部分小而坚实的乳房。他觉得自己慢慢习惯这个女孩子了。

"你叫什么名字？"杰生问。

"这里的人都叫我'外星人'，因为我什么事情也不懂，好像外星球来的一样。你也这样叫我吧。真的名字不告诉你，告诉你也没用。"

"那你是哪里人？不要告诉我你的家在火星上。"

"那我不会这样说的。我的家在温州平阳水头镇。"

"你是平阳水头人？看起来不大像啊？"杰生说，因为他去过这个地方，知道那里的人不是这个长相的，说话的口音也不是这样。

"我没骗你，我真是那里的人。我妈妈是水头人，我爸爸是云南人。"

"我去过水头，那里是有名的风景区，两座山之间有一条美丽的小溪。但是后来当地人在溪水中硝制牛皮，把溪水污染了，臭气冲天。我不知道现在怎么样。"杰生说。但是女孩子对于这条溪水的污染问题没什么反应，她显然不关心这些事情。

"我住在镇上，现在镇上很热闹的。我在那边有很多姐妹的。我在那些女孩中可算是见过世面的大姐呢。那些有钱的老板对我很好，我把好些个还在中学读书的小妹子介绍给他们玩。我当时想挣些钱，买一辆 QQ 车子开。"

"你说你爸爸是云南人，那是怎么回事？"

"我妈妈年轻的时候到云南那边做生意。平阳水头那个地方的人过去都是出去做生意的。我妈妈到了云南边境遇到了我爸爸，后来就留在了那里。我们那个地方挣不到别的钱的，只有运送和贩卖毒品。我爸爸妈妈干的就是这些事情。我还记得我妈妈在我很小的时候抱着我上街，把一包包白粉塞到我的衣服里面躲避检查。还有一次我看到了妈妈在街头被批斗，衣服被脱光，只戴着一个胸罩。反正那个地方大家的日子都是这样过的，抓住了，再放出来。可是我的爸爸五年前出了大事情，被判了二十年的刑。这样我和妈妈在那里待不下去，只好回到了妈妈的老家水头镇来。"

杰生听得入神，怪不得他觉得她像外族，也许她真是傣族的，她的样子像只野孔雀。

"你现在还去云南吗？"

"我的祖母还在那边。我去年去看过她，她说要是我们有钱送公安局的人，我爸爸是可以提早放出来的。所以我现在要多挣些钱，把我爸爸搞出来。"

"真是个懂事的孩子。"杰生说。

"你是哪里人啊？你住在哪里？"

"我是加拿大来的。"杰生如实说。

"好像听过这个国家名字的。你可以给我一点那边的钱吗？只要一点点，我想收集外国的钱，我已经收到了一点点了。"

"这个没问题。"杰生从口袋里翻出了一个两元的加拿大硬币给她。她看了半天，爱不释手的样子。杰生说这个就给你了。她显得很高兴，说："真的给我啊？你这不会是阴谋吧？"

她突然想起了什么，说自己已经有一些外国的钱，想让杰生看看是哪里的钱。杰生说可以。她说那些钱就在楼下她住的地方，她下去拿上来。杰生同意了。

没多久，她又上来了，把自己一点点的收藏给杰生看。杰生看到一张是印度尼西亚的纸币，面值数额5000盾，还有一张面值1000的意大利里拉。杰生知道这些面值很大的外币其实只抵几块钱人民币。他看到了一个熟悉的硬币，加拿大铜色的一元硬币。他便告诉女孩这也是加拿大的钱。

"怪不得我说加拿大的名字有点熟呢，上次给我这钱的人说过。"

"那人你还记得吗？是什么样子的？"杰生说。他突然有一种奇怪的感觉。

"他是个东北人。有点斗鸡眼的。年纪比你大一些。后来我还遇见过他一次，是今年上半年，我还认得他。这一回，他又给了我一张钞票，是这张。"小姑娘指着一张纸币说。

杰生拿起这纸币，上面印着一个穿元帅服的黑人头像。他试着拼上面的字母，是法语的，大致能拼出是非洲的国家。他一下子想到了，给她钱的这个人可能就是查理。

"你怎么啦？好像很奇怪的样子？"她说。

"我认识这个人，你知道这个人现在在哪里吗？"

"这个我可不知道。"

杰生再次感觉到了查理的存在。通过这个女孩子，他感觉到自己在追逐查理，查理在前面不慌不忙地走着，时隐时现，在他到达这个女孩子之前，查理已经给他留了一个记号，或者是一个暗号。

尽管这个女孩子像个小孩子，瘦得像麻雀，但是杰生感到她的性格是成熟的，她的乳房也结实饱满，让他觉得喜欢。他最后还是和她发生了性关系。由于怕压坏了她，他让她在上面，看到她是屏住呼吸，一副认真工作的样子。当杰生在她的体内滑动时，心里不可遏制地想到了查理，想到查理的性器曾经在同一个阴道里滑动，好像他的性器还在里面。他这样想的时候竟然有一种和查理交媾的快感，好像他在操着查理的肛门。

女孩子离开的时候，杰生在付过钱之后，又多给了两百元。女孩子接过钱，没说谢谢，说：

"嗯，你多给我钱是不是一个阴谋啊？"

七

次日，花来香宾馆的饭厅供应港式早茶。杰生今天起得比较晚，独自进餐。

餐厅里面比平时要嘈杂许多。有许多人好像在聚餐开会。上面有条横幅，写着"义乌台湾商会年联谊会"。看起来他们是刚刚改选了会长，有一派人显得很不服气，有一派的则喜气洋洋。有一个人上去唱了一首《爱拼才会赢》，马上下面有人喝倒彩，还有人站起来指着他直接骂。后来的一个人大概是被选下去的前会长上去说话，并不是说些客气话，而是指责了对方搞不光彩的拉票。很快局面失控，双方争吵扭打成一团。

杰生被眼前的这一幕闹剧所吸引，一时间忘记了连日来的烦心事。这个时候，他看到有两个人在他的桌子边上坐了下来。他以为是餐厅满坐没空位，这两个人是来拼桌的。他为此觉得有点不快，如果要拼桌子至少得征求他同意。但是那两个人都没吱声，也没点菜，一声不响坐在那里，好像是在等待杰生结束吃饭。杰生觉得有点不自在起来，他匆匆吃完了早餐，想站起来走开。而这个时候，对面的那个人向他说话了：

"你是杰林的哥哥吧？"

"是啊，你怎么知道的呢？"杰生说。

"我们是杰林的朋友。我们想和你谈谈杰林的事情。"

"那好，我正想知道他的事情。"杰生说。

"我们在这里不方便说话，还是到一个清静的地方再说吧。"对方说。

杰生同意了，起身跟着他们下楼。路边停了一辆雪铁龙轿车，有司机已坐在上面。杰生上了车，车子就开动了。

车子沿着稠州路向前，越过了跨河的大桥，向着城外的方向开去。杰生对义乌的地形略有了解，知道许多厂家办公室都设在城外，所以对于车子往城外开并没觉得意外。但是，车子开出了郊区的范围，路边都是一片农田了，车子还没停下的意思，他有点不安起来。问边上的两个人，回答说马上要到了。这个时候，杰生觉得事情有点不对头，好像自己已经遇上麻烦。

车子离开大路拐进了小路，再开了一程，然后在一个废弃的工厂一样的地方停了下来。

"我们是讨债公司的。厂家和摊位收不到货款，只好委托我们来收。我们现在只是在办我们的公事。"那两个人对他说。

"你们想怎么样？"

"也没什么，我们只是想让你见一下我们的老总。现在我们得把你的眼睛蒙起来。"

杰生知道自己已经落入人家手中，不服从只会让对方有动粗的理由。于是就同意他们用黑布蒙住自己的眼睛。先前他预感这个时候会到来，但是没想到会这么快。

接下来的车程有将近半个小时。他的眼睛被黑布蒙着，意识变得漆黑一片。慢慢地那个在沙发坐垫摊位遇见的义乌之囚的形象浮现上脑际，他灰白的脸庞、柔弱的声音和勉强的笑容都活动了起来。他所描述的被囚禁两年的生活就摆在杰生的面前了。杰生逐渐认识到自己的处境有多糟糕。现在，他真是心乱如麻。

杰生被解开蒙眼的黑布时，看到自己是在一个 KTV 一样的地方。一切就像警匪电影里一样，一个光头的胖胖的人坐在沙发上和他说话。

"听说你是杰林的哥哥，从加拿大过来，欢迎你来义乌，我们一直在等着你过来。杰林出事了，我们都很难过。"

"你们和他有生意上的来往吗？"杰生问。

"是啊，生意上的来往。我知道杰林是给你收货出货的。你的生意做得很好，每个月都走那么多的货柜。"

"货出的是不少，可是好多货都不对路，积压得很多，钱都压在货上。"

"这个我们可以理解的，生意做得越大，资金会越紧张。不过，你们欠下的货款也实在是太多了。你们欠了三十多个货柜的货款，总共有八十多万美金了。"

"你说什么？我欠了三十多个货柜的货款？欠了八十多万美金？你开玩笑吧？怎么可能？我每一次收到出口货物的发票之后，马上会把钱打过来，每一笔账都会及时清理。"杰生说。

"你的钱付给谁啦？付给了厂家和摊位吗？"

"付到了我弟弟这边，由他再付给供应商。"

"可是你弟弟并没有及时付给供应商啊。是的，最初的时候他是及时付款的。但从去年开始，他开始了延期付款。摊位和厂家觉得他的生意还可以，货出得还正常，量也比较大，就只好迁就了。可是他拖欠的时间越来越长了。他们都很担心，不想再给他供货，可是如果不供货给他，又怕收不回前面的货款。所以呢，他拖欠的货款越来越多。"

这个人说的话杰生前几天在张国珍那里已经听到过，弟弟看来的确欠了很多人的钱。杰生的脸色开始变得发白。

"你们准备把我怎么样？"他问道。

"这个问题问得好。"光头说，这年头儿黑社会的人也会用这个热门的外交辞令，"我们是专业的地下讨债公司，当然会有很多不同寻常的方法。通常我们都是用拘禁欠债人的办法，少则几天几个星期，多则几个月，也有超过三年的。大部分的结果还好，钱财总没有生命重要，很多人懂这个，最后会还钱换回自由。当然也有个别不好的结局。你大概听说过，去年有个债主把欠债人装在一个铁笼子里，从百米高的大桥扔到了水库里面。最后捞出来时笼子里只剩下几条白骨。"

"听着，我真的不知道弟弟会欠这么多钱，也不知是真是假的。而我现在根本还不出那么多数目的钱，就算你们把我关押起来也没办法。"杰生说。

"是啊，关押并不是一个好办法。对不同的对象，我们会用不同的办法，而且我们也一直会用一些新办法。比如对你，我们就觉得最好不要用拘禁，因为这个事情成本很大，得给你吃喝，得有人看守，而且很危险，你要是有后台我们还得吃官司。你要是自杀了，弄不好我们还得偿人命。所以我们用了别的办法，而且已经成功地实行了。"光头胖子说。

"你们准备用什么办法对待我？"杰生说。

"不是准备，而是已经完成了。你还记得这个姑娘吧？看看这张照片？"光头把一张照片给了杰生，是一个神情呆板的姑娘。杰生不认识她，但是觉得有点脸熟，有点像昨天晚上路上拦着他要点钱的那个姑娘。

"我不认识她，你干吗给我看这张照片？"杰生说，他有点紧张。

"真不认识啊？不会吧？昨天你给了她5块钱之后，又转过身来去找她。其实她那时离你不远，正在一个角落里看着你。"光头说，对他挤挤眼睛。

"你们在监视我？"杰生的脸涨红，怒气上升。

"不是监视，是我们安排的行动。"

"你们干吗要做这样的事情？"杰生说。

"是为了引导你进入我们的计划。我们已经暗中观察你几天，发现你冷冰冰的，对女人不感兴趣，这样我们的计划就无法实行。现在我们有学心理学的大学生做策划，对你这样的对象得慢慢吊起你的性子。所以我们安排了一个看起来还清纯的姑娘向你要点小钱，让你觉得她是个需要帮助的而且是有机可乘的女孩。这也是一次测试，当你回头来找她的时候，我们就觉得接下来的计划有可能实现。"

"那你们为什么又不让我找到她？"杰生说。

"当然不能，要是让你找到她，带她去吃饭，带她到旅馆里打炮，那我们的计划就落空了。我们安排昨天夜里和你在一起的不是这个成熟的姑娘，而是这个小妹子。"光头说，把一张照片摆出来。杰生认出是昨夜那个给他看外币的女孩。她照片的样子很漂亮，盘起的头发上戴的就是昨夜那朵红绢花。

"漂亮吧？很喜欢她是不是？虽然才14岁，人很瘦很黑，像一只野性的小鸟，可云南人发育早，奶子不小了。看你昨天夜里和她还是蛮开心的。"

"这也是你们安排的？她也是你们的人？"杰生问，他觉得自己正滑入深渊。

"当然是我们的安排。不过她不知道我们的计划，只是在做一次普通的接客。她做得很好，我们所有的目的都达到了。我们拍摄下了所有的音像记录，还保留了你留有精液的避孕套。再跟你说一下，她还差三个月才14岁，身份证复印件你要看看吗？你当然知道，在中国和没满14岁的少女发生性关系就算强奸。"

"你们现在要我怎么样？"杰生说。

"你是聪明人，又是加拿大来的，所以我们就尽量选择了不让你吃苦头的计划。你现在要赶快把欠款还掉。在还清欠款之前，你是不能离开义乌的。你先跟我们住在一起，不要想逃跑。你要是逃跑，那么我们马上会把你和14岁未成年女孩子性交的案件发到公安系统，我们有人，有足够的证据，这些事能做得很熟练。机场的禁飞名单里马上有你的名字，你是离不开的。还有，如果你不听话，我们还会把你和女孩子打炮的录像给你的老婆，你大概不希望这件事发生。"

到了这个时候，杰生完全失去了心理防线，低下了头。他知道这下自己是遇上大麻烦了。

"所以，你现在就在这里住下去吧。等你把钱付清了，或者告诉我们你付钱的办法，我们会放你出来的。"

八

杰生在到达义乌的第七天，开始被监禁。

他被关的地方是一座四层楼房，这里地势很高，能望见远处的义乌城。

看守的措施并不严格，他的囚禁生活基本上像是住旅馆，有个中年妇女会上来打扫卫生，并三餐送来饭食。他被告诫不要下楼去，因为楼下是有带武器的看守人员的。屋里没有电视电话，他的手机也给拿走了。有一天，他无意中掀开床单，看到床板上有一道道刻痕，每七条一组，有很多组。他明白这些刻痕一定是一个被囚禁在这里的人刻的。这些刻痕有八十多组，算下来有五六百天。这说明，这个人在这里被囚禁了一年半多。这个时间吻合了他遇见过的那个义乌之囚所说的被囚天数，莫非这就是那个人刻的？杰生一想起那张苍白的脸，不禁打了个寒战。

杰生苦思如何才能从目前的困境中摆脱出来。他知道那些人囚禁他是因为要钱，而不是想要他的命。只要付清了他们所声称的债务金额，他马上可以获得自由。但是他一想到要付出这么多钱，马上心里有刀绞一般的痛。他知道如果要筹集这笔钱，不可能向父亲要，只能告诉自己的妻子。但是怎么开得了口呢？妻子娘家的房子抵押贷款他都还没还清呢。杰生甚至觉得，如果把妻子逼得再去筹钱，让家庭陷入贫穷，还不如自己被关在这里，哪怕是会死掉。他害怕贫穷超过死亡。现在他想得最多的一个办法就是去找查理。他觉得弟弟的资金肯定是流到查理那边去了。要是他自己能见到查理，也许可能说服查理，把资金还给他。杰生把这个主意说给囚禁他的人听。但是他们觉得这个主意不可靠，没有答应他，还是让他给自己家里人打电话筹钱。杰生不愿意，就这么僵持着。

杰生想着现在能帮助他的只有小青了。他把小青的电话号告诉给囚禁他的人，让他们联系，但他们总说联系不上。杰生怀疑他们没说真话，觉得他们已经在联系了。他有几个晚上做了同样的梦，梦见有人敲他窗户。他起来一看，窗外是那个消防队军官站在一个高架的消防云梯上，把他从窗户里接出来。那云梯收缩起来，让他下到了地面。然后他看到了小青，他们一起坐在一辆庞大的消防车驾驶室里向义乌开去。

几天之后的晚上，囚禁他的人上来和他说话，说他的朋友来见他，会带他离开这里。至于杰生以后的事情他的朋友会告诉他的。杰生下了楼，看见了小青来接他，开车的正是那个消防队军官。

车子向义乌城里开去。小青告诉他，她和讨债公司的人达成协议，让他先出来去找查理。讨债公司答应给他在外面一个月的时间，如这个时间还不了钱他们还向她要人。小青说这事也只能这样办，因为杰生弟弟的确欠了义乌摊位厂家一大笔钱。小青说现在杰生不宜住在旅馆里，她安排他住到他弟弟原来租下的屋子。那屋子已经付过租金，现在还可以使用。小青带他到了这个屋子，杰生看到，自己原来在旅馆的东西都已经搬到了这里。屋里已经打扫过，冰箱里有食物，厨房用具齐全。小青吩咐他尽量少外出，他的安全应该没有问题。

当晚他睡在弟弟租下的屋子里。他到达义乌的第一天，小青就带他来过这个屋子。虽然他现在还是处于被小青担保状态，讨债人时刻还可以让他回去，但毕竟他是在自由的空间里了。当太阳升起时他感到莫名的激动。

弟弟房间里有电视机。他看了一阵，很快就发现看不下去。他关掉电视机，呆坐在屋子里。这时他想起了上一次小青带他来时，他看见过屋子里有些非洲的地图、面具、书本之类的东西。现在房子打扫过了，桌子上什么都没有了。他在屋子里找起来，后来在桌子下面的抽屉里发现了它们。

在这堆东西里面有两本中文的书。一本是《黄金的矿脉分布》，是科技出版社出的；还有一本是《黄金提炼技术》，是中国冶金部出版社出的。这让杰生很不明白，弟弟怎么会有这种关于黄金的书？一堆印刷品中，除了好些鲜艳的外国杂志，还有一本印刷质量很差的地图册。杰生拿起来仔细看，这个地图的比例很大，里面能看到一条条小河流的支流，上面还有一些是非洲村庄和人的图片。杰生看不懂上面的内容，猜想这大概是非洲某个小地方的地图册，杰林怎么有它呢？有什么用呢？还有一本更奇怪的本子，像是一本工作手册，里面有一张张非常黝黑的黑人的照片。杰生慢慢翻着，他对于黑人的长相是能分得清的，在美国加拿大他常和黑人打交道。当他翻过了几张，突然看到了一张熟悉的脸，她就是在火车卧铺上碰到的那个黑檀木一样黑的非洲女子，后来在义乌城里也遇见过她几次。

这张照片让杰生突然想起那女子说自己是个 messenger（信使）。那样的话，弟弟这本手册里的黑人相册莫非是一本信使的相册，用来辨认信使的面貌？如果这样，弟弟怎么会和他们发生关系的呢？毫无疑问，一定是因为查理的关系。弟弟跟随着查理，已经成为他身边的一个人。杰生突然想到，如果是这样，那么这个黑人女信使说自己有紧急的任务要去见人，不可能是见弟弟这样的小人物，而是要见重要的人物，那么一定会是去见查理了。这样的话，她一定是知道查理在什么地方的。

杰生还记得，那个黑女人在火车上说过自己住巧心宾馆。他前几天还在街上看见过她，所以他觉得可以去巧心宾馆找找她看。但是他不敢贸然去找她，他戴了一顶帽子，尽量低着头，坐出租车到了巧心宾馆附近。他看到对面马路有个茶馆，就在茶馆里坐下来，张望着旅馆的门，等待着她的出现。这个宾馆住着不少黑人，进进出出很频繁。杰生聚精会神地观察着，他在当天就看到她走出了宾馆。杰生在后面悄悄尾随而去，她走出不远，在一个理发店里做了一下头发就回了宾馆。第二天下午时分，她再次出来，这次走得远一点，在文化宫那边的肯德基快餐店吃了一份汉堡餐，之后还是回到了宾馆。杰生一直等到天黑，没见她再出来。

第三天一早，杰生又来到巧心宾馆对面的茶馆。这个时候，他看到她又出来了，手里拉着个拉杆包，像是要出个小门。她上了出租车，杰生马上叫了车尾随而去。车子开出不大远就停住了，杰生看见路边是宾王汽车站。

<h1 style="text-align:center">九</h1>

宾王车站紧靠着宾王纺织品市场。据说唐朝的骆宾王是这地方的人，所以以他的名字给市场和车站命名。在义乌商场发展最初阶段，客人需直接到市场提货，所以宾王车站客流很旺。现在义乌在城市周围建起了几个大车站，宾王车站只保留了几条省内的短途线路。

杰生看见黑人信使走进车站，看起来她对这里很熟。她没有去买票，而是径直走进了停车场，上了一部开着门的大巴。杰生看到那个巴士的车头挂着个牌子，写着义乌↔白浦镇。他想都没想，一头钻进了车子，坐到了靠后的位子上。几分钟后，售票员上车售票，车上人不多，坐不满。很快，车子就开出了车站。

杰生靠在车窗上望着外边景物，路边基本看不到农田，大部分是各种房子，只有小块的农田在房子的间隙一闪而过。除了高大的厂房，那些农宅也很高大，每个屋顶上都有一串糖葫芦似的不锈钢串珠，房子越大，串珠越大。这些串珠大概是避雷针。

车子开了五六个小时，在一个地方停下来。潮湿的空气中立即充满了浓重的海洋气息。司机叫到站了，都下车吧。车上的人一下车，都往小镇里面的方向走，车边有很多三轮车和残疾人的电动车在拉客。杰生眼睛盯着前面走的黑人女信使，看她拖着箱子走出车站。他回绝了所有拉客的人，跟在她身后往小镇走去。走出车站后，人流车流都少了。杰生看见路边有个黑人跨在一辆嘉陵牌摩托上。女信使奔向他，他们拥抱了一下后，女信使坐上了后座，摩托以飞快的速度狂奔而去。杰生还没反应过来，摩托车就消失在路的前方了。这时杰生的边上没有车可以搭乘，即使有那些三轮车电动车也赶不上那飞驰的摩托。杰生放弃了跟踪的念头，他想这个黑人小伙儿开摩托车来接人说明他是从不远的地方来的，这么小的地方应该能打听到的。于是他就继续步行往前走去。

他在小镇狭窄的街路上前行，路上有很多水洼坑，路边杂乱停着车，好些摊位又搭着棚子占掉了路面一部分，他只能在路中间走着。后面猛一声车喇叭，他紧急避开了，只见擦身而过的小皮卡上有一条巨大的鲨鱼。起先他以为这是一条假的鲨鱼，塑料做的，但是看到鲨鱼的皮随着车子的震动而抖动，血水从鱼鳃边流出，一群苍蝇在上面打转，才知是真鲨鱼。越往前走，见运鲨鱼的车子多了起来，有几千斤重的大鲨鱼，也有一米多长小的。再往前走，他看到一个大门上挂着"环太平洋海产加工公司"的牌子，工人就在大门口那块地上切割鲨鱼。杰生看到有一排木架子，晾晒着剥下来的鲨鱼皮。还有的铁丝上挂着切割下来的鲨鱼鳍，杰生知道鲨鱼鳍里面的软骨就是名贵的鱼翅。杰生和站在门口看门的保安聊了一下，得知这里是东部沿海有名的鲨鱼产品集散地。这里的鲨鱼商人会雇船在海上收购渔船捕到的鲨鱼，也有捕到鲨鱼的人主动送到这里来卖。鲨鱼在这里被做成鱼皮、鱼翅，还有鱼肝油。

整个小镇在一群群黑色的苍蝇包围之下，掺和着浓重的鱼腥臭味，让杰生无处藏身。他捂着鼻子穿过了小镇，在小镇的另一头，这里已经没有鲨鱼加工厂。路边有一个小饭店，他走了进去，准备吃点东西。他叫了几样小菜一瓶啤酒，心里奇怪为何黑女信使到这么个地方，难道查理会在这里？然而直觉告诉他，他来对地方了，他已经接近了查理。他已经闻到了那种腥臭的海鱼气息，这气息躲藏在那双肩包里，在货柜里穿过了太平洋和北美大陆，到达了加拿大东海岸，最后散发出来。他的桌位对着窗门，窗门外是那条狭窄的道路，两车交会得慢慢擦肩而过。小镇只有这条道路，刚才那个黑人小伙儿的摩托车一定是沿着这条路开下去的。他把饭店老板叫过来，问他这条路通到什么地方。老板说这路下去有一个废弃的码头，还有一个工厂，听说是外资工厂，是生产人造革制品的。听起来越来越对头了，查理的工厂和基地就在这个镇上，就在这条水泥路通下去的海边。现在，杰生已经接近到了目标，他的心怦怦跳了起来。

他从饭店出来，向那辆摩托车开去的方向走。走不了多久，就看到了海边一个城堡一样的建筑群。越走近，看得越清楚。其中有几座高高的合成塔，还有冒着黄烟的烟囱。在工厂的门口，插着许多设计古怪的旗子。有两道铁门，外面还有一道铁丝网，里外站着好多个保安，有两个保安是黑人。

现在他已经到达了查理城堡大门跟前，只觉得心潮起伏难以平静。但这个时候他告诫自己冷静下来，他不敢肯定自己是不是真的找到了查理的工厂。他决定暂时不进去，先熟悉一下情况，明天再做计划。

他看到离这个城堡不远处的路边有一个小旅馆，于是决定先在那里住下来。他向登记的人说要一个能看到海景的房间，结果进房间后，发现这个房间正是观察城堡最好的位置，能看到工厂全貌，还有背后的码头和大海。他想起刚才经过小镇时，有一个航海器材店，橱窗里有望远镜。他于是返回去，买了一个望远镜回来。整个下午在太阳下山之前，他一直在观察着工厂的地形和动静。

从小旅馆房间窗口观察查理的工厂能看到正面的建筑和厂区的一个操场。在望远镜的目镜里，大门的牌楼上除了奇异的旗帜，还装饰着羚羊的角、一圈骷髅头、弓箭和长矛，正中央还有一个人的浮雕塑像。这塑像像格瓦拉一样戴着贝雷帽，但是模样却很像查理，杰生觉得这个塑像一定是按照查理的面相塑成的。

第二天清晨，杰生早早拿着望远镜在窗户后面观察着，他想看到查理出现在他的眼前。七点的时候，他听到厂区响起了电铃声。很快，那操场上热闹起来。只见从主厂房边的宿舍楼里跑出来许多许多穿着绿色工作制服的工人，动作飞快地排成了一列列队伍。有个工头一样的人对着一排排队伍说了一通话，之后工人们排着队进入了工厂的厂房。

杰生没有在操场上看见查理。他开始有点焦急起来，他觉得老是在这里看来看去解决不了问题，决定直接去找他试试看。他离开了旅馆，走向了查理的工厂。走进大门的时候，保安问他要干什么，杰生说要见厂里的老板。保安对着对话机说了什么，一个秘书模样的人出来，问杰生什么事。杰生说自己是从加拿大来的，有重要的事情要见一下查理。秘书说查理现在不能见客人，让杰生留下电话号码，明天告诉他情况。说着，就让他走。杰生还想赖着不走，张头往铁门里面看，结果一个带着狼狗的黑人保安把他轰走了。

第二天，那个秘书真的给他打了电话，说查理要两个礼拜以后才能见他。杰生说自己有急事。对方说两个礼拜算是最快的，一般见面得安排到三个月之后。说完就挂了电话。

虽然被拒，但是杰生觉得还是有了进展，因为毕竟找到了查理，而且已经听到了他的消息。只是这个家伙藏在里面不愿见他，或者是做贼心虚，想拖延时间。现在就剩下最后一条路，杰生决定自行进入工厂，直接到办公室里找他。

他用望远镜观察了工厂周围的地形，看到工厂后面靠海边的地方布满礁石。涨潮时礁石被淹没，可退潮时，礁石连到了一起。礁石区没有铁丝网，他可以从这里进入厂区，然后想办法找到查理的办公室，突然出现在他面前。这个念头虽然不那么光彩，但现在他只有这一招了。

在第二天退潮时，他攀越过一块块礁石，从海滩悄悄潜入了工厂的背后。这里有一个码头，有一条船在卸货，都是一些废弃的渔网，有好些个工人在干活。借着附近一排绿化灌木丛，他猫着腰躲过了工人的视线慢慢接近厂房。他看到主建筑有个小门开着，就闪了进去。

进门就是一条铁制的楼梯，连接到了主要的车间。这条铁梯和车间内的化学合成设备连成一体，可以到达任何一个部位。杰生不能往后退，只有沿着这一条铁梯往高处走，越走越高。他到了穿顶位置，从上往下看到了那些从轮船上卸下来的旧渔网被填进一个巨大的粉碎机，粉碎后的旧渔网成了颗粒状从另一个出口喷出来，由输送带送到了合成反应锅炉。在他爬过了这一道楼梯之后，看到了反应塔另一侧车间的工序。从那里有一条宽大的输送带飞快地转动，已有平整的人造革坯布出来，经过了冷却水，冒出巨大的热蒸汽和臭气。流水线继续向前，再出来就是印着鲜艳图案花纹的成品人造革布了。现在，杰生终于彻底明白为什么他收到的双肩包带着一股海鱼腥味。

他继续向前，看到了下方是缝包的车间。这里的工人都是女工，穿着军绿色的工作服，那些电动的缝纫机飞快地转动，缝好的裁片自动进入下一道流水线。当他继续往前走，视线稍远一点，就可见前面有个展示厅，有几个美女和摄影师正在给各种各样的背包拍广告。他再往前走，穿过了一个铁门，那里已经有三个保安在等着他。他被抓了起来，来审问他的正好是昨天的那个秘书。他说自己有要事马上要见查理，所以才会闯了进来。

他被关了三个小时后，有人进来了，给他松了绑，带他穿过一条走道，进入了一个庞大的房间。那人让他坐着不要动，他要见的查理很快要见他了。

杰生坐在房子中央的一把椅子上，一个玻璃台子上放着一杯水。房间很大，灯光昏暗，墙壁上都包着皮革，准确地说是色彩棕红的人造革。天花板很高，上面有星星一样的射灯照下来。他的头隐隐作痛，他不知查理会从哪个门进来，心里觉得紧张。

突然，有一面墙出现了光斑，慢慢亮了，原来是一个大的电视屏幕。起先是一阵流沙一样的混沌，伴着咝咝作响的噪音。沙粒状的光点像个筛子，慢慢筛出个图像来，逐渐地清晰，能看到是一个人形，模样像是查理。图像突然一下子清晰了起来，正是查理，他坐在一张椅子上，背后的景物是虚的，看不清楚，大概是树林和河流。他戴着一顶贝雷帽，穿着和切·格瓦拉一样的军服，肩上挂着一支冲锋枪。但是杰生觉得他的样子不像格瓦拉，倒是有点像本·拉登。视频里查理的背后有零星的枪声和迫击炮声。

"嗨，杰生，你现在怎么样？都好吗？"屏幕上的查理说话。那声音是从杰生背后的麦克风里发出的，图像和声音有个时差，所以看起来和他的嘴型对不上，怪怪的。他的脸上长满了胡子，以前可不是这样的。

"查理，你装什么蒜？你躲在什么地方？是在墙后面吗？"

"呵呵，杰生，你的想象力不行。我这儿离你远着呢，我在非洲中部尼罗河上游呢。"为了证实他的话，对准他的摄影机转动了镜头，画面上能看到他背后的一个长满香蕉树的村庄，一条奔涌的河流，几个黑人对着镜头傻笑，还有一头水牛慢吞吞走过去，"本来我准备过两个礼拜后回来见你，可你看来很心急。听说你一直在盯着我，到处找我的踪迹，所以只能这样见你了。"

"查理，你怎么会在这个地方？"

"大约半个月之前，一个非洲女信使来到了义乌，找到了我，送来的是部落酋长的亲笔求援信。因为军阀包围了他们的地方，我们的贸易站和采金场受到威胁。这个事情非常紧急，所以我马上飞往了非洲。如果我不指挥，我们的军队不会有战斗力和信心。我现在是在战斗的间隙，我遇到了前所未有的强大对手。刚刚打完的一仗我们这边死了很多人，对手也死了很多人。我们在大河边设下了埋伏，不让对方过河，对方的人被我们的重机枪射中，然后鳄鱼吃了他们的尸体。"

为了印证他的话，摄像镜头转过去，对准丛林拉近了焦距，画面上可见远处有燃烧的村庄，冒着烟雾。

"我不明白，你会在做这样的事情。"杰生说。他相信查理说的都是真的，因为这个女信使和他一起到达义乌，而他也是跟踪她才找到这里。

"我只有十分钟时间和你说话。我马上要出发去打仗了，你快说吧，找我什么事情？"

"我这次是为了我弟弟的事情到义乌来的。之前我并不知道你在义乌，但是我在弟弟的事情上发现了你在这里。很多人告诉我弟弟死之前跟你来往密切，我在公安局了解到弟弟出事前正和你一起在酒吧里。所以，我想见到你，想了解我弟弟的情况。"

"你想知道什么情况？是那天晚上的事情吗？我觉得你最好不要了解得那么详细，因为知道自己亲人死的细节，会给自己增加折磨。但是既然你这么费心思来找我了解这件事，我总得告诉你一些事情。你弟弟是好样的，很勇敢。他是为自己的理想而死的，死得有意义。你不要太难过。"

"我看到了你在义乌搞起了一个你自己的根据地，我的弟弟成了你忠实的信徒。"查理的话让杰生感到愤怒，但他尽量控制住自己。他知道不能激怒查理，因为接下来还要提弟弟的资金去向问题。他不敢贸然说弟弟资金的事，得小心翼翼地去接近这个话题。

"根据地谈不上，但我的确在义乌这个地方扎下了根须。你不会知道，我内心里面有一块黑暗区，那种黑暗的程度是你无法理解的，它是一种有毒的会毁灭一切的物质。我不知道内心的黑暗是什么时候开始形成的，大概早年在金三角的时期就慢慢开始堆积，它像恶性肿瘤一样潜伏在我的心底，让我总是觉得自己是个悬崖底下见不到阳光的人。在我到了义乌之后，我内心的黑暗开始慢慢稀释了，我渐渐看清了自己的路径，我发现义乌原来是一个奇异的迷宫，从这里可以找到自己失落的梦境。"

"很多年前那次在你的店里，我就听你说过义乌是个迷宫。后来，你的生意突然发达了起来，我知道是义乌的资金货源让你走对了路。但就像海市蜃楼一样，你的生意败坏了下去。多伦多的人都说你是故意把自己的生意毁灭掉的。"杰生说，他觉得自己平静了些。

"你说得一点儿没错。当我在唐人街那个店里面开始做生意的时候，老是觉得自己要爆炸了。你知道，那个时候我的生意很小，连你的老板金先生都在欺负我，拿了两箱竹子坐垫还让我拿回去。你还记得那一次的名牌商品律师派小姑娘让我上钩的事情吧？那个官司我被罚款两万美金，还坐了一个星期的监狱。这该死的帝国资本主义！这个事让我受到太大刺激，反而成了一种催化剂，让我的生意突然就庞大起来。一切事情顺利得无法想象，进什么货物都卖得掉，银行和商家争先恐后给我提供资金，很多人都称我是 Big Guy（大人物）。我那时都轻飘飘起来，以为自己已经功成名就。但突然有一天，我内心的那块黑暗又重新凝结了起来，让我失去了前进的动力。我变得焦躁不安，想破坏一切，家里的事情也搞得一团糟。儿子独自出走回国，老婆也疯了。我开始在黑暗中坠落了。之后，我的资金链断了，卖出去的货款收不回来。当那些欠我钱的人知道我的生意出现状况之后，他们更是 Hold 住我的钱不还，这些人就像草原上空盘旋的秃鹫，早早就会发现一个目标的死亡气息。当我的公司彻底塌陷之后，我在多伦多待不下去了，就来到了义乌，把义乌当成了下半生的一个主要据点。这个时候我的心情反倒平静了下来，我觉得自己有了真正的自由。现在想想，我在多伦多的衰败真的是我故意造成的，目的就是能够让自己痛痛快快地回到义乌来。"

"可你现在并不在义乌，而是在非洲，你怎么和非洲建立起关系的？"

"这事说来话长。我早年也是个读书人，有一天，我在芝加哥大学图书馆读到康拉德的《黑暗的心》，这书让我知道在非洲最心脏的地方有一个最黑暗的地方，书里那个先驱者库尔兹最后就死在这片黑暗中，而这样的一种文明照不透的黑暗正和我内心的黑暗非常相似。还有一本书对我影响至深，那就是切·格瓦拉的《玻利维亚日记》。我读过无数次这本书，最初读的时候竟然号啕大哭，现在读还是会热泪盈眶。格瓦拉是我最崇拜的英雄，我曾经无数次到古巴去追寻切·格瓦拉的踪迹。格瓦拉在前往玻利维亚山地打游击之前，曾经去过刚果的金萨沙策划革命，但是最后失败了，被赶了出来。我从多伦多来到义乌之后，看到市场上经常有一些非洲来的黑人在转悠。他们是真正的非洲黑人，和北美的黑人完全不一样。我想起了切·格瓦拉那次失败的非洲之旅，突然产生了前往非洲做一次调查的愿望。我一个人开车进入非洲之心纳布尼亚，经过几年的开发之后，我打通了义乌和非洲之心的通道。我现在有大批的贸易领地，有好几个采金矿场、好几座出产红木的森林。我可以和军阀一起喝酒，可以打电话给外交部长，可以买通议员立法，如果有足够的钱，甚至可以发动一场政变。我在尼罗河上游流域的部落间有着权威，每个住在这里的人都尊敬我，把我看成神灵一样。如果有人对我不尊敬，到了晚上他家不是丢了一头牛，就是屋顶被石头砸开了。"

"你这个样子像是去闹革命，而不是像去做生意。"

"这个问题正是我苦恼的，我也说不清我到这里是干什么的，我只是在跟着我的 Intuition or Instinct（直觉、本能）。我是个金三角的知青，在热带丛林里产生了革命情结。到了国外，我更是在精神上追随着切·格瓦拉，一直渴望着回到丛林里去战斗。在抵达了非洲之后，我的内心开始平静，我现在明白了在我的灵魂里充满着原始的情感，渴望着声誉和虚名，追求着徒有其表的成就和权力，渴望在什么不为人知的鬼地方干一番惊天动地的大事业。"

"听着，查理，我想和你说说我弟弟的事情。"杰生开始说出自己想说的事情，他是那么紧张，嘴唇都有点发抖了，"我没有责怪你的意思，我的弟弟跟随你是他的选择自由。但是他做了一件让我意想不到的事，他把我的货款弄得不知去向，欠了一大笔钱。现在，为了这笔钱，我已经被义乌的地下讨债公司控制了，他们随时可能毁了我。现在我所能想到的是，弟弟一定是把这些钱投到了你的非洲事业上去了。但这笔钱不是他的，而是我的货款，他没有权利这样做。查理，你知道我在多伦多做点小生意有多么难，如果这笔钱是投到你这边了，还请你先还给我吧。"

"杰生，让我讲个故事回答你的问题吧。切·格瓦拉在进入玻利维亚后，当地有一个华人参加了他的游击队，成了他的追随者。在切·格瓦拉的《玻利维亚日记》里面，切·格瓦拉称这个中国人为'契诺'，西班牙语意思就是中国人。我后来千方百计查到他姓谭，但名字却找不到。他是第三代的华人移民，曾经是个富有的矿主。这个姓谭的华人跟随格瓦拉在玻利维亚的山地战斗了四十天，最后在过一条河的时候，被政府军的机关枪打死。我三年前到古巴圣·克拉拉瞻仰切·格瓦拉的墓地时，看到纪念广场底下一面墙上点着长明灯，里面是一个个小小的墓穴，安葬着格瓦拉和他在玻利维亚一起战斗一起遇难的游击队员。我找到了写着'契诺'名字的那个中国人谭的墓穴。他把什么都给了切·格瓦拉，这就是一种事业。"

"查理，别跟我说这些了，我知道你的意思。我现在是遇上了大麻烦了，我需要弟弟那一笔钱，我知道弟弟是花不掉那么多钱的，一定会在你这里。"

"我和我的朋友们随时都愿意为了非洲事业而死去。对我们来说，钱财是沙子水泥，我们用它们来建设一个城堡。我们的钱财一旦加入了，就如浇筑混凝土一样粘固在大厦上，怎么也取不出了。看看我，我现在没有私人财产，我和妻子和儿子都不再有家庭关系，我不会有一分钱的私产留下给他们。杰林的资金已经融入了我们的非洲事业中。今天我们军事行动的每一发子弹、每一颗手榴弹都有杰林的一份贡献在里面。"

在和查理经过一番对话之后，杰生知道自己是在和一个狂人说话。这个人是一个有金三角革命后遗症的疯子、一个没有理性的狂热的格瓦拉模仿者、一个终生在悬崖底下黑暗中行走的人。杰生心里产生疑惑：莫非弟弟的身上也存在着这种可怕的黑暗吗？他一直在努力寻找查理，现在终于找到了，但他对自己能从查理这里找回资金已经不存希望。绝望在他心里升起。

"时间真快，你看，非洲的太阳下山了。"查理说着，背景正一片通红，"河马要回巢了，狮子要睡觉了，现在该是结束我们对话的时候了。我们的战斗已经开始，你听，那丛林的鼓声已经响起来了。"

杰生看到墙上的图像慢慢减弱，还原成先前那种宇宙沙尘的模样。在咝咝作响的电流声中，查理的图像正逐渐模糊，他开始令人恐怖地大笑起来，最终消失在一片白茫茫的电子光尘中。

（原载《人民文学》2016 年第 10 期）

作者简介：

陈河，男，原名陈小卫，生于浙江温州，年少时当过兵，曾担任温州市作家协会副主席。1994 年出国，在阿尔巴尼亚经营药品生意。1999 年移民加拿大，定居多伦多。主要作品有中短篇小说《黑白电影里的城市》《夜巡》《西尼罗症》《我是一只小小鸟》《南方兵营》《猹》等，长篇小说《红白黑》《沙捞越战事》《布偶》《米罗山营地》《在暗夜中欢笑》《甲骨时光》，曾获首届咖啡馆短篇小说奖、第一届郁达夫小说奖、《小说月报》第十四届百花奖、第二届华侨文学最佳主体作品奖、《人民文学》中篇小说奖。

归　息

王威廉

> "心之忧矣，于我归息。"
> ——《诗经·曹风·蜉蝣》

我从不相信梦，可梦总是让我困惑。我曾在毫无预感的情况下梦见和管苻热烈接吻，没想到第二天就梦想成真了。恋爱中的人们梦见接吻完全可以认为是潜意识的投射，可诡异的是，我在梦里看到的管苻，无论是模样、表情、姿势，乃至微微呻吟的声音，都和实际中的完全一致。如果还有人觉得这也不算什么的话，我可以补充一个最有力的证据：她鬓角有一粒细小的红痣，那是我之前从未见到过的，但我在梦中看见了，无论是大小、形状还是位置，都和实际情形一模一样。显然，这就不能用巧合来解释了。

这么说，好像我在强调某种神秘的东西，其实不是的，也许恰好相反，我不是一个神秘主义者，因此我也在千方百计地给自己找一个科学的解释。我想了各种解释，其中有一种解释我觉得比较科学：我的眼睛是看到过那颗红痣的，只是意识没有留意到，而在睡梦中，理性退场，潜意识登台，眼睛的感官记忆重新活跃了起来，进入梦境，被我捕捉到了。我觉得，这个说法应该也能说服别人。

不过，管苻就对我的这个说法不屑一顾。她觉得这是我编造的，是我对她的讨好之词。她说，如果这个梦是真的，那我就是在梦里讨好她。我丝毫没有这样去想过，明明只是一种神秘的体验，从何而来的讨好呢？当然，这件事放在客观角度，听上去的确像是一种感情的强烈表白，日有所思，夜有所梦，跟患了相思病似的。好吧，没问题，那就是讨好了。我不再说话，低头亲亲她耳鬓的小红痣，似乎那是唯一能证明我诚实的所在。

我和管苻发展到这一步，远远超出我的预期。我们其实是同事，她是编辑，我是记者，我们在同一个部门。当然，我们《文化周报》的这种同事关系与别处不同，记者和编辑并不用经常见面，我写好稿件用电邮发给编辑就好。但自从管苻来我们部门后，我就有事没事往报社跑，装作忙忙碌碌的样子，老是待在办公室里加班写稿件。我的动机简单明确，就是为了多看她几眼。但目的又很不明确，我似乎并没有和她成为男女朋友的那种冲动，我只想远观欣赏而已。这种复杂的感觉对我来说，尚属首次。

管芋当然是很漂亮的，远远望去，便是长发长裙，飘逸如云；走近再看，一双杏眼，眼瞳幽深，像通往银河系的隧道，吸引了太多的事物而需要破解。就连她说话的声音也温润动听，因此，同事们都叫她"仙女"。可话说回来，我当记者也有些年头儿了，漂亮的女人也见得不少，管芋并不是我见过最漂亮的女人。所谓漂亮，我指的是那种五官无可挑剔的精致，但那样的女人大多一开口，顿时就让人感到眼前的明媚被蒙上了阴影。管芋最致命的魅力就在于她的漂亮如同光源，是创造的而非停滞的，是内敛的而非张扬的，那种发自天性的克制与收紧，让她的举手投足都带有巨大的磁力，像爱情那样吸引着我。但我知道，那又不是爱情，或者说，不仅是爱情。

我这个老记者最初面对管芋的时候，一定是有些自卑的。和我同龄的那些记者早都"上岸"了，要么进了管理层，要么去了相关的企业（比如去证券公司的就不少），最不济也做了编辑求个安稳。只有我，还和新来的大学生一起，奔波在城市的各个角落。这些前同事们每次见我，总像见了一级珍稀保护动物似的，嘘寒问暖，关怀备至，笑容背后藏不住那点儿可怜的优越。其实我不是走不了，而是我自己不愿意离开记者岗。当记者挺好的，写完了稿子，其他的时间都可以自己打发，并且，钱也不少挣。记得有一回，利用采访的机会，我还参与了一部电视剧的脚本修改，虽然被反反复复折磨得快要发疯，但也扎扎实实地赚了点真金白银（够我几年的购书费用了），这总比关在笼子里强吧。我这属于当记者当野了，把自由看得比什么都重要。

因此，我见了管芋的自卑，并不是世俗认为的那种自卑。我面对她的自卑，来自对美的崇拜。管芋自己几乎没有那种世俗的优越感，但她的存在本身堪称优越，我认为任何人，尤其是男人，面对她的时候都应该感到自卑。我说的这些是真话吗？我这是在为自己辩解吗？这种辩解是在自欺欺人吗？我不清楚，可这些心里话，我永远都不会告诉管芋，这些话才真正是充满了失败苦涩的讨好之词呢。如果她听到了，不知该怎样笑话我。

我跟管芋开始了漫长的熟悉之旅。在单位，同事们中午经常会凑在一起叫外卖吃，扯一些轻松的八卦新闻，我和管芋也经常混迹其中。媒体人嘛，小道消息也多，比如大家可以针对某个明星的离婚事件，发表各种各样的猜测和论证，而后哄然一笑，抛到脑后。管芋不是不苟言笑的冷美人，也会跟着大家瞎聊，但总适可而止，说多了她便走开去忙自己的事了。她的离开也并不突兀，比如借故去卫生间或接电话什么的，一切自然而然，不让人尴尬和难堪。

因此，我跟她除了工作以外的对话，屈指可数。我并不迫切地要创造机会，跟她说些什么，我只要能看到她、听到她、感受到她，便已足够。我像是一个暗恋者，但我对她并没有欲望，也没有任何期待，更不像情窦初开时对女同学的怀春之情。我想，她对我来说，就类似一种象征，似乎在证明世上仍有极为美好的人和事。

不过，在同一屋檐下，时间久了，总会有奇迹发生。

"我从没见过你这样的记者。"这是管苧第一次和我单独吃饭时，对我开门见山的评价。

那天同事们恰巧都不在，只剩下我和她。办公室忽然变得异常安静，我甚至听得见隔壁办公室的说话声。我紧张得嗓子发干，只好不停地喝水。我听见自己喉头吞咽的声音，像是一条刚刚逃出沙漠的惊慌猎犬。到了中午，还是管苧主动提出，我们一起叫外卖。我像随时待命的士兵终于接到了命令，赶紧主动打电话给餐馆。

"没见过这么老的狗仔是吧？"我又喝了口水，肚子都快成暖瓶了。我的自嘲当然是慌乱的，赶紧堆起了不自然的笑容，像面具那样戴在脸上。

"别这么说自己的职业，你是文化记者，有文化的人呢。"她一脸严肃，眼神清澈地盯着我，没有半点儿开玩笑的意思。

"我开个玩笑。"我咳嗽一声，左右手交叉，叠放在桌面上，"那你怎么说没见过我这号的？我有什么过人之处吗？"

"你很认真，经常都能看到你在加班写稿，而且稿子的质量也不错，阅读量和知识面很广，可以说，你是学者型的记者。你工作真是用了心的，这点最关键。"她这次说完微微笑了下，像是老师表扬完学生的样子。

"谢谢，没想到你编稿还会那么认真。"我略略有些惊讶，不知从哪一天开始，同事之间很少交流文稿的质量问题了。这让我猛然想起了很多年前，自己刚刚成为记者时的心情。那会儿，我的新闻理想烫得像烙铁一样，折腾得我常常失眠：为了一个专题的成功，我不顾风雨雷电，必赶去现场实地采访，然后再像学者那样去研究相关的一系列资料和理论，即便通宵达旦也在所不惜。每每看到自己写的深度报道占据报纸的一整版，那种喜悦让我格外踏实，甚至觉得自己的生命都没有虚度。我想，正是那种高强度的积累和训练，让我在如今激情衰退的情况下，还能保持住一丁点儿亮色。

"你开什么玩笑？我是编辑，我不看你的稿子怎么行？"她说完，平静地看着我。我盯着她认真的样子，发现她的好看是浑然天成的，仿佛连眉毛也没修饰过。她的这张脸，让她的话天然就具备了力量，她一个小小的反问，在我这里几乎成了质问。

"那真是我的荣幸，你一定多指教。"我真诚地说了一句毫无特点的客套话。

"得了吧你。"她站起身，收拾好饭盒，丢到了楼道的垃圾桶里。她回来的时候，看到依然坐在原位的我，对我说："咱们多交流。"

我敏感地嗅出了她简单中的真诚，伸出手臂，做了个 OK 的手势，看上去像个接受过人工训练的大猩猩。

再回到案头写稿的时候，我心底的灰烬似乎被吹了一口气，重新亮起了红色的火苗。

我的努力很快有了回应。"这篇写得不错！"我刚刚走进办公室，就听到管苧远远地冲我喊。其他同事转头瞪着我，各种猜测遐想的目光，我像做错了事情那样，竟然闹了个大红脸。她并没有止步，继续向前，带着她如云的风采。我刚刚坐下，她已经走到我桌前，将打印稿在我面前铺开，跟我商量哪里还需要修改。我得承认，她的意见都是很有见地的。我也留意到，她在满意的句子下面画了横线，像批改学生作业似的，还不忘鼓励下学生。我在想，抛开她的光晕，她身上最吸引我的，就是这种对待事情的认真和郑重吧？她一定是个心怀理想的人。不过，我又想到，这样的人，往往相处起来是很累的，因为这样的人要求完美，而世上又有几人能担当起完美这个词呢？我不免有些望而却步。还是继续这么远观吧，也许，感受比占有更高贵。

可我小看管苧的能量了。很显然，我也小看了自己。大约一个月后，那天中午其他同事正好又不在，和上次的情形差不多，办公室里只剩下我和管苧一起吃外卖。这段时间，彼此经常交流文稿，熟悉了一些，因此这次相处我没有第一次那么不自然了，能够比较平静地跟她聊天。我们的聊天，几乎不涉及八卦绯闻，都是问最近看了什么书、有什么心得体会之类的，很有知识分子的谈话氛围。突然，她从马尔克斯过世的话题上抽身而出，毫无预兆地问我：

"老曹，你就打算一直这么和我闷头吃外卖？"

我一愣，问："什么意思？"

"你也不约我吃饭，真沉得住气。"她露出妩媚的微笑，但我觉得那表情中似乎有一种压抑着的少女的顽劣。

这种情势，即便我此前有难以计数的思绪，这会儿也被一洗而空，我还有什么理由不行动呢？

"对不起，我……我这不是……没这个胆子嘛。"幸福临近的压力让我张口结舌，像傻瓜一样笨拙。

"借你个胆子好了。"她不疾不徐，优雅得体，无懈可击。

"嗯，你等着，我会让你好瞧的。"我想说个笑话来着，可说完，我们谁也没笑。

"别让我失望。"她低头吃饭了。

我却一口饭都吃不下了，心脏跳得很快，激动又迷茫。我还想对她说些什么，她却把话题重新回到了马尔克斯身上，跟我聊起了即将要完成的一期纪念马尔克斯专版。

"马尔克斯是我们大家都喜爱的作家，你一定要写好呀！"她颇有些语重心长了。

"《霍乱时期的爱情》！"我喊出了这个书名，没有什么比这个书名更符合我此刻的心情了。

周末约她去看电影？但转念一想，以她的艺术趣味，也许更喜欢话剧？我打电话给剧院的朋友，得知最近有一部轻松诙谐的音乐剧《我们的家》。我听到这个名字，觉得这正是我所渴念的。说老实话，我也三十多岁了，早有了成家的渴望。管莘看上去很年轻，但我偷看过她的履历，比我小几岁而已。到我们这个年纪还没结婚的，周围越来越少了，因此我也不能免俗，刚刚跟谈恋爱沾点边（还不知道有没有希望），就想到了婚姻、家庭的归宿。但我同时也不免揣度：管莘作为女人，不可能没有对家的渴望吧？也许，一个家比一段情，更能让她心动。

在看话剧的前一晚，我梦见我们接吻了。逼真的细节让我战栗。醒来之后，我摸摸空荡荡的身侧，仿佛管莘睡在那儿似的。待我起身喝口水，便彻底清醒了，我坚定地认为这不可能，太快了！我和她别说接吻，手都没牵过！那次吃饭时她说的话现在像梦一样，我都不敢确信她是否真的说过那样的话，难道那一切都是我自己的痴心妄想？我没法求证她，只能更努力地去感受她。我的鼻腔隔着老远甚至都能闻见她的气息，她的存在对我来说，不再是一种象征了。她入侵了我，我已经无法继续保持平静。我像紧绷的弹簧，把绵绵情话全部深藏心底，就算那天她的话是我的臆想，也不能阻止我对她的表白了。我闭上眼睛，不敢去回忆梦中的亲吻。但我忍不住，还是要去回忆，一遍又一遍，直至那些原本清晰的细节变得浑浊。我身体燥热，辗转难眠，深感无助。我可怜起了自己。

第二天晚上，我们一起在能看得见江景的地方吃了泰国菜。我记得她提过冬阴功汤的，果然，她很开心。我的心稍稍有些轻松，生怕一开始就没踩到点。我看着她开心的样子，忽然想到昨天的梦境，忍不住把目光移开了，不敢看她。她极为敏感，马上问我在想什么，我笑了笑，大了胆子，直率地问："我在想，你这么好的条件，怎么会愿意出来和我吃饭。"

"你怎么了？你不是也挺好的吗？"她淡淡一笑，胸有成竹的样子。

"我有多好，我知道，但是我不傻，我更知道你有多好，那种程度甚至超出我的想象。"我往后一靠，脑袋前倾着，像迎头等待她的批评。豁出去了，这个时候坦率要比躲闪强，我不希望自己因为怯懦而变得顺从。

"是的，我也不瞒你，一直有很多男人围着我，我有时不胜其烦。"她顿了顿，这个瞬间对我来说意味无穷，我的心脏跳得欢快极了，像只快要暴露于阳光下的鼹鼠，"但是，我有我的尺度，我喜欢有思想、有理想、有自由的人，这样的品种在今天可是不多了。"

"现在都是要'高富帅'，你却要这另类的，甚至过时的'三有'，这种'三有男人'没几个女孩喜欢了，像大熊猫一样稀少。"我摇摇头，不自觉地叹了口气。

"我看你就是头大熊猫。"她说完，脸色微微有些红润，这是她第一次在我面前表现出羞赧的神情。

"你说的'三有'，我最多只占了一个，那就是自由，谁叫我是懒散闲人呢？你要是指的是这个，那我就当个'准'大熊猫吧。"我自嘲道。我分明极度渴望她的肯定，却在她的肯定之下，做出言不由衷的抵抗。我是生怕让她失望吧，因此一开始就不想给她希望。

"你都有，别掩饰了，你要自信的。好了，不说这个了，我们走吧，时间差不多了，话剧快开始了。"她直起上身，抓好包，双腿并拢，准备随时发力站立。她真是风姿绰约，可我不敢多看，我只敢看她的眼睛，她的小小银河系。我感到自己掉进了她眼神的星云里边，分不清东南西北了。

我们沿着江边走了会儿，然后乘地铁到了剧院。

不出所料，管苧坐在剧场里看得津津有味，该鼓掌时鼓掌，该笑时必笑，还偶尔会转脸寻找我的存在，试图和我分享她的感受。我被她感染了，竟然也投入了进去，第一次觉得话剧也是相当抓人的，那些夸张的舞台造型逐渐融化成了心底的布景，变得极其自然。我以往看话剧，都是看到一半就昏睡了过去，醒来后拿着资料册蒙头蒙脑回去写稿，完全没有享受的愉悦。今天管苧在侧，我丝毫困意也没有。我靠近管苧的那只手虽然一直蠢蠢欲动，想干点什么，但欲求并不强烈，时常被舞台吸引而忘记自己猥琐的企图。等到话剧结束的时候，我才意识到自己做了一次多么称职的好观众。

话剧的情节也很简单。一个社区管理员为了丰富大家的业余生活，想组织大家一起参加合唱比赛，过过集体生活，但每个人都因为各种各样的事情逃避参与。后来，大家跟管理员谈条件：能不能给修个锁？能不能给换个马桶盖？能不能维修的时候先从自己家开始？形形色色的小人物轮番出场，斗智斗勇，又满怀同情，和我们隔壁的老王老张没什么区别，但演员演出了他们的内心世界、他们和这个世界的纠缠关系。是的，每个人都有自己的痛苦和追求，我不免就想到了自己：我的痛苦、我的追求究竟是什么？当记者的这些年，我感到自己越来越无力了，没有人再提"无冕之王"这个称呼了，媒体还有什么影响力？我们《文化周报》，是不是还不如娱乐明星的一个微信公众号呢？这种情绪折磨我不是一天两天了，可看到同事们对艰难处境的轻松调侃，我总觉得自己过于脆弱了。我老是对自己说：人家能面对的，你为什么不行？因此，我不愿意再多想，该干什么干好就得了。我觉得我只要做得比那些对什么都无所谓的人要好，我就可以问心无愧。

现在事情变复杂了，因为管苧出现了，她有意无意都让我重新去面对那些问题，那些隐藏在我心底帷幔后边却时刻躁动如同野兽的问题。我被她吸引，又想挣扎逃离，但终究，不但是她的力量，还有我心底的声音，让我意识到这种吸引的本质是多么难得，我应该无条件地向管苧投降，跟她一起去揭开那层帷幔，去和野兽战斗。

散场后，我们走到剧场附近的一家咖啡店门口，我邀请她进去喝点东西，她在犹豫这么晚还要不要喝咖啡。

"不一定喝咖啡，可以要点别的什么。"我提议，颔首微笑，一脸真诚。这个夜晚很美好，我想延长它。

"谢谢你，我很喜欢这个剧。"她还在回味，她忍不住回头看了看剧场，那儿只剩下几对情侣在和海报合影。

"我还担心你会不喜欢。我不懂看剧，但这部比我想象的要好许多，甚至可以说，是我看过的话剧中最打动我的。"我把手伸进口袋，还能摸到票，我把票攥紧在手心里，似乎可以获得神秘的力量。

"你不懂？少来了！"她迅速扫了我一眼，似乎用眼神便戳破了我的谎言，她迅疾又回到戏上，说，"我怎么会不喜欢呢？那几位演员都太优秀了，表演得很有感染力，尤其是这部剧的主旨也非常契合我们这个年代，让我们反思个人生活和公共生活。唉，我不由记起上大学那会儿，我还是学校话剧社团的呢，我们自编自导自演，玩得不亦乐乎。"

"你肯定每次都演女一号吧？"

"那可不一定！我什么都演过，还演过一头大海龟，是智慧的化身。最好笑的是那个剧本还是我自己写的，我居然给自己分配了这么个角色。"她笑起来，夏天的夜晚总是轻快的，这笑声也轻盈如风。

"你总是喜欢挑战自我吗？"我抬头看看墨蓝色的天空，想起海洋的深处，"什么时候能看看你演海龟的样子？好期待。"

"再也不可能了……真怀念那样的时光。"她似乎有些伤感了。

"我们还是走走吧，散散步。"我赶紧转移话题。

走出剧场的大院，这是一条老街，全是复杂的鹅肠小道，两边挤满了各种各样的杂货铺，也有不少住户，间或能听见孩子的哭声和老人的咳嗽，加上窗帘背后透出的温馨灯光，不仅没有一丝半点的恐怖，反而让这寻常的人间烟火多了朦胧与暧昧，特别适合情人的散步与倾诉。

我们边走边聊，有一种无拘无束的舒适。

我趁着夜色掩护，竟然像喝了酒似的，干脆大胆地告诉她，自己从小是有一个记者梦的，这个梦又如何面临着幻灭的危险。我从没跟其他人说过这些话，这些令人羞愧和害臊的话。她不动声色地走在我身边，并没有急着抚慰我，只是应和着我脚步的频率，和我保持着一样的步伐。她的短暂沉默有一种坚定的意志，与小巷中笼罩着芸芸众生的神秘力量，仿佛如出一辙。

"其实我是个小人物，没什么故事，不像你，一看就是名门闺秀的。"我尚未充分描述完自己的幻灭，自卑感就沉渣泛起，让我用这样的陈词滥调结束了自己的倾诉。这样的话，每次都让我后悔，可每次我还是会说出来。也许，这正是我的弱点所在吧。我闭上嘴巴，特别想听听管莘会怎么说。

"你不是小人物，或者说，对于历史来说，我们都是小人物。我们不说那些大词，你和我一样，首先都是活生生的人，我们都把命寄放在文化里，因此，你的能量还没有完全爆发出来呢，我能感受到你的那股力量的。"管莘说着，用肩膀轻轻碰了碰我。

"谢谢……"我内心多么感激她，她不会知道的。

"至于我，我倒是想谦虚一下，不过我一想，你说的'名门闺秀'这词虽然烂俗，可还是有点儿符合我的情况的。我的意思是，我想夸夸我的父亲。我母亲走得早，我是父亲带大的，因此，我受父亲的影响太深了。他真是个学富五车的学者，谈起问题来总是能入木三分，至今我有什么困惑，都会去找他聊天，寻求解答，他就像大海一样渊博，总能让我信服，让我获得力气，重新投入到生活和工作当中。"管莘提起她的父亲，语气变得深情起来。我倒是有些惊讶管莘的身世，母亲早逝，对一个孩子意味着太多的缺失，命运看来并没有对管莘尽善尽美。

"你有这样一位父亲，我一点儿也不意外，你说得我都很想读读他写的书了。"我说着，忽然也很想对她聊聊我的父亲、我的起点、我的源头，"我的父亲是一名小城的政府官员，小城的文化氛围很贫瘠，因此，他最大的爱好便是晚饭后读晚报。我中学时代写了篇关于春节该不该放鞭炮的作文，被老师推荐到晚报上发表了，我父亲看到后，他那激动的表情我一辈子也忘不了：那天，他居然拥抱了我。他是个老派人，那天是我有记忆以来，他第一次拥抱我。我高兴极了，感觉自己获得了无上的成功。所以，可以说，我选择当记者，就是在那一刻决定了的。"我说到这里，忽然感到了一阵沮丧，停了下来。

"看来，父辈对我们的影响，超出我们的想象啊！"管莘感叹道，她似乎没有察觉到我潜藏的沮丧。

"但我的父亲后来觉得我是个失败者。"我苦笑了下。我本来不想扫兴的，但我觉得管莘误会了我的意思，我还是想表达出自己真实的一面。如果在她面前此时此刻继续掩饰，那么我做人也太没有意思了。

"为什么呀？你不是成了记者，完成了他的心愿吗？"她不解，仰起脑袋，眼睛闪着光泽，单纯得如同一只猫。

"因为，他的心愿并不是希望我当记者，而是希望成为一个成功的人。这二十年来，成功的标准发生了多大的变化啊！我父亲和其他人一样，不再认为记者代表成功。这种想法当然有问题，但可怕的是，我自己也无数次那样想过：记者不再是无冕之王，有太多的记者败坏了这个职业的高贵，纸媒的衰败更是让记者失去了自信和力量，因此，我不再和父亲聊工作上的事情。他的生活习惯一时半会儿还是没变，还是喜欢看晚报，但你知道，现在的晚报还有什么好看的？基本上都是文摘，他只是觉得读晚报能让自己和世界还保持着联系，但实际上他和世界之间的道路已经塞满了淤泥。这绝不是我讽刺他，他自己有时都忍不住向我抱怨：'现在的报纸怎么越来越没营养了？'我只能说：'你还是上网看新闻吧。'他说：'算了，眼睛受不了电脑屏幕。'我还能说些什么呢？难道我对他说：'爸，你还是看看我们《文化周报》吧。'我可说不出口。"

我一口气说了许多，当我模仿父亲的语气时，我和管莘都笑了。话语就像泡沫，溢出了我的边界，像是抱怨，又像是在指责。我觉得这么说也许有些刻薄，尤其对我父亲，我从未用调侃的语气跟人谈论过他。

管莘停了下来，盯着我，笑容已经不见了，脸上充满了惊讶，她没想到我会说出这么一番话。让她大吃一惊，还是大失所望？我无法判断，无所顾虑。我扭头看了会儿远处的街灯，然后发现她还在盯着我，像是要用目光凿穿我的外壳。我要抵御这样的目光，就不能再逃避，我和她对视了起来，这个过程让我获得了一种勇气，也许是来自绝望的、虚无的乃至无赖的勇气。这时我早已忘记了昨晚亲吻的梦境，但那梦境依然驱使着我的身体去实现它。我不再犹豫，伸出双臂紧紧抱住管莘，深情地吻她。她浑身颤抖，仿佛受到了惊吓。但她没有拒绝我，等到她的嘴唇开始回应，她的颤抖便立刻停止了，我感到她纤细的手指钻进了我的头发。

我微睁的双眼看到了她耳边的红痣，昨晚的梦境这会儿清晰重现，我被那种神秘的宿命力量击中了，我闭上眼睛，她的吻像是深海的漩涡，把我吸引到了全然陌生的境地。我几乎钻进了云朵里，飘向了任意方向。

这个吻，让我们忘记了我们对父辈的不同看法、我们的不同来路，它像是一道突然崛起的山峰，把我们的生活分成了前后两个部分，甚至胜过婚姻对于生活的分割。也许，有了这个吻，婚姻便成了可以眺望到的事物吧。

那天晚上，我们接吻、散步、聊天（接吻之后的聊天，便成了没有具体话题的呢喃、情人之间的柔风细雨），再次接吻，竟然缠绵到了天光微亮时分。我对自己都多出了好感：在这具日益消沉的身体深处，竟然还藏有这么巨大的能量可以去爱，这远远超出了我对自身的判断。我以为自己再过几年随便找个女人便结婚过日子了。现在，我为自己感到庆幸，爱是一切的希望，我感情的每一个细胞都在复苏。

我们一夜走了十几公里，却浑然不觉，直到她告诉我前边就是她家了，我才惊觉我们从城西走到了城东。我是说要送她回家的，只是没想到是走路送她回家的。天天生活在这个城市，双脚真实丈量过的地方其实非常有限，因此站定之后环视四周，街灯昏黄的光晕让我心中涌起一种陌生感，不论对自己，还是对管莘，还有这座城市，都感到些许陌生，而陌生又焕发出新鲜的生机，这种诱惑令我恍惚起来。

"明天见。"我说。

"等会儿见。"她笑道。的确，还有几个小时就上班了。她把我拉回到了现实层面，那种陌生感正在散去，只剩下了新鲜的诱惑。

"估计回去就累瘫了。"我打了个哈欠。

"不会的，我现在还不困呢。"她的眼睛的确闪着光泽，毫无倦意。

"那再走走？送我回家？"我打趣道。

她大笑起来，冲我挥挥手，转身进了小区，她回头看了我一眼，我就在等待着这个瞬间，用尽全力去铭记她的侧脸。我无法想象她没有这一回眸，这个回眸像是今夜完美的句号。一夜的缠绵，已经让我狂热地留意她的每个细节。我希望她真正爱我，如我爱她一般。

几个小时后，我们真的在办公室见面了。如她所说，真的不困，我回到家，冲个澡，躺下闭上眼睛，全是她的笑容和声音，想起一会儿还可以见到她，更是睡意全无。我干脆躺着看起了书。当我回到办公室，我看到她已经坐在她的位置上了。我们对视了一眼，昨晚的记忆瞬间又被点燃。我坐在毫无美感的办公桌前，却觉得这一切焕然一新，简直是世上最好的工作环境。从我的位置上看不见她，但我时刻意识到她就离我三米远，我心中充满了踏实（就像是被爱情吹鼓的气球）。她激励着我，我感到自己工作起来有如神助，我甚至在文章中恢复了一种久违的激情和诚实的道德感，我确信，她会喜欢我这样。因为，连我自己都喜欢自己这样。

三个月后的一天中午，管莘跟我正吃着饭（我们早已不在办公室吃外卖了，而是一起去饭店吃饭，享受二人世界），她忽然若无其事地说："这个周末没事吧？带你去我家，见我爸。"

我迟疑了，短暂地沉默着。

这回她愣了，有些不安，说："我们的关系不是很稳固了吗？你还在犹豫什么？"

"当然，这还用说，"我略显尴尬地笑笑，"我……我只是还有点儿没准备好，说句老实话，我有点儿怕你爸。"

"为什么呀？"她用纸巾捂着嘴巴，大笑了起来。我此刻的样子一定是很好笑的。

"他是那么著名的一个大学者，我去见他，哪里来的底气嘛！"

"你又不是去考研究生，你怕什么！再说，他非常和蔼的，不会给你带来什么压力。"

"可是，如果这个人居然想做他的女婿，恐怕他就和蔼不起来了吧？"

"别贫嘴了，到时放轻松一些，跟他聊聊你的工作、你的想法，就像你平时跟我聊天一样。"她伸出手，放在我的手背上，轻轻抚摸着。

"只好如此了。"我反手抓住了她的手，拉到我的面前，轻轻吻了吻。

其实，我刚刚和管苧接吻的第二天，我就打电话给母亲，告诉她我有了女朋友，并详细介绍了管苧的情况。母亲听到管苧这么优秀，一直笑，让我抽时间尽快把管苧带回家，给她好好看看。我知道，母亲现在最关心的，就是我娶媳妇、生孩子这两件事，典型的中国家长。父亲得知管苧是"名门闺秀"，居然抢过话筒，让我要牢牢把握住这个"机会"……

这些细节，我从没跟管苧透露过，父母的迫切，让我有种羞愧感。而且，我似乎还做不到理直气壮地邀请她去见我的父母，难道我的自卑还在折磨着我吗，还是我对她疑虑未消，抑或是担心两个家庭之间的差异？或许，还有别的什么未知的情绪？我说不清，也从未试图去理清。面对管苧，我经常会忘记其他的一切背景。现在，没想到，管苧率先提出要带我去见她的父亲，我不免再次焦虑起来，我不仅仅是怕他的父亲，更是怕这些内心中晦暗不明的区域。

但我心里还是感激管苧的，有种感情步入新阶段的暗喜。

周五下午，我提了一大篮水果，还有一箱牛奶，叫了辆出租车，跟管苧回她家。路上，我心里百感交集，记得好久以前，我曾和大学时代的女友去她家，我什么都不懂，竟然空着手就去了，当时的女友也不以为意，可她家里对我没什么好印象，不知道和我空着手上门有没有关系（我跟自己开个黑色玩笑）。其实，主要原因是她父母都是官员，希望我毕业后也能够考公务员从政，可我竟然进了报社，让他们大失所望。因此，每当女友和我闹矛盾的时候，她的父母直接劝她离开我。三番五次之后，我们果真分开了。

想起往事，不免有些伤感，我伸手摸了摸管苧的膝盖，那儿的坚硬让我平静。管苧似乎感受到了我的心情，故意斜眼瞅瞅我拿的东西，调侃道："你这是去看病人啊？"我羞得脸红了，说："那你也不给我一些提示，去看长辈不都拿些实惠的东西吗？"管苧说："逗你玩儿呢，你这样显得蛮朴实的，我爸会喜欢朴实的人。"午后的阳光照进车内，升腾起一股燥热，她伸出双手，将肩头的头发捋到了耳后。那粒顽皮的红痣露了出来。我每次看见这粒红痣，都会想起那个清晰的梦，从而反复确证我和管苧的感情是命中注定的。

这种宿命的想法，让我的焦虑缓解了好多。

管苧的家在市区一个紧邻江边的高档小区里，楼与楼的间隔很宽阔，到处都是嫩绿的草坪，自动洒水器喷出的水雾在阳光下形成了小小的彩虹，并把那种植物腥甜的气息送进我的鼻腔。路边长满了不同种类的参天大树，红色木棉花正开得灿烂，树枝上还栖息着不知名的褐色小鸟，叫声婉转动人。我作为记者对这座城市也堪称了解，但居然从未来过这么好的小区。我的心情愈加复杂，我在这座城市奋斗了快二十年，前年才勉强在城郊买了一套八十平方米的房子，每月还在供着不菲的房贷，顺利的话，预计在我五十五岁那年能够还清房贷，成为一个无债一身轻的自由人。但是，管苧从小就生活在这样的地方，她不是衣食无忧，而是锦衣玉食，我们之间可以克服这些因素，美好地生活在一起吗？

这三个月来，我倒是没有觉出和管苧有多大的差异，赶时间的时候就吃碗街边的拉面、汤粉，甚至啃几口包子，她从没有抱怨过什么，还很开心的样子。她的衣服和提包都很漂亮，但我看不出什么牌子的，她巧妙地隐藏着这些普通女孩子喜欢显摆的细节。她很谦和，很低调，我觉得这种谦和、低调和她的优雅一样，也是她修养的一部分。我对此是暗暗欣赏的。不过，婚姻毕竟不同，不是偶尔的表演做戏，而是日复一日没有尽头的琐碎生活，大家的价值观念与生活方式都会在婚姻这个战场上进行各种形态的交锋。如果双方差异过大，战役一定会不断升级，成为鱼死网破的惨烈决战。

"我家搬来这个小区，也就十来年的光景，"管苧似乎看出了我的疑虑，说，"那时候房价很便宜，各个单位只要有能力，都会给员工分房的。我爸任职的虽然只是一家杂志社，但级别挺高，按他的工龄和级别，再补上一笔钱，就有了这里的房子。"

"对房奴来说，那真是个好时代，"我开玩笑道，"咱们《文化周报》啥时能给员工分房子啊！咱俩要求也不高，两个人给分一套就行。"

"哈，你还想得美！"管苧在我背上捶了一拳，"不过说真的，你知道吗？十五年前，咱们《文化周报》的效益相当不错，那会儿的员工都分到了房子。"

"那我还真不知道，看来纸媒也有过非常辉煌的时候。"我在不工作的时候，其实和单位的关系是比较疏离的。

"当然，网络出现以前，纸媒那是绝对的王者。"

"的确是的，"我问管苧道，"那你怀念那样的时代吗？"

"不，"管苧说，"我觉得虽然网络对我的饭碗构成了威胁，但对我的生活方便了太多。"

"你真是历史的公正判断者。"我半开玩笑道。

"你才知道吗？"她笑道。

"你总是让我惊喜。我还有个问题想问你，希望你不要介意……你爸也是个官员？"我迂回了一大圈，还是抑制不住地问道。那份敏感，似乎必须要得到回应。

"在某些场合下是吧，比如在和官员交往的一些场合，对方也把他当官员。"她说，"不过你放心吧，他身上没什么官气，用他自己的话说，他就是'一介学人'。"

"哦，就跟咱们总编一样，跟我们在一起是媒体人，跟外边单位交流的时候，他就是官员了。"

"是的，一样的情形。"

七号楼801房到了，管莘按响了门铃，我听见里面传来一位老者的声音："来了，来了。"随着一阵拖鞋的踢踏声，门开了，一颗花白的脑袋露了出来，还有一双隐藏在老花镜后的眼睛，管莘还没来得及说话，我便赶紧叫了声："伯父好！"老者慈祥地笑着，他毫不掩饰地打量着我，然后，侧过身子，说："都快进来吧！我都做好饭了，尝尝我的手艺。"

"爸，你辛苦啦。"管莘说着带我进门，放下礼品，换鞋，我直起身子，才第一次完整地看清了管伯父。

他和照片上的不大一样，照片上的他指点江山，神采奕奕，看上去正值壮年，和这个时代的成功者有着类似的形象，而生活中的他，看上去有些疲惫，头发凌乱，皱纹丛生，瘦弱的身子让睡衣显得宽大。他一定是思想过度了。我对他少了一份畏怯，多了一份敬重。其实，自从我知道管莘有个学者父亲，我便找到他的书，开始偷偷研究他。原来，他是一份很有影响力的理论刊物的主编，这份刊物在我读研究生写论文的时候，还多次引用。我又找来他的文章细读，惊觉很有深度，又没有学报论文的八股气，的确做到了深入浅出，怪不得影响力很大。我之前是读过他文章的，只是没有记住作者。

"小曹，快坐，别客气，到这里就跟到自己家一样，不要拘束。"管伯父说着，端了杯茶给我，还拿出烟来，问我抽不抽。我说我已经戒了很久了，他笑着说："戒了好，我也想戒，可写文章的时候不抽根烟，总觉得哪里不对劲。"

"特别理解，我以前也喜欢写稿子的时候吸烟，可我有一天起，忽然对焦油过敏，一吸烟口腔溃疡就犯了。"我抿了口茶。

"那没办法了。"他遗憾地说。

"是的，不过您少抽点，毕竟抽烟对身体不好。"我感到他对我的好感多了点儿，脸色也愈加温和了。

"我写一篇三千字的文章，一般就吸三根，开始、中间和收尾，第一根是寻找和进入，第二根是助兴和推进，第三根是庆祝和享受。"他笑了起来。他的声音浑厚，富有磁性，谈论这种生活琐事也趣味盎然，有很强的概括力和感染力。

"我爸克制力很强，不写文章绝不抽烟。"去厨房巡视了一圈的管莘，满面微笑地走了出来，"咱们吃饭吧，没想到我爸做了六个菜呢！"

"我都是瞎做，我说今天咱们去外边吃，莘莘非要在家吃，难为我这个老家伙。"管伯父摘下眼镜，从沙发上起身，招呼我吃饭。看他的样子，我一点也想象不出他在厨房里忙碌的样子。

我洗完手，来到厨房，看到桌面上整整齐齐地摆放着六个菜，红绿搭配，食欲顿生，还有一瓶刚刚打开的干红，确实有宾至如归之感。我坐定后，发现桌上放了四个酒杯，难道还有别的客人？疑惑之际，管莘轻声对我说："我妈走后，我爸为了我才学会做饭的，只要是他做饭，一定要小酌两杯，他经常会多放一个酒杯，在心里和我妈聊聊天。"我有些感动，却不知该说些什么安慰的话，只得望着管伯父微笑了下。管伯父消瘦的脸上满是皱纹，有一些皱纹微弱地颤抖着，那应该算是一种难以描述的微笑吧。他似乎没有听见管莘对我说的话，或者，在他看来这是一件司空见惯的事情。

"你不用担心我爸，"管莘说，"他很懂得克制自己的感情，这样的时刻一年也没几次，因为他平时在外应酬，几乎是不喝酒的。"说完，她看着自己敬爱的父亲笑了起来。

"小曹，来，我们喝一杯。"

我还没来得及吃口菜，管伯父已经举起了酒杯。我赶紧站起来，跟他碰杯，而后一饮而尽。管莘举起杯子，佯装生气地说："爸，你偏心得也太快了吧，居然第一杯也不带上我？"管伯父笑眯眯的，也不说话，端起酒杯，我们三个人一起又喝了杯。我看到管伯父的脸上有了粉红的血色，整个人的身体也似乎松弛了一些，我意识到他淤积在体内的疲惫比我之前第一眼感受到的，还要沉重得多。

"伯父，我再敬您一杯。"我端起酒杯，尚未放到唇边，他已经毫不犹豫地仰头喝干了。

"你们控制下节奏，还没吃菜很容易喝醉的。"管莘说着拿起筷子，先给我夹菜，再给他父亲夹，恍然间，我觉得我们已经结婚多年，拥有一个特别温馨和谐的家庭。

"酒过三巡嘛，现在好好吃菜！"管伯父也招呼我，他的声音似乎大了些。

我吃了一口他做的菜，味道极为可口浓郁，所用的酱料远非一般家庭厨房所能具备，像是饭店做的，我甚至怀疑他是不是去饭店打包回来的。

"好吃吧？"管莘问我，不等我回答，她就说，"我爸做什么都有一股追求完美的精神，他当初为了给我做饭，竟然会去饭店里拜师，跟大厨学手艺，这种事情，一般的学究恐怕是做不出来的。"

"确实好吃，我没想到伯父会有这样的手艺，还以为是从饭店打包的。"我实话实说了。

他们都笑了起来。管伯父笑得尤其厉害，差点儿呛到了。

"谢谢，你这句话，是真实的赞美。"管伯父用纸巾擦了擦嘴唇，笑说，"别人夸我厨艺好，比夸我文章好，更能让我开心。"

"为什么呢？文章不是您安身立命的所在吗？"我不解。

"是的，既然关乎自己的安身立命，那么别人夸或不夸，哪怕辱骂，又有什么关系呢？你又不能因为别人说你写得不好，你就放弃了思考和言说。其实，你仔细想，别人夸你写得好，反而很可能让你忽略你身上存在的问题，盲目地狂奔下去，等到了我这个年龄的时候，就无药可救啦！"

他最后一句话像是自嘲的玩笑，但他没有笑，只是端过酒杯来，自己默默喝了下去。也许是为了消除沉重的氛围，他把话题又拉回到做饭上面：

"做饭让我开心，我想不到比做饭更能代表生活本身的了。思想久了，往往会让我们远离生活，而做饭相当于活着本身。做饭首先是为了生存，但进食本质上是很野蛮的，所以我们把它艺术化，由此，欲望与艺术有了完美结合。笛卡儿说，我思故我在；我说，我做饭故我在。"

笑声重新回到餐桌，管伯父的学者幽默处处闪耀智慧，又没有丝毫卖弄的成分，他似乎将思想融进了日常生活的毛细血管，每个不经意的瞬间都与他强大的内心世界相关联。内部的一个微小颤抖，都会是外部的一声和弦。

"小曹，你会做饭吗？"管伯父不经意地问我。

我暗暗紧张，他刚才将做饭提升到了那样的高度，而我似乎对做饭没有什么热情，我只好坦白道："只会做几个家常菜，实际上也很少做，因为一个人生活的缘故吧。"

"我猜你们谈恋爱也不是一天两天了吧，"他抬眼快速扫了我一下，"还说是一个人生活？"

"我……我是说以前，自从和管莩交往以来，我们工作忙，一起做饭的机会其实也是不多的。"我的脸肯定涨红了，这会儿才感到了拜见未来岳父的压力。

"管莩在家是很少做饭的，只要我说累了，她马上就说我们去饭店吃。"管伯父望着管莩，笑了笑，是那种父亲对女儿的自然又深沉的表达，"现在有了各种各样的手机软件之后，她更懒了，在家的时候连门都懒得出，在小屏幕上就点餐了。"

"爸，现在年轻人都这样，生活方式改变了，你要接受这点啊，这种方便是好事。"管莩夹起一块鱼，小心翼翼地剔除鱼刺后，放到了父亲的碗里。

"当然是好事，但是别忘了我刚才说的话，只有你们亲自下厨，才会懂得生活意味着什么。其实还不止如此，我不是危言耸听，我想对你们认真地说，除了健康问题，天天吃外卖，实际上你们把自己和这个世界隔开了，你们更加陷入到了自己的小圈子里，似乎万事万物都可以安排和归结到你们的小逻辑里边，这是非常虚妄的事情。因此，这种表面的方便，仔细想想，反而是束缚，像是一座名叫'自由'的监牢。你们是在坐自己设置的牢，知道吗？"

"爸，你怎么说得这么严重？"管苓低下头，轻声说。

我也低头吃饭，不敢说话，我发现面前这个老头儿令我琢磨不透，他的慈祥背后有一种坚定的东西，像是崭新的砂纸一样，只要亮出来，就会打磨得你浑身燥痛。但这种痛，是来自对世界黑暗的顿悟，就像他的话，费解却锋利，将刀刃准确指向目标，你顺着刀尖看到了幕布被划开后的缝隙，然后你感到触目惊心，不敢再看，只想赶紧闭上眼睛。

"好了，我不说这些刺耳的话了，我们好好吃饭。"管伯父举起杯子，向我示意，"不断地质疑、思考，又不断地碰壁、痛苦，这已经成了我的职业病了。小曹你别介意，我看过你的文章，是很有想法的，我知道你会理解这种状态和痛苦的，因此我今天才多嘴了。来来来，我们再喝一杯！"还没等我回应（我很想告诉他，他的话刺痛了我），他的喉结迅速蹿动了几下，一杯酒又消失不见了。

我赶紧陪着喝下，食道里一阵暖流，冲开了我全身的毛孔，我觉得心底似乎有什么东西被老人感染了，也许是酒精的感染。无论如何，我敢抬起头，认真望着他眼皮松垂的眼睛，对他说："伯父，你说得很对，我们是在陷入一种危机当中，一种我们自己从未觉察到的文化危机。"我还想再多说点什么，被管苓制止了，她担心地拉了拉我的衣袖说：

"咱们能不能安安静静地吃完饭，然后再去客厅喝着茶聊天呢？"

"我也是这么想的。"我说着，将剩余不多的酒匀着倒进三人的酒杯，然后诚恳地说，"伯父，您比我之前想的还值得我尊敬，请您放心，我一定会照顾好管苓的。"

"我相信你，你能理解管苓，能理解我们这个家庭，这点很重要，这会让你们的爱情也变得重要起来。"他盯着我和管苓静静地看了十秒钟说：

"你们定个好日子，把婚结了吧。"

第一次见面，他竟然就把结婚这个词说出了口，有种突如其来的眩晕感让我不知所措，但同时，那种宿命般的感受，让我又觉得顺理成章。我多喜欢这样的父亲啊，第一次见面就毫不保留地把情感世界向我敞开了，我感到了一种被接纳的幸福。

"衷心祝福你们！"

管伯父站了起来，左手端起那杯伯母的酒，右手端起自己的酒。我们也赶紧站了起来，四个杯子碰在一起，发出清脆悦耳的声音，如琴键上飞跃的和弦。我看到管苓的眼泪控制不住地流了下来，脸上却挂着微笑。

婚礼很简单，却很隆重。所谓隆重不是指场面的奢华，而是说，我第一次见到了这么多的文化界名人。平时只读他们的文章，现在他们一个个站在你的面前，你会有一种虚实相生的眩晕感。可以说，这是一种文化的奢华吧。当然，这一切的中心是管苧，她是最奢华的，她的存在本身就是奢华的。她穿着洁白的婚纱，真的如同女神，我看着她，时而为自己感到羞惭，时而为自己感到骄傲。但我们近距离站在一起，她的眼神又让我变得平静。

　　我的父母也来了，他们一脸欣慰，跟管伯父坐在一起。我的父亲前几天悄悄告诉我，其实他一直在读我所在的《文化周报》，爱看我写的文章。"你真以为我不读你写的东西吗？即便我认为记者不再是个好职业，也不妨碍我去探究你在想些什么。"我的父亲并没有说这样的话，但我从他的神情中，分明听见了这样的话。我跟管苧聊起我父亲在偷看《文化周报》，管苧说：

　　"所以，我们对父辈永远也不能说了解了，他们比我们复杂得多。"

　　"我们到那个年龄，也会那么复杂吗？"

　　"有可能。"

　　"复杂好吗？"

　　"无所谓好不好，没办法的事情。"

　　我们在准备婚礼的短暂间歇，居然还在讨论这样的话题。不过，更多的时候，我们还是跟别人一样愉悦的。我们一起选礼服、选首饰，尤其是选钻戒。管苧开心极了，我从未见她这么高兴过，我跟她开玩笑："仙女，你平时的矜持呢？""讨厌！你赶快去写请柬吧！"最繁重的任务落在了我头上。

　　中国的婚礼，是两个家庭的重组。我得改口把管伯父叫父亲了，我端着茶，走到他的面前，把茶杯递到他的手里。

　　"爸，请喝茶。"一句象征意味浓重的话。

　　我的岳父点点头，严肃认真地喝下了那杯茶，像是跟我第一次饮酒似的，迅速干脆，一滴也不剩。我看着他的眼睛，瞳仁里闪着智慧的光泽，再看他肌肤的血色，忽然发现他其实很年轻。尤其今天，他穿着笔挺的正装，头发染得油黑，梳得一丝不苟，成功的中年人士的感觉又回来了。我觉得以前背地里叫他"老头儿"，的确是轻慢了他。但他丝毫没有成功人士的扬扬自得感，他沉稳地坐在那里，自有一种值得信赖的父辈魅力。我不得不承认，他的气场盖过了我的父亲。我的父亲今天也容光焕发，但他终究只有官员的威严，少了一份儒雅。但这些都不重要了，我爱他们。我想，此后我们就是一家人了。我从他们的眼神里也看到了同样的含义。

　　在婚礼的前一天，我又做梦了。我梦见了一座亭子，空无一人，只有风不断从四周涌来，让亭子有一种寂寥的气息。我想走进那座亭子，可走到近前的时候，却停住了脚步。我抬眼四望，全是空旷的白色，没有任何别的事物，也没有任何别的色彩，亭子是唯一的事物，亭子内部仿佛是这一切虚无的核心。我不敢走进那核心，仿佛那核心的位置需要我做些什么，我却不堪重负。尽管，这是一种虚妄的重负。我站在原地，进退不能，感到了慌张。然后，我醒来了，倒没有觉得特别恐怖。但还是有一种阴冷的感觉，继续从刚才梦境中散发出来。我下床，喝了一杯热水，舒服多了。外边起风了，窗帘被吹得像船帆：窗内站着一个无助的水手，窗外是茫茫夜海。我钻进船帆内部，看到了幽暗的天空。天空之下，对面楼上还有一间房亮着灯。那灯让我深感温暖。我关好窗户，回到床上，再次沉沉睡去。

　　这个梦，跟那个关于我和管苧的梦一样，让我无法理解。我没有和管苧说起这个梦，也没有和任何人说起，我不想任何人以任何方式去解读这个梦，因为，这个梦的基调很显然是萧索的。

　　婚礼是管苧策划的，别出心裁，是在书店里。她的好友经营着全市最时尚的一家书店，那家书店与其说卖书，不如说卖书的气息。巨大的空间被各式各样的书架切割成不同的小空间，小空间里分布着咖啡座、服装店、精品店以及各种专卖店等等，像手表、手机和电脑，这里都能找到。顾客在这儿消费，可以积分，然后根据积分去选取相应价位的书籍。也就是说，书籍成了附送品。其中一个最大的空间，平时是用来做讲座、交流活动的，现在，成了我们的婚礼现场。

　　岳父在婚礼致辞中说，祝愿我们的爱情像书籍和文化一样，跨越时间和空间，永远流传下去。我喜欢这个祝愿，它在我心底卷起了一阵战栗，我赶紧看了眼管苧，她的眼睛里蓄着泪水，像是雾中的银河，也回望着我。无端端地，我想起了一句诗词："执手相看泪眼，竟无语凝噎。"情景很像，可我忽然想到那是别离的。我摇摇脑袋，要摆脱它。

　　这个婚礼成为轰动一时的新闻。

　　我后来才知道，这场婚礼不仅免费使用了书店的空间，而且还得到了书店的赞助，也就是说，我们的婚礼我们一分钱都没花。书店深谙经营之道，对这次婚礼的大肆报道，让其获得了难以估量的广告效益。我对此深感羞愧，管苧却比较淡然，她说："为书店做广告有什么羞耻的？又不是给什么肾宝做广告。"她说完，大笑了起来，我也忍不住笑了，算是被她说服了。管苧说："但你不要告诉我爸，他是完全无法接受这种赞助的。"我说："还是老人家风骨更硬。"管苧说："这不是风骨问题，是心态问题，我们得让知识有生存下去的途径啊。"我第一次意识到，虽然管苧无限崇拜她的父亲，但她不是盲从他的父亲，而是有着自己的想法的。她的想法，无论我是否认同，我都替她的独立思想感到骄傲。

近乎完美的婚礼，却有一个细节让我暗自揪心。

管伯父在最后的感谢发言中，提到了他一位老友的名字：李文辉。他说这位挚友如果还活着，看到管苧结婚了，一定会非常高兴的。我知道李文辉，他曾是省社科院的著名学者，也是副院长，省里好几个影响力非常大的人文项目都是他主持的。五年前，传来他扑朔迷离的死讯，我还负责报道过。他的尸体居然是在市郊的云山河谷里发现的，当时不知道是被谋杀的，还是不小心失足跌落的意外事故，一时众说纷纭。没想到的是，一个月后，有人说他是自杀身亡。这超乎了所有人的判断，都说李文辉是一个特别温和的人，事业那么顺遂、那么成功，再加上为人清廉、政治清白，有什么必要自杀呢？但据"知情人"在网络上发布内部消息，说是从李文辉的身上找出了一封遗书，可知自杀无可争议。

我得知这个消息后，赶赴李文辉的家，希望得到点线索。但大门紧闭，敲门不应。我看到里面有微弱的灯光，间或有人影晃动。我喜欢李文辉的文章，包括他的一些杂文，都很有味道，因此，为了某种纪念，我决定坚持守候。半夜时分，我的坚持终于得到了一点回应，一位五十岁的女士（猜测应该是李的夫人，我看不清她的脸）打开门缝，对我抛出一句话："你就报道说，是因为抑郁症自杀的吧。唉，快回家去，太晚了！"话音刚落，门就关上了。我赶回家，连夜写了相关报道，说明了自杀原因，引发了一轮网络热议，城市病、亚健康与当代人的早衰等等话题，都在讨论之列。我无暇顾及这些后续情况。（我只是以私人身份，参加了李文辉的追悼会，我看到他的同事和朋友们对他的溢美之词，感到有些不适，尤其是他们将李文辉的自杀归结为纯粹的生理原因，更是让我感到无奈。而我又能说些什么呢？我只是个记者罢了。我本想继续追踪此次事件的始末，但我们总编安排我去跟进另外一宗大学教授的剽窃案，而那所学校，正是我的母校。我深感揪心。）但我心底一直惦记着那位女士的语气，柔到了痛切，痛到了沙哑，似乎给出的是一个无奈的答案。但是，真相可能我们永远也无法知道了，成为这个世界的又一个秘密。那巨大的不可索解的黑暗又多了一丝阴影。我买了一束花，悄悄放在李文辉家门口，希望那位女士能够捧在手里，有一小会儿的好心情便足够了。

我不知道李文辉是岳父的挚友，因此，在婚礼上忽然听到岳父提到他的名字，我的心脏像被电焊的弧光划过，倏然疼痛。好在，那样热烈的氛围，没有其他人会在意这个细节。这个世界上尚记得李文辉的人应该已经不多了，即便他生前是那么知名。李文辉的名字就像短暂的眨眼，我们的眼前只黑了一瞬，这种遗忘的本能甚至让我们可以无从察觉。大家为岳父的精彩讲话鼓掌，为我和管苧的爱情鼓掌，为世界上美好的事物鼓掌。我多么愿意欢庆的此刻能够被放大到无限久远，让时间也难以走出；或者，哪怕退一步，让这一刻能够被完好保存，可以不断进入。——我说的自然不是录像，婚礼的现场一直有录像，但多年以后再看这场录像，一定已经模糊了当时的心情，却会加上之后的心情。那么，眼下的这一刻便变质了，失去了它存在的特质。

婚后的生活，确实与婚前不同。我们一开始住在我城郊的房子里，但是光坐地铁到单位，就要转四次地铁。我早已经习惯了，但是管苧烦躁得要命，她觉得生命被莫名其妙地浪费了。

我安慰她："其实路程并不是很远，也就十五个站。"

"老曹！"管苧表示抗议。

婚后，她还是喜欢叫我老曹，尽管我比她也就大个几岁。我喜欢她这么叫，我希望自己在她面前能更成熟一些。成熟，意味着一种更好的爱的魅力。

"怎么了，仙女？"我想疏导她的火气。

"十五个站倒是不怕，但是要换乘四次，实在是太可怕了。"她举起手，伸着四根指头，在空中摇晃着。

我当然理解，每一次换乘，都意味着一次在拥挤人群中的挣扎。我打算买车给她，但她是个环保主义者，决定不再给已经拥堵成灾的地面交通再增加负担了。这样一来，她有时嫌麻烦，就住回她自己家了，并让我也住过去。我还是很想过过二人世界的，但也确实不忍她受罪，便只得跟她住回去了。

岳父对此表示十分欢迎，他说："尽管我这个老头子早已经习惯孤独了，但你们在这儿，我心里还是舒服得多。"

管苧是独生女，管苧和我是他仅有的亲人了。他这么说，管苧更不忍抛下他了，连我也被触动了。一个再强大的人，晚年也是脆弱的（至少，在外人看来）。我不由得想起了我的父母。他们至今仍然生活在我出生的那座小城市，他们习惯了小城的舒适，不愿意在大城市的嘈杂中生活，但他们特别有福的是，他们和我的哥哥住在一起。是的，我还有个哥哥。有哥哥和嫂子照顾他们，我十分放心。想当年，我这个二胎是属于超生的。为了生下我，我的母亲丢掉了肉联厂的会计工作，成了照顾我们的家庭妇女。我特别感激她，让我来到了这个世界上。我也深感幸运，有个哥哥帮我履行着孝顺的责任。

"爸，以后我们会照顾您的。"我发自内心地对岳父说。其中，也有着我不在父母身边的一些歉疚。

"你照顾好管苧，我就放心了。我一个糟老头子，不用你太操心。"他用力拍拍我的肩膀，好像在把看不见的担子放过来，"你们也老大不小了，不能光想着自己，可以考虑要个孩子啦，那会让你们更加成熟起来，更加懂得人类生命的奥妙。"

"那您放心吧！"我的表态像士兵面对长官的训话，面部表情有点用力过猛，在一边的管苧笑了起来，打趣道："爸，你应该回复他：小曹同志辛苦了！"

"别贫嘴！我们都是认真的。"没想到岳父呵斥了她，"你们知道，我不是个保守的旧式家长，我让你们要孩子，并不是出自传宗接代的意思，而是要你们的生命更加完整。"

我当然理解他的意思，但我和管苧对此持有一种顺其自然的心态，我们讨论过多次，假如我们拥有了一个新生命，那我们必须为他真正负责。

岳父抬起手，也在管苧的肩膀上轻轻拍了拍，凝聚了无限的深情。管苧穿着白色的睡衣，因此我很清楚地看见岳父的手上有一片明显的老年斑，淡褐色，像是一滴墨迹。除却这个，他的手看上去很强健，不像是拿笔之人的手，更像是工人的手。那不是一种锻炼出来的健壮，而是一种经历了许多的沧桑。手的沧桑，似乎比脸的沧桑更能保存久远。岳父的手，让我想了好多。

和岳父住在一起，的确不如二人世界那么自在，但是，随着我和岳父相处的时间越来越多，我和他的关系也越来越融洽。一开始，如果管苧不在家，我和他只是简单说几句话，然后就各读各的书、各干各的事。慢慢地，即便管苧不在，我们也可以聊很长时间。话题也变得愈加广泛，从学术、历史、政治到人生、家庭、趣事，沉重与轻松此起彼伏，让我学到了太多的东西。我也愈加能理解管苧对她父亲的崇敬之情。我经常反思自己究竟具备了什么样的德行，竟然遇见了这样的一对父女，让我的生命如生铁受到了锻打，本质中更纯粹的东西在被造就出来了。

有一天晚上，只有我和岳父在家。我们吃着酱鸭脖，喝着啤酒，岳父告诉我，他曾经在炼钢厂当过工人。

我差点儿喊出声来："我老觉得你的手像工人的，看来我的直觉是对的。可是，我从没在你的简介中看到过这条。"

实际上，我们聊到这会儿的时候，已经喝了五六瓶啤酒。酒精让我放松，可以暂时像朋友那样对待他，否则，我在他面前，还是会不自觉地感到拘束。毕竟，他是著名学者，还是我的岳父，这两个身份都给我压力。

岳父啃完一个鸭脖，用纸巾擦着手，两眼放光，看样子要跟我好好痛说一番革命家史了。

"那会儿我还小，'文革'末期，我当知青从乡下回城后，被安排到了市里的炼钢厂。我一边当工人，一边自学，考上了大学，离开了那儿。虽然只有几年时光，我却一直不能忘记。可以说，当工人的经历，影响了我一生的思想和立场。"

"是因为太艰苦了吗？让你刻骨铭心的艰苦？"

"你们这代年轻人，才会觉得在工厂上班很艰苦，那个时候，在工厂上班是令人羡慕的工作，简直可以说是一种福利。最苦的，还是'文革'中刚刚上山下乡那阵子，天不亮就被喊起来种水稻，昏头昏脑的时候，蚂蟥钻进小腿的肌肉里，吸你的血，疼得你浑身发抖……"

"那为什么呢？是因为工人身份让你摆脱了艰苦？"我对此非常好奇，他的这种心态会不会是一代人的心态呢？我需要知道。

"这倒有点儿，优越感总是令人难忘，不是吗？但往深里说，这和我们的知识资源也关系密切。我下乡时，住在猪圈旁边的土坯房里，读过三遍《资本论》，真是如饥似渴。后来，当我在工厂上班的时候，我会想到马克思的许多话，觉得特别亲切，觉得那几年自己的日子没白过。我的许多中学同学，关于这种学以致用的感受，写了不少回忆性的文章，我就没有再写了。"

"原来如此，我能理解那种感受了。"我似乎能想象出那一代人的样子，他们就像是阿城的小说《棋王》里描写似的，经常行走在尘土飞扬的村道上，心中却惦记着拯救全世界，脑子里充满了各种高贵的思想。

"恐怕你还是不能。"岳父再次否定我，但我敏感地发现，他更是在否定自己，在和自己做一场艰难的对话，果不其然，他继续说，"其实，我还没有把话说完，我必须诚实地和你聊天。我一直反思自己，反思自己的每一次思想转变，不仅仅只是反思思想本身，还要反思思想产生的人生背景。再睿智的学者，也是有血有肉的生命，思想一定要和生命结合在一起，才能够被真正理解。我的意思是，我之所以难以忘怀工厂的生活，还有一个非常重要的原因，就是那时正是我风华正茂的青春，我爱上了一个同事，她不是管苧的妈妈，她是我的初恋。"

我的岳父竟然以这么严肃的方式，和我聊起他的初恋。这种感觉超出了我的经验，我觉得这个长辈太亲近了，便不顾他的凝重，笑着说："爸，你赶紧跟我聊聊这个，趁着管苧不在家。"

"没什么故事。"他跟我碰杯，喝了口啤酒，嘴角沾了一点白色的泡沫，有了孩子气的纯真，"我没敢向她表白，只是安静地看着她的背影。她的身体在宽松的工人制服里，显得很瘦小，也很灵动。正因为这么纯洁，才让我难忘。我年轻的时候，还没结婚的时候，有好多次，我都梦见了那个背影。可到如今，记忆中只剩下背影了，她的脸已经模糊了。就算她现在站在我面前，我也认不出她来了。"

"时间真是可怕的东西。你没有向她表白，后不后悔？"我知道他不后悔，故意这么问，希望能激起他更多的记忆涟漪。

"怎么会！我经常庆幸我当年什么也没有做，没有去破坏那帧完美的背影。我要是个画家，我一定会把那背影创造成一幅伟大的艺术品。"他把一根鸭脖攥进手掌里，好像那是一根画笔，他停顿了一会儿，手掌放松了，说，"我想告诉你的，其实是像这种美好的感情，也掺杂在我的思想立场当中，但这是无意识的，没办法辨析的。一个看上去再客观的学者，都有这样的一个幽深的生命区域，决定着他的终极判断。"

我以为他还有话要说，结果他深深地沉默了。他沉默在昏暗的夜里，像尊穿越时间的古老雕塑。他说的话，我不敢再轻易说懂了，但这次，我更加感到了一种心底的震颤。就像我自己，假如我有什么立场和想法的话，不也受制于我的情感与记忆吗？可我从未去分析过自己，我只是跟随着自己的情感，做出理性的思考……这是多么荒诞的图景啊！我们的理性，如同流沙上的脚印，究竟能够抵达哪里呢？

"这些年来，大家的变化都很大。"岳父重新开口了，仿佛他灵魂出窍，去他的精神王国巡视了一圈，然后再度回到这里，"有些人已经让我认不出了，只有极少数的人，还和过去有着一脉相承的关系。"

"你说的这些人，都是些什么人呢？你的朋友、同事们？"我小心翼翼地问。

"是的，朋友、同事，更多的是指我青春时代的同学和朋友们。我们在艰苦的年代，在漆黑的夜晚，就像今天你我这样，促膝畅谈，谈宇宙人生，谈世界洪流，最后不忘立下改天换地的雄心壮志。然后，几十年过去了，我们各自在岁月中打滚，变得面目全非。"

"任何一代人都会如此吧？像我也是，我小时候最向往的职业是解放军和科学家，今天的孩子们都不这么想了。"我尝试着和他对话。

"你说的自然是对的，可我总觉得我这代人和你们还是很不一样的。这听起来像废话，因为没有哪两代人是一样的。我的意思是，我们这代人跟你们有本质的不同，我们这代人决定了这个国家的气质，影响也就格外深远。你们以及你们以后的人们，都生活在我们这代人造就的格局里。"

他的话，让我吃惊，我艰难地思索着他这话的意思，想着是该认同他，还是反驳他，可我，竟然失语了。我厌倦了非此即彼的选择了，我觉得历史与每代人的亲密关系应该是不一样的，我其实已经很少用"一代人"这样的思维去考虑问题了。我和朋友们几乎经常意见相左，最初我以为我自己是偏激的，但经过长期的观察，我发现在朋友之间也经常有意见相左的时候。我所说的意见相左，不是吃饭时喜欢辣还是咸这样的问题，而是关于时代和历史等等本应有更多共识的话题，却很难取得太多的一致。明明是同样的事实，但大家的解读往往南辕北辙，不可调和，像是老百姓说的，鸡同鸭讲。

"小曹，你怎么想的，尽管说，你没必要同意我。"岳父的声音有些沙哑，把我从思绪中拽了回来。

"说真的，我很想不同意你。"我笑了笑，"但不得不说，历史的契机选择了你们这代人，的确是你们造就了今天的格局；但反过来说，这种历史的格局也造就了你们这代人。我现在特别想知道的是，你当初的理想实现了吗？"

"谢谢你的提醒，我们这代人的历史烙印的确太深了，因此在回望之际，有触目惊心的感觉。"他苦笑了一下，"你说理想？当然，当然，很大程度上实现了，但我对此并不确定，现实的强悍，远远超出了任何人的想象力。现实，庞大的现实，热气腾腾的像早餐的现实，冷冰冰的像电脑屏幕的现实……它们随时在纠正我，甚至把我掀翻在地……"他的抒情，让我惊讶，我马上意识到，他一定写过许多诗，在八十年代，几乎人人都是诗人。

"我们都被掀翻在地……"我喃喃自语道。

"原谅我突然发作的诗情，"他两眼看着我，眼神却逐渐有些暗淡，"我不怕这些，再凶悍的现实只要有正确的判断，对我来说都没问题。我的迷茫在于一些说不清的地方，比如，以前我们批判的痛恨的事物，在今天我竟然是不乏留恋的……我想，我首先不是对时代失去了判断，而是对自己失去了判断。"

"爸，你别这样说……你这样说，我有些慌乱了，你要知道，你的文章影响了许多人，包括我，我一直相信你说的话。我说的'相信'，不是说我同意你的每句话、每个判断，而是说我相信你所持有的这种状态。你像是个钻探机，一直在矿层里发掘，我想到这个，便感到踏实。所以，你说对时代失去了判断都不会让我慌乱，但你说对自己失去了判断，确实会让我慌乱起来。"

我倒了一杯酒，跟他碰杯，想用喝酒的豪情冲淡此刻的悲情，但他跟我碰了碰，却没有喝，似乎突然忘记了喝酒这回事。

"可是，我从没把自己当钻探机，我偶尔觉得自己是堂·吉诃德，但我没有堂·吉诃德的信心和神勇。"他这才机械地举起酒杯，喝了口，上半身的姿势没有变化，像树根一样僵硬。我感觉他今天喝得有点多了。

"爸，要不咱们休息吧，好像时候不早了。"我站起身来。

"李文辉才是钻探机。"他突然没头没脑地说，这个名字再次出现，像一枚烧红的铁针，刺进了我的记忆。我差点儿喘不过气来，扑通，又坐了下来。

"我曾经采访过李文辉的自杀事件。"我也坦白了，"有很长一段时间，他的事情让我无法释怀。"

"你去他家了？见到苏梅了？"岳父的情绪激动起来。

"苏梅是他太太吗？"

"是的，他太太。"

"我不确定。"我说，"实际上，那天晚上，我只是站在门口，一位上了年纪的女士告诉我，李文辉是因为抑郁症自杀的。"

"那应该就是苏梅，"他叹口气说，"因为文辉家没别人了。苏梅是个坚强的女人，文辉走后，她的日子不好过。他们当年要个孩子就好了。"

"李文辉是你最好的朋友？"我感到自己的嗓音也变得沙哑起来，仿佛那啤酒是海水，挥发后留下了粗粝的盐。

"在生活中，我们不一定是最好的朋友，但我们是精神上的挚友。我刚才说的那些依然坚定的人中，就有他，他是少数依然有自己独特想法的人。我和他有许多共同语言，我们的处境也比较相似。因此，我们交往并不算多，但总有惺惺相惜的感觉。我一直觉得他比我坚定，他还安慰过我，所以，无论如何，我都想不到他会选择这么惨烈的方式自戕。他太决绝了，我无法接受，他违背了生命第一的原则。我去他家里吊唁他，一直在苏梅面前批评他，批评一个已经不在的人，批评一个不珍惜自己生命的人……"

我看到他端酒杯的手开始颤抖，他将杯子放在了桌面上，颤抖的手放在了膝盖上。但那颤抖并没有停下来。手指似乎获得了自己的生命，在痛苦地抽搐。

"爸，你没事吧？我有些担心你。这个话题并不适合谈论。"我走过去，坐在他身边，用手轻轻拍拍他的肩膀。

"文辉走了快四年了，我没有和任何人谈起过他，包括小苹，没想到今天和你越谈越远，竟然提起了他。唉，也好，我也需要和人聊聊他，不然总憋在我的心里，时间久了也怪难受的。"他双手捂住脸，使劲搓动了几下，想把悲伤给赶走。

"我当时特别想和他的太太苏梅好好聊聊，但她没给我这个机会。"

"以后看时机吧，我们一起去看看她。"他的声音已经沙哑得支离破碎了，"我好久没去看她了，说真的，我不大敢去。"

"爸，我有个秘密，跟任何人都没说起过，我现在特别想告诉你。"

听我这么说，岳父稍微平复了下，抬头望着我。

"每年李文辉忌日的时候，我都会买一束鲜花，偷偷放在他家门口。我希望那位女士，也就是苏梅能够收到，并感到安慰。并不是所有的人都对李文辉的死无所谓，一个不相干的人也会记得他。"

我说完，陷入了一种痛苦之中。李文辉的自杀，对我有着特别强烈的冲击力，因为我不但读过他的文章，而且还采访过他，他的人格魅力让我十分难忘。他对待我的和善，对待我的问题的认真，都让我铭记在心。他曾让我对整个知识阶层抱有一种敬重和信赖，我以为我作为记者，将他和他同道的观念转变为媒体的话语传播开去，就可以对整个国家产生深远的影响。可谁知，他竟然以那么惨烈的方式结束了自己的生命，这让我几乎有整整一年几乎快患上了抑郁症。我不知道我还可以信赖什么，还可以传播什么。

"难得你这么有心，你当我的女婿，我没看错人。"岳父显然愣了一会儿，他没想到自己的女婿还有这样的想法和行为，他拍拍我的肩膀（比我刚才拍他有力得多，我感到了一股巨大的冲击力，不仅击中了我的身体，也击中了我的内心），"小曹，你让我对这个世界多了一丝希望。那我想，我有责任再跟你聊聊文辉，尤其是文辉的遗书，你看过吗？"

"网上只是提到了，但我没有看到过。"

"文辉的遗书是用毛笔写的，欧阳体的小楷，字如刀刻，工工整整，说明文辉走的时候，早已深思熟虑，而不是一时冲动。他心平气和地面对死亡这件事，而且，他没有忘记文化的尊严。遗书并不长，大致说，他是山里长大的孩子，因此他愿意让自己的生命重新回归大山。此外，便是一些个人的事务说明，是交代苏梅去处理的，他反复向苏梅道歉，希望苏梅代替自己，好好活下去。这封绝笔信的末尾，只有两句话。正是这两句话，像子弹那样击中了我，我手抖的毛病就是那时开始的。"

他喘着气，倒满两杯酒："干杯！"我们全部饮下。他坐在那里，双手撑在膝盖上，低下沉重的头颅。他像是登山的旅人，要好好休息一会儿，才能抵达最后的峰顶。

我静静等待着。

他直起身子，望着我，仿佛那些准备说出的话已经给了他力量。他清清嗓子，提高声调，说："第一句话是：孩子害怕黑暗，情有可原；人生真正的悲剧，是成人害怕光明。第二句话是：死亡是花，只开一次，它就这样绽放，像我一样。"

这两句话像是两束强光，让我内心的双眼短暂失明，只剩下一片白茫茫的虚无。

"第一句话，是柏拉图说的。第二句话，我不知道，我想，那是文辉自己的话。像诗一样美的话，美得残酷。"岳父的声音哽咽了，他大口喝着酒，然后弓下腰发出了剧烈的咳嗽，他的样子让我不忍直视。

"这两句话，我恐怕也永远忘不了了。"我小声说。

我早已习惯了自己卑琐的生活，倘不是认识了管莘，我永远可以区分话语和生活。我的意思是，我作为文化记者，部分地写出我的精神理想，而我的生活，并不一定要去践行那笔下提及的一切。这并不羞耻，我觉得，甚至都不能将这称为分裂，我做我可以做到的事情，我过我只能过着的生活，没有什么人可以嘲笑我。因为，我是卑琐的，这一切都是基于我是卑琐的。我能够超越自身吗？曾经，在人生的低谷，没有恋人，没有朋友，总是隔膜的家人，我蜷缩在斗室的被窝，咬着牙哭泣，并在哭过之后觉得自己的悲情是可笑的。我有悲情的资格吗？我能在湍急的水流中越过礁石，平安地抵达下一个码头吗？我身上究竟出了什么问题？我为什么要去为了别人的痛苦而痛苦，进而漠视自己的痛苦？的确，在别人看来我的痛苦就是我的怯懦，但我真的怯懦吗？让我不安的、躁动的、渴望的，不正是一种莫名的勇气吗？

这一切，现在都已改变。

我进入了这样的家庭，遇见了这样的人，他们所遭遇的旋涡比我更深更强大。尤其是我的岳父，他所经历的历史使他不能像我这样选择虚无，他必须确信一些什么，他必须一刻不停地和虚无做斗争，他必须把自己献祭在看不见的高处并肩负起看不见的重负。这些都让我敬重，却也让我恐慌。就像是有一股说不清的力量要把我从卑琐的地牢里给拽出来，但我在渴望自由的同时，的确害怕光明。我早先心底的残存勇气根本不值一提。和岳父的谈话，让我意识到自己的可笑，因为我就是李文辉遗言中嘲笑的人，我是成年人，但我害怕光明，并且，我从不以这种害怕为耻。我是个悲剧，但我也只能用悲剧这个词去描述李文辉，我觉得他的悲剧胜过我的悲剧。我的岳父不是悲剧，他有力量，我曾经渴望那样的力量，但现在近距离地观察，我也发现了那种力量的虚弱与疲惫。我无法具备那样的力量，因为我无法承受虚弱和疲惫。

　　和岳父那晚的谈话，让我好些天无法安宁，许多思绪折磨着我。我原本打算遵从岳父和我的协议，和任何人都不提起那晚的聊天，但我终究还是没忍住。

　　有一天晚上我和管莘上床准备睡觉了，我们聊了几句，不知怎么涉及了父辈与我们的关系，我便跟她讲了那晚的聊天。

　　太多的话语在我的记忆里纠缠，我的描述一定是支离破碎的，而且我刻意绕过了李文辉的部分，我没有提李文辉一个字，那会牵扯出太多的疼痛，我不想让她再度受罪。她听得很认真，在昏黄的夜灯照亮下，她的脸上很平静。以她对自己父亲的了解，她应该能猜到她父亲大致的想法。即便她父亲对他自身有许多批评之词，那也是她能够理解和接受的。直到我提到她父亲在青春期曾经爱过一个女人，并且隐秘影响了他的思想和立场，她才略微惊讶了点儿。

　　她坐起身来，说："这件事，他从来没跟我说过。"

　　"一个男人在自己的女儿面前，说年轻时的感情，肯定会非常尴尬的。等我们以后有了孩子，我也不会在孩子面前讲这些的。"

　　"你的意思是，你有太多感情经历瞒着我啦？"管莘笑着向我扑过来，把我紧紧压在枕头上。

　　"我就不告诉你。"我笑道。

　　"懒得管你了。"她说，"不过，听你这么说，我还是对我爸有了一些新的认识。我没想到他对自己要求这么苛刻，把自己逼得这么紧。其实，他只要稍微想开一些，以他的知名度，就可以活得非常舒服的。你看咱们的主编，不就过得很好吗？家里住着别墅，开着好车，在世界各地旅游……"

　　"如果咱爸能这样'想开'，你还会这么崇拜他吗？"

　　"嗯……那很可能不会像今天这么崇拜。"她伏在我耳边说，"但他是我父亲，我不希望他过得这么累，这么疲惫，我希望他是快乐的。"

　　"他有个巨大的灵魂，如果他随随便便地就屈从了外界的无论什么力量，那他注定是不会快乐的。"

"你说得对。"

我扭过头，看着她漂亮的眼睛，发觉自己最牵挂的还是她。因为岳父是她从小的守护者，可如今，岳父已经老了，疲惫了，虚弱了，她觉察到了吗？她能接受这个现实吗？不，说实话，连我也接受不了这个现实，我也很虚弱，我也非常需要一个守护者。我希望岳父的情绪能早日调整过来，重新给我们力量。

可正如岳父说的，现实的确凶猛，当我以为我与世无争，只是简简单单、踏踏实实地做好记者就足够的时候，我和管苧一同供职的《文化周报》停刊了。这次停刊的原因，众说纷纭，有说是机制改革的，有说是尺度过大闯的祸，莫衷一是；同时，高层的领导又是讳莫如深的样子，不容我们置喙。据广告部的同行说，他别的情况不了解，只知道今年以来，广告的赞助额跌了一半。"能飞的赶紧飞吧，留在这里只能等死了。"他的眼镜蒙着一层雾气，看不清他的眼神，不知道他将要"飞"去哪里。

我好几个前同事给我打电话了，他们告诉我已经听到这个消息了，问我需要帮忙的话随时说，现在许多网站都需要媒体人，像我这样经验丰富的老记者，根本不用发愁的。我感谢他们的好意，用平静的语气告诉他们，我想安静一段时间，好好休息下。

但我并不平静。我介意他们都没有好好安慰我一两句，我介意他们的语气甚至是兴高采烈的，仿佛早就预见了今天。假如我表现出一丝悲凉，他们肯定会更加庆幸自己的提早上岸。他们的确都是深谋远虑的人，但不能就此证明我是短见和愚蠢的。我可以理解他们的心态，但他们无法理解我的心态。我相信，我的能力远远高过他们，我随时都可以变成一个"深谋远虑"的人，只是我不愿意罢了。如果他们觉得这些话是我在自我安慰，那就是当作是一种自我安慰好了。

管苧的状态比我想象的要好，我以为她会非常伤心难过，因为她对这份报纸实在是投入了太多的心血。她笑着对我说："没事，只是我比预料的要快。"她的笑容很美丽，也很诡异。"是的，有好多网站抢着要我呢，你也得到了好多机会吧？"我跟她开玩笑，当然也是一种试探。"何止有网站抢我，电视台都来抢我了！"她把秀发一甩，抛出一个媚眼，做出明星的姿势。

"我看行，你直接去拍电影吧！"

"你当导演吗？"

"可以考虑！"

这件事被这样轻松调侃之后，我放松了，我告诉管苧，我们还有不少积蓄，不必急着出去找工作，可以好好在家休整一段时间。她的意思是看情况再决定，毕竟现在刚刚放出风来，又没有尘埃落定，坚持不走的员工，还会有机会整合到其他部门去。

"你居然还想留下来？"我都觉得不可思议了，"这个烂摊子可能会被整合到其他你并不喜欢的媒体里去，甚至让你做行政人员，你愿意吗？"

"我不是那个意思，"管苧用银河系似的眼神看着我，"我就是不想这么快离开这里，这里的一切如果立刻就和我没有关系了，我是接受不了的。我是想把事情经历完，看看究竟会到哪种程度……你明白我的心情吗？"

"明白，"我点点头，"那我陪你好了，其实，我也有你那种心情。"

她走过来，靠在我的肩上，我抱住她。此时，我们就在办公室里边，我们第一次在办公室里拥抱，而除了我们早已空无一人。我紧紧抱住她，害怕她跟我也走散了。

"以后，我们再也不能一起上班和工作了。"她还是忍不住哭了起来。

"你是个好编辑，我这个老记者遇见你，很荣幸。"我把头埋进她的头发里，闻着她的气息，记起第一次和她单独在办公室吃外卖的场景，眼眶不由得也湿润了。

"我们在这儿一起吃顿外卖吧，算是一种告别。"她哽咽着说。

"好。"我拭去她的泪水。

管苧不但记得那次我们叫餐的餐馆，还记得我们吃过的菜：一份宫保鸡丁、一份麻婆豆腐，还有一份金针菇肥牛汤。我们还把椅子和桌子也摆成当年的样子，我们的行为像是巫师所做的，希望召回早已逝去的时光。

菜的味道依旧，人的心情已经不同。我们慢慢吃着，看着窗外的风景，那是一条城市的大动脉，宽至十六车道，挺壮阔的，尤其是黄昏时塞车的时候，车的尾灯构成了一道漫长的红色光带。来这里工作那么多年，眼看着一天比一天塞车，人们也变得越来越焦虑。人们究竟在这儿寻求着什么？我扭过头，看到管苧安静的样子，恍然间真的回到了过去。她的美，还是那么摄人心魄，但比起当初，我已经可以坦然面对她灼人的光芒，因为，我已经习惯了她的美。我们终究会习惯任何事物，哪怕是美。我回忆着自己当时的心情，那时的自卑与忐忑，我都记得。现在，我找回那样的心情，让我深觉自己的幸福。比起爱情来，别的事物都不那么重要。报纸倒闭，人员失业，都不能与失去爱人的痛苦相比。只要管苧在我身边，我就感到自己能面对一切。

"你想什么呢？"管苧终于开口问我。

"我在想一句戏词。"

"说说。"

"情不知所起，一往而深；生者可以死，死可以生。"

"《牡丹亭》？"

"正是。"

"我哪天唱给你听。"

"你会唱昆曲？从没听你说过。"

"你不知道的还多着呢。"

"我相信。"

她沉默了一会儿，放下筷子，对我郑重其事地说：

"老曹，谢谢。"

我们利用下午的时间整理下办公室的私人物品，毕竟这么多年了，零零碎碎的东西还是够折腾一阵的。在整理的过程中，我还不小心看到了某位男同事以前写给管苧的情书，她红了脸，我们笑了起来。在萧瑟凌乱的办公室出现笑声，显得格外动听。过了一会儿，有个保安上来巡视，站在门口疑惑地看了我们一眼，然后默默走开了。他看上去也一副疲惫的样子，都懒得开口问我们一些问题了。

"好安静啊。"管苧把自己的箱子粘好胶带，直起腰来，环视着四周。

"是呀，大家都去哪儿了？动作也太快了。"我也粘好了自己的箱子，好重的箱子，像是这段岁月的重量。

"去哪儿了？都回家了呗。"她拍拍箱子，"我们也回家！"

"回家！"

我们从网上约了一辆车，在报社楼下等我们。然后我们累得满身是汗，才将箱子挪进电梯，再抬进车的后尾箱。在回去的路上，管苧靠在我身上睡着了。她太累了。我看着她的样子，很心疼。前路漫漫，不知以后会怎样，我大不了就去给网站写稿子，应该也没什么大的不同吧？可管苧愿不愿意去网站当编辑呢？或者，她可以开始一种新的工作？我脑子里全是复杂的思绪，直到快到家了，我才感到昏昏欲睡。

这位司机是个热心人，下车的时候，他帮我们一起抬箱子，不仅抬下车，还帮着一直抬到了家门口。其间，他只说了一句话："你们《文化周报》，其实我经常看的。"这句话足以让此刻的我们深受感动，当然，还有一丝欣慰。

岳父不在家，可能又去参加什么会议了。

他主编的那份理论刊物是双月刊，工作节奏比较缓慢，他只用每周一去单位处理事务，平时，他都喜欢待在家里的书房，思考和写作。这听起来似乎很美好，但这只是理想状态。现实情况是，会议占据了他太多的时间，他是知名学者、社会名流，还是有级别的领导，许多会议都需要他参加，还有更多的会议是他不得不参加的，因此，他有时竟然要奔波辗转在几个会场之间。我都替他感到累。管苧也常常对他说："爸，很多可去可不去的会，你就推了吧。"岳父苦笑着说："你认为我不懂拒绝吗？我这已经是极力拒绝后的状况，否则，那我几乎一年有三百六十天在外边开会了，你就见不着我这个父亲了。"我们知道，他说的是实际情况。在我看来，开会还不是最累人的，最累人的是，他忙了一天回家后，还要读书和写文章，天天如此，一天都不肯虚度。他曾经跟我说过，他的许多同学当了领导之后，有了虚荣，又有了忙碌的借口，便不再读书和思考，最终，他们变得非常庸俗，成了他们年轻时痛恶的那类人。他一直警惕自己，永远也不要成为那样的人。

我记得有一天晚上，我起来上卫生间，看到他还没睡，便倒了一杯热水端给他。他坐在书房的桌前，说了声谢谢，摘下眼镜，揉着太阳穴，完全是疲惫不堪了。

"爸，看你好累了，快去休息吧。"

"小曹，你知道我为什么每天都要读书读到这么晚还不想睡？"

"是因为白天太忙了，没时间读书？"

"不完全是，"他戴上眼镜，看着我，眼神恢复了光泽，"我是为了修复自我。"

"是的，对你来说，如果停止了阅读，那就是思想板结了。"

"还有比板结更可怕的事情，"岳父说，"那就是遗忘。天天开会发言，都是差不多的话，说得多了，会让你一开口就是那样的话，而遗忘了独独属于自己的声音。这是最可怕的事情，尤其对于一个学者来说。因此，我每天晚上所做的，首先是一种疗愈，在此基础上，才能去做进一步的思考。"

"我明白了，"我说，"就像我也时常面临这样的情况，新闻也有很多套话，假如一个记者偷懒的话，用那样的模式可以闭着眼睛写一大堆。这也是为什么'新闻机器人'已经出现了。"

"真的吗？"

"真的，一般的简单新闻，已经完全没问题了。"

"所以你要证明你作为一个记者的价值，就必须选择独特的素材和视角。"

"我想，以后记者不再是报道者了，而是分析者了。"

"你能这样想非常好，你要有这个心理准备。"岳父喝了一口水，叹口气，"我已经老了，我不可能再更换自己的文化身份和立场了。"

"你千万不要更换，现在话语的泡沫太多，太缺你这种有价值的论述。"

"你的意思是，还要我这把老骨头撑住？"岳父笑道。

"当然，你一定要撑住。"我也笑了。

"尽力吧。"岳父真诚地对我说，"小曹，你也要监督我，看我是不是有庸俗的迹象。人是最难看清自己的，我需要你做我的一面镜子。"

"爸，我不担心你变得庸俗，我也不担心你的精神能不能撑住，我担心的是，你的身体能否撑得住。"

"这个你真的不需要担心，我身体好得很。"他笑了起来，挽起袖子给我看肱二头肌，"看！多硬！我每周一办完工，就去健身和游泳。"

"你再看看这个。"他从一沓资料里，翻出两页纸，递给我。

我拿到手里，发现那是一份体检表，我翻看了一下，他的身体指标基本都正常，除了血压有点儿偏高之外。在他这个年龄，有这样的身体状况，还是不错的。

"放心了吧。"他笑了起来，有点儿得意，像个少年。

有了这样铁的证据，我的确放心了许多。我还跟管苹汇报了这个好消息，管苹说她早就看到了，她对她老爹的身体还是很放心的。

她说："你想啊，他上过山，下过乡，还在工厂当过工人，那些经历都会强健他的体质，反而是我们，天天坐在办公室里，弱不禁风，不堪一击。"

"弱不禁风，那是你吧？"我故意反驳她。但我知道，她说的是对的，在我的记忆中，唯一有过严酷锻炼的日子，也就是刚刚考上大学时的军训。虽然仅有一个月，可我忘不了一个月之后，镜子里的自己满脸黝黑、很健壮的样子。那个样子，让我对自己充满了希望和信心，我觉得只要自己想，就可以干好任何事情。而如今的自己，虽然还不能说很胖，但是肚子上已经全是赘肉了，爬楼梯最多到三楼就开始喘了。所以，我已经不相信自己还能做很多事情了，我觉得一个人只要能做好一件事情就已足够……

管苹指挥我把箱子放好后，拍拍巴掌，说：

"今天，咱俩做饭吧，给咱爸一个惊喜。"

"行啊，你指挥我，我当你的下手，"我说，"我也顺便学几招。"

"那咱来点儿复杂的，做个水煮鱼好不好？"她说出了自己的喜好。

"好高的难度！"

"我也没试过，反正从今天起，我们闲得不得了，来吧！"

我们又一起下楼，去菜市场挑选鲈鱼，以及其他的配料。我想起第一次登门拜访时，岳父曾对我说的，没有比做饭更深入生活的了。我嗅着刺鼻的鱼腥味，看着忙碌的鱼贩子，还有精挑细选的食客们，觉得他说得太对了。看看这些人，就像看到了人类的缩影，这里的一切，既给人绝望，也给人希望。

再次回到家，我们俩钻进厨房开始忙碌。我们差不多花了一个小时，才把鱼切成片，放进鸡蛋清里腌起来。然后，调制各种配料，差不多又花了半个小时。好在，我们一边弄，一边聊，倒也充满了情趣，并不觉得特别累。等到做好饭菜的时候，已经六点半了。

"爸怎么还没回来？"管苹问我。

"不知道啊，要不你打电话给他问问情况，"我说，"会不会又有人请他吃饭，他不回来了？"

"好吧，他要是不回来，咱俩的成功感可要减半了。"管莩指着那盆水煮鱼笑说。

"所以你叫他回来吧，就说专门给他做饭了。"

管莩洗完手，到客厅茶几上拿起手机，拨通了电话。这时，我突然听见有手机铃声响起，我思忖，谁打来的，这么巧。我刚打算跑去找我的电话，却一眼就看见我的电话放在沙发上，很安静，而那声音分明是从书房传出来的。

"他今天忘带手机了吗?!"管莩喊道。

我们走进书房，果然是岳父的手机在响，还在振动，让书桌发出嗡嗡的蜂巢声。管莩拿起那手机，再次确认来电显示的就是自己正拨出的号码，她挂了电话，铃声消失了，忽然很安静。

"他还有别的手机吗?"我问。

"没有，他就这一个号码。"管莩认真回想着，说，"曾经，我倒是劝他用过一阵子双卡手机，但后来他总是忘了给另外一个不常用的卡充值，就被停用了。他也懒得再去续费重新开通，因此，他就只有这一个电话号码。"

"那就真的是忘带手机了，我也遇到过这种事情。"我安慰她。

"这下怎么联系他啊? 现代人真是一刻也离不开手机，真不知道在古代人和人之间是怎么联系的。"她发了些感慨。

"那你是优越惯了，小时候家里就有电话吧?"

"是啊，怎么了?"

"我上初中以后，家里才装了电话，之前完全是前现代的状况。"

"那你们怎么联系?"她真的对此感到好奇。

"靠走路，靠嗓子。"

"吹牛!"她笑出声了。

"真的，周末想去找同学玩了，自己要走很久的路，然后站在同学家门口，喊同学的名字。假如同学在，就会跑出来搭理你; 不在的话，要么同学的家人回应一声，要么压根儿没什么回应，你就只能灰溜溜地再自己走回家去。"

"被你说得好像有魏晋风度似的。"

"真是那样的。"

"那如果不在一个地区怎么办? 总不能坐大巴去，找不到人，再坐大巴家吧?"她眨眨眼睛，似乎想到了一个可以问倒我的问题。

"可以写信约日期啊，紧急情况就发电报，更加紧急的情况，就得去邮局打公用电话了，反正，总有办法的。"

"你看，你们那不是有电话吗? 你还兜了那么一大圈。"她忍着笑。

"你就是要故意这么说是吧?"我揭穿她，"你嫉妒我丰富多彩的童年。"

"唉，真不知我爸上山下乡那会儿是怎么联系人的。"她无视我的挑衅，思绪突然飘得好远。

"村里反而方便，有喇叭。"我暗笑。

"那是村支书专用的吧。"

"你爸是知青，也可以用……"

我们插科打诨胡乱聊了一会儿，管苧建议我们再等等，我表示同意。为了消磨时间，我去打开电视，发现新闻联播都开始了，平时这个点儿，我们饭都吃一半了。岳父那个年代的人，只要有时间，都会看看新闻联播的，这个习惯，他和我父亲如出一辙。我和管苧，坐在沙发上，一起看完了新闻联播，等到焦点访谈都开始了，岳父还没有回来。

"要不咱们先吃吧，"管苧说，"好饿了。"

"好的，看这样子，他老人家肯定是开完会，被请吃饭了。"

我们两个人把饭菜热了热，开始吃。味道还不错，但岳父没回家，成功感的确大打折扣。我们一开始还赞美着鱼片的滑嫩，后面就不说话了，气氛逐渐变得有些压抑。我看到管苧偶尔会向书房投去一道迷茫的目光。

吃完饭，我们一起收拾残局。我负责洗碗，管苧负责擦桌子。我们专门给岳父留出了一半的水煮鱼，管苧小心地给盘子蒙上保鲜膜，放进了冰箱。

可是，岳父直到晚上十一点还没有回来。

我们觉得情况非常蹊跷，感到很不对劲了。即便他忘记了带电话，他还是可以借朋友的电话打给我们说一声啊，这么晚了，他不可能不知道我们会担心他。我们拿过岳父的手机，希望能找出些线索。如果不是这么着急，我们也不好意思翻看他的手机。

打开手机的未接来电，白天的时候还有六七个，最早的一个是上午九点打来的（显示连续打了两次），证明那会儿岳父已经出门了。我让管苧想想，岳父昨晚有什么异样，她想了许久，也想不出来。

"今早我们是八点半出门的，"她说，"那会儿他才起来，一般他起得比我们早多了，我想着他太累了，多睡一会儿也好。"

"你这么一说，我想起来了，"我拍拍脑袋，"他今早是有些反常，他起床后，也没理我们就去卫生间了，直到我们走，他也没出来。我们出门时跟他打招呼，他就在卫生间里回应了一声，也没说什么。最近事情太多了，我当时也没多想，现在觉得他应的那声，特别有气无力，还以为是刚起床的缘故呢。"

我们赶紧到了卫生间，希望能发现一点儿蛛丝马迹。但那里什么都没有。管苧咬着嘴唇，无助地看着我。

"别着急，也许是和朋友喝醉了呢。"我牵过她的手，捏了捏，是冰凉的，"我们现在只能打电话给他的同事和朋友问问了。"

"嗯，我觉得先把今天的这些未接来电打一遍，看看他们后来有没有找到我爸。"

"好主意!"

管苧拿着他父亲的电话,准备直接回拨,我还是让她拿自己的电话拨,以免对方以为来电的是岳父,还要解释半天。她点点头,拿出自己的手机,一个个拨过去。这个过程是很艰难的,分寸要恰到好处,不能过于焦急,以防对方反应过大。我看到管苧的额头和鬓角上,有细密的汗珠儿沁了出来。

那些电话,都说不知道,都说他们还急着找管主编呢。他们对管主编今晚还没回家的事情,语气很关心,但实际上比较平和,毕竟这会儿还没到零点呢。其中有个电话说:"今天早上有个会议,管主编都没来参加,早都通知他的了。还有些他的会议纪念品放在我这儿,到时他回来了,麻烦你跟他说一声。"

挂断电话,管苧"哇"的一声,大声哭喊了出来。我从没见过她这个样子,她从来都是优雅得体的,而此刻,她的紧张、胆怯和哇哇哭喊,完全像个找不到爸爸的小女孩。我赶紧抱住她,她紧紧伏在我肩上,声音颤抖着说:"我预感到出事了,我们赶紧报警吧!"

我赶紧拨打了110,将情况说了一遍,对方说:"是有些奇怪,但毕竟时间还太短,这样吧,你们先把失踪人的身份信息发给我,我们先上传到警务平台上,有什么情况我们会第一次时间通知你们。如果明天早上他还没回家,请你们来警察局报案。"

"去书房找找,看看有没有什么字条留下来。"我也越来越感到了事情的严重性,脑海里思索着找到他的办法。

我们几乎将书房的每一个角落、每一本书都翻了,结果一无所获。就连垃圾篓里的废纸,我们也逐一检查看过,没有什么信息。

我赶紧安慰管苧,说:"起码我们能肯定,他自己没有什么不好的想法,如果有的话,他一定会写下些什么给我们的。"

"那不是更危险了吗?"管苧又哭了起来,"难道他出门遭遇了什么不测?"

"别乱想了,我想应该不会的,他大白天出去的,能有什么不测?"

"会不会是走到路上,突然脑溢血,昏倒在地,然后被人送去医院了?他又忘了带手机,所以别人联系不到我们?"

"别多想了,也许事情本身很简单,他就是喝醉了,明天早上就回来了。我们现在所能做的,只有等待,只有几个小时了,很快就过去了,然后警察就会帮我们了。"

我抱着她,抚摸着她的头发,希望她能冷静下来。但我的内心感到了一种刺骨的恐惧,我不知道接下来究竟会经历些什么,我逼着自己也不要去多想。

我们躺在床上,衣服也没脱,管苧紧紧抱着我。我看到她的眼睛望着天花板的某处,全是惊恐。我起身把灯关了,她吓了一跳,我转过身搂着她,让她不要怕，闭上眼睛赶紧休息一会儿。我们都太累了。但，实际上，是睡不着的，一直是半梦半醒的状态。

恍惚中，我又看见了那座亭子，一片虚无的白色中的小亭子。这次不是我一个人，岳父坐在那里，招呼我过去聊天。有了他的存在，这次我一点儿都不害怕。我走了过去，很高兴找到他了，原来他是一个人在这儿呀。我要和他坐在那里，好好聊聊。虽然周围全都是白色，但坐在亭子中间的感觉肯定还是很不同的吧。我这么想着，便走进了亭子，但是岳父却不见了，只剩下我一个人站在亭子中央。我喊了几声"爸"，没人应我。我还喊了几声"岳父大人""管伯父"什么的，也没有人理我。我这会儿才发现，亭子里边连个坐的地方也没有，可刚才岳父明明是坐在那儿的。我站在亭子的中心，前后左右都看了一遍，没有发现什么不同，反而失去了方向感。我的脑袋开始眩晕，我想逃离这儿，却忽然起风了，风经过亭子的飞檐时，发出了骇人的呼啸声。我走到亭子边缘，地面也全是虚无的白色，我似乎悬浮在空中一般，我不知道踩下去，会不会坠落。但我不想被困在这里，我一秒钟都不想待在这儿了，这里已经开始让我毛骨悚然。我心一横，闭上眼，一步走出了亭子。果然，我感到了猛烈的下坠，没有尽头……我大喊一声，惊醒了过来。

微光中我看到管苧正紧张地盯着我看，我揉揉眼睛，问她："几点了？"

"五点三十八分。"她脱口而出。

"你都没看。"

"我几秒钟前刚看。"

"你没睡会儿？"

"睡了，被你吓醒了。"

"刚才？"我感到脑仁生疼，"我做噩梦了。"

"他还没回来。"她说。

她对我的噩梦毫无兴趣。况且，那是个糟糕的梦，我也不敢跟她说。亭子的意象，已经第二次出现了，究竟预示着什么呢？假如我的梦曾经预见了和管苧的亲吻，那么，这次还会带给我什么预示吗？

"我一睁眼看见你，就知道了。"我挣扎着翻身起床了，我一边穿衣服，一边说，"咱们洗漱准备一下，带上跟咱爸相关的东西，直接去公安局吧。"我说这番话的时候，一点儿也不敢看她。

清晨七点钟，我和管苧已经来到了公安局，还没有正式上班，值班民警接待了我们。我们把来龙去脉说了一遍，他问清楚我们跟失踪者的关系，开始做笔录。我们带了岳父的手机，还有许多生活照，就连体检表也拿来了，上面有身体的各种情况。等到笔录做得差不多了，警察局也正常上班了，警察又带管苧去抽血，保留直系亲属的血样和 DNA，到时拿去系统中比对。然后，两位警官跟我们回到家里，又搜索了一遍，没有什么发现。他们接下来动身去岳父的单位。我们也想同行，却被劝止："你们太累了，好好休息一会儿吧！再仔细想想，如果有什么线索，请及时给我们打电话。"

只剩下我们站在房间里，我从未感到过如此无助。

"我们绝不能坐在这儿空等！"管荸两眼血红，咬着牙，紧握着瘦弱的拳头，像头愤怒的母兽。她的悲伤，已经成了悲愤。

"你要不要挨个儿给你们家的亲戚打电话？也许有线索。"我的提议像是一根风中的稻草。

"暂时先不用，那些亲戚，警察都会一一去调查的。"她深吸一口气，"我们现在需要去想一些容易被我们忽略的线索。"

一阵可怕的沉默，我们已经绞尽脑汁了，但必须再一次进入记忆的深处。

"我昨晚有个梦，跟咱爸有关。"我想起那个梦，觉得此刻可以说了。

"梦？"她动都没动，"什么梦？"

"我梦见咱爸在一个亭子里，那个亭子，我之前就梦见过一次。"

"你怎么不早说！"

"我怕吓到你，那个亭子的周围白茫茫的，什么也没有。"

"大致是什么样子？你快说说。"在此绝境下，她一反常态，对我的梦深究起来。

我试着描述了一番，还拿过笔来，画了一个草图。

"我觉得有点眼熟，"管荸紧张地攥紧我的手，"好像，好像……就是咱们小区里的那个亭子呀！"

我二话不说，拉着她就往外跑。小区有一个中心花园，里面有座小湖，沿着湖边拐进一片小树林，尽头有座假山，那个亭子就矗立在假山边上。我们疯了似的向那里跑去，一些锻炼回来穿着练功装提着宝剑的老人家急忙向路边避让。现在顾不了这么多了，我用尽全力拉着管荸，跑得飞快，几乎喘不上气了，仿佛我们迟一小会儿，岳父就离开那儿了（就像梦中一样）。终于，我们遥遥看见了树林后的那座小亭子（我和管荸晚上散步来过好几次的，我之前居然没想到它）。等到迅速掠过这些树木之后，我站定在原地，像生平第一次看见那座亭子那样看清了它。

它的确非常像我梦中的亭子。

亭子的结构简单，可以说，全世界的亭子都有些类似，但是，这座亭子的飞檐，还有柱子的根数和颜色，跟梦中是一样的。

我走进亭子，站在中央，向四周开始搜寻，那个梦境的记忆让我深感恐惧。管荸穿过亭子，走向了假山，她研究着那些石头，仿佛她父亲能藏进那些缝隙里。这时，我注意到不远处有一位穿着白色运动服的老人，一边打太极拳，一边观察着我们。我的注意力刚才全在亭子上，以至于忽略了他。我意识到，我需要立刻问问他。

"小伙子，你们找什么呢？"在我快步走向他的途中，他先开口了。

"找人！"我掏出岳父的照片，"您见过他吗？"

"这不是管老师吗？"

"啊？太好了！您认识他！"

"我是天天在这儿锻炼，他是有时间就会来这儿锻炼。"老人说，"我知道他是文化名人，还经常请教他一些问题，从历史、经济、股票，到孩子上学，我都问过他。"

"他是我岳父，他从昨天起就没回家！"

"不可能！我昨天还见到他了！"老人的身体原本还沉浸在太极柔缓的节奏中，听我一说，遽然绷紧了。

"您昨天在哪儿遇见他的？"

"就在那儿！"老人指指亭子，"他就坐在亭子里，我还跟他说了几句话，等我打完拳，他还坐在那儿，我跟他说，管老师您别老坐着，要起来锻炼。他说他昨晚没睡好，早上来这里呼吸下新鲜空气。"

"还说了些什么？麻烦您好好想想，这对找到他很重要。"

老人急了，说："就这些话呀！我跟他说我走了，还得给孙子买牛奶去。他说，您老慢走，好好享受天伦之乐。我说谢谢。就这些了，没别的了！我当时还想，文化人说话就是不一样。"

"大爷，一直到您回家，他都坐在亭子里，没起身？"管莘听见说话声，一路跑过来，喘着气问道。

"是呀，他坐在那儿，看上去很舒服的，很享受的，没看出什么异样来。"

我想起梦中的岳父，就是那样坐在亭子的椅子上，而当我走进去，那椅子就没有了，成了空荡荡的门洞。

"大爷，谢谢您，"我掏出手机，"您能帮帮我们吗？我现在叫警察过来，您也协助他们调查一下。"

"好啊，应该的，管老师这么重要的人，怎么会失踪了呢？"老人摇着头，仰面朝天，长长叹了一口气。

很快，那两名警官赶来了，从他们的神情上就知道，他们去岳父的杂志社是一无所获的。果然，他们简单提了提岳父同事们的说法，然后重点问询起了这边的情况。他们认为老人的线索非常重要，立刻打电话调来了警犬。

这条凶悍的特种警犬，站起来估计比我矮不了多少，脊背是黑色的，腹部呈褐黄色。当它在我身上嗅的时候，我感到了本能的害怕。

一名警察牵着警犬，在这周围仔细巡视着。我们目不转睛地盯着他们。他们一会儿走进亭子，一会儿走到湖边，一会儿又穿过树林，我们跟在他们身后，来到了小区路上。我看到警犬也迷茫了起来，时左时右，失去了目标。

"至少能确定他在这一带的活动轨迹。"警察说。

警察用手指勾勒着想象中的路线，显然，那路线包括湖边。想起王国维的自沉，我的心直往下坠，我走到湖边，仔细看着水面。管苧明白了我的意思，走过来双手抓着我的胳膊，浑身战栗了起来。

小区的管理人员都被叫来了，警察跟他们研究起来，如何在湖水里搜寻更快捷，是乘船摸排，还是干脆把水抽干……

管苧面如死灰，仿佛已经确定她父亲就在这湖底。我搀扶着她，感到她有些站立不稳了，赶紧陪她走进亭子，坐下来。附近只有这里可以坐坐。我坐在亭子的椅子上，想象着昨天上午岳父坐在这里时的情形，他究竟在想些什么呢？他是那么豁达的一个人、那么健康的一个人、那么有思想深度的一个人，怎么会突然消失了呢？他只是有些疲惫罢了。那样的疲惫，对我这样的凡夫俗子来说也许是不堪重负的，但对他来说，那真的不算什么。难道就像他说的，他对自己产生了怀疑？可这样的怀疑，只是一个针尖而已，并不足以颠覆他的整个坚固的思想王国，难道真的是千里之堤毁于蚁穴？

警察跟管理人员还在讨论着，看情形，把湖水抽干的意见占了上风。但我听见一位管理人员说，这些水要抽干，得等到明天去了。管苧也听见了，她现在已经不会哭了，只是嗓子眼儿里发出压抑着的咯吱声，类似筋肉在摩擦，我不忍耳闻。

我站起身来，把头顶在柱子上，感到整个世界在旋转，我闭上眼睛，仿佛重新走进了那个梦境。白色的虚无把我吓得一哆嗦，睁开眼睛，赫然看见柱子上写着指甲盖那么大的两个钢笔字：文辉。

我膝盖一软，跪倒在了地上。

"老曹！你怎么了？"管苧扑到我旁边，想把我拉起来，可我双腿颤抖，根本没办法站起来。

"小苧，我知道咱爸在哪儿了，"我就那么坐在地上，上身靠在柱子上，嘴里像塞满了沙子，干涩地说，"咱爸一定去了李文辉自杀的那个山谷。"

为了尽快找到当年李文辉自杀的准确地点，我们不得不去拜访苏梅。很难想象，这样的事情怎么能打电话跟她说。我们是坐着警车去的。没想到我第一次去拜访苏梅，竟然是以这样的方式。记得岳父曾跟我约定什么时候一起去拜访苏梅，但他似乎是违约了。我和管苧的手始终牵在一起，没有分开，我能感到我们手掌之间的汗水在不断积聚，这才是我们之间的交谈，它已经代替了我们的话语。

警察把车停在附近，熄了发动机。我说："就我和妻子上去吧，麻烦你们等一会儿。""当然，我们上去多吓人，"年长的一位警官还不忘叮嘱我们说，"对方年纪大了，你们要慢慢说，别着急。"我点点头，感到舌头浮肿，悲哀淤积在口腔内。

我对这儿并不陌生，因为每年都来的缘故。但我不知道那门口的世界、那门后的人，那里有长久困惑我的事物。现在，那个封闭的世界马上要为我敞开的时候，巨大的黑暗压在我的胸前，我真想哭出声来。但我不能，还不是哭泣的时候。

按响门铃，听到苏梅的声音。没错，就是多年前深夜的那个声音，穿越了时间而来，击中我无助的此刻。她肯定不知道多年前守候在门外的那个记者，今天竟然会以这么残酷的方式，又伴随着另一个噩耗，和她有了第二次联系。这是永远的秘密了。

"是小苧呀？"苏梅拉开了门，我看清了她的脸，一张苍白和衰老的脸。就连那声音，比起多年前也衰老了。

"这是……"她看着我，愣了下。

"苏梅阿姨，这是我先生，"管苧说，"您叫他小曹吧。"

"苏梅阿姨好！"我恍然觉得，此刻分明是当年的自己戴了个面具出现在她面前，我努力让自己微笑着。

"太好了，快进来，快进来！"她非常高兴，拉住管苧的手，引着我们走向沙发，"小苧，阿姨好久没见你了，上次你们结婚，你爸爸邀请我去参加，我好想去的，但我身体不好，那段时间正住院呢，没去成，太遗憾了。你爸爸他都好吧？"

还没坐定，就被问到了痛处。警官还让我们慢慢说，这可怎么慢呢？

"我爸，他……"管苧的嘴唇开始颤抖。

"你爸他怎么了？"苏梅阿姨极为敏感，声调一下子提高了。

"他……"

"他到底怎么了？！"

"他……失踪了。"管苧不知道该怎么铺垫，直接将结果托出。

我紧张地盯着苏梅阿姨，真怕她承受不住。

"失踪了？！"苏梅阿姨剧烈地喘息起来，整个身子全靠在了沙发扶手上，"什么时候的事？"

管苧把来龙去脉讲了一遍，并说了我的猜测。苏梅阿姨的脸完全失了血色，白得像纸，她双手撑住扶手，勉强站了起来，说："一分钟都不能耽误，咱们赶快去，也许还来得及！"

苏梅阿姨和我们一起坐上警车，朝云山峡谷里疾驰而去。一路上，苏梅阿姨咬紧牙关，一声不吭。惨痛的记忆与可怕的现实，叠加在了一起。就连我，也时时感到窒息，要逼着自己呼吸，才能继续呼吸下去。到了公路最接近那儿的地方，苏梅阿姨让停车，然后指着远处一片满是鹅卵石的河床，哽咽着说：

"当年文辉就是从山上跳下来，摔死在那里的。"

放眼望去，那儿空无一人。但如果有一个人躺在那儿，还是很不容易发现的。我们一行人胆战心惊地朝那里跑去。我抬起头，阳光耀眼，河床的一侧是陡峭的山崖，学者李文辉不知道是站在那上面的哪一块石头上，往下纵身一跃……

我们站在李文辉被发现的地方，蹲下来仔细找，还有一些小石头上带着黑褐色的印迹，那是干枯已久的血迹。

"文辉啊，老管找不到了，你要是在天有灵，你帮帮我们吧。"苏梅阿姨忽然瘫坐在地面上，用冷静的语气说道。她说完一遍，开始说第二遍；说完第二遍，开始说第三遍……然后，她号啕大哭起来，我听见那哭喊里混杂着一句话：为什么呀！

"爸，你到底去哪里了！"管苧也被感染了，哭喊了出来，"你真的不要女儿了吗？"

我的心几乎碎了。

苏梅阿姨突然趴倒在地，我们以为她背过气了，赶紧冲过去扶她，但她推开我们，左手撑在地上，右手开始往下挖。她还让我们跟她一起挖。

"挖下去看看，这两个老东西，真不知他们是怎么想的！"她老泪纵横，头发和身上沾满了褐黄色的尘土。

管苧突然尖叫了一声，我们看见她纤细的手指已经挖出血了，而在她手指碰着的地方，露出了一小块牛皮纸，我过去帮她，她说她自己来。我们都像木偶一般静止不动了，默默看着她清理那附近的碎石和泥土。

一分钟后，牛皮纸完全暴露了出来。

——那是一个信封！

拿起来，翻过来看，那上面写着的正是"给管苧"三字。管苧泪如雨下，密集地滴在信封上，她的双手几乎是痉挛着才掏出了里边的信。

　　小苧，我相信你一定会找到这封信的，因为我相信你和小曹的聪慧。我也知道，当你们找到这封信的时候，应该已经大费周折了。原谅我，我不是要故意和你们玩捉迷藏，而是这对我来说，也是极为偶然的决定。因此，我想让你们找得久一些，这样我就可以为自己的行动争取到足够多的时间。

　　我昨晚一夜未眠，思绪浩渺，我曾经跟小曹聊过一个晚上，我们有协议，不告诉你，怕你担心，那些内容，以后他一定会告诉你的。远征真的并不可怕，可怕的是鞋子里进了沙子，每走一步，都变成了折磨。我的希望，也就变成了被证实的绝望。

文辉走的时候，我非常气愤，我在心里也骂他是个笨蛋，没有比生命更珍贵的东西，怎么能选择那么惨烈的方式呢？这些年来，对他那件事情，我的观点还是没有改变，只是今天，我也得做出自己的选择了。坚持会让我们变得强大，但有时放手也会。现在，我是到了该放手的时候了。

死亡既是深刻的，也是庸俗的，因为，死亡是人无法摆脱的动物性。于我而言，摆脱掉动物性，是一种解脱。我这一世的使命已经完成，我要去死亡的怀抱里遗忘死亡。只有在死亡的怀抱里，我们才能忘记死亡。可怜的人类！

人生短暂，就像蜉蝣，我们这些人文学者便是蜉蝣里的自辩者，我们得让大家确信即便是蜉蝣，对蜉蝣自身来说也有漫长而有价值的一生。为此，我已经忙碌了一辈子。我来到这个早上，我累了，我觉得我有资本主动把这里当成是我的界限。

小莘，不要为我太伤心太难过，因为，即便我不这样，我总有一天还是要先你而去。而现在，我再说一遍，这是我主动的选择，请你一定谅解我，并接受这个事实。说真的，你应该替我感到高兴。我这一辈子，看上去似乎功成名就，但我并没有达到我所期望的高度、所期望的成功，我反而离之越来越远。家庭方面，你妈妈走得早，我的爱也相当残缺，我承受了一辈子爱人离去的荒凉。我当然也遇见过其他的爱人，但终究命运让我选择了孤独。唯有你，我最割舍不下最放心不下的你，让我有亲情可以寄放。但亲情之爱毕竟和爱是不一样的，我们都需要一种更大的爱，让我们能超越这一切。

因此，我要去那个我想去的地方。那儿美得很，你不要去找我，你找不到的。那儿有广袤的森林，有肥沃的土地，夏季有雨落下，冬天有雪覆盖；春天，鲜花在我身上绽放；秋天，金黄的落叶做我的床铺。我应和着大自然母亲的韵律，会完完全全地进入永恒。我的女儿，我会护佑着你的。假如还有另外一个世界，我们总会再相见的。

你和小曹好好地生活下去，属于你们的时代才刚刚开始，你们要尽力融进那个新时代，而我，并不属于那个时代，我属于另外一个时代，另外一个更糟糕也更恢宏、更单纯也更复杂的时代。有很多事情像信仰一样折磨着我们，我们的反抗，便是选择了把知识当作另一种信仰去爱，这将我们部分地拯救了出来。可是，知识毕竟不是信仰。或者说，知识可以信仰，也可以怀疑。

不过，说这些还有什么意思？归根结底，这是我自己的个人选择，与这些那些的已经不再有关系了。

文辉走得很不体面，但他的遗信是很体面的，证明他是深思熟虑过的。而我，由于选择的仓促，只能用一支钢笔和几张信纸，给你们简单交代几句。字迹潦草，文句也没有推敲，但这是我唯一能跟你们说话的机会了。以后，我们的交流，便是在你们闭上眼睛的黑暗中了。

你的父亲　绝笔

管莘读完信，她甚至没得及看我一眼，便倒了下去。头左侧的太阳穴恰好砸在了一块有棱角的石头上，鲜血瞬间就流了出来。

"小莘！"我抱起她，掐她的人中，她的眼睛却没有睁开。

管莘被送进急救室，我站在走廊里，医院那种独特的气息让我作呕。病人们蜡黄而痛苦的神色，让我想到岳父拥有那么健康的身体，却做出了和这些人截然相反的努力。仅此一点，就让我对生命本身充满了下跪的敬意。我从未如此可怕地意识到，生命远远不是我们看上去的这些面孔和身体，生命是在这些面孔和身体内部弥漫、聚集并流动的未知之物。那究竟是一种什么样的事物？那是物质还是能量？它仿佛已经超越了神秘，荡漾在一个万事万物存在的终极性边界以外。

我去卫生间，从镜子里看见自己浑身是土、行尸走肉的样子，吓了一跳，那几乎是一个死人！我洗着脸，哭泣着，泪水和水流混在一起。有人经过我身边，叹了口气。

我洗完脸，都不敢看自己，就那么直挺挺地走了出去……

不知道过了多久，管莘躺在病床上被推了出来，我发现她的眼睛已经睁开了。

"她没有大事，就是低血糖，加上情绪过度紧张，导致昏厥了，而且她已经……"医生在我耳边说着情况，可我一听没大事，注意力就全部放在管莘的脸上了。因为，她那双几近熄灭的眼睛正在努力望着我，干裂的嘴唇嚅动着，应该是很想对我说些什么。

我低下头，趴在她面前，问："小莘，你想跟我说什么？"

管莘说了一句话，声音像蚊子样轻微，我无法听清，我侧着头，把耳朵直接放在她的嘴唇上。

我听见她艰难地说："老曹，你知道了吗？医生说我怀孕了。"

我百感交集得不知道该说什么才好，巨大的情感内压让泪水瞬间冲出了眼眶。

她又说:"如果爸爸知道这个消息,他会回来吗?"

我哽咽着说:"无论如何,他会快乐的。"

(原载《十月》2016 年第 6 期)

作者简介:

王威廉,1982 年生,陕西西安人。中国作家协会会员,现任职于广东省作家协会。曾获首届"紫金·人民文学之星"文学奖、首届《文学港》年度大奖、十月文学奖等。出版有长篇小说《获救者》,小说集《内脸》《非法入住》《听盐生长的声音》《北京一夜》(台湾)等。

父

陈希我

1

"又迷路了!"父亲说。

父亲坐在床沿。"这不是在家吗?"我说。

"老是迷路……"父亲仍然说。

父亲六年前就担心迷路了。那时候他还能骑自行车,整天往外面跑。那时候母亲还在世,父母和大哥一起住。母亲去世后,大哥说他家开餐馆,没法在家给父亲做饭,父亲就到我这边来了。当初我鼻血滚滚的,还有点反衬兄嫂不孝的意思,长久下来就后悔了,我根本管不住父亲。好在他喜欢往外跑,这样中午这餐就不要为他准备了,他自己外面解决。他能跑,也说明身体还好。但不久他就做迷路的梦了。

"我年轻时'大串连',去北京都不会迷路!"他说。

都什么岁数了,还提年轻时?一次他还说要做个牌子挂在胸前。我笑:"人家还以为是'牛鬼蛇神'呢!"

不过写个地址放在他的衣袋还是好办法,但一直没有做。一拖两年过去,父亲真的迷路了。

最初迷路是在鼓楼购物中心。他很久没有去那里了,钻进去就摸不出来。还好最后有个热心人把他带出来。那一次我开始警惕,又想起写字条。但没人会按字条上的地址把他带到家,只是给他指点。第二次迷路,他七转八转,到天黑才摸到家。

要是父亲有手机就可以给我打电话。我要给他配,但他坚决不用。他说手机是个怪物。"线也没有,对着空气呱啦呱啦,以为是神经病!"他说。

父亲早已跟不上形势了,对新事物总是抵制。他自己当年还是个满嘴"社会主义新生事物"的人,这是个新生事物层出不穷的时代,他早已跟不上了。

他因此总是很不满，抨击这个，怨恨那个，说要给自己挂个牌子，也是出于对这时代的怨恨。但能抨击，说明他还有精力，脑子还能想。但接着又一次迷路，表明他脑子也不行了，他竟然记不得衣袋里揣着地址条。他坐在路边，边上围了许多人，招来了协警。问地址，他记不起字条。最后人家索性动手搜。我感觉问题有点大了，劝他不要出去，但他不听。

"一个人待家里，等死？"他说。他为自己辩解时，脑子又灵光了。他说他一个同事退休后，整天待在电视机前，不到半年就痴呆了，再几个月就死了。这例子他说了无数遍。现在想来，那也许只是他思维重复。

家里人要么上班，要么上学，他一个人待着也确实无聊。他不爱看电视，也不看报纸。最好是有人来家里玩，但他没有朋友，老同事都跟他有矛盾。当年他当车间主任，跟同事关系搞得很僵，一退休，就没人理他了，他只能到外面转。但他还爱管人，人家聚在一起，他一掺和进去，就搞得不欢而散。人家不欢迎他，他一到，人家就散了。他就转去远一些的旧工人文化宫。三天前，他又跟人家大吵了，回来发誓不再去。这样，他的去向就没法判断了。

我是下班回来发现饭桌边没有父亲的。父亲这时候一定要坐在饭桌边酌他的酒——地瓜烧。饭还没做，他就先喝上，那是他早年养成的习惯。等到吃饭，还没见到他。我没心思吃饭，让妻子和儿子先吃，出门去找。问小区门卫，门卫也是个老头儿，说看见我父亲早上就出去了，他还问去哪里。"他怎么说？"我问。

"应都不应。"门卫说。父亲就是这个做派。"早上几点出去的？"我又问。

"好像是下午……好像是早上……"门卫说不清。

不管怎样找吧！先在小区附近转，没找着。于是扩大半径，仍然不见。抱着侥幸心理往家打电话，是儿子接。问爷爷回来没有，儿子说：

"神马都没见到！"

"还有心思贫嘴！"我啐。

"现在你有心思了？"妻子接过电话说。我知道她指的是什么，她几次跟我说不要父亲住在我们家。首先原因是父亲不肯交伙食费。之前我母亲在，由母亲交，母亲一走，父亲就不交了。大哥大嫂把他赶出来，深层原因就是这个。只是他们不说，只说没法照顾父亲。父亲过来了，第一个月不见交，第二、第三个月也不见交。在妻子压力下，我去提醒他，他竟然勃然大怒：

"操，我把你养这么大，要算多少伙食费？"

"操"是父亲的口头禅。我只能去做妻子的思想工作，说父亲也没多少钱，就当他是食客吧。却不料这个食客却要当主人。他什么都要管，管自己的儿子、孙子也就算了，还管儿媳。他看不惯我妻子很多东西，最看不惯的是化妆。有一次他酒喝多了，还说她扑粉是"白脸"。我们这里"白脸"就是娼妓。搞得妻子要跟我闹离婚，那以后妻子就不要父亲住我们家。父亲第二次迷路，妻子更催促我，说担心父亲在我们家出事，无功也就算了，还有过。于是父亲住谁家的问题又提出了。父亲有四个儿子，我是老二，上有大哥，下有两个弟弟。小弟在美国，没得指望了。三弟离了婚，他说他自己有上顿没下顿，哪能照顾父亲？大哥还是强调自己一家早出晚归。我妻子针锋相对，我们家不也是早出晚归？你可以早上把父亲一起带去店里，餐馆有东西吃，也热闹，老人怕寂寞。何况父亲原来就是从大哥那里出来的，更何况，大哥现在住的是父亲的房子。大哥无法反驳，就采取拖延战术，能拖一天是一天。我也不好逼兄弟，反正没出事。现在出事了。

"你大哥饭都吃了吧？"妻子又说。

我一看时间，已经十点了。大哥是开餐馆的，要打烊后才能吃饭。这话倒提醒了我，得告诉大哥。我打电话给大哥，大哥说他扫尾后过来。我又给三弟电话，他说在加班。他总说在加班，典型的"甩手掌柜"，不指望他了。在大哥来之前，我想再找找。妻子又来电话，说饭冷了。

"我不能一热再热！"她下最后通牒。

我才扒几口饭，大哥就到了。大哥满身油烟味，一脸疲惫，语气有点急躁："怎么搞的！"他脱口而出。妻子不高兴，甩了手，进卧室去了。我向大哥使眼色，大哥也觉出自己冒失，解释道："一个客人叫来物价局，说我暴利。我那怎么是暴利嘛！还敢暴利？稍微一提价客人就不来了！一直半义务，客人还不满意，还投诉。到现在饭都还没入口……"

妻子还揣度人家饭吃了呢！我叫他一起吃，他不吃，没心思。我也没心思，推了碗，和大哥一起出门找。坐着大哥店里运货用的小面包，能跑远些。整个城市跑遍了，还是不见父亲。已经零点过了，大哥说过再过三个小时他得去农贸批发市场采购，我天亮也得上班，就只能先回家。希望最后有惊无险，像前几次那样。

"一个大活人，应该没事吧！"我说。大哥也表示认同。他还特意抱怨了父亲几句，说他吃太饱了，太闲了，能量过剩。我知道他在强调父亲身体好。身体这么好，受受苦也经受得了。又是夏天，不会冻。当然有蚊子，也该让他被蚊子咬，看他下次还敢乱跑！

我们兄弟两个互相打着烟幕弹回家了。但我睡不着，辗转反侧，虽然我知道明天还得上班，得赶紧睡。其实父亲身体并不好，只是他喜欢动。人家是运动，有节制有保护，他看不上，盲动。这样他隔一段时间都要大病一场。这两年来更加频繁了，动不动上医院。现在看病手续他已经不会办了，都是我陪他去。有时候半夜发作，得马上送去医院。打点滴，就一夜别睡了。更不要说他两次做手术。一次是小肠疝气，一次是前列腺增生，本来想叫护工陪护，但一说，父亲就生气了。他说他生了四个儿子，除去美国一个，还有三个，就没有一个指望得上？让人笑话。最后白天请护工，晚上由我们兄弟轮。大嫂和我妻子是女人，不方便，三弟动不动就加班，基本是我和大哥轮流。

父亲是个折磨人的人，不让你消停。一会儿要叫护士，一会儿要翻身，一会儿要揉这里揉那里，一会儿要喝水。因为他怕痛，没有用导尿管，所以喝了还得顾他撒尿。我很奇怪父亲当年不是这样的，他是我们家最耐磨的人，就像他那一身耐磨的工衣，到老了竟然娇气起来了。一会儿就叫一次，我就干脆坐着等。但他又要我躺下睡。我哪里睡得了？刚迷糊下去，他又叫了，这更难受。有时候我真的迷下去，被他一叫，像被鬼拉醒一样。

这还是小手术，如果生了更大的病呢？更大的灾难简直不敢想。年龄一年年大起来，他的身体一年不如一年。我忽然想起，他有高血压，药带在身上吗？赶紧起床查看，没带。这应该想到的，父亲出门不会带药，我也没想到让他带。反正一天一次，他总会有在家的时候，就没想到常规生活会被打破。如果是对我的孩子，就会替他预防发生意外情况，甚至安排到自己死后子女怎么生活。对父母就不会这样。天底下只有"孝顺子女"的，没有孝顺父母的。也许是因为父母是从强壮到衰老，不知不觉他们已经脆弱了。

2

早晨我给大哥电话，说父亲没带高血压药，还得抓紧找。大哥在批发市场，正忙着。想想还是得把三弟拉出来，平时甩手也就算了，到现在这份儿上也该出力。三弟一接电话就问："爸找到了？"

"躲得远远的能找到？"我没好气。

"你还睡过了，我还没合眼呢！"

"你以为我合眼了？"

"你又没加班，怎么不睡？"

"爸呢？"

三弟被噎住了，他头脑里就没有父亲这概念。"你们别以为我就不惦记着爸！我走不开，加班！你们犯不着骂我嘛！"

骂？一听才知道，大哥刚电话他，骂了他。既然如此，他应该知道父亲没找到，他却还问"爸找到了？"他这脑袋鬼得很。他提议报警，说警察毕竟专业，他说大哥听不进去，只道他想甩手，逃避。我说大哥说得对，你这是态度问题。

"什么态度不态度？"他说，"态度能够解决问题？"

"不管怎样，你就该先有个态度！"我说。

我所以要拉上他，还有个原因，他有驾照，可以开大哥的车。车毕竟跑得远。三弟答应下班后来，约在大哥店碰头。大哥只出来交个车钥匙就又钻进厨房了，他是站厨的，这是最忙的时候。三弟一个多月不见，瘦得跟猴子似的，眼睛满是血丝，看来真是累坏了。我也不忍心了，让他回去，我来找。三弟不肯，说来都来了。我说你都累成这样了，他说："没事，死不了！"

　　他就爱说这样的话。我啐他，他笑了，又说："真的嘛，不会'过劳死'的！"

　　"过劳死"这个词不会产生在父亲那一代，那代上班基本是混。我小时去父亲工厂，他们抬个东西都要一群人，也不知谁用力，谁没用力。现在，你敢偷懒看看？上头不逼你，你自己也会逼自己。父亲，你可知道你儿子们活得艰难？还要折腾出麻烦来。

　　过去老听父辈叹息："上有老，下有小；既要忙内，又要忙外。"其实我们这代才是，而且外头干，回家还得干。当年祖父母没有给我父亲什么麻烦，虽说得赡养，也只是给碗饭吃。下有子女，也不过给饭吃。我们几个兄弟都是放养大的，没给父母添多少事。母亲说，父亲抱都没抱过我们。哪像现在的孩子，在肚子里起就没让父母省心。三弟所以才执意不要孩子，就因为他不肯要孩子，老婆跟他离婚了。"总不能像爸那样对孩子吧？知生不知养。"他说，"你们说我是甩手掌柜，爸才是甩手掌柜！"

　　确实，对家庭，父亲是甩手掌柜。家里的事通通不管，就知道喝酒。家里什么都可以省，他的"地瓜烧"不能省。一上饭桌，把饭推一边，先喝酒。母亲常在灶边瞪他："喝喝喝！喝死你！"

　　他喝醉了，还会发酒疯，骂人打人，还会打母亲。他说他必须喝酒，工作累。大家都在混，只有他积极。但其实他也不过是在整人上积极。他也喜欢整人，所以很遭人恨，我们都受连累。大哥带我去工厂玩，传达室不让进。大哥报出父亲名字，传达室说："不报你爸还让进！"那些被我父亲整过的人的孩子，还朝我们扔石头。大哥跟他们打起来。人家告上门来，父亲先是跟人家吵架，然后再关起门来打大哥。父亲管儿子的方式就是打，不管三七二十一。有时候我会替大哥鸣冤，说都是因为父亲，他们才欺负我们。父亲说：

　　"不想做我儿子滚出去！"

　　有一次，大哥真的离家出走了。被找回来，又痛打一顿。大哥从此变得沉默寡言了，跟人打架的风格也变了，只打架，不哼哼。见儿子被打得鼻青脸肿，父亲说：

　　"瞧你这本事！有本事把人家打死啊！"

　　"去就去！"

　　大哥真的要去把人家打死，这态度却又冒犯了父亲。你可以打遍天下，但唯独我这个老子不能冒犯。后来我发现，所有独裁者身上都两种原则并存：砸烂一切，唯我独尊。也因此，所有独裁者的追随者都有一个共同心理：取而代之，随即鞭尸。当时大哥就常恨恨发誓：

"我操！等你老了再打你！"

不知大哥长大后是否还记得这话，但明显他跟父亲不亲。我们兄弟对父亲都没有亲近感。当时还常常冒犯地觉得，外面人讨厌我父亲是有道理的。我们既不亲外人，也不亲父亲，我们孤独地站在外人和父亲之外，我们从小像野兽一样独立。父亲太不通人情，但这只是对下，对上，他会揣摩领导喜好。领导喜欢搞形式，他就动不动敲锣打鼓，送决心书、倡议书。领导喜欢他，让他入党。但下面的人讨厌他。他也无所谓，对比他低的人能踩就踩。"老子又没本钱合在你那里！"他说。

那时他应该没想到那体制会改变，工厂会倒闭，他会和大家一起下岗。据说最后一天，有人故意找他，挑衅道：

"有权不用，过期作废！这不，作废了！"

我不知道父亲当时是怎样心情。他后悔了吗？但他的脾气是"粪坑石又臭又硬"。甚至你越反对，他越来劲。从此他虎落平阳，掉了毛的凤凰不如鸡。人家人缘好，有了新饭碗，他没门路；人家去卖早餐、当门卫，他觉得丢人。有一次，有人介绍他去一家小私企当管理人员，他没几天就跟老板吵架，被辞回来。他说那是资本家剥夺劳动人民。他开始骂社会，这个社会还是不是共产党的天下？要是毛主席在，早把你们抓去枪毙了。他的脾气变得更坏了，好像内心总揣着一个火盆。他老往外面跑，可能也是因为要去散热。我从自私角度说，他到外面去，家里就安宁了。但他毕竟年龄这么大了，就提醒他别出什么事。他竟然说：

"你是不是希望最好我出事？"

我要辩解，他说："别狡辩！我都知道！"

他总是觉得自己很懂，而这懂就是把人把世界往坏里想。他的内心极其黑暗，时刻准备着斗。"与天奋斗，其乐无穷；与地奋斗，其乐无穷；与人奋斗，其乐无穷。"三弟对这点也有印象。他说当时他尚小，父亲的一些话常让他震惊，他渐渐地觉得这世界可怕，不可掉以轻心了。

不知不觉车开到江滨路。边上拉过一队人马，走在机动车道，是一队白发苍苍的老人，他们的身体好像就擦着车身。这些也是不能安静的老人。我很奇怪现在老人为什么那么爱折腾？印象中，我祖父祖母整天坐着，后来就躺床上，然后就死了。哪里像现在的老人那么多事？现在老人精力比我们还旺盛。

队伍浩浩荡荡，统一服装，前头有人举旗，中间每隔十米就有吹哨子的，还有人手里拿着高音喇叭喊话，让我恍惚又回到了"文革"年代。这是这些年老人们玩出的新花样：街头暴走。"暴走"本是日本年轻人的词，老人们也赶时髦。但其实这不过是多年前的时髦，无论是日本还是中国的年轻人已不用这个词了。这给人一种错位感，就好像"红歌"是从他们腰间的科技新成果小巧播放机放出来的。

路堵了。前面传来消息说，一个暴走老人被车撞了。

父亲也爱在马路中间走，我也担心他被车撞。跟他讲多少遍，他就是不听，还说："把我撞死吧！操！把我抓去杀了，判反革命，死刑！"

有时候心平气和，他会说路是公家的，他有"路权"。他也学会"路权"这个时髦词，他有时也挺与时俱进的，毕竟他当年也是个小干部。

应该不会是父亲，父亲不可能加入这种团体。但他是赞成街头暴走的，难说不会掺和在一起。我到前面看，大家议论纷纷，都说这些老人怎么不好好在家里待着，满大街跑。老人反驳：我们跳舞你们有意见；不跳舞了，走路，你们也有意见。你们还让不让老人活呀？我们老人为你们劳累大半辈子，为国家贡献了大半辈子，到老了，才知道生活本应该这样的。过去傻，只知道干活，为别人活，现在要为自己活。为自己活有错吗？人人都需要实现自我价值，就你们年轻人需要实现？被你们赶来赶去，你们也有爹妈，就这么赶你们的爹妈？没有我们，哪有你们？

父亲也常说这样的话，摆功劳，倚老卖老。他下岗后，脾气更坏了，越老脾气越坏，到了蛮不讲理的地步。一次上公交车，一个小年轻没给他让座，他竟然吆喝人家起来。人家说让座是我的风格，不让是我的权利，他啐：

"你讲权利？当初老子就不知道讲权利？但是我们讲共产主义！什么都共出去了，哦，现在轮到你们了，你们讲权利了？我们白贡献了？没我们当年贡献有你们？这社会全是白眼狼！你不让也得让！"

人家就是不让，他就抢了，把人家衣领提起来。人家起来了，嘟囔几句，他竟然还甩人家耳光，说是教训教训。人家又不敢反手，不小心就打出什么毛病来。现在社会，最凶的就是老人。他们也不怕公安。父亲在外闹事，公安来了，还叫嚣公安把他抓进去。

"死在里面，看你吃不了兜着走！"他说。

反正老人可以耍无赖，耍无赖就会赢。但这耍无赖是拿赢弱的生命当赌注的，想想是更大的悲哀。以卵击石，以险求活。眼前躺着这个老人似乎并不幸运，他真的被撞坏了，躺在地上，眼睛紧闭，一摊不可收拾的形骸。120 来了。120 晃着焦人的灯把老人运走了，接着就要联系家属了。眼前不是父亲，不等于父亲不会出事；父亲不在此处出事，不等于不在别处出事；此次没有出事，不等于接着不会出事；不会出车祸，不等于不会出别的事。我承认我更担心父亲出事，那样我就必须去收拾，不可收拾也得收拾。我回到车里，跟三弟念叨起。

三弟说先别想这些，努力找吧。他显得很理性，他当然可以理性，父亲没有压在他手上，我承认我有焦虑症。但我确实不能不想。我还是絮絮叨叨，要是父亲真出事了怎么办？他说，所以要赶紧找啊！你看车可以动了。我仍说，找到了已经出事可怎么办？比如倒床了。三弟叫起来，肚子痛，他要找个厕所。

车刚停，他就逃也似的钻出去了。他这种形骸我不陌生，父亲住院时，好容易他值几个晚上，早上我到医院，他就已经站在病房门口等我接班了。我一进病房，他就说上班来不及，拎起包就走，简直迫不及待。

等他很久，我给他打电话。电话才接起来了，他说他拉肚子了，中暑了。好家伙，父亲还没出事，他先出事了！

"正擦着呢！一边手拿电话。"他说。他描绘着，我知道他是在用幼稚和低俗来掩饰他的慌张。

他好容易出现了，仍捂着肚子。坐上车，他装作无意看看手表。"啊，九点了！"他叫。

这么迟了，他又生病了，我提议结束。我所以这么提议，也因为我无法面对我所焦虑的问题。但三弟却说继续找，他倒好像比我干劲大了，也许他真是想赶在父亲出大事前把他找回来，毕竟如果父亲倒床了，他也逃不了干系。

"反正今天不加班。"他又说。这是什么意思？我明白了，他是在说明天还得加班，明天不可能再找了。但剩下这么一点时间，怎么可能有收获？寻找于是成了消耗时间，一个钟头一个钟头地消耗掉。谁也不抱希望，或者说，谁都害怕找到的不是自己希望的。在店里的大哥倒乐观，打电话来问怎么样了，我说没结果。三弟凑近道：

"老天不负有心人。大哥，你店里不是有观音吗？拜拜去！"

"我知道拜！"大哥说。

"保佑找到全身的！"三弟说，他终于也暴露出来了。

"全身？"大哥愣。

"你希望找到半身不遂的？"三弟说。

"犬吠！"大哥啐，"你这乌鸦嘴！"

3

三弟继续加班，大哥店里放不下，我也忙。我的工作是推销员，一上班就连轴转。忙了一天，回到家里，觉得什么不对，是少了父亲。家里已经不能没有父亲了。当初父亲搬出大哥家，大哥是否有这种感觉？也许不会有。大哥一整天也没给我电话。当然打电话我干什么？我又不在找父亲。我给大哥电话，商量接下来怎么办。大哥声音里夹杂着掭勺声和抽油烟机声，我才意识到这不是时候。我能想象他正皱着眉头炒菜的样子，被火烤着，他的声音也满是火气。他说他正忙。

我又给三弟打电话。他说因为没加班，事情堆了一大堆，现在饭还没吃。他们都忙，倒好像我不忙似的，可以回家吃饭，有闲暇让感觉纤细。

三弟说，还是得报警。也只能报警，警方无论如何总会有些行动。报完警，我觉得有点轻松。与其是相信警方，毋宁是在走投无路之下，好歹把任务交了出去。

我把报警的事告诉大哥，我说是三弟的意见。大哥说："他说报警就报警。"

大哥这话是什么意思？是讽刺还是赞同？我说明说也只能报警，父亲已经失踪三天了，也去找了，能找的地方也都找过了。大哥说："我知道，也只能报警。"

大哥也只能这么表态，要不然，他有空去找吗？虽然害怕父亲出什么事，但我还可以晚上付出行动，他做不到，只能顺其自然了。不管怎样，我们有了共识，三个兄弟齐刷刷把目光投向警方。我虽然晚上仍出去找，把找过的地方再找一遍，希望奇迹出现，但也不过抱着侥幸心理。想，父亲应该不会有事的吧，老人被撞只是个案，父亲的高血压也没有严重到哪里去，不会几天不吃药就出问题。出点小事也就罢了，我们不可能那么倒霉。

一天过去了，两天过去了，警方没有消息。我跑去问，警方说还在找。大哥三弟倒沉得住气，跟没事发生一样。我挨不住了，特别到了天黑，心会不能遏制地焦灼起来。想想还是得自己想办法，又给大哥打电话，大哥说：

"老三不是主张报警吗？"

大哥这是什么话？他不是也同意的吗？我仔细琢磨，他的表述跟三弟的话并不一样，敢情他是把责任推给三弟的。

"他就那样，老是加班，你又不是不知道……"我说。

"忙？总有吃饭时间吧？我是连吃饭时间都没有！"

"我们有吃饭时间，怎么了？"可能是大哥太大声了，我妻子在边上听到了，她冲着话筒应。我连忙把电话按掉。

"大哥又没说我们。"我说。

"他就是指桑骂槐！"妻子说，"我们有吃饭时间没挣钱时间，他拿吃饭时间挣钱，他挣了钱归他自己，我们为大家照顾你爸，白照顾，还说你爸补贴我们钱！"

女人就是爱翻旧账。父亲到我们家没交伙食费也就罢了，但大嫂嘴贱，来刺探我妻子，问父亲交多少伙食费。妻子认为大嫂是别有用心，认定父亲把钱补贴我们，就吵着要大哥把父亲领回去。我好容易把妻子安抚了，现在她旧事重提，说父亲找回来，绝不能再住在我们家了。我只能一再说明，大哥确实不是指我们，是指老三，老三那德行。

"老三那德行？他又是什么德行？我还不知道？"妻子应，"你爸又是什么德行？谁像你这么傻？从你哥到你两个弟，到你爸，全是人精，你们兄弟如狼似虎，就你是羔羊。还当沉默的羔羊？嫁给你，也跟着你吃亏！你能吃得了亏，我可吃不了！"

她要我给大哥手机拨电话。我当然不能从命，她就来抢我手机。我抢不过她，手机到了她手里，她拨通了大哥。

"大哥，我们是有时间吃饭，但我们没有饭吃，我们要拿时间去挣钱吃饭。还有付房子月供，你们不要付月供，你爸的房子现成住着。你爸住这边，我们养不起供不起，以后就住你那儿了！"

她把电话掐了，不让大哥有回嘴机会。我说人家大哥还听不清楚她说什么，她说："他不明白？他心里明白得很！看看他来不来问！"

果然，大哥没来问。过后他再没有了音讯。想想，应该大哥也知道把父亲推给我们，理亏，只是他也搞不定大嫂，只能躲着。但他躲着，父亲怎么办？时间一天天过去，多拖一天，父亲就危险一天。妻子也是不看时候，偏在这种时候跑出这问题，等父亲找到了再提不行吗？先把父亲找回来再说。我想向大哥表达这个意思，电话通了，他掐掉了。再打，又掐掉了。我只能跑到他店里。他正在掂勺，不理我，只顾炒菜，炉灶噪音很大。炒好，他关上煤气装盘，我开口了。我刚开口，就被他挡住了。

"你那老婆，没法说！"

我有点生气，怎么没法说？她说的又不是没道理。这些年父亲在我家，还不是主要她做事？但我忍住了，不跟他吵。"她那边，总会有办法的！"我说。

大哥动作停了，瞧着我，那眼神几乎是喜出望外。我知道这最能宽解他。

"不管怎样，还是先把爸找回来！"我又说。我没有给他明确许诺，他的眼神又暗淡了下去，埋下头继续干活。但我也只能说到这，我怎么可能打包票？大哥你后面有老婆，我后面也有老婆。我只能硬着继续："好不好？先找回来。"

"我又不是不想找回来！"大哥说。

"那得想办法呀！"我说，"现在警方一点声音也没有，爸又高血压，没带药，要是有个什么事，找回来个躺着的，你家里我家里更不好做工作了！"

大哥拿勺的手软了一下，险些把菜洒出来。

"所以得尽快想办法！"我又强调。

"我有屌办法！"大哥暴躁起来。

"你是大哥啊！"

"大哥又怎样？也不比你们大几岁！都是成年人了，我还已经是老年人了呢！他才几岁？"

我知道这"他"指的是三弟。"他比我们都年轻!"大哥说"我们",把我拉到跟他同一战壕里了,矛头只对准三弟。"他从小脑子就比我好使。他有文化,我没文化,我是站厨炒菜的,我懂什么?我有什么本事?我能做什么?我又没有他那样门路!"

"这件事,三弟估计也没门路!"我说。

"估计?你怎么知道他没门路?他是藏着自己用!他那人我还不知道?早看穿他了。你不问他,他会告诉你有门路?他会自找麻烦?用了门路,人情谁来还?还不得他自己来还?大家的事,让他来还债,他会愿意?"

我倒没想到这。我说,可以向他表示,这费用大家一起出。

"他怎么可能答应?兄弟间的,自己爸的事,跟你们算钱?何况他自己也得出一份!"

大哥这么想,有点过分了。不管怎样先问问三弟。我掏出手机,大哥说:"找老三?我来问!"

他竟然自告奋勇。他撒下勺,到一个稍微安静的角落,从围兜里面掏出手机。电话通了,他竟然一开口就骂。什么都没讲,就开骂,骂三弟死得远远的,甩手掌柜。大哥怎么这样?

三弟当然不是好惹的,跟他对骂了起来。三弟最初还有点迟疑,但大哥不停地进攻。虽然是亲弟弟,人家也是成年人了,树有皮,人有脸。当然可以把大哥的举动理解成去扎破三弟坚韧的皮,否则他不会被触动,他一直很赖皮。但如果这样,三弟被刺起来后,就得反击。何况出菜口有伙计在找,但大哥没有停下来的意思。他不是很忙吗?他也没有提出实质性的要求,又比如三弟你去找门路,比如托门路的钱我就是不付,比如父亲将来住你那里,哪怕是无理要求,他都没涉及。他只是没头没脑地一顿乱棍。

"我还得炒菜!店倒了!"他猛然刹住,把手机一拍,回灶边,丢灶台上。开炉火,继续炒菜。他这是干什么?他这不是去解决问题的,是去向对方开火的,是去挑衅,是去激化矛盾,纯粹激化矛盾。

他的电话响起来了。他腾出一只手,捡起手机,瞄了一眼,掐掉了。

"老三的?"我问。

"还有谁!"大哥说。

三弟也是多事,怎么反找过来了?接着我的手机响了。三弟跟我诉冤,发泄愤怒。"我找也去找了,请假也请假了,还生病了!"他说,"现在老板对我意见大了,还不知道会不会被炒鱿鱼!"

前几天他只是说事情堆积,现在又变成要被炒鱿鱼了。

他说他本来还在想办法,找门路,让警方尽力找。现在大哥这样对他,他不管了。这么说,他还可能有门路。还真难说,他在大公司,不像我们在底层滚爬。他在上面，七拐八弯总会找到点关系。中国办事靠的就是关系。我跑到外面去，劝他不要生气，不要跟大哥计较，把精力放在找父亲上。但他说坚决不管了，大哥他有本事，他自己去把父亲找回来。我只能一直劝，说父亲又不是大哥一个人的父亲，是我们大家的父亲。我苦苦相劝，晓之以理，动之以情。他不好再固执了，但他要求大哥要向他赔礼道歉。这简直不可能，大哥那脾气，都不知什么叫道歉，三弟他又不是不知道。但三弟坚决要求大哥道歉。大哥跟三弟从来是猫跟狗不能同巢，平时常有争吵，但也不至于牙齿咬得这么紧。僵着，根本无法商量找父亲了。事情又耽搁了下来，他们怎么就没想到拖一天，父亲就危险一天，只顾着吵架？真是愚蠢！

"你才愚蠢呢！"妻子说，"你还看不出来？他们是存心的！"

"存心？存什么心？"我不懂。

"他们故意在拖！"

我也知道他们在拖，但拖有什么好处呢？对他们也没有好处。

"拖到彻底解决！"妻子又说。

彻底解决？什么意思？找到父亲才是解决。

"说你傻就是傻！"妻子说，"找到又能怎么样？"

一丝冷风拉过来，我的心发毛。我好像明白过来了，让父亲消失，永远消失才是彻底解决。这简直太可怕了。我的兄弟怎么会有这种想法？他们怎么会是这种人？对自己的父亲，漠不关心也就罢了，见死不救也就罢了，怎么能故意让自己的父亲死？他们是不孝，但他们怎么会是杀人者？但他们确实就是在拖延，他们明明知道拖延的后果，我已经明确警告了，他们还在争，还在吵，还在纠缠不清。他们揣着什么心理？他们是我的同胞。他们虽然不是善类，但也不是魔鬼。同胞间还是有基本信赖的，对同胞的认同就是对自己的认同。也许只是妻子瞎猜的。如果可以切割，妻子比兄弟容易切割。兄弟是手足，妻子不过是衣裳。妻子毕竟是外人，我更愿意怀疑她。妻子你怎么这么想？结婚十几年，我第一次发现妻子原来这么可怕。你怎么就这么想我兄弟？难道就因为不是你父亲？"小人之心度君子之腹！"我啐妻子。

"我小人？他们君子？"妻子道，"好，我小人！我就小人了！你要当孝子，你当去！"

"我是什么孝子？"

"你不是孝子吗？"

"我是什么屌孝子！"我叫。

妻子诧异地瞧着我。其实我一直受用于被称为孝子的，平时虽然觉得冤枉，但被人称为孝子，还是像被摸顺了毛的猫。人总有荣誉感。但现在，我却像被扎了一针，跳了起来。我也不知道自己怎么了，我忌讳被称为孝子。也许是不愿意被端在"孝子"的烤炉上烤，兄弟们可以逃之夭夭，我却逃不了。如果父亲被找回来，好也罢孬也罢都要我承担，除非他死了。

死！我怎么也想到死？称我孝子，就像是对我的揭发，好像一道强光打在我脸上，我慌忙通过皱脸来平衡阴暗。其实妻子把我高看了，在父亲问题上我比她更焦虑。她只是儿媳，我是儿子，我无路可退。其实我也隐约意识到这是改变局面的契机。要是父亲没失踪，现有局面只好延续下去。现在可以了，"彻底解决"。

当然我的"彻底解决"跟兄弟们的不同，我只是想把父亲推出去，不是要父亲死。但某种程度上说，兄弟们的残忍却是我造成的。我为什么让妻子给大哥打电话下最后通牒，从而导致他去刺激三弟？我一个大男人，怎么让一个女人把手机抢到手了？难道我不是有意让她把手机抢到？她跟大哥说的，正是我想说的，我不便说出的。

我难道不了解大哥的行为方式？他一旦急了走极端。但我却放任他。在他店里，他自告奋勇给三弟打电话，难道我就没有觉得蹊跷？我难道真是那么愚蠢？

我看穿了自己。但我又自我辩解：虽然我居心可怕，但毕竟没有去实行。谁的灵魂是经得起凝视的呢？谁是圣人？这时代已经不相信圣人了。灵魂深处闹革命已经被证实太荒谬。而事实是我一直在竭力找父亲，我的错误只是失误，所以可以原谅。这样，我在谴责自己和原谅自己的平衡中，又过了几天。

这几天，兄弟没有消息，他们相安无事，也达成了平衡了。妻子跟我冷战，这可不好，一个屋檐下，低头不见抬头见，见了不说话，总被提醒有着什么事。什么事呢？父亲的事。所以还是必须说话，让生活恢复常态。我跟妻子说话了，想好好谈谈。"我们讲道理，讲道理……"我说。

"好啊，摆事实，讲道理！"妻子说，"是不是你爸最不疼你？"

确实。父亲最疼大哥，因为是长子。

"你爸不疼你，却还要住我们家，他认我们好了没有？"

没有。不过也不能说没有，他应该还是知道我们好的。我嘀咕，但我知道我的声音妻子听不见，我只是说给自己听的，告诉自己，我在抵抗。我不想让妻子继续不下去，她在讲道理，也是在为我理清逻辑。

"你那些兄弟认我们功劳没有？"

没有……

"为什么你爸和你兄弟都没有认？因为你是窝囊废！"妻子道，"窝囊废是用来用的，坏孩子是用来疼的！坏孩子越坏，父母越爱。特别是父亲，特别是对父亲看儿子！"

这还真的是。大哥老跟父亲对着干，父亲其实骨子里挺欣赏大哥。"东风吹，战鼓擂，现在世界上就是谁怕谁！"这是父亲的一个口头禅。大哥那脾气明显是遗传了父亲。三弟也遗传了父亲不顾家，母亲指责父亲对家庭不负责任，父亲说，男子汉大丈夫要在外面干大事。小弟从小争强好胜，在学校，成绩比他好的都成了他的敌人，父亲很欣赏他这一点。我也爱读书，但我没考上大学，父亲认为我书白读了，说我是没有用的人，窝囊废。我一说话，父亲就认为不着边际。

在四兄弟中，我本来最不像父亲。父亲曾骂我太软弱。我确实软弱，当初大哥要把父亲推我家时，我也软弱。当时没人愿意接纳，最后让父亲自己选，父亲竟然选去我家。父亲房子在大哥那里，他又不疼我，怎么选我家？更让我无话可说的是，父亲竟然说是为了帮我照看孩子。不错，我儿子当时才读一年级，但父亲又不是母亲，能做什么？学校就在我们家边上，也不用他接送。我简直冤死了。

尽管我接受了，父亲仍然没有喜欢我，作践我，让我这样，让我那样，没个满意的时候。也许我的软弱让他想到他晚年的衰弱，他竭力要摆脱衰弱，摆脱失败，于是要把我踢开。

其实男人家庭、人伦意识强，就是衰弱的表现。女人成了母亲，从而懂得体恤母亲，是女人的进化；男人成了父亲，从而懂得体恤父亲，是男人的退化。所以父亲终生要奴役别人，母亲被他奴役了一生。弱者被奴役，又得不到尊重。

道理不辩不明，我和妻子站在了一起。当然我也渴望兄弟们站在一起，"兄弟阋于墙，外御其务"，现在是共赴家难。但我的兄弟们实在很可恶，难以逾越。何况大哥跟大嫂之间也有墙，三弟跟他未来的妻子之间也有，难道三弟就不要再娶吗？现在谁愿意嫁进有老人拖累的家庭？简直是障碍重重，隔墙林立，军阀割据，山河破碎，无法解决了！无法解决，无法解决……大家都很难，我知道兄弟他们也很难，我不是不通情达理的人，我善良，我不好去逼他们找父亲。但我又无能为力，我已经尽力了，我本来就是个窝囊废，我承认。好在已经报警了，相信警察吧！相信人民警察，人民警察为人民。但警方那边仍然没有任何发现。我又想起父亲口袋里也许还揣着家庭住址，也许会有好心人帮他回家的。我明明知道这世界上碰不到好心人，但我仍然抱着侥幸心理，期待着，慵懒着。在慵懒中，又过了几天。

4

"爸，不找爷爷了？"儿子问。

"谁说不找……"我支吾。

"你都在家里！"

这是周末。家里有小孩真是麻烦，口无遮拦，没轻没重。太放肆了！大哥总是对他的孩子绷着脸，孩子就不敢乱问。不敢乱问就没有问题。

"警察在找……"我说。

"对了，警察有电子监控，我知道！"孩子说。

"就是嘛！"我说。

"要是监控坏了呢？"他又说。

"不可能！"我说。

"怎么不可能？电视上都说了！"

电视上常有报道哪个地方监控成了瞎子的眼睛。这小孩，懂得太多了！他那眼睛好像窥视到了我的心思。"跟你说不可能就是不可能！你这孩子怎么胡搅蛮缠！"我啐他。

我还甩了他一巴掌，我破天荒第一次打孩子，他实在太烦人了。都怪我平时对他太民主，看来对小孩子还是专制点好。当大人在阴沟里，专制就是窨井盖。本来在阴暗中，一潭死水，好好的，就这样，就这样，保持现状，维持稳定，也实在是无计可施……忏悔，只在忏悔中，麻木，死……可是他却去搅这潭水，简直恶毒。

儿子被我打，哭起来了。妻子叫："你打孩子干什么？你拿孩子撒什么气！"

她难道不觉得被搅局了吗？她也是局中人。你怎么站到我的对立面了？也许因为是女人，爱孩子，爱使得她丧失了理智。作为男人的我可不能，我要冷静。但这又反衬了我的冷漠、冷酷。好吧，我也有心肝，妻子你有心肝，孩子有心肝，我也有。妻子你既然因为爱孩子，不顾父亲找回来的后果，那么我也可以不顾，走失的是我父亲。我对孩子说："爸爸当然想到监控会坏……"

"那为什么还依靠监控？"孩子责问。

"没有依靠监控，是依靠警察，警察不只是有监控，还有很多找人的手段，还有公安网络系统。"

"那为什么找不到？"

"警察也不见得都能找得到……"

"那你为什么不去找？"又回到最初问题了。

"找了呀！整个城市都跑遍了。"我说，"而且还在找。"

"你不是在家里吗？"

"大人的事，小孩懂什么！"只能又转而镇压，"你就觉得没有爷爷了，没人陪你玩了！"

我这么栽赃孩子，也并非完全没有根据。孩子平时就喜欢跟爷爷打闹，爷爷这时候就跟老小孩一样，显得可笑又可爱。"你以为爷爷是你的玩具？"我说。

"不是！"儿子冤枉争辩，又哭了起来。我也知道我是冤枉他，他已经过了玩玩具的年龄了。但我必须反转矛头。

"你还有理了？"我说。

"就是有理！"儿子说。

这孩子真犟。你犟，你有理，不就是因为你不需要承担吗？"你有理，我就没有？"我说，"你可以哭，我怎么哭？丢的是你爷爷，还是我爸呢！"

我知道我这么说很没有当爸的风度。

"爷爷疼我！"儿子说。

"就不疼我了？"我说。

我简直是反话正说。父亲怎么会疼我？只是孩子难以对付，只能这样镇住他。孩子不知道父亲从小就不疼我，有一次作文，写父亲和我，他想当然地把我和他的情形套在我父亲和我头上。他不知道中国父子关系已经发生了天翻地覆的变化，而这变化的基础，就是我这代付出代价：既要哄上，又要哄下，没得到上一辈呵护，却要给下一辈温暖，还要装作得到极大的天伦之乐。但话说回来，父亲对我儿子好，不疼儿子疼孙子。他老了，不能长时间抱孙子，一会儿就要别人接手，但稍缓过力气来，就又要抱。谁会嫉妒自己的儿子？当爸的怎么会跟自己的儿子争宠呢？我说："我知道，我知道爷爷疼你……"

妻子搂着儿子，摸着他的头，劝他，眼睛也红了。我父亲不喜欢她，但对她的儿子好，她也多少原谅了我的父亲。疼孙子也就是疼她的儿子。而且，现在被孩子激发，还头脑发热，孩子说要上街去找，她就命令我带孩子找。我暗示她都不起作用，拦也拦不住。也不知她是爱孩子，还是爱我的父亲。

该找的地方都已经找过了。但找得到找不到，得先去找。找不找是态度问题，是给孩子做榜样问题。

烈日下转了一天，孩子累得精疲力竭，好像有点中暑了。但他没有打退堂鼓的意思，仍然计划着第二天。小孩子就是任性，这孩子就像他爷爷一样任性。第二天只能继续出发。不停地走，这哪里是我带他？简直是他押着我。要这么一直走下去，我要死在路上了。儿子不会死，我会死。我一边被儿子逼迫，一边还得考虑找回来的后果，万一真找到了呢？这问题毕竟无法逃避。也许最可行的方案是大家轮流。但大哥、三弟能同意吗？即使同意，父亲那么乖张，他肯依吗？都是问题，都是问题！我太累了，走不动了，我这种年龄，体质正迅速走下坡路。我心力交瘁，我得回家。

但我不能说我要回家，我只能把孩子打发回去。我说你得回去做作业了，学习是最冠冕堂皇的理由。

"不找爷爷了？"

"谁说……找爷爷是大人的事！"

"也是我的事！"他说。

"你一个小孩，不给大人增添负担就行了。你看你走得这么慢！"

"我可以走得快，我会跑！"

"你很本事啊？"

"我真的很会跑！"

"病了怎么办？你就要病啦！到时候大人得照顾你，怎么找爷爷？"

孩子无话了。

"听话！你回去，爸爸来找！"

"那你一定要把爷爷找回来！"

"好。"我说。

"要说'一定'！"

"好，'一定'！不是跟你说过了吗？你爷爷是我的爸，就像我跟你的关系。你丢了，我能不去找吗？"

"不对，是你丢了！"儿子说。

"对，我丢了，你能不去找吗？"

"不会！"儿子说，"我找不到就不回家！"

这么说，他是觉得我没找到爷爷，也不能回家了？我暗暗叫苦。和他一起回家，才擦了擦身子，喝了水，就感觉到他严厉的眼睛。我简直是被他赶出自己家门的。我在外面流浪，到了傍晚，终于可以回家了。没有找到爷爷，但我明天要上班了，大人要上班，怎么能像小孩那样任性？"又不像爷爷那样不要上班！"我又说。

"那怎么办呢？"孩子问。

"还是交给警察吧！有事情找警察，人民警察为人民。"我说，开玩笑地笑了。孩子没笑，表情依旧严峻。我赶忙收起笑，认真说："毕竟警察专业，光是警车都胜过我们'11路汽车'，"我拍拍两条腿，"只要搞个'地毯式搜索'。"

我没想到我这话，在他那小脑袋里起了作用。他孕育起一个惊人的计划，竟然联络上大哥的儿子，第二天逃学，跑去派出所，要人家出动警车搞"地毯式搜索"。人家把他们轰出来，大哥儿子像大哥，是个暴脾气，去跟人家打。人家就把他们控制了起来。问家长，不敢报父母，就报了三弟。孩子们跟三弟好，三弟会跟孩子们打打闹闹。三弟接到警方电话，马上通知我和大哥。我赶到派出所时，撞见大哥给他儿子一个耳光。

"打我干什么？"大哥儿子横道。

"替警察打！"大哥道。我知道这是打给警方看的，是在控诉警方。打罢，大哥对警察指着自己儿子："你们满意了吧？"

大哥儿子哼哼："有本事打警察啊！"

"我不敢打？"大哥做着挽袖管的样子。警察一边退，一边叫："你别乱来……"

"乱来又怎样？"三弟的声音，才发现三弟也在场。他不要上班了？三弟一下逼到那警察跟前，"你们能乱来，我们就不能乱来？"

警察说，是孩子父亲自己打孩子。三弟说，为什么会打？还不是原因在你们？警察说，原因怎么会在我们？你们孩子自己跑来捣乱。"捣乱？要你们履行职责叫捣乱吗？"三弟说，"我们父亲失踪，报警了，你们不作为……"

"我们都在找！"警察说。

"你们怎么找的？"三弟问。警察愣愣地说不出来。

"说不出来吧？"三弟说，"别抵赖！小孩都看得出来！你们就这么敷衍我们？把我们当小孩一样敷衍！"

三弟像逮着了证据一样得意。

"你们干什么屌工作！"他突然发火，把桌子一拍。这火发得冒失，但任何一个丢了父亲的人都会发火的。这火发得不理性，但丢了父亲还能理性？理性就是冷血，就是不孝。三弟一跃成为最孝顺的儿子。我瞧见大哥也往前一冲，我也下意识地跟上去，我不能不跟进，我不能手指向外扳，我也不能显得事不关己。

"你们想干什么？"警察叫。

"这应该我们问你们！"三弟说，"你们都干了什么？拿人钱财，总懂得为人消灾吧？"

"谁拿了你们的钱！"警察紧张辩解。

"你！你们！你们的工资哪里来？是我给的，我们！我们是纳税人！"

这话绝！三弟历来维权意识极强。对方哑口了，只瞪着冤枉的眼睛。大哥趁势也喊起来，说警察拿钱不干活。大哥绝对不是有权益意识的人，他是被三弟启发了。更让我不可思议的是，大哥那么大年龄的人，竟然手舞足蹈。不是打架的架势，而是唱歌跳舞似的。他从来没有这种样子。大哥与三弟一唱一和，联合发难。这不只是问责警方，甚至根本就不是在问责，而是在进攻。他们身上都有着戾气，大哥平时很恨戴大盖帽的，现在找到了发泄机会。三弟是什么都恨，在公司被上司和客户欺压，到社会上囊中羞涩。但这样闹，难道就于事有补？三弟可是比大哥理性的人，他为什么要这样？警察眼看要发威了，但他没有罢手的意思。难道他相信自己能够凌驾于警方之上？我于是转而劝他，他把我甩开，叫：

"怕什么！大不了一条命！"

这语气像极了父亲，三弟骨子里有父亲的决绝劲。但我总觉他的激愤底下有点虚，倒像是表演。他嗓音很高，动作幅度很大，但他眼神冷静，这眼神出卖了他。我蓦地明白了，他是在策划事态升级，要跟警方关系恶化，矛盾打结，再也无法打开。我明白了他怎么这么积极跑来，他发现了这是一个契机。也许大哥暴怒打儿子也是出于同一个动机。

当然我也可以把他们想得人性一点，这么多日子，不再找父亲，他们也会不安，毕竟丢失的是自己的父亲。风平浪静更容易想起父亲。我就处在这种状态，如同被隔离审查，期待着外面哗变。机会来了。

矛头对准自己家人，总不如对准外人来得踏实。兄弟算计，亲人反目，指责来指责去，无论如何都牵扯着自己的影子，抛不开自己的责任。指责外人就不一样了，特别是指责公权机关，大家都对公权机关不满，只要骂公权机关，骂者一定被同情，没有人会同情公权力，"臭头鸡仔大家啄"。

但这骂也只是骂，只停留在愤怒、盛怒。从头到尾，无论是三弟，还是大哥，当然我也是，都没有说出对警方具有实质性威胁的话。其实只要扬言要去上级机关告状，警方就会软下来。或真到网络上发帖，敲几个字，鼠标一点。但我们只是骂，辱骂。彼此心照不宣，冲向一个结果：警方从此不理我们，怠工、扯皮、踢皮球……我父亲要有个三长两短，你们得负责！但警方能负责吗？这是中国，问题大而化之了，我们怨恨这个社会。这不是美国。我们自怨自艾，早知道当初送父亲去美国，去小弟那里。

5

小弟已经移民美国。家里有事，已经想不起他了。他也乐得逍遥。母亲去世时他都没回来，说是公司没法请假。这符合父亲的意识形态：人家母亲死了也不让回家奔丧，资本主义没有人情味。但我觉得是小弟自己的问题，根据我的阅读，西方人对家庭是很看重的。

他躲在国外，只是一段时间打个电话问问父亲。他跟父亲说不了几句话，基本是跟我说。他问父亲情况，我常觉得他是在审问我。父亲就过着日常生活，过就过了，要我汇报，就跟写总结报告一样。本来没有问题，一经盘问，就显出问题来了。当然我可以诉苦，但这样他就会指手画脚，这个不对，那个不该。我做事，反而有了错。多做事就多出错；不做只动嘴，永远没错。做事的人，做得好是应该的，做得不好就是不应该。他应该也知道父亲那脾气的，可能时过境迁了。

但毕竟他比大哥三弟会念叨父亲。其实我也愿意父亲过得幸福，父亲虽然不如母亲好，但毕竟是父亲。母亲走了，想着父亲还在世，总会有一种安逸。只是父亲别住在我家，他住在别的地方，愿意每周去看望他一次，每三天也行啊。我愿意给他买很多东西，在我跟他在一起的短暂时间里，任凭他怎么折腾我，我可以忍，因为有尽头，这只是阶段性的。这才是理想的尽孝状态。小弟做到了，我无法做到。归根结底是他有本事，他有能力远走高飞，我只能搁浅在我出生的地方。我对小弟，更多的是羡慕夹杂着嫉妒。

有一段时间，父亲烦我管他，说要搬去养老院。那一阵媒体在讨论中国养老问题，说到了养老院。父亲说他要去养老院，不求子女。他显出很硬气的样子，其实他哪里是真想去？他住院请护工都不愿意，再说，他丢得起这个脸？无非是赌气，要寒碜我。他还故意大声嚷嚷，说得邻里都听见。

他说起养老院，总会描绘一番悲惨景象，挨饿、挨打，被绑在椅子上，死在床上。这些从各渠道获得的传闻，他特别容易记住。但有一点他从来不说，就是孤独。其实在养老院，他所列的情形未必会发生，但孤独是肯定会的。也许孤独是水一样无法把握形状，他可以回避。也许孤独是指向内心深处，男子汉大丈夫活到老了，暴露了脆弱的内心，多么丢人。

有一次我跟小弟说到，父亲吵着要去养老院，小弟竟然说，国外老人去养老院是很正常的。但中国怎么能跟国外比？国外福利好。

说到国外福利好，三弟出了主意，让父亲移民美国，进美国的养老院。小弟回国探亲时，三弟对小弟说。当时小弟就慌了，说父亲的移民申请很难批的。三弟又将他一军：那就先探亲。小弟又强调他工作忙，压力大。三弟说现在国内生存压力也大，工作也很忙。小弟又说国内好歹有三个兄弟，可以互相支援互相帮衬，在外面他只有一个人。说到急了，他强调他从来都是自己一个人打拼，一切全靠自己，父母没有给他什么。他出国，父母没给他一分钱，是他自己申请到伯克利的奖学金，路费也是他向朋友借的。这是事实。但父母没有给你好处，就可以不管吗？我也没得到好处。

小弟也知道自己的话站不住脚，就说："二哥你不也是？都靠你自己。三哥你不也是靠自己打拼？"

我和三弟被他统战了。"其实大哥也是，"小弟又说，大哥也在场，小弟可真是统战高手，"大哥也是白手起家。"

大哥除了住着父母房子，也没有从父母这里得到任何东西。其实我们这代人，谁能从父母那里得到什么？大哥叹息："爸就是这种人！珠蚶都不分我们吃一颗。"

大哥揭开我们兄弟共同的记忆。小时候，家里穷，我们吃不饱，父亲却还要喝酒，用珠蚶下酒。珠蚶小小的，放在他嘴里吮着，配合着地瓜烧的香气。我们兄弟站着看他吃。有时候邻居看不过去，说他，他还理直气壮：

"小孩子不要吃！"

我们现在做父母，千方百计首先保证子女，巴不得给子女多一些，再多一些。

那一次，话题转成了声讨父亲，感慨命运对自己这一代的不公。小弟逃过了一劫。虽然如此，他也被吓得够呛。他走前，还跟父亲吵了一架。我们都怀疑他是故意的。那次父亲跟外面人吵架，动了手，人家告到家里来。这种事也不是一次两次了，我总是出去赔礼示软。谁叫我摊上这么一个父亲？一边还得哄父亲。小弟却怪我太软弱，他坚持要父亲自己去承担后果。父亲恼了，骂他吃里爬外，骂他出国出傻了，这是在中国，中国就是拳头说话。他说父亲：

"你这样，要在美国，是要坐牢的！"

他强调父亲这样子，到美国根本无法生存。我知道他是不想把父亲接去美国。其实小弟多虑了，父亲也不会去美国。父亲不喜欢美国，还讨厌美国，那是他青壮年时期意识形态教育的后遗症。当然主要原因是不适应，他熟悉的人中也有老了去国外的，往往不适应跑回来。当然还有叶落要归根的原因吧。政治、文化、经济种种因素，父亲根本没有去美国的念头。我曾经试探他，问他愿意不愿意去美国，他说：

"为什么要去他美国？在中国就饿死了？"

这回答里有太多的信息。父亲不是说不去美国，而是反问为什么要去美国？不是说"美国"，而是说"他美国"。难道我这么没骨气？难道我非要离乡背井？难道你们逼我去？难道我不去就要把我饿死？饿，是他们那代人深刻的记忆。我不会被你们饿死，我花自己的钱。甚至，美国还欠着中国的钱，他们才会饿死。

但父亲有时候又会炫耀小儿子在国外，从世界名牌大学毕业，在大公司工作。但他很快又会显出不在乎的样子，说：

"小孩再本事也是小孩的，跟我们做大人的什么关系？"

但有时他又会骂小弟，说他跑远远的，没有对他尽孝。所以小弟的谨慎也是有道理的，说不定父亲要他尽孝，表态要去呢？就像当初父亲表态要住我家。父亲常让我们琢磨不透。

小弟应该肠子都悔青了，这时候打电话回来，简直是自投罗网。如果他不打电话回来，他还可以装作不知父亲失踪。

座机响起时，我已经躺下了。这座机是专门给父亲用的。大家都用手机了，父亲坚持不用手机，只能给他留着座机。半夜打来，只有小弟。电话比以往迟了一个小时。他后来说，他总感觉父亲有什么事，心一直很焦，想打，又想是自己多疑。犹豫来犹豫去，最后还是打了。这么说，他本就是要自投罗网了？也许，他是没想到父亲出了这么大的事，失踪。这不是电话关心关心就可以的。

妻子当时已经睡下。我们用的是子母机，子机在父亲房间，母机在我们床头。电话把妻子吵醒了。小弟问起父亲，我支支吾吾，又怕他责备我，毕竟父亲是从我这里走失的。妻子戳我胳膊："你要死呀！这么大的事，你瞒得住？"把电话抢过去，朝话筒喊："你爸走丢了！"她特地说"你爸"。

"怎么会这样？"小弟叫。

这是普通的疑问句，但我们心虚，理解成了责问。"什么'怎么会这样'？"妻子应道，"你爸那脚，你管得住？家里就两三个人，白天不是上班就是上学，哪里有办法看得了他？"

"这我知道，"小弟说，"早知道送养老院。"

我简直怀疑我的耳朵了。他怎么这么说？话说出来，他好像也意识到不妥，赶紧又说："毕竟养老院有那么多人看着……"但已经没有用了，他已经刺伤我妻子，他是在怪罪我们。而且偏偏是当初他说要去养老院，我反对。我妻子应道：

"是啊，还是该去养老院，就你二哥这傻子不让去！这不，出事了！最好是去美国养老院！"

"也不见得……"小弟支吾，"美国那养老院也不见得就好……"

"以为我们不知道？"妻子说，"至少比国内好多了，光是福利就不知道要好多少倍。中国是怎样的？过去是'国家来养老'，后来变成了'政府帮养老'，再后来干脆变成'养老不能靠政府'，靠自己，还说可以靠房子，'以房养老'。但中国房子只有70年产权。你爸倒有房子，混着养完他自己还可以，但你大哥占着。我们都是自己缴社保养自己，希望着60岁退休就能拿了，现在又说要65岁才能退休，还得缴！美国不这样吧？我听说美国还有叫'间接财政转移'的？"

我没想到妻子还知道这么多，也许她是真关心的，毕竟我们也到了快退休年龄。

小弟道："虽然是……但人家美国，是对人家的国民。你一个外国人，老了去人家那里吃福利，要是都那么容易的话，那还不都跑去了？人家为什么给你？人家美国人享受福利，是因为做了贡献，劳累到老，像我。再说，国内人以为在美国工作就那么轻松？知道我的压力有多大吗？爸要是来，不要说让不让定居下来，就是定居下来了，我也没法照料他。我自己这边一摊子家庭。这里的老人都是自己生活，外国人，子女才不管呢！"

还是老掉牙的理由。我妻子应："你又不是外国人，你是中国人，怎么可能不管呢？"

小弟明显不是我妻子的对手。他说："我这不是在管了吗？"

"你在那么远，怎么管？"我妻子道，"得先回来嘛！"

"等我回去怎么来得及？"小弟说，"不管怎样，先去找啊！"

"你怎么知道我们没去找？找到了，放你那儿怎样？"

"以前不是都跟你们说了吗？签证签不下来！"

"怎么知道签不下来？你去签了吗？"

"怎么知道我没去做？"小弟也是急了，明显撒谎。送没送签，需要国内提供材料，这我们还是知道的。但说实话，他要坚持说签不下来，我们也没办法。毕竟那么多人没签下来，他再在材料上做个手脚，我们全是外行。但我妻子却要他表态，到时候他把父亲接美国去。也许因为我妻子逼得紧，他慌张了，就是不肯表态。"还是先把爸找回来再说！"他说。

他习惯于说"再说"。我妻子说："'再说'？'再说'这么多年，从来没个下文。你们兄弟，谁也没有给个说法。我们一直承担着，也只有你二哥才会做捶砸，到头来还要说我们没有看好老人！"

"二嫂，我真的没有怪你们的意思！"小弟苦苦辩解，他慌得先把电话挂了。

"他肯定说断线了！"妻子说，"你们兄弟都是什么德行，我还不知道？要不是长途，我就打过去！"

<h1 style="text-align:center">6</h1>

我觉得妻子对小弟也太尖刻了。不过把他顶回去也好，免得又来个搅局者。我以为他就此会躲起来了，没料到第二天，大伯来了电话，问我父亲失踪的事。

父亲的兄弟姐妹，在世的还有大伯和姑姑。父亲平时跟大伯不怎么来往，他们曾经为分祖产搞得剑拔弩张，现在大伯竟然关心起我父亲来了。大伯怎么知道我父亲失踪了？一听才知道，是小弟向他告了状。小弟说他得知父亲失踪，一个晚上没睡着。他说他人在国外，公司又不让请假回来，只能请长辈们帮忙了。倒好像只有他孝顺似的。

我知道小弟是在争取舆论支持。也许他还更深谋远虑，他怕父亲找到了，我们真把父亲甩给他，到时候他推托，会得到亲戚们理解。

大伯仗着是长辈，当晚召集开会，在我家，让我召集大哥、三弟到场。"别说没空，不来他自己负责！"大伯语气强硬。

大伯还拉来了姑姑。长辈思维，先是问责，怎么会把父亲弄丢了？我妻子一听，就不接受了。她说父亲有两条腿，总不能把他绑起来吧？

媒体上曝光有的子女，害怕父母乱跑，把他们绑起来，舆论总是一边倒指责子女，老实说，是站着说话不腰疼。大伯就是这样的人。他斥："你这是什么话！自己的爸，绑起来？"大伯不冲我妻子，冲我，"你要学电视上那些不孝子？"

我噌地火了。说我的孝，最刺激我。"我不孝？我已经够孝了！"我叫。

我最不能容忍被说为不孝。我觉得自己一直在为尽孝付出牺牲，简直高风亮节。妻子制止我："你做再多也是不孝！不如不做！全给狗做了！"

"你说什么？"大伯叫。

"我们是不孝！"妻子直对大伯，"孝子大有人在，四个儿子，总有孝顺的吧？比如在美国，一定文明多了。"

"就知道算计！"大伯道，他明显偏袒小弟。

"算计？"我道，"我要算计还能撑到今天？"

"就算算计，让他尽义务有没有错？兄弟四个，又不只有我家一个！"

"人家在国外嘛，"姑姑说，"国内还有三个嘛！"

"三个？哪里有三个？我以为只有一个呢！"妻子道，"做事时只有一个，出了问题，就一个个来问责了！"

"我们又没有怪你们！"我妻子其实是指大伯，但大哥心虚，连忙说。他害怕引火烧身，一开始就很低调，坐在角落。这下妻子真把矛头对准他了。

"没有吗？第一天来就露马脚了！还有，什么我们家有时间吃饭？"

"那是我口误……"

"口会误？我口说我心！"

"我真没这意思！"大哥苦苦辩解。看得出来他已很愠怒，但他竭力忍着不爆发出来。我知道他不敢爆发，如果爆发了，大伯、姑姑在这里，脓疮捅破，那么就来解决一下父亲住谁家的问题。他是长子，长辈就讲长幼有序，何况又是住着父亲的房子，完蛋的绝对是他。他甚至还自打耳光，说："我自己都做得这么差，我怎么可能去指责你们？我又不是有的人，躲在外国，还觉得自己最孝顺，做得最好！"

他想纠正枪口朝向，也想把枪口朝向小弟。三弟也怕转向他，说：

"对，自己做不到，就不要说别人，就应该感激做事人！我历来都感激二哥二嫂。二哥二嫂已经做得够好的了！要换成我，我都不知道怎么跟爸相处。一想起跟爸待一起，我就要做噩梦。老实说，爸要给我照顾，恐怕早就没人了！"

"说什么！"大伯喝道。

"不是吗？"三弟道，他敢对大伯硬气，大伯虽然是长辈，但对他的利害得失没有影响，他甚至挑衅，"不信，您来试试？"

"我干吗试？"大伯道，"我是他什么人？他儿子全死光了？没人管了？无处收容了？"

"不是叫您收容，只是说跟他相处相处，也不行？"

大伯语塞。

"对了，其实您跟他相处过，还吵了那么大的架！"三弟指的是当年分财产的事，"您觉得我爸好说话吗？"

大伯脸白了。

"所以嘛，还是那句话：自己做不到的，就不要说三道四，满嘴仁义道德。"见大伯要爆发，三弟又说，"我是说美国那个。"

大伯没理由爆发，只能用颤巍巍的手指戳着三弟。三弟赖赖地跷起了二郎腿。大伯什么也说不出来，拂袖而去。

"姑姑在这儿，"三弟继续道，"我在这里要表个态，二哥二嫂，对你们，我一直是心存感激的，万分感激！你们怎么做我都没意见！"

"我也没有意见！"大哥也急着表态。

我蓦然意识到不妙，没意见？那岂非要保持现状？他们两个岂非合着算计我？好一个没有意见！没有意见就没你们什么事了？两个人都说没怪我们，抢着表态，显得境界高，其实是没把父亲当一回事。在他们眼里，父亲就是一坨屎，不沾就好，管你怎么处理。

姑姑应该也看出来了，她朝大哥、三弟道："你们可以走了！"

两个兄弟好像不敢相信，犹疑着。姑姑又朝他们挥挥手，那动作很无力。

"他们不能走！"妻子叫。

妻子这么一叫，他们立马像被踩了尾巴一样，逃走了。

姑姑冲着门的方向道："畜生，还能指望什么？"

姑姑骂得这么狠，也把我们镇住了。姑姑又安抚我妻子，摸着她："会急，会理论，会抱怨，说明还有心！我们做大人的，眼睛还不至于瞎掉，心像镜子一样清楚的。"

妻子哭了。

"儿子生那么多有什么用？"姑姑又说。

姑姑说，要不是她劝住，父亲当初还要再生一个。父亲觉得他一连四个都是男孩，第五个肯定也是男的。但姑姑觉得家里经济负担重。好在后来实行计划生育了，超生要处理。那时候父亲还顾及他的政治生命，才作罢了。

父亲延续香火思想很重。父亲表面上思想进步，其实骨子里很封建，也许应该说是强权意识重。父亲崇尚强权，他要生男孩，与其是为了延续香火，勿宁是显示强大。他经常说：

"儿子排成一排，铜墙铁壁一样，谁敢来！将来抢也抢得过，夺也夺得过！"

却不料这些如狼似虎的儿子，连父亲也不认了。这是父亲的报应。

"生得对，生一个就够了！"姑姑说。这"一个"明显指的是我，我有一种被抚摸的酥麻。我感激姑姑承认我的功劳，现在我更要配得上姑姑的信任，他们都不管，我一个人也要把父亲找回来。

姑姑想出个寻找的法子：跳神。她熟悉一个跳神的，说是很灵。这种事我历来不相信，这是迷信。但不敢违抗，否则就是没孝心。何况也没有别的办法了。

神汉高深莫测坐着。室内幽暗，隐约看得到香案、神位以及供品。供品是塑料的，蜡烛也是通电的，这让我产生了不信任感。好在请神的香火还是真的。

点着，渐渐有气氛了。神汉闭着眼睛，嘴里念念，我们跪着。神汉忽然浑身颤抖起来，迅速抖得厉害了，我知道这就是神附到他身体上了。他手里的铜锣碰撞，很快敲打起来。他完全失控了。姑姑知道时机已到，催促我问话。我问我父亲在哪里，对方的话我听不清，努力辨认，才辨认出他说的是：

"踏破铁笼凤飞去。"

"飞哪里去了？"姑姑问。

"北……方……"

"北方哪里？"

"……北……京……"

这似乎不靠谱儿，怎么一说北方就是北京？我知道很多神汉巫婆是没文化的，也许他只知道北京，因为北京是首都。

"北京哪里？"姑姑又问。

神汉说了什么，我无论如何听不清了。姑姑也听不来，急道："你大声点！"

还是听不清。对方声音是放大了，但只是噪音放大。正竭力张大耳洞，对方忽然口吐白沫，扑倒于地。

一会儿，他苏醒了，说神已离去了。

"就是没听清北京哪里！"姑姑遗憾道，"北京那么大。"

我想，也许是因为具体的方位难以忽悠，他干脆醒了。

出来，姑姑说："还是很准的。'踏破铁笼'，你爸在你家，就是像在铁笼子里。"

我愣。

"不是说你不好！"姑姑怕伤了我，说明道，"你做得够好了！"

姑姑这么说，我倒愿意心平气和检讨起自己来了。我知道父亲在我家一直不太适应，但也不至于是"铁笼"啊！该给他的，我们都给他了。要说限制他，该限制的不也得限制？他实在不听，也就随他了。他是我们家最自由的人，爱骂谁就骂谁，爱怎样就怎样，简直是"太上皇"。

"其实你爸觉得挺亏欠你的。"姑姑说。

"他会吗？"我说。

"会！他跟我说过，他最疼的是你大哥，最不疼的是你。姑姑是多话，你不要介意！"

这我知道。

"他最疼的是你大哥，所以他不舍得劳累他，选了你。他自己做事不公允，做大人的就怕这样。当时我就劝他了，可是他不听劝。但他在你那里心是不安的，他总觉得亏欠你。你毕竟也是他的儿子啊！你还记得他疝气开刀住院那次吧？他跟我说，把你折腾苦了。你晚上陪护，他知道你困，他想让你躺下去睡，不要坐着。他说作为老人，要自觉！可是他一会儿就尿急，一会儿就口渴，只得又把你叫起来。"

原来父亲也知道累着我啊！

"他又没钱补贴给你，他自己就那么一点钱。"姑姑又说，"他那点钱啊，只够他喝'地瓜烧'！"

那也不止，但我知道姑姑是在强调父亲手头拮据。

"喝了一辈子酒，戒不掉！也没必要戒，这种年龄了。我们也没想要他那点钱。"我借机说明，"只是大嫂还说我们搭了父亲的钱……"

"这事我也知道，她是嘴贱，不要跟她计较。"姑姑说，"我们亲戚大小都知道你最孝顺，知道你没用你爸的钱，你爸还吃你的！"

"老人家，也吃不了多少，合着吃也省。"我客套道。

"正因为这样，你爸才压力大了！"姑姑继续她的话。

"怎么说？"

"他觉得是蹭你们的啊！"姑姑说，"他那性格！所以他又要显出不怕你们不给他吃的样子，他自己有能力养活自己。"

怪不得，父亲一旦不高兴，就会宣扬："老人手上就应该有钱！有钱了，就不怕子孙嫌弃！"这话特别令人生气。妻子曾经说："说得这么绝情！我们做了这么多都白做了。好，他反正不领情，那就让他交！伙食费、住宿费全交。"但说是这么说，真的向自己的父亲索要，我实在做不出。我只能去安抚妻子，老人家，不要跟他计较了，不理睬他就是了。但我们不理睬他，他却要管我们，他是父亲，他要干涉我们的生活。比如他干涉我妻子化妆，一半是价值观问题，一半是消费观问题，他觉得化妆品贵，没必要用。买卫生纸，父亲会因为我们买了价格贵几元而指责我们浪费。但买便宜的，不经用还容易破，其实更浪费。为了卫生纸的事，父亲不知挑起了多少次冲突。有时候他还会强词夺理，说过去用的还是草纸，早年农村还用竹篾刮屁股，现在屁股就娇嫩了？

"你妈用了一辈子草纸，那屁股还生了你们四个兄弟！"

把儿媳说得发臊。父亲就是这么粗鲁，"大老粗"一个，过去说是工人阶级的语言朴素，其实是流氓语言。

他骂孙子浪费，我是赞同的。现在孩子确实不懂得节俭，比如吃东西，挑肥拣瘦。但妻子却不同意，觉得我们家孩子已经享受得少了，现在哪家孩子不是蜜罐里泡出来的？孩子不爱吃饭，爱吃别的，妻子就同意把饭剩下，再给他做别的吃。父亲就骂孩子：

"你把饭剩下？谁吃？"

"倒掉呗！"孩子理所当然道。

"浪费粮食，要遭天谴的！"

"哎呀怎么说得这么难听!"妻子忌讳父亲这么说。

"难听?不听难听的,就怕会难过,过不下去!"父亲说,"这样浪费下去,家里有多少钱经得起这样浪费?"

妻子表面上没再说,背后对我说,这又能浪费到什么程度嘛!简直小题大做。再说,家里钱又不是他挣的。他要担心家里开销,怎么不把钱拿出来?

父亲大概也知道我妻子不认同他的观念,他就自己行动。有一次,儿子汉堡没吃完,他捡起来吃。妻子对我说:"你爸这是干什么?他这是抗议我们!他如果想吃汉堡,也可以给他买嘛!"我跟姑姑说起这事,姑姑说:

"这是有点过了!他这人,寒碜起人来没情面!但还是担心你们家钱花光了。他本来应该把自己的钱补贴进去,但他担心自己以后。不是说你不孝顺,不是说怕被子女抛弃,老人家嘛,总是会担心,所以手头上总得留点钱。我是没工作,缴养老保险什么的,还得靠子女。平时你表哥给点钱,我就攒着,能省就省。"

"那他还给孙子七买八买?跟他说过多少次了,这才是浪费,才是纵容小孩,他就是不听!"

"还不是要孙子高兴?"姑姑说。

"这我知道,但这是溺爱!"

"还不是想让你们高兴?你们就不高兴?"

我愣。确实,我们内心也是高兴的。

"你们高兴了,他就可以在你们家待下去了!"

不至于吧?那他为什么又要跟孙子抢吃的?孙子吃零食,他常会要求:"给我吃一点!"孙子不让。孩子一旦占有,就不愿意让出来了。开始我们以为父亲只不过逗孙子玩儿,不料孙子不给,他却执意要。爷儿孙俩像两个小孩一样你争我抢,互不相让,家里闹得鸡飞狗跳。有时候零食是父亲买的,他还会说:"这还是我买的!"

"你给我了!"孙子应。

"我后悔了!"

"不行!大人不能后悔!"

"我不是大人!我是老人!"

听这话说的,像倚老卖老,但又像表明自己是弱者,乞怜对方让他。每当这时候,我妻子就会说:

"你爸越来越没大人样了!"

有时候我会想,父亲是不是返老还童了?我让儿子让爷爷,儿子不肯:"爷爷赖皮!"

"怎么能这么说爷爷!"我制止。我想按父亲的脾气,一定会当真,甚至发怒。却不料父亲仍然嘻嘻笑着，贪婪盯着儿子手上的东西。看来他真的是只在乎得到这东西。儿子最终被我说服，把东西给爷爷了，父亲竟然一脸满足的样子，甚至憨憨的，那样子简直像白痴。

这种跟孙子争夺的事情，近年发生得越来越频繁了，成了我新的烦恼。我不明白他为什么要这样，联系到他的迷路，我以为他真的是脑袋出了什么问题。我把这跟姑姑讲了，姑姑笑道：

"他那是装白鼻子丑角！他有时在我这里也会装。我是知道的，你们是晚辈，看不到！"

我蓦然有一种被算计的感觉。难道那一切都是父亲装出来的？就为了讨我们欢心？或者，也许干脆是想让我们相信他已经痴傻了，就不会跟他计较了？

想想我也是糊涂。父亲也是经风雨见世面的人，精明强干，怎么可能幼稚成那样？他这么丑化自己形象，出卖自己尊严，就不觉得羞耻？他不是个争强好胜的人吗？一个强人。

一个强人，竟然装傻卖乖，跟孙子抢东西，取悦儿子儿媳，父亲的内心是怎样扭曲和绝望？

7

对父亲的内心世界，我几乎一无所知。我甚至从没有意识到父亲有个内心世界。

在我，在我们兄弟眼里，父亲有着金刚不坏之身。即使看见他身体衰老，也只是关心他的身体，不会想到他还有一颗心。对男人来说，心这东西太软，难以拿出来给人看；对生存角斗士来说，心碍事，所以心灵空间必须挤压。我也是男人，我有这体会。我也不会去探寻他人内心，那是一种猥亵和冒犯。

实际上，父亲虽然身体还能自立，但他的心已经弱不禁风。他已经像孩子一样，需要大人牵着。所以他一改壮年时的习惯，变得喜欢跟大家挤在一起。这在我看来，简直是怪癖。我虽然也能体会他孤独，但我很快会觉得，我对他内心的关怀已经够多了。当我自己为生计疲于奔命，我会觉得他的孤独是闲出来的。所以也可以不满足他的需求，就像小孩要求去玩，大人完全可以拒绝。或者，敷衍一下。对父亲，我更多地是采用敷衍策略。相反，对我的儿子，我更多的会满足他。我年轻时候，中国人意识到了孩子的心灵世界，但至今却忽略了老人的心灵。也许是因为老人是尊长，一开始就高高在上，像我的父亲，他总是那么威严，我无法在他面前柔软。有些事一开始没有做，就永远无法做了，就好像有些话一开始没有说，就永远说不出来了。

我们兄弟几个和父亲都从来没有交流，连坐下来谈话都没有。小时候，我们做了坏事，父亲就打骂了事。小弟有一次回国，聊起美国家长不这么对待孩子，父亲就说：

"中国爹妈就这样，你认美国人去！"

在我的记忆里，父亲和祖父母也没有好好坐着谈心过。那时祖父已经衰老，父亲从没有好好坐下来听祖父说话。祖父跟父亲说话，父亲总是一边做着他的事，一边听。我也从父亲那里学了这种习惯，但父亲会不满，说：

"你开会也这样？"

他还记着开会。他所说的开会，就是当年单位里的开会。但我的时代已经不开会了。当下的事情，父亲往往会遗忘，过去的事情他却记得很牢。有时候我不禁会想起一句俗语："病狗记得千年屎。"

"要是当年我讲话时你这样……"父亲说。

他不说"说话"，说"讲话"，"讲话"是会上领导说的话。虽然当年他不过是个车间主任，但他讲话时，严格要求下面的人不乱走乱动。

父亲一直忘不了当年的身份。也因此，他老被他同时代的人群攻击，比如那些聚集在旧工人文化宫的老人。对这些，我有所风闻。那些老人就像那文化宫一样，被时代废弃。他们牢骚满腹，父亲也牢骚满腹，但因为父亲过去是管人的，他们是被管的，父亲就被他们排除出去。其实父亲也是那时代的牺牲品，他只不过是车间主任，要被提拔了，粉碎"四人帮"了，他差点儿被当成"三种人"。后来干部"知识化""专业化"来了，他更没机会了。再后来就是下岗，他跟普通工人一样拿一万五的"割头子"补偿，不像那些领导，合伙廉价出卖企业，大捞一笔。工厂卖给了私人，父亲想去看看，人家门都不让进。他没得到好处，却还要承担责任，他当然不干。

既然他不愿意承担责任，他可以把自己从这个群体切割出去。何况严格上说，他并不属于这个群体，至少也可以不跟人家念叨他当年的事迹。但他做不到。现在想起来，那是他人生的巅峰，残存的一点可夸耀的资本，他的人生已经被那个时代所绑架。他只能反过来为那时代辩护，说当初做法是合理的，不惜强词夺理。但事实胜于雄辩，实践检验真理，结果证明一切。他于是又变换了话语：

"没功劳，也有苦劳嘛！"

他的话语经常变来变去，就好像一汪水，这边被堵住了，就往另一边突围。我一直觉得三弟和小弟在这点上很受父亲影响。但也许不只是父亲，整个社会都是如此。在一个缺乏客观的价值观的社会，只能哪个实用抓哪个，赢就是硬道理。

父亲对他的时代，无论是炫耀还是辩护，在我看来都是可笑的。父亲的年代，一部分也是我的年代，我们的历史部分重叠。在我有了思辨意识时，那与父亲重叠的历史被认为是荒谬的，我努力切割。我生命力最旺盛的时代，就是否定父亲的年代。当时我真年轻。

在否定父亲上，小弟与我类似。小弟刚懂事时，中国就改革开放，他不明白父亲那一代怎么会发生那样的事情。对父亲的年代，如果说我是切割，他则是置身事外。我强调那时代我还小，至多只是红小兵、跟屁虫，对历史我没有责任，他则是完全不知情。所以我们有理由"弑父"。

暴力者是无视被暴力者的，于是对父亲视而不见。其实我怎么可能愚蠢到不知父亲有个内心世界？别人，哪怕是不相关的新闻事件里的人，他们遭受不幸、不公平，我都会被刺激起来。我会关切远在天边的人，唯独无视身边这个人，这个诞生你生命的人。

那些在广场上、讲坛上慷慨激昂者，置生死于度外，可曾"梦里依稀慈母泪"？无视亲情伦理的革命家，是怎样的革命家？

当然我也会竭力体会父亲的心情，但只是以未衰老的，甚至是年轻的心态推测之。虽然我已经不年轻，已渐入老境，但在父母那里，子女总会显得年轻。以年轻的心体会衰老之心，必然会得出"无非就那样"的结论，人老了嘛！自然规律。我也会对他说："没关系啦！"看似安慰，实际上是不关心。

父亲失踪前，我又对他说过"没关系啦！"那是他从工人文化宫回来，情绪恶劣，说再不去那种地方了，我自然推测到他又是跟人吵架了。他是否真的跟人吵架了？他跟谁吵架？为什么吵架？从吵架到他失踪，父亲内心里发生了什么？我利用周末时间，去了工人文化宫。

那些老人，我从来没有正眼瞧过他们。他们一群一群的，特别是黄昏，半晦半明中，好像一群群黑压压的昏鸦。他们骂现状，但他们对现状一点也不重要。对同样是牢骚满腹的我也不重要，我可以实际去挣钱，他们只剩下了骂，还有回忆。他们怀念他们年轻力壮的时候，怀念那时候的好时光，那时的社会风气是好的，那时没有贪官污吏，那时老人摔倒不会没人管，那时候到处都是雷锋。他们前几句还在控诉那时代，接着就又怀想那时代。他们其实是在怀念自己的青春。实际上他们也跟我父亲一样，被那个时代所绑架。他们无法跟那时代切割，那毋宁是切割自己身上的肉，尽管这肉是伤口上的坏肉，也已经成了身体的一部分。

中国普通人，从来没有像他们这一代人被赋予政治荣誉。他们被说成国家主人翁，工人成了国家现行宪法领导阶级。他们还被告知，自己的国家是世界革命的中心，西方也在学中国，像老牌资本主义国家的法国。我第一次知道世界上有个叫法国的国家，就是从父亲嘴里。父亲有一次喝醉了，跟邻居显摆革命形势。他从上层的学习材料里知道，法国有个叫拿破仑的说中国是一只狮子，只不过一直睡着，现在这只睡狮就要醒来了。

后来我猜想，父亲跟邻居讲拿破仑时，他并没搞清楚拿破仑不是当代人。邻居们更根本不知道拿破仑，"拿破仑"这名字都是父亲杜撰的。他们背后里给我父亲取个外号叫"狮子"。这外号叫了好一段时间，连我母亲跟父亲吵架，也会说："你还真是狮子！"

母亲明显是带着贬义的。中国人对狮子的观感并不好，相比同样是猛兽的老虎，狮子不仅凶蛮，外形也邋遢，还禀性苟且。母亲这么说时，是带着自怜自艾的。如果父亲是公狮，那么母亲就相当于母狮。传说母狮除了产小狮子，还要负责捕猎食物等一切事情，公狮什么事也不做。母亲一辈子都在跟父亲争这个。母亲说，她不是家庭妇女，她也要工作，新中国了，男女平等。父亲思想进步，满嘴革命，但就是无法做到跟自己的老婆平等。这是共产革命中妇女解放的奇观。

许多年后，偶然的机会，我看到儿子语文课外读物，说到狮子。据科学家发现，公狮不仅会占有他者的母狮，残杀它们的幼狮，对自己的孩子也很残忍，会将它们抛弃，让它们挨饿、饿死，甚至也会在饥荒时吃掉它们。这让我联想到父亲和我们。当父亲做着"狮子梦"时，他是否想到他的儿子们在他衰老时会怎样对他？

19世纪80年代，我知道拿破仑确实说过那话。那时全国铺天盖地引用这句话，中国这只睡狮要醒了。但父亲却开始衰弱了。父亲像一只被打败的老狮子，即使竭力让目光如炬，仍然无可奈何地睡眼惺忪。他被驱逐出丛林了。

现在想来，父亲长时间来过着被驱逐的生活。最初时代变了，他还有单位。后来单位倒闭了，他还是党员，街道还叫他过组织生活，读读报。我跟他说，你就别去了，你还什么党员啊？还得交党费。但他愿意。想想也可以理解，他这样才能牵紧主流的衣摆。但不久他自己跟组织闹翻了。别的地方返还的党费，可以拿部分作为党员福利，发点小饼什么的，他这里却没有。他去闹，人家说：

"你入党是为了利益？"

他说："你们贪污，我就该死？"

其实他也没证据证明人家贪污。他骂骂咧咧，再不参加组织生活了。他曾经拥有的被一步步剥夺，职务、职业、社会地位、日常生活，哪怕最日常的穿衣，他都很难买到想穿的衣服。当年，父亲的服装总是工衣，另备一件中山装，放正式场合穿。20世纪80年代后，工衣不再是原来朴素的工衣了，有了胸饰袖杠等装饰，父亲觉得花里胡哨。中山装，人们渐渐不穿了，很难买得到。有的店有，但都是改造了的款式，时装化流行化。父亲认为那根本不是中山装。人家说：

"你要那种土不拉叽的呀？都什么年代了，谁还穿？"

穿衣都这么难，现在想来，父亲的内心应该是惨淡的。他看出来了，这世界不属于他了。

整个城市没剩下几个会做中山装的裁缝，价格也比较高。父亲也做了，在我看来简直奢侈。穿别的衣服不行吗？但父亲说，别的衣服就是穿不出去。

父亲不是奢侈的人，但某些方面又显出奢侈。一是喝酒，二就是穿衣。前两年，他又迷上了保健品。他本不是讲保健的人，体检都不去，还老说现在人太娇嫩，他怎么就被那个叫恬恬的推销员给迷惑了？他买了很多保健品，都写着根据祖国医学研制，一看就是忽悠。父亲不是容易被忽悠的人，怎么就被忽悠了？我自己就是产品推销员，那些伎俩我太清楚了。不让他买，他说他用的是自己的钱。我说你自己的钱我也替你可惜，他就说：

"你可惜，你怎么不掏钱？"

他还会装身体不好，做出病恹恹的样子给你看。

有一次，那个叫恬恬的推销员竟然跑到家里来了，我亲眼看到她是怎样忽悠我父亲的。我要把她赶走，父亲说：

"你不关心我死活，也不让人家关心我死活！"

我承认，推销员那作态、那些话，我确实无法做出说出。但是父亲你怎么不明白，那都是虚的，都是盯着你的钱。她会给你做一餐饭吗？会给你洗一件衣服吗？她会供你生活费吗？她只会抠你的钱，嘴上说得好听："客户的需要永远是我努力的方向！"那是经营策略，"银发经济"。

但现在想来，我们总以为亲情不需要经营。现在想来，我也只是满足父亲的基本需求。那些聚集在文化宫的老人，他们的子女最关心的可能就是他们不要跌倒，不要被车撞，身体不要出事，没有想到他们还有一个心灵。所以精明的推销商苍蝇一样聚集那里。父亲就是在这种地方被上套的吧？

推销的最高境界，不是让对方相信他需要产品，而是产品需要他，社会需要他，时代需要他，他不可缺少。对被边缘化的老人，还有什么比被需求更重要的？我记得那个恬恬还要邀请我父亲开讲座，她甚至会直接让我父亲救她的业绩。这明明暴露了她的商业面目，但我父亲乐呵呵地答应了。也许父亲把对方当作应该呵护的孩子了，甚至是英雄救美。人老了，并不等于心也老了。

文化宫边上有个简易茶馆，设有内室，电视曾报道这里发生卖淫现象。取缔了几次，又死灰复燃，原因是无法下大力度，执法会遭到老人们围攻。嫖客年纪大，突然抓捕，身体要是有个好歹，责任担不起。

那些卖淫女都已到中年，在老人间穿梭，打情骂俏。她们表现出对老人的喜欢，但我很奇怪，老人难道就不明白自己并没什么值得这些女人喜欢？不过是谋你的钱。自己身体完全不行。当然报道说老人基本只是摸摸，但这毋宁是对老人更大的奚落。本来存在的事实，现在确凿地被证实了。也许是那些女人干脆表明她们需要老人的钱生存，或是老人有着"同是天涯沦落人"的感觉，一边是沦落风尘女，一边是穷途末路人。既然如此，还求什么？无所谓操守，无所谓晚节，无所谓名誉。整个社会都不守节操，凭什么要我们这些将死的人守？能搞多少算多少，及时行乐。老子就是这样，又怎样？我父亲就喜欢说"又怎样"。我总觉得，这句式承接的是那句"造反有理"。老子造反了，又怎样？老子就是吵你了，又怎样？老子就是骂你了，又怎样？把我杀了吧！怕什么？我揣测，这些老人就是抱着这种心理进入暗室的。我看到，一个老人进去前，说道：

"土都埋到脖子了，怕什么！"

我惊愕地听说，我父亲也去过那暗室。老人中流传着关于我父亲的桥段。我父亲出来时，说了一句堪称经典的话：

"操，奶都平了，抓着可以摇铃！"

据说父亲说出那话后，就发誓再不来了。他不去文化宫，并非跟人吵架。

8

父亲轰然坍塌了。

过去，父亲尽管难侍候，尽管霸道，不近人情，那还是父亲，甚至父亲就是霸道的。现在这个搞女人的人不符合父亲的形象，他可耻地挂着生殖器。虽然我也应该知道父亲有这器官，我就是这个器官的产物，但人伦禁忌，自动屏蔽了这些内容，代之以崇高的生命繁殖。虽然骂人时，会以性内容攻击对方，但并没有真的性意识。大哥小时就受父亲影响，"操"挂在嘴里。一次跟父亲吵架，他骂：

"操！"

"操？"父亲应，"我没操会有你？"

没想到父亲会这么说，大哥赶紧噤声。那是我们不小心涉进父母性领域，就好像不小心掀开父母蚊帐，看到我们不该看到的。不，是父亲竟然转过身来，把赤裸裸的下身亮给我们。

小时候，母亲经常跟父亲吵。父亲迟回来吃饭，母亲就说：

"我们吃！人家外面有饭吃！"

有一次，母亲直接说父亲"风流筋太翘"。当时我还不明白什么叫"风流筋"。后来知道了，想，父亲凶巴巴的，怎么可能有女人喜欢他？但有一点很蹊跷，父亲爱听歌。有时还会在喉咙口哼哼，但只是悄悄的，很快就收敛。父亲性格霸道，从来不知收敛，却偏偏在哼歌上做贼似的。被母亲捕捉到，他就显得很理短。母亲说他不正经，他辩说，这有什么？这是革命歌曲，文艺宣传队都可以当街唱。现在想起来，父亲是把情欲的私货藏在光明正大的政治皮囊里，这实在是一种巧妙策略。汉民族绝对不是能歌善舞的民族，没有这种"政治正确"的伪装，怎么可能毫不腼腆地高歌扭腰？现在那些在公园里唱"红歌"、在路边跳街舞的，如果没有这种"政治正确"的坚韧皮囊，怎么可能唱得起来扭得起来？父亲的政治，毋宁是体制。

现在想来，当初母亲的猜测可能是对的，父亲就是会搞女人的人。想想，他享受着母亲的侍候，喝着母亲给他端来的"地瓜烧"，心里却想着外面的女人。我为母亲鸣不平。这不只是背叛，背叛这种说法太明亮，也不是欺负，是欺侮。

但我归根结底不想介入父母间这种事，那有一种"混账"的感觉。我特别不愿意正视父亲的性，我从小就躲避父亲的身体。小时候有一段时间，我睡父母床上，我总要睡母亲那侧，不肯睡在父亲那侧，也不肯睡他们中间。母亲以为我是害怕父亲，其实我是忌讳与我同性别的父亲身体的味道。我青春期时身上也有了这种味道，我对自己也产生了恐惧。这是荷尔蒙的味道。其实我是忌讳父亲的欲体。

父亲住院，不能下床小便，我给他把尿壶，都要他自己把东西掏出来，我的眼睛也竭力移开去。替他擦换下身，都要小心翼翼让布接触在他肉体上。有一次给他换姿势，不留心去拉他的手，只是手，那温度就像电流一样闪来，我赶忙撒手。

但其实那未必如电流一般强烈，只是肉麻。也不是麻，是一种敏锐的感应，一种不该有的私密交流，像通奸。

我后悔我为什么要去工人文化宫，我也不敢告诉兄弟们，难以启齿。兄弟间谈论父亲的性事，像乱伦。

我更不敢告诉我的妻子，父亲的奸情就是对我的指认，"有其父必有其子"。

这秘密我只能自己消化，烂在心里。我暗夜潜行。我揣着父亲的黑暗，忍辱负重。

一天，那个推销员恬恬又来了。她找我父亲，说是前几天我父亲买了保健品，来做个回访。我问她什么保健品，她说我父亲知道，她要见我父亲。她听说我父亲失踪了，慌忙走了。

我感觉她有什么隐瞒我，也许她知道我父亲去哪里。我去文化宫找她，没有找到她，撞见了一个父亲的熟人，姓霍，父亲曾经把他带回家来。父亲极少带人到家里，恬恬算一个，霍老算一个。我向他问一个叫恬恬的保健品推销员，霍老说知道她，带我去找，也没有找到。我问前几天我父亲买过的保健品，霍老变得躲闪起来。"你自己去问你爸吧！"他说。

我告诉他，我父亲失踪了。他惊讶得合不拢嘴。"还真是，说去就去！"他嘟哝。

"去哪里？"

"……北京。"

去北京？我几乎叫出声来。"踏破铁笼凤飞去"，飞去哪里？北京。难道真被那跳神的说中了？我们家没有亲戚在北京，也没有朋友，父亲去北京干什么？我问霍老，霍老不肯说。我说现在我正找父亲，父亲已经失踪这么多天了，现在只有您能救他。他才告诉我，父亲去北京找一个叫方小红的女孩子。

我更糊涂了。我怎么没听说过这个名字？父亲这秘密，竟然藏得这么深。他真是"风流筋太翘"了，这么老了，对方还是女孩子。霍老说，我父亲说那叫方小红的才18岁。这是他的孙辈，也就是我儿子这辈，他也下得了手？简直太荒唐了。

"就是那个药害的！"霍老说。

药？

"中国就这样，保健品药品不分！"他说。

我想起来，父亲出走前几天，有一次吃饭，裤袋里一盒保健品掉了出来。他的保健品从来是到处乱丢，但这个却揣在裤袋里。孙子要去捡，他竟然慌张地抢起。当时我没有留意，以为是比较贵的保健品。

"我劝他不要信，保健品是保健品，药物是药物，两回事。报纸上都在说，国家三令五申，但他就是不听，跟吃错药的老鼠一样。对，就是吃错药的老鼠！结果呢？没用！"

"没用？"

"当然没用！"霍老瞥一眼茶馆，我明白了。为了让霍老消除顾虑，我告诉他我已经知道父亲去那个地方，别人跟我讲了。

"他们那些人的话，"霍老摇头，"不真！"

他告诉我，我父亲出来时，神态并非赖皮的，而是黯然。父亲进去，是去试试自己吃药后的能力的。他俨然是战士上战场，这样，失败就成了惨败。

我就奇怪了，他都这把年纪了，怎么还有那么好的预期？霍老说，不是预期太好，而是一直太坏，反生出了狂狷。因为害怕、自卑，所以渴望表现得好，所以才去吃药。

那么既然已经被证明不行，怎么还去北京找那个方小红呢？对方可是小女孩。霍老说，我父亲把原因归咎于那些卖淫女人不行，太老，没有魅力。他说自己本来是行的，不需要药都行，看着她都勃起。于是他决定去找方小红。

原来父亲不是迷路，是出走。既然如此，应该带行李。但他没有带，衣服也没带，除了身上穿的，都在家里。身份证呢？不然怎么买车票？我赶回家，父亲的身份证没有找到。我又找他存折，他的钱平时都是他自己收着，我没去管。我翻箱倒柜也找不到，也许也带上了。

带着身份证带着钱，父亲是蓄谋的，倒是我们傻乎乎地着急寻找他，我有些安心了。只是父亲是怎么认识这个方小红的？他平时又怎么跟她联系？他不会上网，没有手机，难道是写信？但那么个小女孩，谁跟你一个字一个字地码？难道用的是家里的座机？我查了话单，无论是呼出还是呼入，都没有北京的号码。

父亲平生只去过一次北京，那是他二十多岁时，"大串连"。父亲那时已工作结婚了，他是和几个同事混在学生队伍里去北京玩的。因此没去上班，还被当旷工处理。这事让父亲跟领导结下了梁子。那领导没多久失势，父亲是斗他最凶的一个。我长大后偶然知道父亲当年跟领导的事，还有点不可思议，我印象里父亲满脑子都是领导思想。想想也不稀奇，那时候父亲还是年轻人，谁没有年轻过？何况那个时代，何况有仇怨，父亲这种性格。

当年和父亲一起去北京的，有个姓高的同事。"大串连"事件后，"当权派"被打倒，"革委会"成立，父亲这拨人得势。老高比我父亲运气好，爬得高，但没两年就摔下来了，到了我父亲车间。据说我父亲管他也挺不客气的，所以他对我父亲也很不满，没往来。有一天，我在路上碰到了他。我叫他，他瞧一眼我，想装作不认识。我说："您不是高伯伯吗？当年跟我爸一起去'大串连'的？"听到"大串连"，他才眼睛发光。

"还什么'大串连'啊！"他马上又叹道，"哪朝哪代的事了！"

"我爸还经常提起呢！"我说，"常提起您！"这是我编的。

老高停了许久，拿中指戳着我："你爸这人哪！"

他说，他和我父亲曾经是那么好的朋友、战友，所以才一起去北京。一路挤火车，白吃白喝白住，到了北京，正赶上毛主席第六次接见红卫兵。他们被安排在同一个方阵，又是唱歌，又是拉歌。当时他们方阵里有个女的，歌唱得好，指挥也好。一到方阵间拉歌，大家就一起喊她的名字，推她出来指挥。

我的心一个咯噔。

"当时我们在天安门东侧，"老高继续回忆，"从傍晚开始就出发了。说是要从东向西经过天安门，接受毛主席检阅，毛主席会站在天安门城楼上。我们都兴奋极了。队伍走走停停，停停走走。走了一夜，一会儿走在灯火通明的大街上，一会儿走进忽明忽暗的巷子里，一会儿周围黑漆漆的，有人说可能是到了郊区。什么也看不见，解放军就让大家每个横排手臂挽着手臂，防止队伍被挤乱了，冲散了。大家就按解放军说的做。那手从腋窝穿过去，痒死了，但也得穿。好在我左边就是你爸，平时玩，打闹惯了。你爸左边的，"老高顿了顿，我的心揪紧了，"就是那女孩！"他说。

"也是天注定！"也不知过了多久，老高说。

"后来呢？"我问。

"后来，"老高说，"没有见到毛主席。到我们走到天安门，毛主席已经走了！"

我想知道的不是这些，也许这对他们很重要。"再后来呢？"我问。

"我们等于陪你爸去北京了！"老高说。

怎么会是陪我爸去北京呢？我父亲不是也没见到毛主席吗？"再再后来呢？"我追问。

"队伍散了！"

"你们再没联系了？"

"那么多人，五湖四海的，怎么联系？"

"我是说……那个女孩。"我只能直接说了。

"再没见到了！"

"没有联系？"

"怎么联系？我连人家胳膊都没碰过！"

我猛然明白，他为什么说是等于陪我爸去北京。"不知道地址？"我又问。

"怎么了？"

"没什么……我爸去北京了……"

"去北京干吗？人家是不是北京人都不知道！"老高怎么认为我父亲是去找她？

"口音是北方口音，普通话讲得很好听。"

老高细密回忆着。他说得这么细致，身临其境，我也有点恍惚了。"她叫什么名字？"我问。

"方小红。"

我大吃一惊。父亲不就是去找一个叫方小红的吗？见我惊异的样子，老高问："怎么了？"

我告诉他，我父亲失踪了，他走之前跟一个熟人说，他去北京要找一个叫方小红的女孩子。

"人家怎么还是女孩子？"老高叫起来。

我愣。

"早跟我一样老了，老太婆了！"老高道。

他粗野地说"老太婆"，不是"老太太""老人家"。他这么说时，重重往自己胸口戳，那简直是在犯贱地表明自己已经老朽了，但又似乎在炫耀，自己是和那女的一同老去的，他们是同龄人，他们是一代人。甚至，我的父亲都不在其中，还说人家是女孩子呢！还去北京呢！是啊，父亲怎么就没有意识到人家已经老了呢？难道他糊涂了？难道他老年痴呆了？但他都把身份证和钱带上，怎么可能痴呆？

难道他独独在这一点上认知障碍？印象中有"部分认知障碍"这种说法。我查了一下，确实有。认知是人的心理活动之一，是指认识和理解事物的心理过程，它由多个认知区域组成，包括记忆、计算、定向、注意、结构能力、执行能力、语言的表达、理解等方面。记忆障碍的临床表现是记忆错误：错构症和虚构症。

父亲应该是属于记忆错构，或是虚构。还有一种临床表现是记忆增强。是什么导致父亲把那么久远的记忆放大、错构和虚构？也许父亲内心一直有着一个结，只是他没有跟我们说，他没有倾吐的习惯，我们也不可能去听他。我们只知道他言行怪异，不知道那就是老年痴呆的前兆。

我曾寻思祖父那代怎么没有"老年痴呆"？其实按病征，祖父就是老年痴呆。现在我们很知道这种病了，还知道它有个学名叫阿尔茨海默病。其实父亲有些行为是对得上这种病征的，只是我潜意识在回避，只愿意想是他脾气不好，至多是老糊涂，一方面过于焦虑，一方面又竭力回避。

9

如果父亲真患上了老年痴呆，怎么办？这可是个严峻问题。

我本应该立刻告诉警方父亲可能去北京，这样寻找就有方向了。但我没告诉。我总是很忙，其实只要一个电话就可以了，但我很忙。时间浑浑噩噩又过去了，一天，我突然接到警方电话。我有点恍惚，甚至想不起警方为什么会给我打电话。警方说，在火车站监控里发现了我父亲。他们竟然一直在找，我的心提了起来。

警方说，查火车票，我父亲是去北京了。我有一种被逮住的感觉。

警方又说，通过全国公安联网，北京果然有一个信息跟我父亲相同的人。

"哦。"我说。

警方说这个人躺在医院里。

"哦。"我说。

警方说这人是倒在路上，被人发现送进了医院的。

"哦。"我说。

是突发脑溢血。

"哦。"

"你听清楚没有？"警方说，"你父亲是突发脑溢血！还昏迷不醒。"

"那什么时候醒？"

"这不知道，可能要做长期准备了！"

长期准备？什么长期准备？我好像完全没有反应过来。但我的心已经沉到了谷底，我已经后悔了。

我实在后悔！如果早点发现，如果我们抓紧找，如果我们不互相推诿、不互相计较，如果我们想到父亲会出事……

其实我也想到父亲会出事，大哥、三弟也想到，所以才担心。如果真担心，如果我一知道父亲去了北京，立刻就赶往北京，也许父亲还不至于昏倒。至少，我可以抢在他昏倒前，把他扶住，撑着。只要他不倒下去，就不算倒，就不会躺倒，就还有救。

"还好发现及时……"警方说。

及时？还及时？都倒下来了，还不如不要发现。只是我没有说出来，我瞧见了自己的卑劣和冷酷。

我没有将父亲去北京的事告诉兄弟们，好像也不只是羞于启齿。羞耻感那么重要吗？难说我就没有叵测居心？其实在我潜意识里，隐约在等着出事，父亲远在北京出事，中国人冷漠，警方又不作为，那么就好了。是谁这么热心把我父亲送进医院的？警察怎么变得这么敬业？这世界真荒谬，而我却算得太如意。人算不如天算，到头来不但不能好，还更糟了。

后悔啊！但后悔来不及了。哪怕痴呆，都比现在好。完了，一切都完了！拖你几年、十几年、几十年……下半辈子要全搭进去了！回忆往日，父亲尽管烦人，但生活能自理。那些日子都变得令人怀念了，但一去不复返了。现在想来，让父亲住在家里就那么难吗？难到过不下去的地步？只是不愿意付出牺牲。其实连牺牲也谈不上，如果把幸福指数调低一点，有什么不能忍受的？但谁也不愿意调低。

我也不愿意。某种程度上，正是我造成了现在的局面。我忏悔，我得把父亲接回来，义无反顾，继续住我家就住我家吧！

警方问我什么时候去接父亲。我一惊。这太复杂了，父亲还昏迷不醒，怎么回来？不能坐飞机，不能坐火车，总不能抬着担架一路走回来吧？问题太大了，问题太多了，难以解决。我愿意解决，但实在是难以解决。我说我得跟兄弟们商量。

我打电话给大哥，我说父亲找到了。"在哪里？"他问。

"北京。"我说。

"怎么跑北京去了？"大哥说。

"北京的医院里。"

我把父亲的情况说了，电话那边没了声音。好半晌，我才听到大哥喉咙里咕噜出一声："操！怎么会这样？"

"他跑北京干吗？"又半天，大哥又问。

我就把父亲去北京找女人的事说了。还没听完，大哥就愤怒了。"操，我们到处找他，他倒好，寻花问柳去了！告诉老三了吗？"

我说还没有。"走，告诉他！"他坚定地说。

大哥竟然撂下他的店，跟我一起去找三弟。这在我看来并没有必要。到了三弟单位，我告诉他父亲找到了。他愣了一下，笑道："别吓我！"

"什么吓你！"我说，"是警方通知我的。"三弟表情僵硬了："警察会这么敬业？"跟我反应一样。我告诉他，父亲是在北京找到的。"他跑北京干吗？"他的反应跟大哥如出一辙。毕竟我们是一个娘肚子里出来的。我说去找人了。"谁？"他问。

"一个老相识。"我说。

"老相好！"大哥不耐烦道。

"我怎么都不知道有相好？"三弟道。

"我也不知道！"大哥说，"他把我们都给骗了！"

"把咱妈也给骗了，"三弟说，"骗到死。"

听三弟这么说，我感到悲痛。母亲去世多年了，但母亲仍然是我的念想。父亲背叛母亲，我不能接受。虽然我不是头脑封建的人，我承认母亲去世这么久了，父亲有权利寻找新伴侣。但我本能上抵制父亲这么做，即使父亲光明正大明媒正娶，我也会反对。当这种情绪占上风时，我宁可自己照顾父亲，也不要那个可以照顾他的女人。我的正义感道德感亢奋地勃起着。

"其实早应该想到了！"大哥说，"妈在的时候就老猜他外面有人。"大哥回忆了一些旧事。三弟表示惊讶："我怎么都不知道？"

"那时你还小！"大哥说。

"我更像傻瓜了！"三弟说，"这可是原则问题！"三弟从来不是原则的人，现在讲原则了。"这不是孤立事件！是他一贯的作风，是前科再犯！这种事，会搞一次，就会搞第二次、第三次！自作孽，不可活！这样的人，我们做子女的为什么要认他？"

三弟不是说"爸"，而是说"这样的人"；不是说"我们"，也不是说"我们做儿子的"，而是说"做子女的"，这使得这指代超越了我们具体单个家庭。这样的人，是社会公德也不能容许的，大家都不能原谅，我们怎么能？

三弟说"为什么要认他"时，动作幅度特别大，胳膊甩了起来，脸却别向一边，好像要背弃而去。我的心也像刚杀的鸡内脏一样热了起来。父亲的丑事，之前是困在我内心，所以彷徨，不敢发泄出来；现在放在明里谈论，公开鞭挞，旗帜鲜明。我们三个兄弟站在三弟公司大楼前的大街上，怒不可遏地声讨父亲。

可是再可恶，也是生我们的父亲。三弟说，生我们怎么了？他也不过是因为那个快活才生下我们，我们只是他快活的副产品。

三弟这话说得也太白了。我不自在起来，转换话题。我说毕竟警方在催，父亲这样躺在北京医院，也不是办法。至少费用，每天都在产生费用，医疗费、床位费、陪护费……

"不是有相好吗?"三弟问。

"那是你后妈!"大哥道。

"后妈就后妈! 反正能把爸接手了就行!"三弟说。他的话让我恶心，大哥则笑他想得太美了。"后妈在哪里?"大哥反问。

我告诉三弟，父亲发病时身边没人，那女人现在还不知道在哪里，父亲是被路人发现了送医院的。

"那人是谁?"

"不知道，打电话报警，没露面。"我说。

"这蹊跷了!"三弟说，"这可得搞清楚!"

他给警方打电话，他说应该找到肇事者。"哪有肇事者?"警方说。

"不是没有，是逃逸了! 打个电话逃了!"

"人家那是好心……"

"那为什么要逃?"

"可能怕误解吧……"

"误解把他当肇事者了? 他是好人了? 他是雷锋?"这想法当初也曾在我脑子里闪过，只是我觉得这么想不近人情："我们家从来没有撞上好运，运背着呢! 怎么这次偏偏被我们撞上好人了?"

"怎么能这么说!"对方声音有点恼怒。

"你别激动! 你也不在现场。"三弟说，"你也不知道这个报案人是不是肇事者。我知道我不该这么怀疑，但我爸这样了，换成谁都会这么想，将心比心。你可以说我小人之心，是小人，可到我这份儿上只能当小人。而且我还可以告诉你，肇事者还是个女的!"

"你怎么知道?"

"我们当然知道，你们调查一下就知道了!"

三弟简直疯了。调查? 怎么可能调查出来? 何况老实说，我也不能确切断定父亲会遇到那个方小红，而且，那个小孩子的方小红是否就是那个老太婆的方小红。三弟难道就想不到?

警方说，调查需要时间，如果你们等得起就等吧。我们当然等不起，如果调查没有结果，肯定不会有结果，那么医院里的费用又要增加了。天知道警方拖到什么时候。

三弟说，不怕，有人可以付美金。我知道他指小弟。三弟看时间，下午五点，那边是凌晨。但还是打了，用三弟公司电话。

小弟一听父亲躺在医院里，就表示要回来。这次他表现得很积极，我们都没想到。三弟说："爸还没死。"

"我知道。"小弟说。

"可能要做长期打算了！"我也说。

"我知道。"他仍然说。

"你到底是醒还是没醒？"三弟道，"你以为爸这么快死？你回来能待多久？我们都在国内，可以出力，只是费用上很成问题！"

"多少？"

"不是小数目。"三弟说。

"具体是多少？"小弟问。

"还不知道。"我说，"得去北京后才知道。"

"怎么还没去北京？"

"去北京容易，"三弟道，"就是费用问题。"

"不去怎么知道费用？难道车票机票也买不起？"

"你这是什么话？"三弟道，"你以为就这费用？医院要讹多少钱？那可不会是小数目。还有，爸这样子，回来了，接着怎么办？我是喜欢丑话说前头的，免得到时候发生纠纷。亲兄弟明算账。"

"我知道，又没说不算。"小弟说。

"算就够了？"三弟说。

"够不够，也要接回来才知道够不够。"不知是否小弟装糊涂，就是没法说到点子上。"我们会去接的。"我把电话接过来。

"那不就结了？"小弟说。

三弟索性道："我是说，我们穷，到你这里化缘来了！"

"不需要化缘，是我自己的爸！"小弟说。

"真会说话！"三弟说，"还知道有个爸！"

"我当然知道，"小弟说，"所以我知道回去。你能吗？你就在国内，你会去接爸吗？"

三弟被噎住了，他突然喷出话来："你怎么知道我不会去？大不了丢工作！大不了当乞丐！"

"那好，北京见！"小弟说。

"见就见！"三弟冷笑，"见了又怎样？我还不知道他？钱抓得紧紧的，人跑回来见？还不是做个姿态，我也很孝顺，我也尽心尽力了，我公司不能请假都硬是跑回来了，冒着失业的危险。然后，一抽脚又跑回美国去了！"

"人家小弟又没说不承担费用。"我说。

"那他说啊，表个态啊！承担多少？你听他说的是'再说'。你回忆一下，他说'再说'，什么时候有个说法？"

"也许这次不一样了……"我说。

"什么不一样?对,是不一样了,爸昏迷不醒,爸要成植物人了,需要全护理了,永远不可能好起来了,会把我们拖老,拖垮,拖死!还有,还有不一样的,爸外面有女人了……"

"他又不知道这。"我说。

"他知道了,我看连回来都不会回来了!"三弟说,"他还会回来当孝子?当这样的父亲的孝子?可能吗?你以为他境界多高啊?你以为他去了西方就成了圣徒了?我操!他是耶稣啊?我操!耶稣从西方来啊?太阳从东边来,耶稣从西边来啊?我操!我操!这世界上有耶稣吗?"

"扯什么乱七八糟的!"我说,"现在当务之急是订机票!"

"我还得请假。"他说。他瞅大哥。大哥说:

"看我干什么?我又没说要去北京!"

"没问题啊!"三弟道,耸耸肩,"哈,我去没问题啊!但是接回来后去哪里,你们可得想好了!"

"还能住哪里?住医院啊!"大哥说。

"长期住?钱呢?"三弟举举手,"人家会同意吗?"才发现电话没挂。拿起来听,那边挂了。

"所以最后还得住家里。当然得住他自己的家,最后从自己家里走。"

大哥说他要回店里了,顾客要把店炸了。三弟冲大哥背影,嘲讽道:"不能解决,白忙!"

我回到家里,跟妻子说起父亲将来住哪里。我没去搬三弟的话,担心妻子也说大哥住着父亲的房子,让父亲住过去。明显大哥不会同意。妻子说,还是去养老院吧,全护理。这倒是一个办法。

"爷爷不去养老院!"儿子插嘴。

"谁说爷爷不去养老院!"妻子道,"爷爷不是闹着要去养老院吗?"

"不对,爷爷怕去养老院!"

"爷爷自己都已经不知道了……"妻子说。

"不知道了就可以不管吗?"

"谁不管了?"妻子恼了,"我们到时候也要去养老院!爷爷这代,还有我们可以给他养老,我们这代,你能吗?你这小孩,什么都不懂!两边四个老人,还不送去养老院?有没有钱去养老院还不知道呢!你能照顾我们?别想了!"

孩子瞅瞅母亲,又瞅瞅我,眼神幽幽的。我感到害怕,小声制止妻子:"说什么呢!你这是在教孩子吗?"

妻子赶紧不作声了。

睡前,妻子对我说,可要说好了,这养老院的钱大家分摊。要说穷,你是四兄弟中最穷的。妻子说得在理。但这也是令人头痛的。三弟明摆着要推给小弟，小弟又不明确表态。正想着，座机响起来了。这个点，肯定是小弟打的，正好，再跟他沟通沟通。我妻子上次刚跟小弟吵过，怕她又来搅局，我跑到父亲房间接。

10

小弟说，他已经订好机票了，明天就出发，直接去北京，我们在北京会合。

"你公司那边，走得了吗？"我问。

"公司……没什么事了！"他说。

他这话怪怪的。"马上要被裁的人，还有什么事可干？"

我大吃一惊。怪不得他这次马上说要回来。

"当然兄弟们亲戚们也可以认为我所以会回来，只是因为闲着。"他又说。

"不会不会！"我说。要在平时，我应该会这么想。但现在他落难了，我就不能这么想了。何况他毕竟说回来就回来了，而我们这边，连去不去接回父亲还不能统一意见。

"会的！"他说，"换成我也会这么想！"

他说得很冷酷。"都是兄弟……"我说。

"三哥说我的我都听到了！"

我就猜他听到了。

"他说得对，我不是耶稣，不是耶稣西来，我本来就是东来的中国人嘛！"小弟说，"一辈子都是，二代、三代能否改变？不知道。反正我这代是变不了了。当初出国，也就是想改变，至少下一代不按这轨道走下去。我承认，我逃出国去，也在逃离我们这个家，逃离爸。我从小见爸就总想掉头逃走，但是最后还是逃不了。我是爸的种，妈说过这话。这是遗传！基因的力量是非常强大的。自从知道肯定被裁员，一下子闲下来，我才有时间，失败让我想很多，或者说是黑洞。据说每个人内心里都有或深或浅的黑洞，所有物理定律遇到它都会失效。黑洞是个无底的深渊，大人的黑洞对小孩有着很强的吞噬力。"

这我不懂。

"你还记得父亲那个外号吗？狮子。"

"记得，前几天我还记起爸当初喝酒说狮子的样子，他说拿破仑说中国是一只狮子。"

"其实拿破仑根本没有说中国是狮子。这是中国人自己编造的，中国人自己想成为狮子。多少年来，中国人做着'狮子梦'。穷时做'狮子梦'，现在有钱了，在国际上就露出了狮子的牙齿，所以被人家忌讳，被人家讨厌，被人家排挤。我公司裁员，第一个就找我谈。也难怪，我抢过别人的客户。但不抢我的业绩就上不去，我是移民，而且我是中国移民，我不能失败！不要说别的，我要失败了，我是个穷光蛋，爸会认我吗？当然我也没拿什么钱给爸用。"

小弟还算坦诚，这让我信赖他。

"我也很羡慕人家'老外'。在外面，看到人家好，就会想，为什么我们做不到这样？可就是做不到。因为我们就不是生在那样的娘胎里，我们的父亲就不是那样。你看我们的父亲是什么样？人家老人安安静静，不，是……静穆，"他斟酌词句，"对，静穆！有一种庄严的力量。有时候我也想把爸接出去，但是……据说上帝的原型是人类的父亲，所以上帝身上有着父亲几乎所有的正面品质，可我们的父亲呢？"

我承认父亲拿不出手。有朋友来我家玩，我都会希望他到外面去。他要在家，我就尽量不让他跟客人说话。

"我在伯克利时，"小弟说，"曾跟一个搞中国文化的教授谈，他说中国人没有信仰是个最大问题，很多问题都可以追究到缺乏信仰。其实中国人哪里没有信仰？比如信佛，我们家没有少供。'文革'时不让供，妈就偷偷供。供品爸也吃，他也觉得吃了可以避邪，他哪还是党员呢！即使没有信仰，还有人伦嘛，还有亲情，这也是一种宗教心。不需要供拜，以宗教心养育孩子，以宗教心赡养父母。但为什么也不能做到？就是太功利。都说父母把子女当作工具，传宗接代，老有所养。子女对父母不也是采取实用策略？你老了，没有利用价值了，就必然生出遗弃之心。你已经被用过了，即使赡养你，也只是尽尽义务。但你死了，又不一样了，你的地位又高了，你成了能够保佑子孙的神了，但也是供供你，利用利用而已。这样的供拜，就是有宗教形式，又能怎样？吃斋念佛却不施善行，捐赠寺院却不赡养父母，建立功德却无视公德。还有，父亲那代为革命事业牺牲家庭，我这代，提倡振兴中华，却无视个人权益。其实不过是野心在作怪，无视基本伦理的革命者或是宗教者，不过是野心家，拿冠冕堂皇的东西掩盖自己。我告诉你，就在上周，知道父亲失踪了，我还跑去教堂。我知道我在躲避，我躲在国外，不敢正视现实。我谴责自己，我要去忏悔。但到了教堂立刻逃了出来，因为我发现自己不过是企图获取'义'。基督教认为是没有义人的，人所有的'义'就像污秽的衣服……"

我一惊，好像被他的刀尖剐到。

"之前我打电话给大伯，我其实就是想取得长辈的认可，让他们觉得我有孝心，我有'义'。放下电话，我就谴责自己了。我不知怎么办？所以我跑教堂去。我不是基督徒。其实我不过是临时抱佛脚，不过是想穿上'义'这件衣服，给自己看。但是在教堂那个气氛里，我看到了自己不过是法利赛人，觉得自己已经把金钱奉献给神了。"

我不知道基督教这些东西，但我能感受到小弟对自己的苛刻。在那件事上，我也在跟小弟抢着"义"。被否定，我那么受不了。我觉得自己无疑是亲情伦理上的"义人"，不可否定。

"其实，关于把父亲接出来，归根结底是因为我不想把他接来，什么理由都是借口，文明可以培养，习惯可以改变，就是我自己不愿意。"他又说。他这么说，我没有想到。在我看来，父亲的素质，这硬件确实是个问题。他竟然把刀剖向自己。

"我承认，我甚至还想过父亲你为什么要赖着我，我又没有得到你的好处。"

这话他过去说过，但此时此刻听起来，我觉得未尝没有道理。不，很有道理。事实难道不是这样吗？我因为认同小弟的忏悔，从而认同了他的观点。但是他自己却不认同。"我怎么能这么想呢？这不也是利用逻辑吗？"

我觉得被他抽了一巴掌。

但是我不怪他，因为他是在忏悔。"我告诉你，我甚至还有过很不该的想法……""什么？"

"父亲你为什么要生我？我又没要求你生我！你生我之前跟我商量了吗？你在我没有意志前生下了我，养了我，我得到了你的好处，现在要向我讨还债务！我欠了你的债了！我怎么会有这浑蛋的想法？畜生的想法！"

他把自己骂得这么狠，令我吃惊。这个小弟，我从来不知道他有如此自省之心。也许就是进了那次教堂。宗教的力量是神奇的，中国问题就是缺乏宗教，人人都在维护自己，而他，却把自己剖得鲜血淋淋，甚至并没有道理，鞭挞、往死里否定、暴虐，这也是暴力，但是宗教的暴力。至少，区别在于这是自己对自己的暴力。只有这样才能救赎。那么我就真可以得理不饶人吗？我就真有理吗？实际上我未必比大哥、三弟好多少，我们都一样。甚至，我比他们还差。我也竭力把自己往低里踩，越是踩，就越有上升的反弹力，越能升华，升华到了宗教境界。人人都会渴望到这种境界，就好像小草渴望阳光。那是一种宣泄，一种畅快的突围。有一种喷薄的感觉，像一轮太阳升起，我能听到它的声音。我简直感动。我听到小弟在继续说："……是我的问题！但是到我明白过来，已经晚了！后悔已经来不及了！"

"还没有，爸还在！"我说。我这么说，心里是欣慰的，我确实感觉到父亲在世，哪怕是现在这种状况，多么值得宽慰。我这不是敷衍，不是虚伪，不是矫情，我真是这么感觉的。但是小弟仍然痛心疾首叫：

"已经这样了！还有什么用！太迟了！一些事拖拖没关系，但一些事拖了，再没机会了……"

"还来得及，还来得及！"我安慰他。

"所以我一定要回去。我都想不出来了，永远回去！回家，陪在爸身边。当然这也不可能，毕竟我这边也有一个家。"他说。

"我知道，我知道……"

"但我真想把爸接出来！可惜接不出来了！"

"不用接，这里有我们，至少有我。我不跟大哥、三弟计较就行了，我不计较！"

晚上，我睡得非常踏实。父亲失踪以来，我从来没有睡得这么踏实。我受了一场洗礼，脱胎换骨了。我的灵魂高高飞扬，这让我忽略了一个知识盲点：美国人并非都是基督教徒或天主教徒。当然可以理解成清教徒思想影响了美国人的价值观，但清教徒讲的恰恰是开拓，致富是上帝对其选民的要求，相反，贫穷是对上帝赋予的荣耀的贬损。西方人有那么长的征服史，征服者多是有信仰者，甚至征服以上帝名义。

我还忽略了，小弟与我的思维中的一个逻辑破绽：我们畅想上帝，只不过要逃脱我们的父亲。希望逃脱暴君，只能皈依上帝。

我还忽略了一个客观现实：美国老人不需要子女赡养和照料，他们的子女，哪怕是再虔诚的教徒，也不用被压上中国子女那样的义务。

我更忽略了一个实际问题：父亲去养老院的费用还是没有落实。

值得庆幸的是，大哥答应去接父亲了，因为他儿子被拘留了，校园暴力，虐打同学。大哥的儿子得大哥遗传，有暴力倾向。本来这种事在中学生中屡见不鲜，基本是批评教育一下就过去了。但这阵发生了中国留学生在美国的校园暴力事件，媒体炒得沸沸扬扬，说是按美国法律，可能判终身监禁。国内舆论呼吁对此类事件严加惩处。大哥的儿子撞在枪口上了。

大哥没有任何门路，只能求签拜神。他想起我曾经去找的那个跳神的，让我带去。跳神的说，是父亲的事没有做好，惩罚到长房长孙了。

大哥相信了，答应把父亲领回来，该怎样就怎样。有大哥这话，三弟就放心了，他说他可以去北京。我也可以放手干了。我马上去公安局办手续。警方拿出我父亲的卷宗，到里间给北京那边打电话。隔着玻璃，我看见他打了一个电话，又打了一个。我听不到他的声音。他转头瞅我，目光愣愣的。

父亲去世了。今天凌晨一点。

我给大哥电话，还没开口，大哥说："不是都说好了吗？先接回来！"

我给三弟电话，还没开口，三弟说："知道啦！我现在就买机票。"

我让三弟给小弟电话，叫他不要回来了，得赶在小弟动身前。

我打给妻子。妻子说："爸怎么偏在这时候走了？"

她说"爸"，不说"你爸"了。

我想，父亲不给我们机会。

小弟电话打到我手机，表示他仍然要回来。这是送父亲最后一程。他说要给父亲办最隆重的葬礼，还要做满"七七四十九天"。我很赞成，这也是我的愿望。但我把这计划跟三弟说时，三弟反对，他说还没去把父亲接回来，事情一大堆，你们还有心思畅想这？我说这是尽最后的孝心。这刻薄鬼说：

"什么孝心！过节啊？你们不过是在消费父亲！"

这是什么话！这简直是对我、对小弟的侮辱。算了，凡事跟他都商量不来。我又去找大哥，大哥心不在焉。我想起他的儿子还在里面，父亲突然走了，他没有机会讨回家运。我建议他再去找那个跳神的问题，该怎么补救？在给父亲办丧事上好好弥补。但他不去。再问才知道，他忧虑的是他现在住的那个房子。房子是父亲的名字，父亲去世，必须更换名字。兄弟四人都有份，那么必须分割，他只能拿到四分之一。房子本来只有两间。

我主动说我放弃分割。"我知道你好！"大哥感激说。

"一家人嘛！"我说。我还说小弟应该也不会来争的。大哥将信将疑。我说你们都不了解小弟。

傍晚时分，小弟又打我手机，说他准备去机场。他改签了早上最早的航班。他喘着气，好像在赶路。他说到机场还会给我打电话。他等于一路直播奔丧了。他说昨晚忘记说了，他本来准备承担父亲医疗和养老院所有费用的。我说，我知道，我知道你的心意。

手机显示有电话进来，是妻子。我挂掉小弟电话，回拨妻子。妻子说：

"你快回来吧！"

"怎么了？"

"你爸回来了！"

"怎么可能！"

"儿子电话我的！"

"你还没到家？"

"你先回去看看！"

我往家赶。这怎么可能？难道警方消息有误？我打给警方，警方又打北京，父亲确实已经去世。那怎么可能？父亲回来了。没有人接，他自己回来了。如果这是真的，如果父亲真的回来了……推开家门，没有见父亲。

"在哪里？"我问儿子。

"这不！"

儿子指饭桌。但我没看到父亲。"别瞎说！"我说。

"我没有！爷爷，你自己说！"

我没有听到任何声音。

"你再瞎说！"我喝。

儿子急得哭了，哭得证据确凿似的。"爷爷，你说话！你别喝地瓜烧了！"

我毛孔竖了起来。

"那你问爷爷去哪里了?"

儿子冲桌子问,我听不到回答。

"爷爷说了:'出去转转不行?操!'"

我愣。

(原载《花城》2016 年第 1 期)

作者简介:

陈希我,曾留学日本,现居国内,在大学任教。比较文学与世界文学博士。主要作品有小说《抓痒》《冒犯书》《大势》《移民》《我疼》《命》,随笔集《我的后悔录》,学术专著《文学中享虐现象》等。曾获"人民文学奖"、英国英语笔会奖,五次获"华语文学传媒大奖"提名。多部作品进入排行榜或年度好书榜,部分作品被翻译成英、法、日、意等文字。

龟龄老人邱一声

李约热

邱一声是我们野马镇年纪最长的老人，七十岁的时候，他的儿子阿牛跌河死了，从那时起他开始失忆。野马镇的人喜欢跟他对话，他们问他今年高寿，他永远都这么回答：今年七十。

他因长命而受人尊敬。

他不知道自己的岁数，他的岁数，由像我这样衣食无忧、整天无所事事的人惦记着。他每活过一年，我就在心里说，邱一声又长了一岁。我还学古人结绳记事，在我家的横梁上用毛笔画黑杠——九十几道杠，邱一声的年龄，把我家的横梁涂成非洲的斑马。

与野马镇相邻的九渡镇、百旺镇，还没有一个人能活到他这个岁数，有这么一个长寿老人活在自己的地盘上，野马镇的人都觉得脸上有光。

儿子刚死的那几年，他被当成野马镇的累赘，只有修自行车的张权一个人去照顾他，张权是他拐了七八个弯的亲戚，他不去照顾，就没人去照顾了。没想到，野马镇一场长寿比赛从此开始，跟邱一声一样岁数的人，一年走几个，很多老人倒在了这场比赛的路途上。邱一声九十岁的时候，人们醒悟过来，这才把他当成手心里的宝，自发地担负起赡养他的义务，每户一天循环反复，负责他的吃喝拉撒。我也是从这一年开始在我家的横梁上画黑杠，我一口气就画了九十道杠，以后他每活一年我才画一道，这样一来，这些黑杠的颜色深浅全都一样。

不管怎么说，邱一声终于熬成野马镇的骄傲。

很长的一段时间，野马镇的人喜欢谈论邱一声的饭量、喜欢吃的菜、睡觉打不打呼噜等等，还因为这样的话题，发生争吵。

董志国说邱一声喜欢吃肉。董志国是一个屠夫，轮到他照顾邱一声的时候，随便拣些碎肉，就能对付邱一声的一日三餐。

蓝伏龙说邱一声如果喜欢吃肉，怎么会长寿？他喜欢吃素食，青菜拌火麻，他吃起来比什么都香甜。蓝伏龙是个菜贩子，经常拿青菜拌火麻煮给邱一声吃。我不是买不起肉，只是邱一声太喜欢吃我煮的青菜拌火麻了，有一次我煮肉给他吃，他竟像小孩那样哭了起来。他说。

董志国不服气，轮到他照顾邱一声的时候，炖了一锅肉，邱一声吃了一碗又一碗。董志国夸张地说，要是我不拦住他，他一顿就能把那锅肉吃完。这话是对蓝伏龙说的。他说你讲假话，他哪里哭了？看见我煮肉，他还说，放八角，他口味很重。

蓝伏龙是个老实人，为了不给人留有抠门儿的坏印象，轮到他照顾邱一声的时候，也煮了一锅肉。整个过程董志国一家都在场，蓝伏龙希望当邱一声看见碗里的肉时，也像上次那样，号啕大哭，如果董志国一家有良心，他们会主动到处传播：董志国负责跟猪肉行里卖肉的和买肉的说；他老婆负责跟街头巷尾那些喜欢嚼舌头的女人说；野马镇有一百个小孩，董志国的小孩是个孩子王，从他嘴里传出去的话，就是小孩堆里的最高指示。这样一来，他抠门儿名声就去掉了。

在邱一声家的菜板上，蓝伏龙把肉剁得山响。他有一点私心，因为他同时也准备了青菜和火麻，如果邱一声听到剁肉的声音哭了起来，他马上换菜，他们一家不喜欢八角的味道，等到煮熟后才换成青菜，这肉基本上就算浪费了。

蓝伏龙一边剁肉一边观察邱一声，他坐在椅子上睡着了，嘴角挂着一条亮晶晶的口水。蓝伏龙越剁越狠，想把邱一声剁醒，竟把邱一声家薄薄的菜板剁成两半。

董志国在一旁说，蓝伏龙，其实你应该当屠夫，空有一身力气，不当屠夫可惜了。

董志国说得对，在野马镇当屠夫，得有一身蛮力，如果一个人不能扳倒一头大肥猪，基本上就得远离这个行业。蓝伏龙精瘦，看起来不能当屠夫，没想到在邱一声家他手起刀落，竟被董志国看出了当屠夫的潜力。

蓝伏龙说他老人家牙不好，肉剁碎点好消化。

他又在讲假话，邱一声的牙好得很，很多人认为，他之所以长寿，是因为有一口好牙。

董志国厚道，没有在牙齿的问题上跟蓝伏龙纠缠，他一直在等蓝伏龙煮肉。他要让事实证明邱一声之所以长寿是因为喜欢吃肉。

蓝伏龙洗锅、生火，每一个环节都弄出很大的动静。董志国的老婆和孩子瞪大眼睛，这个卖菜的蓝伏龙，不就是煮两斤肉吗？用的力气像在煮一头猪。

火烧起来了。不一会儿锅里的肉开始冒香味，邱一声没有马上醒过来。蓝伏龙抓了一把八角要往锅里扔，被董志国拦住，董志国说你想苦死他老人家吗？他掰开蓝伏龙的手，拣了一朵八角。就放一朵。他说。

蓝伏龙往火灶里加柴火，火苗舔到锅盖上面。锅里很快沸腾起来，水蒸气扑突扑突地往外冒，可惜屋里没有风，香气传到邱一声鼻子边的时候已经很淡了。蓝伏龙找来一把扇子，朝邱一声的方向扇风，这个方法果然奏效，邱一声这个失忆的老人，这个永远都停在七十岁的老人，被一阵浓浓的八角香味熏醒了，他咂巴嘴唇，说的第一句话就是：拿碗来。

董志国的老婆和孩子摇摇头，哼了一声，就出去了。他们懒得待在这里，他们想尽快去跟野马镇的人报告，蓝伏龙说的是假话，邱一声如果不喜欢吃肉，能活到今天？

看着邱一声大口大口地吃肉，蓝伏龙的情绪有点失控，他朝邱一声喊：上次你怎么哭了？好像看见我在碗里放了毒药一样。他的吼声没有吓住邱一声，邱一声低头吃肉，根本不理会他。

董志国厚道，他没有看蓝伏龙的笑话，而是替他开脱，董志国说火麻跟肉一样贵。

火麻在外面卖得很贵，在野马镇卖得不贵，董志国拿北京火麻的价钱替蓝伏龙开脱。蓝伏龙当然不满意。不是钱的问题，而是关系到自己抠门儿不抠门儿的问题。

董志国说，你不要太认真，上次是上次，这次是这次，不能说明什么问题。在野马镇，如果你拿一件事情，来证明其他的事情，到头来苦的是自己。这个道理，我们杀猪的懂，你们卖菜的未必懂。

董志国的话让蓝伏龙摸不着头脑。为什么杀猪的懂，卖菜的就不一定懂呢？蓝伏龙来找我——野马镇的第一号闲人，跟我说董志国的话到底有什么样的含义。我对邱一声喜欢吃肉还是喜欢吃青菜一点都不关心，一个失去记忆的老人，他哭也很正常，喜欢吃什么不喜欢吃什么也很正常。俗话说人活六十，过一年算一年；人活七十，过一天算一天。照此推算，人活八十，过一个小时就算一个小时；人活九十，过一秒算一秒。邱一声是活过一秒算一秒的人了，他有什么举动都很正常。我想起我家横梁上密密麻麻的黑杠，画一道上去，多么不容易啊。

我说，大概董志国觉得他见的世面多呗。

屠夫肯定比卖青菜的有想法。我当时这么想，但没有这么说。在野马镇，屠夫屠宰牲口的时候，嘴里都得念叨：天杀你地杀你不是我杀你。就是死后，超度的方法也跟其他人不一样：那把屠宰的刀，得跟供品放在一起。神仙要是追究，就追究刀好了，躺在棺材里的人，该去哪里就去哪里。想一想，一个屠夫，他每天嘴里有"经文"，死后案前有屠刀，想得能不复杂？万一神仙真要追究……

蓝伏龙说我明白了，董志国大概觉得自己高人一等。

我说你可以这么理解。

蓝伏龙说天天杀生死后下十八层地狱，还高人一等？

我没有说话。

蓝伏龙追究的是董志国凭什么比别人高人一等，我打发他走之后，想的却是董志国的话：不能拿一件事情，来证明其他的事情。

这又回到了邱一声在上次蓝伏龙照顾他时为什么会哭的事情上面。他之所以哭，可能跟吃的一点儿关系都没有。蓝伏龙在这件事上认真了一回，弄得自己很受伤。

前面说过，在野马镇，我是一个整天无所事事的人。我仗着父亲留给我的一大笔钱，衣食无忧，喜欢做的就是读书。平日里，我捧着一本书，在楼顶上晒太阳，书也不是什么深奥的书，一些章回小说、一些武侠小说——这辈子我就指望它们打发时间，因为喜欢看书，我显得比野马镇的其他人稍稍有一点文化。

我为什么有闲情逸致把邱一声的年龄刻在我家的横梁上面，而不是顺手刻在触手可及的柱子上面，这下你明白了吧——我把邱一声又活一岁，当成又看了一章章回小说。

我家的横梁很高，要将邱一声的年龄刻在上面，得用很高很高的梯子，踩着高高的梯子爬上横梁，很有仪式感，就像有新的工程开工，领导喜欢去剪彩一样。这样的事，除了我野马镇没有第二个人会去做。

当然，我这么做也有一些野心，或者说有一个期望，我期望也能跟邱一声一样长命，等老的时候，坐在横梁下面的椅子上，数着过去的邱一声、现在的自己的岁数，像爬一道一道楼梯，确实是一件很幸福的事情。

邱一声每长一岁，我就多一份念想，就多一份压力，我三十五，还有六十年，才够得着他——我也就是活得不耐烦了才这么想，野马镇的其他人不会这样。他们在为生计忙得焦头烂额，屁滚尿流，十五岁的人干二十五岁人的活儿，五十岁的人有六十岁人的心事。

现在，我琢磨屠夫董志国的话，不能拿一件事情去证明另一件事情。这让我觉得野马镇藏龙卧虎。我接下来要做的事，几乎就是为了证明董志国讲得对还是不对。

那天，轮到我去照顾邱一声。前几次我都是给钱让别人顶替，那段时间我也是闲得没有章法，书看不进去，野马镇也没什么让我感兴趣的事发生，我突然就想去照顾邱一声一天，看看跟长寿老人一起生活到底是什么样子。为了显得跟别人不同，我做了精心的设计。我不能像董志国和蓝伏龙那样，在邱一声到底是吃肉还是吃青菜的事情上做文章。我想在我照顾邱一声那一天给他过个生日，也就是做寿，所有的街坊一家来一个人，热热闹闹吃顿饭。在野马镇，一个老人七十岁以前，生日必须过在出生的那一天，可以是农历，也可以是阳历，八十岁以后就不同了，只要过在出生的那一个月就行。九十岁以后就不那么严格了，想哪一月过就哪一月过，想哪一天过就哪一天过，甚至想过几回就过几回。

我把我的想法跟张权说了，他一个人照顾邱一声那么多年，什么怨言都没有，大家都佩服他，街上的红白喜事都由他张罗。他是野马镇谁家都离不开的人物。我们这里有一个好处，不是谁钱多就听谁的，谁家里有人当官就听谁的。如果谁钱多就听谁的，那我说话就算数了。如果谁家里有人当官就听谁的，那老李是副镇长，可街上的人每一个都不尿他，他生活作风不好，老被人告。

张权说这样不好。如果你给你妈妈做寿我不反对。你给邱一声做寿，就不妥了，这样显得你很有钱是不是？大家都缺钱，你看一看，这些年有哪一户人家大操大办给家里的老人做寿？再说了，你有钱，那是你爸给你留下的。你爸短命，他留给你的钱是拿命换来的，他为什么短命？就是因为这些钱。你拿他的钱去给邱一声做寿，不合适吧？

既然张权把我爸抬出来，我不得不说一说我爸。有时我甚至这么想，邱一声为什么那么长寿，是因为有我爸这样短命的人——他们把自己的岁数贡献出来，让别人替他们活。我这样想其实也没有什么道理。人就是这样，不是每一个想法都合乎道理。虽然不合乎道理，但是你还止不住经常这样想。

我爸对人好，他开矿，每死一个人，其他矿主给一万，他给三万。野马镇的很多人都跟着他干，有人护矿，有人挖矿。挖矿的得有力气，护矿的得心狠手辣，可以这么说，那几年，野马镇几乎有力气的和心狠手辣的人都跟着我爸干。矿上每年都死几个人，有时是心狠手辣的死，有时是力大无边的死，我爸一视同仁，每人三万，没有一个人来闹。没人来闹，什么事都没有。但那一回事太大了，坑道透水，二十几个人被困在里面，凶多吉少，我爸慌了，第一时间就报告给政府，政府慌了，想捂住，要让我爸出钱私了，人还在坑道里生死未明，坑道外边，我爸就把二十几个矿工的家属找来，讨价还价，有些家属愿意讨价还价，有些家属嚷着应该先救人。如果救人，肯定就得往外张扬。我爸和政府都不愿那样干，钱就出得很高。每人十万，几乎所有的家属最后都同意了，签字画押后将钱领走。没想到一个小女孩对着矿井喊了一声爸啊，她妈妈就反悔了，扔下十万块钱就跑。事情就这样捅了出来，结果是二十几个矿工死，我爸被枪毙，县委书记被枪毙。因为是全国第一例，野马镇那一带的所有窿道，全部用水泥封死。

我不愿意说这些事情，因为野马镇出了这样的事，打那以后全国的报刊电视对矿难的报道就多了起来。

不说我爸了，还是回到要给邱一声做寿的事情上来吧。我真的很想给他做寿，甚至想把时间定在我爸死的那个日子，有人死了，有人长寿，大家都还乐和乐和，这就够了。我以为我把这个想法跟张权说之后他会赞成，没想到他一口否掉。我爸的钱就是我的钱，他短命也好长寿也好，都是。不就是街上的人一起吃个饭吗？

既然张权不同意，那也就算了。

这样一来我还有必要去照顾邱一声一天吗？

还是去吧。平时我的日子过得很虚，我得让我的这一天过得实实在在。但是只看他喜欢吃些什么，睡觉睡得好不好，我又心有不甘。问题是我不喜欢开动脑筋，我爸留给我这么多的钱，换了谁谁都不愿意开动脑筋。如何照顾邱一声，我不知道该怎么办。

这时候我弟回来了。我爸被枪毙之后，他跑到云南开矿，做得几乎跟我爸一样。他比我还爱我爸。我爸死时他哭得死去活来，我不是，二十几条人命，加上以前死去的那些人，我爸死得不冤，其他的人才冤。前面我之所以说他好，是因为别的矿上一条人命一万，他给三万。

我弟回来后我跟他说我要去照顾邱一声的事，他很冷漠，说这样的小事不必跟他商量。我爸死后他就这样，什么事都喜欢用钱去砸。这样一来，跟谁都生疏了。他这次回来要把我妈接去云南，我妈也愿意。他们都把野马镇当成伤心的地方，都想这一去就不回来了。我没有反对。我们家在这里有那么多条人命，我妈在这里一天，就多一天煎熬。她跟我弟不同，我弟是哪里让他开矿，哪里就是他家。我妈是哪里能让她心安，哪里就是她家。我跟他们又不同，我不想挣钱，那些人命是我爸欠下的，为此他抵了自己的命。在野马镇我没有欠谁的，所以我希望我像邱一声一样长寿。

我弟带我妈走没几天，我就去照顾邱一声了。

蓝伏龙和董志国都认为我照顾不了邱一声。蓝伏龙跟我说怎么煮饭怎么煮菜什么时候生火灭火熄灯睡觉之类的，这些我都懂。董志国讲的我比较感兴趣——他给我透露一个秘密：邱一声是野马镇的活化石，别看他失忆，他偶然张开嘴巴，全是野马镇的事，而且年代越远，则越清楚，越惊心动魄。这下我来了兴趣，听邱一声说过去的事，不管是真是假，都很有意思。董志国还说，他长寿，但是他儿子老婆都没了，你有钱，但是你爸没了，两个人肯定有很多共同的语言。这个董志国，别看是个屠夫，说的话还有点水平。这是我一直不敢小看野马镇的原因。

为了听邱一声讲过去的事情，我决定照顾邱一声十天。我叫我们家以前的司机方老虎把我家的大冰箱搬到邱一声家，里面塞满了鸡鸭鱼肉和青菜。张权说，你照顾他十天，你是痛快了，但是却坏了一户一天这个规矩，很多人不干。

我知道那些人想些什么，很多人照顾邱一声的目的是"修阴功"，也就是通过做好事为自己的来世修些福气。我说，他们修来世，我还想修现世呢，佛说了，修来世重要，修现世更重要。其实佛是不是这样说我也拿不准。张权一听我说佛，他就头痛，赶紧走了。他不信佛，也不看低佛，也不骂佛，他和佛各走各的道。出门前他说，那我去做一做他们的工作，难得你"修现世"。你愿意修现世，我就让你修个痛快。

以前光记得在横梁上给邱一声画上黑杠杠，还真没好好琢磨他这个人。他到底是个什么样的人呢？这样一想我慌了，我跟邱一声一起在野马镇生活了三十五年，他是怎样的一个人我竟然不知道。

前面说过，野马镇的人在照顾他的时候，喜欢跟他对话。我问张权，在照顾邱一声的时候，他们都跟他说些什么？张权说，有些人拿他当开心玩具，问他到底有几个女人。有些人一边照顾他一边骂人，把自己的不愉快全骂出来了，有些人一边跟他说话一边哭，还有骂他的呢。张权说。

骂他？

活了九十五岁，难免会有得罪人的事。

还挺热闹的，这个邱一声，他在给野马镇的人"修来世"提供方便之外，还分别充当了以下几个角色：

1．消遣

拿他当娱乐对象的主要有阿明、阿卫、阿三三兄弟，他们三个人是一个娘生的。要说他们三兄弟可真不容易，阿明瘸腿，是我们小时候的开心果。那时候全民唱样板戏，连阿明这样的瘸子也得上场。唱《平原游击队》，有一个难度很大的转身动作，唱词是"夺取机枪早下手"，其他社员一转身就转过去了，阿明不行，他一转身，整个人就垮了，得用手撑住地板，才站得稳，喜剧效果非常明显，每次唱样板戏，我们都等"夺取机枪早下手"这一场。看着阿明痛苦地转身，我们笑得非常开心，因为这样，他的两个弟弟，成了我们的死对头，他们一看见谁笑他们的哥哥，就疯了似的扑上去。往往是一场戏没演完，阿卫和阿三就在台下跟我们扭成一团，两个对十几个，他们被打得鼻青脸肿。明的打不过，他们来暗的，在下大雨的晚上，他们背了一口袋的小石头，跑到岭上，砸仇人的屋顶。乒乒乓乓，被砸的人家以为下冰雹……

这是小时候的事情，长大以后，哥仨的命运也好不到哪里去。阿明开始修单车，手艺是野马镇最好的，后来收购废铜烂铁，就变成了销赃犯。镇上的变压器被偷，公安来查，在他家发现变压器的铜线，把他给抓了，正好是"严打"，被判了八年。他觉得冤，一有机会就跑，一个瘸腿的人，怎么跑得了？他的刑期从八年变成十年，又从十年变成十二年，最后十二年变成十四年。回来时，人就老了。

弟弟阿卫唱歌很好，高中毕业进了县文工团的学员班，等着成为国家干部，在县文工团，他除了上台表演节目之外，还负责在领导吃饭的时候唱歌助兴，领导叫唱什么歌他就唱什么歌。领导在酒桌上叫他，阿卫，来一首《祝酒歌》，他马上"美酒飘香啊啊啊……歌声醉，朋友啊请你干一杯请你干一杯……"领导说阿卫，唱一个《妹妹找哥泪花流》，用女声唱，他就模仿李谷一的声音"妹妹找哥泪花流，不见哥哥心忧愁"，没想到阿卫还能唱女声，领导像哥伦布发现新大陆一样兴奋，后来在酒桌上，他们都不叫他唱男声了，专门唱女声。后来在舞台上，他们也不让他唱男声了，专唱女声。搞得全县人民都知道文工团有一个能人，唱女声唱得很逼真。在舞台上，为了配合自己的声音，他穿花衣服、花裤子，衣服里塞两个气球，一出场，就笑翻全场。他以为这样很快就能解决饭碗问题，没想到一次演出的时候，他用女声唱《我爱你中国》，唱到一半就唱不下去了，这首歌调太高，他一个男人，憋着个嗓子，突然间痛苦得不停地搓喉咙。他张嘴，啊——啊——啊，声音沙得让自己害怕。

他的嗓子破了。

他在观众的哄笑声中下台。回到宿舍找糖水喝，找醋喝，以为睡一觉后嗓子又能恢复，但是嗓子并没有按他希望的那样恢复，他唱不了了，不仅女人唱的歌他唱不了，男人的他也唱不了，还变成一个破锣嗓，讲话声音像拿竹枝扫街。县文工团哪里容得下一个唱不了歌的人？他没有等到变成国家干部，就被辞退回野马镇。

小弟阿三不干，他跑到文工团骂领导，我哥喉咙坏了，都是你们害的，他明明一个男人，你们硬叫他唱女人的歌，喉咙不坏才怪。他以后的生活，你们得负责。文工团也还讲些情面，县里拨了一笔钱给他们买乐器，三千块钱，领导冒着被查处的危险，全部交给了阿三，当时三千块钱是一个不小的数目。阿三这才作罢。

阿三后来说，我大哥吧，当年不想上台唱戏，被逼着上。我二哥吧，做梦都想上台唱戏，最后变成个破锣嗓。我的两个哥，跟舞台有孽缘。

有一阵子野马镇填池塘建房子，需要大量的泥土和石头，把舞台挖掉是最便捷的办法，阿三比谁都积极，几乎一个人就把野马镇的三个舞台都挖掉了。

兄弟三个人在野马镇相依为命。做什么事都喜欢凑在一起，就连照顾邱一声这样的事情，也是三个一起上。

听张权说，他们照顾邱一声的时候，喜欢叫邱一声给他们唱歌，一个大盆里装满米饭和肉，阿明说，老爹。野马镇的人把邱一声叫作老爹。老爹，唱一个"夺取机枪早下手"，邱一声就一拍椅子咿呀呀唱了起来，唱的不是"夺取机枪早下手",而是野马镇一带的山歌:妹莫忙,妹莫忙,哥哥等你做新郎……阿明很满意,一口肉就喂到邱一声的嘴里。

而阿卫呢,就让邱一声唱女声,邱一声哪里唱得了?阿卫就喊,唱啊,你唱啊,不唱就不给你吃。他把一盆米饭和肉拿得远远的,邱一声一唱还是男声,他不满意,说,来,我来教你。他的破锣嗓,哪里教得了邱一声?于是,邱一声家响起奇怪的歌声,平日里好听的歌声,在阿卫的喉咙和邱一声的喉咙里,变成破槌敲破鼓一样的渣渣。

阿三对唱歌不感兴趣,他叫邱一声坐在一个矮凳子上,自己坐在高凳子上,学着公安审问犯人的样子跟邱一声对话:

姓名?

邱一声记不起自己是谁,摇头。

性别?

邱一声说男!

阿三说还记得自己是个男人,不错嘛。家住哪里?

邱一声摇头。

你知罪吗?

邱一声说小的知罪。

何罪之有?

操你娘的!

阿三红了脸举手,但不敢落下去,而是抓自己的头。

邱一声又说操你娘的!

阿三嘻嘻嘻嘻地笑,他不跟邱一声认真。说,除了还知道自己是个男人之外,其他都答错了,下次争取答对哟。他端起饭盆。来,开饭。吃龙肉喽,吃一口富贵双全,吃两口长命百岁,吃三口得道成仙……

我对张权说,他们拿邱一声开心,你怎么不管一管?怎么说邱一声也是你家的亲戚。张权说我怎么管得了。他们每家都有一大摊子的事情,他们能来替我管一管,已经很不容易了,三兄弟你也知道,平时苦得很,这个时候还想起唱歌、断案,我不但不怪他们,我还要佩服他们有神气哩。

张权说得不错。三兄弟照顾完邱一声,又灰头土脸地出去讨生活,阿明从劳改营出来后,跟一个师傅学做砂纸,在家里搭一个工棚,收一些桑树皮泡水、打浆、烘烤、上墙,全部是自己一个人干,一双手粗得跟树皮一样,他做的砂纸是祭祀用的,产量很少,销量也少,但是他愿意这样。弟弟阿卫给人搭手当屠户,本钱少,两个人合买一头猪,杀掉后一人半边拿去卖,赔或者赚都由自己负责。阿三以前帮我爸护矿,野马镇的山坡现在都被钢筋水泥封死了,他不想再干什么,跟我一样,游手好闲,不同的是我有我爸的遗产,他没有。

我想，可能在照顾邱一声时拿邱一声开心，是他们在野马镇唯一的乐趣。如果剥夺了他们的这个乐趣，他们活着就一点儿意思都没有了。这样一想，我觉得他们一点儿都不过分。

2. 受气包

董志国的老婆阿珍在照顾邱一声时，喜欢拿他当董志国骂：你这个死砍头，我嫁给你有什么好处？天天当牛做马，起早贪黑，别人杀猪你也杀猪，别人杀猪早就起楼房了，连卖青菜的蓝伏龙都起楼房了，你一个杀猪的，比不上一个卖青菜的，你丢不丢人啊……

董志国有一个残疾的弟弟，董志国不但要负担一家人的生活，还要负担弟弟的生活，一年下来，剩不了几个钱，哪里起得了楼房？但是董志国很要面子，人前绝不叫穷，别的屠夫抽什么烟他就抽什么烟，穿着打扮，绝不比别人低一个档次，就是照顾邱一声，也不让别人觉得自己差。他的死要面子，引起老婆的反感，董志国脾气暴躁，阿珍在他面前不敢怎么样，她喜欢在背后说家里的糟心事，她一跟别人说，董志国很快就知道。所以，在董志国家，打人的事经常发生。阿珍觉得在背后说自家的事很不安全。骂个人都不安全，这日子怎么过？好在有邱一声，对着邱一声骂董志国，邱一声不会说给董志国听，这样一来就没有什么顾虑了。

也不光阿珍会骂人，蓝伏龙的老婆阿香也会骂人，在邱一声家，阿香不骂自己的老公，而是骂一切可骂之人。她首先骂我爸。她的亲弟弟阿水是那场矿难死去的二十几个人中的一个，别人每人十万，阿香的弟弟阿水十五万，野马镇的人帮我爸干活，都是像阿三那样护矿，阿水除外，他们家只有他一个男孩，所以我爸给十五万，比其他人多五万，就是多这五万也阻止不了阿香骂我爸，跟一条命相比，这五万也不算多，所以阿香骂我爸骂得有道理。她这样骂我爸：

这个挨千刀的哟，你前世跟我们是冤家，你原来是个鬼，跑来阳间索命。可怜阿水，我家的独龙仔啊（意思是唯一的男孩），死在我爸我妈的前头，你叫我爸我妈怎么活？你这个挨千刀的，你这个挨千刀的，你死了都不解恨啊……

她最爱骂的，还有税务所的老韦。阿香开个杂货店，老韦去收税，阿香总觉得老韦收她的税收得多，收别人的税收得少，每次都叫老韦减她的税，老韦不肯，她就骂老韦。骂了很多次之后老韦威胁她，你再骂我就告你抗税！她怕了，只好到邱一声这里来骂：

你这个黑狗，乱要我的钱，你以为我赚钱容易？每天站得腰酸腿疼，几个辛苦钱，全部交给你，我前世欠你什么债，惹得你天天来讨钱？别人你收少，我的你收多，你这个黑狗，你是个催命的妖，你这个杀人的魔……

阿香一骂人，邱一声就发抖，饭都不肯吃，喊道：作孽啊！

阿香不理解，问，为什么阿珍骂人你说好，我骂人你喊作孽啊？邱一声没有说话，下次阿香到来的时候，他的两只耳朵，塞上了棉花。他微笑着看阿香，那意思就是，你骂吧，你怎么骂我都听不到。阿香在他面前响亮地骂，你这个死砍头……这是骂我爸，你这个黑狗……是骂老韦，你这个野仔……是骂野马镇任何一个该她骂的人。

3. 神

野马镇不乏虔诚善良的人，阿亮就是其中的一个，他说邱一声为什么长寿，因为他像佛。邱一声红光满面，两只耳垂像铜钱，坐在椅子上等饭吃，像是打坐的佛。

有人对阿亮说，为什么邱一声九十岁以前你不说他像佛，九十岁以后你才说？

阿亮说要成佛，得需要时间。阿亮我还记得当年邱一声的样子，瘦瘦的，目光凶狠，像个随时跟人抢饭吃的人，现在不是这样了。他们说光看相貌就说他像佛，那他妈的这个世界佛就多了。阿亮说我只是说他像佛，又不是说他是佛，如果他是佛，我们得给他盖座庙，天天给他烧高香。

虽然没给邱一声盖个庙，阿亮照顾邱一声的时候，是按照照顾佛的方法来的，进得门来，燃香三炷，不明白的人以为他熏蚊子，明白的人知道他在求邱一声保佑他们一家。他单腿跪地，嘴里念念有词：老爹啊，今年日子比不了去年，今年天灾，我家后背的山上一颗大石头滚下来，砸坏半间房子，死了两头猪一头牛，十年的家当就少了一半，地里的玉米挨水泡，虽然有救济，但是我家人多……

阿亮眼泪就下来了。他接着说：

唉，十年的家当少了一半，可我年纪不是十年前了啊，十年前我一次可以扛两包水泥，走一里地都不用休息，现在一包水泥在肩上，走几步就喘气，岁月不饶人，感觉是小孩没长大，我就老了。我现在最盼的，有哪个人来帮一帮，先把半间房子修好，牛是买不起了，买一头母猪，生一堆猪崽，拿去街上卖，换米换肉换油盐。先熬一两年再说。难的是我现在跟谁借钱，我跟谁都开不了口，你说我该怎么办？

邱一声看着他，一副茫然的表情。阿亮万事不求人，叫他开口跟别人借钱，比拿他去杀还容易些。

阿亮说：跟你说了这么多，你都记住了，等我发达了，我不会忘记你。

阿亮这么说之后，心里舒服了很多，在盆里倒上温水，拿毛巾给邱一声擦脸、擦身子。邱一声说：舒服。

在照顾邱一声时流眼泪的还有张权的老婆阿锦。阿锦照顾邱一声的时候，每次都哭成一个泪人。从一生火做饭开始，就抹眼泪，什么话都不说——她是野马镇唯一在照顾邱一声时不说话的人。她默默地干活、流泪，之后走人，在邱一声家她是个伤心的女人，出门之后在别人面前又谈笑风生，好像什么事都没有发生一样。至于她为什么哭，我问张权，大嫂为什么哭？张权说，我怎么知道？在家她不是这样，唉，她爱哭就哭呗。本来我想刨根问底，但是看到张权一副无所谓的样子，我就没有往下问。

唉，野马镇的妇女，不论哪一个都有一肚子苦水，找个没人的地方哭一哭，也不算什么丢人的事情。

这些事情都装在我的脑海里，我推门进屋，邱一声端坐屋子正中央，真的像佛。他一身布衣干净整洁，看着我，面露疑惑的表情。

老爹，我来跟你聊天。我说。

你是老李的仔？

他竟认出我。对。我说。

啪、啪。他嘴里发出两声枪响。他也知道我爸被枪毙的事。我一愣，没想到一见面他就来这一下。估计是谁在照顾他的时候，把野马镇近年发生的事像念经一样都跟他说了。我故意跟他作对，说，不对，我爸还活得好好的，吃饭、喝酒，跟你一样。

啪、啪。他嘴巴又发出这样的声音，不一样，不一样。他急了，你说假话。他说。这个老头儿如此清醒，着实把我吓了一跳。我想起董志国跟我说的话，他是野马镇的活化石，我爸被枪毙是他失忆以后的事情。连我爸的事他都知道，野马镇还有什么他不知道的？

我觉得我接下来要干的事真的是太多了。

接下来他朝我举四个手指。举的是右手，很快又用左手把一个手指摁下，剩下三个手指，久久举在我面前。

这下我糊涂了。我说，老爹，你这是什么意思？一天吃三餐？我知道，你看冰箱里我都给你准备了什么。我把冰箱门打开，里面满满的全是鸡鸭鱼肉。

不，不。他摇头。三个手指举得更高。我怕他举得太久累坏了，走过去把他的手轻轻放下。他的眼泪就流了下来，他一把抓住我的手。

你终于来看我了。他像小孩那样哭出声来，他从来没有这样过。我想起蓝伏龙照顾他时说他因为不喜欢吃肉而哭泣，这下我相信邱一声不是因为吃什么而哭了，野马镇以前太穷，一有什么事情发生，首先就想到吃的。

他哭是因为我来看他。他开始的时候举四根手指，我来了之后他摁下一根，还剩三根，意思是还有三个人没来看他。这使我想起一位官员回乡，乡下的小官僚轮着请他吃饭，最后他说，请我吃饭的我都不记得了，没请我的我都还记得。邱一声是因为这个原因哭，见到他太激动了。

还有哪三个没来看你？我问。

朱七、王柳、许元。他说。

我的脑袋刮过一阵风暴。

这三个人已经死去很久了。难道在他眼里，我也是一个死了好久的人？我后退两步，吃惊地看他。

他是一个奇怪的老人，接下来的这些天，我该怎么办？

平时，我不知道怎么样跟人相处，从小我娇生惯养，做事说话完全由着性子来。一段时间里，我们家欠很多条人命，我内心并没有什么不安，照样扛着一张脸在镇上晃来晃去，没觉得有什么不妥。我想，既然我爸已经为此偿命，我家为此付了很多的钱，我扛着一张脸在野马镇晃来晃去又怎么啦？还好，现在野马镇没有一个人把我当仇人。

邱一声见到我像见到久别重逢的亲人，他甚至要站起来，要命的是，他双手撑着椅子两边的扶手，像体操运动员那样，但是他的腿不听使唤，始终没有站得起来。我怕他摔到地上，赶紧过去按住他。他直勾勾地看着我，有点像要吃人。他的眼光我可受不了。没有人告诉我他会烦躁，他们说他很乖。我有点后悔，后悔一时冲动来照顾他。但是打退堂鼓已经来不及，他紧紧地把我抓住，想跑也跑不了。我担心他的那一口好牙，很容易就咬破我的喉咙。

为什么到现在才来？我都要死了。他说。

原来他是嫌我来晚了。原来他一直都在念着我。估计整个野马镇的人，都装在他脑子里。

我都要死了。他说。

老爹，你死不了，说自己要死的，都不会死。有我们在，你会越来越长寿。老爹，你不是嫌我不来看你吗？我要在这里，照顾你十天。

他一直抓着我，我的话，像是在被他威胁的情况下说出来的。

他们对我不好。他说。

谁？

他们。

他们是谁？

他们。

我不再追问。我想，他说的他们，就是我们。

我有一点不满，大家好吃好喝照顾你，到头来还说别人对你不好，哪有这样当老人的？不过我又想，不要把他的话当真。老人有老人的想法，他说不好，自然有他的理由，就阿明三兄弟那样对他，就董志国老婆那样对他，能说是好吗？好在还有阿亮和阿锦那样把他当神的人。一样米养百样人，你不可能要求人人都对你好。

老爹，你放心，我跟他们不一样。

他这才把我松开，慈祥地对我笑。我穿得太厚，这时候感觉有点热，把外套脱掉。

奇怪的事情发生了。

他直勾勾地看着我，嘴巴慢慢张开，变成一个圆圈。

这些年，你都去哪里了啊，阿牛？他说。

什么？

阿牛。他又喊了一声。

阿牛？阿牛是他的儿子。

他把我当成他的儿子阿牛了。他真是糊涂了，刚刚还把我当成老李的仔，现在又把我当成阿牛，当成他死去的儿子。我马上起了一身鸡皮疙瘩，身上冷飕飕的。我想起阿牛，他的傻儿子，三十几岁的人，十几岁人的心智，手里永远抓着一团玉米干饭。他跌河死。他死后，邱一声开始变得痴呆，他们说，儿子的魂，附上了他的身。没想到，他却活了儿子没活完的岁月。

我突然就想起我爸，他被枪毙以后，没有一次出现在我的梦里，我弟虽然像他一样去开矿，心里也未必想他。爸爸死后，弟弟跟我说，爸吃亏就吃亏在没有见识，以为认识个把县委书记，天下就是他的了，看，县委书记照样挨枪毙，如果当初多下点血本，认识更大的官，爸就不会死。我不关心这些，我爸的性格我知道，死了那么多人，就是他不死，活下来他也不好受，还不如一了百了。我是武侠书看多了，喜欢干脆利落，喜欢快刀斩乱麻，喜欢一报还一报。我爸被枪毙，我家破了财，我才可以理直气壮地在野马镇上走来走去，才觉得不欠任何人的任何债。记得行刑前我们去看我爸，他从始至终没有跟我们说一句话，紧闭双眼，看都不看我们一眼，像个慷慨赴死的革命党。

现在，我突然想起他，突然觉得我们对不住他。埋他那天我妈和我弟哭，我没有哭，我想早点了事，想早点把死了二十几个人的这一页翻过去。然后该开矿的开矿，该看武侠小说的看武侠小说。

我掏出手机，给我弟打电话，打通之后我支吾半天却不知道应该跟他说什么。他以为我想问妈妈的情况，就说：妈很好，云南野生菌很多，每天我都煲汤给她喝，爸死后妈变白的头发，又慢慢变黑了。如果你想她，你就来看她。

我比较放心我妈，她信了佛，佛会替我照看她。

阿牛，你回来了啊？邱一声又朝我喊。声音很苦，他泪水涌出来了。我给你做饭去。他从椅子下面抽出一根棍子。我这才发现他椅子下面有一根拐棍，他们告诉我他不能走路，现在一根拐棍在手，他的腿一下子年轻二十岁。

是因为阿牛。

我不想当阿牛，那个傻儿子，那个死了很久的人，把我当成他，是多么不吉利的一件事情。

我不是阿牛，我是李谦，我爸是李永强，啪啪啪，我的手变成手枪，嘴里三声枪响。我想拿我爸悲惨的下场唤醒他的记忆，让他明白，我不是他的儿子。

他的棍子就朝我的头敲过来。

你这个背时鬼，你这个背时鬼！他骂。我躲。棍子敲在我背上，很疼，哎哟，我叫了起来。他不是打我，他是打他那死了很久的儿子。

你认不得我是谁了。他气得脸都变形了。

爸爸！我不得不跪下。按年龄，我应该叫他爷爷。

就这样，我变成他的儿子阿牛。原先我想照顾他十天，现在我后悔了，我想尽快离开他的家。

我觉得很不公平，凭什么他们照顾他时想干什么就干什么，轮到我就变成另外一出了呢？

可我现在不能离开，我已经在野马镇夸下海口，要照顾他十天，如果此时打退堂鼓，那是要被人笑话的。我不能跟他较真，跟一个失忆的老人较真，是自讨苦吃。我得顺着他，如果他因为生气而出什么意外，我的责任就大了。当他儿子就当他儿子吧，只要他不生气，只要他高兴，他把我当成谁我都不计较。

爸爸。我又喊一声。他举着的棍子就放下来了，我赶紧爬起来，把椅子垫在他屁股下面。他没有坐下，说，我给你做饭去。

我不能让他劳动。爸爸，您老人家好好休息，我来做饭。我撸起袖管，就要去生火。他死死按住我，拉过他的座椅，要我坐下。

他要干什么？我顺着他，坐在椅子上。

爸对不起你啊，你不怪我吧？你说，你恨不恨我？

我不明白他为什么会这样说。

不恨，我喜欢你还来不及呢，哪有儿子讨厌爸爸的？

我用游戏来对待他的糊涂。在我眼里，他就是七月的天气，慈祥、粗暴、呆。

这些年你是怎么过的？他说。

我脑子里转不过弯，他是问他儿子阿牛过得怎么样呢，还是问李永强的儿子李谦，也就是我，过得怎么样？他的眼睛饥渴，如果不回答他，他不会放过我。

阿牛二十年前就死了。野马镇所有的人都觉得，阿牛是个累赘，迟早会害死他爹。那时我还小，阿牛已经是个大人，我还记得我用石头砸过他，他抱头鼠窜的样子。我们野马镇，该怎么说呢？每一户人家都有故事。比如说我家，我爸有二十几条人命，够吓人的吧？比如说前面提到的拿邱一声当娱乐明星的阿明、阿卫、阿三三兄弟，拿邱一声当出气筒的董志国的老婆阿珍，还有拿邱一声当神来供奉的阿香，哪一家都有长得写不完的故事。邱一声的儿子阿牛自然也不例外。一想到这些人我的头脑就发涨。这么多年来，由于喜欢看章回小说，对除了书本之外的事情一概不理，我一直游离于野马镇的故事之外，已经很多年了。我爸有很多条人命在身，才使我有一点点转变。而阿牛，已经变成更加遥远的故事了。

阿牛跌河死。死之前在野马镇是众人的开心果，他们喜欢从他嘴里淘出与他年龄不相符的话。二十年前我十五岁，刚刚开始喜欢看小说，喜欢《薛刚反唐》，喜欢《薛仁贵征西》。野马镇的人喜欢拿阿牛的弱智开心。对野马镇的人围观阿牛、取笑阿牛的事我一点儿不关心，我甚至连阿牛长什么样都忘了。有一天他们说他死了，当时我想，死就死呗，我不认为这是件多大的事。阿牛死了，野马镇任何一个人死了，我都当成是小说里又死了一个人。就是我爸被枪毙，我恍恍惚惚也有这样的感觉，要不是我妈站在我旁边，我还以为死的是别人的爸爸。

现在，我被阿牛的爸爸问你过得怎么样，他肯定是关心他的儿子，而不关心李永强的儿子过得怎么样。

我说，爸爸，我过得很好。我突然想起阿牛活在野马镇的时候人们喜欢围观他，我说，爸爸，我真的过得很好。

我搜肠刮肚想过得很好应该是什么样子，整个野马镇，过得最好的应该是我了吧，衣食无忧，整日无所事事，想干吗就干吗。

我说，只要你看看我，你就知道我过得好不好。这个时候，用红光满面来形容我都不大恰当。我妈到云南后，每隔一段时间，就给我寄来冬虫夏草，叫我放在骨头汤里煲。

他的手摸着我的脸，像摸一块上好的玉。

阿牛，你不恨爸爸吧。

我心想，他什么意思？不恨！我脱口而出。

是我把你推下河啊。他哭了起来，像哭死去的儿子那样哭了起来。

我一屁股就坐到地上，好似阿牛灵魂附体，心缩了一下。他的手赶紧来找我的脸，我感到害怕，我感到他那只手长着龟的甲。这个房子一下子变得恐怖起来。

你、你说什么？我声音发抖。

是我把你推下河啊。他的眼泪滴在我头上，我头皮发麻。

我知道我碰到了野马镇上的又一件大事。

把自己的儿子阿牛推下河？我要不要相信他？这可是件大事。

我说，爸爸，你是怎么把我推下河的？我很坏，想从一个失忆的老人那里知道他是怎么害死自己的儿子的，虽然他说出来未必就是真的。

不记得了，不记得了。他说。

我努力回忆当时阿牛出事的前前后后。二十多年前，我还是个少年，阿牛这个傻瓜整日里被人拿来当开心果，只要街上少了他，野马镇的日子就少了一半生机。很多人的日子很苦，但由于有了阿牛，大家都觉得日子还不至于那么惨。夏天的时候，我妈说阿牛跌河死了。我们家里的人没有一个人感到奇怪，好像那是一个傻瓜应有的结局。后来我爸被枪毙，我也是这种感觉，好像那是一个经常拿钱买命的矿老板应有的结局一样。

阿牛死去跟野马镇任何一个人死去一样，所有的人吃了一餐饭，他死的速度太快了，所以埋他的速度也很快。仅仅一天，丧事就结束了。

少了阿牛，街上冷清了许多。我知道的就是这些。

没想到他的死还有玄机。我要不要相信邱一声？他风烛残年，脑子一下子在人界，一下子在鬼界，我刚进来的时候他还认出我是李永强的儿子李谦，我脱了一件衣服，他就把我当成他的儿子阿牛。我要不要相信他？

是真的吗？你真的把我踢下河吗？我抬头问他。

快叫张权。他说。张权是他的亲戚，他是想让张权来证明是他把阿牛踢下河的。

我打电话给屠夫董志国，叫他帮我到猪肉行边的修车铺去喊张权来邱一声家。董志国说就你事多，知道不容易了吧，照顾一个人，不是照顾一头猪，还想照顾十天，估计一天你就累得发狂。董志国没有关机，在电话里我听到他喊张权：张权，出大事了，你快点去邱一声家。董志国懒得跟张权废话，只有这样说张权才会飞快地来到我身边。

一群人飞快地来到我身边。有张权、蓝伏龙、董志国的老婆，还有阿明、阿卫、阿三三兄弟，还有阿亮和阿锦。

冲到最前面的是阿亮和阿锦，刚进门，他们两个人就哭，老爹啊……他们看到邱一声在摸我的脸——他们没想到他居然能站起来，他们的口气就变了，老爹啊……就变成了，老爹！老爹！他们把邱一声当神，他们不容许他们的神出现什么意外。

接下来是蓝伏龙，刚进门他也喊，这个时候还没煮饭，你想饿死他呀？看见邱一声摸我的脸，他后退了一步，他从来没有看到这样的情景。他以前看到的，不是睡在床上的邱一声，就是坐在椅子上的邱一声。蓝伏龙说，呬，返老还童了。

阿明、阿卫、阿三显然是来看热闹的，看见邱一声没事，脸上有一些失望。他们把不满撒在董志国身上，阿明说，这个董志国，提供假情报，以后他的话不能信。说完他和他的两个弟弟就走了。因为他们知道邱一声不喜欢他们。他们再待在这里一分钟，已经站起来了的邱一声不知道会有什么疯狂的举动。

董志国的老婆跟在后面，她一脸茫然，这是野马镇的公共表情。这样的表情进可攻退可守，如果邱一声有事，你可以认为那是悲从心中来；如果邱一声没事，你也可以说那是成竹在胸，一切尽在掌握中，是一种比较稳重的表情。其实这是被生活逼出来的。这种表情我比较熟悉，当年我爸被枪毙，很多人都是这样的表情，你都搞不懂他们是高兴还是悲伤。董志国老婆在照顾邱一声时不停地把他当董志国来骂，也是被逼无奈，如果不那样她就会疯掉。

张权背着手最后一个到来，慢吞吞地。他是照顾邱一声的元老级人物，在镇上地位很高，镇上的红事白事都是由他来指挥，你可以得罪镇长，你不能得罪他。

邱一声看见张权，指着我说，阿牛，阿牛。

听到邱一声说阿牛，所有的人都吃了一惊。

蓝伏龙说，怪不得站了起来，是想阿牛了。

阿亮和阿锦看着我，一个说，他是把李谦当阿牛了。一个说，李谦，他把你看成阿牛，你干脆把他看成你爸，两家人变成一家人算了。

蓝伏龙说，李谦，别人照顾他一天，你照顾他十天，他把你当亲儿子了。

只有张权知道这是为什么。他走过去，把我刚来到邱一声家时脱的外套扔给我，说，穿上。我不知道他为什么要我穿上，他怎么说我怎么做，我穿上外套。

张权指着我问邱一声，老爹，他是谁？

邱一声跌在椅子上，说，老李的仔，啪啪啪。他把手当枪指着我喊了三声。

原来，他只认我外套里面的黑色毛衣，他把穿着黑色毛衣的我当成他的儿子阿牛了。我脑子里马上晃过阿牛的身影，他活着的时候，都是穿着黑色的衣服，你很少看见他穿其他颜色的衣服。邱一声只认衣服不认人。为了证明这一点，我很快又脱掉外套。邱一声马上又从椅子上站起来，喊道，阿牛啊，又举着手来摸我的脸。没等他的手伸过来，我又飞快地把外套穿上，他又颓然坐下去。

这真的是太有意思了。接下来怎么办？是脱掉外套继续当他的儿子阿牛，还是继续穿着当来照顾他的老李的儿子李谦？

张权说，我忘记告诉你，不要穿黑衣服来照顾他，他会把你当成阿牛。这些年，你看见我穿过黑衣服没有？张权修自行车，成天一张蓝色的围裙挂在身上，穿什么衣服谁看得见？就是照顾邱一声，他也是一身修自行车的打扮。

估计张权也曾遇到像我今天遇到的事情。在野马镇，照顾邱一声的人多了去了，身边就有阿亮和阿锦、蓝伏龙和董志国的老婆，他们都没遇到过我跟张权这样的事。

张权说，他天然觉得我们亲，不是每一个人他都当成阿牛，不信你让阿亮和蓝伏龙穿上衣服试试。

我把衣服递给阿亮，阿亮穿上后往邱一声眼前一站，他用怀疑的表情看着阿亮，没有上当。

阿亮脱掉外套，递给蓝伏龙，蓝伏龙穿上后邱一声一点反应都没有。我马上醒悟过来，张权说的他天然跟我们亲也不对，谁天然亲，谁天然不亲，又不是章回小说里面来路不明的武功。再说了，这样说对身边的阿亮和蓝伏龙有点不公平，他们辛辛苦苦照顾邱一声，也换不来他把他们当儿子看的那份情。邱一声之所以那样把当年的张权以及现在的我当阿牛，是因为当年张权开始照顾他和我现在开始照顾他的时候，我们的年纪跟他死去的儿子，也就是阿牛的年纪是一样的。他的儿子阿牛，在像我这样年轻的时候死去。年龄就像另外一件黑色的衣服，电了邱一声一下，他就把我当成阿牛了。

这个发现让我感到一丝庆幸。联想到他刚才说的他把阿牛推下河的事情，联想到我爸手上有很多条人命、最后被枪毙的事情，我觉得自己活得挺好。

你叫我来就是因为这件事？张权说。

这下我才意识到我差点儿忘了张权是我打电话叫来证实阿牛是不是邱一声推下河的。

不是因为这个。我说。我想跟他耳语，说邱一声刚才跟我说的他把阿牛推下河的事，但转念一想，还是由邱一声跟他说吧。那件黑色的衣服还套在蓝伏龙身上，我把衣服从蓝伏龙身上扒下来，套在身上。

看到穿上黑衣服的我，被打断的剧情又重新续上。邱一声站起来了，他的手紧紧贴在我脸上，冰凉冰凉。

张权，你说，是不是我把他推下河的？

张权脸色大变，但他很快又变了回来。

胡说，你胡说什么！胡话，他在说胡话呢！都怪你，没事穿什么黑衣服，惹得他激动，他如果有什么意外，你就出名了。张权说话的重点一下子在邱一声身上，一下子在我身上。他说得不错，如果他因激动而出现什么意外，不说别人，我身边的阿亮和阿锦肯定不会放过我，他们把他当神。刚这么想，阿亮马上过来剥我的黑毛衣。

以后你不要再穿黑衣服了。阿亮说，如果你觉得亏，我给你钱。在野马镇，除了我爸我妈对我说我给你钱外，还没有第三个，现在，阿亮是第三个。

阿锦说，李谦，如果你怕麻烦，我来替你照顾老爹。你回家看你的小说，好不好？

但是晚了，阿亮虽然剥掉了我身上的衣服，邱一声没有再像刚才那样坐回椅子上，他的手紧紧贴住我的脸。

阿牛。他是铁了心把我当阿牛了，那件黑色的衣服这个时候失去了功效。我就是没穿这件黑色的衣服，他也把我当阿牛了。他脑子里的那根弹簧弹过来后就没再弹回去，像根绳索一样把我绑成他的儿子。

蓝伏龙说，他没有儿子，你没有爸爸，这就是缘啊。

这下我紧张起来，接下来我该怎么办？我觉得这个屋子阴森森的，眼前的邱一声有点像索命的鬼魂。我战战兢兢地说，老、老爹，我不是阿牛，我是李谦，我爸是李永强——啪啪啪！我把三颗子弹的声音喊得很绝望。

是我把你推下河哟！邱一声哭了起来。

瞎说什么你！张权冲邱一声说。

屋里面只剩下我、张权、邱一声三个人。我脑子里嗡嗡响，都不知道张权是怎么把阿亮和阿锦支走的。

邱一声已经认定我是他的儿子阿牛，他的手一直摸我的脸，我非常害怕，感觉他手上有龟的甲。我一只手紧紧抓住张权。张权安慰我不要害怕，他在我耳边轻轻说，你都变成他儿子了他还能把你怎么样？

我没有害怕他成为我爸爸，我害怕他说的"是我把你推下河哟"，阿牛当年死于洪水，没人知道他是怎么掉下河去的，如今他爸爸说是他把他推下去的，这让人头皮发麻，我是怕他突然从凳子下面抽出一把尖刀，捅在我这个"儿子"的胸口上。我是怕这个。我说张权，你也听到了，阿牛是他推下河的。是真的吗？

邱一声听懂我的话，他望着张权，似乎在等张权的确认。

我还是第一次看见张权发飙，他突然之间变了一个人似的，把邱一声的手从我的脸上拍掉，吼道，你是活得不耐烦了，老不死变成妖，你还想怎么样？！这样闹以后谁还敢来照顾你？快点坐下！

邱一声被张权按在凳子上面。

我七十了，活得太久了……邱一声说。他还是把自己当成七十岁的人。

张权说，你不想活，很简单，李谦，我们走！张权把我拉出邱一声家。我没想到张权会这样干，大概他从来没见过邱一声这样反常，想吓唬吓唬他。他一直拉着我，都快把我拉到我家门口了。我突然觉得有点蹊跷，觉得张权大概是怕邱一声跟我这个他刚刚认下的儿子说些什么不该说的话，我不再往前走。这时候从邱一声家传来绝望、哀求的喊声：阿牛，阿牛啊，你不要走啊。

我得回去。

张权，把他一个人扔在那里，出什么意外我担当不起。我说。还有另一层意思我没说出来：如果邱一声不拿一把尖刀对准我，我还真的希望他跟我说些我不知道的事情，不管是真是假。

好吧，你去吧。他不会害你，他很爱很爱他的儿子阿牛，阿牛也很爱很爱他爸爸。你要相信我。张权说。他用手抹眼睛，他流泪了。张权说，阿牛死后，他总是跟人说是他害死阿牛，说多了就跟真的一样。

我快步来到邱一声家中，张权跟在我后面，邱一声像亲人一样迎接我们。他拄着拐棍站在门口。在自己家，他第一次走这么远。阿牛，你又回来了？他说。

第一次进他家门的时候，我是死刑犯李永强的儿子李谦，第二次进他家门的时候，我是他的儿子阿牛。

没办法，从今天起，我是邱一声的儿子。

我想，我作为邱一声的儿子阿牛，显得太过聪明。我在脑子里回忆阿牛在野马镇的点点滴滴，开始的时候我感觉自己有点掉价，像章回小说里的五品官被降成七品官那样不舒服。后来想，我面对的不是所有野马镇的人，在一个黑屋子里当儿子，就是当孙子那又怎么样？反正别人不知道。

我对张权说，你不要跟镇上的人讲。

张权说，讲什么？

讲我被当成阿牛，一个活着的人被当成死去的人，总归有些不吉利，我还想长命百岁呢。

张权说，你肯定能长命百岁。

邱一声的手又一次擦着我的脸，我很讨厌他这样，我受不了他的款款深情，他的手上依然有龟的甲，为了躲这龟的甲，我说，阿牛先给你做饭。我把自己叫作阿牛。这一招很管用，他的手从我脸上滑落，但是马上又指着我离开他家时落下的那件黑衣服，说，冷，穿上。几乎是命令的语气。他是怕我冷才叫我穿上。可我有另外的一种感觉，那就是穿上这件黑色的衣服之后，我才更像他的儿子阿牛，跟一个演员穿上戏服，才可以上台表演一样的道理。我飞快地穿上衣服。

阿牛。他说。

唉，我应了一声，邱一声这才拄着拐棍摇向自己的座椅，安然坐下。

我拉开冰箱的门，里面满满的鸡鸭鱼肉，我说，你想吃什么？阿牛给你做。

他说，玉米饭。

玉米饭？我说玉米饭怎么做？我们家从来没吃过玉米饭，所以我不知道怎么做。

张权说，我来教你做，你赶紧烧火。张权在一堆旧东西里扒拉出一口铁锅，拿到天井的水龙头下面刷。等我把火生好，铁锅也稳稳当当地架在火灶上面。

火很旺，铁锅里的水很快就开了。张权两手捧着玉米粉往里撒，我拿着竹子做成的搅粥棒不停地搅，玉米粉越放越多，锅里的粥由稀变稠，最后稠得根本搅不动。张权从我手里拿过搅粥棒，上下翻动，一股香甜的味道扑鼻而来。张权盖上锅盖，从火灶里取出两根燃烧的柴火，火变小了，锅里漫出的水汽越来越香。这就是玉米饭。

张权说，当年，玉米饭可是很久才吃得起的东西，一年到头，也就几餐。他如果不把你当阿牛，他是不会喊煮玉米饭的。

原来如此，他真的把我当阿牛了，他把今天当成个重要的日子来对待。对我来说，玉米饭是一种新鲜的食物，但对已经死去的阿牛，那可是天下难得的美味。

做好饭，我给邱一声舀了一碗，给张权舀了一碗，我自己也舀了一碗。回到饭桌前，看见邱一声用两手抓碗里的玉米饭，捏成一个饭团，正觉得奇怪，邱一声把饭团递给我。吃啊。他说。

我没有接。吃啊，阿牛。他又重复了一遍。

我接过来，啃了一小口，又放回他碗里。嘴里说，好吃好吃，心里本能地抗拒他那只手递过来的饭团，因为上面有龟的甲。

邱一声不干，又捡起来递给我。张权说，吃吧，你不吃，他是不会吃的。又小声地说，当年阿牛就是这样啃，还到处在街上炫耀。他是完完全全把我当成阿牛了，可我依然把他当成邱一声。

我硬着头皮把那团玉米饭啃完，邱一声脸上才露出满意的笑容。我把那碗饭推到他面前，他又拿起来捏成一团，再一次递给我。我拍拍我的肚子，说，我吃饱了，你吃吧。他这才掰一小块放进嘴里，又掰一小块放进嘴里，像一个老狒狒，在小狒狒吃饱之后才放心地进食。我短暂地想起我的爸爸，在我的印象里，虽然他几乎没怎么管他的儿子，但是他拼命地挣钱，让他的儿子衣食无忧。他也是个老狒狒，我弟现在像他，这是他们的命。我突然担心我弟，想劝他不要太疯狂，我退到一边给我弟打电话。我弟正在训他的手下，他一边训他的手下，一边跟我通电话。

你们想要我的命是不是！这是跟手下说的。

你怎么样，怎么想到要打电话给我？这是跟我说的。

三天之内，一定要把人招齐，没有人，我们所有的事都是白忙！这是对他们说的。大概他的新矿井招不到人，在跟他们发火。

忙完这段，我带妈去欧洲旅游，你也一起去。他跟我说。

拿钱砸！每个人先发一万，存在卡里，密码由他们设，卡和身份证你们管好，干满两个月，身份证和卡发给他们。

我弟也不容易，现在挖矿，比我爸那个时候难多了。

我不管这些，我说，弟，我现在在邱一声家。

都听到没有？如果这样的条件还招不到人，你们就是猪！你在邱一声家做什么？他说。

照顾他十天。以前都是给钱，现在来照顾照顾他。我说。

我们从野马镇来到这里，每个人都脱了一层皮，这一关过去，共产主义！这一关过不去，统统完蛋！他说。

你怎么想到这一出，干脆过来帮我照顾妈，有时候她说起你和爸爸，会流眼泪。他说。

也是闲着无事，我就是想待在这里，告诉你一件好玩儿的事。邱一声把我当成他儿子阿牛，死了二十年的阿牛。我说。

陈耀、老马、老枪、继民，每个人找二十人，不管什么人，亲戚朋友，就是乞丐，也要三天内给我拉过来，其他人每人负责十人，我一百万人头费都准备好了，现在去找大头领钱。他说。

他这是老糊涂了，他这是想儿子了，你这是在跟他玩过家家。他说。大概他的手下都找大头拿钱去了，他有充足的时间跟我讲话，这个时候他反而不想跟我讲了。你打电话的目的就是为了告诉我邱一声把你当儿子了？

我说，是，这大概是野马镇第一回有这样的事吧，让我赶上了。

你悠着点，不要出什么事。我弟最后说。

你也小心点，不要出什么事。我说。我再出什么事都是小事，我弟出什么事，都会是大事。

知道了，我不会像爸那样的。他说。

跟我弟通了一个电话之后，我的心情平静了很多，跟他说邱一声把我当成他儿子阿牛之后，照顾邱一声就成了一件已经跟人许诺后必须要做好的事情。这种感觉非常奇怪，好像是为了我弟弟，我必须做好这件事情一样。其实我弟跟这事儿一点关系都没有，他在云南，还非常疯狂。

我回到饭桌边，拿一条毛巾给邱一声擦嘴。

他说，烧水。

我一怔，烧水？

张权说，他想洗澡，他给你捏饭团，你帮他洗澡，以前他们两父子经常这样干。我想起小时候在河边看见邱一声和阿牛互相搓背的情景，邱一声真的又回到了从前。

天那么冷，行吗？我说。

他怎么说你就怎么做，不然他会闹。张权回答。

我往灶台上架上烧水的锅。水烧热后，把家中所有的门都关严了，还在天井边燃了一堆炭火。这样，给邱一声洗澡时，他不会觉得冷。

先洗头，厚厚的衣服仍然穿在身上，邱一声坐在小凳子上低着头，我试了试水温，刚合适。往他头上淋水，在手上抹香皂，轻轻搓他的头。他的头轻轻晃动，服服帖帖。洗好头，擦干，赶紧给他套上帽子。

我一件件帮他脱衣裤。满身皱纹，被水蒸气包裹，我的手在上面搓，像搓湿了的干草，家里热气腾腾，我一面搓，他一面说好。我这是第一次给人洗澡，以前看见有人给婴儿洗澡，我很担心，万一被水噎着了怎么办？

给邱一声穿上干净的衣服，午后的太阳光穿过天井，打在他身上。这冬天的暖阳，如果放到章回小说里，预示着重要人物将要出场。阳光下的邱一声满面红光，像身怀绝技的帮主。

张权说，他今天很舒服嘛。

我很得意，感觉在照顾邱一声方面，自己比野马镇的人做得都要多。

算是安顿下来，张权放心地离开。临走时他说，你们父子两人久别重逢，好好聚一聚，我干活去了。又单独对我说，记住，你现在是阿牛。

阿牛就阿牛吧。

阿牛。邱一声喊。

我应了一声。

你不会走吧？他说。

不走，这里是我家。我是阿牛。

我七十了，阿牛。他说。

邱一声还停留在阿牛死去的岁月。我在脑中飞快地搜索有关阿牛的点点滴滴：他拿着饭团在大街上走，他在河边帮他爸爸搓背，有点痴呆，谁拿他开心他都不生气。我试图跟阿牛对上号，发现自己对阿牛知之甚少。

灯，点灯。邱一声说。

点灯？灯不是亮着吗？荧光灯发着惨白的光，照着两个孤单的人。是的，孤单，在邱一声家，我突然感到前所未有的孤单。不只是孤单，我还感到害怕，因为不管怎么样，我现在是以一个死人的身份活着。

冷风从天井上刮下来，远处有狗在叫，风声和狗叫声以前我是不理会的，但是这个夜晚，我觉得这些声音非常刺耳。

灯，点灯。邱一声又说。

你看不见我吗，灯那么亮，老爹？

你说什么？

哦，爸爸，灯不是亮着吗？我说。我虽然叫他爸爸，但是我感觉我跟他隔着万水千山。

他拿起身边的拐棍，朝神台指。野马镇的每一户人家都有一个神台，逢年过节烧香给祖宗。哦，原来他叫我点煤油灯。

我走到神台拿过煤油灯，划着火柴点上。

关，关。他指着荧光灯。

啪嗒。我关掉荧光灯，邱一声家的夜晚被煤油灯微弱的光撑开，顿时，一所古怪的房子，住着两个古怪的人。

我知道他为什么这样做了，煤油灯肯定是他找回以前的又一个重要道具。煤油灯时代已经过去很久了，大概邱一声认为这样的光亮才适合与儿子阿牛重逢吧。

果然，他说，阿牛，我又看见你了。来，你来。

我走过去。

烤火，烤火。

我把火盆拉到他身边，一个竹笼罩住火盆，一张破布罩在竹笼上，罩着我们的半身，所有的热气都跑不掉了，我们的身体热气腾腾。他在破布下拉我的手。我的手本能地躲他的手，没有躲开，被他死死握住。这个时候，我突然想起我爸爸。小时候，我最享受的是冬天的时候跟我爸爸在火盆边烤火了。后来很突然地，我老是见不到我爸爸，我曾经跟我的妈妈抱怨说爸爸是不是不爱我们。那时候我刚喜欢看书，只有喜欢看书的人才会那样问。野马镇其他的孩子，想爸爸时就会哭。

你怎么说走就走呢？也不等等我。他说。这是对他儿子阿牛说的。

我该怎么回答呢？我和他隔着万水千山。我不知道阿牛如果真的出现在他面前该怎么跟他说话。

我说，我没有去哪里啊，爸爸，我现在不是跟你烤火吗？

我七十了，我怕我照顾不了你啊。他说，眼睛突然闪亮起来。我用手抹他的眼睛。我的手湿漉漉的。原来他哭是怕自己年岁太高照顾不了他的儿子阿牛。我的眼眶一下子就发热了。我想起我爸被枪毙前我们去看他的情景，他双眼紧闭，一句话都没有跟我们说。当时我妈一个劲地跟他说，再看一看你的两个仔，他毫不理会。当时我想，我爸真是铁石心肠啊，临死前都不看一眼他的儿子。其实天下的父亲都是一样的，我突然就理解了我爸爸，他未必不爱我们，他紧闭的双眼下面肯定有浓重的不舍。他是怕我们看见啊。这么一想，我的眼泪也流下来了。

我七十了，我是怕我照顾不了你啊。他又说了一遍。他的话把我拉回来。我想，多年以前他和阿牛肯定有这么一个夜晚这么一场对话，这个夜晚我要做的是努力当好他的儿子阿牛。

爸爸，现在是我来照顾你啊。我说。

照顾我，照顾我……邱一声哭了起来。是我把你推下河，是我把你推下河。他边哭边念叨。我一下子就慌了。

爸爸，你不要哭，你不要哭。他哭得多么伤心啊。

我想还原多年前父子俩之间到底都说了些什么，看来是不可能了。现在是父子重逢啊。我心里想如果我真的是阿牛现在我该怎么办呢。

我突然有一个念头，他既然把我当成他的儿子阿牛，那我干脆就把他当成我的爸爸李永强，我在倾听的同时，大声地跟我爸爸说话。今夜不是一对父子重逢，是两对父子相聚。要不然我真的不知道怎么办才好。

他说，阿牛，这场雨真大呀，河水满了没有？你怎么去这么久才回来？

我说，爸呀，弟弟在云南，他过得很好，妈去那边跟他，天天吃野生菌，头发变黑了。

他说，阿牛，你不相信我能照顾你，我是能照顾你的。现在不行了，我七十了。

我说，爸爸，你也不要担心我，我还有好多好多钱，只要有钱，什么都不怕。

他说，他们，他们对我不好，我天天都在想你啊。

我说，爸爸，野马镇以前很多人恨你，现在他们不恨你了。你就放心吧。

他说，也有好的，张权、阿锦、阿亮，是我的好朋友，你可以相信他们。

我说，爸爸，我现在又多了一个爸爸，他是邱老爹，我来照顾他，他把我当成他的儿子阿牛了。

他说，阿牛，野马镇天冷了，你在水里冷不冷啊？

我说，爸爸，我现在就在他家里，跟他一起烤火呢。

他说，阿牛，你的衣服在楼上的箱子里，放了臭珠（一种防虫用的白色药球，野马镇称为臭珠，作者注），虫不会咬的。

我说，爸爸，今天我给他洗澡了，还煮了玉米饭。玉米饭很香，下次上坟，我拿去供你。

他说，阿牛，以后有什么事，你要靠自己了。说完这句话，邱一声又拿手来摸我的脸。

我说，爸爸，他现在拿手摸我的脸呢。

他说，有太阳也要靠自己。

我说，爸爸，邱老爹说有太阳也要靠自己。

他说，下雨也要靠自己。

爸爸，邱老爹说下雨也要靠自己。

他说，什么都要靠自己。

我说，爸爸，邱老爹说什么都要靠自己。

他说，死也要靠自己。

我说，爸爸，邱老爹说死也要靠自己。爸爸，你死前为什么不看我一眼啊？为什么？我突然就哭出声来，不知不觉就往邱一声身上靠……

这一晚，我跟邱一声睡在一张床上，我辗转反侧，他很安静地睡着了。

第二天一早醒来，我一看身边没人，赶紧下床去找邱一声，借着透过屋子的晨光，我看见一个人影吊在横梁上，啊！我大吃一惊。是邱一声。我以为自己在做梦，用头狠狠撞墙，疼痛难忍。啊——我惨叫，去托他的腿。

张权！张权！出大事了。我下意识地喊。我一手托邱一声的身体，一手摸手机，打给董志国：快叫张权，出大事了！喊过之后，我感觉魂魄离我而去，所有的一切都变得恍恍惚惚。

恍恍惚惚中，很多人跑到邱一声家里，我很快被人掀翻在地，他们一上来就撕扯我。恍恍惚惚中，我看见一部分人料理邱一声的后事，他们是张权、董志国、蓝伏龙、阿明、阿卫、阿三三兄弟；一部分人撕扯我，阿锦、阿亮、阿珍以及野马镇的三姑六婆。两拨人都在哭喊。好像这个屋子死了两个人。我清醒过来，大喊道，你们不要怪我呀。同时拨开人群，冲到邱一声的身边，我冤枉啊，我冤枉啊，昨天你把我当成你的儿子阿牛，你怎么这样对待阿牛呢……

阿锦说，你本来就不该来，你本来就不该来嘛。

阿亮直接就翻译了阿锦话里面的话，你家那么多条人命，你杀气重啊。那么多人那么多天照顾他，他都好好的，你一来，他就上吊了，这么高的地方，他怎么吊得上去？

他怎么吊得上去？地上横着一架楼梯，他是踩着楼梯上去的。

没有照顾好邱一声，我成了野马镇的罪人，阿亮扯着我的衣领，往邱一声家的门外拉。没有一个人拦他。

回到家里，我看着横梁上我画上去的九十五道杠杠，它们的颜色深浅几乎一样，我哭了起来，感觉我们家又多了一条人命。

我打电话给我弟，我弟说，你赶紧来云南吧，野马镇你是待不下了。

我收拾好行李，好几个大包包，我们家以前的司机方老虎很快开车来到我家门前，他帮我把那些大包包装上车。后来我想，这些包包我也不要了，因为它们带着野马镇浓浓的气息，带上它们会非常不吉利。我叫方老虎一个一个把它们卸下来，除了带上我爸给我的银行卡，我什么都不带。我想我再也不回来了。

正要走，张权来了，身上披着重孝。看到我要走，他说，你怎么就走了？他一直在忙邱一声的后事，没有时间理睬我的委屈。听方老虎说，他们后天安葬邱一声。大概准备得差不多了，张权有空来找我了。

阿牛，不给你爸送葬就走了，这样做不对啊。

他这么一说我生气了。我是李谦，不是阿牛，老爹的死不能怪我。我说。

他死前，可是把你当成阿牛的哦。张权说。

这我管不了。我说。

我回忆昨天晚上的点点滴滴，突然记起邱一声说的，死也要靠自己。头皮一阵发麻，原来他早就想这么做了。

我把昨天晚上的情形说给张权听，听完后张权摇摇头，说，这两父子，真是天生的一对。他边说边从口袋里摸出一个小布袋子，从小布袋子里倒出一些硬币，叮叮当当掉在地上的硬币看起来不超过一元。最后一张纸条飘了出来，我捡起来一看，上面歪歪扭扭地写着几个字：帮我照顾我爸爸。

张权说，这是阿牛当年写的，把小布袋扔到我家院子里，就去跳河了。他怕自己成为他爸爸的累赘。这么多年来，我还是第一次告诉别人。

我脑袋嗡的一声。脑子里浮现阿牛迟缓的身影，他一个接一个把硬币塞入小布袋里，然后迟缓地来到张权家门口，用尽力气把布袋投入张权家的院子，又迟缓地走向河边……接下来是邱一声，他半夜越过我的身子，吃力地拄着拐棍走向那架梯子，对他来说，那是走向天国的最后一级台阶。他们父子俩的身影在我眼前重合。

我轻轻地念叨，他以为阿牛回来了，他也可以死了，这个老爹。

是的。张权说。

后来我没有离开野马镇。我作为邱一声的孝子阿牛，披麻戴孝，走在送葬队伍的前头。邱一声的坟墓，重重地立着一块碑：

慈父邱一声之墓　儿子阿牛立

（原载《作家》2016年第3期）

作者简介:

　　李约热，本名吴小刚，《广西文学》副主编、八桂学者文学创作岗团队成员。短篇小说《青牛》获《小说选刊》2003—2006 全国优秀小说奖，中篇小说《涂满油漆的村庄》获第二届《北京文学·中篇小说月报》奖，短篇小说《你要长寿，你要还钱》获《民族文学》2015 年度小说奖，中篇小说《一团金子》入选中国小说学会"2008 中国小说排行榜"。出版长篇小说《我是恶人》。

边　界

阿微木依萝

一

　　陈老妈妈用一瓣花椒塞进牙缝，多年来，她就用这种办法缓减牙疼。正是春天的黄昏，院子墙头站着一只喜鹊。

　　"有好事要来？"她感到高兴，嘴角露出笑意。

　　几日前下了一场透雨，这会儿从树林刮来的风还带着高山雨后的凉意。她起身加了一件衣裳，又重新坐到门槛上。她喜欢蹲门槛，倚着半扇木门。这个习惯大概是昨天才有的，或者很久以前就形成，她不太记得了。她的记忆衰退，很多事情模模糊糊。

　　接下来，她找出一根针捏在手里，想缝什么东西却忘了。

　　"去，走远点。"她赶走和她一起蹲门槛的狗。这是一只上了年岁的狗，像得了风湿病一样，腿不太灵活。

　　以往的这个时候她要去大儿子家坐坐，现在不去了，她和大儿媳干了一架。从去年底开始她就很容易发脾气，看什么都不顺眼。

　　"啊呀，真惹人爱，我的乖乖。"她从前这样夸孙子。

　　"滚你妈那里去，小杂种们。"她现在这样骂孙子。

　　不过刚才那只喜鹊倒是真让她高兴了一下，把心里的苦闷消减不少。她正在等一个消息。这消息已经不算什么秘密了，全村人都知道，她不久之后要出山一趟，到女儿家住一段时间。可是那边迟迟没有传来要她立即出山前去的消息。

　　她的儿媳们私底下嘲笑她，她们说："黄了，绝对地黄了，她姑娘肯定早就忘记这件事情啦。"

　　为了出山的事情她和儿媳们从玩笑发展到争吵的地步了，她也等得有点焦急上火，毕竟那封要她出山的信是去年写来的，信中说再等两个月，房子建好就写信让她过去。可是之后一直没有收到信。

有时候她也埋怨女儿，并且在心里搜索从前的什么日子是否有让她的女儿不开心的事情，答案是否定的。作为母亲，她认定再没有比她对子女更好的。可是她也不能确定真的没什么疏忽，上了岁月的记忆总会自动抹去一些不愿记住的东西。于是她这一年的大部分光阴就在回忆中度过。

门前的桃子树好像老得连花也开不动了，她走过去站在树下找花苞。

"真闲啊，陈妈妈。"

她扭头看到路过的黄氏——一个买来的媳妇。

"咸，就吃淡点。"她斜了黄氏一眼说。她向来对黄氏冷淡，对于一个连自己老家都找不回去的女人，她从心底看不起。难道不识字还不识路吗？难道一个人到了别的地方就怎么都回不去了吗？

黄氏将背篓放下，也走到树下坐着。

"陈妈妈还是很爱说笑。今年的花好像开得少了。"

"都忘本了，能开几小个！"

"树是不错的，明年一定会开很多。"黄氏无话找话，不知怎么，她特别愿意和陈妈妈说话，虽然这个老太婆对她的态度总是冷冰冰、酸溜溜。

"也不知今年雨水如何，上年庄稼旱得……"黄氏站起来准备走。

听到这些话，陈老妈妈陷入回忆。"雨水""庄稼"这样的字眼，最能激活她逐步退化的记忆。她眼睛望着桃树，心早就飞到往事里去了。

那时候她还不是"陈妈妈"，她有个好听的名字：陈慧。年长的人喊她陈慧儿，使之听上去就知道是个年轻聪慧的女子。

"白活了，唉，可惜。"她想到自己一辈子就在雨水和庄稼这类事情里消耗，心下感到无比愁闷。她转头想跟黄氏随便说几句，可对方已经走远了。

"又他妈的是个劳碌命。"她望着那背影狠狠甩下这句话，之后眼睛又放到桃树上去了。

树间藏着零星的小花苞，只等一场足够力量的春风，它们就会绽放。虽然桃树看上去很老，花苞也比往年少。这是她嫁到夫家时亲手栽的，另外还有一棵梨树在前年老死了：她亲手砍断的残根。

"陈奶奶。"王倩儿喊她。

"嚯，死娃娃，吓老子一跳。"她拍着心口。

"怎么您都这个年纪了，胆子还这么小？"

"呸，什么叫'这个年纪了'！"她笑。

只有王倩儿能让她这么高兴。

"今天日子好吗，陈奶奶这么高兴？"王倩儿随手摘了一颗花苞。

"哎呀不要摘，看着都少了——怎么，我的脸色不错吗？"

"很不错，好像变年轻啦。"

"刚才飞来一只花喜鹊，在那墙上叫。"陈老妈妈伸手指着，又说，"定是你满月姑姑要捎信来了。"

"您去年也这么说。也不见来。"

"会来的。"

"什么时候?"王倩儿故意问，她想让她放弃出山的打算。兴许那边只是顺口说说，事后并不当回事。像这样的情况很有可能发生，虽然对方是亲生女儿，但谁也不能保证自己一辈子不跟亲人开个玩笑。对，那可能只是个玩笑。

"信总会来的，急什么?"陈老妈妈心里也没底，"你去哪里?"她看见王倩儿要走。

"我去那边……不是，我随便走走。"王倩儿感到脸有点发烫，立刻转身背对着陈老妈妈。当她说谎的时候，总是手足无措。她快速地逃开了。

"周天来有什么好? 小短命的，不听老人言吃亏在眼前。周天来的妈妈不好惹，你不信。"她追望着王倩儿说，说完摇摇头又看向桃树。

"信该来了呀。"她又想。

二

中午了，陈老妈妈还躺在床上不起来，反正外面也没什么可看。前几日喜鹊在墙头叫的事情已经被她忘记了，再没什么高兴的事让她提神。

"您身体不舒服吗?"大儿媳来看她，想借此机会消除之前的不愉快。

"嗯。"她一时找不到好借口，索性装起病来。

"要请吴大人来看一下吗?"

"吴大人只会驱鬼。你认为我撞鬼了吗? 走你的吧，不要来了，一个也不要来。"她摆出一副冷脸，翻身背对着大儿媳，不理她了。她确实不愿有人打搅，只想就这么躺几天，什么也不干什么也不想地躺上几天。

触了一鼻子灰的大儿媳装着一肚子火："还说没撞鬼!"走到院坝她故意提高嗓子，但是陈妈妈根本不理她，屋内静悄悄的。"奇了怪，"她想，"平常我这样说话她恨不得跳出来咬我。"

大儿媳在院坝等了一会儿，听屋内确实没声音才离开。

陈老妈妈闭着眼睛，其实还不如睁着，一闭眼脑海里满是女儿的样子。说起来，女儿已经六七年没有回家——她嫁得太远了。这些年她们只靠有限的几封书信联系。书信的内容是请人念给她听的（她不识字），有时候，比如左等右等书信不来的日子，她总是怀疑读信的人是不是有意隐瞒了什么内容，当她这么怀疑又不能解开谜团，就只能长时间躺在床上"生病"。

她所有的信件都放在枕头下，随时拿出来看。她用手摸那些字，不识字但知道那是女儿亲手写的。摸着那些字的时候她又高兴又难过，仿佛女儿就在身边，还是小小的不知事的孩子。她生了三个儿子一个女儿，女儿最小，也最让她喜欢。偏生喜欢的都注定要去得远远的，现在只有书信还能告诉她关于女儿的生活：她在那里为她添了一个外孙，她在那里学会了外乡人的方言，她在那里的某一天看见和故乡老屋下一样筑巢的燕子。她偶尔梦见妈妈死了，在丧礼上大喊大哭。

"应该还说了些别的吧？"她又摸出书信，两眼茫茫。有泪水从眼角流下——盯的时间太久，也没有眨一下眼睛。

她陷入一段长长的回忆。不，这不像是回忆。她清醒地躺在一张床上，屋里黑洞洞的什么也看不清。

"你可算是来了，我以为你走迷了找不到这儿。"一位老妇人坐在门边与她说话。她擦亮一根火柴照见那妇人的脸，那是一张干巴巴的纸一样薄的脸。

"妈妈，我带满月到您这儿住两天就回去。"

"满月不是你的孩子。"老妇人提高嗓门儿。

"她是我的孩子，妈妈，您亲手接生的，您怎么可能忘记？"

"我有什么不可以忘记？不不，应该说，我做了什么必须记得的事情吗？就像现在，你喊我妈妈，可其实我并不认识你。这样一个晚上，你突然闯进我家，住几天倒无所谓，我独居这么久也确实需要找人说说话，可是，你到底是谁？"

"妈妈，您的记性真是差得不行了。我是您的女儿，这是您亲外孙女。"她抱着刚刚两个月的女儿朝着门边走，因为黑洞洞的什么也看不清，她走到门边用手去摸老妇人靠的那扇门……那儿空空的。她惊慌地缩回手。

"真是活见鬼了。"陈老妈妈拍了一下脑门儿。

大儿媳不知什么时候请了吴大人站在门口。陈老妈妈想赶他们走，无奈嘴里半个字也吐不出。

"吴大人，你看她还有救吗？"

"尽人事听天命。就这样吧。"

吴大人在陈老妈妈的床前开始作法，他转来转去，嘴里念着什么。陈老妈妈觉得这声音像超度亡灵，她吓出一身冷汗。

"现在才来，早干什么去了！"她本来不想这样说，却脱口而出，像受了什么指引。她感到非常奇怪，因为今天的情绪特别不好控制——连说话都不能控制了。

至于大儿媳，她竟然对陈老妈妈的话充耳不闻，站在吴大人背后像个帮凶……是的，她的神色突然间变得严肃，眼睛直勾勾地望着陈老妈妈。

"我丈夫不愿您在那儿受苦啊，为了您的事他竟然和我赌气离家出走了。如果您再这样病下去有个三长两短，我怕他永远也不回来了。"

"不回来是对的，他总算找对了清静的去处。"陈老妈妈说。她费了很大的力气说这句话，但其实，大儿媳只看到她的嘴唇微微动了一下。

不知道为什么，这阵子她与亲人们的对话像隔着一层什么东西，她的声音说着说着就小下去，甚至她的身体——躺着的短短几天——缩短了似的，人也瘦得像一捆干草。如果她的头不是支在被子外面，就很难发现床上还躺着一个人。她觉得有点无助了，但是她不能在大儿媳面前示弱。

"你们出去吧，我好了。"她大声说。大儿媳将耳朵贴近她的嘴巴，摇了摇头，好像什么都没听到。

"难道你聋了吗？"她又加大声音。接下来她听到的却是大儿媳和吴大人的对话，他们完全忽视她的存在。

"……迟了，就迟了一步。"

"这下好了，清静了。"大儿媳眼睛溜圆地望着陈老妈妈。

"现在你不用喊我吴大人，像私底下那样，喊我小吴。我们总算等到了这一天。"

他们说完牵着手出去了。他们竟然牵着手！

陈老妈妈不愿再躺着了，但不管她怎样使劲就是无法起身，难道这几天躺在床上一直不活动，等她想起床才发现腰已经报废了？可她先前还翻了个身，还看了女儿的书信，那么，这瘫痪是刚刚形成的。"倒大霉了！"她叹了口气，想到自己不仅瘫了，还有可能突然变成哑巴，回想起大儿媳刚才和吴大人牵手出去，她心里又多了一丝耻辱和仇恨。看来眼下等信不是最重要的事情，她必须短时间内找到大儿子，将这个不忠不孝的女人赶出家以正门风。

可是，她瘫了，怎么出门呢？她试着翻一下身——她不甘心——身子好像有点轻微的摇晃，这个发现令她高兴不已。她下定决心，一定要好起来然后找机会打听大儿子的去向。

三

陈老妈妈躺在床上不知过了多久，她感觉背部越来越重，就像什么东西坠着她往下沉，她有点担心再也起不来了。这些日子她每天练习翻身，可是没有作用。外面的世界与她一墙之隔（她只能凭感觉知道外间的时辰），从门缝里吹进春天的风，然后是夏天和秋天的气息，这时候寒气充满屋子，门前又有沙沙的声响，一定是下雪了。

往年冬天她会烧一堆火取暖，现在不用了。屋里已经很久没有人来探望，蜘蛛网都快织到她的睫毛上。屋里光线暗淡，可这已经不重要。

她侧着耳朵听门外落雪的声音,这声音使她心里非常平静。她听到雪地鸟在门口旋转一圈离去,有人在远处走路的脚步声也飘进耳朵。此时外界一定白茫茫的了,不像她住的房子,关上门黑白难分,她躺在床上真是上不沾天下不着地。

"不知道大儿子去哪里了,"她还是忍不住要操心这件事,"今天几号?现在是什么时间呢?"她自言自语。

"陈妈妈。"黄氏的声音。

黄氏推开门,她把外间的冷气也带进来了。陈老妈妈打了个喷嚏。

"可不是,背脊都要睡出青苔。今天什么风把你吹来的?"陈老妈妈本来不愿和黄氏说话,可现在她控制不了说话的愿望。并且她惊喜地发现,她的话能被黄氏听到,也就是说,她并没有变成哑巴,之前是大儿媳故意装作听不见。

"雪堆了多厚?"陈老妈妈问。

"什么?陈妈妈一定是听错了,太阳火辣辣的。您看我的汗水,成河啦。"黄氏将脸送到陈老妈妈眼前,果然满脸汗水。

陈老妈妈大惊,忽然又觉得可能黄氏在对她撒谎。"一个人想要报复谁,不正好趁她瘫痪吗?"心里这样一想,对黄氏的话就不在乎了。

黄氏自己找了条凳子坐着嗑瓜子。陈老妈妈觉得黄氏变了,以前她很怕她,在没有得到她的同意和邀请之前,她是不敢自己坐下来的。这屋里所有的东西都是陈老妈妈说了算,其中包括要不要请客人坐、准不准坐。这个霸道的规矩黄氏应该知道,可是现在她坐在凳子上竟然跷起二郎腿了,陈老妈妈似乎还捕捉到黄氏脸上飘过的轻蔑的笑。一切都变得复杂了,她无法知道是什么地方出了问题,这种焦虑又唤起了她好不容易克制下去的暴脾气。

"你可以出去了。"陈老妈妈抬高脑袋,语气生硬。

"恐怕不行,以后我得长住在这儿。您的大儿媳花钱请我照顾您,她真是个孝顺的好媳妇。"

"她干的好事我还没有和她算账(碍于家丑不可外扬,她没有点明)!可怜我大儿子不知去哪里了,也不来看我。"

"算了吧,除了我谁也不会来。瞧这黑洞洞的屋子,您大儿子向来喜欢敞亮的地方。"

"这里还躺着他的老母亲呢!"陈老妈妈狠狠地拍了一下床板。她庆幸自己只是背部失去力量,手还保持灵活。"你叫王倩儿来看我,有话问她。"她又说。

"王倩儿已经不住在这里,她走了。"

这天晚上黄氏就像蛇一样躺在长条板凳上睡觉。陈老妈妈因为长时间躺在房里早已不点灯,空着的煤油灯瓶子铺满了灰尘,灯芯一点一点朽落快要变成灰了。她在黑暗中已经习惯,不用看她也知道黄氏就躺在她床前的凳子上,可能还流了梦口水。"这个蠢妇肯定在挖鼻孔！"她想到黄氏以前跟她说话的样子。

陈老妈妈胡思乱想了大半夜，近来她的神思变得越来越不受自己控制，晚间精神抖擞而白天瞌睡十足。这一晚因为想的事情多而且复杂，脑子昏昏沉沉的倒像是来了睡意。她试着闭上眼睛，果然不到几分钟就睡着了。模模糊糊中，她听到黄氏在和谁说话，然后开始哭泣。陈老妈妈想醒来，她睁开了眼睛，意识却被什么蒙住了，只留下听的能力。可即使这样，她也不能真正听到些什么。黄氏的语速惊人地快，还使用了不知哪里的方言，她的耳力根本追不上。"你在说什么？"她拍了一下床板，黄氏瞬间停住声音。

房间又回到以往的沉寂，外间传来雨水打在门板上的响声，这一切显得太安静又太无聊。本来她是自己心甘情愿躺在床上休息，并由此造下不幸，由于心情不好就把前来探望的大儿媳撵走，可是现在她感到自己像是被抛弃被活埋，更糟糕的是，她怀疑大儿媳是为了报复她当初的冷淡，才会雇用黄氏——她的眼中钉——来给她当管家。这么一个黑暗的地方，需要什么管家？有什么可管？她越想越生气。正当她准备喊醒黄氏追问大儿媳的事情，门边忽然站着一个人。正是她的大儿媳。

"好啊，你来得正好！"陈老妈妈激动地咬紧嘴皮，暗下决心："我们的账也该清算了。"

"我送一床棉被来给你，黄氏，你辛苦了。"大儿媳走到凳子前，她眼里似乎只有黄氏，对床上躺着的陈老妈妈视若空气。

黄氏灵活地从凳子上翻身坐起，接过大儿媳手中的棉被说："真是个有心人，为你这样的人办事我死也甘愿。其实不需要棉被，我这样躺着挺舒服，你看我的身架，摆在凳子上正合适，加一床棉被反而碍事了。"

"你就收下吧，现在天热，但夜里怪凉的。我不知下次什么时间才来看你。这里光线太暗，我的眼睛无法适应，一进屋什么也看不清，说不定再过些日子，我连到这儿的路都看不清了。这样一来，到冬天你该怎么过？你们到底是有些缘分，不然我也不会托你照顾。现在外间天色已深，我要早些回去，你保重身体，再过些时日也许我就来和你们相聚了。"

"相聚的事情不用着急，你快回去吧。"

陈老妈妈的大儿媳放下棉被打着空手回去了。黄氏躺下不久又传出呼噜声，不过这次她是睁着眼睛睡觉的。陈老妈妈睡不着，从枕头里扯两朵棉花塞住耳朵。

"现在我必须爬出去。"陈老妈妈这么想的时候努力伸了伸手。

"您想出去吗？"黄氏似乎看穿了陈老妈妈的心思。

陈老妈妈不作声，她扭头装睡着，心里生着闷气。

"如果您想出去走，我可以帮忙，我背您。"

黄氏的话引起陈老妈妈对外间的兴趣，她小声又故作赌气地说："你不怕散架吗？"

"试试吧。"黄氏说着就走到床前，掀开被子将陈老妈妈扶起来弯腰揽到背上。

"憨劲儿不小。"陈老妈妈心想。

黄氏几步就跨到门口了。陈老妈妈总算见到了——不，她什么也没有见到，外面和屋里一样黑洞洞的，只能通过赶路人的火把瞧见自家门板上已经长草了。她想叫住那些赶路的人，借他们的火把瞧个仔细，但那些人就像聋子对她的话不做反应，他们低头赶路，样子疲惫。什么时候这里出现这么多的赶路人呢？她记得从前不是这个样子，并且，她的房子不在大路边，平时只有一条小路也是通往大儿子家，少有人走。而现在这条路像是通往什么重要的地方，横着将她的房子拦一旁。难怪有时候她听见门板响，现在看来，一定是这些人的火把不够或者熄灭，跑到门板上扯草添火。她想看清这些人的面貌，黄氏却背着她急匆匆走远了。

"你看见火把了吗？"她扳着黄氏的肩膀问。

"什么火把？我没见。"黄氏冷淡地回答。

"瞎吗?！"陈老妈妈也冷冰冰应了一句。

陈老妈妈断定黄氏和大儿媳之间有阴谋，为此她心中暗暗叫苦，不该让这妇人背她出门，可是已经晚了，她可能要被抛弃在荒山野岭。她趴在黄氏背上就像扎在刺猬身上一样难受，一种连她自己都不敢相信的对黄氏的恐惧裹挟着她，即使她说着硬气话，也压不住心中的慌乱。

黄氏一直朝前走，她没有听取陈老妈妈的意见去王倩儿家。

"你要背我去哪里！"陈老妈妈不耐烦了。

"我背您出山，您不是一直想出山吗？"黄氏稍稍放慢脚步。

"我还没有等到来信，我要回去。"

黄氏不听她的，继续朝着黑暗中不知什么地方走。陈老妈妈想回头找先前那帮赶路人求助，可是连火星子都看不见了。

"别找啦，他们已经走远。您既然已经出来，就认命吧，难道这不是您一直希望的吗？"

"快闭上你的嘴巴。"陈老妈妈知道眼下无法改变黄氏的决心，她祈祷能在途中遇见熟人，最好能遇见王倩儿。

四

被风吹动的树林响起海浪一样的声音，大概有迷路的羊困于林中，叫声从林子穿出，山崖边有个人影晃动，那人似乎想不开，哭声和着羊的叫声传到山路上陈老妈妈的耳朵里。黄氏已将她放下，她趴在一堆干草上抬着脑袋。

"热。"黄氏用袖子扇风，又望了陈老妈妈一眼说，"您真耐热，我们不是一个世界的人啊。"

陈老妈妈从鼻子里"哼"了一声。她的心思被树林中的声音吸引，那哭声她总感觉在哪儿听过。

"那人要跳崖，你看到了吧？哎呀他跳下去了！"陈老妈妈两手慌乱地摇动。

"您先歇着，我去解手。"黄氏走开了。

"无情无义！"陈老妈妈朝黄氏吐了一记口水，她突然想到此时正是逃开黄氏的最好时机，立刻缩紧身子，将气力灌于两只手臂，左右试探一下，感觉有个斜坡之后翻身滚了过去。她滚到一个草丛中，这儿离先前躺的地方应该很远了。她仰躺下来休息，睡不着，望着天空几颗星子。风从她的衣袖钻进去，一同钻进去的还有几只蚂蚁或者别的什么昆虫，她感到一阵孤寂和落魄的味道，好像自己在枯草丛已经躺了几十年。她开始想念那间黑屋子了，现在那黑屋子说不定已经被大儿媳占领，他们正点灯狂欢呢。

正在陈老妈妈陷入悲愁的情绪时，一道黑影压到离她不远的地方，随即响起了黄氏抽泣的说话声。陈老妈妈屏住呼吸，她猜黄氏已经发现她躲在这儿，但为什么没有抢来将她捉住而坐在那儿哭诉，正是陈老妈妈屏住呼吸想知道的。她估计黄氏身边可能还有别人。这个可恶的女人大半生时间都花在讨好别人的杂事中，大概为了尽快使人忘记或者少提她是被卖到村里的外地媳妇，总之，在陈老妈妈有限的记忆里，黄氏没有立场，像一摊烂泥，任何人她都不会得罪。

不过，这是之前的事了，现在黄氏身上展露出陈老妈妈猜不透的阴森的冷漠。

"是她把你推下去，怎么反倒来找我？现在好了，我们谁都别想回去！天这么黑，你看看，我的眼睛都瞎了。"陈老妈妈因为耳朵贴着地面，黄氏的声音就像从地下冒出来的。她想凑过去看个究竟，又担心落到黄氏手中再无逃脱机会。

"你放了她吧，我求你。"

竟然是王倩儿的声音。不是说王倩儿已经走了吗？看来黄氏又在撒谎，她的话一句也不能信。

陈老妈妈因惊喜浑身充满力气。"救星来了。"她想。

"笑话！这事儿跟我无关。走开去，再不要来找我的麻烦。"黄氏不耐烦了。陈老妈妈听见她在用脚踢东西，好像踢中了一个瓦罐，那罐子"咣当"响了几声。

之后不再听到王倩儿的声音，她大概走了。陈老妈妈心急火燎大汗直流，够着掐自己大腿，想喊王倩儿又不敢声张。离天亮还早，并且黄氏可能就躺在她旁边的草丛，稍一动弹一定惊醒她，可是天亮了更糟，这意味着毫无悬念要落入黄氏之手。她要背她出山，出山去哪儿呢？去哪儿都不可能去她女儿那里。陈老妈妈想到这些眼泪出来了，眼泪和汗水使她感觉自己的脸泥糊糊的，像村口竖着的那个雕像。

一阵细碎的脚步声从她旁边的草丛传来，逐渐移向远处，然后消失。陈老妈妈大喜，她知道黄氏没有发现她，并且走开了。

五

"醒啦！"

陈老妈妈是被这个带着兴奋的声音吵醒的。她睁开眼睛，望见床边站着王倩儿。

"什么事？"她拍了下脑门儿，感觉脑子空荡荡。

"陈奶奶，您可算醒了。醒了就好。"王倩儿擦着眼泪。

"我是怎么回来的？我总算见到你了，天哪，黄氏呢？那个杀千刀的，她想谋害我！"她想起黄氏背她出山的事。

"绝不要提她，是我将您抢回来的，我可真是费了大劲。您想吃点什么？"

"你给我找一瓣花椒，牙疼。"陈老妈妈捂着嘴。

王倩儿瞅了一眼外面，转身说："从这儿到花椒林要走一段长路，黄氏一定埋伏在途中。还有别的治牙疼的办法吗？"

"那门口……"陈老妈妈话没说完，抬眼扫视四周发现一切都很陌生。她躺在王倩儿家中。"倒霉啊，可咋办……"她打个哈欠，闻到一股臭气从自己口中喷出。

王倩儿递了一杯水给她。

"你这房子真够旧的。你怎么不打扫？瞧这灰尘，你瞧瞧，都要堆到人的脸上。你这么年轻的姑娘！"陈老妈妈转着脑袋观察四周，发现房梁檩子有折断痕迹，断痕处用几颗抓钉牵住，房顶向一边歪着。

"怎么不叫周天来帮你修一下房子？那个泥匠。"

"周天来……忙。"王倩儿别开脸，躲闪着走到墙角，那儿放着几个瓦罐，她抱起其中一个摆到桌子上。

"你门前的草深了，秋天时我去割过，现在大概被冻死了吧？我也好久没出门了。"王倩儿望着那个罐子，她在跟陈老妈妈说话，眼睛却不看她。

"这么说，我听见有人在门上割草，那就是你啊。前些天我听见外面下雪，按理说应该很冷，可黄氏背我出门却没感觉多冷，尤其躺在草窝里还望见了像春天一样明净的星子。黄氏竟然说现在是夏天，她把脸上的汗水给我看……"

"不要提黄氏……"王倩儿打断陈老妈妈的话。

陈老妈妈看见王倩儿在发抖，似乎她比她更讨厌黄氏。然而，陈老妈妈回忆起很久以前，大概在她瘫痪之前，黄氏和王倩儿关系很好，像一对姐妹，她还因此生王倩儿的气，怪她与那种人交往。可是她又不太确信自己的记忆。

"冬天还没有过去呢。雪倒是化了，白天大太阳，什么东西都抵不住晒。"王倩儿平复了情绪，低声回答。

"你帮我翻个身，今晚我要侧身睡。我已经多久没有侧身睡觉了，我的背都要长青苔了吧！"陈老妈妈岔开话题。

"您自己可以翻身了。昨晚我背您回来，途中让您坐在石头上休息了一阵，您腰杆直直的一点儿问题也没有。您的腰可能早就好了，是您一直躺着不知情。"王倩儿说着便走去扶她。

"大好啊大好！那我很快就能下床走路了。"

"您还在恢复期，不能走太远。"

"这个我懂。"

陈老妈妈伸出一条腿试着放到地面。她想起很久以前的那只喜鹊——想起喜鹊主要因为它曾带给自己短暂的喜悦，然后，她并没有因为这只喜鹊的叫声而获得幸运，反而从春天躺到冬天。她现在想起它，是怀疑当初是不是自己听错了，那可能不是喜鹊，而是一只晦气的乌鸦。如今，她不仅没有收到女儿的信，连大儿子的去向也搞不清，这些悲喜交加的事情又重新缠住她了。

"我还有很多事情没有完成啊。"陈老妈妈边叹气边捶腿。

天黑了，王倩儿在墙角那几只瓦罐旁边打地铺，床让给了陈老妈妈。这是陈老妈妈瘫痪以来第一次侧身睡觉，腰背比从前更好加上久病痊愈的心情使她整夜都无法入睡，闭着眼睛在床上翻来翻去。后半夜，她终于翻累了，就在她眼睛半睁半闭快要入睡时，突然看见塌下去的房梁处有个人影，接着，一种"嘎吱嘎吱"像风吹门板的声音响了起来。陈老妈妈想出声喊王倩儿，发现自己又像从前那样说不出话，身体也不能活动了。这个发现令她再次感到恐惧，想不到这种事情会接二连三发生在她身上。房梁上那个影子正是王倩儿，她披头散发将脑袋伸进系在檩子上的绳套中，晃几下又缩回来，然后再伸进去，她脸上挂着笑容时不时吐出舌头，像个半大孩子在玩危险而又无聊的装死的游戏。陈老妈妈瞪着眼睛，王倩儿从高处晃下来的灰尘扑进她的眼眶。

"找死呀，短命的。"

陈老妈妈定睛一看，见大儿媳坐在屋中间，旁边还陪着那个令她厌恨的吴大人。她想爬起来找他们理论，使出了她这辈子最大的力气，用手指在床边抓了几下。这微小的声音起了作用，她又恢复了知觉，并且冲口喊了声"王倩儿"。

王倩儿从房梁上下来，她拢起头发，点燃一盏油灯照见略有倦意的脸，慢腾腾走到陈老妈妈跟前："有哪里不舒服吗，陈奶奶？"

　　"你在做什么！你怎么跑到房梁上去了？"

　　"啊，您说这个。我的房子漏雨，我上去补缺口。"

　　"不不，现在没有下雨。你听不见吗？"

　　"我已经习惯每天晚上去那儿看看。"王倩儿低着头，随意地抬手指向房梁。

　　"你怎么和我的大儿媳……那个黑心女人！你们怎么混在一起了？我看见她坐在屋中间。她一定让吴大人给我使了什么咒，你看看，我半天说不出话，舌头都咬出血了。"

　　"陈奶奶，您只是被一口痰堵住了，我在上面听得清清楚楚（她又用手指着房梁），您喉咙里呼呼地响。屋里根本没有什么人来过。除了您、我，没有别人，您放松心情啊。"

　　"你总是用手指着房梁，那地方我看着总那么可怕。你应该换个房子。要不，去我的房子住，那儿的门板虽然腐朽也长了点草，但总归比你这儿好。你看看，你的房梁都要塌下来了。"陈老妈妈说得很激动。

　　王倩儿没有回答她，她默默地低头走到墙角那几个瓦罐旁边坐下来。这个时候她有了困意，毕竟在房梁上挂了那么长时间。

　　陈老妈妈也被一阵温风吹得有点迷糊，她刚才的困意又重新回来了。她闭上了眼睛。闭眼睛之前她伸伸腿，抬了一下腰，才放心入睡。睡梦中她隐隐约约听见王倩儿抱着瓦罐在房间里跑来跑去，有几次都要踩到她的头上，她感觉王倩儿正滴着大颗大颗的汗水，那汗水在王倩儿跨过她头部的时候砸在脸上。后来她干脆就是睁着眼睛看王倩儿在屋里转着圈子跑，不知为什么她有点高兴，也许长久瘫痪的人看见别人奔跑总以为那人是在替自己走路，无端生出这种愉悦的怪癖般的兴趣。起先王倩儿跑得很卖力，速度也快，后来大概是那个瓦罐的缘故，她越来越慢，慢得像在地上爬。

　　"你倒是跑起来啊！"陈老妈妈忍不住喊话，她脸上的兴奋劲儿扯得她松弛的皮肤露出一股蛮横样。

　　"老不死啊……"这话虽然从王倩儿嘴里出来，但听着像黄氏的，也像大儿媳的，甚至有几分大儿子说话的口吻。陈老妈妈捶一下胸口，指着王倩儿大声说："看吧，现形了！你也在骗我。"

　　陈老妈妈脱下鞋子向王倩儿掷去。

　　她打中了瓦罐，那只瓦罐在王倩儿怀中像西瓜一样滚下去了，碎了。

六

　　陈老妈妈的房院又恢复成以前的样子，春天黄昏后，她坐在院子里等那只去年来过的喜鹊。可是喜鹊不再来了，这使她相信上年来的一定是只乌鸦。

她不再去大儿媳家里，一旦闲下来她就闷乎乎地反复说这句话："那个家已经被吴大人占领了，该死的。"

她的孙儿也好像忘记亲生爹和亲生奶奶的存在，有一次她悄悄跑去看他，她往院子里扔了一颗小石子，那孩子抬眼望向大门（她躲在门后露出半张脸），她喊他"宝儿"，宝儿没有答应，他只是望了一眼大门像什么都没看见又低下头去。

"没有灵气的小孩。"她说。

然而这件事一直绊在她心里。她怀疑吴大人给她的孙子施了障眼法，那次偷偷去探视孙子，连大门边的狗都望着她不停地叫，怎么会引不起人的注意？可是眼下，她什么也干不了，因为大儿媳根本不当她存在，即使她不偷偷摸摸去看孙子，正儿八经走进屋，大儿媳也不会拿眼睛瞧她。她就像虚构的，像空气，自从收到那封女儿邀请她出山的信，这个家的味道就变了。现在大儿子也失踪，其他两个儿子不知道整天在干什么，她也懒得去操心。她仅仅对这个失踪的大儿子还有点牵挂。当然，她牵挂的原因还是希望大儿子能及时回来将吴大人撵出去，替她挽回一些面子。

有几次，她迈着艰难的步子出去找大儿子，找不见。曾经她在梦里见到过一回，她问："我儿，你去哪里了？"大儿子不说话，像婴儿那样挥舞着手，胡乱地——也可能是有意——指着她的睡床，然后突然消失在梦的雾色中。

黄氏到她的院子来过一回，她推门往里走了不到十步又退出去了。退到原先长草后来被陈老妈妈清理得干干净净的门板边，朝着木门吐了一记口水。"晦气！"她说完飞快地走开，"来路不明的，知道什么！"陈老妈妈跑到门边抓了一把灰撒在黄氏的口水上。她还故意拿了一把扫把反过来抵住门，往门外又撒了一把柴灰。黄氏没再来了。

静下来的日子难免想起女儿的来信，然而那些信已经很久没有翻出来看，当她从枕头底下取出那些信纸，上面的字迹都开始模糊了。她流眼泪。对着风口。

大儿媳有时候从陈老妈妈的房门口经过，她拿着一把柴刀，每次走到门口都要加快脚步，像见了什么令她害怕的东西。陈老妈妈经常斜望着门口，大儿媳走得再快也难逃她的眼睛，有一次她很想冲上去抓住大儿媳，问她为什么躲躲闪闪，但是她不想动身，她躺在院里一张竹椅上，脚边开着泛黄的碎花，那好闻的香气绕在鼻子边。

自从陈老妈妈一个人跑回房子，王倩儿一次都没来看她。她可能还在为那天打碎的瓦罐生气。

"不来更好，清静。"陈老妈妈想起上次王倩儿抱着瓦罐奔跑，以及自己当时不知为何突然失控的情绪，觉得暂时不见面好，这也是她选择逃离王倩儿家的原因。她看见那些瓦罐很别扭，尤其看到王倩儿抱着瓦罐像抱着无价之宝，更觉得那是个累赘，要全部摔碎它。

这天清晨，陈老妈妈感到有点饿，她走进厨房看见一些剩饭泡在水里，没有一点油星子，也没有菜，碗边胡乱摆着几根筷子。她愣了一下。这么清淡的食物大概是瘫痪的时候形成，她记得很久以前她偏爱肉食，切成几大块放到清水里刚刚煮透的肉，捞起来撒一些生盐、花椒和辣椒粉，那是再好不过的美味。可那是从前喜爱的，此时这味道一点也引不起她的兴趣，倒是水槽中不带一点油花花的米饭勾起她的食欲。"人越老越没意思，竟吃这个。谁贪它！"她想。很快捞起泡在水中的饭碗洗干净，舀了一碗稀饭蹲到门槛上吃。

"陈奶奶，可有多余的饭，赏我一碗？"是周天来的声音。

周天来站在院坝门口，有点胆怯，歪身靠在大门上，很疲惫的样子。

"你怎么搞成这副鬼样？"陈老妈妈嫌弃地瞪着他。

"已经这样了……"

陈老妈妈给他端了满满一碗稀饭，他没有要筷子，直接喝。

"我看你像是从哪儿要饭回来。"

"嗯。"

"嗯"算什么意思？陈老妈妈想发火。

周天来真有点要饭的样子，他喝完稀饭把碗也舔干净了。"免洗。"将碗送到陈老妈妈手中，拱手作揖，表示感谢。

陈老妈妈最见不得他掉书袋，她不明白王倩儿怎么喜欢这样一个书呆子。

"你走好。"她学周天来的声调和语气。

周天来走到大门口想起什么似的停住，扭头说："陈奶奶，您要躲着黄氏，她和我们不一样。我上了她的当。"

"你上她什么当？"

陈老妈妈追出几步想喊他说清楚，可是周天来急匆匆走了。

往后的每天半夜，陈老妈妈都听见厨房里传来喝稀饭的声音。她偷偷去看过，通过一丁点儿天光根本无法分辨，她只瞧见那背影像周天来也像黄氏，由于拿不准是谁不敢声张。每天晚上她躲在灶房窗台下，心里盘算要不要出去打个照面。一开始她怀疑是周天来或者黄氏，现在听久了觉得那声音无比熟悉，像她失踪的大儿子，也有点像她的女儿。她猜想这两个孩子一定有什么苦衷才躲着不与她见面，但是他们肯定很想她，便偷偷摸进厨房尝她亲手煮的白水稀饭。她最后认定这人是她的女儿。她猜她可能过得并不幸福，虽然那些信传递的全是"我过得很好"，然而，这就像她经常骗她曾经活着的父母，天天念叨"您过来小住几天吧"一样。这样推算一番，再听厨房里喝稀饭的声音时感到一阵阵难过。有几回她险些哭出声，捂着嘴，抖着肩膀。她没有勇气走进厨房揭穿女儿的谎言，因为，她想到这一切的时候难免回忆自己漫长的艰苦的一生。她其实是在哭她自己。

"你总是空想。"有天晚上她再去灶房外偷听，里边传出的竟然是她母亲的声音。每次她只要一想起女儿或者儿子的事，她的母亲就出现了。可是她清楚地记得很久以前的那天下午，父亲拍拍她的头说："可怜的小傻瓜，你以后永远都不会再见到妈妈了。"从那之后极长的一段时间，她确实没有再见到母亲。后来连父亲也没有见到了。母亲频繁出现在身边是近几年的事，可惜永远看不清样子，她总是躲着不见，或者坐在暗处。

这次也一样。当她腾地从灶房窗台下站起来要奔去与母亲见面，又扑了一场空。她孤零零站在黑暗的灶房桌子边，手触着那碗没喝完的清水稀饭，这时候窗缝里灌进一股冷风，为躲避这突来的凉意，她盘腿蹲下，两手抱着膝盖。

"我就说嘛，您不应该一个人逃回来，我们住在一起相互有个照应。"

不知什么时候王倩儿站在窗外，灰蒙蒙的月光落在她身上。

"你飞来的吗？刚刚有人说你不住在村里了，转眼就出现在这儿。"

"总有些人爱瞎说。"

"周天来也爱瞎说？"

"什么？周……周天来？"王倩儿看着陈老妈妈，吃惊地用手捂着嘴。

"嗯。"陈老妈妈斜了她一眼，加重语气道，"他已经变成要饭的了！你死了这条心吧，那个不成器的。"

王倩儿一屁股蹲到地上，两眼发直："怎么可能？陈奶奶一定看走眼，他去年冬天已经走了。"

陈老妈妈大惊："你们一个个都是怎么的？我瘫痪这段时间变天了吗？黄氏说你不在村里，周天来也说你不在村里，而你呢，对黄氏恨得连名字都不想提，虽然我想起她的样子脚指头都要痛，但还不至于提个名字也大动肝火。你看看，对周天来你竟然说他去年冬天就死了，那我刚才是见鬼了吗？"

"谁说不是，变天了。"王倩儿心绪不宁，胡乱应一句。她原本打算留下来住一晚再回去，可是，听完陈老妈妈的话直接拔腿走了，陈老妈妈也没有挽留。现在连王倩儿都不与她说实话，这世上还有什么意思？她难过的神色浮在脸上，望着苍茫的远山，不知接下来的日子要怎么熬。夜间她也懒得去灶房查看，虽然一墙之隔，喝稀饭的声音时常吵得她睡不着觉。有几夜似乎来了野猫，在灶房顶的瓦片上走得沙沙响，她出门拿棍子打它，朝它扔小石子。一晃眼，她看见灶房顶冒出一股浓烟，有烧焦的味道。

"着火啦！救命！"她大喊。

她大喊的时候发现周围根本没有人居住，她处在一片荒郊野外，这里除了她的房子找不着别家。她以前那些认识的邻居都不见了。门口那条路，就是那天晚上黄氏背着她出门看见的那条大路也不见了。

她在荒原上奔跑起来，一个上了年纪的人的奔跑，就像套着沉重架子车的牛。而夜幕里一点薄月光的照射下，又把她的影子变得像一条黑色的秤杆虫飘在杂丛中。她必须逃离老房子，燃烧着的灶房把旁边的大房子也点燃了。那儿已经没有她的栖身之所。她边跑边回头看，那房子像纸糊的，灶房那边的火苗直接把它卷进去了。"好啊，太好啦，穷鬼了，光杆杆的了。"她摊开两手，模仿着有可能要被别人嘲笑的语气。

她想起大儿媳，想起大儿媳的时候突然对烧毁的房子不难过了。这样一来，她再不用担心房子被大儿媳和吴大人霸占，可以四处流浪去打听大儿子的下落了。她像报了大仇似的，简直要庆贺这件原本应该伤心的事，她拍着双手站在远处，面朝着熊熊燃烧的老房子哈哈大笑。

七

陈老妈妈想找到从前的邻居，这茫然的计划已经实行很久，一双布鞋已经开裂，脚底起了水疱，之后水疱变成老茧，她干脆赤脚走路。她已经跑出来很远了，但不知到了什么地方。途中遇到一些人，没有一张脸是熟悉的。她怀疑邻居们故意将她抛弃，村庄可能在她瘫痪的时候已经荒废，所有人都静悄悄去了别处。这样想来，周天来和黄氏说的可能是真话，王倩儿确实不住在村里了，村中只留下一些拿不走的废弃的东西，以及她这种废人。

她仰头看着天，猜想王倩儿出现在她面前一定是对旧村子还有挂念，她向来是个固执又长情的姑娘。

陈老妈妈走到一条河边，一根独木桥连着两岸，她在犹豫要不要过去。为了一群可能成心抛弃她的人，需要付出从独木桥上摔下去的危险代价吗？何况她的老花眼已经到了要瞎的地步，只有她自己才知道，她深一脚浅一脚地走路是因为左眼和右眼无法配合，散光，看不清东西。那儿只有一根独木桥，可是她看到的是无数根独木桥，像浮在水面，又像飘在半空，她踏下去的每一步都拿不准。这糟糕的视力一定是途中染上的顽疾——奔跑时她左看右看，要确认在路上的某一处可能遇到几个熟人。然而眼睛要瞎了，什么熟人也没遇见。

这天晚上她住在一间废弃的土坯房里，为了避风，她蜷缩在墙角。可是风还是从房顶扫进来，扫在她的头发上。她对着月光看见一缕自己的头发，白花花的，发着银光。

"可怜啊，孤魂野鬼了。"

有声音穿墙而来，不知道什么人在说话。陈老妈妈几步追到门外，什么也没看见。"见鬼的！"她跺脚喊两声，没收到任何回应。

"陈奶奶，您一定饿坏了，上次赏我一碗稀饭现在还给您，当作回报您的恩情。"正当陈老妈妈要转身进屋，背后响起周天来的声音。周天来端一碗清水稀饭，恭恭敬敬弯着腰站在那儿，头微微仰起，面带笑容。

"你倒是长胖了些。"陈老妈妈确实感到饿了，她看见周天来比上回受看些，也不怎么反感了。她走过去，伸手接那碗稀饭。

"等一下。"是黄氏的声音。

黄氏两步走近他们，把这二人都惊了一跳。

"你来干什么?!"陈老妈妈厉声吼道。

"你……"周天来底气不足，饭碗也从他手中落下去。

"周天来你紧张什么？天天见着还装生疏。你闻闻，你身上都有我的气味了。"

"臊皮!"陈老妈妈瞪眼。

周天来抖得像打摆子。他的腰弯得比先前厉害，脑袋都要掉到地上去。

"您老人家想多了，我没有别的意思，好心提醒让他把王倩儿找来。您看看，他现在这么可怜，饱一顿饿一顿。在这儿可冷啊，晚上的风小刀子一样割人。"

"你不会又给他当管家了吧？你那么喜欢当管家。"陈老妈妈不屑地转过脸，望着那个就要弯倒在地上的周天来。现在她有点同情他了，这个人说起来只有她儿子的年纪，甚至还略微小一点，她瞬间爆发的母亲的心情，促使她原本就弱视的眼睛将这个大男孩看成了自己失踪的儿子。

"我的儿……"她不能控制情绪地走到周天来身边。

"为什么你总是不打直腰杆呢？你做人太软弱啦。可惜的，年纪轻轻成驼背。"她拍着他的肩膀。

周天来想挺直腰杆，发现直不起来了。这段时间黄氏总是追着他跑，在他耳边说："把王倩儿喊来啊，你不去吗？我可以帮你……是不是闹翻啦……"黄氏语速很快，问题一个接一个，有时乘他不备扑来掐他脖子。

"像你这种胆小鬼就应该躲到瓦罐里去。"

"瓦罐？"陈老妈妈听到"瓦罐"心里一沉，想起王倩儿抱着瓦罐狂奔，而她因为打烂瓦罐与王倩儿差点儿闹翻。

"还不感谢你的救命恩人，她简直是你的再生父母。王倩儿毕竟年轻不懂事，一把灰还起什么作用？你瞪着我做什么？现在你和我是一条道上的人，你还想回去吗？可以呀！但是王倩儿不要你。你回不去啦！你不要伤心，像我们这种人再倒霉的事都想得通，慢慢就习惯了……哎呀，你不成器的，你衣兜里还装着那瓦罐的碎渣，有什么用？有什么用呢？"黄氏将周天来推了一把，险些让他摔倒。

"我……"周天来迟钝地只吐出一个字。

陈老妈妈看他们争执不下，一个过于嚣张一个过于软弱，感到无趣。她打个哈欠，又回到刚才蜷缩的墙角。

黄氏和周天来也跟进屋，两人都有些倦意。

下半夜，陈老妈妈听见黄氏和周天来在小声地吵架。真是奇怪，周天来还敢和黄氏吵架？陈老妈妈来了兴致，她屏住呼吸不打扰听力。最好他们可以干一架。

"你为什么要缠着她？我来了还不够吗？你还把陈奶奶困在这儿，你这个恶毒的女人！"周天来好像站起来了，陈老妈妈可以猜到他现在一定用手愤恨地指着黄氏的脑门。

"我怎么会是恶毒的女人？难道不是你把她气得上吊的吗？你自己跌到悬崖下面，关我什么事？至于那老婆子，你管不着。"

"是你推我下去的。"

"不是！"

"你怎么不去找吴大人？你去找他呀。被人捉个现行，你感到羞耻，你活不下去了！你自己跳了水井。好啊，你现在替她卖命，捉了她的眼中钉，假意给人当管家，你管什么？她只是一个无辜的老婆婆，你就不能让她安生过几年吗？"

"不能！那水井是她家的。她那天为什么不盖住井盖？她故意揭开盖子，她知道我每天要从她门前路过，要去花椒树下与她说几句家常。她向来看我不顺眼，我为什么要放过?! 反正她注定要和我们一起。即使我放过她，她还是会自己走到我们这边来。你不信吗？你不要死死盯着我，没有用的。现在她躲在墙角，你去闻闻，她的气息和我们差不多一样了，她吃饭的口味都与我们一样——清水稀饭！再过十天半个月，她就完全和我们一样啦。你激动什么，你又不是她亲儿子？你这是多管闲事。"

"有我在，你什么也干不成，总之。"周天来又坐回地上，这次好像双手环住膝盖，低着头。陈老妈妈努力盯住那团黑影子。

"这不是你该操心的。"黄氏冷冰冰地回答。

陈老妈妈以为他们休息一下会继续吵架或者直接厮打对方，不料二人竟哭开了，边哭边说。

黄氏：

"你知道我每天都去找她说话是为个什么？当然不是因为要与她缓和矛盾，我并不在乎她怎么看我。我确实被卖到这儿了，找不回自己的老家，我不识字，我笨，这有什么关系呢？我只是……有些时候我会忍不住想家。她院坝里有一口水井，里面凉悠悠的水喝起来有股老家的味道，我就图这个味道，时不时想去那儿找水喝。为了让她不在我喝水的时候用冷冰冰的眼睛望着，我花空心思说了些言不由衷的话。

"你懂什么？我并没有打死那只喜鹊，那不是我干的。

"……她望着我，那儿又没有井盖，我慌慌张张走去够水喝，一脚踩空掉下去了。不不，也不是这样，我是看到井里的自己，那张脸像我又像我母亲，我被她吸引了，我很久没有见到她，平时我也不照镜子——你不信？信不信有什么关系？现在事情已经成了这样，我们全都聚在这儿了。

"我没有给她当管家，那是她生病时候的幻觉，她总是害怕大儿媳霸占房子。我怎么知道？我怎么会不知道？她的事情全村没有不知道的。那信……唉，要命的东西，她竟然会将它看成信，我们有什么办法？"

黄氏的话告一段落。

周天来：

"我没有要求她跟我在一起，谁都知道我的情况，我屋里除了几本书还有什么？她偏是看中了我这个样子。她跟她父母闹脾气，她上吊，她挂在房梁上半死不活，我难道还不能感动吗？那天晚上我带着她走，准备什么都不顾了，走哪儿算哪儿。我们走得比较快，根本没有看路，也不管什么方向，就是这样一种情况下冒冒失失地突然遇到你和吴大人，你们在悬崖边站着吵架，吴大人要扑上去打你，说你纠缠不清，说你看不透事情，他心里根本没有你。你要去跳悬崖。（你好像很喜欢搞点惊人的事？）我敢打赌你当初一眼就看中了吴大人，但你这纯粹是单相思。真可怜呀，我当时都快要同情你了，如果你不是撒气在我身上，将我这个无辜的人推下悬崖的话。我不知道谁把我救了，我醒来躺在一个水塘边，那儿游着一群野鸭把我耳朵都要吵聋了。我想爬上悬崖立刻去找王倩儿，我猜她还在悬崖上跟你理论。然而我一点儿力气都没有，我的力气大概就是在那个时候摔得一点儿不剩了，我肯定得了很严重的后遗症。

"王倩儿就是这样疯掉的，我找到她的时候，她已经认不出我了。你看见了，她又唱又跳，不是在家里转圈跑就是在外面乱跑，我想拦也拦不住。每天晚上我和王倩儿对望（有时候她会安静下来，这个时候她才会发现我坐在她身边，可能正是发现我坐在她身边才突然那么安静），但是她的眼神很陌生，她像生活在另一个世界的人，不到三分钟她就对我失去了耐心，她力气变得很大，一只手就可以将我提起来，她把我往瓦罐里装，她说'进去吧，你这个短命鬼'，她咒我。如果不是疯子谁会相信一个这么大的人可以塞进一只瓦罐？（奇怪，我怎么会变得这么轻、这么没有一丝力气呢？）之后，我感觉每个晚上都不能进入深睡眠，但又每个晚上都像没有睡醒，似乎她真的把我塞进瓦罐了。为了清醒自己，我深更半夜去河边洗头。王倩儿在后面追着我，我去哪儿她就追

到哪儿，那些人在一边看笑话，王倩儿在那儿跑啊吼啊，嗓子都喊坏了，他们说她：'臊皮啊，为个短命鬼！'

"……你总是不听我的解释，我说我们只是路过，不是成心要捉你和吴大人。捉你和吴大人的是陈奶奶的大儿媳。你为什么恩怨不分呢？我以为那边才会这样，活得很累，谁知道哪边都是一样的。现在我们坐在这里，哪儿也去不了还是争个不休，还是得不到安宁。

"我今天晚上没有掉书袋？是，我决定以后都不掉书袋了。

"什么？你说你后悔了？哈哈哈……"

夜间湿气重，风不停地从墙顶吹下来，陈老妈妈忍不住打个喷嚏，她把他们的谈话也打断了。

"周天来，去给我找点儿吃的。"陈老妈妈不想听他们吵下去了。

然而，那边传出黄氏和周天来扭打的声音。周天来明明说自己一点儿力气都没有，但是现在，他似乎占着上风。黄氏也比平常厉害，陈老妈妈从声响中判断她使用了拖鞋和小石头去砸周天来的头。

"你们当我死了吗？我说话听不见吗？"陈老妈妈大声喊，她现在不想看他们打架了。

"饿死鬼啊……"陈老妈妈听见这句分不清是黄氏还是周天来说的话，没有发火。不知为什么此刻一点儿脾气也没有了。她摸着墙站起来，想走过去喊周天来弄一碗清水稀饭。

她走过去，一路摸着像被大雨淋湿的墙……

从这个墙角到周天来和黄氏的那个墙角，不应该走超过十分钟，可是她走了很久。

八

陈老妈妈沿着墙脚一路摸黑走，越靠近墙那边，黄氏和周天来吵打的声音越小，最后连声音都听不见了。

她绊了一跟头。等她从地上爬起来，不仅看见一间灯火通明的房子，还看见她失踪的大儿子。

"儿子……"她哽咽，忍不住泪水。

"陈奶奶，我是周天来。"

陈老妈妈仔仔细细将他瞧一遍，是他的儿子不错。不明白为什么他要否认，难道这孩子遗传了他外婆的心性，也要将自己的亲生母亲忘记吗？这种事情只有她的母亲才干得出来。她有点冲动想跑去掐他的脖子，却突然看见灯火昏暗的窗边站着一个人，从熟悉的身影可以肯定那正是她的母亲。"您又来了，您好像放心不下又像是专门来看我的笑话。"她心里这样说，嘴上并不吐出声音。

"你总是不听我的话。"她母亲回答。

"妈妈，您终于肯出来见我了。"陈老妈妈眼泪哗哗地望着那个准备走出来而又暂时只露出半个身子的母亲。在她一再恳求下，那人总算现了真身。陈老妈妈吓了一跳，这哪里是她母亲？这人根本就是年轻时候的自己，她曾经留在照片中的一套浅花衣裳，正穿在她身上。

"怎么……"陈老妈妈呆住，张着嘴不知道该说什么。

"你不用惊慌，我来的时间早，这儿风色养人。可怜的，你看上去实在太老了。"

"妈妈……"

"你总是喜欢操心那些闲事，你看你的头发，唉，我不想跟你说了。"

陈老妈妈呆看着母亲——那个年轻的自己，身子轻便地翻窗而去。

她把目光收进来，重新打量这间屋子。

"陈奶奶，"周天来走到她身边（他刚才一直缩在墙角不敢插话），扯一下她的衣袖，"这边请。我给您煨了一锅肉汤。"

陈老妈妈跟过去，看见一个瓦罐放在那里。

"儿子，你是成心要忘记我了。"

"我是周天来。陈奶奶，您的儿子还没有回来，他来不了。"

"你回来吧，我现在不需要你帮我出气了。只可惜我的房子被火烧掉了，你看看，我的脚都走出水疱来了。我们以后住哪儿呢？"她蹲下来翻看脚板底。

"儿子，为什么不是清水稀饭？我现在习惯清水稀饭的味道了，我以后只吃这个。"

"那不是您应该吃的。"周天来说。

"怎么样，我说她已经习惯这个味道了。现在她和我们是一伙的，是一伙的了。"黄氏不知道什么时候已经坐在床边，她周身透湿，像是刚刚才从水里爬出来。她很得意地望着陈老妈妈。

"你这个连老家都回不去的，有什么脸面！"陈老妈妈不看黄氏，眼睛高抬着望向另一边。

"有又如何，没有又如何，反正都回不去。大家都回不去。"

"我跟你不一样，我知道……"她本来想说她知道自己老家在哪儿，却怎么也想不起老家的样子。

"想不起来了吧？算啦，我今天能记住的就只有那口水井，我现在只要一想起它，肚子里就好像装满了水。现在我也不能说得清楚，那水井还是不是您的。赶快挑一样能记住的吧，以后也不至于孤单。在这儿的人如果没有一两样可以摆谈的事会招人笑话，他们会凶巴巴地假意地笑着问你：'你是怎么活了一辈子的呀？'这种问题时常搅得你像个空心人。"

陈老妈妈懒得和黄氏说话。她坐到堂屋靠着火塘的一边休息，明天要去哪儿还没有想清楚。半夜她感到非常冷，但是过一会儿又觉得暖和许多，就像一个月亮带着清寒从她身体里滑过去，接着又是一个太阳带着暖烘烘的光迎了过来。她在身体冷热不定的交换中听到大儿媳和吴大人的对话。

"快了吧？"大儿媳轻声说。

"快了。她吃过东西了吗？"

"一小口清水稀饭。"

接着她听到了哭声，哭者连续说"我来晚了"。这哭声像是王倩儿那个疯子的，也像是她的女儿。难道女儿终于来接她出山吗？她很激动，想睁开眼睛看看。

陈老妈妈睁开眼睛的时候已经是第二天晚饭时分，她看见了王倩儿、黄氏、吴大人、周天来，还有她失踪的大儿子。她没有看到自己的女儿。这些人围在一桌吃饭却一言不发，好像谁也看不见谁。黄氏和周天来一直没有动筷子，他们好像还在打瞌睡。

"你怎么回来也不通知我一声？"她瞪着大儿子。大儿子没有回答，也不看她。

"我奶奶为什么不吃？"她的孙子坐在对桌，一直望着她笑。

"不要瞎说！"她大儿子瞪着眼睛望向墙上挂着的她年轻时候的照片，又很快将目光转移。

陈老妈妈捡起一根筷子戳了他大儿子一下，想让他知道大儿媳与吴大人的事。大儿子像是很久没有吃过饭似的，他把脑袋一直埋在碗里。大儿媳和吴大人时不时从碗边偷看，在她提醒大儿子无果的情况下还投来一股轻蔑的眼神。

"你真是个软弱的孩子，你是个空心人。"她放下碗筷，赌气地坐到门槛上，决定今天晚上去王倩儿那里过夜——她不相信王倩儿疯了。

"您走啊，这里还有什么可留恋？一堆烂摊子。现在您儿子活过来了，还有什么放不下的？算他命大，那么高的悬崖掉下去摔不死。"她大儿媳敲着碗，脸色很不好看。

她生气地跑去打了大儿媳一巴掌，连她都没有想到会有这么大的力气，大儿媳脑袋歪向一边，口吐白沫，倒在桌子底下抽搐。吴大人吓得丢碗就跑，嘴里大喊："见鬼了！"

陈老妈妈得意地望着大儿媳，指着吴大人的背影嘲讽又带着一点儿悲伤的语气说："怎么样？遇到事情他跑得比狗快……唉，我的软弱的儿子，他以为你羊癫风又复发了。"

她从大儿子家里出来天已经黑透,但是月亮明明清清地挂在天边,她还不想去王倩儿那里,想随便在什么地方走走。那只得了风湿病一样走路一瘸一拐的狗跟在身后。"现在你就是周天来那个书呆子说的'丧家之犬',这些日子我也顾不上管你,可怜的,你是怎么熬过来的?"她摸着狗脑袋。

"人走狗亡,大不吉。"这句话撞进陈老妈妈耳朵。她顺着声音望过去,发现路边以及远处的各个地方,都密密麻麻站着一些人,她不认识。这些人手里拿着已经熄灭的火把和镰刀,还端着一碗喝剩的清水稀饭。她想到自家门口大路上那些赶夜路的人。

"想不到又在这儿碰面了,有缘有缘。"她说,她很吃惊自己脱口而出。

"陈奶奶,您还是找到这儿来了?"周天来从人群中挤了过来,后面跟着黄氏。

陈老妈妈经过这一段时间与周天来和黄氏的接触,已经没有心情和他们较劲了。她走得有点累,避到人少的空地上坐着休息。

"周天来,"陈老妈妈向周天来招手,"我女儿昨天晚上好像来看我了,她往我衣兜里塞了几封信。我想她一定有什么事情不能当着众人说出来,你过来看。"她一边说一边掏信。然而,掏出那几张信的时候眼睛珠都转不动了,那竟然是几张烧给逝者的纸钱,其中还夹着一所小小的和她老房子一模一样的纸房子。她大怒,这不是在咒她死吗?她立刻断定是大儿媳所为,像这种事情只有大儿媳干得出来。

周天来很平静地从她手中接过那些"书信",说:"注定的。"

"什么?"陈老妈妈正在气头上。

"我们谁都回不去了。天这么黑,您还记得住路吗?"黄氏泄气的声调让陈老妈妈立刻没了火气,她确实忘记回去的路了。可是她突然惊觉,大儿子的房子离她的老房子并不远,为什么她跑了一阵又会跑进大儿子家?难道她转个圈子又回来了吗?更奇怪的是,如果她跑回了村子,那么被烧毁的老房子去哪儿了?

"注定的呀。"她自言自语。

她不知道该去哪里,去哪里似乎都在这个村子转来转去,但又无家可归。有很多事情她都想不明白,而这次,不知哪里来的勇气,她决定不去操心这些问题。这世上的问题接二连三,想不通的事情接二连三,她的头发都白了。

"你背我出山吧。我们离开这个村子,到山那边去。"她望着黄氏。其实这个时候她还看见了王倩儿,王倩儿挤在一群人当中张着嘴,大概在喊她。可是她不想搭理,她感觉住在王倩儿那里和住在别的地方都没什么区别。

黄氏不像上次背她出山那么野蛮,她温和地点头,将她背在身上。她感觉这个人有点像她的女儿。因为这份心情,她对王倩儿在人群中的呼喊更不在乎了。

他们三个人，后面跟着一只瘸狗，顶着月色翻过一座长满松树的山坡。

（原载《钟山》2016 年第 3 期）

作者简介：

阿微木依萝，彝族，生于 1982 年 1 月，四川凉山彝族自治州人，初中肄业，自由撰稿，现居东莞市，曾就读于鲁迅文学院。2011 年 6 月开始文学创作，2012 年发表作品，写散文和小说。作品发表于《民族文学》《散文》《天涯》《钟山》《散文选刊》《散文海外版》《湖南文学》《山东文学》《山西文学》《文学界》《星火》《美文》《红岩》等。获第五届在场主义散文新锐奖、第五届东莞荷花文学散文奖、第三届广东省"九江龙"散文优秀奖、第二届广东省有为文学奖——"大沥杯"小说奖。

圣　地

陈继明

1

2013年5月24日，武汉有雾，接近中午时，大雾已成小雾，城市轮廓重新浮现在人们面前，武汉长江大桥和大桥下的茫茫江水也恢复了苍老的模样，好像比这个世界还要老一些。武昌桥头堡这一侧，一个反戴着鸭舌帽的年轻人正以薄雾中的大桥和大江为背景，给一伙朋友拍照。突然，一男一女从桥上先后跃下，身影自动飘入他的镜头，虽然模糊，仍然足以看清楚前者是男、后者是女。男的一定是奋力跳出去的，身体背对大桥，距离桥身有三四米远，始终是竖立的姿势，几乎像一个跳水健将。女的跳之前肯定不敢直视江面，先是反身抱紧了护栏，待男的咕咚一声已然落水，才匆忙跟下去。女的面向大桥，双臂向上伸直，如柔软的水草，一头黑发也猎猎飘扬，似乎要把坠落的身体提起来，左腿略略弯曲，右腿微微蹬直，持续下坠的过程中，身体匀速前倾，直到和江面相平行，成为标准的爬行状，如同在梦里，扑向一个十分陌生但又暗含温存的深渊。

不幸的是，女自杀者是我的女儿，晴川大学外语系学生周羽。桥上留下了她的黑色皮包，包里有学生证和身份证。男自杀者是谁？和我女儿有没有关系？不得而知。现场还有半包烟一个火机，应该就是男自杀者的。

当天下午四点，下课后我刚回到教研室，就接到了小羽的班主任丁帆打来的电话。丁帆和我有过一两次电话联系，他知道我也是当老师的，他说："周老师，出大事了。"不知为什么，我心里立即就闪过"周羽自杀了"这几个字，而且我已经快速做好了心理准备，"你女儿周羽投江自杀了！"这句话略迟于我的判断，所以我心里几乎波澜不惊，一时说不出话，只是没话找话地问："什么原因？"丁帆答："据目击者说，是一男一女一同跳下去的，前后相隔大概五秒钟，周羽已经捞上来了，男子的尸体还没找到，现场只留下了半包烟一个火机，没办法证明他的身份。是不是我校学生，还不好说。你们呢？周羽和谁在谈恋爱？家长应该知道的。"我说："我们不知道，真不知道。"丁帆好像在叹息，我问："是从大桥上跳下去的？"丁帆说："是呀，狗日的自杀圣地！"

以前我并没听说，武汉长江大桥有"自杀圣地"的美誉。小羽的高考成绩下来后，我们在第一时间就决定，去武汉读大学。不想离家太近，也不想离家太远，武汉离兰州不远也不近，武汉可选择的大学也比较多。最关键的是，我妹妹秋玲在武汉生活已有很多年，我老婆赵红认为，有秋玲照看，她放心。

小羽入学时，我亲自把她送到了学校。我们提前三天到了武汉，应秋玲邀请，我们就住在秋玲家。秋玲单身多年，有一个刚上初中的愣头儿子，母子俩住着一套三百平方米的大房子。她家离大桥不远，走过去只需要半小时。次日晚饭后，秋玲打发她儿子涛涛带我们去欣赏夜色中的长江和大桥，她自己在家打扫卫生。一上桥，涛涛就说："舅舅，武汉长江大桥是我们武汉的自杀圣地，投江自杀的人，每年都有好几十个。"我不知道小羽当时何感受。反正，我心里立即发出一个声音：糟了！身为父亲，我了解自己的女儿，我知道小羽是一个喜欢招惹死的女孩，从小到大，不乏例证——

小学三年级她曾在语文书的某一页上写过一句话："我想死，没有原因，就是想。"当我偶然看到这句话的时候，她已经是五年级学生了。她一直是班里的学习尖子，考试得九十五分都会连续哭上三天。所有的人都认为，小羽是一个让人放心的孩子，我也这么认为，所以，"我想死"这样的话我并没有放在心上，我相信那是闹着玩的，是在模仿大人的口气说话，甚至很有可能，那话是从别处抄来的。

上初中后她的成绩依然拔尖，还是当之无愧的好学生。但是，有一次，她的一个同学悄悄向我告密："叔叔，你家周羽想自杀！"我追问详情，那个同学说，小羽把她叫到操场边，对她说："其实我早就想死，之所以一直没死，是因为我不知道如何解决一个难题，死了之后还能替自己的死辩白。我一死，大家肯定会猜测我的死因，肯定是鸡一嘴鸭一嘴什么屁话都有，难道死不能没原因吗？就是想啊，这不算原因吗？"此时我才意识到，小羽在小学三年级时写下的那句话并不偶然，这孩子，真的有一颗敏感的心，真的有一些常人没法理解的怪心思。不过，当时我仍然没有意识到这是一个值得去重视的问题。我仍然相信，孩子们会夸大他们心里刚刚萌生的一切想法。

小羽以高分考入高中的那一年，春暖花开的时候，我母亲突然去世。我母亲曾经带过小羽两年，两人关系十分密切，每逢假期，小羽都要急着回老家去。我母亲是因为急性胰腺炎一夜之间快速死去的，从发病到离开，是一眨眼的事情。一个亲人，一个大活人，说没就没了，这事一定不是一个孩子能轻易接受的，这事对一个孩子意味着什么一定超出了我们的想象。总之，小羽突然变成另一个人了，她不是她本人，而是她的替身。最明显的变化有两点：一是，对我和赵红的态度突然变得十分冷淡，好像我们是凶手，我们杀人如麻，我们不仅害死了奶奶，而且还预备害死她；二是，她原本清澈单纯的眼神里开始蒙上了一层雾蒙蒙的东西，就像刚刚降生的羊羔，全身上下，包括眼神，罩在半透明的黏液里。什么是迷惘？我相信，小羽当时的眼神就是所谓迷惘了，清晰而具体，如一幅画，可以拿过来，转赠他人。我试着与她交流，问她："你的视力是不是下降了？"她说："没有呀。"我问："那你最近看东西为什么总是要眯着眼睛？"她眯了眯眼睛，想了想，说："我不想看清这个世界，有时我甚至想变成一个瞎子。"我问："为什么？"她说："这个世界好虚假，不值得看清楚。"我故意笑出声来，问："你自己也是虚假的吗？坐在你对面的这个人也是虚假的？"她看了我一眼，又特意眯眯眼睛，说："是的，你和我都是虚假的。"我问："你为什么要眯眼睛？"她说："眯上眼睛的时候，真假的界限就模糊了，真的也是假的，假的也是真的。"我说："我很高兴，你在用哲学的眼光看世界，但我要提醒你，过马路可不是哲学，要小心！"她说："你还别说，有时我真的想钻车轱辘！"我拍拍她脑门儿，说："乖乖，别开玩笑！"她说："我是丑话说在前头，免得哪天真的出了状况……"

接下来倒是没出什么状况，不过她的学习成绩渐渐滑下来了，她是以全校第三名的成绩考入高中的，如今她似乎瞧不起好成绩了，上课会趴在桌上睡觉，在我的课上也公然打瞌睡，有时甚至会逃课。她曾经失踪过几天，后来才知道她只身坐火车回老家了，直接找到我母亲的坟地，一个人，在荒无人烟的坟里坐了一整天。我要求弟弟强行把她送回来后，她说："我是打算去死在奶奶坟头的，之所以没死，不是因为怕死，而是因为我突然发现，我一死，我对奶奶的美好记忆也就跟着死了，有些记忆只有我有，别人没有！"这个说法令我窃喜，让我的担忧大大减轻。有趣的是，三个月后、半年后、一年后，小羽同样习惯了奶奶的死，同样有些得过且过了。她会为此陷入自责，说："这多可怕，我竟然习惯了奶奶的死。"我不作声，选择与时间成为同谋，等待小羽完全淡忘奶奶之死的那一天。没错，时间的作用是显而易见的，小羽在变，首先变了的，是她的眼神，先前的迷惘还在，但不再是单纯的迷惘，迷惘里多了些浑浊，那浑浊是由势利、故意、矛盾、撕裂共同构成的。一句话，她在向我们学习，学得像大人一样对世间的变化见惯不惊，习焉不察。说得更明白一点，她的眼神里有了自我鞭策的痕迹，有装成熟、装长大、装镇定的味道。但是，我们担心的事情还是发生了，一天晚上，她躲在自己房间里用水果刀切开了手腕。赵红是妇产科医生，她熟悉血的味道。当时我们正在看一部电视剧，她突然闻到了浓浓的血腥味，沿着地面从小羽房间里飘过来。她跑去敲小羽的门，敲不开，她大喊大叫，里面一无声息，我跑过去和她一同用力，把门撞开，我们看见穿着白色碎花睡衣的小羽静卧在床下，血从身体右侧秘密地流出来，冒着热气，顺着白色瓷砖的正方形缝隙，曲折地延伸。

"我的死，是因为我不能饶恕自己，我竟然一点点认可了奶奶的死，和奶奶的一伙宝贝儿女们一样没心没肺。"很明显，她的遗书，一半写给她自己一半写给我们，她对自己的惩罚就是对我和我们兄弟姐妹的惩罚。

2

当晚后半夜，我从兰州飞至武汉，秋玲来机场接上我，把我送到了一家宾馆，看出我有些疑惑，她解释："哥哥，小羽的事情我不想让涛涛知道。"我马上明白了她的意思，她担心涛涛会以姐姐为榜样，步姐姐的后尘。

没办法，随着涛涛的逐渐长大，尤其是青春期的突然来临，身为单亲母亲的秋玲，越来越变得神神叨叨了。电话里，她经常一小时一小时地跟我诉苦，说自己快要崩溃了，要进精神病院了。秋玲的前夫是秋玲的大学同学，在涛涛未满半岁时就因为移情别恋而离开武汉去了另一座城市，从此完全失踪，不知是死是活。后来秋玲和前夫的朋友，一个搞古玩的小商人结了婚，没多久小商人出车祸死了，留下一间生意清淡的古玩店。随后秋玲继续经营，竟然越做越好，如今也算是一个像样的富婆了，至少是我们五姊妹中最有钱的一个。可是，不知不觉中，儿子涛涛长大了，一个长大了的虎头虎脑的儿子，不再好玩儿，不再单纯，他要恋爱，要上网，要捣蛋，要知道爸爸是谁，要这样要那样，更别说还有一个叫"青春期"的魔鬼突然从他的身体里跳了出来。"哥哥，咱们那时候怎么就没有青春期？"秋玲最近总是这样问我。是呀，我有过青春期吗？我们有过吗？我们五个人，还真的认真讨论过这个问题，结论是：没有，的确没有！那时候不挨饿就不错了，有学上就是万幸，一门心思读书考学，小学、初中、高中、大学，是一路拼过来的，青春期大概始终没找到见缝插针的机会。不过我有一个观点，他们也基本接受。我说，青春期迟早会来的。该来的时候没来，那就另找时间来，在不该来的时候来。他们让我举例，我一口气举出了很多。我们每个人身上都有一大堆现成的例子，集中起来够写一本书的。

我和秋玲说了一些话，天就亮了。天一亮，我才知道这家宾馆就在武汉长江大桥的旁边，在武昌桥头堡这一侧。我拉开窗帘，看见了晨光中向上凸起的大桥。此刻，它似乎是肉身的，和我一样，正为一个年轻女孩的飘然离去而难过，悲伤和悲伤无意中叠加起来，悲伤就变成了能压垮人的东西，我心里快速疼了一下。我突然哭了，我暗自高兴自己能哭了，我放声哭了起来，声音越来越大，就像一个裂纹被持续撕扯，越扯越大，秋玲也跟着哭，哭完后我们又久久安静下来。秋玲说："是我不好，没替你照顾好小羽，我对不起你。"我迟疑了一下，说："幸亏妈妈死了，要是妈妈还在，肯定会向咱们要人的！"我的话里暗含指责，我以为身为亲姑姑，秋玲的确没有尽到应尽的责任！刚才我问她："小羽和谁在谈恋爱，你知道吗？"她说："不知道。"接着，她又说，"我没办法知道，因为小羽嘴里基本没真话！"我睁大眼睛，我讨厌此刻说这样的话！秋玲说，"你别生气，你应该知道，小羽在撒谎方面简直是天才！"我强压怒火，问："她撒过什么谎？"秋玲说："她说，她的高考成绩足够上北大清华的，之所以来武汉上大学，是你和嫂子硬逼的。"我不吱声了，秋玲又说，"她只要一张嘴就在撒谎！"我问："真的吗？"秋玲说："哥哥，我就不信你不知道！"我提高嗓门儿说："我只知道，她撒的谎并不比你和我多！"

3

　　早晨，我坐地铁到了晴川大学，丁帆和两位老教师接待了我，他们个个神态严肃，略显紧张，应该是怕我情绪失控，提过分要求，我说："我也是当老师的，任何一个老师都不希望学生出这样的事情。"他们一听就真的放松下来。一位老师给了我一组照片，初看是同一个画面，细看却有微弱区别，是两个人从桥上坠落的不同瞬间，人影小如蚂蚁，却分明是一男一女，女的长发飘飘，身材修长，我一眼就认出那正是我女儿小羽。她孤悬空中，上下左右别无他物，只被地心引力吮吸的样子，令我吃惊，我突然不觉得那是选择，而是掠夺！持久的终于得逞的掠夺！我心里愤怒不已，而且伴随着一个深深的疑问："为什么不让我替她去死？为什么必须是她自己？"好像有一个具体的对象能够听见我此时的声音。我放声哭了起来，毫无顾忌地哭起来。但我的哭不只是因为伤心，更是因为愤怒，还有无奈。几个老师也在抹眼泪，令我略感安慰。随后，丁帆把小羽的包递给我，说："周羽的包，我们翻找过，没有遗书。"这是一个偏大的黑色挎包，里面空空荡荡的，我接住后，丁帆又递过来两样东西：半包烟、一只火机。烟是我不熟悉的一个牌子，火机是最常见的那种淡绿色的一次性火机。不知为什么，看见它们时，我相当反感，我明确地向丁帆摇了头，拒绝把它们一并拿走。领导模样的那位老师说："我们仔细排查过，校内并没有任何男生失踪。周羽的同学，包括舍友，也没有任何人知道周羽近来和谁在谈恋爱，家长应该知道些底细吧？"我一定面有愧色，丁帆急忙解围，插话说："据我们了解，当时就有人报了警，武汉海事局的巡逻艇五分钟后就赶到了桥下，很快就捞出了周羽，可惜已经没救了。那个男生的尸体到现在还没有捞上来。"我说："我想尽快见到周羽。"

　　丁帆开着车带着我直奔武昌殡仪馆，在那儿，在121号冷藏柜里，我见到了小羽，她神态极为安详，有一种令人暗暗羡慕的终于回家的感觉——她自己的家，她一个人的家，那里没有我和赵红的位置，也没有任何别人的位置。她的一头黑发乱蓬蓬的，嘴角含着一丝水草，我伸手揪去水草，生气地问了一句："为什么不清洗一下？"工作人员说："不好意思，在没有进行认尸和授权前，我们一般不动尸体。"我说："那好吧，麻烦你们好好洗一下，再给她换身新衣服。"工作人员给我推荐寿衣，给我看了很多种的寿衣，看的时候我心里已经有了主张：去街上给小羽买一身新衣服。

签完字，办完授权火化的手续，我请丁帆陪我去买衣服，他是年轻人，发型讲究，穿戴时尚，应该比我更懂得迎合小羽的趣味。丁帆建议去光谷，他说光谷步行街不远，也是大学生喜欢去的地方。一路上，我想和丁帆聊聊小羽，我说："周羽这孩子喜欢独来独往，如果有两三个好朋友，平时能谈谈心，就不至于自杀了。"丁帆说："是呀，听说周羽在班里没有朋友，她的舍友说，她在宿舍说过的话，三年不超过50句。"我说："中学时代倒不这样。"丁帆没有马上接话，专心开了几分钟车才说："有好几个同学反映，周羽爱撒谎，说她撒谎的时候像说真话，说真话像撒谎。"我问："她都撒过什么谎呢？"丁帆答："周羽曾说，她有个表哥在武汉，她来武汉上大学是因为她深爱着那个表哥，她还讲了一个她和表哥之间的浪漫故事，到底有没有这样一个人？那个男自杀者不是她表哥吧？"我额头冒汗，不知如何回答，不过丁帆一定看懂了我的表情。

4

我在两天内快速处理完小羽的后事，带着她的骨灰和一堆遗物回到了兰州。本来，我打算用我老家的习惯把小羽的遗物全数烧掉，但赵红在电话里再三说："把所有能带回来的东西都给我带回来，一张纸片都不能少。"回到兰州，经过兰州黄河铁桥的时候，我又想起一件往事，当然，还是和小羽的死有关：

还差一年就要高考，小羽提出，要去湖南参加《快乐女声》的选拔。小羽的嗓子还算不错，但我们不认为她有可能成为歌星，况且，身为中学老师，我深知《好声音》《超级女声》《快乐女声》这类电视选秀节目对中学生的影响，略微有一点天赋的孩子都梦想一夜成名，复制李宇春、周笔畅等人快速蹿红的神话。校园里的孩子，人人都是"粉丝"——王力宏的粉丝、周杰伦的粉丝、李宇春的粉丝、张靓颖的粉丝……小羽从初中开始就是周杰伦的粉丝，手头掌握着周的所有资料，熟悉他的每一张碟、每一个绯闻。有一次，我从外地出差回来，突发奇想，故意和小羽开玩笑，问她："你们周董又出了一张新碟，你知道吗？"她问："什么名字？"我随口说了一个名字："《永远有多远》。"小羽的目光明显蔫了下来，半张着嘴，一脸毫不抵赖的羞愧。我大笑，忙说："骗你呢骗你呢，是我瞎编的。"她当时就气哭了，连续三天不理我。没过多久，《快乐女声》开始报名，小羽执意要去湖南参赛，她刚说出口，我和赵红就一致表示反对，我们夫妻二人很少有如此一致的时候，我们认为高考是头等大事，不能耽搁。本来是一本名校的成绩，现在已经掉到二本了，如果再松懈，可能连三本都保不住。但是，我们硬，小羽更硬。"要么我去湖南，要么，我去死！"小羽说。赵红吓得不敢吱声，我却不想认输，不想被她一句话吓回去，我说："去死可以，去湖南不行！"赵红快速踢了我一脚，但覆水难收，我的话已经说出口了，再说，我的话主要是为了表达不妥协的态度而已。小羽不那么怕死，这我知道，但是，那一瞬间，我内心的想法真的很接近我的口头表述：就算接受小羽死，也不接受她去湖南，参加《快乐女声》。小羽淡淡地看看我，又看看赵红，然后转身离去。三分钟后，赵红突然尖叫一声，跳起来冲出门去。我冷笑一声，还是坐着不动。我抽完了第二支烟才慢腾腾出了门，我骑上了自行车，骑得很慢很慢，心里有一种故意拖延时间的奇怪念头。我真是太了解小羽了，我直接找到黄河铁桥上，远远就看见她坐在桥中央靠近下游的那一侧。我不敢作声，悄悄向她靠近。还剩下不到二十米的时候，小羽发现了我，她目光如炬，毫不迟疑地带着这种吓人的目光纵身跳下去了。身为父亲的我，此时才突然恢复了正常，体内有了正常的人性，知道了什么是疼什么是不舍，我听见了自己心里的声音：不，我不能没有她！我扔下自行车，就近跳下去。我从小在黄河边长大，水性不错，我很快在水深处找见了急速下沉的小羽，一把拽住她胳膊的时候，我感受到了她的恐惧，她的身体像一条皮带向我打过来，准备死死缠住我的脖子，我巧妙低头闪开后，拉着她沉重的身体回到水面。宽绰的光线让她的身体立即变轻了，轻得像她的名字，她脸上的放松感在阳光下显得一清二楚，令人感动。她原本也是会游泳的，她开始主动划着水配合我，最后的几十米是她自己游回来的。

小羽终究没去湖南，我们同意她去，她却死活不去了。我们说，不惜用死换取的东西，是没理由不同意的。小羽冷笑一声，说："用死换来的东西，又有什么狗屁意思！"接下来她便开始起早贪黑、一心一意地准备高考了。

5

赵红由我岳父岳母陪同，在家里等我回来，仅仅两三天时间，她老了许多，几乎赶上我岳母了。我也便理解妈妈和爸爸到底有别。一个孩子和妈妈之间的联系有多深，爸爸是不知道的。由于对这位妈妈的怜悯，我自己仿佛成了局外人。我把她揽进怀里，就如同她是我的另一个女儿。我从来没有像此刻这样情不自禁地要疼爱她。为了减轻她的悲伤，我急着把一个细节讲给她："在殡仪馆，小羽躺在 121 号冷藏柜里。"她的身体告诉我她立刻听懂了我的意思，她一下子僵在我怀里一动不动。

小羽躺在 121 号冷藏柜里。12 月 1 日是小羽的生日，这样的巧合令我们不安，甚至恐慌。这个话题，我和赵红只说了上述一次，就再也不曾提及。我们不约而同地感受到了做为人的渺小，并虚心接受，丝毫不敢埋怨。

我们唯一能做的事情就是小心地翻检小羽的遗物，一样一样地拿在手上，看不够，嗅不够，摸不够。赵红把小羽的衣服穿在自己身上让我看，我一看吓了一跳，赵红变成了小羽，苍老版的小羽。我心里偷偷想，天哪，和衰老相比，死倒显得有几分可爱了。由此也可以进一步推想，在小羽眼里，死，也许远不是我们认为的丑陋样子。后来我们还发现了一些小秘密，比如小羽的所有衣服都是单色的，单一的白、单一的黑、单一的红、单一的绿，没有一件衣服不是单一的颜色。再比如，小羽的一大堆音乐碟里没有了周杰伦、王力宇、张靓颖这些人的位置，而被披头士、皇后、Xjapan、艾薇尔等陌生名字所代替。小羽的遗物里，还有一种烟，长而细，没过滤嘴，没有烟盒，藏在化妆盒里，看上去像女士香烟。我有些好奇，试着吸过一支，一碰舌头，嘴里立即甜滋滋的，吸完一支后，真的有了我担心的身体反应，头晕、耳鸣、想笑，有孤身远行的欲望、有爱的冲动——又像是死的冲动。我问过一位年轻老师，她一看就知道这种烟俗称"爱喜"，不公开出售，有轻微的致幻功能，没有海洛因、冰毒、大麻、K 粉那么可怕，但也不可小觑。

没错，身为父母，我们对小羽，尤其是去了武汉的小羽，实在算不上了解。我们进而说起了小羽的恋爱。小羽到底和谁在谈恋爱？那个男自杀者到底是谁？他是小羽的男朋友吗？如果是，他们为什么一起投江自杀？带着这些疑问，我们回过头重新查看小羽的遗物，包括手机和手提电脑，我们没有找到什么有用的证据，但也不是毫无收获。比如，一个课堂笔记本的某一页上写着这样一句话："应该告诉他，我是一个不值得爱的人。"时间是 2013 年 5 月 20 日，距离她的死仅仅三四天时间。

那么，这个"他"究竟是谁？

"我是一个不值得爱的人"，此话有何深意？

短短三四天时间里发生了什么？

6

几天后我和赵红各自回单位上班。她是妇产科的台柱子，我是受欢迎的高中语文教师，我们两个都是工作起来不要命的那种人。

我的同事多数是小羽的高中老师，他们见到我，个个出言谨慎，不敢和我过多谈论小羽，但他们的口气和眼神表明，他们和我一样悲伤，同时，他们对小羽的死有自己的看法，有复杂的猜测，他们想从我嘴里听到关于小羽之死的完整描述。他们哪里知道，我是做不出完整描述的，我是井底之蛙，我唯一能说的是："在殡仪馆，周羽躺在 121 号冷藏柜里。"他们听不懂，我就哀叹一声，然后解释，"周羽的生日是 12 月 1 日。"当大家现出惊讶的表情时，我心里便有一种隐秘的解脱感，还有一种奇怪的快意。显然，我尝到了甜头，每当有人问及小羽时我就避重就轻地说："在殡仪馆，周羽躺在 121 号冷藏柜里。"当他们现出迷惑的神情时，我就哀叹一声，说，"12 月 1 日是周羽的生日。"我要承认，"121"这个数字的神秘性越是被夸大，我内心的自责就越是减少。

一天深夜，我做了一个梦，一个不像噩梦的噩梦，梦中的我在照镜子，镜子里的脸，不是我本人的脸，而是一张令我反感的男同事的脸，那个人身上有很多我看不惯的东西，比如圆滑和自私，表面上仁义道德、背地里全无底线。如今，我的脸变成他的脸，要命的是，我心里并没有丝毫怀疑，好像我天生就是这样一张脸。恐怖正来自这儿，我心悦诚服，我一点都不觉得这张脸令我恐怖，所以才恐怖。终于，始终微弱的难以察觉的恐怖突然大了起来，我发出尖叫，进而惊醒。当我在第一时间知道这只是一个梦时，迫不及待地开始庆幸，梦里的恐怖全部转化为醒后的庆幸，有多恐怖就有多庆幸。赵红听了这个梦，没什么感觉。我说："小羽的死，咱们有不可推卸的责任。"赵红翻过身又要睡着。我不让她睡，问她："你敢说，小羽的死，你自己一点责任都没有吗？"她软软地坐起来，看了我一眼，小声说："我不知道。"我说："你仔细想想。"她说："我的责任，可能就是……"她吞吞吐吐，我鼓励她说完，我下床端来水给她喝，她喝了一大口，试着说起来，"我是这么猜想的，你看对不对？那个男的，应该就是小羽的男朋友，他们很可能住在一起了，正是因为这样，他们才选择自杀。"我问："住在一起和自杀有什么联系？"她说："她肯定认为不好向我交代，因为，我一直对她强调，不要轻易和男人上床，我是妇产科医生，我最怕看见的，就是堕胎，尤其是那些小妈妈的堕胎。"我有些感动，我想不到这些天她也在反思，尝试从自己身上找小羽之死的原因，我知道她不是一个愿意主动反思的女人，在家里，缺点全是我的，优点全是她的，她从来不会主动认错的，尽管她有可能通过行动认错。"可是，如果我刚才的推理成立，只应该是小羽一个人去自杀，那个男的有什么理由也去自杀？"她问，我也正想质疑，我说："是呀，事情没那么简单。"这时，我心里生出一个想法——重回武汉，找小羽的老师、同学和朋友，把小羽的死因搞清楚，至少，去武汉长江大桥上找找小羽的留言，自杀者们一般都会在栏杆上写下留言的，小羽应该也不例外。

"我也想去。"赵红说。

"也好，一起去。"我说。

7

我们又向单位请了假，一同来到武汉。我们在户部巷附近的一家宾馆住好后，才给秋玲打了电话，她迅速来到宾馆，一进门就哭。我问："怎么了？"她说："涛涛被学校开除了。"我问："为什么？"她说："说来话长。"

前面我说过，涛涛的生父在涛涛不满周岁时，就去了另一座城市，之后始终没露过面。我估计秋玲在涛涛面前没少说这个男人的坏话，所以涛涛一贯憎恨自己的父亲，进而也憎恨男人，尤其是成年男人。涛涛有一个本事，能够轻松打开大部分锁。门锁、车锁、自行车锁、保险箱锁，他拿在手上稍加摸索，就给你打开了。你如果问他："怎么打开的？"他会说："我也不知道，摸摸就会。"后来知道，他是有师父的。他的师父是他的一个同学，他分几次偷了秋玲的两万块钱，作为学费交给那个同学，求人家教他开锁。之后，他继续偷钱从一个养蛇专业户那儿买来没毒的菜蛇，专门朝男人的车里放。他的主要目的不是吓唬男人，而是躲在不远处等着听吓破了胆的男人发出骇人的尖叫，他对这件事渐渐上了瘾。他终于被逮到了，不仅挨了痛打，还被学校开除了。

秋玲说："可笑的是，我从来没发现他偷过我的钱，当我看到学校的审问记录后，才知道他一直都在偷我的钱，少则三百五百，多则两千三千，他自己承认总共有五六万，一部分用于拜师学艺，一部分用来拉帮结伙。后来我又从他的床垫底下找到了三四万。也就是说，他偷走了我十万八万，我一次都没发现。"

赵红说："这说明你有钱呗。"

秋玲说："嫂子，你就别挖苦我了！"

我说："秋玲，你应该反思，孩子的问题大人有没有责任？"

秋玲说："我一个人起早贪黑累死累活的，还不是为了他？我有什么责任！"

赵红说："涛涛还是不错，没把毒蛇往人家车里塞。"

我急忙附和："是呀，底线是有的。"

秋玲瞪大眼睛，眼神里仍然透着顽固，似乎我们把他儿子说得越差劲越没救她才越高兴越解气，事实上却未见得。涛涛的上述劣迹在学校开除前早就发现了，学校终于开除他，是因为屡教不改，秋玲却向来没对我讲过。

我给秋玲谈了我们来武汉的意图，很简单，就是了解小羽，尤其是武汉这几年的小羽，不能简单把她的死推给天意推给性格。

我问她："上次你说小羽爱撒谎，除了撒谎你还了解什么？"

秋玲马上露出极不耐烦的样子，说："哥哥，我和涛涛的学校说好不开除他，等我另外找一所学校转出去，我还没找好学校呢！"

秋玲走了之后，我们直接来到几百米外的大桥上找小羽的留言。大桥有几千米长，两侧的护栏上，都有密密麻麻的字迹。因为栏杆的宽度有限，大约不超过三厘米，所以，留言的字迹多是指甲盖那么大的小字。栏杆的宽度允许写更大一些的字，硬币那么大完全可以，为什么很少有那样的大字呢？一个原因可能是，剩余的空间越来越小，在两则留言之间再写一则新留言，不能不写成小字。然而，字迹无论新旧，一概是偏小的。我站在桥边，看着浩浩荡荡的江水，设想自己也是一个决心赴死的人，纵身一跃之前，还有一件小事要做，写一句话留给这个世界，我觉得，如果真要写，我也只会把字写小一些。一个眼看要自杀的人，是无法不谦卑不纤弱的。他没有必要，也没有心情用豪放的姿态写下自己的临终遗言。一瞬间，我想起了小羽，自杀前的小羽。我体会到了她的谦卑她的纤弱，我哭了。我也在哭那个男自杀者。没错，我也在同情他，我暗暗惊奇，我愿意把同情给他，我甚至是第一次清晰地意识到，2013 年 5 月 24 日中午时分，投江自尽的不是一个人而是两个人。无论他们谁主动谁被动，无论他们的自杀是不是胡闹，他们，她和他，都是一样谦卑和纤弱。况且，我相信这场行为艺术的导演只能是我的宝贝女儿小羽。

　　对照那几张照片，我们先确定了小羽跳江的大体位置，然后开始查找。出于语文老师的职业爱好，我顺便给一些留言拍了照：

　　　　不想活了，一点不想！
　　　　再见了我的大学，再见了别人的武汉。
　　　　亲爱的，来生我要开宝马来娶你。
　　　　高考 650 分，我没做到，我只好去死了。
　　　　老师，我宁死也不会改变我的发型，明天你就知道了。
　　　　亲爱的，可以这样称呼你吗？请原谅我是那么爱你。我多么想守护你一辈子，可惜这桥上许下的诺言最终实现不了。多想对你说声我爱你，但看着你和他很幸福，我就不想打扰你了，我走了，若你想我，见字如晤。
　　　　不想在城市混了，回家也没意思。
　　　　吃药睡不醒，不吃药睡不着，死了好。
　　　　总觉得哪里不对劲，不想再这样了。
　　　　房价最近是没怎么涨，可租房越来越贵了。
　　　　爸爸妈妈，对不起，我爱你们！
　　　　倾家荡产娶媳妇都不够，活着真的没盼头。
　　　　张盼，我从这儿跳下去，来换取再爱你的机会。
　　　　我是屌丝，我不死谁死。
　　　　他妈的，谁敢挡我！

风吹得脸好疼。

我和赵红用了整整半天时间，也没找到小羽的留言。大部分留言注明了时间和姓名，这应该是留言的另一特征了。说明自杀者在最后一刻仍有潜在的愿望，希望某人看到自己的留言。所以留言本质上还是倾诉，最后的倾诉。有些留言没署名或用字母代替，这些留言者多半是游客，留言的内容也能说明这一点。

"小羽，你好狠心！"

赵红低头朝着江面，泪汪汪地说。

而我，想起了一句留言：

风吹得脸好疼！

8

我们把丁帆约出来，在晴川大学附近的一家咖啡馆见了面。电话里我特意提醒过他，把那半包烟和一个火机带来。我这才看清那半包烟是红金龙烟。丁帆说："红金龙烟是武汉当地的烟，一包四块钱，比较……低档。"我看见，赵红突然有些坐立不安，嘴唇微颤，眼神慌乱，肯定是被"比较低档"四个字吓着了。我的心跳也变得有些异样，我故作镇定地问："他的身份还没查明吗？"丁帆说："我们多方打听过，近来，武汉所有的高校都没有男教师或男学生失踪。"丁帆的话让我和赵红更加不安，我们重新埋头看那几张照片，想看清楚，那个飘在空中的男子穿什么衣服、留什么发型，我们对他的兴趣突然变得十分具体了，我们想马上知道的，不再是他是谁，而是他是什么身份。他抽四块钱的低档烟，他也不是大学生或大学老师，那么，他会是做什么的？这个问题变得比他是谁更重要了。但照片里的他，像一只较大的随风飘动的蚂蚁，再说雾气还若有若无，就算把眼睛看出血也看不清他的衣服他的发型。唯一可以肯定的是，他是一个男人。

我说："我们这次来，想找大家聊聊天，听大家谈一谈周羽，我们对周羽真的太不了解了，她在武汉的生活我们是两眼一抹黑。"丁帆说："我帮你们约她的同学。"我说："谢谢，先说说你所了解的周羽吧？"丁帆眨了眨眼睛，说："让我想想。"不久，丁帆点了一支烟，是爱喜，我第一次见一个男人公开抽女士烟，他的手指很长，倒是适合抽女士烟，我也想起他是一位钢琴老师，从乌克兰留学回来，他皱着眉毛看看我和赵红，说，"那我知道多少说多少，好吧？"我们点了头，他又抽了半口烟，显得有些过于认真，然后说，"我对周羽的总体印象是，有些冷，眼神总是冷冷的、定定的，总是若有所思，但不显得弱，相反，有些强，而且不怕死。有一次我带全班学生去东湖边搞春游活动，东湖又大又深，周围有水泥的堤坝，堤坝上可以走一个人，但没人敢站上去，因为另一边就是深深的湖水，掉下去就完了。有人问谁敢站上去，结果呢，只有周羽敢。她不仅敢站上去，而且还迈着步子走了十几米，直到我命令她下来她才下来。周羽的歌唱得好，我知道她还会画画，她曾经送给我一幅她自己画的画，其实是一组，是连环画，讲一个女生是小偷，能轻松打开别人家的门锁，进门后不偷东西，只从衣柜里找一件男人的衣服，抱在怀里，久久不放，一脸陶醉。我问周羽：'这个女孩子是你自己吗？'她说：'不是，我只撒谎，不偷东西。'既然她主动承认自己爱撒谎，我就问她：'你为什么那么爱撒谎？'她说，她五岁就会撒谎了。接下来的话和你们两位有关，我还说吗？"我和赵红相互看了看，同声答："说吧。"丁帆掐灭了烟，接着说："周羽说，她五岁的时候，你们住在平房里，一排长长的平房，每一家的格局都一样，一间住人的房子加一间厨房，一家和另一家之间是敞开的，是不是？"等我们点完头，他又说，"住人的房子里，中间隔着一道帘子，外面是客厅，里面是卧室。周羽说，她每天从幼儿园回来，妈妈还没有下班，爸爸就安排她在帘子后面写作业，有一次家里来了一个女人，和爸爸在帘子外面说话，说着说着没声音了，她偷偷一看，原来爸爸和那个女人在接吻——这是真的吗？说实话，我担心周羽在撒谎！"我肯定脸红了，但我有勇气继续听下去，我说："是真的，你接着讲。"丁帆点上第二支爱喜，说："周羽说晚饭后她出去玩，有一个老奶奶把她拉到旁边，给她手里塞了一颗糖，问她：下午来你家的女人是谁呀？周羽说，她撒了谎，她本能地撒谎说：是我小姨。事实上周羽并没有小姨对不对？"

9

回到户部巷的宾馆，我和赵红都还冷静，没有相互指责。那些事已经过去很久，不提几乎想不起来了。我和赵红曾经分居过两年，就是因为那个"小姨"。也正是那两年，我把小羽送回老家交给母亲。孩子丢给你，家也不要了，说走就走，赵红就是这样的性格。我想起了那天晚上，天黑前开始下雪，我和三个人在"小姨"家打麻将。"小姨"输大了，一心想赢回去，要求再打十把。我说，我要接孩子。她说，让老婆去接。没办法，我打电话给赵红撒谎，说自己在单位有事，没办法接孩子。而赵红去幼儿园接上小羽，推着自行车直接找到"小姨"家，戳穿了我的谎言。她推门进来后，我们看见了一大一小两个雪人，我们都惊呆了，等着她掀桌子骂娘。但是，她把孩子一把推给我，说："咱们离婚，孩子归你！"然后就掉头走了。而那天的情景我只说了一半，另一半是赵红听完我的回忆后，才第一次告诉我的。赵红说："那天，我推着车子，去幼儿园接上小羽，把气撒在她身上，不让她坐车子，她要坐，我偏不让她坐，我把她的书包扔在车座上，让她自己走，在雪地里自己走，雪已经有半拃厚了，而且还在下。正是因为这样，我才让她自己走。而且我还要求她跟紧我，跟不紧我还要回过头骂她，她摔倒了，满脸是雪，我也不心疼，让她爬起来，接着再走。就这样，我们在雪地里一直走一直走，走了两里路。"

在丁帆的帮助下，我们和小羽的五个舍友见了面，还在上次去过的那家咖啡馆。五个女生我见过一两面，有两个还记得名字，一个叫黛玉，一个叫线条。看见她们的一瞬间，我心里一酸，在想，如果是六个女生手拉手穿过阳光向我们走来，该多好。二十岁左右的女生，活着就是美，美得令人晃眼。小羽如果在，应是六位女生中最美的。她个子更高，肤色更白，穿衣服更有品味。但五个女生用自己的美告诉我，小羽死了。好像我此刻才看清死是怎么回事，好像我先前并不认为小羽已经死了。

"黛玉，请你先谈谈吧。"我说。

正在低头玩手机的黛玉抬头笑一下，羞于启口的样子。

线条也抬起头，说："别装了，说呗。"

黛玉说："那我就真说了？我们六个人都有外号，周羽的外号是抱抱。"

女生们一听都抬头咧咧嘴，要笑不笑。

黛玉接着说："周羽经常说，她只喜欢拥抱，不喜欢别的，所以叫抱抱。"

黛玉开始说话时，几个女生立即低下头去玩手机，似乎并不在意黛玉说什么，实际上却能看得出，她们的耳朵在听，表情在动。

黛玉一边观察我和赵红一边说："我们五个都不是处女，我高中就不是了，线条初中就不是了，她们三个是上了大学才破的。"

这次女孩们都笑出了声，有人掐了黛玉一把，有人脸红了。

赵红明显拉着脸，但不乏克制。

女生们意识到了什么，急忙安静了下来。

我说："没事，你们随便说吧。"

还是黛玉更有说话的欲望，她左右看看，看到大家都低着头，说："那我接着说了？抱抱啊，走路快了都担心弄破处女膜。所以，她的另一个名字是奇葩。抱抱平时基本不说话，看不上和我们这些俗物说话。比较起来，我和抱抱可能是说话最多的。有一次我问她，傻瓜，为什么不试试呢？她问试什么，我说，试试有没有比拥抱更好的东西！她连着说了十个'不'，我问她为什么那么谨慎，她说：'倒不是为别的，就是怕怀孕，我妈是妇产科医生，我从小就知道什么堕胎、打胎、做掉、打掉这类词语，不知不觉就养成了心病。再说，我妈每隔两天就给我打一次电话，你又不是不知道。'"

此时线条把话题抢过去了："阿姨，说实话，你的电话一来，我们就笑。抱抱接你的电话时一下子就小了十岁，嗲得要命，我们听一声就知道。不久前的一天，一个男生过生日，请我们去酒吧玩，我们一直 high 到了深夜两点，你的电话来了，抱抱跑到厕所和你通话，我刚好也在厕所，听见她怎么对你撒谎，她说：妈妈，我们在宿舍给同学过生日，有好多人，没喝酒，别担心哟——你还记得吧阿姨？"

线条的口吻，像极了小羽。

女生们一致坚持不再笑。

赵红说："当时我刚做完一台手术。"

黛玉趁机把话题抢回去："抱抱那么漂亮，皮肤那么白，还老觉得自己长得不好看，不化妆不出门，喜欢穿裤子，很少穿裙子，绝不穿短裤，穿裙子的时候必定穿黑色丝袜。在宿舍，也从来不袒胸露背，洗澡都是穿着衣服进去，穿好衣服出来。我们一直以为她身上有缺陷，一次，我们五个人商量好，一起动手，把她剥了个精光，发现她身材超级棒，从上到下都是又白又细又嫩。我们问她：'你有这么好的身材和皮肤，为什么非要藏起来？'她不肯说，我们再三追问，她还是不说，我们问：'你妈把你管那么紧一定是有原因的吧？'她才承认她小时候受过侵犯，有一次差点儿被人强奸了！"

赵红说："她说得没错，当时她才十四五岁，在我们医院，男的是我同事，平时道貌岸然的。关键的时候，幸亏被我撞见了。"

线条说："阿姨我理解你，当一个漂亮女儿的妈妈不容易。"

赵红说："其实你们更应该理解周羽！"

五个女生抬起头来，表情发木，似乎没听懂赵红的话。

我问："你们真不知道周羽和谁在谈恋爱？"

五个女生相互看了看，都摇了头。

我说："你们没必要在乎我们感受的。"

线条说："如果撒谎的不算，真不知道。"

黛玉说："抱抱好像有十个男朋友，又好像一个也没有。"

"这话怎么理解？"赵红问。

黛玉答："抱抱从来没有带男朋友回来过，她总是独来独往，90 后女生连上厕所都要有伴儿，抱抱却相反，喜欢独来独往。"

这时一个一直不说话的女孩突然抬头说："我补充一点，抱抱喜欢半夜听雨，武汉不是雨多吗，经常成夜成夜地下雨，抱抱总是半夜起床，只为一件事，听雨！我偷偷观察过，抱抱的眼神好吓人，好像魂不在她身上。"

黛玉接着说："别抢话，不礼貌！我刚才说哪儿了？"

几个人同声回答："男朋友！"

黛玉"噢"了一声，说："男生们一个个都很世故，知道抱抱只喜欢拥抱，不喜欢别的，所以都离得远远的。但有一个奇怪的现象不知你们注意到了没有，抱抱的 QQ 空间、微博微信里，很少有大头照，我们这些人天天都在玩自拍，抱抱的照片都是别人拍的，不是半身照就是全身照，好像有一大堆男人围着她转。"

一个正要喝咖啡的女孩说："还有还有还有，抱抱拍照有一大特点，她从来不看镜头的，要么就是侧着脸，要么就是低着头！"

另一个一直不说话，也不碰咖啡的女孩慢悠悠地说："抱抱喜欢看日本作家三岛什么夫的小说《春雪》，她曾经拍过一组写真，穿着和服，踩着木屐，妆化得很浓很艳，倒是破天荒看镜头了，只是看上去根本不像抱抱。"

沉默良久的线条说："她还超喜欢 Xjapan 的鼓手。"

几个女生齐声说："林佳树！"

线条接着说："抱抱看不起青春小说，有一次我们五个人故意说超喜欢郭敬明韩寒，抱抱说'不好不好不好'，说了几十个不好。"

一个女生猛地想起了什么，堵住线条的嘴，说："抱抱还有个吓人的习惯，喜欢拥抱男款的衣服，有一次我洗好男朋友的衬衣，搭在宿舍阳台上，回来一看，抱抱抱着我男朋友的衬衣如醉如痴，天哪，我没生气，我怕！"

线条说："去去去，还有脸说。"

这时，赵红突然站起来大步离去。

几个女生吃惊地看着我，不知如何是好。

我小声嘀咕："不要紧的。"

10

打开小羽的 QQ 空间，找到了小羽的一些照片，的确很少有大头照，照片里的小羽真的以侧影居多，基本不直视镜头。事实上小羽个人的照片并不多，她是一个不喜欢拍照的女孩，这一点我倒是了解的。空间里有很多男人的照片，但主要是三个人的，一个是摇滚歌星林佳树，一个是作家三岛由纪夫，一个是演员梁朝伟。这三个人有一个明显的共同点：眼神忧郁，气质冰冷。这是不难理解的，小羽自己就属于这个类型。很多年轻人都喜欢装成忧郁和冰冷的样子，我上大学时也一样，整天郁郁寡欢。不过，我的忧郁有明确的现实原因，我来自偏僻乡村，家境贫寒，自惭形秽，寒暑假没钱买票回家，饭菜票不够吃，需要班里的女生救济，喜欢一个女生，却不敢表白，这种处境下的我，没法不忧郁。如今的我，早就变成了另一个人，对很多事情都能做到睁一只眼闭一只眼，在任何时候都可以快乐生活。但是，前提是我活下来了，十分顽强地活到了今天。

小羽的空间里还有一些言论：

在雨中走，遍体鳞伤。

未来和我结婚的，肯定是一个自己不喜欢，或者不喜欢自己的人。

喜欢的人，只会在远处偷偷地看。

把自己从这个世界上删除的快感。

小时候会有一种突然很想念的感觉，想念什么也不清楚，只是突然很悲伤，心猛地一紧，还会感觉很孤独，想哭。这种感觉经常出现，现在也会有，一直没变过，所以对那种想念的感觉也很熟悉了。小时候把那种感觉的原因归为想念妈妈，因为妈妈经常加班，我该睡觉了，还不见妈妈回来。而且和妈妈在一起就不会再出现那种感觉。但是，有一次妈妈就在我旁边，我的心又猛地一紧，快要呼吸不过来，我明白那种想念的感觉又来了，从那次起我才明白，原来想念什么的时候并不只是想念妈妈，因为自那次以后很多次和妈妈在一起时还是会出现那种呼吸不过来的感觉。一直在想，我到底是在想念什么呢？是人呢还是物？是人的话，是在想念我命中注定的另一半吗？

我迷恋恍惚，正如我喜爱撒谎。

有几次差点儿死了，没有死成，开始觉得有了自己的秘密，不再是爸妈的乖女儿了，和他们远了，越来越远。现在，我是谁，他们一点都不知道。多死一次，无意中就多一些秘密。死的冲动，像是长大的冲动，成为自己的冲动。

死亡是唯一一个真的东西。不能改变，不可挽回，无法辩证。

死亡？那是一种干净的样子。

当年，奶奶死了，真正的绝望发生在半年之后，一年之后，我竟然也淡忘了奶奶的死，连伤心都不能持久，这才令我绝望。

我是脆的、冷的、柔的、刚的，我不知道我是谁。

在梦里我都会撒谎，在梦里我会尽情撒谎，撒谎的时候，我听见我的口气好温柔好真切。在梦里，人们似乎用撒谎相互交流，撒谎是一个被纵容的过失。醒来后，我立即觉得虚假。人们天天在撒谎，却又厌恶撒谎。

渴望一次长达七天的爱情。

这些公开贴在 QQ 空间里的话，我却是第一次走进来认真阅读。赵红也看了，看完后她说："我怕了。"我问："怕什么？"她说："我不想知道那么多了。"我试探着问："咱们回兰州？"她想了想，态度坚定地说："回吧。"

后半夜，等赵红睡着后我一个人来到桥上，站在小羽跳江的大体位置上，久久地看着波光凌乱的江面，隐约看见一男一女两个人影，手拉手，从水面上缓缓升起，就像是一对热恋中的年轻人，回家拜见家长来了。说实话，我还是第一次这样想：我们的小羽恋爱了！我也是第一次这样认为：一个女孩恋爱了，这是一件重要的事情，之所以重要，不是因为别人，而是因为她自己。她早就是她自己，用不着争取就是她自己。可是，一直以来，哪怕在小羽死了后，我们都没有认识到小羽是她自己，是另一个人；她恋爱了，不管那个男人是谁，都值得高兴。他们愿意一起去死，这足以说明他们的的确确在恋爱。遗憾的是，我们只觉得女儿是我们的心头肉，我们爱她疼她，保护她干涉她，都是天经地义。未经我们同意，她和一个抽红金龙的男人秘密地好上了，又倔强地和他一起投江赴死，这让我们做父母的情何以堪？当我们知道，那个男人抽着三五块钱的低档烟时更是原形毕露，我们要搞清楚他是谁的兴趣大大减少，甚至是，害怕知道他是谁了。

深更半夜站在大桥上看江面，江水宽得吓人，我得赶紧退后几步才行，我担心自己也会跳下去。我觉得跳下去是容易的。迷离的星空、宽绰的江水、拱起的大桥，构成了一种奇幻的阴翳氛围，暗暗纵容着任何人心底都会有的厌世情绪和自杀本能，让人突然产生破茧而去的冲动，活下去的理由会在一瞬间变成零。小羽自杀后我研究过一些资料，得知世界各地的很多大桥，尤其是高度超过三十米的大桥，都无意中成了自杀圣地，一个重要原因就是高度，坠落的过程近似于飞翔，鸟一般地飞翔，使死亡变得绚丽迷人，富有诗意，使生和死一时形成鲜明对照。事实上大部分自杀者在没有落水（或落地）之前就死了。从高空下坠引起的巨大恐惧，会导致肾上腺激素一时大量分泌，进而使心跳骤然加速并停止。绚丽和诗意不过是自杀者最后的臆想而已。看来，人对绚丽和诗意的追求根深蒂固，至死不移。想象小羽在七十米的高空所经受的恐惧，我心如刀割。

我真的是一个没用的父亲。

11

秋玲给涛涛找好新学校，开好转学手续，却找不见涛涛了，涛涛失踪了。秋玲在电话里说："涛涛如果有个三长两短，我也不活了！"秋玲的口气表明，她认为最坏的事情发生了，涛涛效仿小羽，跳江自尽了。秋玲的口气里甚至含着对小羽的埋怨，好像是小羽教坏了涛涛。我说："先别乱想，并不是人人都有勇气自杀的！"我的话里也有言外之意，只是秋玲并没有听出来。放下电话没过几分钟，秋玲来到我们住处，一进门就抱着赵红哭，赵红不仅不劝秋玲，反而自己也凑热闹跟着哭，两人越哭声音越大，紧紧抱在一起不分开。我听得明明白白，两个母亲，在各哭各的心头肉。突然，我觉得这两个母亲好可怜，甚至还有些可恨。我第一次觉得母亲这种角色是可怜又可恨的。我禁不住又想，其实很多母亲从来没有爱过自己的孩子，看上去爱到骨子里了，其实根本没爱。孩子是从母亲身上掉下来的肉，母亲常常分不清自己和孩子的区别，也分不清爱自己和爱孩子的区别。父亲，也总是无意中模仿了母亲，往往成为另一位母亲。我进而想到我和赵红，我们可曾爱过我们的女儿小羽？此刻我可以十分肯定地回答：没有，从来没有！我们甚至也没爱过别人，没爱过任何一个人！如果说我们曾经爱过谁，除了自己，没有别人。一时，我想抽烟，心里热辣辣的，我觉得我突然能爱了，我在爱那个不知道是谁的傻小子。他和我女儿小羽恋爱了，所以我爱他。无论他是谁，我都爱他。我想知道他是谁的愿望重新变得强烈起来，我要说服赵红不急着回兰州，进一步了解小羽，弄清楚我们的小羽爱上的男人到底是谁。

12

涛涛的手机留在家里，连续几天没消息，我们越来越觉得情况不妙。我们三个人去大桥上仔细找过，也没找到涛涛的留言。秋玲疯疯癫癫，要往长江里跳，我和赵红费尽九牛二虎之力，才把秋玲带回宾馆。这时小羽的舍友黛玉发来短信，说："叔叔，关于周羽，我们想和你再谈谈，但最好和你一个人。"我回短信说，可以。我刚好有现成的借口把赵红留在宾馆让她陪着秋玲，一步也不要离开秋玲。

我和五个女生先在晴川大学校门口见了面，然后乘两辆蹦蹦车前往名叫部落的一个地方。一路上黛玉介绍，部落原本是一个村子，离学校很近，有三四里路，所以村民们一边种地一边做大学生的生意，开适合大学生消费的小旅店、小商店、烧烤店、歌舞厅，生意很火，村子渐渐变成了学生们搞一夜情、短期约会或长期同居的天堂。后来有学生直接租下农民的房子自己开店，有些是毕业生，毕业了不回去，留下当老板；有些是在校生，一边上学一边开店。毕竟学生更了解学生，旅店之外又多了许多咖啡馆、酒吧、电影吧、书吧什么的，让原来的一个小小村庄变成了今天的艺术部落。

两辆蹦蹦车一前一后在狭长的村路上拐出拐进，一路上看到的都是外表精致的小旅店，旅店中间夹杂着很多烧烤摊和小吃店。成双成对的男女生脸上都写满爱意，和路面上的阳光一样明朗而磊落，我心里把每一个女孩都想象成小羽，有几次，我甚至想喊出小羽的名字了，想象一张熟悉的面孔吃惊地向我看过来！

在一个名叫微线体的酒吧门口，蹦蹦车停了下来，车费各十元，我付账时，女孩们并不客气。天空明亮，阳光弥漫，我们坐在酒吧门口的大树下，抬头能看见半空中有斜穿而过的高架铁路，恰好有一辆白色列车高速驶来，声音不大，有一种低空飞翔的味道。重归安静后，一个学生模样的侍应生过来，躬身问大家："诸位喝点什么？"我说："你们尽管点，我请客。"女孩们有些拿不定主意，黛玉就自作主张，明摆着点了最便宜的东西，一打啤酒、一瓶雪碧，外加一盒女士香烟。线条解释说："我们喜欢啤酒兑雪碧喝。"我说我也尝尝。五个女生，三个抽烟，两个不抽烟的笑着说："我们抽二手烟。"

黛玉像模像样地吐了两个烟圈，带头说起来："叔叔，这两天我们宿舍，每一个人都在自我反省，哪些地方对不住抱抱。比如我吧，我可能是抱抱自杀的罪魁祸首。上次说过，全宿舍就抱抱一个还是处女，其他人都是不知羞耻，以破处为荣的，只有抱抱，坚持认为，拥抱强于……强于做爱，为了保护处女膜，她拒绝上体育课，体育成绩到现在还挂着。有一次我故意把男朋友带回宿舍，当着抱抱的面和男朋友做爱，故意弄出很大的动静，抱抱把头蒙在被子里一声不吭，等我男朋友走了，抱抱才坐起来眨着眼睛看着地上的纸团，认认真真地问：'你们刚才做的真是爱吗？不是别的？'"

女生们没法严肃，不能不笑了。

线条举手，说："该我说了，我才是罪魁祸首！"

大家纷纷冲她点头，等她说话。

线条给啤酒里又添了些雪碧，喝了一大口，说："我们的一位学长，外号哥白尼，是我们学校的头号歌星，也是公认的高富帅，歌唱得不错，但有点娘，和林佳树是同一类型，抱抱和他曾同时获过校园歌手大赛一等奖，并列第一。那之后没多久，抱抱就宣布她和哥白尼恋爱了，我们半信半疑，她就拿出了一封求爱信，给我们一字一句地念。抱抱曾经撒过太多太多的谎，大大小小的事都撒谎，比如，我们从来不知道叔叔您是做什么的，抱抱有时说您是做生意的，有时说您是当官的，有时又说您是艺术家。关于男朋友，她也撒过无数的谎。这一次，我们当然还是不信。她是习惯性撒谎，我们是习惯性不信。刚好我认识哥白尼，不算很熟，但认识，我找到哥白尼，问他，是不是给我们抱抱写过求爱信？哥白尼说，都什么年代了，还写狗屁求爱信？再说，她是谁呀？几天之后的一个傍晚，哥白尼竟然用九千九百九十九盏燃烧的红蜡烛，直接在我们宿舍外面的空地上写了一封求爱信。九千九百九十九盏红蜡烛组成一个大大的心脏，在夜幕下闪闪发光，哥白尼跪在心脏中央，向一个女生大声求爱。遗憾的是，那个幸福的女生不是抱抱。"

不说话的四个女孩还是玩着手机。

我略略提高嗓门儿问她们："你们还有要说的吗？"

线条说："当晚，抱抱就离开了宿舍，再没回来。"

我问线条："这是哪一天的事？"

线条说："是星期五，星期五的晚上。"

我问："从此没回宿舍？"

另一个女生抬头答："回宿舍取过东西，没过夜，上课还坐在老位置上，看上去很正常，有说有笑，但一周后的星期五，就出事了。"

我问："最后几天她和谁在一起，你们没人知道？"

女孩们一致抬头，却不说话。

我问："最后几天她应该就在部落吧？"

线条说："有可能在部落。"

13

我拿着小羽的几张照片，问遍了部落的每一家旅店，没人表示见过此人。我也查看了所有旅店的住宿登记，没找到小羽入住过的任何记录。所有旅店都表示，入住时必须出示身份证，这一点是不含糊的，如果同时证明是学生，还会享受一定的优惠。所以，入住者总会主动出示学生证，没人认为学生的身份是需要隐瞒的，也没人在乎入住者是什么关系——是临时约炮，还是一夜情，是短期同居还是长期过小日子。也有一个人单独登记的，比如，学生家长来看学生，为了图便宜，由学生领过来，用学生的身份证和学生证登记；再比如，有来集中赶作业的，学校晚上十二点准时断电，第二天如果必须交作业，就来部落开一晚上夜车。总之，大部分情况都是成双成对。

14

秋玲打来电话，声音里满含惊喜，她说："我回家后发现有人拿走过冰箱里的东西，家里的钥匙，除了我有，就是涛涛有。"

我和赵红来到秋玲家，给魂不守舍的秋玲做伴，并一同等涛涛回来。后来，秋玲出了个主意，她和赵红还是去户部巷，我一个人留在秋玲家。秋玲说："晚上你不要开灯，假装家里没人，涛涛回来取东西，你就逮个正着。"我问："把你儿子吓出毛病了谁负责？"秋玲说："不让你负责，但你千万别把他吓着了。"

次日晚上九点左右，有脚步声响过来，在门口静止了半分钟，接着就是钥匙插入锁孔的声音。有人进来，熟练地打开灯，在门口站立片刻，换上拖鞋，在屋内各个房间看了一遍，再回到客厅，坐在沙发上，点上了烟。

我躬身躲在客厅外面的阳台上，不敢发出半点声响，担心吓着涛涛倒显得次要了。重要的是，我觉得此刻的他，是不该被干扰的。

吸完一根烟，他去了厕所，直接传来马桶抽水的声音。

他很快就离开厕所，快步去了厨房。

我听见他打开冰箱，立即就找见了可吃的东西，他站在那儿直接吃着什么。冰箱里有一堆好吃的，是秋玲特意买来放进去的。

他又走了，摁灭了灯。

他拉上门，出去了。

我立即跟出来，我想起了妹妹秋玲的可怜样子，我不能放走涛涛。但是，我听见涛涛的脚步声消失在电梯里了，涛涛并没有离开这座高层的宿舍楼。我拉开门追出去，看见电梯一直在上行，直接升到了最顶层，三十楼。

我回到屋里，再来到花园的草坪上，仰头一看，最高几层一概黑乎乎的，整个楼里最多有七八户人家亮着灯，据说这个高档小区入住率不足五成，现在看来还要更低。楼内有足够多的角落供涛涛躲藏，何况他还是开锁专家。

我等涛涛差不多吃完东西才走进电梯，直奔三十层。三十层和一层一样，共有四个门，我喊："涛涛，出来吧，我看见你了。"

一家的门开了，门内站着胡子拉碴儿的涛涛。

涛涛闷声问："舅舅，怎么是你？"

我不说话，推开他，走进去，关上门。

我问："屋里没灯吗？"

涛涛说："没有，没电。"

涛涛打着火机，眼前空荡荡的，荒凉的气味扑面而来，仔细看时，这套房子面积不小，还没有装修，看不到一样家具，四四方方的墙面和地面像刀子一样锋利，令人生出莫名的恐惧感。我问："你一直在这儿吗？"涛涛低下头不说话。我说："你妈快急疯了！"涛涛还是不作声。我问："你是怎么睡觉的？"涛涛带我走进一间屋子，指指铺在地上的一张破被子，靠墙的一端摆着几块砖头。火机烫着了涛涛的手，他嘴里发出嘘嘘的声音，火机掉在地上，屋内一时陷入浓黑。整个房间里的黑暗，悬在半空中的黑暗，强劲地把我们包裹起来。我在想，在我没来之前这黑暗属于涛涛一个人，我侵犯了本该属于他一个人的东西。我有些惭愧，动情地把涛涛的大影子一把搂进怀里，却被他猛地推开了，动作很粗暴。我这才明白过来，涛涛一定反感亲热，尤其是来自男人的亲热。

我说："咱们下楼回家吧。"

他没拒绝，默默跟着我回了家。

我打算天亮后再告诉秋玲涛涛回来了，我想和涛涛好好谈谈。但是，一开始他拒不说话，我问："要躲为什么不躲远一点呢？为什么不随身带上手机？连续几天都在这儿吗？没去过网吧或别的地方？"这些问题他一律不回答，要么不抬头，要么抬起头用不咸不淡的眼神轻轻看看我。后来，我提到了小羽。关于小羽，他倒是有话要说，他用少有的自信语气说："这个世界上，姐姐唯一愿意说真话的人是我。"

我问："姐姐的事你知道？"

他说："知道，早知道。"

我问："你是怎么知道的？"

他说："网上有啊，当天就有。"

我问："你很伤心是不是？"

他看了我一眼，突然捧着脸抽泣起来，肩膀一耸一耸。

我问："你躲起来和姐姐有关吗？"

他大声说："没关。"

我问："有别的原因？"

他又不吱声了，眼神重新变得不咸不淡。

我说："我是你舅舅，我很愿意听你说话，你要相信我。"

他抬头打量着我，皱了皱眉毛。

我问："你既然要躲起来，为什么不躲远一点儿呢？"

他回答了，却像在敷衍我："我想从三十楼跳下来，跳到我家院子里。"

我问："那，为什么又没跳？"

他说："不想把院子搞脏了，我妈那个人不是爱干净吗？"

我笑了，问："就因为这个原因？"

他用成人化的诚实口气说："可能还是缺少勇气。"

我去拍他的肩膀，他急忙躲开。

我问："涛涛，你最想让我帮忙转告你妈的话是什么？"

他马上说："我不想上学了。"

我问："不上学，那去做什么？"

他说："想去当兵。"

我问："为什么想去当兵？"

他的语气里含着自嘲："如果不当兵，我能干好的事情就只有开锁了。"

我说："我还是不懂。"

他说："我想去当特种兵，专门开锁撬门的那种。"

我问："有专门开锁撬门的特种兵吗？"

他肯定地说："应该有！"

15

小羽离开宿舍，和一个名叫黄小军的人同居了。黄小军是福士康的一名工人，福士康和晴川大学相距不远，福士康的农民工有时也会去部落消费，两人是在一个名叫"大梦吧"的电影吧里认识的。大梦吧随时都在放艺术电影，不间断地放，有人看没人看都在放。有一次，放了一部小羽的同学自编自导自演的电影，一同看电影的人有十三四个，基本都是大学生，小羽也在，黄小军也在，看完电影，紧接着进行讨论，大部分人只说奉承话，穿着福士康工装的黄小军却说："我认为这部电影没什么价值。"大学生们很瞧不起这个穿工装的土里土气的小伙子，要求他讲讲，为什么没价值。黄小军讲了一席话，把大家震倒了。于是，小羽留下了黄小军的电话，两人开始了一段秘密的交往。小羽发现，这个农民工的见识比她的大多数同学都要强，他看过的书她听都没听过，他甚至也读过三岛由纪夫的书。小羽觉得自己爱上了他，但又不能肯定。小羽专门征求过弟弟涛涛的意见，涛涛鼓励姐姐不要犹豫，大胆爱他。但小羽仍然犹豫，小羽说："这事，我妈如果知道了，非要杀了我不可；我爸貌似通情达理，肯定也不会同意。"小羽说得没错，我和赵红当时如果知道了，一定会竭力阻拦。我可能没赵红那么直截了当，要求男的必须有房有车，但我心里应该是认同赵红的，至少，农民工是我不能接受的，哪怕我自己也来自农村。

小羽和黄小军关系最好的时候，无非是久久抱在一起罢了，但是，哥白尼事件之后，小羽一气之下就跑去和黄小军同居了。小羽承认她把自己保护了很久的处女身交给黄小军，仅仅是因为赌气，当时如果没有黄小军，也有可能交给任何一个男生。和黄小军做爱的时候拒绝使用安全套，有安全套，故意不用，还是赌气。但是，小羽发现自己原本就爱着黄小军，这一点是没有疑问的，只是因为虚荣心作怪，一直没勇气承认罢了。肌肤之亲让两个人的爱情变得更加实实在在，但是，也更绝望，有多么爱就有多么绝望。小羽绝望的原因是不能对父母讲，父母百分之百会反对；也不能对同学讲，同学们肯定会笑掉大牙。黄小军绝望，是因为他是农民工，他除了爱，什么都没有。

自杀前的一天小羽还和涛涛通过一小时电话，请弟弟给自己出主意。弟弟鼓励他们私奔，弟弟还说，愿意资助他们一万元路费。

"她答应我要私奔的！"说这话时，涛涛的口气很不满，眼里有薄泪。此前我肯定高估了这个男孩的强悍，也高估了他的叛逆，我不能不重新打量他，我看到他胡须虽然杂乱，却很细软，厚厚的嘴唇在脱皮，饱含稚气。

涛涛忍了再忍，还是说出了他原本要保守一辈子的秘密：小羽跟着涛涛学会了开锁，小羽开锁的水平也是出神入化，能在半分钟内打开大部分锁，车锁、门锁、保险柜锁，都没问题。不过，小羽只开过别人家的门锁，正如小羽自己曾经说过的，她喜欢抱男人的衣服，有时潜入别人家，只是为了拥抱陌生男人的衣服。进门后，打开衣柜，找一件有汗味的男式衣服抱一抱、嗅一嗅，然后悄然离去。

"我是一个不值得爱的人。"

我想我终于明白了此话的意思。

16

我和赵红找到福士康，打听有没有一个叫黄小军的人。很快就有了答案，有这么一个人，但是，此人先前已经不辞而别，最后一个月的工资都没领。我们想对黄小军有更多了解，却遭到明确拒绝。我给秋玲打电话，请她找人说说情。秋玲在半小时内就找到了熟人，一个女高管出来接待我们，女高管说："我查过资料，黄小军是广西河池人，来我们这儿工作还不满一年，二十天前突然失踪了。"刚好是午饭时间，女高管十分热情地带我们去饭堂，让我们看看职工的伙食如何，她可能以为我们来自媒体，我们来，是为职工打抱不平的，当时刚好发生过几起福士康工人接连自杀的事情。

饭堂很大，有半个足球场那么大，满眼都是穿着蓝色工装的工人，大部分人在排队，小部分人开始吃饭。男工们有人光着膀子，有人掀起衣服，亮出肚皮，女工则斯文很多，颇有被城市生活淘染过的痕迹。我们装模作样地来到窗口，看见里面摆着四五个菜，有肉菜，有素菜，有米饭，有汤。男工一般要两个米饭一个菜，女工则是一个米饭一个菜。也有很多人吃汤泡饭，米饭上面只浇一勺汤。汤有骨头汤、番茄汤、紫菜汤、鱼汤、藕汤。米饭顶上有绿色的香菜和红色的辣椒，看上去很香。

女高管大声喊着一个工人的名字，那个工人听着后，立即捧着盘子碎步赶过来。女高管说："把你们宿舍的几个人都叫来。"

只来了三个人，另几个吃完先走了。

女高管说："给两位介绍一下黄小军的情况。"

一个工人问："黄小军他到底是死是活？"

另一个说："是呀，怎么回事？要死也应该死在厂子里。"

女高管说："少废话，快说说他的情况。"

接下来，几个人分别说了一些话。

综合起来，大致如下：

他饭量小，一顿只吃一个米饭一个菜。他很大方，经常请大家喝雪碧、啤酒和西瓜汁。刚来的时候，他走路喜欢把左手插在裤兜里，后来就不插了。他刚来的时候，走路步子迈得也很大，用现在的话说，走路很有范儿，后来就小了。他刚来有点胖，后来瘦了很多。他喜欢背诗，唐诗宋词能背很多。他经常带大家去部落看学生妹，大家全都光着膀子，一边吃着香辣的炒花蛤、喝着加冰的西瓜汁，一边看亮着长腿的学生妹。他每天晚上都要记日记，再忙再累也要记，宿舍断了电，打着手电记。他一只眼睛不好使，在阳光下睁不开。他的皮肤很黑，他说是从小干农活晒黑的。他发明了一个打飞机的好办法，一个人背着林志玲的画像，另一个人在背后哼哧哼哧。自从有了这个办法，宿舍里打飞机的次数就增加了，有时候一晚上好几次，第二天大家都没精神干活了……

我问："他的日记在不在？"

一个工人说："不在，他好像带走了。"

我问："有没有他的照片？"

几个工人的手机里都有黄小军的照片。有光膀子的，有穿工装的，有戴墨镜的，有在车间的，有在宿舍的，有在街上的。大概一米八〇的个子，乡土气很重，但不知哪儿与众不同。如果换一身打扮，应该是一个帅小伙儿。

我和赵红打算到此为止，尽快动身回兰州。回户部巷的路上，赵红说："小羽把我们想象成魔鬼了，其实她自己如果一意孤行，我们也拿她没办法，对吧？"赵红的话让我大感意外，我没有马上说话，我在想如果小羽坚定不移地爱这个人，小羽逼我表态，我会怎么样？我可能会建议她："先处一处再说。"我的建议里含着最低限度的苛毒，我不说话，我让时间说话，到底爱到什么程度，时间会说话的。

"黄小军为什么不阻止小羽呢？他是男人，应该坚决阻止才对。"赵红的语气里含着愤懑。我也再三考虑过这个问题，我说："小羽是大学生，又漂亮。黄小军身为农民工，肯定有些自卑，小羽爱他，他会受宠若惊，尤其是当他们有了身体接触之后。我是农村出来的，我能体会那种感觉。当小羽提出自杀，他一激动，农民式的英雄主义情结爆发了，不仅不阻止，还会赌咒发誓地说我跟你一起死。"

赵红大体认同我的分析。

17

一年后我收到了一封信，从邮戳看，是从武汉汉口寄出来的，寄信日期是：2014年5月24日。但没有详细地址，也没落款。

信的内容如下：

周羽的爸爸妈妈：

你们好！

我是黄小军的朋友，我要告诉你们，黄小军并不是真正的农民工，他是一个行为艺术家，以农民工的名义去福士康求职，是为了完成一件为期一年的行为艺术。他用三本日记和数百张照片参加了法国一个行为艺术展，得了大奖。农民工黄小军和你女儿周羽的爱情，以及他们的自杀，是行为艺术的一部分。黄小军并没有死，他曾经学过跳水，能在空中始终保持竖立的姿势，直至落水。当周羽用开玩笑的口气提出跳江自杀时，他不仅没有反对，而且暗暗采取了纵容的态度。他之所以会纵容，可能是因为，他深信自己落水后有能力把周羽救上去，然后，告诉她真相，给自己的行为艺术画一个不错的句号。但是，他没有控制好自己的身体，他摔晕了，他根本没办法救出周羽，只能自己勉强游上岸。他没勇气向你们当面忏悔，并讲述他和周羽相识相爱的过程。可以肯定的是，他深爱着周羽。

信是一个知情人的口吻，是用第三人称写的。但我们明白，写信的人就是黄小军本人。黄小军的真实姓名，信里面并没有提及。

赵红看了信，泪流满面。

我说："我宁愿没收到这么一封信。"

她立即点头，说："我也是。"

我问："那你为什么哭了？"

她说："我替小羽难过！我好难过！"

她又开始哭，哭了很久。

18

我和赵红带着小羽的骨灰回老家，打算把她埋在奶奶身边。火车经过黄河的时候，赵红问我："老公，你还记得小羽刚学说话的时候，自己发明的那些词语吗？"我说早忘了，她说："我全都想起来了。喝水是不急，喝也是不急，水还是不急。黄河水是大不急。"我说："因为我们给她用奶瓶喂水，水还烫，她总是急着要喝，我们就说不急不急不急，她以为，水就是不急，喝也是不急，后来看见黄河，指着黄河说：大不急。"赵红说："还有好多，我一下子都想起来了：嗯嗯是小便，大嗯嗯是大便；拜拜是出外、回家，大拜拜是车，小车大车都是大拜拜；哎哎是爬高。还有什么，你帮我想想。"我的确也想起了一些，说："牛、马、驴都叫马，燕子、麻雀、喜鹊都叫燕子。"这是一个意外出现的思路，顺着这个思路，我们又说到小羽刚出生的那一天，又说到了赵红怀孕时的样子，一直说到我们两人的相识和相爱。赵红说，那时候，我们也是爱得死去活来。我把赵红揽进怀里，没有接她的话，因为，火车在加速，不知不觉中时间和空间变成了同一种东西，我和赵红相爱的情景并没有消失在时间的深处，而是退到了空间的远处，就像星星，有些远，有些近。同样，我们的女儿小羽也只是退到了空间的远处，包括我的父亲、母亲。

我必须说一声，我爱他们！

（原载《人民文学》2016年第1期）

作者简介：

　　陈继明，1963 年生于甘肃省甘谷县。曾长期在宁夏工作。现为北京师范大学珠海分校教授。短篇小说集《寂静与芬芳》入选"21 世纪文学之星丛书"。作品曾获中华文学选刊奖、中篇小说选刊奖、中国作家出版集团奖、小说选刊年度奖、十月文学奖等。主要作品有长篇小说《一人一个天堂》《堕落诗》《途中的爱情》，中篇小说《北京和尚》《陈万水名单》《灰汉》，短篇小说《月光下的几十个白瓶子》《举举妈的葬礼》《骨头》《蝴蝶》等。部分作品被译作俄语、西班牙语、英语。

斗　鸡

雷杰龙

　　是的，我是贾昌，那个曾经闻名天下的"神鸡童"贾昌就是我。可开元、天宝那会儿的贾昌早死了，今天的我早就不是当年那个贾昌了，如果不是你来问起他的事儿，我都不知道当年那个贾昌是谁了。是的，开元、天宝那会儿，我在宫里斗鸡，明皇与太真妃的事儿，我是知道一点点。可那些事儿，早已化成烟，还说它们干什么？可你这后生，偏是执拗，缠着我不放。如果腿脚灵便些，你第一次见到我，就再也见不到我了。我一定躲得远远的，谁也找不到，再也不提那些事儿。可我走不动了，就像门口那棵弯腰的老柳树，只能待在这儿等死了。我不给你讲那些事儿，你是不会放过我，让我清静了。

　　是的，开元、天宝那会儿，我叫贾昌，长安城东宣阳里人。说起来，我和明皇帝倒是有缘。开元元年，癸丑，明皇登基，而我，就在那年出生。对了，后生，今年什么年了？嗯，元和丙午岁？怎么，又改元了？去年不是还在贞元年间吗？哦，是新皇登基，改号元和了，不好意思，老朽还不知道呢！可这没什么，这种事儿，老朽早已不用知道了。改来改去，还不是过了一年又一年？哦，你问我今年多少岁？老朽记不清了，该到九十了吧？哦，你算过，九十四岁了，没错吗？那就算九十四岁吧。人在世上走，风从坡上过，不知不觉就老了，活再长的岁数，全都是眨眼工夫就会做到头的白日梦。经过的事儿，全是梦里的事儿。眼前的事儿，还不是梦里的事儿？梦中人说梦中事，说来说去都是痴人说梦，荒唐可笑！如果不是你执迷不悟，缠着我讲，我才没这份闲心说什么开元、天宝那些梦里的荒唐事。

　　开元元年三月，一个属鸡的日子，我在鸡叫头遍的时候出生。母亲说，那天凌晨，我一出生就哇哇大哭，可刚哭了一会儿，鸡叫二遍，我就不哭了，鸡叫三遍，我就咯咯笑起来。我母亲姓姚，我父亲叫贾忠，他没有什么了不得的，就是有个好身板。什么样的好身板？说起来你不信！他身长九尺，天赋神力，能把一头发飙的壮牛倒曳着走路。所以，父亲十六岁被招募为宫廷卫士，没过几年，就当了一名"材官"。在长安城，这样的宫廷卫士和小军官多得很，没什么了不起的。所以，我家就住在城东的宣阳里。俗话说"东贫西富，北贵南贱"，一点不假，在长安，富贵的人家不住城西就住城北，我家住在城东宣阳里，那是因为家里还穷。要不是父亲运气好，赶上了好时候，我家就没机会离开城东了。景龙四年，韦氏作乱宫廷，我父亲跟随明皇率领的"万骑营"，攻入大明宫，一举诛灭韦氏，立下了功劳。记得父亲说，那会儿明皇还不是皇上，他还叫什么临淄王，那会儿"万骑营"里跟随明皇起事的人，根本没有一万人，只有几百人，就是那区区几百人，别说马，连兵器也没有。当时事发紧急，除了明皇，李仙凫、葛福顺、陈玄礼这些军官有随身佩带的刀剑，别的人连像样的家伙都找不到。要拼命，总不能赤手空拳吧？事到关头，大家正在发愁，一阵大风吹过营帐，吹得万骑营里大帐前的旗杆吱呀作响，父亲灵机一动，卷起袍袖，上前奋力拔起旗杆，一通挥舞，虎虎生威。明皇见状，大声叫好，说兵器不是现成的吗？支撑营帐的木杆就是啊！众人发一声喊，转眼工夫，就把各个营帐拆倒，每人持一根长木杆当棍棒，跟随明皇，突袭羽林军，攻入大明宫。我父亲跟随在明皇身边，格杀击退数十人，给明皇留下了好印象。因为这次功劳，明皇登基后，父亲就成了明皇的长刀亲随护卫，被称为"千牛备身"，而我们家，也奉诏从城东宣阳里搬到了长安城北大明宫旁的东云龙门街。这可是长安城里离皇宫最近的一条街，天子脚下，只有巨贾富户、宗室、贵官之家才能居住。可我家虽然住在那里，但全家人的吃穿用度只能依靠父亲一个小小的"正六品下"的俸禄，生活根本算不上宽裕，平时十几二十天才能吃上一顿肉。为此，父亲在外面虽然风风光光，可在家里，却没少受母亲抱怨。不过，在我七岁那年，这一切全都在一夜之间改变了。因为就在那一年，我被召进宫，见到了天下景仰的明皇帝。

　　说来惭愧，比起父亲，我更没什么能耐。唯一有点的本事，就是斗鸡。看你这后生，知书识礼，像个官人，我知道，在你们这样的人眼里，斗鸡算个什么玩意儿？这种本事根本不是什么正道。俗话说，人有三教九流，斗鸡顶多算下九流。可有什么法？龙生龙，凤生凤，老鼠儿子会打洞，我父亲是个粗鲁的武人，我也不爱读书，生性好动。七岁时，我就身手矫健过人，能够抱着柱子，几下子蹿到梁上。我还喜欢各种各样的鸟儿，能听懂它们的话儿。成天没事，我就和东云龙门街的小伙伴们在长安城的大街小巷四处溜达，出入各种斗鸡走马的场所，耳濡目染，自然而然就喜欢上了斗鸡。那时长安斗鸡热闹得很，今日的长安虽然还斗鸡，可和当年根本不可同日而语。那时的长安，街头巷尾、歌楼酒肆、皇宫大内，斗鸡几乎时时可见、处处可观。平民百姓、富家子弟、达官贵人，几乎没有不爱斗鸡的。每年清明，更是斗鸡无比火爆的时节，通宵达旦，整个长安城几乎都在斗鸡。明皇还在做藩王时，就喜欢斗鸡，经常出入宫里宫外的斗鸡场所。明皇诞辰于垂拱乙酉，属鸡，和鸡有缘，怎么会不喜欢斗鸡呢？登基以后，明皇在大明宫和太极宫的两宫之间，专门设立了一个斗鸡坊，搜罗长安城里金毫铁距、高冠长尾的雄鸡数千只，养在那里。为此，明皇又选了六军家属的聪敏少年五百人，司职斗鸡坊，每日驯养调教那数千只雄鸡。据说，斗鸡在汉代就流行了，汉武帝就是个无比喜欢斗鸡的皇帝。古风如此，民风如此，如今，明皇又好之如此，长安斗鸡之风更甚。王侯之家、外戚之家、达官巨富之家，没有哪一家不卖房卖地，花重金搜罗最厉害的各种斗鸡。人们往往以重金下注，许多人一夜暴富，许多人转眼间就变成穷光蛋。有人贫穷，买不起斗鸡，就用一般的家鸡冒充斗鸡，高价售卖。有的人上当受骗，恼羞成怒，报官追索，非把售卖假鸡的人置之死地而后快；也有的人对此不以为意，一笑了之。那时，整个长安城，无论男女老幼，人人都以斗鸡为乐，没人认为那是什么歪门邪道。

七岁那年的某天中午，我正在东云龙门街一个转弯处斗鸡，对手是一个达官之家的少年。那场斗鸡，聚集了许多人，因为我那只并不起眼儿的斗鸡，在几个月里已经连赢了上百场，而那个少年的斗鸡也连赢了不下二百场，个头儿、名气比我那只大得多。可我并不担心，我看那只鸡斗过几场，知道它厉害，但它有个弱点——太过急躁，不像我那只那么沉静，所以，我心里有数，知道自己一定会赢。人们下完注，两只鸡放在一起，那只鸡扇翅鼓尾，跃跃欲试，而我那只一动不动，眼睛半睁半闭。那时，我更加坚信自己这只一定能赢。结果不出所料，铜锣一响，我那只刚才还在打盹儿的斗鸡疾如闪电，凌空一个急扑，一把就抓瞎了另外那只鸡的一只眼睛。仅只一个回合，胜负就已决出。人群中一位形容伟岸、身穿便服的汉子越众而出，鼓掌大笑，走近前来，抚着我的脑袋说："我赢了，我又赌对了！"他问我的姓名，是哪家的孩子。问完，唤旁边一位汉子取出一盏黄金给我，大笑而去。

次日，一名宦官来到我家，召我父亲带我进宫，面见明皇。明皇面熟，笑声更熟，不用说，就是前一日和我搭话的那位汉子，他就是万民景仰的明皇帝。从那天起，我就进了斗鸡坊，为了表示对父亲和我的优待，明皇特许我补了一个右龙武军的缺额，领取俸禄。从第二天起，我就每天和父亲一起入宫。九尺汉子牵一个三尺小儿同入大明宫奉职，这在当时传为一桩美谈。进了斗鸡坊，别看在五百少年里，我年龄最小，可很快，大家都开始听我的，谁也不敢欺负我。这都是因为我懂斗鸡，通鸡性。别看我小，我一进鸡群，就像一位叱咤风云的大将军进了行伍，扫一眼眼前的健儿，就知道近期训练如何、给养如何、士气如何，是否可用、是否可战，对整支队伍的状况了如指掌。由于通鸡性，在鸡群里，它们如同宫外玩耍的小伙伴们，我则是不折不扣的孩子王，就像清楚每个小伙伴的脾气习性一样，哪些鸡强壮、哪些鸡柔弱、哪些鸡勇敢、哪些鸡胆怯，什么时候该让它们喝水、什么时候该让它们吃东西，哪些鸡看着要生病，必须提前给它们用药医治……每一只鸡的状况，我都一清二楚。不仅如此，在数千只鸡里，我很快就找出了两只最桀骜好斗、最难以驯服的雄鸡，迅速将它们驯服，让它们听我的话，就像奴仆听主人的话。而那两只斗鸡被驯服了，别的数千只斗鸡就没有不服的。

不久，主管斗鸡坊的宦官李静忠把我在斗鸡坊的情形告诉了明皇。谁是李静忠？你大约没听说过，可是说李辅国你就知道了。对，没错，就是肃宗时那个被加封为元帅府行军司马，执掌兵权，代宗时被册封为司空兼中书令，当了宰相的李辅国。对，没错，就是他，可那时他不叫李辅国，而叫李静忠，还只是一个屁颠屁颠的小太监，谁知道他后来会变成那个一人之下、万人之上，权倾朝野、气焰熏天的宦官宰相李辅国啊?! 那时他主管的只有一个斗鸡坊，要看他脸色的只有五百个小儿，他最多就是一个孩子王。不仅如此，他又瘦又黑，尖嘴猴腮，相貌奇丑，有时还会受到我们嘲笑，谁能想到他后来会手握兵权，让郭子仪、李光弼这样统领千军万马的大将军也得看他脸色行事，对他退让三分啊?! 什么？你问那时我看没看出来他是个奸臣？别开玩笑！再说了，忠不忠、奸不奸这样的事儿我不懂，也不关心，我只是一个斗鸡的，我只知道那时候的李静忠对我还好，他只是想把斗鸡坊弄好，所以把我在斗鸡坊的事情告诉了明皇。没想到的是，明皇竟然再次召见了我，考问我关于斗鸡的问题。哦，对了，你知道明皇在哪里考问我的吗？洛成殿！那可是举行殿试、考问进士的地方！今日想起来还好笑，就在那样的大雅之堂里，明皇考问我的却全是斗鸡的问题。说是考问，那也不全对，因为明皇也是一位斗鸡高手，回答了几个问题之后，问对就变成了切磋。说句大逆不道的话，明皇和我切磋起来，越说越高兴，谈到会心处，我们两人还会击掌大笑。直到今天，我还记得离开时明皇说的话，他哈哈大笑说："想不到你爹贾忠那么个榆木脑瓜，竟会生出你这样有趣的儿子！"第二天，李静忠对我说：通过了洛成殿诏对，你就是"翰林待诏"了，和翰林院里那些臭翰林是一个样的。我虽然年岁小，可也知道翰林待诏是有好几种的，就问是什么"翰林待诏"。李静忠笑嘻嘻地说："你是'七岁斗鸡翰林待诏'啊！"当然了，我知道，那只是玩笑话，宫里没有"斗鸡翰林待诏"这官儿。但从那天起，我就成了斗鸡坊的头目，位置仅次于斗鸡坊主管太监李静忠，统领五百个斗鸡少年，俸禄加倍，赏赐更加优厚，有时甚至超过了翰林院里那些一般的翰林，各种金帛贵重之物，几乎每天都会跑进我的家里，把我的母亲乐得笑开了花。

我十三岁那年，也就是开元十三年，明皇封东岳，大祭泰山，我奉命跟随御驾，带着三百只雄鸡，在泰山脚下举行连续十天的斗鸡表演，观者如云。那年封禅是冬十月，临近泰山，天公不作美，先是一阵东北风，飞沙走石，吹破了无数帐篷，有的帐篷连木杆都被吹折，天空灰蒙蒙的，数十步之外不见人影，没过多久，哗然又风和日丽，晴空万里。泰山脚下，明皇斋戒沐浴，正准备次日登山，却突然又狂风大作，带来滚滚乌云和刺骨的寒风。明皇连夜祷告。第二天祥风南来，天清地明。这次封泰山，父亲本来带病随侍，经过这么乍阴乍晴，乍寒乍暖的折腾，父亲病情突然加重，封山大典还没结束，就病故了。按照父亲的品位级别，是不能以官家名义归葬家乡的。可经我请求，明皇特许我以孝子的礼节一路敬奉父亲灵柩归葬长安。从泰山到洛阳、长安的官道上，每经过一地，各县的地方官都会提供车马、卫队，迎接、恭送、护卫父亲的灵柩，这样的特殊礼遇，只有王侯重臣才能享受，根本不是父亲一位小小的"正六品下"的护卫军官能够享有的。开元十四年三月，春日大祭，我又奉召，身穿斗鸡服，带着三百只雄鸡，跟随明皇、太真妃，在骊山温泉大会群臣，为百国使节举行斗鸡表演。表演极为成功，我得到赏金一万两，被人们羡称为"神鸡童"。当时的长安、洛阳一带流传着这样的民谣："生儿不用识文字，斗鸡走马胜读书。贾家小儿年十三，富贵荣华代不如。能令金距期胜负，白罗绣衫随软舆。父死长安千里外，差夫持道挽丧车。"

当"神鸡童"的那些年里，每一年的千秋节，都是我最得意的一天。千秋节就是明皇的诞辰日，垂拱年乙酉，那时召成皇后还在相王府，在八月五日诞下明皇帝。明皇登基后，就把这一天定为千秋节，赐给天下百姓牛肉、美酒和百乐，连续狂欢三天，名叫"大酺"。以后，每年八月五日至七日的三日"千秋大酺"就成为开元、天宝年间的定例，和元旦、清明一起成为每年最隆重的三大节日之一。那时，皇家举行的节日大典，元旦和清明在骊山，"千秋大酺"在长安或者洛阳。每到千秋大酺那一天，各种好玩儿新奇有趣的游戏全都汇聚京城，别说王公贵族、大臣百姓，连六宫粉黛都会走出宫门，在广场街道上游玩。而在所有游戏里，斗鸡戏是最受欢迎的，说句大逆不道的话，那一天，我贾昌绝对是京城百戏之王，吸引的眼球并不比明皇少。那一天，一大早，我头戴珍珠翡翠装饰的金华冠，身穿锦缎绣襦裤，一手拿着黄金打就的铎铃，一手执着碧玉为杆、白狐毛为丝做成的拂尘，在成群少年、宫女、小黄门的簇拥中走出大明宫门。在宫门外面宽阔的广场上，早已万众聚集，拭目以待。广场的中心，三千只雄鸡分成两队，一队颈项系着白绸，一队系着黑绸，早已按次序排成阵列。它们一只只雄起赳、气昂昂，顾昐而视，竖起全身的羽毛，鼓动如风的翅膀，在地上磨砺刀剑般的利嘴和有如铁戟般的脚趾，怒视对方，像两支早已酒足饭饱，鼓足精神，正在阵前等待着一声令下，好好进行一场痛快厮杀、一决胜负的军队。而我，正是那个下令厮杀的人。当我走出宫门，出现在广场上，只听见千鸡啼鸣，欢声雷动，那种场景，仿佛欢迎一位从天庭里降临到人间的神仙。欢呼过后，我昂首走到广场中心的群鸡之阵中，登上高台，临风肃立，面向四方，拱手回礼。之后，偌大的广场，逐渐安静下来，像血腥厮杀之前的战场，除了空中刮过旌旗的猎猎风声，静寂得一点声音都没有。之后，我高举拂尘，轻轻一挥，在空中画个半圆。拂尘落下，三声鼓鸣，两队雄鸡开始在三十名小儿的鞭子和钟鼓丝竹的乐声中或进或退，昂然起舞，不断排列变化阵容。你应该知道了，那是一种什么音乐。对，没错，就是《秦王破阵乐》。那本来是一种由人来演的乐舞，可我某一天突发奇想，能不能让鸡来舞呢？由人来舞，固然精彩激烈，可那只是乐舞戏，没有真正的战斗厮杀。

而由鸡来舞，不是一两只，而是三千只，不仅有壮观的场面，还有真正的厮杀，肯定更加精彩刺激。当然了，它们只是鸡，不是人，要演这样的斗鸡戏，要让三千只雄鸡如臂使指，全都听从调度，难度可想而知，天下除了我贾昌，恐怕没人敢想，也没人能够办得到。可我贾昌就是想到了，也做到了，经过斗鸡坊里的上百次训练和大明宫前广场上的几次排练，我就是做到了。在我的指挥调度下，三千只雄鸡进退有序，随乐起舞，激烈厮杀战斗了几个回合，其中一队最终取胜，击败另外一队。结束的时候，广场上再次欢声雷动，上万人齐声大呼："斗鸡! 斗鸡! 贾昌! 贾昌! ……"而我，再次立于高台之上，向四方拱手回礼，以表谢意。之后，我缓步走下高台，在经久不绝的欢呼声中指挥三千只斗鸡，不，已经不是三千只了，其中有几百只，已经受伤走不动了。我让两支队伍，各自整队，得胜的一支在前，落败的一支在后，像排列整齐的雁阵一样，跟随在我的后面，走进大明宫，回到斗鸡坊。而在我的后面，那些摔跤、杂耍、舞剑、在高杆之上跳舞的，踏绳、蹴球、变戏法儿、耍猴儿玩鸟的，这些百戏里最出类拔萃的人物，全都看着我走进宫门的背影望而却步，垂头丧气，自愧不如。

那些年，我最烦的就是上门提亲的人，说他们踏破了我家的门槛一点都不夸张。我也曾经去看过几个人家的女儿，可在宫里，在明皇身边，看惯了三千粉黛的我，看她们实在提不起任何兴趣。为此，我成天躲在宫里的斗鸡坊，不愿出宫，为的就是避开那些挤满我家的提亲人。开元二十三年，就是我二十三岁那年，在大明宫中的一次梨园戏里，我终于看上了一个人，那是著名梨园弟子潘大同的女儿潘飞燕。她的美艳，她的歌喉，她的舞姿，她的啼笑，她的眼眸，我第一次遇见，就心旌摇荡，失魂落魄，为之倾倒，决定此生非她不娶! 那场梨园戏刚结束，乘着酒性，我就跪请明皇，说我想娶潘飞燕。明皇哈哈大笑，说贾昌你这小子眼光好毒，潘飞燕今天是第一次进宫，朕也看上了她，没想到你这小子也看上了。好、好、好，只要她愿意，朕就把她让给你小子! 潘飞燕自然愿意嫁给我。于是，在明皇主婚下，我和潘飞燕结为连理。这以后，我就常常戴着佩玉，和穿着绣襦的妻子一起出入大明宫和太极宫两宫之间的御府之地，我在斗鸡坊，她在梨园坊。而在我们出御府，走到长安街头时，我们的后面总是跟着一大群围观的人，不用说，他们是来看我贾昌，也是来看我的妻子潘飞燕的。不久之后，我们就有了两个儿子，一个取名至信，一个取名至德。天宝年间，太真妃进宫，得宠幸于明皇，而我的妻子潘飞燕因歌舞出众，也得宠幸于太真妃。到那个时候，我的福气和宠遇达到顶点，我和妻子潘飞燕，都成为明皇和太真妃身边的座上宾。

哦，你问见没见过李太白? 那还用说! 可那李太白，我们当时叫他李翰林，他在宫里的事情，完全不像你们传的那样。说什么他在开元年间进宫，得罪了高将军、太真妃、杨国忠，被撵出宫，根本不是那么一回事儿! 我还记得，李太白是天宝年间进宫的，根本不是开元年间。具体哪一年记不清楚了，但应该就在天宝初年那几年。我是怎么记得的？因为李翰林进宫不久填的词里，有我妻子的名字"飞燕"两个字，妻子为此津津乐道了一阵子，所以我清楚记得那是天宝初年的事儿。李太白一进宫，明皇就给了他个翰林待诏。可对我们来说，李翰林是什么人呢？就是一个姓李的酒鬼！因为他是一个酒鬼，我们都喜欢他，每次看见他跌跌撞撞进宫，我们说起来都会乐一阵子。天宝二年的一个春天的早上，在斗鸡坊附近，我又看见李翰林入宫。他怎么入的宫？被几个小太监背进来的。我看着高力士高将军让几个小太监背着他，嘻嘻哈哈过去了。当天晚上，妻子跟我讲，我才知道那个早上发生了什么事儿。原来，那天早朝后，明皇和太真妃在沉香亭观赏牡丹花，李龟年、我妻子潘飞燕和几位梨园弟子正准备歌舞助兴，明皇问李龟年，最近可有什么新曲子。李龟年说，刚谱了一曲《清平乐》，可惜没来得及填词，只好暂时歌一曲旧乐词。明皇不悦，说："赏名花，对妃子，怎么能老用旧乐词呢？快召李翰林来填词！"高将军赶紧带人出去召李翰林，在东云龙门街一家青楼上找到了他。可他宿醉未醒，就被高将军他们弄进宫来，泼了几瓢凉水，掐了几下人中，折腾了好一会儿，才稍稍清醒，略作更衣整理，就弄进了沉香亭。李翰林真是奇人，到沉香亭，刚听明白是怎么回事，就提笔挥毫，在金花笺上填了三首词。明皇、太真妃一看，拍掌叫绝，立即由李龟年、潘飞燕等梨园弟子吟咏而记，弦歌表演，大家尽兴而乐。歌舞完了，大家看见李翰林斜倚在一张软榻上，又醺睡过去了。明皇看见他脚上穿着一双旧鞋子，还被弄湿了，就说歌新曲、填新词，怎么能让李翰林穿旧鞋呢，赐李爱卿一双新鞋吧。新鞋子取来，李翰林被唤醒，可他还稀里糊涂，揉着眼睛，不知道是怎么回事，看见高将军在身边，就伸出双脚，睡眼惺忪地对高将军说："高将军，请帮我脱下鞋吧！"大家哈哈大笑，高将军也跟着笑起来，俯身给李翰林脱鞋，为他换上新鞋。是的，没错，就是这么回事，当时就是这样。说什么看着李翰林离开了，高将军很生气，对明皇抱怨说李翰林这样的人不过是一个酒鬼，为什么要这样宠着他？明皇安慰高将军说："我知道，你看他那副穷酸样，由他去吧，先让他高兴几天，以后就把他撵出宫去！"这些全是瞎编的，我妻子潘飞燕当时就在场，根本没听她说过这样的事儿。再说了，高将军为李翰林脱鞋的事情，只是一件屁大的小事，当时大家提起，只是觉得好玩儿，谁也没觉得那是折辱了高将军。高将军那样的人，随和得很，心胸大得很，几乎没人不说他的好话，怎么会为李翰林脱鞋这样的区区小事耿耿于怀呢？那事之后不久，一个黄昏，我又碰到高将军从大明湖的一条船上下来，扶着醉态可掬的李翰林，嘻嘻哈哈的，和我打招呼，说明皇又宣召李翰林进宫，去填什么新曲子。说李翰林得罪高将军，高将军嫉恨李翰林，那全是瞎扯淡。

李翰林没得罪高将军，他得罪太真妃和杨国忠两兄妹的事情，那更离谱儿了！说什么李翰林填词的时候，要架子摆谱儿，说天气太热，让高将军脱鞋、杨国忠磨墨、太真妃执扇的事儿，只有你们这些酸腐文人才编排得出来！李翰林怎么会讨厌太真妃呢？"云想衣裳花想容，春风拂槛露华浓。若非群玉山头见，会向瑶台月下逢。""一枝红艳露凝香，云雨巫山枉断肠。借问汉宫谁得似，可怜飞燕倚新妆。""名花倾国两相欢，长得君王带笑看。解释春风无限恨，沉香亭北倚阑干。"几十年过去了，我还记得当年他填的这些词儿。这些词儿在宫里唱了多少遍，被妻子唱了多少遍，我都记不清楚了。李翰林讨厌太真妃，怎么能填出这样的词儿？李翰林对太真妃这样，太真妃又怎么会讨厌李翰林？我只听妻子说过太真妃赞美李翰林，没听说太真妃说过李翰林什么不是。至于李翰林得罪杨国忠，那更离谱儿了。你知道杨国忠是什么时候入宫的？那是天宝四年的事儿。就在那一年，太真妃正式被册封为贵妃，宫里举行了隆重的典礼，典礼完了，少不了一场斗鸡表演。太真妃被册封贵妃后几个月，杨国忠就来到长安了。那时他还不叫杨国忠呢，而是叫杨钊，"国忠"是后来得宠时明皇赐给的名儿。说到杨钊改名"国忠"，还有这么一回事儿呢。他在宫中得宠后，一天在东云龙门街喝酒，碰到一位术士，给他看相，说他虽然前途不可限量，大富大贵，可命中却有血光之灾。杨钊大惧，花了很大一笔银子求解，术士才为他点破，说了一大堆命相相生相克的道理，最后才说出最要紧的，说他姓杨，属木，名钊，钊属金，金克木，怎么能用属金的字为名呢？一定得改。杨钊问怎么改，术士附耳对他说，找明皇赐名啊，只要不带金就行了。为此，杨钊就请明皇赐名，改名为"国忠"了。这事我们当时都知道，可我们谁也不知道，人算不如天算，后来，杨国忠还是在马嵬兵变中死于刀兵之灾，连明皇也保不了他。话说回来，那杨钊也不是什么太真妃的亲兄弟，而是七拉八扯出来的远房堂兄弟。太真妃被封为贵妃不久之后，杨钊从西蜀来长安，他是以剑南节度使章仇兼琼使者的名义来的。那时候，谁听说过他的名头啊？可他一来长安，就出手不凡，不仅给明皇、太真妃献上各种西蜀出产的名贵土特产，也给宫里宫外每一个有头脸的人送上了一份厚礼，还天天在长安请人宴饮。正是他的大方和阔绰，使大家记住了杨钊这个人，太真妃才认了他这位远房堂兄弟。可他来的时候，没见到李翰林。李翰林早在一两年前就出宫远游了。他见都没见过李翰林，又会为李翰林磨什么墨呢？李翰林见都没见过杨国忠，又怎么扯得上讨厌他呢？如果杨国忠早一两年来，和李翰林碰上了，没准两人还会混在一起呢！我可没乱说，李翰林和杨国忠都好酒、好赌，出手阔绰，挥金如土，两人碰上了，没准儿会拉开架势，痛快斗上几回，赌上几把呢！说来有趣，杨国忠能够飞黄腾达，还和赌博有缘呢。进宫后，每逢宫里传宴戏赌，他就掌管樗蒲文簿，几十人同时玩的赌博，他为每个人的记分居然分毫不错，几轮赌戏下来，谁输多少，谁赢多少，他不用看记分簿，就能心算出来，让大家啧啧称奇，就连明皇也称赞他是个好度支郎。不久，他便担任了监察御史，很快又迁升为度支员外郎，兼侍御史。在不到一年的时间里，他便身兼十几个要职，成为朝廷重臣之一。李林甫李相爷死后，他很快就当了右相，成了杨相爷，想让谁当个什么官儿，他一句话说了就算数。如果李翰林那时还在宫里，和他交好，弄个什么管事的官儿应该不是什么难事。可那会儿，李翰林早已飘游山水之间了。可我还是听说过，他替个什么官代笔，给杨国忠杨相爷写过一封什么书信，除了赞美杨相爷之外，李翰林最津津乐道的，就是他当年在宫里，如何受明皇宠信那些事儿。对，后生，还是你们这些读书人知道，他那封信叫什么《为赵宣城与杨右相书》，写在天宝十四年，什么"伏唯相公，开张徽猷，寅亮天地。入夔龙之室，持造化之权。安石高枕，苍生是仰"，这些话儿我可不懂，什么龙不龙、石不石的，但肯定是赞美杨相爷的。为什么要赞美杨相爷，还不是为那个叫赵悦的宣城太守，也是为他李翰林自己要官吗？李翰林真要和杨相爷闹翻了，怎么开得了这种口？

是的，李翰林天宝三年那会儿就出宫去了。你知道他是怎么出宫的吗？

是的，是明皇让李翰林出宫的。可完全不像外面流传的那样，是他得罪了高将军和太真妃，他们向明皇进谗言，把他赶出宫去了。我说过了，根本不是那么回事，李翰林得罪的根本不是他们两个人。那李翰林得罪的是什么人呢？不是我们宫里这些人，是他在翰林院里的那些翰林，特别是那位叫张坦的张翰林，张说大人张相爷的公子。李翰林怎么得罪张翰林的？我可不清楚。自古文人相轻，那些舞文弄墨的人，他们之间的弯弯道道岂是我这样的斗鸡小人能够猜测的？只是听说张翰林对李翰林很不屑，说李翰林不知是从哪里乡下混进京城的无知狂徒，除了喝酒，仅有的一件本事就是招摇撞骗，欺世盗名。而李翰林对张翰林自然也不屑，说张翰林的父亲号称"大手笔"，哪想到传到儿子，竟然变成了一只"小秃笔"。总之，李翰林和张翰林，还有翰林院的那些翰林都闹得很不愉快，没法收场。听说事情最后闹到明皇这里来，李翰林就给明皇写了封辞呈，可谁都知道，那只是故作姿态，李翰林在宫里玩得正欢呢，怎么会真心想离开？可明皇也怕得罪人，明皇是愿意得罪李翰林一人还是得罪翰林院所有的翰林呢？结果不用说，明皇顺水推舟，李翰林得到一笔厚重的赏赐，出宫去了。至于李翰林出宫，明皇问没问过高将军的意见，高将军又说了些什么，谁也不知道。我记得的只是，李翰林出宫的第二天早上，我碰到高将军，随意闲聊了几句。我问高将军，听说李翰林出宫去了？高将军不答，只是望着天空的流云和飞鸟，若有所思，沉默了一会儿，叹口气说：李翰林这样的人，天真烂漫，是位可人，可他属于山水，不属于这里，他如果待在这里，说不定哪一天不小心就会被人弄死。那时候，背黑锅、落骂名的人，只会是明皇。还不如对他重重赏赐，放出宫去，或许还能助他遨游四海，尽其天年呢。

李翰林就这样出宫去了。他虽然天纵奇才，才高八斗，常常自诩什么文曲星下凡，要当什么姜太公、张子房，可在明皇眼里，他又哪里是什么宰相之才？他到宫里来的时候，宰相是李林甫李相爷，李翰林的文才或许比李相爷高，可当宰相，比的不是文才，是心机。那时，安禄山机灵聪慧，通晓六种胡语，当了平卢节度使，深受明皇和太真妃宠信，可他进京，每次拜见李相爷，还没开口说话，李相爷就把他心里想说的话说出来了，弄得他又尴尬，又害怕，逢人便说，李相爷简直不是人，而是神仙！李相爷口碑不好，许多人都说他太狠，太阴险，当面一套，背后一套，嘴里和你说的是甜言蜜语，背后的手里捏的就是刀子。可即使这样，明皇还是偏偏让他做宰相，并且一当就是十几二十年，明皇时候，论宰相，谁也没他当得那么长。能得明皇宠信这么多年，委以宰相重职，你以为明皇是傻瓜吗？李相爷办事谨慎，做什么事都有法度纲纪，立下规矩，就让每一个人都遵守，任免什么官员，都有一套细致的规定。当然了，最紧要的是他的心机深，能看透安禄山这些人的小心思，让他们谁也不敢和他斗。当时天下的兵马，大多都归各地的节度使掌管，可让谁当节度使，由朝廷、明皇和李相爷立下的规矩说了算，有李相爷这样的人当宰相，明皇才能垂拱而治，高枕无忧，尽性玩乐。李翰林这样的人，连翰林院的张坦张翰林都斗不过，又怎么斗得过天下那么多官员、那么多节度使？他斗不过那些人，又有谁敢放心让他当宰相？李翰林那样的人，别说当宰相，当个任何管事的官儿都不行。他以为他胸怀大志，是宰相之才？那简直是个笑话！他这种舞文弄墨的，和我们这些斗鸡的、唱戏的、跳舞的、下棋的，其实都是一样的，只不过是宫廷蓄养的倡伶之人罢了，都是供明皇来取乐子的人物，谁又比谁强到哪儿去了？再说那个李翰林，我对他还不错，在东云龙门街请他喝过酒。喝酒的时候，他和我吆五喝六，称兄道弟，可他以为我不知道，一转身，他就写了一首诗奚落我。说什么"大车扬飞尘，亭午暗阡陌。中贵多黄金，连云开甲宅。路逢斗鸡者，冠盖何辉赫。鼻息干虹霓，行人皆怵惕。世无洗耳翁，谁知尧与跖"，什么"路逢斗鸡者，冠盖何辉赫"。我并不是每次出门，都有随从冠盖的。我第一次请他喝酒，就是一个人在街上走着，刚好被他撞上，拉去喝酒的。他写这诗，不就是骂我贾昌小人得志、得意忘形，让人们羡慕嫉妒吗？就算那样，又是我的错吗？是的，后生，就算你说得对吧，他本意不是要来奚落我，他是在嘲讽世风不古，世人黑白不分，是非不辨，趋炎附势，看事看人，没心没肺，本末倒置。可世风又啥时候古过了？今天的长安，不是又流行斗鸡了吗？好了，不说李翰林了，当时他写了那玩意儿奚落我，我都没想和他计较，现在他都作古了，我也快作古了，我又和他计较些什么？

不说他了，说说高将军吧。李翰林出宫的时候骂骂咧咧，甚至还骂了高将军，说高将军不为他说好话。那时，谁也不知道，十多年后，安禄山作乱，李翰林因事流放夜郎，不久得到赦免，他前脚刚离开，高将军后脚就跟着到了，流放的地点、路途几乎和李翰林一模一样，都在夜郎巫州。李翰林不用说，自然写了许多诗，人们都知道。可我听说，高将军流放夜郎，也写过一首名叫《咏荠》的诗呢。那首诗怎么说来着？我还记得是这样的："两京论斤卖，五溪无人采。夷夏虽有殊，气味终不改。"后生，我知道你们这些读书人，都把李翰林称作大天才、大豪杰，拼命踏踩高将军，把他说成一个小人，可你们不知道，他虽然是个宦官，可也是大丈夫呢！还在李林甫、杨国忠当道的时候，高将军就冒着忤逆的风险，劝过明皇，最好不要让他们当宰相。高将军怎么说的？高将军说李林甫太阴险，得罪的人太多，怎么能让他当宰相呢？至于杨国忠，高将军说他虽然数术好，可是不读书、品性差，用这样的人当宰相，怎么能服天下人心呢？乱事稍平，还都长安后，我听陪伴明皇临幸西蜀归来的梨园弟子贺怀智说，在西蜀，明皇垂泪，悔恨不迭，他听到高将军抱怨明皇，说我早就劝过你，不能用李林甫、杨国忠当宰相，早知如此，何必当初呢？你知道明皇怎么回答高将军的吗？明皇答，我知道李林甫很阴险，可他很能干，有他在，那些各处藩镇蠢蠢欲动的节度使们不敢作乱，所以用他当宰相。至于杨国忠，能力比李林甫有所不如，可他有两个好处：一个是懂数术，能理财，府库快空了，只有他能让府库满起来；一个是他很会玩，励精图治久了，朕太累了，什么都厌倦了，就想放松一下，好好玩一下。可朕没想到，这一玩，把天下玩乱了，这都是朕的错，不能怪别人，朕真是愧对天下！

　　是的，后生，你说得没错，明皇把天下玩乱了，愧对天下，可他最愧对的人就是太真妃！太真妃的事儿流传得太多了，有的是真的，有的是假的，有的半真半假。太真妃的事儿我不想说，说多了就是对她的大不敬。没错，太真妃的确很美艳，她的美艳只有天上的仙人才有，不像是人间有的。可太真妃的事，我知道得真的不多，虽然我的妻子潘飞燕就陪在她身边，常和她一起为明皇跳舞，是最受她宠信的梨园弟子。我从没听妻子说过太真妃一句坏话。我的妻子只是说太真妃对她好，对每个梨园弟子都好。有时候，我赞美妻子舞跳得好，歌也唱得好，妻子就会不好意思，说比起太真妃那就差远了。我的妻子还常说，太真妃有时候很傻，傻得像个小孩。可我问她太真妃怎么傻了，她又笑而不答。她既然不说，我就不会多问。你知道，别人都羡慕皇宫内府，可我们每一个在里面混的人都明白那里也是最大的是非之地，必须处处留心、处处留神，哪一步路不小心走错，哪一句话不小心说错，就可能被赶出皇宫，弄不好还会不明不白地丢掉性命。说到这里，我得说说我的父亲，别看他只是一介武夫，大字不识几个，但他能在宫里得到宠信，混到寿终，凭的并不只是对明皇的忠心。有时候，母亲会抱怨他，说怎么在宫里混了那么久，还只是一个小小的"正六品下"的"千牛备身"，明皇既然对你那么宠信，怎么也不提提你的官儿？父亲就说人不能太贪，正六品下的千牛备身有什么不好的？已经比七品的县令强，这样就不错了！许多护卫做梦都想做这个官儿呢！再说了，官儿上去了，得管的事儿就多了，就不能喝那么多酒了。我七岁进宫后，母亲很高兴，可父亲闷闷不乐。他常对我说，这未必全是好事，在宫里混，得要几个脑袋，可一双眼睛、一双耳朵、一张嘴巴就绝对够了！不该看的绝不能多看，不该听的绝不能多听，有的事儿，即使看到了、听到了，也只能当作没看见没听见；而最要紧的是，祸从口出，不该说的绝不能多说，说出去了的就不能收回来，任何一句话，想说的时候一定要在脑子里过几遍，想一想该不该说。你以为我贾昌七岁进宫，能得到恩宠四十多年，靠的本事只是斗鸡？除了脑子机灵，还有小心谨慎和绝不多言。我的妻子潘飞燕，她和我是一样的，太真妃对她好，但不该说的，就算对我，她都绝不多说。

　　好吧，后生，既然你死死纠缠，我就和你说一点太真妃的事儿吧。其实，那也不是我说的，而是前面和你提过的那位梨园弟子贺怀智说的。听说，他早已过世多年了，这件事，他和我说过，应该还会和别人说过。你如果听过，我就不说了。那是太真妃和一块头巾的事儿。哦，你没听过，那我就说说吧。天宝五年某日，贺怀智应召进宫。原来，是明皇和王积薪在沉香亭下棋，让他弹琵琶助兴。听说过王积薪吗？那王积薪也是一个翰林啊，并且是通过了考试的货真价实的翰林，不像那个李太白李翰林，不敢来考，靠江湖上弄出些名声，让明皇钦点赏赐。什么？王积薪通过了什么考试？当然是围棋啊！你以为围棋考试容易吗？几年才举行一次，全国那么多围棋高手来考，只录取区区数人，能考中的棋手没几个。那天下棋，王积薪让明皇三子，由明皇执黑先行。王积薪不能不让啊，他可是棋艺天下无双的围棋大国手，明皇棋艺虽然不错，可有时连太真妃都下不过，王积薪不让三子，那棋没法下了。棋局结束，正要数子定胜负，在旁观棋的太真妃早就看出，那棋明皇输了，可明皇生性好胜，眼看就要发生一场尴尬，太真妃就把怀里抱着的波斯小狗放下。那波斯小狗一下子窜上棋盘，把棋局搅个稀巴烂，还对着王积薪龇牙咧嘴，吠叫不止。那王积薪是个棋痴，见状也对着那只波斯小狗吹胡子瞪眼睛，懊恼万分。而明皇却起身，鼓掌开怀，和太真妃相视大笑。那时，正是初夏午后，一阵清风吹来，满园的牡丹花香混合着太真妃身上的体香，钻进贺怀智的鼻孔，让正在弹奏琵琶的他心旌摇荡，神志有点恍惚。又一阵风起，吹落了太真妃颈项上的一块绿丝巾，正好飘落到坐在一旁的贺怀智头上，和他的头巾缠在一起。贺怀智一愣，只见太真妃轻盈转身，回眸启齿，一笑百媚生，弄得贺怀智再难自持，顿时手足无措，琵琶喤啷一声落地。面对他的窘态，包括王积薪在内的所有人都哈哈大笑。回过神来，贺怀智取下绿丝巾，俯首奉还。那天中午，大家尽欢而散。贺怀智回家后，取下戴的头巾，轻轻一嗅，发现上面还留存着太真妃身上特有的那股幽香。当天晚上，贺怀智把那块头巾放在枕边，酣然入梦。梦中，太真妃的音容举止、妩媚风姿又在一阵奇异幽香中闪现，使他难以自持。恍然梦醒，想到梦中情景，贺怀智羞愧难当，觉得那是对太真妃的大不敬。于是，他将那块头巾小心翼翼地装进一只锦囊，再把锦囊装进一只木匣，密封保存，再也不敢取出。转眼十年，天宝事变，贺怀智随明皇临幸西蜀，途中，马嵬兵变，太真妃香消玉殒。在成都，思及太真妃，明皇痛及肺腑，茶饭不思，难以度日。贺怀智不忍，解封木匣，取出锦囊里的那块头巾，奉送明皇。明皇一嗅，顿时泪流满面，说这是太真妃身上的香味啊，当时交趾国进贡的龙脑瑞香，我赐太真妃十枚，没想到今日她人已去，身上的香味还在啊！从那日起，明皇就随身带着那块头巾，一直到他驾崩西去。

什么？除了明皇和太真妃，你还想知道开元、天宝那会儿更多朝廷的事情？后生，你别烦我了，朝廷的事情，我又能知道些什么呢？后生你别忘了，我只是一个斗鸡的。少年时代，我不过就是以一点斗鸡的本领，取媚明皇。明皇宠幸于我，把我当作戏子、歌妓一类人养着，虽然待遇优厚，风光一时，能够住在皇宫附近的街上，但我说到底只是一个小人，不关心，也不懂，不知道什么朝廷天下的大事。我只不过常在宫里，常在明皇身边，所以就有幸见识了一些走进宫里的大人物。前面说过的李翰林就不用说了，小小一个翰林，算不上什么大人物，当时出入宫廷的人里，我算不了什么角色，李翰林也算不了什么角色，还有一些更大的角色呢！

我在宫里的时候，曾经见到杜暹被拜为宰相，明皇派遣高将军将杜暹迎进宫来。早在几年前，长安就在流传，杜暹在碛西监察御史任上的时候，有一次出使西突厥，调节西突厥可汗阿史那献和安西副都护郭虔瓘将军之间的纠纷诉讼。阿史那献怕杜暹偏心，给杜暹送来大量黄金，杜暹坚决推辞，左右对杜暹说，出使外邦的使节，没有不收礼品的，如果不收下，一定会让人家不安心，杜暹只好收下了那批黄金，但却悄悄把它们埋在营帐下面。办完公事，出境之后，写了一封书信，遣使返回，让阿史那献去取那批黄金。阿史那献大惊，派人急追奉送，但已经追不上了。杜暹进宫拜相的时候，已经做过黄门侍郎兼安西都护府副大都护、光禄大夫，可他的衣服居然穿得土里土气，旧得发白，还打着几个补丁，一进宫来就受到人们嘲笑，可他一点都不以为意。杜暹谒见明皇，明皇看着不过意，说从明天起，你就是宰相了，再穿成这样会被人笑话，有损大唐宰相的威仪。可杜暹却说，这没办法，他没钱，他在长安连个住的地方都没有。明皇大笑，说他这是明目张胆讨钱来了，谒见之后，明皇就赐杜暹绢二百匹、府第一座、骏马一匹。可即使如此，杜暹的穿着也没光鲜多少，原来，他的俸禄，几乎都用来买书了。开元二十八年，杜暹病死，可家里除了上万轴藏书，还是很穷，明皇不忍，又赠给他尚书右丞相的头衔，遣使护丧，从宫中府库取出绢三百匹赐给他的家人，当作丧葬费用。杜暹嗜书如命，简直不可理喻。他临终的时候，给子孙留下的遗言就是他那些藏书，绝不能拿去卖，也不能借给别人，否则，那就是大不孝，他九泉之下都不会瞑目！可他过世没几年，杜家家道中落，那些藏书，就进了长安城大街小巷的各处书肆，其中有些，我在东云龙门街还见过。可我只是随意翻了翻，唏嘘一会儿，一轴都没买。我爹不爱读书，我不爱读书，两个儿子不爱读书，将来的孙子大约也不爱读书，买了干什么用呢？

杜暹清廉贫穷如此，可张说就不一样了。张说三度拜相，才智超群，有功国家，可他贪婪成性，家资巨富。我进宫三年，十岁的时候，张说出任朔方节度使，年关回家，大车排成长队，拉满锦缎布帛和各种财物，喧嚣叫喊，挤得关门水泄不通。那些大车进了城，一些拉进皇宫，送给明皇和妃子宦官，一些拉进王公大臣的家里，分送各种显贵人物，更多的大车，拉进张家府第，为了整理那些财物，张家门前喧闹了好几个时日。那时天下财物多得很，不独张家如此。每年岁入，赋税入京，只见江淮一带的绸子和绉纱、巴蜀一带的锦缎和各种珠宝珍玩，一车又一车，一眼望不到头，拉进长安和洛阳的府库。那时的粮食很少放进府库，关中连年丰收，府库早已装不下了，大量粟米，储藏在百姓家里。河州、敦煌两道屯田，边境的粮食不用内地输入，还有许多余粮转运灵州，沿黄河而下，运进太原的仓库，以备荒年。开元十三年，我随明皇封禅泰山，成千上万的车队马队，塞满路途，但吃喝拉撒，全由沿途官府供给，不用骚扰百姓。那时候，西方的昆仑吐蕃雪山之地，北方的契丹、靺鞨、奚人、突厥草原大漠之土，东方的新罗、百济、高丽直抵大海之滨，南方的南诏、交趾极南瘴疠之乡，全都宾服明皇。每隔三年，百国使节来朝明皇，赐给他们锦衣玉食，宫里宫外，大宴天下宾客，斗鸡走马，欢乐无比。那时的长安，各种衣饰、各种相貌、各种口音的百国之人来来往往，大家看见他们，一点也不觉得奇怪。胡地来的各种乐器、舞蹈风靡长安，宫廷梨园也在追风。贺怀智曾对我抱怨，其实，他虽善弹琵琶、箜篌，可他最拿手最喜欢的其实是古琴，可惜古琴安静古雅，现在人心不古，没人喜欢古琴了，知音难觅，他只有在家里弹给自己听，或者偶尔去找王维王右丞，弹给他听。

　　我在宫里的时候，曾经见过许多威风八面的大将军。我父亲贾忠在明皇身边当了一辈子护卫，只是个小小的千牛备身，除了年轻时随明皇起事，攻入大明宫，一生没经历过真正的战阵，所以，他最敬佩的就是那些久经沙场、威风八面的大将军。我是个斗鸡的，为了取媚明皇，故意别出心裁，编排了"秦王破阵"的斗鸡戏，可我这一生，虽然经历过战乱，却根本没见过真正的战阵。不过，经历过战阵的大将军，我倒见过几个。天宝八年，大将军高仙芝入朝，加特进，兼左金吾卫大将军，一个儿子也被授五品官。高仙芝得到这次封赏，是两年前的战功换来的。两年前，高仙芝率军万人，过大漠、雪山、冰川，翻越葱岭兴都库什山，远涉绝域，攻克吐蕃踞守的连云堡，袭占小勃律国都城阿弩越城，斩首五千级，俘虏数千人和小勃律国国王与吐蕃公主，一举平定小勃律国，唐军声威大震，致使葱岭附近诸胡数十国全都震慑降服。高仙芝这次入朝得封回安西四镇后，再次出兵，击败了吐蕃大军，降服了大勃律国、竭师国、石国、突骑施等西域诸国。经过这两次征战，高仙芝成为天宝年间声威最为显赫的大将军，听说他还被西域最强大的两个国家吐蕃和大食充满畏惧地称为"高原之王"。天宝十年正月二十四日，高仙芝再次入朝表功。这次入朝，他敬献了俘获的突骑施国可汗、吐蕃酋长、石国国王、竭师国国王。其中，石国国王那俱车鼻施和突骑施国可汗移拨，押解到开远门的时候，被皇上下旨就地处斩，观者万人，欢呼踊跃，感叹唏嘘。明皇以高仙芝功勋卓著，加授开府仪同三司。高仙芝两次入宫，我都见到了他，但第一次只是远远看见，没能近观。第二次入宫，明皇为了欢迎他，在宫里举行宴会，观看由我主持表演的斗鸡戏。我没想到的是，高仙芝威名显赫，让人闻名战栗，但却姿容俊美，长了一张貌似女人的脸孔，并且说话缓慢，轻声细语，一副腼腆犹豫的样子。我还发现，那次宴会，高仙芝看斗鸡的时候心不在焉，似有心事，若有所思，并且，他几次下注，都错了，这让他很不高兴。多年之后想来，他下注错了，就像一种不祥的预兆。从此之后，他诸事不顺。离开长安之后，他贪暴不法，故意污蔑石国、突骑施国谋反，出兵诛灭以求功劳，引起诸胡愤怒，以致边疆局势不稳的事情被人告发揭露，受到朝廷申饬。接着，他想调回内地任河西节度使的愿望又被多方阻挠，未能如愿。再接着，他率胡、汉三万大军深入大食国境七百里，攻打大食国，在怛罗斯之战中惨败，仅率数千人逃回，遭受了为将生涯里的第一次大败。最后，天宝十四年安禄山作乱，他受命剿灭，与安军对战不敌，退守潼关，受人诬告，稀里糊涂地枉死于朝廷的刀斧之下。想来高仙芝大将军也可怜，绝域血战，取得不世功名，可刚过了短短四五年便命丧黄泉。可是再想想，高大将军为了邀功，诬石国、突骑施谋反，妄起边事，灭其国，杀其王，屠其老幼妇孺，无端死在他手下的又有多少人？举头三尺有神明，他为此偿上一条性命，好像也没什么可说的。

在宫里那会儿，我还见过哥舒翰大将军。天宝六年，哥舒翰入朝，和明皇相谈甚欢，让哥舒翰取代他的上司王忠嗣出任陇右节度使。那时，王忠嗣受人诬告，正在下狱，严加审讯，说要问斩。离开的时候，哥舒翰极言王忠嗣无罪，明皇不听，转身离开。哥舒翰叩头相随，跪地哀求，言辞慷慨，声泪俱下，再加高将军在旁说情，终于打动明皇，高抬贵手，仅以一个小小的罪名将王忠嗣贬为汉阳太守。事后，提起哥舒翰，高将军多次感叹，说他真是一位侠义之士，知恩图报，不忘王忠嗣的知遇之恩，没有乘人之危，落井下石。傻子都明白，如果王忠嗣真的无罪，那就不应该免掉他的陇右节度使，那哥舒翰就还得继续做个副使，屈居王忠嗣之下，但即使这样，哥舒翰还是拼着性命，为自己的上司辩解。王忠嗣终于幸免一死，哥舒翰取代他做了陇右节度使。可这却是有代价的，那就是哥舒翰承诺了明皇，干那件王忠嗣不愿意干的事儿——攻占吐蕃占据的青海石堡城。王忠嗣原先说，攻占那座城，得死数万人，得不偿失，可明皇开边意正浓，恨极吐蕃，非要得到那座城。哥舒翰上任陇右节度正使之后，知道该怎么做。天宝八年初，明皇将朔方、河东等地十万多士兵统归哥舒翰指挥，以倾国之力，攻击石堡城。六月，哥舒翰亲率大军六万三千人，一路血战，打到石堡城下。石堡城一夫当关、万夫莫开，吐蕃军踞险而守，大军猛攻数日，死伤枕藉，仍然不能得手。哥舒翰亲临阵前，以军法相逼，让先锋官高秀岩、张守瑜领军发动一轮又一轮攻击，死伤数万人之后，终于如期攻下了石堡城。一将功成万骨枯，一切都如王忠嗣所预料！石堡城之战后，哥舒翰又步步紧逼，收复了九曲部落。因为这些功劳，哥舒翰拜特进、鸿胪员外卿，一个儿子成为五品官，赐长安城庄园一座，财物无数。哥舒翰每次入朝，总是骑着白骆驼，一天就能行走五百里。哥舒翰第一次入朝，我就亲眼见过那匹白骆驼。那天我入宫，看见那匹白骆驼就拴在大明宫门附近的一个马厩里。我很好奇，过去看，那匹白骆驼身形高大雄伟，通体雪白，双目炯炯，果然不凡。在马厩，还遇到哥舒翰一个名叫左车的家奴。他十六七岁，膀大腰圆，看着极有膂力，我和他谈了一会儿，很投机，就请他有空喝酒。第二天晚上的酒桌上，聚集了一堆朋友，左车借着酒兴，眉飞色舞地谈起青海打吐蕃兵的事情。他说他家主人擅使长枪，他擅使陌刀。每次战斗，追赶上吐蕃骑兵后，他家主人用长枪搭在吐蕃兵肩上，大喝一声，吐蕃兵惊恐回头，把喉头凑上来，便一枪刺穿他的喉咙，往上高高挑起，再摔落地下，而他则闪电般飞身下马，挥刀斩断他的脑袋，塞进皮囊，再飞身上马，随他家主人追逐下一个吐蕃兵。主仆二人配合默契，有如家常便饭，每次打仗，都会塞满整整一皮囊人头。左车每次说到那一皮囊人头，都会从酒桌上站起来，瞪大眼睛，大张着嘴巴，喷着热辣辣的酒气，使劲张开双臂，比一个大大的圆，仿佛正提着一大皮囊人头。我们故作夸张地叫好起哄，说各种赞美他和哥舒翰大将军的话。可是我们都知道，长安城里许多人对他们恨之入骨，许多人家的子弟，随哥舒翰在青海征战，再也没有回来。不久之后，长安就有一首李翰林写的诗歌传唱开去："君不能学哥舒，横行青海夜带刀，西屠石堡取紫袍。"可骂归骂，哥舒翰还是一路高升。李林甫与安禄山交好，哥舒翰则与杨相爷融洽，杨相爷取代李林甫成为宰相以后，拉拢哥舒翰，打压安禄山，再加上哥舒翰屡立战功，官运亨通更成了意料之事。没过几年，哥舒翰就兼任河西节度使，进封凉国公，食封三百户。不久，进封西平郡王，天宝十三年，再拜为太子太保、开府仪同三司，再加封三百户，兼任御史大夫。可那时谁想得到，这些禄位来得快，去得更快。仅仅过了一年多，安禄山作乱，哥舒翰就兵败潼关，不久便命丧黄泉了。我还记得，那年乱起，高仙芝、封常清退守潼关，抗命出击被斩，由哥舒翰取而代之。哥舒翰领命出宫的那天，经过斗鸡坊，我见他一路举步迟缓，垂头懊恼，唉声叹气，还突然打了个趔趄，一脚踩空，差点儿摔倒。看到这种情景，我念头一动，前些年，就听说哥舒翰在军中纵酒无度，极好女色，一次喝酒纵欲之后去浴室洗澡，一阵风过，晕倒在地，差点儿气绝，好久才苏醒过来，因此不能再居军中，请病恩准回京，在府中休养。我虽然不懂什么兵事，但看着他在宫中缓缓远去的身影，心里还是一阵发凉，恍然发现眼前的哥舒翰大将军，早已不再是那个传说中在大漠戈壁雪山之上勇往直前、临阵斩将、破阵歼敌、威风八面的大将军，而只是一个被酒和女人掏空了身体和意志的垂垂老者。想到这里，再转头看看眼前的斗鸡坊，昔日喧闹的斗鸡坊，如今空荡寂寥，五百个斗鸡少年，大多已被征调出征，只剩下区区一二十个人，照料剩下的那千余只垂头丧气、无精打采的斗鸡。那些出征的少年，他们和我一样，只会斗鸡，哪里会打仗厮杀啊？我隐约感到，我在宫里，在斗鸡坊，待下去的时日已经不多了。

什么？你问明皇出宫那会儿的事情？那会儿的事情乱成一锅粥，谁说得清啊！一会儿听说哥舒翰旗开得胜，叛军败了；一会儿听说哥舒翰败了，全军覆没，潼关失守，叛军要打到长安来了。可叛军还没来，长安就乱了，许多富家大户已经收拾家当，忙着逃走了。可一会儿城门关闭了，不让走了，说明皇和杨相爷正让高适将军招募二十万大军，准备守城，四面勤王的军队也正在赶来，准备攻击叛军，收复潼关。可我感觉，明皇肯定要走了，我得跟着明皇，他走到哪里，我就跟到哪里，所以，还没等到告知，我就让家人悄悄收拾好家当，除了细软和一些吃的，什么东西都别带。一天黄昏，高将军手下的一位小黄门终于告诉我，明皇要走了，让我带上家人一起走，随侍明皇。当天晚上，宫门大开，羽林军拱卫，我和妻子家人跟随皇上的队伍，一起从长安城南面的一个侧门出城。可皇上的队伍刚出城门，人群就乱哄哄往外涌，人喊马嘶，把皇上后面的人马冲乱了。我骑的马儿受惊，在夜色里拼命狂奔。没办法，我是斗鸡的，不是驯马的，无论我怎么吆喝，那马儿都不听我的话。我只有死死拉住缰绳，不让自己从马背上摔下来。可天快亮的时候，我还是和马儿一起跌倒在一个大坑里。那马儿在我之前爬起来，没等我拉住缰绳，就爬出大坑，不知跑到哪里去了。我挣扎着爬出大坑的时候，发现右腿摔伤了，走不动了。天亮后，一位好心的路人，给我找了一根竹杖，勉强能够行走。我就那样和家人失散了，不知道他们有没有跟上明皇的队伍。可就算跟上了，那又怎么样呢？皇上自顾不暇，没有我在，又会有什么人照看他们呢？再说了，离开了皇宫，离开了长安，我贾昌又算个什么东西呢？从那时起，我已经不再是那个锦衣玉食，在皇上身边奔来跑去，让人羡慕嫉妒的贾昌了。我只是一个逃难的人，一个兵荒马乱里只想着如何苟全性命的人。我就那么拄着拐杖，一瘸一拐，又累又饿，做梦一般，漫无目的地在山里走了几日。走着走着，前面出现一座小寺庙，我就走了过去。可走到寺庙门口的时候，眼前一黑，跌倒在地，什么都不知道了。醒来时，我才知道，我已经在终南山了。寺庙的住持叫运平和尚，是他收留了我。在寺庙里住了数月，我的腿好了，辞别运平和尚，前往长安，寻找妻子和家人。如果他们那天晚上没有跟上明皇的队伍，或许还会回城，住在家里。我一走到城门，就看见门口贴着榜文。那是安禄山的榜文，如今，他已经是大燕国皇帝了，其中一张榜文说赏金千金，寻找贾昌。安禄山第一次入朝时，和我在长安横门的饮宴上认识。安禄山也喜欢斗鸡，早在那时，为了看一场斗鸡，他就常常一掷千金。就在前两年，安禄山还在宫外的一座酒楼上和我喝过酒。我记得，酒楼上，他不停地破口大骂哥舒翰。原来，头一天，他刚在宫中和哥舒翰喝过酒，那是高将军撮合的。高将军知道他和哥舒翰不合，故意准备了那桌酒席，希望他们能够握手言和。结果，安禄山虽然屈节迎合，百般恭维，但哥舒翰却毫不领情，羞辱讥讽安禄山。安禄山醉醺醺地说：他妈的，有什么了不起的？论功夫，大家都有功夫；论战功，大家都有战功；论官位，大家都是节度使；论读书，他虽读过几本破书，可他通晓六种胡语吗？那厮狼心狗肺，猪狗不如，竟敢讥讽我不知道自己老爹是谁。这厮哪里知道，我们突厥人，只消知道自己老妈是谁就行了。说我不知道自己老爹是谁，他还不知道自己老妈是谁呢！如果不是高将军在旁边，我非当场拧下那家伙的脑袋当夜壶。没想到，哥舒翰后来真成了安禄山的阶下囚，可安禄山并没拧下他的脑袋当夜壶，而是安禄山的儿子安庆绪，杀死自己的老爹之后又拧下了他哥舒翰的脑袋当夜壶。实不相瞒，那天在长安南门，看着那张赏金千金、征求贾昌的榜文，我的心里还是一动：要不要自报姓名，去见安禄山？可那个时候，我最关心的还是我的家人，特别是我的妻子潘飞燕和儿子至信、至德。还是先进城，回家看看吧！一进城，我就发现，长安城已不是几个月前的长安城了。昔日熙熙攘攘的街道，如今行人稀少，有的房子垮塌，是被火烧过的，断垣残壁，黑乎乎的，有的甚至还在冒烟。街道上堆满各种污秽之物，臭气熏天，行人掩鼻而过。我飞快赶往东云龙门街。我家的房子还在，可是已被洗劫一空，里面空无一人，阴森森的，只有一只野狗在撕吃一只死猫，见我进去，对我龇牙狂吠。走出家门，我的心空荡荡的，失魂落魄，低头闷走，不知不觉就走到了大明宫前。几名卫士对我执戈怒吼，他们的衣甲，也不是我熟悉的样子。我恍然回过神来，这已经不是明皇住的大明宫，而是叛将安守忠驻守的大明宫。虽然，安守忠我也认识，可我能去见他吗？一见了他，我就得去见安禄山。而见了安禄山，我就是一个叛贼了。我的妻子、儿子还没找到呢，如果他们在明皇那里，我成了叛贼，他们岂不也跟着成了叛贼？那岂不是害他们掉脑袋吗？再说，我还突然想起安禄山的家奴李猪儿。是的，后生，没错，就是后来亲手杀了安禄山的那个阉人李猪儿。可你知道李猪儿是怎么被阉的吗？当初，在长安喝酒，我们打趣李猪儿说，你家主人又不是皇上，可你跟着他，怎么好好一个人，却成了阉人呢？李猪儿哭丧着脸说，还不是因为喝酒！原来，李猪儿是个契丹人，十几岁就开始伺候安禄山。可一天安禄山喝多了，醉醺醺捧着他的脸蛋说他像个女子，太好看了，可惜就是多了个东西。说完，安禄山就命左右把他按倒在地，拔出佩刀，亲手把他的男根连根割掉，血流了好几升，昏死过去，又用火灰敷住他的伤口，过了整整一天他才苏醒过来，从此他就成了阉人了。想到这些，我一阵战栗，出了一身冷汗，赶紧低头唯唯而退，急急忙忙走出城门，一路上生怕遇上认识我的人，为了那一千金，把我送给安禄山。

出城后，我知道，我已经不能再做贾昌了。我再次前往终南山，前往那座小庙。我请运平和尚收留我，收留那个叫李思飞的人。运平和尚收留了我，我每天的活计就是扫地、种菜、除草、敲钟、燃香、礼佛。转眼一年多，听说官军收复两京，明皇回朝，传位太子，改称上皇，住在兴庆宫。我向运平和尚请行，再次前往长安。进城后，只见满街都是穿黑衣服的人，穿白衣和锦缎的人走半天都碰不到几个。变乱之前，哪见得到这么多穿黑衣的人啊？那时，黑布是不祥之物，只有军士才穿，普通人家只有到祭祀的时候才会买一点来用，平时是碰都不愿碰的。如今，长安满城尽戴黑，军士已经比百姓还多了。穿街过巷，我又走到东云龙门街。我家的房子已不在了，那里残砖断瓦，满目乌黑，杂草丛生，成了一片大火烧过之后的废墟。我再次走到大明宫前，想从这里进宫，前往兴庆宫觐见上皇。结果，被卫士挡住了。我说我叫贾昌，入宫去见上皇。卫士们哈哈大笑，说他妈贾昌是谁啊，看你这副行头，竟想进宫？还说去见什么上皇！我低头看看自己的行头，一件破布袍、一双破布鞋，右脚还有点跛，我确实已经不是那个乘着车马、前呼后拥、穿着锦衣锻袍的大内斗鸡主管贾昌了。无奈，我只好离开大明宫门，在街上溜达，希望遇上一个熟识的人。结果，没走多久，果然遇上一位熟人。他是梨园弟子贺怀智。贺怀智和我一样，布衣布袍，憔悴多了。我们在街边一家小店喝酒，喝的是一年之前还难以下咽的那种浊酒。喝着喝着，说起上皇和宫里的事情，贺怀智就先哭开了。贺怀智说，那天晚上，他没被冲散，他和上皇一起巡幸西蜀了。在西蜀，上皇还记得我。一次吃饭，敬奉上来的是一只煮鸡，上皇一看，就哭起来了，说贾昌在哪里啊。听到这里，我也哭了。我说我想进宫，看看上皇，哪怕不能再管斗鸡坊了，哪怕只和他说几句话也好。贺怀智说，你进不了宫了，我也进不了宫了，我们都见不到上皇了。我被赶出宫了，所有跟随上皇的梨园弟子，还有围棋翰林待诏王积薪都被赶出宫了，斗鸡坊更是早就没有了。别说我们这些人，你来的前几天，就连高将军也被赶出宫，流放夜郎去了。听说，高将军出宫之后，起行之前，还被人狠狠毒打了一顿，打折了一条腿。我知道，上皇是离不开高将军的，我问怎么连高将军也被赶出宫了。贺怀智说，都是那个李辅国，就是那个原来叫李静忠的家伙。他明目张胆欺负上皇，被高将军当面怒叱，就被李辅国赶出去了。贺怀智一说，我就明白了。今日的李辅国，是一人之下、万人之上的人物，他早已对高将军怀恨在心，如今正是狠狠修理高将军的时候，岂肯放过？而上皇也保不住高将军了，因为他已经是上皇，而不再是皇上。而当今皇上，原来的太子李亨，与上皇不和，我们早就知道。世态炎凉，如今，连上皇的日子都不好过，身边最亲近的高将军都被赶出宫来，像我贾昌之流的人物又怎能进宫留在他的身边？

在长安，我和贺怀智喝了一回浊酒，相对痛哭一回，又在城里溜达了几天，寻找我的家人，可他们依旧没有任何音信。而我在城里已经待不下去了，现在的长安，已经没有我的容身之处了。昔日的长安斗鸡之王、百戏之王贾昌，连吃一顿饱饭都不容易了。再说，已经入冬，我再待下去，不被饿死，也会被冻死。我又想到了终南山的那座小庙。天下之大，只有那座小庙和运平和尚肯收留我了。

一大早，我出长安南门，赶往终南山。可我没想到，正走着，竟在南门外的招国里，迎面遇见披着破棉袄、形同乞丐的一女二男，背着大捆柴火，步履蹒跚，向我俯首走来。走近一看，正是我的妻子潘飞燕和儿子至信、至德。他们全都灰头土脸，面露菜色，疲惫憔悴。我和他们在路边抱头痛哭，简单说了别后的情形。原来，那天晚上，他们也被冲散了，幸好他们都从马车上跳下来，互相叫喊，虽然那些马车和家里的东西都不在了，但他们终于拢在一起。但长安城回不去了，城里已经冒起烟火，跑出来的人说叛军已经进城，四处抢劫杀人了。没办法，他们只好继续南逃，可逃着逃着，就逃不动了。为了活命，他们用随身带的细软衣物换饭吃，可那点东西，能换几顿饭吃？没办法，他们只好往回走，想着长安城里好歹平静了吧？那里好歹有座房子可住。可回到城里，发现家里早已被洗劫一空。虽然如此，但勉强可以住下来。可没住几天，一伙军士来了，不由分说，把他们撵走。城里没法活，他们只好去乡下。如今，他们住在招国里一个小村，只有一间破茅屋，还是一位好心村民借给他们的。为了活命，他们每天背柴到长安城里，勉强换一点糊口的东西。看着他们那样，我知道，我唯一会的活路——斗鸡，早已没有用了。如今别说斗鸡，长安城里连鸡都很少见到了。我连行走都困难，更别说和他们一起背柴火。更何况我多背一捆柴火又能多换点什么东西呢？只不过又增加一张吃饭的嘴巴罢了。无奈，我只好和他们在路边诀别，说让他们先待在这里，以后有活路，再来找他们。可我知道，我不过是在骗他们，我都穷途末路了，还会有什么像样的活路？唯一宽慰的只是，至信和至德，已经快成年，有他们照看母亲，稍稍让我放心。我忍痛继续赶路，前往终南山。一年之后，我随运平和尚入京，在长安城外的鸡鸣寺长住。鸡鸣寺是一个大寺，香火不错，吃的东西多了一点，我就前往南门外的招国里，寻找妻儿。可没想到，短短一年间，招国里附近的几个村庄又经战祸蹂躏，死的死，逃的逃，没剩下几个人，他们谁也没听说过什么潘飞燕、贾至信、贾至德。除了那里，我又找遍了长安城附近的几十个村庄，再也没能找到他们。慢慢地，我也死心了。其实，即使找到了又能怎么样呢？我又能为他们做些什么？从此之后，我就一心侍奉运平和尚，除了洒扫、浇水、种菜、种竹、敲钟、礼佛那些事儿，还学着读一点佛经。可你知道，我从小不爱读书，只不过初识文字、略通文墨，那些佛经，我只不过一知半解、似懂非懂而已。

建中三年，运平和尚圆寂，荼毗之后，他的舍利被安放到长安城东门外镇国寺东侧的一座小山上。运平和尚走了，我也不想待在鸡鸣寺了。我待在那里干什么呢？那里叫作鸡鸣寺，可根本没有一只鸡，更听不到什么鸡鸣。再说了，我早已不叫什么贾昌，我早已叫李思飞了，我要离鸡远远的，连叫鸡鸣的寺庙也要远离。于是，我就搬到了镇国寺东侧的那座小山上，在运平和尚的舍利塔前十余步的地方搭了一间小木屋。几十年里，我就住在小木屋里。这里清静，很少有人来打扰。可顺宗做太子的时候，不知道从哪里听说我是侍奉过明皇的遗老，竟派人前来，花了三十万钱，重修运平和尚舍利塔，还把我的木屋，盖成了一间斋堂。在斋堂下面的山下，又置地百亩，让人耕种，每年都把田租用来供养我的斋堂。可是，我早已不需要那么多供养，我每天吃的只是一碗粥、一碗米汤、数枚松子，睡的只是草席，穿的只是一件旧絮袍，走的只不过是斋堂和塔前的这片小树林，方圆不过数百步。昔日贾昌得意之时需要的万千物什，对今日的李思飞全都是多余之物。

转眼到了贞元年间，一天，长子至信突然前来看望我，他已经成家，在并州居住，深得大司徒马遂信任，正随马遂入京朝见皇上，公干之暇，四处走访，找到了我。他说那年招国里一别之后不久，他和弟弟就被抓丁从军了，从此，就再也没有见过母亲。而他和弟弟，也在乾元元年九节度攻打邺城的那场大战中失散。后来，几经辗转，他就投在马遂帐下，屡立战功，做了一名郎将。他请我离开这里，随他到并州家中奉养。我谢绝他的好意，说就当你爹贾昌已经死了，你还是走吧，他大哭跪拜而去。第二年，次子至德又来，他在洛阳、并州、长安之间贩卖货物，说哥哥至信找到了他，告知他我在这里。他请我回洛阳奉养，我和他说了与至信同样的话。他又送我大量金帛，全都被我拒绝。之后，他们就再也没来过了。不仅他们没来过，别的人也很少来过了。几十年前的那个贾昌，真的死了，没人知道了。

可我没想到，如今你又来了。哦，对了，后生，老朽该怎么唤你？哦，陈鸿，想起来了，真是对不起，你已经说过了。你是怎么来的？哦，是和友人从春明门出来，来踏青的，看见这里有松柏竹丛、小村阡陌，像个世外桃源，想来歇歇，就来了。哦，你看，我又忘了，你说过了，你是和你那个朋友白乐天，正写个什么歌来着，听说老朽在宫里待过，见过明皇和太真妃，就来打听那些开元、天宝的事情？哦，你们正在写的叫长、长什么歌来着？哦，叫《长恨歌传》？〔注：元和丙午岁（公元806年），诗人白居易、新科进士陈鸿搜访开元、天宝遗老，合作撰写《长恨歌传》，记明皇、贵妃事。元和庚寅岁（公元810年），陈鸿意犹未尽，再撰《东城老父传》一卷，记贾昌事，全文近两千字，文见《宋史·艺文志》史部传记类和《太平广记》卷四百八十五。〕什么？等你们写好了要不要让我看看？不用了，我什么都看够了，不想看了！我遇见过的事儿，如今想起来都不像真的，你们只是听说那些事儿，写出来会像是真的吗？再说了，就算我遇见过明皇、太真妃，我又知道些什么？在宫里那会儿，我不过是他们养着的倡伶之人，每天都要揣摩他们的心思，取媚他们。可我又哪里真的能揣摩得透他们？我知道的只是，我表演斗鸡给他们看时，自己其实也是一只斗鸡，他们在看斗鸡，也在看我。可他们不知道的是，他们在看我表演时，而我，也是一个悄然的看客。不只是明皇和太真妃，杜暹、张说、高将军、李林甫、杨国忠、高仙芝、哥舒翰、安禄山、李翰林、贺怀智、李龟年、王积薪……他们看我表演的时候，我也在看他们表演。只不过，我知道自己下贱愚钝，只是一个斗鸡的小人，从来不敢指点他们罢了。可有时候，我又忍不住心里犯嘀咕：其实，我并不是天下唯一的斗鸡者，天下的每个人，其实都是斗鸡者。或许，该换个说法儿，天下的每个人，其实都是一只斗鸡。就像天宝十五年，就是安禄山乱起，我在宫里看见哥舒翰大将军奉命驻守潼关，剿灭叛军，领命出宫，在斗鸡坊前唉声叹气，不小心打了个趔趄的那天晚上，我在家里做了个梦，梦见整个皇宫，从大明宫到太极殿，全都变成了斗鸡坊，宫里认识不认识的每一个人，连我自己，都变成了一只斗鸡。无数只斗鸡振翅鼓尾，捉对厮杀，直杀得整个皇宫，不，应该是整个斗鸡坊血流满地，一地鸡毛。而我贾昌，平时在斗鸡们面前耀武扬威的斗鸡坊主管，那时只是一只孱弱的小斗鸡，根本不敢和任何一只鸡搏斗，面对群鸡乱战的场面，我只是胆战心惊，忙着寻找空隙，落荒而逃。可好不容易，逃出了皇宫，不，应该说是逃出了斗鸡坊，我发现斗鸡坊外的整条东云龙门街，整个长安城，全都变成了一个巨大的斗鸡场，偌大的斗鸡场里没有一个人，只有无数只斗鸡，正在捉对玩命厮杀！

　　好了，后生，你说明皇属鸡，又让我贾昌这样的人得志，在皇宫里穿着朝服斗鸡是天下大乱的不祥之兆。可我要说，哪有什么兆不兆的？要说有什么不祥，那是人心不祥！自古以来，人们爱斗鸡，那不只是人心贪婪好赌，还有人心好斗，每个人都想成为那只以天下为赌注，永远不败，永远赢下去，得以昂首傲视、睥睨天下群鸡的大斗鸡。再说句大逆不道的话吧，有时我想，明皇不仅生肖属鸡，他自己就曾是一只天下最厉害的斗鸡。在我出生前几年，他就狠狠斗过一次。那一次，我父亲贾忠挥着大棒，跟在他身边搏斗，这是我父亲一生最大的骄傲，可他不知道，其实他当时只是一只凶狠的小斗鸡。那一次明皇赢了，输掉的是韦氏、长乐公主、上官婉儿那些大斗鸡。我出生那年，明皇又狠狠斗了一次，这次，他赢的是他的姑母太平公主那只大斗鸡。一只斗鸡要能赢，除了天时地利人和，最重要的就是那只斗鸡要凶狠，要有勇，要有谋。年轻时候的明皇为什么一直能赢？就是他除了天时地利人和外，还有勇、有谋、有狠劲。可一只斗鸡，赢了另外一只斗鸡，也是有代价的。那是什么代价？不仅是赌注，还有赢了后的鲜血淋漓。不说太平公主，就说赢了韦氏乱党那回流的血吧。听父亲贾忠说，韦氏乱党几十家人的男丁，凡是比马鞭高的都被杀掉了，他自己也是杀人者之一，每次想起来都难受，所以才喝那么多酒。我父亲受不了，明皇又受得了吗？为了一直能赢，有一次，他甚至连自己的三个儿子都杀掉了。明皇后来为什么和太子李亨不和？那是担心儿子有一天和他对决，成为一只比他更厉害的斗鸡。可明皇还是老了，他的心越来越软，手越来越软，眼睛也越来越软，越来越见不得鲜血淋漓了。他累了，不想再做一只斗鸡。他花那么多钱，在宫里养了我、李龟年、贺怀智、王积薪，还有李翰林这样的人，就是不想再做一只斗鸡了。因为他心里明白，我们这样的人，心里根本没有一只好斗鸡该有的那种狠劲、阴谋和诡计，只能陪他玩，根本不能陪他斗、帮他斗。而他不知道的是，他能善待亲近我们这些人，他就已经不再是一只厉害的好斗鸡了，就像没有一只斗鸡能永远赢下去一样，他这只大斗鸡，后来也输给了安禄山、儿子李亨、太监李辅国这些更年轻，更厉害的大斗鸡。可这些赢了的大斗鸡们又能怎样呢？还不是转眼就输掉？他们不光输给别的斗鸡，还输给了比斗鸡更厉害千百倍的岁月。而能在斗鸡场上幸存，从此远离斗鸡场，远离搏斗，只是安心面对自己的性命和时光流逝的斗鸡，自古以来就没有几只。

哦，后生，是的，你说得对，我说过，那个贾昌早就死了，如今的我不是一个斗鸡小人，也再不是一只斗鸡了。我只是一个乱世里幸存的老人，像你说的那样，只是一个遗老。可后生你知道什么是遗老吗？就是一个早就该死而不死、该收而不收，在新朝的阳光里等着老天爷哪一日忽然想起来就收回去的老人。哦，别说什么寿比松柏了，你可知道眼前这片松柏有几棵？一百零八棵。运平和尚活了一百零八岁，我就种了一百零八棵。每天朝夕，我都在这片林子和塔前跪拜洒扫，几十年来，我就这么侍奉着运平和尚，就像他还活着那样。

哦，对了，后生，知道我为什么要这么侍奉运平和尚吗？是的，他救过我的命，收留过我，是我的恩人。可还有别的因由：运平和尚懂鸡，对鸡好。天宝十五年六月，出宫的时候，我随身带了一只最心爱的斗鸡。夜里出南门，我和家人失散了，和马儿失散了，摔坏了右腿，可和那只斗鸡没有失散。右手挂着拐杖游走的那几天里，我饿得发昏，可我左手还一直拢着那只斗鸡，没想到要把它吃掉，一直到走进终南山，摔倒在那座小庙前。运平和尚收留了我，也收留了那只斗鸡。后来，运平和尚到长安，长住鸡鸣寺，那只斗鸡也跟着来到鸡鸣寺。每逢运平和尚讲经，那只鸡就会到大殿前肃立静听。那曾经是一只多么高傲的斗鸡啊！败倒在它眼前的斗鸡成千上万只。在那些败将面前，它早已习惯像一位旗开得胜的大将军或者帝王一样肆意炫耀威武。可在听经的时候，它安静乖巧得像一个懂事听话的小孩儿。一天，运平和尚讲经，那只鸡又来听。运平和尚讲完，那只鸡突然昂首高鸣三声，然后阔步绕殿走了三圈，在大殿门槛前停下来，对着殿里的佛像和运平和尚，再次昂首高鸣三声，慢慢蹲下去，头轻轻一歪，气绝而逝。运平和尚见状，领首合十，带领众僧，齐唱三声佛号。我抱起那只雄鸡，涕泪伤感。运平和尚对我说：贾昌，你这个神鸡童，真是浪得虚名，你还不如一只鸡明白！

是的，运平和尚没错。我九十多岁了，不知道还能在这里守上多少年。可就算能守到一百零八岁吧，或许还是不如一只鸡明白。

（原载《人民文学》2016 年第 4 期）

作者简介:

雷杰龙,男,1973 年生于云南省大理州祥云县,1996 年毕业于兰州大学中文系,1999 年—2001 年进修于北京大学历史系,当过教师,现居昆明,供职于《边疆文学》杂志社。1995 年开始文学创作,在《人民文学》《花城》《钟山》《江南》《大家》《诗刊》《滇池》《当代文坛》等杂志发表过小说、散文、诗歌、文学评论多篇。